《유효공선행록》 연작 2부작 중 제1부작

규 장 각 본 과 국 립 중 앙 도 서 관 본 을 교 감 주 석 한

교감본

유효공선행록

유효공선행록

교주
최
길
용

學古房

　이 저서는 2015년 대한민국 교육부와 한국연구재단의 지원을 받아 수행된 연구임(NRF-2015S1
A5B5A07041239)

　This work was supported by the Ministry of Education of the Republic of Korea and the National
Research Foundation of Korea (NRF-2015S1A5B5A07041239)

서 문

최 길 용
(전북대학교 겸임교수)

〈유효공선행록〉은 12권 12책으로 된 장편고전소설로, 20권 20책의 〈유씨삼대록〉과 연작을 이루고 있는 작품이다. 그 중 〈유씨삼대록〉은 1780년 연암 박지원의 연행록(燕行錄)인 《열하일기》 '〈일신수필〉 7월17일'의 일기에 다음과 같은 기록이 있다.

당일 연암은 중국인 호행통관(護行通官) 쌍림(雙林)이라는 사람의 수레를 타게 되었는데, '그 수레 속에 한글로 쓰인 〈유씨삼대록〉 두세 책이 있기로 보니, 글씨가 너절할 뿐 아니라 책장이 다 헤어져 있기에, 한 번 읽어보라 했더니. 쌍림이 몸을 흔들면서 소리 높이 읽는데, 전혀 말이 닿지 않고 뒤범벅으로 읽어, 한참을 들어도 멍하니 무슨 소리인지 알 수 가 없었다. … (중략) …그래서는 제가 늙어 죽도록 읽어도 아무 보람이 없을 것이다.' 고 한 기록이 그것이다.

위 기록은 조선말을 잘 하지도 못하는 자가 조선사신 호행통관이랍시고 나와 거들먹거리는 것을 보고, 저런 자에게 700냥이나 되는 막대한 나랏돈을 쓰는 것이 아깝고 마음이 상해 있는 터에, 마침 그의 수레 안에서 한글로 쓰인 〈유씨삼대록〉을 보고 이를 읽어보라고 시켜, 그의 엉터리 조선어 실력을 여지없이 발가벗겨 보인 것이다.

그런데 여기서 우리가 주목해야 할 것은, 위 기사의 내용과는 상관없이, 〈유씨삼대록〉이라는 소설이 당시 청나라에서 조선어 통역관이나 조선사신 호행관들의 조선어 학습서로 활용되고 있었다는 사실이다. 그리고 글씨가 너절하긴 해도 그들에 의해서 조선의 소설들이 필사되고 있었다는 사실이다.

소설은 본디 허구(虛構)를 바탕으로 하는 사유물(思惟物)이기 때문에 그 허구가 다양한 영역에 활용될 수가 있다. 즉 흥미진진한 이야기로서, 교훈서로서, 역사서로서, 철학서로서, 의서로서, 외국어 학습서로서, 또는 인간의 다양한 상상이나 역사적 사건·현실적 문제 따위들을 문자로 시뮬레이션한 가상현실로서, 독자의 공감을 끌어낼 수가 있다.

1700~1800년대 조선문단이 세계최장편소설이라 할 〈완월회맹연〉〈명주보월빙연작〉 등과 같은 대하소설물들을 쏟아내면서 소설에 열광했던 것은, 그리고 세책가·전기수·강담사와 같은

직업인들이 나타나 앞 다퉈 이 소설들을 필사(筆寫)·구연(口演)·강담(講談)하며 소설의 시대를 활짝 열었던 것은, 바로 조선민중들이 이 소설의 허구가 주는 마력에 흠뻑 빠져들었기 때문이다.

이 작품 '〈유효공선행록〉-〈유씨삼대록〉' 연작은 지금 둘 다 창작 된지 300년이 다 되어가고 있지만, 현재까지도 각각 30여종의 이본 들이 남아 전해지고 있다. 이 사실만으로도, 이 작품들의 당대 인기를 짐작하고도 남게 한다.

이 〈유효공선행록〉 연작은 중국 명나라 "헌종-효종-무종-세종" 조(朝)를 그 시·공간적 배경으로 유씨가문 5대(유정경-연-우성-세기 형제들-관 형제들)에 걸친 인물들이 숱한 정치적 사건들과 가정적 갈등들을 극복해 가면서 펼쳐가는 파란만장한 삶과, 이들이 이룩한 유문(劉門)의 화합과 번영을 다루고 있는 작품이다. 그리고 유형(類型)면에서 이 연작은 내적양식 면에서는 두 작품이 다 가문의 화합과 번영을 다룬 가문소설이며, 외적양식 면에서는 〈유효공선행록〉·〈유씨삼대록〉으로 이어지는 2부 연작소설이다, 그리고 분량면에 있어서는 1부〈유효공선행록: 규장각본〉12권 12책 192,000여자와, 2부 〈유씨삼대록: 국립중앙도서관본〉 20권20책 536,000여자를 합하여, 도합 728,000여자에 달하는 장편연작소설이다.

이 책 『교감본 유효공선행록』은 12권12책의 규장각본 〈유효공선행록〉을 4권4책(권지일 낙질)의 국립중앙도서관본 및 나손본 이본 2종과 이본대교를 하고, 또 규장각본 자체에 대한 원문교정을 거쳐, 텍스트의 필사과정에서 생긴 원문의 오자·탈자·연문·마멸자·결락들을 교정하고, 원전의 마모로 발생된 마멸자와 낙장들을 복원하여 텍스트의 원문불완전성을 해소하고, 여기에 한자병기와 띄어쓰기 및 광범한 주석을 가해 가독성을 향상시켜 편찬한 것이다

컴퓨터 문서통계 프로그램이 계산해준 이 책의 파라텍스트(para-text)를 제외한 본문 총글자수는 500,078자다. 원문 192,000자를 입력하고, 여기에 2,284곳의 오자·탈자·마멸자·결락·낙장·오기·연문·착간 등에 대한 원문교정과 32,079자의 한자병기, 그리고 1,617개의 주석이 더해지고, 또 95,643 곳의 띄어쓰기가 가해져서 이루어진 결과다.

앞서 언급한 것처럼 이 책은 현대어본 출판을 전제로 편찬한 것이다. 따라서 이 교감본 편찬의 저본이 된 '규장각본'을 현대어로 옮겨 현대어본 편찬 작업도 완료되어 현재 인쇄에 넘겨진 상태다. 전자 교감본은 전문 연구자와 국문학도를 독자로 하는 학술도서로, 후자 현대어본은 일반 독자들을 위한 교양도서로, 전자는 국배판(A4규격) 1권으로, 후자는 신국판 1권으로 각각 간행될 예정이다.

이 책은 필자 단독연구로 편찬되었다. 따라서 이 책에 나타난 모든 오류는 오로지 필자의 책임이다.

이 연구의 결과물이 제출 마감 시간 전까지 제출할 수 있게 된 것은 휴가까지 미뤄가면서까지

편집에 공을 들여 준 도서출판 학고방의 조연순 팀장과 여러 직원들의 노력 덕택이다. 또 어려운 출판 여건 속에서도 인문학의 위기를 걱정하며 이 책의 출판을 흔쾌히 맡아주신 하운근 대표님의 결단이 있었기에 가능하였다. 이 자리를 빌어 깊은 감사를 드린다.

2018. 8. 20. 아침
蟄士齋에서 저자 識

✳ 일러두기 ✳

　이 책『교감본 유효공선행록』은 규장각본『뉴효공션힝녹』12권12책 전질(全帙)을 국립중앙도서관본『劉孝公善行錄』亨·利·貞 3권(元 권 결권)과 나손본『유희공션힝녹』1책 132쪽과『뉴효공션힝녹』권지삼 89쪽 등 2종을 '원문 내 교정'과 '이본 간 상호대조를 통한 교정'의 2단계 원문교정 과정을 거쳐, 각 텍스트의 필사과정에서 생긴 원문의 誤字·脫字·誤記·衍文·缺落·落張·錯寫들을 교정하고, 여기에 띄어쓰기와 한자병기 및 광범한 주석을 가해 편찬한 것이다.

　이 때문에 이 책은 불가피하게 원문에 대한 많은 교정과 보완이 가해졌다. 따라서 이 책은 이처럼 원문에 가해진 많은 교정·보완 사항들을 일관성 있게 보여주고, 누구나 이를 원문과 쉽게 구별할 수 있게 하기 위해 다음 부호들을 사용하였다.

（　）　　: 한자병기를 나타내는 부호. （ ）의 앞에 한글을 적고 속에 한자를 적는다.
　　　　　　예) 대명(大明) 셩화년간(成化年間)의 셩의빅(誠意伯) 유졍경은 셰틱 명문이니

［　］　　: 원문의 잘못 쓴 글자를 바로잡거나 빠진 글자를 보충해 넣은 부호. 오자·탈자·결락·낙
　　　　　　장·마멸자 등의 교정에서 바로잡거나 빠진 글자를 보충해 넣을 때 사용한다.
　　　　　　예) 번셩ᄒᆞᆮ[믈], 번셩○[ᄒᆞ]믈, 번□□[셩ᄒᆞ]믈,

○　　　　: 원문의 필사 과정에서 생긴 탈자를 표시하는 부호. 3어절 이내, 또는 8자 이내의 글자를
　　　　　　실수로 빠트리고 쓴 것을 교정하는 경우로, 빠진 글자 수만큼 '○'를 삽입하고 그 뒤에
　　　　　　'[ ]'를 붙여, '[ ]'안에 빠진 글자를 보완해 넣어 교정한다.
　　　　　　예) 넉넉ᄒᆞ○○○[미 이시]니

｛　｝　　: 중복된 글자나 불필요하게 들어간 말을 표시하는 부호. 衍字나 衍文을 교정하는 경우로,
　　　　　　중복해서 쓴 글자나 불필요한 말의 앞·뒤에 '｛ 과 ｝'를 삽입하여 연자나 연문을 '｛ ｝'로
　　　　　　묶어 중복된 글자이거나 불필요한 말임을 표시한다.
　　　　　　예) 공이 쳥파의 희연히｛희연히｝쇼왈

《‖》　: 원문의 필사 과정에서 두 글자 이상의 단어나 구·절 등을 잘못 쓴 오기를 교정하는 부호.
　　　　　　이때 '‖'의 앞은 원문이고 뒤는 바로잡은 글자를 나타낸다.
　　　　　　예)《잠비‖잠미》를 거스리고

○…결락○자…○ : 원문에 3어절 이상의 말을 빠뜨리고 쓴 것을 보완하여 교정할 때 사용하는 부호. '○…결락○자…○' 뒤에 'Ⅰ '를 붙여 보완할 말을 넣고, 빠진 글자수를 헤아려 결락 뒤의 '○'를 지우고 결락된 글자 수를 밝힌다.

　　예) ○…결락9자…○[계손의 혼인을 셔돌시]

○…낙장○자…○ : 원문에 본디 낙장이 있거나, 원본의 책장이 손상되어 떨어져 나간 것을 보완할 때 사용하는 부호. '○…낙장○자…○' 뒤에 'Ⅰ '를 붙여 보완할 말을 넣고, 빠진 글자 수를 헤아려 낙장 뒤의 '○'를 지우고 빠진 글자 수를 밝힌다.

　　예) ○…낙장 2쪽 482자…○[림재 묘연(杳然) 흐디라.……방듕 믈식과 부]

□ 　　 : 원본의 글자가 마멸되거나 汚損으로 인해 판독이 불가능한 글자를 표시하는 부호. 오손된 글자 수만큼 '□'를 삽입하고 그 뒤에 'Ⅰ '를 붙여, 오손된 글자를 보완해 넣는다.

　　예) □□□□□[삼ᄌᆞ를 나코 쥭]

▌①（ ）▌ : 원문에 필사자가 책장을 잘 못 넘기거나 착오로 쓰던 쪽이나 행을 잘못 인식하여 글의 순서가 뒤바뀐 착간(錯簡)을 교정하는 부호. 착간이 일어난 처음과 끝에 'Ⅰ '를 넣어 착오가 일어난 경계를 표시한 후, 순서가 뒤바뀐 부분들을 '（ ）'로 묶어 순서에 맞게 옮긴 뒤, 각 부분들 곧 '（ ）'의 앞에 원문에 놓여 있던 순서를 밝혀 두어, 교정 전 원문의 순서를 알 수 있게 한다.

　　예) 원문의 글이 ▌①（ ）②（ ）③（ ）▌의 순서로 쓰여 있는 것이 ②（ ）-①（ ）-③（ ）의 순서로 써야 옳다면, 이를 옳은 순서대로 옮기고, 각 부분들의 앞에는 본래 순서에 해당하는 번호를 붙여 ▌②（ ）①（ ）③（ ）▌으로 교정한다.

≤ ≥각주번호 : 본문 내용과 같은 이본원문을 각주로 제시한다는 부호. 앞의 부호 '≤'은 이 본문원문의 '시작'을, 뒤의 부호 '≥각주번호'은 '끝'을 나타내며 각주로 출처를 밝힌다.

　　예) ≤동듀(同住) 십여년의 … ᄌᆞ현이라 ᄒᆞ니라.≥[11]

　　　　각주11)"부븨 동쥬ᄒᆞ얀지 십여년의 … ᄌᆞ현이라 ᄒᆞ니라." (나손본 『뉴희공션힝녹』, 총서 41권:211쪽7-13행, *밑줄 교주자).

목 차

〈유효공선행록〉 이본 편차 대조표

규장각본		나손본		국립도서관본		규장각본과 비교
표제 : 뉴효공션힝녹 劉孝公善行錄		표제 : 이본마다 다름		표제 :뉴효공션힝녹 劉孝公善行錄		
권명	글자수	이본표제(총서) 권: 쪽	글자수	권명	글자수	
권지일	10행×19.5자×80쪽=15,600	뉴희공션힝녹(柳孝公善行錄) 41권; 209-342	14행×18자×134쪽=33,768자	결권	결권	나손본; 규장각본 1권1쪽1행(첫글자) - 3권13쪽3행(홍이 크게 불쾌이 너기더라)'
이	10행×19.5자×80쪽=15,600					
삼	10행×20자×80쪽=16,000자	뉴효공션힝녹 권지삼(劉孝公賢行錄 卷之三) 42권 : 1-91.	11행×24자×89.5쪽=23,628자 *궁체로 단정하게 필사됨.			
사	10행×20자×80쪽=16,000자			亨 권지이	14행×16자×277쪽=62,048자	나손본; 규장각본 3권65쪽9행(학시 상규를 보닉고) - 5권22쪽8행(창뒤 쥬야로 힝ᄒᆞ다)
오	10행×20자×80쪽=16,000자					
육	10행×19자×80쪽=15,200자					국립도서관본; 규장각본4권16쪽3행(치인이 미양 학사를 죽이고) - 7권58쪽10행(고두 샤죄ᄒᆞ더라)
칠	10행×19자×80쪽=15,200자					
팔	10행×19자×80쪽=15,200자			利 권지삼	14행×16자×201쪽=45,024자	국립도서관본; 규장각본7권58쪽10행(명일 강한님 박퇴우 등이 샹부의) -10권60쪽10행(ᄉᆞ로이 칭찬ᄒᆞ고)
구	10행×19자×74쪽=14,060자 *시작부분 6쪽 낙장					
십	10행×19자×82쪽=15,580자					
십일	10행×20자×82쪽=16,400자			貞 권지수	14행×16자×164쪽=36,736자	국립도서관본; 규장각본10권60쪽10행(부인이 됴시니시 낭쇼겨) - 12권81쪽끝(ᄉᆞ로이 칭찬ᄒᆞ고)
십이	10행×19.5자×80쪽=15,600자					
합계	186,440자		57,396자		143,808자	

〈유효공선행록〉 이야기 줄거리

【권지 일】

1. 명나라 성화 연간에 성의백 유저경의 부인 경씨가 아들 형제를 낳으니, 형은 연이요, 아우는 홍이다. 유연이 6세 되는 해에 경부인이 죽으매, 유공은 후처를 얻지 않고 양민 주씨를 취하여 가사를 맡기니, 주씨가 양순하고 온화하여 유연 형제를 친자같이 길렀다.

2. 유연 형제가 자라나면서 성격이 판이하여, 현은 효우·관인하고, 아우는 간교·시험하기 그지없었고, 유공이 또한 불명하여 잔인한 일이라도 능히 할 수 있는 인물로서, 장자보다 차자를 편애하여 장자의 정직·온순함을 오히려 좋지 않게 여기는 것이었다.

3. 집금오로 있는 권신 요정이 진사 강현수의 처 정씨를 겁탈하려 하매, 정씨가 머리를 기둥에 받아 자살하였기로 강진사가 조정에 고소하였다.

4. 마침 유공이 그 고소를 담당하게 되니, 요금오는 유공의 차자 홍이 뇌물을 좋아한다는 말을 듣고, 사람을 시켜 홍에게 천금을 바치고 부친에게 잘 보아 달라고 하였다.

5. 차자의 부탁을 받은 유공이 강진사를 무고했다며 하옥하고 돌아오니, 그 고소에 대하여 형제간에 다투어, 연은 부친에게 권문세가의 국법을 문란하게 하는 일을 없게 하시라 하고, 홍은 요금오를 옹호하니, 유공은 연의 말을 듣고 불쾌히 여겼다.

【권지 이】

6. 홍이 형 없는 틈을 타서 형이 강진사한테 황금 수백 냥을 받고 불의를 행하고 있다고 참소하니, 유공이 그 말을 곧이듣고 연을 불러 곡절을 밝히지도 않고 질책하매, 연이 부친의 질책을 듣고 황공해 하였다.

7. 이러한 후로 유공의 연에 대한 사랑이 식어지고, 연의 하는 일을 의심하여 믿지 않으니, 연이 심히 두려워하고 슬퍼서 자책하고 효우함을 힘쓰며 부친을 감동시키고자 하였다.

8. 홍이 형을 참소하여 부친의 사랑을 독차지하니 어떻게 할 수가 없었고, 연에 대한 유공의 마음은 점점 멀어져 갔다.

9. 홍이 부친으로 하여금 강진사를 정배하도록 하니, 형부상서 남공과 형부시랑 위공이 강진사의 옥사가 잘못 되었음을 알고, 황제에게 유공을 탄핵하였다가 유연의 장래를 생각하여 중지하였다.

10. 추밀부사 정관이 딸을 두고 유공에게 청혼하여 유연을 사위로 삼고, 또 친구 성어사로 하여금 유홍을 사위로 삼도록 하였다.

【권지 삼】

11. 유홍은 자기 부인보다 형의 부인을 더 현미함을 보고 질투하여 한탄하는 노래를 지어 불렀다. 유연이 들어보니 형의 금실을 휘저으려고 하는 사연이라, 아우를 불러 꾸짖으며 요금오의 뇌물을 받는 등의 불의지사는 하지 말라고 하였다.
12. 이에 앙심을 품은 홍이 부친 앞에가서 머리를 땅에 받아 죽기를 청하며 형을 헐뜯으니, 유공이 대로하여 연을 불러 곡직을 묻지도 않고 마구 쳤다.
13. 연이 아우의 불의를 차마 이르지 못하고, 다만 부친이 죄목을 묻지 않고 함부로 자식을 돌로 치는 부친의 과도한 행위를 간할 뿐이었다.
14. 그 날밤 홍이 형과 같이 자고는 이튿날 부친에게는 형이 부친을 욕하였다 하여 격노하게 하고, 틈이 있을 때마다 부친에게 형을 참소하니, 성부인이 보다 못해 형제 불화를 간해도 듣지 않고, 정부인은 홍이 형을 해치겠다는 말을 엿듣고 살이 떨리고 넋이 놀라 탄식을 마지않았다.
15. 이때, 조정에서 설과할새, 부친의 뜻을 알고 있는 유연은 병을 일컬어 불응하고, 유홍이 응과하여 장원급제하고 득의양양하니, 가노들은 그 위세에 눌려 꼼짝 못하였고, 유홍은 형의 존재를 무시하였다.

【권지 ᄉ】

16. 유공은 홍이 장원급제하고 벼슬하게 되매, 평소에 품고 있던 뜻을 실행하기 위하여 종족의 반대에도 불구하고, 적자 연을 폐하고 차자 홍으로 적자를 삼는다고 선언하고 사당에 고유의식(告諭儀式)을 행한다
17. 유공은 연으로 하여금 홍에게 절하게 하고, 정부인으로 성부인에게 절하게 하니, 착한 성부인은 피신하고 말았다.
18. 유연은 부친의 허물을 면하게 하기 위하여 광인의 행세를 하여, 종족으로 하여금 자기가 폐인이 된 것을 믿게 하였다. 이에 유공은 연이 자신을 살해하려 하였고, 서모를 박대하고, 제수를 핍박하려 했다는 허언을 늘어놓았다.
19. 종족들은 음식도 먹지 않고 돌아가고, 서모 주씨는 칭병하여 가사를 돌보지 않으며, 정부인은 푸른 옷을 입고 죄인으로 자처하고, 유연은 두문불출하여 식음을 전폐하고 죽으려 하였다.
20. 유공이 들어가 그 참혹상을 보고 놀라면서, 그래도 부자지간에 마음이 좋지 못하였던지 연의 손을 잡고 위로하니, 연은 추호도 부친을 원망하지 않는다.

【권지 오】

21. 유홍이 형을 해할 것을 요금오에게 상의하니, "부자지간에 비록 불편한 일이 있으나, 오래 가면

골육이 서로 감격하여 노한 일을 잊고 사랑하는 것이 인정이니, 부친의 마음이 한번 변하면 그대의 장래는 헛되게 될 것이고, 부친에게 용납되지 못할것이니, 계교로써 형을 제거함이 좋겠다."하고는 계교를 일러주었다.

22. 이에 유홍은 부친을 움직여 형으로 하여금 과거를 보게 할새, 유연은 환로에 뜻이 없어 거절하다가, 부친이 부명을 듣지 않는 자식 앞에서 칼을 물고 죽겠다고 하는 바람에, 할 수 없이 응과하여 장원급제를 한다.

23. 과거급제자 발표가 나자, 돌연 요금오와 국구 만연이 나서며, 유연은 서모를 박대하고 제수를 사통하였기 때문에 종족이 모여 적자를 폐하였으므로, 장원은커녕 하옥하고 중형을 내려야 한다고 아뢰었다.

24. 그러나 황제는 태자의 말을 들어 유연으로 태자의 사부를 삼고 황제 앞에서 피를 토하는 유연을 물러가 병을 치료하게하니, 유홍은 태자를 한하고 정부인은 남편의 병이 점점 나아지고 상총을 얻음이 기쁘나 자기의 외로움을 못내 슬퍼하였다.

25. 유홍은 형수의 방에 들어가 정부인을 내쫓아 가노들이 자는 방에 있게 하고, 형수의 방에는 자기 부인을 거처하게 하였다.

【권지 뉵】

26. 다시 정부인을 모함하여 친정으로 내쫓도록 하였다. 친정으로 쫓겨온 딸을 본 정공은 유공을 상소하여 탄핵하려다가, 한사코 반대하는 딸의 만류로 중지한다.

27. 정공은 후처 계씨의 말을 들어 딸을 계씨의 조카 계생에게 개가(改嫁)시키기 위해 그녀 몰래 혼사를 진행한다. 정부인은 혼인 전날에야 이 사실을 알고, 부친께 혈서(血書)남기고 시비 난향과 함께 남장(男裝)을 하고 집을 떠난다.

28. 황제가 후궁 만귀비를 총애하여 황후를 폐하고 태자를 멀리하니, 정승상 등 직신들이 폐후의 부당함을 간하는 상소를 올린다. 이에 황제는 '누구든 폐후에 반대하는 상소를 하는 자는 사형으로 다스릴 것'이라고 엄명을 내린다. 이때를 타 만귀비의 일당인 홍은 연을 사지에 몰아넣기 위해 부친을 부추겨 그에게 상소를 올리도록 강요하게 한다. 이로써 연은 부친의 강요에 못 이겨 폐모의 부당함을 간하는 소(疏)를 올리게 된다.

29. 황제가 유연의 상소를 보고 격노하여 유연에게 혹독한 장형(杖刑)을 가해 조주로 원찬(遠竄)하였다.

30. 유홍은 연을 호송하는 공차(公差)에게 가보(家寶)인 금낭과 옥잠을 뇌물로 주고 연을 도중에 죽이도록 사주한다. 이후 만귀비에게 아당하고 황제의 뜻에 영합함으로써 불차(不次)로 병부상서에 승직한다.

【권지 칠】

31. 유연은 양주(揚州)에 이르러 장처가 크게 덧나 움직이지 못할 지경에 이르는데, 공차들이 서로 상의하여 이곳 객점에서 그를 죽이려 한다. 이를 마침 집을 떠나 이곳에 유락(流落)해 있던 정부 인과 시비 난향이 듣고, 이를 유연에게 알리고, 또 연의 지시를 받아 양주자 박상규에게 사실을 알림으로써, 박자사 도움으로 화를 면하고 장처를 치료한 후 다시 적소로 떠난다

32. 유연은 정부인과 헤어져 무사히 적소인 조주에 도착, 조주 태수 양중기의 후의(厚意)를 사양하고 도성 밖에 집을 잡아 머물며 그의 명성을 듣고 찾아온 선비들에게 글을 가르치며 생계를 꾸린다.

33. 유연은 자신을 호송해왔던 공차들과 헤어지면서 홍이 그들에게 뇌물로 주었던 선세 가보(家寶) 들인 금낭 과 옥잠을 사서 간직한다.

34. 정부인은 유연이 그녀가 부명(父命)으로 출거한 죄인의 신분임을 들어 동행할 수 없음을 밝힘으 로써, 다시 부부가 헤어져 연은 조주 적소로 향하고, 그녀는 양주자사 박상규의 도움을 얻어 수로(水路)로 부친의 적소인 촉(蜀) 향해 떠난다. 그런데 도중에 풍랑을 만나 배가 엉뚱한 방향 으로 표류하여 연의 적소인 조주(潮州)에 표착(漂着)하고, 또 선원들이 그녀를 속여 내리게 해놓 고는 배를 띄워 도주해버림으로써, 할 수 없이 연의 적소를 찾아가 근처 객점을 빌려 머물지만, 차마 소식을 전하지 못한다

35. 하루는 정부인이 집 뒤 개울가에 나갔다가 우연히 연이 바위에 앉아 학생들에게 강학하는 것을 보게 되는데, 이때 한 학생이 뜻밖에도 '정추밀이 적소로 가다가 적변을 만나 죽었다'는 소문을 전하자, 이를 듣고 연이 놀라 눈물을 흘리며 돌아가는 것을 보고, 그녀는 뜻밖의 부친의 부음(訃 音)을 듣고 놀라 넋을 잃고 혼절한다.

【권지 팔】

36. 정부인은 난향의 구호로 깨어나 부친을 부르짖어 통곡하고 혼절하기를 거듭하다가 객점으로 돌아와 상복을 입고 거상(居喪)한다. 그러나 또 방세를 낼 길이 없어 난향과 함께 인근 태행산에 올라가 한 석굴 속에 거처를 정하고 솔잎과 산열매를 따 먹으며 죽음을 기다린다.

37. 유연은 강형수가 적소로 찾아와 함께 기거하는데, 하루는 함께 태형산을 유람하다가 석굴 속에 병들어 누워 있는 정소저를 만나 처소로 데려와 구병(救病)하고 함께 생활한다. 그리고 나이 이십이 다 되도록 자식을 두지 못한 것을 자책하여 비로소 정소저와 친(親)을 맺는다

38. 한편 유홍은 공차를 시켜 그를 죽이려 한 흉계가 실패하자, 노복을 조주로 보내 그의 동정을 탐지해 오게 하여, 그가 적소에서 정소저와 함께 지내고 있고 강형수와 지기(知己)가 되어 교유 하고 있다는 보고를 받고는, 부친께 그가 부친을 반(叛)하여 정소저와 즐기고 강형수와 같은 무리들과 사귐으로써 장차 문호에 큰 화(禍)가 미칠 것이라고 참소해, 부친으로 하여금 그의 적소로 칼과 편지를 보내 자진(自盡)을 강요케 한다

39. 부친의 서간과 칼을 받은 유연은 할 수 없이 부친의 뜻을 따라 임신 중인 정소저를 내치고(이때

16

그는 노복을 따라 보내 정소저가 안상현 수월암에 의탁한 것을 확인한 다), 강형수와 결별하는 한편, '부친께 차마 자식을 죽인 오명(汚名)을 끼칠 수 없어 죽지 못한다'는 답신을 집으로 보낸다

40. 이후 유연은 극심한 고통으로 병을 얻어 토혈(吐血)이 그치지 않고 음식을 먹지 못해 사경(死境)이 이른다. 이때 태자가 만귀비의 모해로 조주를 순행하라는 황명을 받고 조주에 내려왔다가 그의 적소를 찾아와 병세가 위중함을 보고 친히 구병하며 수일을 머물고 돌아간다.

【권지 구】

41. 유공은 홍이 연을 불의로 해하고 있다는 사실을 깨닫기 시작하는 중, 우연히 홍이 만염·요정과 결탁해 연과 태자를 모해하여 죽이려 한 편지들을 보고 나서, 크게 노하여 홍을 60여장의 중장(重杖)을 가해 축출한다.

42. 이때 남만(南蠻)[남선(南單)]이 반란을 일으켜 유홍이 병부상서로서 대원수가 되어 10만 대군을 이끌고 출정한다.

43. 이후 황후와 황제가 연이어 승하하고, 태자가 황제 홍치제(弘治帝: 1487~1505)에 즉위하여 만염·요정 등의 간당을 모두 참형에 처해 소탕하고 만귀비를 또한 심궁에 유폐하며, 그를 비롯하여 정관·유연·유정서 등 선황제의 직신(直臣)들을 불러들여 조정을 일신(一新)한다.

44. 이로써 유연은 적소에서 이부상서의 부름을 받고 병든 몸을 이끌고 상경하게 된다

45. 한편 유홍은 남선을 수개월 만에 평정하여 공을 세운다. 그러나 곧 교만에 빠져 군사들과 백성들을 학대하여 민심과 군심이 이반(離叛)하고, 소요가 일자, 단기(單騎)로 도망하여 경사로 돌아와 황제께 청죄(請罪)하였다가, 대원수로서 탐학(貪虐)한 죄에다, 전에 요정에게 뇌물을 받아 국법을 문란한 죄와, 만엽·요정 등과 함께 만귀비의 당이 되어 국정을 탁란(濁亂)한 죄까지 추가되어, 극형에 처해져 100여장의 장책(杖責)을 받고 하옥된다.

【권지 십】

46. 이로써 유공은 지금껏 홍이 자신의 눈을 가려 연을 해(害)한 모든 악사(惡事)들을 깨달아 성부인과 홍의 자녀들까지도 모두 집밖으로 박축하고, 유배에서 돌아온 연을 맞아 진심으로 과거를 뉘우치고 손수 연의 병을 보살피며 그간의 고초를 위로함으로써, 둘 사이에 진정한 부자간의 화해가 이루어진다.

47. 이때 죽었던 것으로 알고 있던 정추밀이 유배에서 풀려 참지정사[승상]로 승직해 환조(還朝)하지만 유연은 정승상[정추밀]이 전에 자신의 부친을 논죄하는 상소를 하려 한 것을 치부하여 찾아가 만나지 않는다.

48. 한편 연은 홍을 변론하는 소를 올려 황제를 감동시키고 홍의 사죄(死罪)를 감해 유배에 처하게 해 홍의 목숨을 구한다. 이로써 홍은 북해에 정배되고 그는 통곡으로 홍과 작별하며 홍의 두

아들을 맡아 기를 것을 청하는데, 이 같은 그의 지극한 우애에 감동하여 홍이 마침내 개과천선할 것을 약속하고 성소저와 함께 적소로 떠난다.

49. 이후 정부인이 아들과 함께 무사히 돌아와 아들을 집으로 보내옴으로써 부자천륜을 단원하고 이름을 '우성'이라 지어준다. 그러나 유연은 이로 인해 또 다시 종통계승 문제가 불거져 복장(復長)하는 폐단이 일어날 것을 우려해 일부러 우성에게 정을 주지 않고 엄히 대하며, 스스로 병을 칭탁해 사당에 배알하는 등의 종손의 책무를 행하지 않을 뿐 아니라, 정소저와의 부부 복합도 완강히 거부한다.

50. 그러던 중, 유연은 부친의 간곡한 청으로 정소저가 본부로 돌아오자, 그녀를 데리고 온 정승상을 '딸을 개가(改嫁)시키려 한 몰염치'와 '부친을 해하려 한 원수'를 들어 비난해 분을 풀고, 또 정소저를 돌아가라고 핍박하고 우성을 내침으로써, 부친을 촉노(觸怒)하여 중장(重杖)을 받고, 강요에 못 이겨 정소저와 복합한다

【권지 십일】

51. 이후 유연은 어쩔 수 없이 부친과 종족들의 요구에 순응, 복장(復長)을 받아들여 장자의 지위를 회복한다. 그러나 그는 홍의 아들로 종통을 잇게 할 생각으로, 복장(復長)에 앞서 홍의 차자 백경을 양자를 삼고, 그를 종손으로 세울 것을 고집하여 끝내 이를 관철시킨다. 이로써 그는 아우 홍에 대한 지극한 우애를 실현하지만, 적장손인 자신의 친자 우성이 종통을 잇지 못함으로써, 또다시 가문의 종통을 왜곡시키는 결과를 낳고 만다

52. 이후 유연은 장인 정승상이 찾아와 부친의 중재로 서로가 자신의 잘못을 진심으로 사과하고 화해하며, 정승상은 정소저의 청을 받고 황제께 홍의 죄를 사면(赦免)해 줄 것을 상소해 홍을 유배에서 풀려나게 한다.

53. 한편 유연은 정부인이 시비 난향의 충성을 갚기 위해 그녀를 첩으로 거두어주기를 청하자, 취첩(娶妾)에 뜻이 없음을 들어 사양하고 대신 난향을 홀아비로 지내고 있는 친구 강어새[강형수]의 첩으로 혼인시켜 준다.

54. 홍의 장자 백명이 혼기에 이르자 태상경 백광순의 딸 백소저와 혼인시키고, 이어 백경과 우성을 이부시랑 조보의 딸 조소저와 태학사 이제현의 딸과 이소저와 각각 혼인시키는데, 백경과 우성은 아직 나이가 어려(백경 14세, 우성 12세), 15세 되기 전까지는 부부가 동침하는 것을 금한다. 그런데 백경은 성품이 단중(端重)하고 예(禮)를 중히 여겨 그의 명을 지키지만, 우성은 체격이 웅준하고 성품이 호방한데다 색욕이 조동(早動)하여 신부에 대한 정을 절제하지 못한다.

55. 과거가 열려 백명·백경은 그 부친 홍의 죄에 연좌되어 응시하지 못하고, 우성만응과(應科)하여 장원으로 급제하고 한림편수 겸 어사태우에 제수되는데, 유연은 우성의 나이가 어림을 들어 황제께 말미를 청해 3년 뒤에 출사(出仕)케 한다.

【권지 십이】

56. 이때 우성이 유가(遊街)에서 창기(娼妓) 2인과 대무(對舞)하여 정을 맺은 뒤, 점차 이들에게 침혹하여 밤마다 이들을 끌어들여 음락(淫樂)하고, 급기야는 그의 명을 어기고 신부 이소저와 합궁(合宮)을 기도하기에 이른다. 그러나 이소저의 완강한 거부로 실패하자, 마침내는 부모가 다 집을 비운 때를 타, 2창을 침소로 불러들여 이소저가 보는 앞에서 음란(淫亂)하고, 이소저에게 동침을 요구하다가 거부하자, 이소저를 주검이 되도록 난타하고 친(親)을 맺는 패행을 저지른다.

57. 유연이 승상에 승직(陞職)한다.

58. 유연은 이소저가 병이 중하다는 말을 듣고 진맥하다가 이소저의 주표(朱表: 臂紅. 동정의 상징)가 없음을 보고, 서모 주씨에게 물어 사건의 전말을 알고, 우성을 중장을 가해 징치(懲治)한다. 또 부인을 출거(黜去)하여 모자(母子)의 정을 끊게 하고, 자신도 우성을 안전(眼前)에 용납하지 않으며, 홀로 그 패행을 괴로워 하다가 토혈하는 병이 도져 병석에 눕는다.

59. 이에 우성이 회과자책(悔過自責)하며 부모의 용납을 얻지 못함을 비관하여 집을 나가자, 유연이 이를 개탄하여 우성을 데려다 다시 혹독한 장책을 가해 징계한 후, 자신의 처소에 두고 친히 장처를 치료하며 구병하여, 마침내 우성이 그의 지극한 사랑에 감격, 개과천선함으로써, 우성을 단중(端重)한 정인군자(正人君子)로 변화시킨다.

60. 유연은 백경·조소저 부부와 우성·이소저 부부에게 각각 도화당·부용당에 처소를 마련해 주고 동침을 허락하여 부부가 화락하게 한다

61. 홍이 적소로부터 돌아와 백명·백경을 훌륭히 성취시키고 또 우성과 같은 영자(英子)를 두고도 자기를 위해 백경을 종손으로 세운 것에 감동하여 사례하고 참회하여 마침내 형제가 진정으로 화해를 이룬다.

62. 부친의 회갑을 맞아 수연을 성대히 열어 부친께 영효(榮孝)를 다하고, 또 홍과 우애를 극진히 하여 친족과 백관(百官)들이 홍을 강상죄인(綱常罪人)과 반역죄인으로 멸대(蔑待)하는 것을 막고 자손들의 영효 받아 행복을 누린다

63. 유연이 단명하여 부친의 장례를 마친 후 3년상을 채 마치지 못하고 41세를 일기로 삶을 마치니, 황제가 친히 임종(臨終)에 나와 영결하고 곡하며, 환궁하여, 옷을 벗어 관에 넣도록 보내고, '효문공(孝文公)'의 시호를 내려 왕의 예(禮)로 장례를지내게 한다.

64. 정부인이 남편의 죽음을 따라 하종(下從)하여 함께 묻히고, 또 유연의 친구 상서 강형수와 태우 박상규가 이승에서의 아름다운 우정을 저승에서까지 지켜 혼백이 서로 종유(從遊)코자 하여 그의 죽음을 따라 죽어 같은 산에 묻힌다. 【끝】

뉴효공션힝녹 권지일

≤1)대명(大明) 셩화년간(成化年間)2)의 셩의빅(誠意伯)3) 유졍경은 셰딕 명문이니, 기국공신(開國功臣) 뉴빅운[온](劉伯溫)4)의 후예오≥5), 《극부‖독부(督府)6)》 댱사(長史)7) 뉴경(劉璟)8)의 손(孫)이라.

일쪽 닙신(立身)ᄒ여 벼슬이 병부시랑(兵部侍郎)의 니르러ᄂᆞ, 텬지 특별이 존춍(尊寵)ᄒ샤 셩의빅(誠意伯)을 더으시고, 남방(南方) 삼쳔호(三千戶)를 먹게 ᄒ샤 조션(祖先) 벼슬을 승습(承襲)ᄒ시니, 영귀ᄒ미 당셰의 읏듬이오, 부인 경씨ᄂᆞ 태상경(太常卿)9) 참의 여(女)라.

---

1) ≤ : '≤ ≥각주번호'. 본문 내용과 같은 이본원문을 각주로 제시한다는 부호. 앞의 부호 '≤'은 이 본원문의 '시작'을, 뛰의 부호 '≥각주번호'은 '끝'을 나타내며 각주로 출처를 밝힌다.

2) 셩화년간(成化年間) : 중국 명(明)나라 8대 황제 헌종(憲宗)의 치세기간(治世其間: 1464 년~1487)으로, 성화(成化)는 헌종(憲宗)의 연호(1465~1487)임.

3) 셩의빅(誠意伯) : 중국 명나라 태조 때의 정치가 유기(劉基)의 봉호(封號). *유기(劉基); 1311-1375년. 자는 백온(伯溫). 시호는 문성(文成). 저장성(浙江省) 온주(溫州) 문성현(文成縣) 남전(南田) 출신으로, 그의 출신지 문성이 후에 청전(青田)으로 개명되어, 유청전(劉青田)으로 칭해지기도 한다. 명 태조의 군사(軍師)로서 건국에 큰 공을 세워 개국공신에 올랐고 성의백(誠意伯)에 봉작되었다. 또 경사(經史)와 시문(詩文)에 능통하여 『욱리자(郁離子)』 10권, 『복부집(覆瓿集)』 24권, 『사청집(寫情集)』 4권, 『이미공집(犁眉公集)』 5권 등의 저서를 남겼다.

4) 뉴빅온(劉伯溫) : 중국 명나라 태조 때의 정치가 유기(劉基)의 자(字).

5) "딕명 셩화년간의 셩의빅 뉴졍경은 셰딕 명문이니 기국공신 뉴빅온 휘요"(나손본 『뉴희공션 힝녹』, 나손본 필사본고소설자료총서 제41권:211쪽1-2행, *밑줄 교주자).

6) 독부(督府) : =도독부(都督府). ①중국에서, 군정을 맡아 다스리던 지방 관아. 또는 외지를 통치하던 기관. 당나라 때는 고구려, 백제가 멸망한 뒤 그 옛 땅에 9도독부, 5도독부를 각각 두었고, 신라 땅에까지 계림 도독부를 두었다. ②통일 신라 시대 각 주(州)에 설치했던 지방 관아. 원성왕 원년(785)에 총관부(摠管府)을 고친 이름이다.

7) 댱사(長史) : 도독부(都督府)의 도독(都督) 다음 서열의 관직명.

8) 뉴경(劉璟) : 중국 명나라 태조-건문제(建文帝) 때의 정치가. 셩의백(誠意伯) 유기(劉基)의 차자(次子).자 중경(中璟), 호 이재(易齋), 시(諡) 강절(剛節). 영락제(永樂帝)가 '정난(靖難)의 변(變)'을 일으켜 조카 건문제(建文帝)를 폐하고 제위(帝位)를 찬탈하려 하자, 합문사(閤門使)로서 군사를 일으켜 이에 저항하다가, 붙잡혀 죽음을 당했다. 저서에 『이재집(易齋集)』이 있다.

9) 태상경(太常卿) : 관직명. 구경(九卿)의 하나. 태상(太常)을 가리키며, 남조(南朝) 양(梁)나라

십오셰의 시랑(侍郎)의게 도라와, ≤동듀(同住) 십여년의 이자(二子)를 두어시니, 댱ᄌᆞᄂᆞᆫ 《연이오 ‖ 신ᄆᆡ(神梅)10)오》, ᄎᆞᄌᆞᄂᆞᆫ 《홍이니 ‖ 홍ᄆᆡ(紅梅)니》, 부인이 쳐음{으로} 몽 【1】 듕(夢中)의 잉ᄐᆡᄒᆞᆯ 적 진인(眞人)이 홍ᄇᆡᆨ(紅白) ᄆᆡ화(梅花)를 ᄭᅩᆺ고 드러와 뵈더니, 년(連)ᄒᆞ여 냥ᄌᆞ(兩子)를 ᄉᆡᆼ(生)ᄒᆞ니, ᄭᅮᆷ을 인(因)ᄒᆞ여 이리 브르니, 고쳐 댱(長)의 명은 연이오, ᄌᆞ(字)ᄂᆞᆫ ᄌᆞ슌이라 ᄒᆞ고, ᄎᆞᄌᆞ(次子)의 명은 홍이라 ᄒᆞ고 ᄌᆞ(字)ᄂᆞᆫ ᄌᆞ현이라 ᄒᆞ니라.≥11)

이의 오륙년이 지ᄂᆞ듸 불ᄒᆡᆼᄒᆞ여 부인이 기셰ᄒᆞ니 공이 크게 슬허ᄒᆞ여 다시 후취를 아니 ᄒᆞ고 양인(良人) 쥬시를 취(娶)ᄒᆞ여 위쳡(爲妾)12)ᄒᆞ여 가ᄉᆞ를 맛지니, ≤쥬시 양션(良善)ᄒᆞ고 온화ᄒᆞ여 공을 어지리 돕고 뎍ᄌᆞ(嫡子)를 ᄉᆞ랑ᄒᆞ여 부듕(府中)이 □[평]안ᄒᆞ더라.≥13)

셰월이 여류(如流)ᄒᆞ여 삼년을 지ᄂᆡᄆᆡ 연의 형뎨의 【2】 년이 팔구셰라. 모친을 ᄉᆡᆼ각ᄒᆞ여 쥬야 슬허ᄒᆞ니, 쥬시 됴셕의 보호ᄒᆞ여 ᄋᆡ휼ᄒᆞᄆᆡ 공이 관심(寬心)ᄒᆞ여 일월을 지ᄂᆡᆯᄉᆡ, 두 아ᄒᆡ(兒孩) 댱셩ᄒᆞ기를 슈려히 ᄒᆞ야 녕형(英形)ᄒᆞ며, 소쇄(瀟灑)ᄒᆞᆫ 풍ᄎᆡ 교교히 가을 ᄃᆞᆯ과 봄 동산 ᄀᆞᆺ고, 문ᄎᆡ(文彩) 더옥 신긔ᄒᆞ여, 부친이 만일 졔(題)를 ᄂᆡ어 시험ᄒᆞ면, 형뎨 ᄀᆞᆯ와 셔셔 쳔언(千言)을 니루니, 됴셕의 고상홈과 의ᄉᆞ의 ᄲᅢ혀나미 장ᄌᆞ(莊子)의 남화경(南華經)14)과 부자(夫子)15) 츈츄(春秋)16) ᄀᆞᄐᆞᆫ 문필이오, ᄯᅩ 일쥭

때 태상경이라 불렀다. 종묘(宗廟)나 사직(社稷)에 제사 지내는 일과 조회(朝會)나 장례(葬禮) 등 분야의 예식을 주관했다. 아울러 박사(博士) 선발시험도 주관했다.

10)신ᄆᆡ(神梅) : =매신(梅神). =화신(花神). =백매(白梅). 중국 수(隋)나라 때 조사웅(趙師雄)이 나부산(羅浮山)의 한 샘가에서 소복(素服)을 한 한 미인의 영접을 받고 함께 술집에 가서 즐겁게 노는데 푸른 옷을 입은 동자가 노래를 불렀고 사웅이 취하여 자다가 새벽에 깨어보니 매화나무에 푸른 새가 지저귀고 있었다는 나부지몽(羅浮之夢)에 나오는 화신(花神)을 이른 말. 여기서 소복미인은 백매(白梅; 흰 매화). 또는 매신(梅神) 곧 화신(花神)을 이르는 말이며, '푸른 옷을 입은 동자'는 청매(靑梅; 푸른 매실)를 뜻한다. *나부산(羅浮山) : 중국 광동성(廣東省) 혜주부(惠州府)에 있는 명산으로, 진(晉)나라 때 갈홍(葛洪)이 이 산에서 선술(仙術)을 얻었다고 한다.

11)"부븨 동쥬ᄒᆞ얀지 십여년의 이ᄌᆞ를 두어시니 댱은 신ᄆᆡ오, ᄎᆞᄂᆞᆫ 홍ᄆᆡ니 부인이 처엄 잉ᄐᆡᄒᆞᆯ 적 신인이 홍ᄇᆡᆨ ᄆᆡ화를 ᄭᅩᆺ고 방의 드러와 뵈더니, 인ᄒᆞ여 냥ᄌᆞ를 ᄉᆡᆼᄒᆞ니 ᄭᅮᆷ을 응ᄒᆞ여 이리 부ᄅᆞ더니, 후의 일홈ᄒᆞ기를 댱은 연이라 ᄒᆞ고 ᄌᆞ를 ᄌᆞ슌이라 ᄒᆞ고, ᄎᆞᄌᆞᄂᆞᆫ 홍이라 ᄒᆞ고 ᄌᆞ를 ᄌᆞ현이라 ᄒᆞ니라." (나손본 『뉴희공션힝녹』,총서41권:211쪽7-13행, *밑줄 교주자).

12)위쳡(爲妾) : ≒작첩(作妾). 첩을 삼거나 둠.

13)"쥬시 양션온화ᄒᆞ여 공을 어지리 돕고 뎍ᄌᆞ를 ᄉᆞ랑ᄒᆞ여 부듕이 평안ᄒᆞ더라" (나손본 『뉴희공션힝녹』, 총서41권:212쪽8-9, *밑줄 교주자).

14)남화경(南華經) : 남화진경(南華眞經). 중국 전국 시대 때의 사람 장주(莊周)가 지은 '장자(莊子)'를 높여 이르는 말. *장자(莊子) : 중국 전국 시대의 사상가(B.C.365?~B.C.270?). 이름은 주(周). 도가 사상의 중심인물로, 유교의 인위적인 예교(禮敎)를 부정하고 자연으로 돌아가자는 자연 철학을 제창하였다. 현종이 '남화진인'이라는 시호를 내렸다. 저서에 ≪장자≫가 있다.

15)부자(夫子) : ①'공자'를 높여 이르는 말. ②남편'을 높여 이르는 말.③'스승'을 높여 이르는 말.

16)츈츄(春秋) : 『책명』 유학 오경(五經)의 하나. 공자가 노나라 은공(隱公)에서 애공(哀公)에

주모롤 여희고 고고(孤孤)흔 졍시 잇고 부친의 이즁홈○[을] 일체로 호여 밤은 동금동침(同衾同寢)호고, 나즌 동셕(同席)【3】의 연낙(連絡)17)호여 흑공여가(學功餘暇)의 담논(談論)호니, 동긔(同氣)의 더으미 이실 것이로딕, 도로혀 셔로 불화호여 흐나흔 효우관인(孝友寬仁)호고 흐나흔 간교암험(奸巧暗險)호기를 쥬호니, 즈연 외친닉소(外親內疏)호미 되니, 이 쏘흔 엇지 텬의(天意) 아니리오.

뉴시랑이 겸호여 인물이 싁험흐○[고] 일편되여 잔잉흔18) 일이라도 능히 홀 위인이라. 냥즈롤 비록 스랑호나 댱즈의 졀직효슌(切直孝順)호믈 낫비 너겨 댱ᄋ(長兒)는 닉 《듯∥쯧》을 밧지 아니코 흐갓 낫빗츨 지어 아당(阿黨)호고, 츠아(次兒)는 낫빗츨 슌치 아니나 내 《듯∥쯧》을 슌죵호니, 쳔연흔 군즈효즈(君子孝子)의 도리라 호더니,【4】 댱이 십여셰의 니르니, 풍도와 문필이 빈빈(彬彬)호여 일취월쟝(日就月將)호니 견시지(見視者) 칭찬치 아니리 업더라.

이젹의 금오(金吾)19) 뇨졍이 진스 강형슈의 쳐 뎡시 즈식이 이시믈 듯고 거즛 강싱으로 교도롤 믹즈 친흔 쳬호며 가만이 부하 심복으로 더부러 강싱의 집을 밤의 가 쓰고 친히 드러가 뎡시롤 핍박호니, 뎡시 능히 피치 못홀 쥴 알고 기동의 머리를 부드이저 죽으니, 뇨졍이 아연호여 강형슈를 추즈 죽이려 호나, 대희의 부평초(浮萍草)20) 갓튀여 죵시 엇지 못호고 도라가니, 강싱이 그윽이 슘어 뎡시의 졀스【5】홈과 뇨졍의 얼굴을 즈시 알고 이튼늘 일변(一邊)으로 상스(喪事)룰 두스리며, 일변(一邊)으로 죵족을 청호여 죽야 졍칙을 니르고 졍위(廷尉)21)예 고호야 홀식, 소식이 누셜호여 뇨졍이 듯고 딕경 왈,

"남상셔와 위시랑이 병들기로 뉴시랑이 홀노 공스롤 두스리니, 내 드르니 쳔금 즁이호는 ᄋ들이 이셔 스스슌쳥(事事順聽)이라 호니, 맛당이 회뢰(賄賂)로써 달닉리라."

호고, 가만이 셜 변스(辯士)로 호여금 슈빅금을 가져 《뉴부의 오니∥뉴부로 가게 호니》, 맛춤 연은 셔당의 글 닑고 홍은 홀노 외헌의 잇셔 비회호더니, 뇨졍의 부린 스룸【6】을 만나 셔로 본 후, 금과 소찰을 드리니, 홍이 바다 보믹 님의 스연은 글 가온딕 잇셔 즈시 알고, 《단연∥찬연》흔 즈금(紫金) 두 뎡이 알픽 노여 광치 졍즁(庭中)의 찬란호니, 엇지 탐남흔 욕심의 거졀호미 이{이}시리오. ≤이믜22) 지변(知辨)23)과 디혜 유여호여 니를 《션쳐홀지라∥션쳐홀 슈단이 잇는지라》≥24). 흔연이

<hr />

이르는 242년(B.C.722~B.C.481) 동안의 사적(事跡)을 편년체로 기록한 책.

17)연낙(連絡) : ①어떤 사실을 상대편에게 알림 ②서로 옮겨 주고받으며 차례로 전달함.

18)잔잉ᄒ다 : 잔인(殘忍)ᄒ다.

19)금오(金吾) : 중국 한나라 때에, 대궐 문을 지켜 비상사(非常事)를 막는 일을 맡아보던 벼슬.

20)부평초(浮萍草) : ①『식물』=개구리밥. ②물 위에 떠 있는 풀이라는 뜻으로, 정처 없이 떠돌아다니는 신세를 이르는 말.

21)졍위(廷尉) : 중국 진(秦)나라 때부터, 형벌을 맡아보던 벼슬. 구경(九卿)의 하나였는데, 나중에 대리(大理)로 고쳤다.

22)이믜 : 이미. 벌써. 다 끝나거나 지난 일을 이를 때 쓰는 말

23)지변(知辨) : 지혜가 있어서 사물을 분별하는 능력이 있음.

스왈(謝曰),

"후의를 다亽ㅎㄴ니 ≤금오ㄴ 듸신으로 이미ㅎ미 이 갓트니 소셩이 틈을 어든 즉 가친긔 《근력∥극력》ㅎ여 고ㅎ여 무亽케 ㅎ리니≥25), 족하ㄴ 도라가 주시 고ㅎ라."

셜파의 지쵹ㅎ여 보닉고 도라와 그윽이 싱각ㅎ되,

"연의 위인이 동심홀 기리26) 업고, 【7】 도로혀 일쟝 절칙(切責)을 바드리라."

ㅎ여, ≤당초의 《긔릴∥긔임》만 ᄌᆺ지 못ㅎ고≥27), ᄯᅩ 부친긔 강싱을 히ㅎ고 뇨졍을 돕고져 ㅎ나 연의 졍논ㅎ미 이실지라. 온 가지로 혜아리미[되], 도로혀 뇨졍을 위ㅎ여 골육동긔를 《모홈ㅎ니∥모홈홈이 되니》, 이 졍히 황금 슈빅 양이 뉴시 가문을 어즈러이고 부주형뎨 불화ㅎㄴ 근본이 되어 맛춤닉 인륜듸변을 이르혀니, 슬프다! 亽름이 욕심을 삼가지 아닐 것가.

이날 홍이 야야(爺爺)를 뫼셔 형이 업슨 씨를 타 온공(溫恭)ㅎ 亽식(辭色)으로 뇨공의 대절을 《잇고∥이르고》○○○○[사름되미] 돈후ㅎ며 져의 부 【8】 친을 지극히 추존(推尊)ㅎ다 ㅎ여, 눔의 쇼문으로써 베풀고, ᄯᅩ 연이 손을 번거이 보고 쳥촉과 《회로∥회뢰(賄賂)를 물니○[치]지 아니ㅎ야 심이 부졍타 ㅎ여 션발졔인(先發制人)ㅎ니, 시랑이 그윽이 신쳥ㅎ고 말을 아니터라.

이튼날 뉴공이 졍위(廷尉)의 니ᄅ러 좌긔(坐起)ㅎ니, 강형슈 일봉 글○○○[을 올려], 져 뇨졍을 잡펴 져쥬어지라 하니, 뉴공이 대신 톄면의 상힐(相詰)ㅎ미 난쳐ㅎ 고로, 도로혀 강싱을 것즌28) 말 ㅎ다 ㅎ여 칼 메어29) 가도고 부듕의 도라오니, 이직(二子) 마주 좌를 졍ㅎ고 이익 느즈믈 뭇주온듸 공이 주시 니ᄅ니, ≤연이 경동안싴(驚動顔色) 왈, 【9】

"《대신∥대인》의 물근 졍亽를 히익(孩兒)30) 감히 의논홀 빅 아니로듸, 싱각건듸 옥체(獄體)31)의 무단이 원고(原告)를 죄쥬고 원범(原犯)을 ᄃ亽리지 아니미 가치 아닌지라. 대인이 엇지 뼈 이ᄀᆺ치 ㅎ시니잇ᄀ?"≥32)

홍이 츄파를 빗기 ᄰ 연ᄃ려 왈,

---

24) 임의 언변과 지혜 유여ㅎ야 일을 <u>션쳐홀 슈단이 잇ㄴ디라</u>(나손본 『뉴희공션힝녹』, 총서41 권:216쪽8-10행, *밑줄 교주자).

25) 금오ㄴ 대신으로셔 이미ㅎ미 이 갓트니 소셩이 틈을 어더 가친긔 <u>극녁ㅎ야</u> 무亽케 ㅎ리니 (나손본 『뉴희공션힝녹』, 총서41권:216쪽11-13행, *밑줄 교주자).

26) 기리 : '길+이'의 연철표기.

27) "쳐엄의 <u>긔열</u>만 ᄀᆺ디 못ㅎ고"(나손본 『뉴희공션힝녹』, 총서41권:217쪽2-3행, *밑줄 교주 자).

28) 것즌 : 거짓

29) 메다 : 메우다. 씌우다. 말이나 소의 목에 멍에를 얹어서 매다.

30) 히익(孩兒) : ①=어린아이. ②자식이 부모에게 자신을 가리켜 이르는 일인칭 대명사.

31) 옥체(獄體) : 옥사(獄事)를 처결하는 자세나 법리

32) "연이 경동안싴 왈, "<u>대인의</u> 물근 졍亽를 히익 감히 시비ㅎ미 안이라. 싱각건듸 무단이 원 고랄 죄주고 원범을 뭇지 아니ㅎ미 가치 아닌지라. 셩의랄 듯주옴을 원ㅎ나이다."(나손본 『뉴희공션힝녹』, 총서41권:218쪽9-13행, *밑줄 교주자).

"뇨공은 졍직○[흔] 뒤신이요, 원고는 《쇼백∥쇼쇼(小小)》 셔싱이라. 감히 즁신(重臣)을 모함흐니 야야의 쳐치 고명흐시거늘, 형이 엇지 존위를 논폄흐고 인졍(人情)을 젼쥬(專主)흐여 흐시느요?"

연이 쇼왈,

"현뎨 엇지 이런 말을 흐느다? 쇼견으로뻐 베풀미 부즈의 덧덧흔 도리라. 내 무숨 원고와 인졍이 이시리오."

시랑이 【10】댱즈를 불쾌이 너겨 묵연반향(默然半晌)33)에, 연이 다시 고흐뒤,

"뇨공이 비록 대신이느 힝시 간스흐고 죄목이 히이(駭異)흐니, 젹실홀지[진]뒤 가히 호발(毫髮)도 용샤치 못홀 거시니, 원컨뒤 대인은 지삼 상찰(詳察)흐샤 셰가권문(世家權門)의 국법 어즈러이는 힝실을 업시흐시고 고단흔 스족 욕흐는 풍속을 쓰러브리게 흐시면 셩상의 만힝이오, 야야의 뒤션(大善)이시리이다."

시랑이 폐목교두(閉目攪頭)34) 왈,

"쳔불가(千不可) 만불가(萬不可)라."

흐니, 연이 묵연이퇴(默然而退)흐다.

홍이 나으가 ▽만이 고왈,

"야애 가형(家兄)의 쯧을 알으시느닛가?

공이 왈,

≤"불과 의논이 고【11】집흐여 《일을∥일도룰》 직히미라."≥35)

홍이 뒤왈

"불연(不然)흐이다. 작일의 강싱이 황금 슈빅 냥으로뻐 납뇌(納賂)흐여 형이 져의 일뉴(一類) 되기를 감심흐니, 히아의 간언을 용납지 아닌는지라. 업듸여 싱각건뒤 일즉 즈모룰 상(喪)흐고 야야의 이휵흐신[시]는 은졍을 밧즈와 셔로 의지흐더니, 싱각지 아닌 형뎨○[가] 쯧이 갈니여 부도(不道)의 일을 홀 쥴 엇지 알니잇고?"

셜파의 눈믈이 비오듯 흐니 시랑이 고지듯고 공즈룰 불너 곡졀을 니르지 아니흐고 다만 불효부졔(不孝不悌)36)흐믈 뒤칙흐니, 공지 엇지 홍의 【12】작언(作言)인 쥴 알니오. 흔깃 야야의 슈칙(數責)을 황공흐며 스스로 불초홀와, 붓그려 흐더라.

시랑이 추후 공즈 스랑이 젼일과 뉘도흐고 범스를 심이 의심흐여 밋지 아니흐니, 공지 심히 두리고 슬허 몸을 즈칙흐고 가지록 효우흐믈 힘쓰더라. 쥬야 야야룰 감동코즈 흐느 텬쉬 발셔 졍흐엿고, 뉴개 크게 어즈러오랴 흐는지라. 엇지 능히 어진 스룸이 인륜의 온젼흐믈 어드리오.

---

33)묵연반향(默然半晌) : 오랜 시간 묵묵히 아무 말없이 있음.

34)폐목교두(閉目攪頭) : 눈을 감고 머리를 좌우로 흔듦.

35)"불과 의논이 고집흐야 <u>일도룰</u> 직희미라"(나손본 『뉴희공션힝녹』, 총서41권:220쪽1-2행, *밑줄 교주자)

36)불효부졔(不孝不悌) : 어버이를 효성스럽게 잘 섬기지도 못하고 형제간에 우애하지도 못함.

홍이 참쇼(讒訴)ᄒ여 부친 ᄉ랑을 틱반이나 것그미 심즁의 환회ᄒ여 이에 뇨졍을 구ᄒ고 강현슈를 졀도(絶島)의 원찬(遠竄)【13】ᄒ니, ≤형쉬 감분(感憤)ᄒᄆ을 이긔지 못ᄒ여 상국(相國) ○[이] 《디졍‖지겸》을 보고, 발검(拔劍) 댱탄(長歎) 왈≥37),

"만싱(晚生)이 비록 어지지 못ᄒ나, 원통ᄒᄆ믈 졍위의 고ᄒ엿거ᄂᆞᆯ 뉴졍경이 이럿툿 모호이 ᄒ야 도로혀 쇼싱을 원춘ᄒ니 당당ᄒᆫ 남이 되어 이 분ᄒᆫ 거슬 셜치 못ᄒ고 셰상의 이시미 구츠홀 ᄲᅮᆫ 안냐, 국가 톄면으로 니ᄅᆞᆫ들, 옥ᄉ(獄事) 금은을 슈뢰(受賂)ᄒ고 원옥(冤獄)을 결(決)치 아냐 이런 지경의 이시되, 만됴(滿朝) 졀구(絶口)ᄒ니, '살인ᄌ(殺人者)를 살(殺)'38)ᄒᆷ믄 한고됴(漢高祖)39)의 관홍대도(寬弘大度)로도 샤(赦)치 아냣ᄂᆞ니, ᄒ물며 됴뎡즁신이 강도의 형상을 ᄒ고 반야(半夜)【14】의 ᄉ족부녀를 겁살(劫殺)ᄒ미ᄯᅡ여! 즁졍(中情)이 분울(憤鬱)ᄒ니 상국긔 ᄯᅳᆺ을 고ᄒ고 ᄒᆫ 번 질너 통ᄒᆫ(痛恨)ᄒᆷ믈 니즈리라."

셜파의 ᄌ결코ᄌ ᄒ듸, 각뇌(閣老) 경히(驚駭)ᄒ여 급히 구ᄒ고 그 강직ᄒᄆ믈 심복ᄒ듸, 《격원‖결원(結怨)》ᄒᄆ믈 슬희여, 다만 힘ᄡᅥ 강싱의 원찬(遠竄)을 프러 보ᄂᆞ니, 강싱이 칭샤(稱謝)ᄒ고 도라와 뎡시를 장ᄒ고 유하(乳下) ᄌ녀를 거ᄂᆞ려 교외로 나아ᄀᆞ니, 원ᄂᆡ 뉴홍의 금 바드믈 등하불명(燈下不明)으로 뉴부 상하ᄂᆞᆫ 모로나, 외인은 아ᄋᆞᄂᆞᆫ 고로 인인(人人)이 자자(藉藉)ᄒ여 모로리 업ᄂᆞᆫ지라. 강싱을 칭원(稱冤)ᄒ고 시랑과 뇨졍○[을] 논힉(論劾)【15】ᄒ미 간간(侃侃)ᄒ니40), 뇨졍이 크게 두려 이에 더옥 뉴홍으로 일심이 되어 뉴공을 츄복(追福)ᄒ니, 공이 깁히 혹ᄒ여 강싱을 그르다 ᄒ고, 뇨졍○[의] 원억ᄒᄆ믈 신셜(伸雪)ᄒ기를 마지 아니ᄒ니, 이러므로 시랑을 쳥의(淸議)41)[을] 바리ᄂᆞᆫ42) 지상《으로‖이라》 홀 ᄲᅮᆫ 아니라, 뇨졍의 납뇌(納賂)ᄒᆫ 기리 시랑의 아ᄌᆞ로 인ᄒ미, 《쇼리의 드러ᄂᆞᆫ‖쇽어의 이르기를》 "○○○[듀언(晝言)은] 문됴(聞鳥)ᄒ고 야언(夜言은 문셔(聞鼠))ᄒᆫ다"43) ᄒ니, ᄌ연 아로미 잇셔 공의 ᄎᆞᄌ 홍으로

---

37) "형쉬 감분ᄒᄆ믈 이긔지 못ᄒ여 <u>상국 니지겸</u>을 보고, 발검 쟝탄 왈," (나손본 『뉴희공션힝녹』, 총서41권:221쪽6-8행, *밑줄 교주자).

38) 살인ᄌ(殺人者) 살(殺) : 사람을 죽인 자는 사형에 처한다. 한고조(漢高祖) 약법삼장(約法三章)의 제1조에 해당하는 법령. *약법삼장(約法三章) : 중국 한(漢)나라 고조가 진(秦)나라 군사를 격파하고 함양(咸陽)에 들어가서 지방의 유력자들과 약속한 세 조항의 법. 곧 ①사람을 살해한 자는 사형에 처하고, ②사람을 상해하거나 남의 물건을 훔친 자는 처벌하며, ③그 밖의 모든 진나라의 법은 폐지한다는 내용이다.

39) 한고조(漢高祖). : 중국 한(漢)나라의 제1대 황제(B.C.247~B.C.195). 성은 유(劉). 이름은 방(邦). 자는 계(季). 시호는 고황제(高皇帝). 고조는 묘호. 진시황이 죽은 다음해 항우와 합세하여 진(秦)나라를 멸망시켰다. 그 뒤 해하(垓下)의 싸움에서 항우를 대파하여 중국을 통일하고 제위에 올랐다. 재위 기간은 기원전 206~기원전 195년이다.

40) 간간(侃侃)ᄒ다 : 성품이나 행실 따위가 꼿꼿하고 굳세다.

41) 쳥의(淸議) : 고결하고 공정한 언론.

42) 바리다 : 버리다. 저버리다. 마땅히 지켜야 할 도리나 의리를 잊거나 어기다. 등지거나 배반하다.

43) 듀언(晝言)은 문됴(聞鳥)ᄒ고 야언(夜言)은 문셔(聞鼠)라 : 낮말은 새가 듣고 밤말은 쥐가 듣

인ᄒᆞ여 큰 옥ᄉᆞ(獄事) 그릇 되믈 아라ᄂᆞ 인인이 기탄ᄒᆞ믈 마지 아니ᄒᆞ더니, 월여의 형부상셔 남공과 형부 우시랑 위공이 병이(並而)44)ᄒᆞ【16】려[여],졍위(廷尉)45)를 다ᄉᆞ리미 바야흐로 강싱의 슈말을 듯고 크게 불쾌ᄒᆞ여 남공이 뉴공을 ᄃᆡᄒᆞ여 굴오ᄃᆡ,

"강형슈ᄂᆞ 당ᄃᆡ ᄉᆞ림의 괴쉬오, 옥ᄉᆞ 디단ᄒᆞ거ᄂᆞᆯ 션싱이 엇지ᄒᆞ여 져 뇨젹을 다ᄉᆞ리지 아니ᄒᆞ고, 도로혀 원고(原告)ᄅᆞᆯ 죄 쥬시뇨?"

셜포의 위시랑으로 더부러 서로 보고 히이히 너기니, ≤뉴공이 무안ᄒᆞ여 두어 말노 《변싘∥변빅(辨白)》ᄒᆞ니, 이인이 《졍싱∥졍싴(正色)》고 니러ᄂᆞ니≥46), 뉴공이 상쇼ᄒᆞ여,

"동관(同官)의 쳔ᄃᆡ(賤待)ᄒᆞ믈 바다 ᄒᆞᆫ 마을의 ᄃᆞ니지 못ᄒᆞ리로 소이다,"

ᄒᆞᆫᄃᆡ, 상이 슈됴(手詔)47)로 위로ᄒᆞ시고, 졍위ᄅᆞᆯ 가라 녜부상셔ᄅᆞᆯ【17】도도시니, 됴졍이 져의 상춍을 보고 다시 언관을 촉ᄒᆞ여 논횤홀 ᄉᆡ, 이 ᄡᅥ의 츄밀부ᄉᆞ 뎡관의 언논(言論)이 이 시졀의 최즁(最重)ᄒᆞᆫ 배라.

십슴 도어ᄉᆞ 그 집의 다 모다 졍히 뇨졍의 죄목을 히비(賅備)히 베퍼, 졍형ᄒᆞ믈 쥬ᄒᆞ고, 좃초 뉴공의 금은을 밧고 ᄃᆡ옥을 프러 바려 ᄉᆞ류ᄅᆞᆯ 경시ᄒᆞ고 국법을 쳔주ᄒᆞᆫ 죄로 귀향 보ᄂᆡ믈 쳥ᄒᆞ여 만언소(萬言疏)ᄅᆞᆯ 지어 십삼인이 년명ᄒᆞ고, 졍히 의논홀 추의 싱각지 아닌 뉴연이 부명으로 뎡츄밀긔 졍히 의논홀 일이 이셔 니르니, 츄밀이 일즉【18】뉴공과 면분이 이시나, 연의 곤계(昆季)ᄂᆞ 보지 아냐ᄂᆞ 고로, 와시믈 듯고 졔인을 도라보아 굴오ᄃᆡ,

"뉴졍경이 이졔 어린 ᄋᆞ들을 보ᄂᆡ여 나ᄅᆞᆯ 보니 무삼 연괸 줄을 아지 못ᄒᆞ니 녈위(列位)ᄂᆞ ᄒᆞᆫ 가지로 보고 ᄯᅩ ᄆᆡᆨ바드미 ᄀᆞᄒᆞ다."

ᄒᆞᆫᄃᆡ, 모다 올히 너겨 시동으로 뉴공ᄌᆞᄅᆞᆯ 쳥ᄒᆞ니, 공ᄌᆞ 야야 명으로 마지 못ᄒᆞ여 이에 니르미, 문 밧긔 화가쥬륜(華駕朱輪)이 수풀 ᄀᆞᆺᄐᆞᆺᄂᆞᆫ지라. 심히 즐겨 아니ᄒᆞᄃᆡ, ᄒᆞ릴업셔 이에 동ᄌᆞᄅᆞᆯ 조초 긱ᄉᆞ의 니르러 보니, 늠늠ᄒᆞᆫ 댱부며 녈녈ᄒᆞᆫ 혹ᄉᆡ 셩녈ᄒᆞ여, 홍포오ᄉᆡ(紅袍烏紗)48) 힛빛치 ᄇᆡ애더라.

공ᄌᆞ【19】 놀호여49) 당의 올ᄂᆞ 녜필좌졍(禮畢坐定)의 츄밀이 은근이 문왈,

"노뷔 현형의 셩화(聲華)ᄅᆞᆯ 익이 드러시ᄃᆡ, 존웅으로 상회(相會)ᄒᆞ미 드므러 서로 면분이 업스믈 흥ᄒᆞ더니, 이졔 감굴(敢屈)50)ᄒᆞ믈 어드니 평싱의 힝이로다."

ᄂᆞᆫ다. 아무도 안 듣는 데서라도 말조심해야 한다는 말.
44)병이(並而): 함께. 더불어. 아울러
45)졍위(廷尉) : 중국 진(秦)나라 때부터, 형벌을 맡아보던 벼슬. 구경(九卿)의 하나였는데, 나중에 대리(大理)로 고쳤다.
46)"뉴공이 무안ᄒᆞ야 두어 말노 <u>변빅ᄒᆞᆫ</u> 즉, 이인이 <u>졍싴</u>ᄒᆞ고 니러나니"(나손본 『뉴희공션힝녹』, 총서41권:223쪽11-13행, *밑줄 교주자).
47)슈됴(手詔) ; 제왕이 손수 쓴 조서.
48)홍포오ᄉᆡ(紅袍烏紗) : 벼슬아치가 입는 붉은 도포와 검정 비단 모자.
49)놀호여 : 천천히.
50)감굴(敢屈) : 예기치 않게 스스로 몸을 굽혀 찾아 옴.

공지 피셕 샤왈,

"소싱이 노션싱 덕망을 츄앙흐완지 오릭오디 감히 농문(龍門)의 의탁흐믈 브라지 못흐더니, 금일 가친의 명을 이여[51] 이에 오믄 드룬 일이 아니라, 션됴 문셩공 슈틱(手澤)[52]을 영낙(永樂)[53] 쵸의 만히 일흐미 잇더니, 드르니 귀부의 어드신 빈 만타 흐니, 당돌이 나ᄋ와【20】션됴 슈틱을 춫고ᄌ 흐ᄂ니, 대인은 구버 눈종(允從)흐시리 잇ᄀ?"

뎡공이 문득 침음양구(沈吟良久)여늘, 공지 다시 ᄀᆯ오디,

공지 다시 ᄀᆯ오디,

"이 슈젹이 귀부의ᄂ 불관흐고 쇼싱의 집의ᄂ 귀흔 거시니, 가친이 친이 나ᄋ와 눗ᄎ로 쳥코ᄌ 흐디 맛춤 신병이 잇셔 쇼싱으로 흐여금 근졀이 허락흐시믈 바라더이다."

뎡공이 흔연 디 왈,

"셔젹이 과연 노부의게 잇거이와 젼셰 어든 비오, 노뷔 쏘흔 문필을 공경흐고 즁히 너겨 셔당의 두어 기리 보비를 삼더니, 이졔 공ᄌ의 츳ᄌᆷ과 녕존대인의 명을 엇디 거역흐리오. 삼【21】가 밧드러 도라보ᄂ리라."

흐고, 셔동을 불너 셔실의 가 나젼궤(螺鈿櫃)[54]를 닉여다가 뉴공ᄌᄭᅵ 젼흐니, 공지 쥰슌(遵順) 칭샤(稱謝)흘 ᄉᆡ, 모든 ᄉᆞ름이 쳐음 싱각기를 일기 쇼ᄌ로 아랏더니, 밋 셔로 보미 풍광이 관옥승상(冠玉丞相)[55]이오, 헌아샤인(軒雅舍人)[56] 이어늘, 일쌍 명목(明目)은 츄수(秋水)의 ᄆᆞᆰ근 빗츨 ᄌᆞ랑흐고, 너른 이ᄆᆞᄂ ᄀᆞ을 둘이 츤 서리의 바이ᄂ 듯, 풍영(豐盈)흔 양협(兩頰)은 빅년(白蓮) 일지(一枝)○[가] 녹엽(綠葉)의 소샤 풍우의 츔츄ᄂ 듯, 쥬슌(朱脣)을 반기(半開)흐고, 옥티(玉齒)를 함영(涵泳)[57]흐여 간간이 문답흐니, 도도흔 옥셩은 형산빅옥(荊山白玉)[58] ᄀᆞᆮ여 구소(九霄)[59] 난봉(鸞鳳)이

---

51)이다 : ①물건을 머리 위쪽에 얹다. ②용무나, 직책, 사명 따위를 지니다

52)슈틱(手澤) : ①손이 자주 닿았던 물건에 손때가 묻어서 생기는 윤기. ②물건에 남아 있는 옛사람의 흔적.

53)영낙(永樂) : 중국 명나라 성조의 연호(1403~1424).

54)나젼궤(螺鈿櫃) : 광채가 나는 자개 조각을 여러 가지 모양으로 박아 넣거나 붙여서 장식한 상자.

55)관옥승상(冠玉丞相) : '중국 서진(西晉)의 승상 반악(潘岳)의 관옥(冠玉)처럼 아름다운 용모를 이르는 말. *관옥(冠玉); 관(冠)의 앞을 꾸미는 옥. 승상(丞相); 중국 서진(西晉)의 미남자 반악(潘岳)의 관직명.

56)헌아샤인(軒雅舍人) : 풍채가 뛰어나게 아름다운 사인 벼슬아치. 곧 중국 당(唐)나라 때 시인 두목지(杜牧之)를 가리킴. *두목지(杜牧之) : 803~852. 이름 두목(杜牧). 자 목지(牧之). 만당(晩唐)때의 시인. 시에 뛰어나 두보(杜甫)와 함께 '이두(二杜)'로 일컬어지며, 중서사인(中書舍人)에 올랐고, 중국의 대표적 미남자로 꼽는다.

57)함영(涵泳) : =무자맥질. 물속에서 팔다리를 놀리며 떴다 잠겼다 하는 짓. 여기서는 '입 속에서 흰 이(齒)가 보였다 안 보였다 함'을 표현한 말.

58)형산빅옥(荊山白玉) : 형산(荊山)에서 나는 백옥. =형옥(荊玉). *형산(荊山): 중국 호남성(湖

【22】 부르는 듯, 쇄락흔 용모의 훤훤(喧喧)60)풍도며 한가흔 말슴과 유화흔 거동이
흔 닙으로 던키 어려오며, 그려도 니지 못홀 듯ᄒ니, 엇디 흔 갓 문인ᄌ스의 부박(浮
薄)흔 풍뉴며 거셰명인(擧世名人)의 유흔 거동 ᄯ롬이리오.

진퇴예졀이 얼프시 싀[자양부ᄌ(紫陽夫子)61)○[롤] 봄 ᄀᆺ고, 긔특흔 화긔ᄂᆫ 돗 우
히 명쥬(明珠)롤 구을녀 광치십실(光彩十室)62)의 빗최ᄂᆫ 듯ᄒ니, 졔인이 일망(一望)의
역식(易色) 경앙(敬仰)ᄒ고, 지셕(在席)의 염용굴슬(斂容屈膝)63)ᄒ여 실됴(失措)홀가
져허ᄒ니, 엇디 믹밧[바]들 의ᄉᆡ 나리오. 면면이 셩명을 통ᄒ고 말슴을 붓치니, 공ᄌ
의 【23】 응디슈답(應對酬答)이 강하(江河)롤 드리오고, 대희롤 텃ᄂᆫ지라.

뎡공이 숙시이파(熟視而罷)64)ᄒ여 어린 듯ᄒ기롤 반향이러니, 문득 관면을 썰쳐 우
슈롤 잡고 왈,

"공ᄌ의 츈취 몃 희완디, 션풍(仙風)은[을] 하늘긔 밧ᄌ와 산쳔슈긔(山川秀氣)롤 젼
듀(專主)ᄒ65)엿거이와, 노셩ᄒ미 이럿툿 ᄒ뇨?"

≤공지 긔이디왈(起而對曰),

"임의 셰상의 난지 십ᄉ년이라. 우용(愚庸)ᄒ믈 붓그려 ᄒ거늘, 션싱의 과장ᄒ시믈
당ᄒ오《니∥리잇고》≥66)?"

좌위 다 놀나 긔용(改容) 디찬왈(大讚曰),

"금일 못거지 옥경(玉京)67) 잔치 아니어늘 신션을 졉좌(接坐)ᄒ니, 혹 쑴인가 의심

南省) 형산현(荊山縣) 북쪽에 있는 산. 옥(玉)의 산지로 유명하다.
59)구소(九霄) : 높은 하늘. 능층소(層宵).
60)훤훤(喧喧)ᄒ다 : 의젓하다. 말이나 행동 따위가 점잖고 무게가 있다.
61)자양부ᄌ(紫陽夫子) : 주희(朱熹)의 존칭. *주희(朱熹): 중국 송나라의 유학자(1130~1200).
　　자는 원회(元晦)·중회(仲晦). 호는 회암(晦庵)·회옹(晦翁)·운곡산인(雲谷山人)·둔옹(遯翁).
　　성리철학을 확립시켜 유학사와 동아시아 사상사에 막대한 영향을 미쳤다. 도학(道學)과 이학
　　(理學)을 합친 이른바 송학(宋學)을 집대성하였고, 유학 경전에 대한 주석은 후세 학자들의
　　필독서가 되었다. 이러한 그의 학문을 주자학이라고 한다. 남강군(南康軍)의 지사(知事)로 있
　　을 때 고을의 학문을 진흥시키기 위해 백록동서원(白鹿洞書院)을 재정비하고 학규(學規)를
　　제정하였으며, 무이정사(武夷精舍)와 창주정사(滄洲精舍)를 세워 강학하면서 많은 후학들을
　　길러냈다. 정치적으로는 당시의 권신(權臣) 한탁주(韓侂冑)의 비위(非違)를 탄핵하면서 맞서
　　다가 위학(僞學)을 하는 무리로 몰려 관작(官爵)을 삭탈(削奪)당하는 박해를 받았으며, 사후
　　에야 회복 되었다. 주요 저서에 《주자대전(朱子大全)》, 《시집전(詩集傳)》, 《사서집주(四
　　書集註)》, 《근사록(近思錄)》, 《자치통감강목(資治通鑑綱目)》 등이 있다. 후세 사람들이
　　높여서 주자(朱子), 주부자(朱夫子), 자양부자(紫陽夫子) 등으로 칭하기도 하였다. 《宋史 卷
　　429 道學列傳 朱熹》.
62)광치십실(光彩十室) : '광채가 열 집에 비친다'는 듯으로 '빛이 널리 환하게 비침'을 이른
　　말.
63)염용굴슬(斂容屈膝) : 몸가짐을 가다듬고 용모를 단정히 하여 마음으로 복종함.
64)숙시이파(熟視而罷) : 오래도록 자세히 보기를 마치고
65)젼쥬(專主)ᄒ다 ; ①오로지 홀로 타고남. ②혼자서 주관함.
66)공지 대왈, "셰상을 아란지 십ᄉ년이라. 노션싱 과장ᄒ시믈 엇지 능히 당ᄒ<u>리잇고</u>?"(나손본
　　『뉴희공션힝녹』, 총서41권:229쪽1-2행, *밑줄 교주자).

ᄒᄃᆡ, 오딕 알기ᄅᆞᆯ 약관(弱冠)의 이럿ᄐᆞᆺ【24】ᄒᆞ니, 노인비 국녹을 허비ᄒᆞᄆᆞᆯ 븟그려 ᄒᆞ더니, ᄯᅩ 엇디 동치(童穉)의 나힌 줄 알니오.”

칙칙(嘖嘖) 흠탄(欽歎)ᄒᆞᄆᆞᆯ 마지아니 ᄒᆞ더라.

공ᄌᆡ 부명으로 왓ᄂᆞᆫ지라. 지류치 못ᄒᆞ여 하딕홀 ᄉᆡ, 츄밀이 ᄯᅥ나ᄆᆞᆯ 연연ᄒᆞ여 굴오ᄃᆡ,

“혹싱이 현ᄉᆞᄅᆞᆯ 보ᄆᆡ 비록 ‘일반(一飯)의 삼토포(三吐哺)ᄒᆞ고 일목(一沐)의 삼악발(三握髮)’ᄒᆞᄂᆞᆫ68) 셩덕만 ᄀᆞᆺ지 못ᄒᆞᄂᆞ, ᄆᆞᄋᆞᆷ의 ᄌᆞ득ᄒᆞᄆᆡ 겸잘 쥴을 닛ᄂᆞ니, 금일 공ᄌᆞ의 풍신(風神)은 니르지 말고 니르지 말고, 공ᄌᆞ의 지덕이 ᄒᆞᆫ 말의 나타나니, 노싱(老生)이 무슴 ᄆᆞᄋᆞᆷ으로 침좌간(寢坐間)의 니ᄌᆞ리오. 공ᄌᆡ 나의 용【25】누(庸陋)ᄒᆞᄆᆞᆯ 더러이 아니 너기거든 교도ᄅᆞᆯ 미ᄌᆞ ‘딘번(陳蕃)의 탑(榻) ᄂᆞ리오ᄆᆞᆯ’69) 효측(效則)홀소냐?”

공ᄌᆡ 츄밀을 보ᄆᆡ 쳥고ᄒᆞᆫ 품격이 시속의 무드지 안야시니, ᄉᆞ히(四海)의 안공(眼空)홀70) ᄆᆞᄋᆞᆷ이 비록 크게 지긔(知己)로 허할 ᄯᅳᆺ은 업스나, ᄯᅩᄒᆞᆫ 공경ᄒᆞᄆᆡ 잇셔 샤례 왈,

“쇼싱은 조고마한 션비여늘 상공의 관위ᄒᆞ시믈 닙ᄉᆞ오니, 견마(犬馬)의 갑ᄑᆞᄆᆡ 업ᄉᆞᄆᆞᆯ ᄒᆞᄒᆞᄂᆞ니 엇디 후은을 닛ᄌᆞ리잇고?”

드ᄃᆡ여 비별ᄒᆞ고 도라가니, 뎡공이 본ᄃᆡ 일녀ᄅᆞᆯ 두어시니 싱닉(生來)의 홍안이 봄꼿과 ᄀᆞ을 ᄃᆞᆯ ᄀᆞᆺ고, 교려(巧麗)【26】ᄒᆞᆫ 품딜이 난초 ᄀᆞᇀ여 침졍(沈靜)ᄒᆞᆫ 셩졍이 빙셜(氷雪) ᄀᆞᇀ니, 유화뎡뎡(柔和貞靜)ᄒᆞ여 녀ᄉᆞ(女士)의 덕이 ᄀᆞ즛ᄉᆞ며, 영녀(英麗) 씩씩ᄒᆞ여 장강(莊姜)71)의 식과 ‘빅강’72)의 슐위 밧고지 아니홀’ 집졀(執節)’73)이 이시니, 졍히 니른 바 ᄉᆞ덕(四德)74)이 규합(紏合)ᄒᆞ여 쳔고의 드믈 ᄲᅮᆫ 아니라, 겸ᄒᆞ여 반샤(班史)75)의 지죄 잇셔, 당금(當今) 문인직ᄉᆞ(文人才士)ᄅᆞᆯ 츔 밧틀 ᄲᅮᆫ 아니라, 녯 ᄉᆞ름으

---

67)옥경(玉京) : =백옥경(白玉京). 옥황상제가 산다고 하는 가상적인 하늘 위의 서울.

68)일반(一飯)의 삼토포(三吐哺)ᄒᆞ고 일목(一沐)의 삼악발(三握髮)ᄒᆞᄂᆞᆫ : 중국 주나라 주공이 민심을 수렴하고 정무를 보살피기에 잠시도 편안함이 없음을 이르는 말로, 한번 식사할 때에 세 차례나 먹던 것을 뱉고 손님을 영접하였고 또, 한번 목욕할 때에 세 차례나 감고 있던 머리를 거머쥐고 나와 손님을 맞았던 고사를 말함.

69)딘번(陳蕃)의 탑(榻) ᄂᆞ리오ᄆᆞᆯ : =진번하탑(陳蕃下榻). 어진 사람을 특별히 예우하는 것을 일컫는 말. 중국 후한 때 남창태수 진번이 그 고을의 서치(徐穉)라는 현사가 오면 특별히 걸상을 내려, 앉게 하고 그가 가면 즉시 거두어 걸어 두었다는 고사에서 유래한 말.

70)안공(眼空)ᄒᆞ다 : 안중(眼中)에 없다. 어떤 것을 안중(眼中)에 두지 않을 만큼 포부가 크다.

71)장강(莊姜) : 중국 춘추시대 위(衛)나라 장공(莊公)의 처. 아름답고 덕이 높았고 시를 잘하였다.

72)빅강 : 미상

73)집졀(執節) : 어떠한 경우에도 절의를 굽히지 않고 굳게 지킴.

74)ᄉᆞ덕(四德) : 여자로서 갖추어야 할 네 가지 덕. 마음씨[婦德], 말씨[婦言], 맵시[婦容], 솜씨[婦功]를 이른다.

75)반샤(班史) : 반고사(班姑史)의 준말로, 후한(後漢) 반고(班固)의 여동생 반소(班昭)의 별칭이다. 반고가 미처 마무리하지 못한 《한서(漢書)》의 표(表)와 천문지(天文志)를 보충해 넣었으므로, 후대에 ‘뛰어난 여류문장가(女流文章家)’ 또는 ‘재능 있는 여성’을 비유하는 말로 쓰

로 일녀도 압셜 시 업시니, 그 부모의 혹이지졍(酷愛之情)76)을 니르리오.

퇴셔(擇壻)홀 므음이 발분망식(發憤忘食)77)흐미 밋쳣더니, 뉴싱을 보고 크게 이즁흐여 덧덧흔 슌양(純陽)78)을 뎡흐미 엇디 그 아비룰 죄쥴 쯧【27】이 이시리오.

졍히 머리룰 숙이고 침음흐더니, 좌상(座上) 일인이 댱탄 왈,

"뉴연슈 져런 아들을 두어시니 아등이 져룰 논힉흐미 가치 아니흐도다. 츠인이 흔 갓 풍광(風光)79)이 비상홀 뿐 아니라, 문필이 빈빈(彬彬)흐여 셩현을 모신 듯흐니, 지 조룰 나타뇌여 즈랑치 아니코 힝스는 별안간의 아지 못흐나 쇼기기 어려온 거슨 흔 쌍 안광이라. ≤임의 긴 물결의 힛발 ㄱ튼 졍긔 안치에 ○○○○[엉긔엿고] 쏘 ○ [고]인의 《옛 졍틱룰∥의로운 거슬》 겸흐여 흔갓 발호(跋扈)흔 긔운이 업고, 미우 (眉宇)의 금쉬(錦繡)80) 어릐여 문명(文名)이 녈녈(烈烈)흐고, 명광이 히 쩌러【28】진 듯흐니, 타일 영귀흐믈 가히 니르지 《못홀너라∥아냐 알 것이라》≥81). 졔공은 상소 룰 그치고 나죵을 보라."

흐거늘, 모다 보니 좌도어사(左都御史) 님강인 풍희니 본딕 상(相) 보기룰 잘흐고, 디인(知人)흐미 여신(如神)흐니, 좌즁이 다 즁이 너기건 비러니, 츠언을 듯고 션타흐 고 스스로 소초(疏草)룰 불지르고 허여지니, 당됴(唐朝) 긔강과 풍속이 엄흐여 십삼어 시(十三御史) 연명(連名)흐미 ㄱ장 즁흔 일리오딕, 뉴공즈룰 보고 물 프러지듯 흐니, 가히 그 위인을 알네라.

≤《녜필의∥명일의》뎡츄밀○[이] 뉴부의 이르니, 상세 마즈 녜필의 몬져 칭샤 왈,

이게 되었다. *반소(班昭): 자는 혜반(惠班). 반표(班彪)의 딸이자 반고(班固)·반초(班超)의 누이. 반고사(班姑史)·(班史) 등의 별칭으로도 불린다. 또 부풍(扶風) 사람인 조세숙(曹世叔) 의 아내로, 조대고(曹大姑)·조대가(曹大家)로도 불린다, 박학하고 재주가 뛰어났으며, 조세 숙이 일찍 죽었는데 절행(節行)과 법도(法度)가 있었다. 일찍이 후한 화제(和帝)의 부름을 받 고 궁중으로 들어가 황후(皇后)와 귀인(貴人)의 스승이 되었으며, 반고가 《한서(漢書)》를 저술하다가 완성하지 못하고 죽자 뒤를 이어 완결하였다. 이를 《반사(班史)》라 한다. 또 그의 시어머니와 함께 《여계(女誡)》 7편을 지었으며, 시문(詩文)에 뛰어나 〈동정부(東征 賦)〉 등을 짓기도 하였는데, 그 〈동정부〉에 "영초 칠 년에 나는 아들을 따라 동쪽으로 갔다네. 때는 바로 맹춘의 길한 날이었으매, 좋은 날을 가려서 길을 떠났다네. [惟永初之有 七兮 余隨子兮東征 時孟春之吉日兮 撰良辰而將行]"라고 하였다.《後漢書 卷84 列女傳 曹世 叔妻》《文選 卷5 東征賦》

76) 혹이지졍(酷愛之情): 부모가 자식을 기르고 사랑하는 정.

77) 발분망식(發憤忘食): 끼니까지도 잊을 정도로 어떤 일에 열중하여 노력함.

78) 슌양(純陽): ①동정남(童貞男). 숫총각. ②짝. 배우자 ③다른 것이 조금도 섞이지 아니한 순 수한 양기(陽氣).

79) 풍광(風光): 사람의 용모와 품격.

80) 금쉬(錦繡): '시문(詩文)의 아름다운 문장들'을 비유적으로 이르는 말.

81) 임의 긴 물결의 힛발 갓튼 졍긔와 영치 <u>엉긔엿고</u> ○<u>[고]인○[의]</u> 의로온 거슬 겸흐야 흔낫 발호흐야 나타난 긔운이 업스디, 미우의 금쉬 어릐여 뎡뎡흔 긔운이 완연히 타향이 쩌러진 듯흐고, 힝되 졍졍흐니, 온듕침묵흐야 일동일졍이 다 셩현뉴풍이 잇스니, 타일 그 <u>영귀흐미</u> <u>비홀 고디 업슬 뿐 아냐</u>(나손본 『뉴희공션힝녹』, 총서41권:231쪽1-7행, *밑줄 교주자).

≥82)

"≤작일(昨日) 돈ᅌ(豚兒)를 보닉여 션【29】됴 슈젹을 엇고즈 ᄒᄂᆞᆫ, 《졍치∥허ᄒᆞ시믈 바라디》 못ᄒᆞ더니≥83), 명공이 쾌히 도라 보닉시고, 또 오늘놀 왕굴(枉屈)ᄒᆞ시니 평싱 힝이로소이다."

츄밀이 답(答) 샤왈(謝曰),

"만싱비(晩生輩) ᄒᆞ가지로 진열(宰列)의 이셔 면분(面分)이 두터오니, 됴모(朝暮)의 셔로 보암 즉ᄒᆞ딕, 각각 관ᄉᆞ(官事)의 ᄆᆡ이여 미졍(微情)을 펴지 못ᄒᆞ엿더니, 금일 이리 오믄 ᄃᆞ룸 아니라, 작일 녕낭(令郎)의 총쥰슈발(聰俊秀拔)84)ᄒᆞ믈 보니, 이 진짓 안연(顏淵)85) 《ᄌᆞ긔∥ᄌᆞ건(子建)86)》로 샹칭(相稱)ᄒᆞᆫ 고로, 죵야토록 영모ᄒᆞ여 특별이 노션싱긔 '쥬진(朱陳)의 호연(好緣)'87)을 밋고즈 ᄒᆞ여 더러온 ᄯᆞᆯ노뻐 우러러 당돌이 니ᄅᆞ엇ᄂᆞ이다."

뉴공【30】이 홀연 놀나더니, 문득 손샤 왈,

"돈ᅌ 연이 진졍(才情)88)과 힝싀 불미(不美)ᄒᆞ여 ᄉᆞ류(士類)의 참예(參預)ᄒᆞ염즉지 아니커늘, 션싱이 과찬(過讚)ᄒᆞ시믈 당ᄒᆞ고, 다시 친ᄉᆞ(親事)로뻐 니ᄅᆞ시니 불승참괴(不勝慙愧)ᄒᆞ여이다."

츄밀이 웃고 니로딕,

"만일 녕낭 ᄀᆞᆺ튼 ᄋᆞ들을 두고 겸양ᄒᆞ미 이에 밋칠진딕, 텬하의 그 인물이 업시리로다. 만싱이 불힝ᄒᆞ여 샹쳐ᄒᆞ고 일녀를 두어시되 족히 군ᄌᆞ의 키89)와 븨90)를 소임ᄒᆞ염즉 홀 식, 외람ᄒᆞ믈 닛고 감이 구혼ᄒᆞ거늘 엇디 샤양만 ᄒᆞ시고 허치 아니 ᄒᆞ시ᄂᆞ닛

---

82)명일의 츄밀이 뉴공 부듕의 니ᄅᆞ니, 상세 마자 녜필의 몬져 칭샤 왈, (나손본 『뉴희공션힝 녹』, 총서41권:232쪽1-2행, *밑줄 교주자).

83)작일 돈ᅌ룰 보닉여 션조 슈젹을 엇고져 ᄒᆞ나, 허ᄒᆞ시믈 바라디 못ᄒᆞ더니(나손본 『뉴희공 션힝녹』, 총서41권:232쪽 3-4행, *밑줄 교주자).

84)총쥰슈발(聰俊秀拔) : 총명과 풍채가 뛰어나게 훌륭함.

85)안연(顏淵) : 안회(顏回). 자(字) 연(淵). 공자의 제자. 십철(十哲) 가운데 한 사람. 공자가 가장 신임하였던 제자이며, 공자보다 30세 연소(年少)하나 공자보다 먼저 32세의 젊은 나이로 죽었다. 학문과 덕이 특히 높아서 공자도 그를 가리켜 학문을 좋아하는 사람이라고 칭송하였고, 또 가난한 생활을 이겨내고 도(道)를 즐긴 것을 칭찬하였다.

86)ᄌᆞ건(子建) : 중국 위(魏)나라 조조(曹操)의 아들 조식(曹植). 192~232. 자건(子建)은 조식의 자(字). 일곱 걸음 만에 시를 지어 죽음을 모면하였다는 고사가 담긴 칠보시(七步詩)로 유명하다.

87)쥬진(朱陳)의 호연(好緣) : 주진(朱陳)은 중국 당(唐)나라 때에 주씨와 진씨 두 성씨가 함께 살아오던 마을 이름인데, 한 마을에 오직 주씨와 진씨만 대대로 살아오면서 서로 혼인을 하였다고 하여, 두 성씨간의 혼인을 일컬어 '주진(朱陳)의 호연(好緣)'이라고 한다.

88)진졍(才情) : 재주와 생각. 재치 있는 생각.

89)키 : ①키. 곡식 따위를 까불러 쭉정이나 티끌을 골라내는 도구. 키버들이나 대를 납작하게 쪼개어 앞은 넓고 평평하게, 뒤는 좁고 우긋하게 엮어 만든다. ②쓰레받기. 비로 쓴 쓰레기를 받아 내는 기구.

90)븨 : 먼지나 쓰레기를 쓸어 내는 기구.

고?"

샹셰 쇼왈,

"보라지 못홀지【31】언졍 감히 좃지 아니리잇가?"

츄밀이 딕희ᄒᆞ여 면약(面約)을 굿게 ᄒᆞ고, 공ᄌᆞ를 다시 보믈 쳥ᄒᆞ니, 뉴공이 흔연이 냥ᄌᆞ를 부르니, 연이 홍으로 더부러 나ᄋᆞ오ᄆᆡ, 의용이 쥰슌ᄒᆞ며 풍뉴의 편편(翩翩)[91]ᄒᆞ미, 표표(飄飄)히 학우신션(鶴羽神仙)이라. 신댱이 ᄒᆞᆫ갈ᄀᆞᆺ고 풍치 ᄎᆞ등이 업시니, 츄밀이 의ᄋᆞᄒᆞ여 양구히 보더니, 밋 면젼의 니르러ᄂᆞᆫ 공슌이 녜ᄒᆞ고, 연이 압흐로 향ᄒᆞ여 작일 명교를 일ᄏᆞ라 공슌이 셔니, 츄밀이 바야흐로 일 공ᄌᆞ를 알고 웃고 왈,

"녕낭 이인(二人)이 엇디 니럿틋 ᄀᆞᆺ트뇨? 쳐음은 ᄌᆞ슌 ᄒᆞᆫ ᄉᆞ름【32】 ᄲᅮᆫ 고금(古今)의 독보(獨步)홀가 ᄒᆞ더니, ᄯᅩ 엇디 이런 영쥰이 잇ᄂᆞ뇨? ≤원컨딕 그ᄃᆡ ○○[형뎨]의 ᄎᆞ례를 니르라≥[92]."

샹셰 쇼왈,

"션싱이 소ᄌᆞ를 과장ᄒᆞ시니 부지 붓그려 죽으리로다. 연은 형이오, ᄎᆞ(此)ᄂᆞᆫ ᄋᆞ이니, 《졍∥명》이 홍이로소이다."

츄밀이 고기 좃고 심하(心下)의 가셕(可惜) 왈,

"홍의 위인이 여ᄎᆞᄒᆞ고 ᄯᅩ 엇디 도로혀 황금의 뉴로 셰샹 시비를 취ᄒᆞ리오. 반다시 허언이로다."

지삼 슬피ᄆᆡ 영긔(英氣) 너모 발호(勃豪)ᄒᆞ여 온즁졍딕(穩重正大)ᄒᆞᆷ믄 형만 못ᄒᆞ더라.

이에 허혼(許婚)ᄒᆞ믈 뉴공긔 만만(萬萬) 칭샤(稱辭)ᄒᆞ고, 돗 우히셔 퇴일(擇日)ᄒᆞ여 길긔(吉期) 수십일은 ᄀᆞ려시니 수이 되믈 더【33】욱 깃거 죵일 담소홀 ᄉᆡ, 뉴공은 평평(平平)홀 ᄲᅮᆫ이로딕, 이 공ᄌᆞ 잇다감 부친의 말ᄉᆞᆷ과 츄밀의 뭇ᄂᆞᆫ 바를 니어 담논ᄒᆞᆫ즉, 긔긔히 쥬어 《근신∥금심》(珠語錦心)[93]ᄒᆞ니, 츄밀이 블승탄복ᄒᆞ고, 홍의 아름다오믈 더욱 과이ᄒᆞ여, ᄀᆞ만이 싱각ᄒᆞ딕,

"내 친우 셩어ᄉᆡ 일녜 이셔 극히 현슉ᄒᆞ니, 셩공의 퇴셔ᄒᆞ미 심샹티 아닌지라. 맛당히 ᄎᆞ인을 쳔거ᄒᆞ리라."

ᄒᆞ고, 이늘 도릭가 어ᄉᆞ를 보고 뉴홍의 긔남ᄌᆞ(奇男子) 쥴 니르니, 어ᄉᆡ 딕희ᄒᆞ여 즉시 즁ᄆᆡ로 구혼ᄒᆞ딕, 뉴공이 딕희ᄒᆞ여 쾌허ᄒᆞ고 퇴일ᄒᆞ여 두 신부【34】를 ᄒᆞᆫ날 마즐ᄉᆡ, ≤공ᄌᆞ 형뎨○○○○○[쇼년 영풍으]로 부귀예 싱장ᄒᆞ여 일딕 슉녀를 취ᄒᆞ니, ○…결락15ᄌᆞ…○[만ᄉᆞ 여의ᄒᆞ나 모친이 잇디 아닌디라]. 각각 슬허ᄒᆞᄂᆞᆫ 즁 일공ᄌᆞᄂᆞᆫ 더욱 각별○[히] ᄒᆞᆫ날이 대슌 이후 ᄒᆞᆫ낫 효ᄌᆞ를 내신지라≥[94]. 엇디 범인의게 비기리

---

91) 편편(翩翩): 풍채가 멋스럽고 좋음.
92) "ᄯᅩ 엇디 이런 영쥰이 잇ᄂᆞ뇨? 쳥ᄒᆞᄂᆞ니 <u>형뎨 ᄎᆞ례를 드러지라.</u>" (나손본 『뉴희공션힝녹』, 총서41권:234쪽 9-11행, *밑줄 교주자).
93) 쥬어금심(珠語錦心): 구슬과 비단처럼 아름다운 말과 마음.

오 만은, 스룸이 《론지∥본디》 영모ᄒᆞ미 안흐로 깁플 ᄯᆞ롬이오, 밧그로 《궁과∥긍과(矜誇)》ᄒᆞ미 업셔, 야야(爺爺) 안젼의○[ᄂᆞᆫ] 더옥 화긔 자약ᄒᆞ고, 홍은 샤침(私寢)의셔ᄂᆞᆫ 금슬을 희롱ᄒᆞ고 가ᄉᆞ롤 음영ᄒᆞ여 담쇠(談笑) 흔흔(欣欣)타가 부젼의 니른 즉, 우우(憂憂)히 슬픈 빗과 ᄉᆞ모ᄒᆞᄂᆞᆫ 언단(言端)이 사름으로 ᄒᆞ여금 눈물 흐르믈 씨다[닫]지 못ᄒᆞ게 ᄒᆞ니, 공이 무이ᄒᆞ여 댱ᄌᆞ의 승 【35】 안화긔(承顏和氣) ᄎᆞᄌᆞ의 슬픈 빗만 못ᄒᆞᆫ가 의심ᄒᆞ더니, 길일이 님ᄒᆞ미 형뎨 관ᄃᆡ롤 ᄒᆞᆫ가지로 졍○[히]ᄒᆞ고 ᄉᆞ당의 하직홀 ᄉᆡ, 일공지 오릭도록 이디 아니ᄒᆞ거늘, 홍이 니러나 부르미 답지 아니ᄒᆞᄂᆞᆫ지라.

공이 나ᄋᆞᆨ 보니, 눈물이 자리의 고엿고 긔식이 엄홀(奄忽)[95]홀 둣ᄒᆞ거늘, 대경 왈,

"네 심ᄉᆞ 비록 슬프나 강잉ᄒᆞ미 올커늘 엇디 문득 이런 거조롤 ᄒᆞᄂᆞ뇨?"

공지 졍신을 거두어 기리 졀ᄒᆞ여 명을 밧고 이에 나와 믈게 오ᄅᆞ미 빗난 안치ᄂᆞ 뉴[누]쉬(淚水) 어릐엿고, 광미(廣眉)의ᄂᆞᆫ 근심을 씌엿시니, 하일(夏日) 【36】 {일}의 두려온 긔샹이 잇셔 좌위 불감앙시(不敢仰視) ᄒᆞ더라.

형뎨 위의롤 난화 혼가(婚家)의 ᄃᆞᆮᄃᆞ르미, 각각 젼안지녜(奠雁之禮)[96]롤 파ᄒᆞ고 신부 샹교롤 ᄌᆡ촉ᄒᆞ여 덩문을 잠으고 호숑ᄒᆞ여 도라오니, 그 거록ᄒᆞᆫ 위의 십니의 버럿고, 싱소고악(笙蕭鼓樂)[97]이 훤텬(喧天)ᄒᆞ더라.

집의 니르러 녜롤 ᄆᆞᆺ고 부친과 ᄉᆞ당의 뵐 ᄉᆡ, 두 신랑과 두 신뷔 ᄒᆞᆫ갈ᄀᆞᆺ치 쌔혀나 셔로 겸손ᄒᆞ미 업시니, 공이 ᄃᆡ열(大悅)ᄒᆞ여 부인이 보디 못ᄒᆞᄆᆞᆯ 슬허ᄒᆞ더라.

ᄎᆞ일 부뷔 각각 슉쇼로 모도미 일공지 뎡쇼져롤 보니, ᄒᆞᆫ갓 용뫼 ᄉᆞ룸을 놀낼 ᄲᅮᆫ 아니라, 【37】 그 동지(動止) 쳔연ᄒᆞ고 쥬션(周旋)이 규구(規矩)의 합ᄒᆞᆫ지라. 비록 닙으로 좃ᄎᆞ 쥬옥(珠玉)[98]을 비와틈[99]이 업시나, 졍신이 완연이 슉미(肅美)ᄒᆞ여 셩덕이 현뎌(顯著)ᄒᆞ니, 스스로 몸이 규방의 울울(鬱鬱)[100]치 아니믈 싱각ᄒᆞ미, 깃부미 망튝(望出)[101]ᄒᆞ되, 다만 못친의 보지 못ᄒᆞᄆᆞᆯ 슬허 밤이 ᄀᆞ비도록 잠을 일우지 못ᄒᆞ더니, 둙이 울게야 관셰(盥洗)ᄒᆞ고 부친긔 신셩(晨省)[102]ᄒᆞᆫ 후, 믈너 셔당의 니르니 홍이 오

---

94)공지 형뎨 쇼년 영풍으로 부귀예 싱장ᄒᆞ여 일딕 슉녀롤 취ᄒᆞ니, 만ᄉᆡ 여의ᄒᆞ나 모친이 잇디 아닌디라. 각각 슬허ᄒᆞᄂᆞᆫ 즁 일공ᄌᆞᄂᆞᆫ 더옥 각별○[히] ᄒᆞ날이 대슌 이후 ᄒᆞᆫ낫 효ᄌᆞ롤 내신지라.(나손본 『뉴희공션녹』, 총서41권:236쪽 3-6행, *밑줄 교주자).
95)엄홀(奄忽) : 급작스럽게 정신을 잃고 까무러침.
96)젼안지녜(奠雁之禮) : 혼례 때, 신랑이 기러기를 가지고 신부 집에 가서 상 위에 놓고 절하는 의례. 산 기러기를 쓰기도 하나, 대개 나무로 만든 것을 쓴다.
97)싱소고악(笙蕭鼓樂) : 생황, 퉁소, 북 등으로 연주하는 음악
98)쥬옥(珠玉) : 구슬과 옥을 아울러 이르는 말로 '말'을 비유적으로 표현한 것.
99)비왈다 : 뱉다. 토하다.
100)울울(鬱鬱) : 마음이 상쾌하지 않고 매우 답답함.
101)망튝(望出) : 바라거나 희망하는 것 이상으로 솟아남
102)신셩(晨省) : 아침 일찍 부모의 침소에 가서 밤사이의 안부를 살피는 일.

히려 나오지 아니커놀 홀노 축을 븕키고 듀역(周易)을 보더니, 믄득 드르니 츈슈누의
셔 ᄀᄂᄂ 쇼리로 글을 읇[을]프되,

"져【38】상의 집이 깁다 ᄒ나, ᄂᄂ 나뷔 규문(閨門)을 좃ᄎ미 거틸 거시 업도다.
뎡ᄋ(鄭兒)의 구든 밍약이 금셕(金石) ᄀᆺ거놀 월노(月老)103)ᄂ 엇디 젹승(赤繩)을 뉴
연으로 미쟌고?"

음영ᄒ기ᄅᆯ ᄑᄒ미 고요ᄒ여 쇼리 업시니, 싱이 듯기ᄅᆯ ᄌᄉᄒ여 님의 알오디, 말을
아니코 기리 흐슙지을 ᄯᄅᆷ이러라. 이 다른 ᄉᄅᆷ이 안여 홍이 뎡시의 아름다오미 셰
상의 흐나힌 쥴 보고, 일졈 싀긔로써 그 금슬을 희짓고ᄌ ᄒ여 가ᄉ(歌詞)ᄅᆯ 불너 격
동ᄒ니, 싱이 불힝ᄒᄆᆯ 이긔지 못ᄒ여 이날 홍을 죵용이 만나 손을 잡고 좌우ᄅᆯ 도
【39】라 보아 ᄉᄅᆷ 업스ᄆᆯ 보고 심ᄉᄅᆯ 베프되,

"내 널노 더부러 동복형뎨(同腹兄弟)로디 죄악이 즁ᄒ여 모친이 일즉 기셰ᄒ시고 ,
힝혀 대인의 무휼(撫恤)ᄒ시ᄆᆯ 닙으나, ᄆᆺ춤니 당(堂)을 도라보아 어미 브르기ᄅᆯ 못ᄒ
니, 엇디 셰상 슬픈 인싱이 아니리오. 이졔 다만 바라ᄂᆫ 바ᄂᆫ 형뎨 상의ᄒ여 대인을
밧드옵고 각각 쳐지 이셔 화목ᄒ 즉 불힝ᄒ 즁 다힝이어늘, 네 이졔 힝ᄒᄂᆫ 비 인졍
밧기니, 아지못게라! 우형의 허물이 이실진디 면디(面對)ᄒ여 니른 즉, ᄯᅩᄒ 골육의
졍이어놀, 스스로 닌외ᄒ미【40】심고, ᄯᅩ 드르니 젼일 네 뇨졍의 회뢰(賄賂)ᄅᆯ 바
다 야야의 셩총(聖聰)104)을 ᄀᆯ리오고, 다시 우형(愚兄)을 함(陷)ᄒ며 ᄯᅩ 츄슈당의셔
가ᄉᄅᆯ 음영ᄒ여 아름답지 아닌 ᄉ젹을 니럿틋 ᄒ니, 네 만일 이 ᄆᄆᆷ을 고치지 아닐
진디, 대인이 용샤ᄒ시나 명교(名敎)의 용납디 못ᄒ리니, 내 평싱 ᄯᆺ을 픔고 발치 아
니ᄒᄂᆫ ᄌᄂᆫ 긔탄ᄒᄂ니, ᄒ믈며 골육의 허물을 보고 니르지 아니리오?"

≤원니 뇨졍의 금을 밧듬을 보고 시동 동경이 일공ᄌ긔 ○[고]ᄒ디, 공지 숨이 처
음으로 씨듯ᄒ디≥105), ᄎ마【41】니르디 못ᄒ더니, ᄯᅩ 가ᄉᄅᆯ 지어 뎡쇼져을 희ᄒᄆᆯ
보고 지셩으로 경계ᄒ미, 도로혀 불 우히 기름 갓ᄒ여 홍이 형의 안식이 강긔(慷慨)ᄒ
고 말숨이 근졀ᄒᄆᆯ 보미, 참복(慙服)106)ᄒᄆᆯ 마지 아니ᄒ여 싱각ᄒ디,

"만일 형이 셰상의 잇고 ᄯᅩ 엇디 뉴홍이 양미토긔(揚眉吐氣)107)ᄒ리오. ᄒ믈며 이런
밀ᄉ(密事)ᄅᆯ 다 알아시니, 만일 대인긔 누셜ᄒ면 내 진실노 용납기 어렵도다."

ᄒ고 오직 밧그로ᄂ 빗츨 지어 ᄌᄇ디 왈,

---

103)월노(月老) : 월하노인(月下老人). 부부의 인연을 맺어 준다는 전설상의 늙은이. 중국 당나
라의 위고(韋固)가 달밤에 어떤 노인을 만나 장래의 아내에 대한 예언을 들었다는 데서 유
래한다.
104)셩총(聖聰) : '임금의 총명'이란 뜻으로, 여기서는 '부친의 총명 곧 마음'을 이른 말
105)뇨졍의 금바드믈 시동 취경이 ᄀ만이 일공ᄌᄭ의 고ᄒ니 공지 ᄇ야흐로 젼일을 씨다라(나손
본 『뉴희공선힝녹』, 총서41권:241쪽 4-6행, *밑줄 교주자).
106)참복(慙服) : 자기가 미치지 못함을 부끄럽게 여겨 복종함.
107)양미토긔(揚眉吐氣) : '눈썹을 치켜뜨고 기를 토한다'는 뜻으로, 기를 펴고 활개를 치는 것
을 이르는 말.

"욕데(辱弟) 부형의 교훈을 져바려 블쵸혼 힝실이【42】만커늘, 형이 이럿틋 구르치시니 쇼데 셕목(石木)이 아니라, 엇디 그르미 이시릿고?"

공지 이 말을 듯고 희동안식ᄒ여 이에 위로ᄒ고 칭샤 왈,

"네 만일 뜻을 이 ᄀ치 ᄒ여 ᄆᆞ음을 고칠진디, ≤가즁 안낙과 형데 우익는 다 현뎨의 ○…결락15자…○[쥬미라. 니 ᄯᅩ흔 슈심공검(修心恭儉)ᄒ야 현뎨의] 뜻을 갑프리라≥108)."

홍이 디참ᄒ야 믈너나다.

뉴공이 두 며느리를 어드니 댱부(長婦) 뎡시는 당금(當今) 일인이라. 유한ᄒᆞᆫ ᄆᆞ음과 은냥(恩良)혼 힝실이 일호(一毫) 쵸강(超强)혼 디 무드지 아니ᄒ며, ≤쳥고(淸高) 화슌(和順)ᄒ여 ○…결락 9자…○[진실노 연으로 더브러] 《일디슉녜(一代淑女)∥부부일대(夫婦一對)109》오. 츳부 셩시는【43】교염(嬌艶)이 {익} 표요경영(飄搖鶺鴒)110)ᄒ여[고], 인식(人士) 쵸미(超邁)111)ᄒ며, 셩품이 강강(剛剛)112)ᄒ나 온냥졀딕(溫良切直)113)ᄒ야 가부의 부졍홈과 크게 ᄀᆞᆺ지 아니ᄒ더라.≥114)

이날 듕당(中堂)의 모다 형데 서로 녜로 볼식, 말ᄉᆞᆷ히미 ᄌᆞ연 ᄉᆞ랑ᄒ여 젼의 아던 ᄉᆞ름 ᄀᆞᆺ치 친ᄒ고 됴금도 싀긔ᄒᆞ는 뜻이 업셔, 눌이 오리미 졍의 교밀ᄒ미 교칠 ᄀᆞᆺᄒ니, 쥬시 그윽이 항복ᄒ고, 일공지 가장 깃거ᄒᆞᆼ디 홍이 불열ᄒ여 셩시 ᄃᆞ려 왈,

"뎨ᄉᆞ금댱(娣姒襟丈)115)은 이 외인(外人)이라. 뎌 뎡시 현경(賢卿)116)으로 친혼 쳬ᄒ나 우리 가가(哥哥)의 뜻이 현경을 고히 너기니【44】그디 모로미 외면으로써 범연이 디졉ᄒᆞᆯ지어다."

셩시 닙으로 말을 아니ᄂᆞ 심즁의 가장 고이히 너기더라.

홍이 일일은 부젼의 뫼와 형의 업ᄉᆞᆷ믈 타 믄득 눈믈을 ᄂᆞ리오니, 공이 놀나 연고를 무른디, 대답지 아니코 읍톄여우(泣涕如雨)117)ᄒ여 ᄉᆞ미 다 져즈니, 공이 크게 동

---

108)가듕 평안홈과 형뎨 우익는 아이의 주미라. ○[니] ᄯᅩ흔 슈심공검ᄒ야 현뎨의【242】덕을 갑흐리라.(나손본 『뉴희공션힝녹』, 총서41권:242쪽13행-243쪽1행, *밑줄 교주자).

109)부부일대(夫婦一對) : 서로 잘 어울리는 한 쌍의 부부.

110)표요경영(飄搖鶺鴒) : 바람을 타고 날아오르는 날렵한 할미새 같음. *표요(飄搖): 바람을 타고 날아오름. *경영(鶺鴒): 경영(鶺鴒) : 꾀꼬리와 할미새. 또는 그처럼 날렵한 모양

111)쵸미(超邁) : 보통보다 훨씬 뛰어남.

112)강강(剛剛) : 마음이나 기력이 아주 단단함.

113)온냥졀딕(溫良切直) : 성품이 온화하고 어질며 정직함.

114)쳥고화슌ᄒ야 진실노 연으로 더브러 쳔싱일디오, 츳부 셩시는 ᄌᆞ식이 표연ᄒ니, 그 가부의 브졍홈과 크게 갓디 아니ᄒ더라.(나손본 『뉴희공션힝녹』, 총서41권: 243쪽4-5행, *밑줄 교주자).

115)뎨ᄉᆞ금댱(娣姒襟丈) : 형제의 아내들의 손위 손아래의 여러 동서(同壻)들. '제(娣)'는 손아래 동서, '사(姒)'는 손위 동서, 금장(襟丈) 손위·손아래 구분 없이 동서를 이르는 말.

116)현경(賢卿) : =경(卿). 임금이 이품 이상의 신하를 가리키던 이인칭 대명사. 주로 '경(卿)'으로 칭하였다. *여기서는 '그대' '당신'과 같은 의미의 이인칭대명사로 남편이 아내를 이르는 말로 쓰였다.

(動)ᄒᆞ여 힐문ᄒᆞᆫ즉, 홍이 머리를 두드려 죽기를 쳥ᄒᆞᆫ딘, 이 셔 쥬시 가의 셧다라 이 광경을 보고 쪼ᄒᆞᆫ 놀나 왈,

"공ᄌᆞᄂᆞᆫ 엇지 이런 거됴를 ᄒᆞ야 노야를 의혹게 ᄒᆞ시ᄂᆞ뇨? 만일 말이 잇거든 고ᄒᆞ실 ᄯᆞ롬이니이다."

홍이 면관 돈슈(頓首) 왈,

"쇼【45】ᄌᆞ 셰샹의 잇셔 인ᄌᆞ(人子)의 ᄎᆞ마 듯지 못ᄒᆞᆯ 말과 보지 못ᄒᆞᆯ 일을 당ᄒᆞ니, 원컨딘 야야(爺爺)ᄂᆞᆫ 불쵸ᄌᆞ를 샐니 죽여 가즁을 진졍ᄒᆞ쇼셔."

공이 더옥 놀나 왈,

"내 아ᄒᆡ 무삼 일이 잇관딘 이런 말을 니ᄂᆞ뇨?"

홍이 딘 왈,

"형이 슈일 젼 쇼ᄌᆞ로뼈 뇨졍의게 금을 바다 대인을 블의(不義)에 ᄲᅡ지오다 칙ᄒᆞ고, 쪼 니르되 츈슈당의 올나 고이ᄒᆞᆫ 가ᄉᆞ를 지어 뎡슈를 용납지 아닌ᄂᆞᆫ다 ᄒᆞ니, ≤ᄉᆡᆼ각건딘 쇼지 뇨공의 만금을 슈(受)코ᄌᆞ ᄒᆞ나 진실노 옥ᄉᆞ(獄事) 올치 아니ᄒᆞ면 대인이 엇지 쇼ᄌᆞ의 말노 국강(國綱)을 히티(解怠)【46】케 ᄒᆞ시며≥118), 만일 뇨공이 이미ᄒᆞ여 대인이 강형슈를 죄쥬실지경의 니르러ᄂᆞᆫ 엇디 뇨공이 부졀업시 금을 쇼ᄌᆞ를 쥬리잇가? 이졔 형이 쇼ᄌᆞ를 션발졔인(先發制人)으로 용납지 아니니, 이ᄂᆞᆫ 대인이 밝키 알으시ᄂᆞᆫ 빈어니와, 더옥 골경신ᄒᆡ(骨驚身駭)119)ᄒᆞᆫ 바ᄂᆞᆫ 츈슈당의셔 가ᄉᆞ(歌詞)를 음영(吟詠)타 ᄒᆞ미라. ≤쇼지 《말일‖만일》 이 ᄆᆞᄋᆞᆷ이 이시면 대인이 비록 아지 못ᄒᆞ시나≥120), 태태(太太)의 ᄌᆡ텬지녕(在天之靈)이 빗쵀시리니, 오직 죽어 인눈의 딘변을 보지 아니믈 원ᄒᆞᄂᆞ이다."

셜파의 크게 우니, 좌우 ᄉᆞ룸이 눈물 아니 흘니리【47】업더라. 뉴공이 듯기를 맛고 발연딘로ᄒᆞ여 일공ᄌᆞ를 부르니, 공지 졍히 져역을 당ᄒᆞ여 모친 사당의 비알ᄒᆞ고 ᄂᆞ려오다가 ᄌᆞ가 유모 난셤이 샐니 와 이 공ᄌᆞ의 말ᄉᆞᆷ을 니르고 기리 탄식ᄒᆞ거늘, ᄉᆡᆼ이 머리를 슉여 묵연 양구(良久)의 왈,

"유모의 젼언이 아니 과실(過失)ᄒᆞ냐?"

난셤이 차악 왈,

"쳡이 엇디 공ᄌᆞ를 함ᄒᆞ리오? 노애 시방 노분(怒忿)이 텰텬(徹天)ᄒᆞ샤 공ᄌᆞ를 지쵹ᄒᆞ시니 가셔 진가를 보시면 자연 아르시리이다."

공지 답지 아니ᄒᆞ고 바로 부젼의 니르니, 공이 노긔 엄녈(嚴烈)ᄒᆞ여【48】친이 니

---

117)읍톄여우(泣涕如雨) : 눈물을 빗방울 떨어지듯 흘리며 욺.

118)ᄉᆡᆼ각건대, 쇼지 뇨공의 금을 바다시나, 진실노 옥ᄉᆞ 올티 아니면 소ᄌᆞ의 ᄒᆞᆫ 말노 국가 대ᄉᆞ를 히티케 ᄒᆞ시며,(나손본 『뉴희공션힝녹』, 총서41권: 245쪽 6-8행, *밑줄 교주자).

119)골경신ᄒᆡ(骨驚身駭) : '온 몸과 뼛속까지 다 놀란다.'는 뜻으로, 뜻밖의 일로 몹시 놀람을 이르는 말.

120)쇼지 만일 이 ᄆᆞ음 곳 이시면 대인이 비록 아지 못ᄒᆞ시나, (나손본 『뉴희공션힝녹』, 총서41권: 246쪽 2-3행, *밑줄 교주자).

러느 공즈의 관을 벗기고 머리롤 프러 손의 잡고, 댱챳 셔안 우희 옥셕연(玉石硯)121) 으로 곡직(曲直)을 뭇지 아니코 어즈러이 치니, 공지 님의 유모의 말이 올흔 줄 알되, 참아 홍의 불인(不仁)을 니르지 못ᄒ여 다만 쇼리롤 온화이 ᄒ야 굴오딕,

"히ᄋ의 불효ᄒ미 크거니와 죄 잇시면 시노(侍奴)로 댱칙을 ᄒ셔도 늣지 아니ᄒ옵거늘 엇디 셩톄롤 이럿툿 잇부게 ᄒ시ᄂ니잇가?"

공이 대즐 왈,

"욕지 무슴 면목으로 아당ᄒᄂ 말을 ᄒ여 날을 됴롱ᄒᄂ뇨?"

공지 딕왈,

"대인이 엇디 셩인의 말슴을 니즈시【49】니잇고? ≪'부위즈은(父爲子隱)ᄒ고 즈위부은(子爲父隱)ᄒ여 ○[딕]지기즁의(直在其中矣)'122)니, 아히 비록 그른 일이 이시ᄂ 대인이 맛당이 이럿툿 ᄒ셤즉지 아니ᄒ고, 대인이 비록 쇼즈롤 《칙ᄒ실∥칙ᄒ시ᄂ》 일이 과도ᄒ시나, 쇼지 맛당이 원(怨)치 《아남 즉ᄒ니∥못홀 거시오》, 즈식이 아비 ᄉ랑홈과 아비○[가] 즈식 어엿비 《너기미∥넉이믄》○○○○○[텬뉸의 졍니(正理)니], 엇디 가이 젹은 분(憤)과 쇼쇼혐의(小小嫌疑)의 이셔, '셥공(葉公)의 향당(鄕黨)'123)을 효측(效則)ᄒ리잇가?≫124)"

공이 딕로(大怒) 왈,

"네 가지록 날 공쳑(攻斥)ᄒᄂ냐?"

공지 지비 왈,

---

121) 옥셕연(玉石硯) : 옥돌로 만든 벼루.

122) 부위즈은(父爲子隱)ᄒ고 즈위부은(子爲父隱)ᄒ여 딕직기즁의(直在其中矣) : '아버지가 자식을 위하여 숨겨 주고 자식이 아버지를 위하여 숨겨 주니, 정직함은 그 가운데 있는 것이다' 라는 말로, 『논어』〈자로(子路)〉편에 나온다. 즉 섭공이 공자에게 "우리 무리에 몸을 정직하게 행동하는 자가 있으니, 그의 아버지가 양을 훔치자 아들이 그것을 증명하였습니다. 〔吾黨有直躬者 其父攘羊 而子證之〕" 하니, 공자께서 "우리 무리의 정직한 자는 이와 다르다. 아버지가 자식을 위하여 숨겨 주고 자식이 아버지를 위하여 숨겨 주니, 정직함은 그 가운데 있는 것이다. 〔吾黨之直者 異於是 父爲子隱 子爲父隱 直在其中矣〕" 하였다.

123) 셥공(葉公)의 향당(鄕黨) : '섭공의 고향사람'이라는 말로, 《論語》〈子路〉편에 나오는, '아버지가 양을 훔친 사실을 고발한 사람'이다. 즉 섭공이 공자에게 "우리 무리에 몸을 정직하게 행동하는 자가 있으니, 그의 아버지가 양을 훔치자 아들이 그것을 증언하였습니다. 〔吾黨有直躬者 其父攘羊 而子證之〕" 하니, 공자께서 "우리 무리의 정직한 자는 이와 다르다. 아버지가 자식을 위하여 숨겨 주고 자식이 아버지를 위하여 숨겨 주니, 정직함은 그 가운데 있는 것이다. 〔吾黨之直者 異於是 父爲子隱 子爲父隱 直在其中矣〕" 하였다. *섭공(葉公) : 중국 춘추시대 초나라의 정치가. 봉지(封地)가 섭읍(葉邑)에 있어서 스스로 섭공이라고 칭했다.

124) 부위즈은ᄒ고 즈위부은ᄒ여 딕직기듕의니, 아히 비록 그른 일이 잇시나 대【247】인이 맛당이 이럿툿 아니실 거시오, <u>부모의 칙ᄒ시는 빅 과도ᄒ시나 쇼지 진실노 감히 원망치 못ᄒ리니,</u> 즈식이 효도로옴과 아비 즈식 어엿비 넉이믄 텬뉸의 니(理)니, 어이 젹은 분과 쇼쇼혼혐의로 셥공의 향당을 효측ᄒ리잇고? (나손본 『뉴희공션힝녹』, 총서41권: 247쪽13행-218쪽5행, *밑줄 교주자).

"히ᄋ(孩兒) 만일 이 ᄆᆞ음을 두어시면 텬하의 용납지 못ᄒᆞ리니, 곡녜(曲禮)[125]에 왈, '부뫼 허물이 잇거든 간ᄒᆞ라' ᄒᆞ니, 금일 대【50】인이 쇼ᄌᆞ를 칙벌ᄒᆞ시미 그 죄목을 니르지 아니ᄒᆞ시고 다만 돌노뼈 ᄌᆞ식을 치샤 과도ᄒᆞ물 씨닷지 못ᄒᆞ시니, 아히 비록 슈ᄉᆞ난속(雖死難贖)[126]이ᄂᆞ, 엇디 참아 ᄂᆞᆷ의 당ᄒᆞ여 혐의롭다 ᄒᆞ고 간치 《아니ᄒᆞ면‖아니 ᄒᆞ리요》. 이ᄂᆞ 우ᄒᆞ로 대인을 속이고 아ᄅᆡ로 아히 ᄆᆞ음을 속이미니, 인ᄌᆞ의 참아 힝홀 빅리잇고?"

공이 더욱 노ᄒᆞ여 시노를 불너 공ᄌᆞ를 결박ᄒᆞ고 큰 미로뼈 그 몸을 혜지 아니코 티니, 만신의 피 흐르되 공지 머리를 슉여 공슌이 칙(責)을 밧고 맛ᄎᆞᆷᄂᆡ 낫빗츨 고쳐 뎜누(點淚)를 ᄂᆞ리오미 업더【51】니, 쥬시 나ᄋᆞ가 이걸ᄒᆞ고, ᄯᅩ 홍이 거즛 톄읍 왈,

"쇼ᄌᆞ의 연고로 형이 이런 일을 만ᄂᆞ니, 히ᄋᆞ 원컨ᄃᆡ 죽어 형의 죄를 난화지이다."

공이 크게 어지리 너겨 드ᄃᆡ여 샤ᄒᆞ니, 홍이 쥬시로 더부러 구ᄒᆞ여 셔실의 도라가니, 쥬시ᄂᆞ 본ᄃᆡ 어진 스ᄅᆞᆷ으로 젹ᄌᆞ(嫡子) 이인을 길너 졍의 ᄒᆞᆫ갈갓치 ᄒᆞ다가, 이날 대공ᄌᆞ의 듕칙(重責)을 닙어 뉴혈(流血)이 님니(淋漓)ᄒᆞ고 두골(頭骨)이 씨여져, ᄒᆞᆫ 번 누으미 눈을 감고 말 아니믈 보고 눈물을 금치 못ᄒᆞ여, 홍을 ᄭᅮ지져 왈,

"공지 엇딘 고로 고이ᄒᆞᆫ 거조를 ᄒᆞ여【52】환란이 나게 ᄒᆞᄂᆞ뇨?"

공지 작식 부답이러니, ≤뎡쇼졔 나와 이 광경을 보고 차악(嗟愕)ᄒᆞ믈 이긔지 못ᄒᆞ여, 믹믹 양구(良久)《의‖러니》, 문득≥[127] 보ᄒᆞ되,

"뎡츄밀 노애 니르러 쇼져을 보려 셔당으로 바로 드러오려 ᄒᆞ시ᄂᆞ이다."

공지 비야흐로 눈을 드러보니, 쇼졔 이에 잇ᄂᆞᆫ지라. 문득 니르되,

"내 졍신이 어즈러워 존공을 상졉지 못홀 거시오, ᄒᆞᆯ믈며 이ᄂᆞ 다 우리 형뎨 거쳐라. 엇디 부인의 나올 곳이리오."

쇼뎨 이 말을 듯고 니러 ᄂᆞ오미 쥬시 ᄯᅩ흔 ᄒᆞᆫ가지로 니러 나오니라.

가장 오릭게야 공지 ᄯᅩ 눈을 드러 보니, 홍이 겻【53】ᄒᆡ 잇ᄂᆞᆫ지라. 공지 니르되, 내 긔운이 심이 불평ᄒᆞ니 네 모로미 갓ᄀᆞ이 나와 구호ᄒᆞ라."

홍이 흔연이 손을 잡고 쥐무르미 몸이 서로 갓갑고 손이 셔로 다하니 공지 홀연 감창ᄒᆞ여 쳑연이 눗빗치 다르더니, 인ᄒᆞ여 눈물이 흘너 능히 금치 못ᄒᆞ니, 홍이 ᄯᅳᆺ을 알고 뭇지 못ᄒᆞ더라.

반향이 지나미 연이 니로되,

"현뎨야, 텬하의 ᄉᆞ랑《흔‖스런》 거시 동ᄉᆡᆼ 갓튼 거시 ᄯᅩ 잇ᄂᆞ냐? 뉴관댱(劉關張)[128]은 엇던 스ᄅᆞᆷ이완ᄃᆡ 스괴미 이럿틋 후ᄒᆞ뇨? 내 널노 더부러 빅[129] 흔 ○[가]지

---

125)곡녜(曲禮) : ①예식이나 행사의 몸가짐 따위에 대한 자세한 예절. ②≪예기≫의 편명(編名).

126)슈ᄉᆞ난속(雖死難贖) : 죽도록 갚아도 다 갚지 못함.

127)뎡쇼졔 나와 이 광경을 보고 믹믹 <u>냥귀러니</u>, 문득(나손본 『뉴희공션힝녹』, 총서41권: 250쪽 4-5행, *밑줄 교주자).

오. 졋130)시 흔가지라. 엇지 도로혀 뎌 뉴(類)만 갓지 못흐리오.【54】이날노 븟터 젼과룰 다 바리고 서로 스랑을 샹히오지 말미 엇더흐뇨?"

홍이 암소(暗笑) 부답이러라.

날이 어두우미 형뎨 자리룰 년흐여 힐항(頡頏)흐는 졍이 젼일과 흔 가지오, 죠금도 혐극(嫌隙)이 업시니, 비록 무식흔 텬인이라도 쏘흔 감동흐려든 홍이 엇디 그 효우(孝友)룰 아지 못흐리오마는, 그 어질믈 더욱 아쳐흐고131) 그 스랑흐믈 뮈워흐니, 만일 홍의 ᄆᆞ음을 도로혀려 흐즉 연이 맛당이 효위 업고 불인흔 후 편흘 거시로되, 공즈의 집심(執心) 고치기는 홍의 기과쳔션(改過遷善)도곤 어려온지라. 텬【55】디 고로지 아니미 이러틋 심흐리오.

날이 붉으미 홍이 부친긔 문안흐니, 공이 노긔 굿지 아녀 왈,

"연이 어제 내 칙흐믈 흐흐여 니러나지 아냐ᄂᆞ냐?"

홍이 왈,

"형이 샹흔되 대단치 아니ᄂᆞ ≤작야의 쇼즈로 더부러 문답기로 지금 《가지∥씨디》 못흐여ᄂᆞ니다.≥132)"

공 왈,

"이 반다시 너룰 즐욕흐닷다?"

홍이 되답지 아니코 현연(顯然)이 쌍누(雙淚)룰 ᄂᆞ리오니, 이는 홍이 그 부친 셩픔을 알ᄋ 즈연 격노흐게 말을 쑤미고, 늘근 여이 스름을 홀님 ᄀᆞᆺ튼지라. 공이 그 슈즁(手中)의 농낙흐미 되어 부즈의 졍이 손(損)키룰 만이 흐엿시니 엇디 도라 념【56】녀 흘 비리오.

분연이 상을 박츠고 쑤지져 왈,

"연의 힝실 크게 인즈의 도룰 일엇ᄂᆞ지라. 엇디 불쵸로뼈 대통(大統)을 밧들게 흐리오. 맛당이 폐흐여 셔얼을 숨고 널노뼈 뎍(嫡)을 숨아 종사(宗嗣)룰 밧들게 흐리라."

홍이 심즁의 되희흐되, 거즛 놀나는 톄흐여 머리 두다려 수양흐고 믈너와 연을 보니, 공지 굴오되,

"우형(愚兄)이 줌자기룰 과이 흐여 흠긔 신셩치 못흐니, 일야간 야야의 셩톄 엇더

---

128)뉴관댱(劉關張) : 중국 삼국시대 촉한의 장수 유비(劉備)·관우(關羽)·장비(張飛)를 말함. 결의형제를 맺고, 제갈량(諸葛亮)을 맞아 와 군사를 삼고 오(吳)의 손권(孫權)과 함께 조조(曹操)의 대군을 적벽(赤壁)에서 격파하였다. 후한이 망하자 유비가 제위에 올라 촉한(蜀漢)을 건국했다.

129)빈 : 『의학』여성의 몸에서 아이가 드는 부분. 여기서는 '어머니의 배[腹]'를 뜻하는 말로, '어머니'를 달리 이른 말. *한배 형제: =동복형제(同腹兄弟). 한 어머니에게서 난 형제. 배다른 형제: 이복형제(異腹兄弟). 아버지는 같고 어머니가 다른 형제.

130)졋 : 젖. 유방(乳房).

131)아쳐흐다 : ①아쉬워하다. ②안쓰러워하다. ③싫어하다.

132)작야의 쇼즈로 더브러 문답흐기로 디금 씨디 못흐얏ᄂᆞ이다.(나손본 『뉴희공션힝녹』, 총서41권: 253쪽 2-3행, *밑줄 교주자).

ㅎ시뇨?"

홍 왈,

"야야는 평안ㅎ시니 형댱은 넘녀치 말으시고 귀톄를 됴보(調保)ㅎ쇼셔. 쵹상(觸傷)
ㅎ실가 두려 ㅎᄂ이다."

공지 웃고 니로【57】딕,

"실노 움즈기기 어려오딕 두리건딕 대인이 노ㅎ실가 ㅎ노라."

일변(一邊) 말ㅎ며 일변(一邊) 의관을 졍히ㅎ고 부친긔 뵈니, 공이 노를 머금고 말
을 아니니, 공지 계하(階下)의셔 기리 지비ㅎ여 죄를 쳥ㅎ고, 듕계(中階)의 올나 명을
기다릴 식, 온슌흔 얼굴과 츅텩(踧惕)흔 거동이 흔 거름 흔 쇼릭의 나타나 굴심(屈心)
ㅎ고 두려ㅎᄂ 모양이 흔갓 ᄉ룸이 감츅ᄒᆞᆯ 쑨 아니라, 귀신도 격동ᄒᆞᆯ 듯ᄒᆞ니, 뉴공이
비록 쇠간장과 돌무ᄋᆞᆷ이나 엇디 뻐 흔 말의 도로혀미 업스리오.

잠간 노(怒)를 풀고 언어를 통ㅎ니, 공지 깃부미 망외(望外)라. 더욱 무【58】ᄋᆞᆷ을
닷가 득죄치 아니믈 원ᄒᆞ나 엇디 능히 어드리오. 추후 비록 면목을 보고 언어를 통ᄒᆞ
나 조금도 ᄉᆞ랑ᄒᆞ미 업고 홍이 틈을 탄 즉 간참ᄒᆞ기를 공교이 ᄒᆞ여 공의 노를 도도와
즐칙 아닐 날이 업스니, 이러구러 ᄉᆞ오 삭이 되미, 기쳐 셩시 이 경식을 보고 ᄌᆞ탄ᄒᆞ
믈 이긔지 못ᄒᆞ여 일일은 좌위 고요흔 쩍를 타 홍다려 니르딕,

"쳡이 감이 군ᄌᆞ를 시비ᄒᆞ미 아니라, 즁심의 고이히 너기믈 의혹ᄒᆞ여 고ᄒᆞᄂᆞ니 군
지 가졍의 쌍친이 아니 겨시고, 슈독(手足)[133]의 졍이 번화(繁華)치 못ᄒᆞ니, 식ᄌᆞ(息
子)의 강기(慷慨)ᄒᆞᆯ 비라. 그ᄋᆞᆨ이 보【59】니 대공진는 즁화(中華)의 흔 ᄉᆞ룸이시니,
부ᄌᆞ(夫子)[134]의 어질무로{부터} 그 상득(相得)흔 화긔 업고, 도로혀 비쳑ᄒᆞ시ᄂᆞ뇨?
쳡이 날이 맛도록 싱각ᄒᆞ나 뭇ᄎᆞ닉 씨다[닷]지 못ᄒᆞ니, 원컨딕 군ᄌᆞ는 발키 가라치쇼
셔"

홍이 '구연(懼然) 양구(良久)'[135]의 기리 칭샤 왈,

"내 심즁 소회 만하 베플고ᄌᆞ ᄒᆞ[흔]즉, ᄌᆞ의 어질미 이 ᄀᆞᆺ틋[트]니 닐러 더욱 무
상(無狀)이 너길 거시오, 니르지 말고ᄌᆞ ᄒᆞ[흔]즉 부부의 되(道) 아니라. 원컨딕 관셔
(寬恕)ᄒᆞ라."

셩시 탄 왈,

"군이 그르도소이다. 사름이 미미(微昧)[136]ᄒᆞ여도 허물을 니를진딕 쏘 용샤ᄒᆞ미 이
시려니와 이 ᄀᆞᆺ치 알고 고치지 아니믄 더욱【60】올치 아닌지라. 그 쥬견(主見)이 어
딕 잇ᄂᆞ잇고?"

홍이 일장틱식(一場太息)[137] 왈,

---

133)슈독(手足) : ①=손발. ②형제나 자식을 비유적으로 이르는 말.
134)부ᄌᆞ(夫子) : '남편'을 높여 이르는 말.
135)구연(懼然) 양구(良久) : 갑자기 두려워져 오래도록 말을 못함.
136)미미(微昧) : 생각이 모자라고 어리석음.

"샤곤(舍昆)의 대효(大孝)와 인ᄌ후즁(仁慈厚重)ᄒ문 내 본디 아ᄂ 비오, 형뎨 화목ᄒ며 봉친제가(奉親齊家)ᄒ믄 인가(人家)의 경ᄉ라. 비록 무식ᄒᆫ 촌뷔라도 알녀든, ᄒ믈며 나 뉴홍이 엇디 아지 못ᄒ리오. 다만 싱각건디 남이 셰상의 나셔 군유(群儒)ᄅᆯ 압두ᄒ고, 직학이 내 우희 오ᄅ리 업셔야 바야흐로 남ᄌ 되어 붓그럽지 아니ᄅ니, 그러무로 녜 붓터 '유(莠)ᄅᆯ 늬고 양(良)을 닌 탄(嘆)'138)이 이시니, 내 흑문이 비록 강하(江河) ᄀᆺ트나 젹연(的然)ᄒᆫ 도학이 형만 못ᄒ고, ≤그 말단은 션비 되어○…결락30자…○[널넘죽지 아나나 뉴시의 십만 지산으로써 다 형의게 속ᄒ야 종통을 붓들고] 열친샤【61】군지도(悅親事君之道)139)ᄅᆯ 밧ᄃ니, 날 ᄀᆺ튼 니ᄂ 무용ᄒᆫ 스룸이라.≥140) 엇디 즐겨 참을 비리오. 그러므로 형을 업시ᄒ여, 영빈(潁濱)141)의 우희 동픠(東坡)142) 잇단 말을 듯지 아니랴 ᄒᄂ니,대인긔 두 번 형의 허물을 고ᄒ여 굿143)치 님의 이러시니, 그치지 못ᄒ지라. 그디ᄂ 죠흔 계교ᄅᆯ 가라쳐 업시ᄒ미 엇더ᄒ뇨?"

성시 쳥파의 모골(毛骨)이 송연(悚然)ᄒ고 한츌쳠비(汗出沾背)144)ᄒ여 양구(良久)의 왈,

"군지 엇디 이런 말을 ᄒ시ᄂ뇨? 공ᄌ의 특이ᄒ시미 존문(尊門)의 만힝(萬幸)ᄒ[이]니, 군지 만일 한가지로 덕을 닷근 즉, 이ᄂ 《문왕(文王)145)‖무왕(武王)146)》이 잇고 쥬공(周公)147)이 잇시미라.【62】이 텬의형제(天意兄弟)148)ᄅᆯ ᄒ나만 니르믈 듯지

─────────────

137)일장틱식(一場太息) ; 한번 크게 한숨을 쉼.
138)유(莠)ᄅᆯ 늬고 양(良)을 닌 탄(嘆) : =유양지탄(莠良之嘆). '(하늘이) 악한 사람을 내고 또 착한 사람을 낸 것을 한탄한다.'는 뜻으로, 세상에는 선과 악이 공존한다는 것을 말함. *유냥(莠良) : 나쁜 풀(莠)과 좋은 풀(良), 곧 나쁜 사람과 좋은 사람을 비유적으로 이르는 말.
139)열친샤군지도(悅親事君之道) ; 어버이를 기쁘게 해드리고 임금을 섬기는 도리.
140)말단은 션비 되여 <u>널넘죽 아니나, 뉴시의 십만 지산으로써 다 형의게 속ᄒ야 종통을 붓드니, 날ᄀᆺ튼 사룸은 무용ᄒᆫ 사룸이라. 엇디 ᄎ마 굴ᄒ야 ᄎ믈 비리오.</u>(나손본 『뉴희공션힝녹』, 총셔41권: 258쪽3-6행, *밑줄 교주자).
141)영빈(潁濱) : 소철(蘇轍). '영빈(潁濱)'은 소철의 호. 소식(蘇軾) 호 동파(東坡)의 아우로, 당송 팔대가의 한 사람. 벼슬은 문하시랑(門下侍郎)을 지냈음. 간결한 작품에 고문으로도 빼어났음. 저서로는 『난성집(灤城集)』 등이 있음.
142)동픠(東坡) : =소동파(蘇東坡). 중국 북송의 문인 소식(蘇軾). 1036~1101. 자는 자첨(子瞻). 호는 동파(東坡). 당송 팔대가의 한 사람으로, 구법파(舊法派)의 대표자이며, 서화에도 능하였다. 작품에 <적벽부>, 저서에 《동파전집(東坡全集)》 따위가 있다.
143)굿 : 끝. 행동이나 일이 있은 다음의 결과.
144)한츌쳠비(汗出沾背) : 몹시 부끄럽거나 무서워서 흐르는 땀이 등을 적심.
145)문왕(文王) : 중국 주나라 무왕(武王)의 아버지. 이름은 창(昌). 기원전 12세기경에 활동한 사람으로 은나라 말기에 태공망 등 어진 선비들을 모아 국정을 바로잡고 융적(戎狄)을 토벌하여 아들 무왕이 주나라를 세울 수 있도록 기반을 닦아 주었다. 고대의 이상적인 성인 군주의 전형으로 꼽힌다.
146)무왕(武王) : 중국 주나라의 제1대 왕. 문왕(文王)의 아들. 주공(周公) 단(旦)의 형. 성은 희(姬). 이름은 발(發). 은(殷) 왕조를 무너뜨리고 주 왕조를 창건하여, 호경(鎬京)에 도읍하고 중국 봉건 제도를 창설하였다. 후대에 현군(賢君)으로 추앙되었다
147)쥬공(周公) : 중국 주나라의 정치가. 문왕의 아들로 성은 희(姬). 이름은 단(旦). 형인 무왕을 도와 은나라를 멸하였고, 주나라의 기초를 튼튼히 하였다. 예악 제도(禮樂制度)를 정비하

못ᄒ엿ᄂᆞ니, 엇디 문득 싀긔(猜忌)ᄅᆞᆯ 품어 어진이ᄅᆞᆯ 히ᄒ고 동긔(同氣) 불화ᄒᆞ여 헛도히 악명을 일홈 너여 명교(名敎)의 득죄ᄒᆞ며, 텬디신긔(天地神祇)149)의 용납《지 못ᄒᆞ리오‖ᄒᆞ믈 어드리오》."

홍이 불열(不悅) 디참(大慙)ᄒᆞ여 말을 아니니, 셩시 긔탄ᄒᆞ믈 마지 아니ᄒᆞ더라.

이ᄶᅥ, 뎡시 집의 이셔ᄂᆞᆫ ᄌᆞ모(慈母)의 은양을 밧디 못ᄒᆞᆫ 셜움이 잇고, 츌가(出嫁)ᄒᆞ여ᄂᆞᆫ 당의 존괴(尊姑) 잇지 아니ᄒ고 엄귀(嚴舅) ᄌᆞ익ᄒᆞ시미 업스니, 화열ᄒᆞ고 깃부미 업스나, 셔모 쥬시 극진이 무양(撫養)ᄒ고 공ᄌᆞ 은근 후디ᄒᆞ미 종고금슬(鐘鼓琴瑟)150)의 낙【63】이 이셔 셔의(齟齬)ᄒᆞᆫ 거슬 아지 못ᄒᆞ더니, 일슌이 계유 지니미 공ᄌᆞ 댱칙을 밧고 가즁 경식을 보미 심즁의 경희ᄒᆞᆯ믈 이긔지 못ᄒᆞ더니, 여러 달이 되미 가니 날노 불평ᄒ고 불평ᄒ고 공ᄌᆞ 뎜뎜 니당의 ᄌᆞ최 드물고, 혹ᄉᆞ 오일의 ᄒᆞᆫ 번식 드러오미 이시나, 민양 미우(眉宇)ᄅᆞᆯ 찡긔여 울고ᄌᆞ ᄒᆞᄂᆞᆫ ᄉᆞ식(辭色) 쑨이오, 입을 열어 호화ᄒᆞᆫ 말이 업스니, 이ᄂᆞᆫ 그 야야(爺爺)의게 득지(得志)치 못ᄒᆞᆷ믈 한ᄒᆞ여 일야(日夜)의 ᄉᆡᆼ각ᄂᆞᆫ 비, '증증녜(烝烝乂)ᄒᆞ여 불격간(不格姦)ᄒ신[시]던 대효(大孝)'151)ᄅᆞᆯ 흠앙(欽仰)ᄒᆞ미, 본바다 감화【64】코ᄌᆞ ᄒᆞᄂᆞᆫ ᄆᆞ음이 줌자기와 밥먹기ᄅᆞᆯ 폐ᄒᆞ니, 어느 결의 부부지의(夫婦之義)ᄅᆞᆯ 넘녀ᄒᆞ리오.

이러무로 뎡시ᄅᆞᆯ 디하나 흐뎜 화긔업고 됴금도 은근ᄒᆞᆫ 언에 업셔 힝여 말ᄒᆞᆯ 젹이 이셔도, 믄득, "대인 식봉(食奉)을 게을니 말나" ○○○○○○○[ᄒᆞ여, 두어 조(條) 말이] 쥰졀ᄒᆞᆯ ᄯᆞ롬이오, 병노 다른 셜화ᄂᆞᆫ 업더라.

쇼졔 공ᄌᆞᄅᆞᆯ 보면 믄득 면식(面色)의 연지 ᄯᅴ치니 굿ᄒᆞ여 고기ᄅᆞᆯ 드지 못ᄒᆞ고, 혹 공ᄌᆞ 《슌편이 말이 나 못ᄒᆞᄂᆞᆫ‖말솜이 슌편ᄒᆞᆫ》 쪄라도, 쇼졔 몬져 ᄂᆞᆺ빗츨 거두어 썩썩이 ᄒᆞ니, 이러무로 부뷔 심이 싱쇼ᄒ고, 이 공ᄌᆞ 부부ᄂᆞᆫ 모들 졔 ᄌᆞ자152) 견권(繾綣)ᄒᆞ니, 셩【65】시 비록 홍의 불인(不仁)을 쪄려 닝담ᄒ나, ᄌᆞ연 ᄉᆞ괴미 깁허 부뷔ᄒᆞᆫ 당의 모다 화긔 낭연ᄒ니, 쥬시 일변 깃부고 ᄯᅩ 일공ᄌᆞ 부부ᄅᆞᆯ 어엿비 여겨 홍을 이드라 ᄒᆞ니, 그 어질며 공번 되미 이럿틋 ᄒᆞ더라.

였으며, ≪주례(周禮)≫를 지었다고 알려져 있다.

148)텬의형제(天意兄弟): 하늘의 뜻에 의해 정하여진 형제.

149)텬디신긔(天地神祇): 하늘과 땅의 귀신.

150)종고금슬(鐘鼓琴瑟): 종과 북소리, 거문고와 비파소리가 잘 어울리는 것과 같이, 부부가 서로 화목하여 즐거워하는 것을 이르는 말.

151)증증녜(烝烝乂)ᄒᆞ여 불격간(不格姦)ᄒᆞ시던 대효(大孝): 순(舜)이 인륜(人倫)의 변(變)에 대응해 자신의 도리를 충분히 다하여, 부모와 동생을 스스로 착하게 행동하도록 변화시킴으로써 간악(姦惡)해지지 않게 만들었던 성효(聖孝)를 이른 말. *증(烝)은 진(進) 곧 '나아간다'는 뜻이고, 예(乂)는 치(治) 곧 '다스린다'는 뜻이며, 격(格)은 지(至)곧 '이르다'는 뜻으로, '증증예불격간(烝烝乂不格姦)'은 차츰 어진 길로 나아가게 하여 간악한 데에 빠지지 않게 함을 이르는 말이다. 『동몽선습(童蒙先習)』'부자유친(父子有親)'조에 나온다.

152)ᄌᆞ다: 잦다. 잇따라 자주 있다..(나손본 『뉴희공션힝녹』, 총서41권: 263쪽-6행, *밑줄 교주자).

이쩌 뎡시 쥬시로 더부러 한담ᄒᆞ더니, 홍이 침쇼의셔 ᄉᆞ담(私談)을 베퍼, 댱공즈 히ᄒᆞᆯ 말을 드르미, 격벽을 즈음ᄒᆞ여 젼후 셜화를 명빅히 드르니, 쇼졔 드른 줄 뉘웃쳐 문득 니러나니, 쥬시 쏘ᄒᆞᆫ 참괴ᄒᆞ고 잇다라 방 즁의 도라와 눈물을 흘니더라.

뎡쇼졔 도라와 살이 쩔니【66】고 녁시 놀나 기리 탄 왈,

"부ᄌᆞ ᄉᆞ이도 니로기 어렵고, 동긔ᄂᆞᆫ 《골육∥골육》이라. 타인의 말이 용납ᄒᆞᆯ[될] 비 아니라. 이 말을 뉴군긔 젼치 못ᄒᆞ려니와 쏘ᄒᆞᆫ 뜻을 품고 말을 참ᄋᆞ 그 도암[움] 즉ᄒᆞ딕, 돕지 아니ᄒᆞ고 괄시ᄒᆞ미 지아비 셤기ᄂᆞᆫ 도리 아니니, 맛당이 뉴군을 보와 지학과 셩효를 감쵸고 지산과 위를 도라 보닉여 부ᄌᆞ 형뎨 완젼ᄒᆞ딕 나ᄋᆞ가게 ᄒᆞ미 엇지 냥젼(良全)치 아니ᄒᆞ리오."

뎡(正)이 싱각ᄒᆞᆯ ᄎᆞ의 위연(偶然)이 눈을 드러 보니 벽상의 일복화젼(一幅花箋)을 거러시니, 이 다른 거시 아니라, 진(晉) 젹 왕상(王祥)153)이 계모의게 실【67】의(失意)ᄒᆞ여 고초ᄒᆞ미 심ᄒᆞ니, 그 아오 왕남(王覽)154)이 계모의 쇼싱이로딕, 어미를 간ᄒᆞ고 형의 쳔역(賤役)을 ᄒᆞᆫ가지로 ᄒᆞ며, 그 쳐로 형슈의 물 긴[깃]ᄂᆞᆫ 슈고를 난호니, 그 어미 드듸여 ᄉᆞ오나온 힝실을 덜고 왕상의 부뷔 평안ᄒᆞ니, 그 쩌 사람이 유감(遺憾)ᄒᆞ여 왕상의 부부와 왕남의 부부의 쳔역ᄒᆞ믈 ᄒᆞᆫ가지로 그려, ≤믄득 ᄒᆞᆫ 튝(軸) 족ᄌᆞ(簇子) 되어 이곳의 걸〇[녓]ᄂᆞᆫ지라.≥155) 뎡시 녜156)를 죠문(弔問)ᄒᆞ고 이졔157)를 비겨 싱각ᄒᆞ미, 츄연 강기ᄒᆞ고, 심유감회지졍(心有感懷之情)158)ᄒᆞ여 왈,

"내 비록 심규녀ᄌᆡ(深閨女子)나 눈의 졔ᄌᆞ빅가(諸子百家)를 보고 슈구금심(繡軀錦心)159)을【68】가져 빙옥(氷玉)의 틋글 ᄭᅵ이믈 더러워 ᄒᆞ거늘, 엇디 이 광경을 보고 이런 묘ᄒᆞᆫ 졔(際)160)를 딕ᄒᆞ여 ᄒᆞᆫ 편 시ᄉᆞ를 앗기리오."

드듸여 ᄒᆞᆫ 자 셔리 ᄀᆞᆺᄒᆞᆫ 깁의 봉필(鳳筆)161)을 쩔쳐 닙긱(立刻)162)의 오언졀귀(五

---

153) 왕상(王祥) : 184-268. 중국 삼국-서진 시대의 관료. 효자. 자는 휴징(休徵). 서주 낭야국(琅琊國) 임기현(臨沂縣) 사람. 중국 24효자의 한사람. 효성이 지극하여 계모 주씨가 자신을 사랑하지 않음에도 극진히 섬겨, '겨울에 얼음을 깨고 잉어를 구해[叩氷得鯉]' 섬기는 등의 효행담을 남겼다.

154) 왕남(王覽) : 자(字) 현통(玄通). 중국 진(晉)나라 사람 왕상(王祥)의 아우. 생모(生母) 주씨(朱氏)가 전실 자식인 왕상(王祥)을 미워하여 걸핏하면 매질을 하였는데, 현통이 어린 나이임에도 그때마다 왕상을 껴안고 울면서 어머니를 말렸으며, 장가든 후에 현통의 아내 역시 시어머니가 왕상의 아내에게 궂은일을 시키면 자기도 따라 같이 하였으므로, 주씨가 감복하여 사나운 성품을 누그러뜨렸다고 한다. 《晉書 卷33 王覽列傳》

155) 믄득 ᄒᆞᆫ 튝 족직 되야 이고딕 걸녓ᄂᆞᆫ디라.(나손본 『뉴희공션힝녹』, 총서41권: 263쪽4행, *밑줄 교주자).

156) 녜 : 예. 아주 먼 과거.

157) 이졔 : 이제. 바로 이때.

158) 심유감회지졍(心有感懷之情) : 마음에 지난 일을 돌이켜 볼 때 느껴지는 회포가 있음.

159) 슈구금심(繡軀錦心) : 몸과 마음이 비단에 수를 놓은 것처럼 아름다움.

160) 졔(際) : 제(際). 때. 기회. *제(際)ᄒᆞ다 : 어떠한 때나 날을 당하거나 맞다.

161) 봉필(鳳筆) : 임금이 손수 쓴 글씨. 봉황의 깃으로 장식한 붓.

162) 닙긱(立刻) : 즉각(卽刻). 당장에 곧.

言絶句)를 니르니163), ≤이 진실노 댱문궁(長門宮)164) 가운데 드려○[도] 《효사∥흔 즈》로 쳔금(千金)을 밧고지 아닐 문필이라≥165).

쓰기를 뭇고 셔안(書案)의 노하 지삼 음영ᄒ고, ᄯᅩᄒᆫ 탄식ᄒᆞ기를 마지 아니니, 고기를 슉여 잠연이 소리를 아니코 침음ᄒᆞ더니, 믄득 프른 깁이 빗최거ᄂᆞᆯ 머리를 드러 보니 이 믄득 뉴공지라. 의관이 졍졔ᄒᆞ고 안식이 단믁(端默)ᄒᆞ여 셔안 머리의 니르【6 9】니, 쇼져의 글의 유의ᄒᆞ믈 보고 츄파(秋波)를 ᄂᆞᆺ쵸아 ᄯᅩᄒᆫ 글을 보ᄂᆞᆫ지라.

쇼졔 심하의 경괴(驚愧)ᄒᆞ여 니러셔미, 공지 좌를 밀고 안즈 그 글을 다 보미 슉연이 공경ᄒᆞ고, ᄯᅩ 의시 다른ᄃᆡ 잇지 아니믈 슷치미 놀나고 불평ᄒᆞ미 이셔 두어 번 음영ᄒᆞ더니, 쇼져를 향ᄒᆞ여 왈,

"혹싱이 규즁의셔 슈작ᄒᆞ미 게을므로 아지 못ᄒᆞ엿더니, 금일 이 글을 보니 극히 향념(香艶)ᄒᆞ고 인즈ᄒᆞ여 풍아(風雅)166)의 격죄(格調)이시니, 반다시 즈의(子意)167)를 탄복홀 비로다."

쇼졔 공슈(拱手) 샤왈(謝曰),

"우연이 더러온 글귀○[를] 군즈의 구버 슬피심은 실【70】노 의외라. 엇디 이런 과장(誇張)을 감이 당ᄒᆞ리오."

공지 심즁의 탄복ᄒᆞ되,

"이럿ᄐᆞᆫ 지조○[를] 겸젼(兼全)ᄒᆞᆫ 녀지 고금의 드믄 비로ᄃᆡ, 그 ᄯᅳᆺ이 만히 감회(感懷)ᄒᆞ여 지어시니, 이 반다시 가즁 연고를 아ᄂᆞᆫ지라, ᄯᅩᄒᆫ 참괴ᄒᆞ도다."

ᄒᆞ여, 완연이 깃거 아닌ᄂᆞᆫ ᄉᆞ식이 잇더니, 이에 졍금위슬(整襟危膝)168)ᄒᆞ여 왈,

"즈의 혹문이 풍아의 말근 거슬 듀ᄒᆞ여 셩신이 쩌러진 ᄃᆞᆺᄒᆞ니, 고금의 희귀ᄒᆞᆫ 지조로ᄃᆡ, 다만 부인 녀즈의 가구보장(佳句寶章)169)은 굿ᄒᆞ여 그 쇼임이 아니오, ᄒᆞ믈며 연이 불학무식ᄒᆞ니 이런 문장의 실인(室人)을 어더 딘압(鎮壓)지 못홀가 두려 ᄒᆞᄂᆞ니, 【71】 지(子) 녀힝(女行)을 아ᄂᆞᆫ지라. 모로미 이 쳬엿170) 글을 다시 짓지 마람 즉ᄒᆞ

---

163)니르다 : 이루다.
164)댱문궁(長門宮) : 중국 한무제(漢武帝)의 황후 진아교(陳阿嬌)가 소박을 맞고 유폐되어 지냈던 궁. 진황후가 이곳에서 지낼 때 사마상여(司馬相如)가 문장에 뛰어나다는 말을 듣고 황금 100근(斤)을 보내 자신의 처지를 그린 글을 지어줄 것을 청하여, 사마상여가 황후의 고독하고 처량한 처지와 간절한 사모의 정이 잘 드러난 〈장문부(長門賦)〉를 지어 주었는데, 이 글을 읽은 한 무제가 다시 진 황후를 총애했다고 한다(《文選 卷8》).
165)이 진실노 댱문궁의 드려도 흔즈로 쳔금을 밧고디 못홀디라.(나손본 『뉴희공션힝녹』, 총서41권: 263쪽10-11행, *밑줄 교주자).
166)풍아(風雅) : 《시경(詩經)》의 국풍(國風)과 대아(大雅)・소아(小雅)를 함께 이르는 말.
167)즈의(子意) : 그대의 생각. *자(子) : 「대명사」 문어체에서, '그대'를 이르는 말.
168)졍금위슬(整襟危膝) : 매무시를 바로 하고 무릎을 꿇고 단정하게 앉음.
169)가구보장(佳句寶章) : 아름다운 글귀와 훌륭한 필적(筆跡).
170)이쳬엿 : 이따위. ①「대명사」 이러한 부류의 대상을 낮잡아 이르는 지시 대명사. ②「관형사」
(낮잡는 뜻으로) 이러한 부류의. *쳬엿: '따위' '등속'을 의미하는 의존명사.

니, 싱의 말이 광망ᄒᆞ물 고이히 너기지 말나.”

쇼졔 샤례 왈,

“묵을 희롱ᄒᆞ미 녀ᄌᆞ의 일이 아니오, 본ᄃᆡ 쇼ᄒᆞᆨ(所學)이 노둔(魯鈍)ᄒᆞ니 엇디 감이 문장을 바라리오. 다만 촌심(寸心)의 소회 잇셔 낙필(落筆) ᄒᆞ엿더니, 명교(明敎)를 드르니 불승참괴ᄒᆞ여이다.”

싱이 쇼져의 ‘쇼회 이셰라’ ᄒᆞ미, 홍의 셜화를 알고 ᄯᅩᄒᆞᆫ 홍이 셩시로 더부러 문답ᄒᆞ던 일을 싱이 모로나, 가ᄂᆡ 쇼란ᄒᆞ믄 뎡시 ᄇᆞᆰ키 알ᄆᆡ 무ᄉᆞᆫ 젼ᄒᆞᆯ ᄯᅳᆺ이 잇ᄂᆞᆫ ᄌᆞᆯ 글노ᄡᅧ 아라, 브【72】ᄃᆡ 죵시 무ᄉᆞᆷ 소횐고 뭇지 아니코 팔흘 ᄲᅢ혀 깁을 뮈여 글을 업시ᄒᆞ고 날호여 나ᄋᆞ가니, 쇼졔 암탄 왈,

“진짓 효우군ᄌᆡ(孝友君子)라. 가히 셜만(褻慢)치 못ᄒᆞ리니, 능히 드른 바ᄅᆞᆯ 고ᄒᆞ여 권도(權道)ᄅᆞᆯ ᄒᆞ라 권치 못ᄒᆞ리로다.”

ᄒᆞ고 이후 다시 붓슬 잡아 글을 짓지 아니ᄒᆞ고, 홍의 말을 구외(口外)의 ᄂᆡ지 아니ᄒᆞ더라.

홍이 스ᄉᆞ로 븟그러오나 거즛 모로ᄂᆞᆫ 쳬ᄒᆞ니 셩시 ᄋᆡᄃᆞ라 쥭고ᄌᆞ ᄒᆞ며, 쥬야 대공ᄌᆞ 부부ᄅᆞᆯ 위로 ᄒᆞ더라.

명년 졍월의 상이 ᄉᆞ감(사감)171)ᄒᆞ시고 인ᄌᆡᄅᆞᆯ ᄲᅢ시니, 뉴공ᄌᆡ 셰상 물욕이 업고 ᄯᅩᄒᆞᆫ 가친(家親)과 가뎨(家弟) ᄯᅳᆺ【73】을 아ᄂᆞᆫ지라. 엇디 즐겨 환노(宦路)ᄅᆞᆯ 구ᄒᆞ리오. 칭병ᄒᆞ고 ‘계지(桂枝)와 쳥삼(靑衫)’172)을 홍의게 도라 보ᄂᆡ니, ᄂᆡ날 홍이 과거의 드러가 형이 업ᄉᆞᄆᆡ 다시 ᄃᆡ두(對頭)ᄒᆞ리 업ᄉᆞᆫ 고로 의의(猗猗)히 장원의 ᄲᅢ히니, 시년(時年)이 십오라.

ᄡᅡᆼ개텬[쳥]동(雙個天童)173)으로 도라올 ᄉᆡ, 풍광(風光) 옥골(玉骨)이 만인 즁 현츌ᄒᆞ니, 일노(一路)의 ᄀᆞᆺ보리 바다와 뫼 ᄀᆞᆺᄐᆞ여 칭찬ᄒᆞ고 부러 아니리 업더라.

집의 니르러ᄂᆞᆫ 합ᄀᆡ(闔家) 경ᄉᆞᄅᆞᆯ 치하ᄒᆞ고, 공이 혹히 깃거 ᄒᆞ고, 셜연ᄒᆞ여 경하ᄒᆞ고 일노 좃ᄎᆞ 홍을 더욱 ᄉᆞ랑ᄒᆞ더라.

수일 후 홍이 한님셔길ᄉᆞ(翰林庶吉士)174)의 ᄲᅢ히니, 님의 옥당금마(玉堂金馬175))【74】의 명ᄉᆡ 되어 ᄌᆞ포금관(紫袍金冠)의 풍취ᄅᆞᆯ 돕고 셩시 특명으로 봉관화리(封冠華里)176)의 명뷔(命婦) 되니, 종족 비복이 머리ᄅᆞᆯ 숙여 져 부부ᄅᆞᆯ 공경홈은 니르도 말

---

171)ᄉᆞ감(사감) 샤감(나손본267쪽 1행) ?

172)계지쳥삼(桂枝靑衫) : 계수나무 가지를 꽂은 오사모(烏紗帽)를 쓰고 푸른 색 도포를 입은 과거 급제자의 차림. *여기서는 ‘과거급제’를 뜻한다.

173)ᄡᅡᆼ개청동(雙個靑童) : 푸른 옷을 입은 두 명의 화동(花童).

174)한님셔길ᄉᆞ(翰林庶吉士) : 관직명. 중국 明·淸나라 때 한림원(翰林院)에 둔 관명. 진사(進士) 가운데서 문학에 뛰어난 사람을 뽑아 임명했다. =서상(庶常)

175)옥당금마(玉堂金馬) : 중국의 한림원, 조선의 홍문관을 이르는 말. 중국 한(漢)나라 대궐의 옥당전(玉堂殿)과 금마문(金馬門)을 함께 이르는 말로, 황제를 가까이서 받드는 요직의 벼슬아치들을 뜻한다. 옥당전은 한림원이 있었던 전각의 이름이며 금마문은 전각의 문으로 문 앞에 동마(銅馬)가 있어 붙여진 이름이다. 조선에서는 홍문관을 옥당이라 했다.

연이와 만됴빅관(滿朝百官)과 일국 인민이 츄존(推尊)ᄒ고 졔인은 ᄯ흔 일공ᄌ 부부
이시믈 아지 못ᄒ니, 뉴공의 일편된 ᄋᆡ증(愛憎)을 엇디 ᄒᆞᆫ 닙으로 니르리오.

시고로 공이 ≤ᄉᆞ랑ᄒ며[ᄂᆞᆫ]○○○[ᄌᆞ부ᄂᆞᆫ] 즐겨 만ᄉᆞ여의(萬事如意)ᄒᆞ니[나], 슬프
다! 뮈워ᄒᆞᄂᆞᆫ ᄌᆞ부로 ᄒᆞ여금 밥먹고 ᄌᆞᆷᄌᆞ기ᄅᆞᆯ 능히 편이 못○○[ᄒ게]ᄒᆞ여≥177) 혹
됴셕(朝夕)의 문안(問安) 현신(現身)○[케] 하이며, 혹 물도 길이며178), 뜰도 ᄡᆞᆯ녀 쳔
역(賤役)의 보닉되, 죠금도 졍위(庭闈)179)ᄅᆞᆯ 불【75】원(不怨) 슌죵ᄒᆞ니, 진짓 효열(孝
烈)의 ᄌᆞ븨러라. 쥬시 ᄯ흔 긔특이 너기더라.

이 ᄡᅥ 홍이 ᄯᆮ과 ᄀᆞᆺ치 일시의 쳥운의 득의ᄒ고 ᄯᅩ 야야의 편이 듬의 이셔, 위셰 일
가ᄅᆞᆯ 기우리되 곳 외친니쇼(外親內疏)ᄒᆞ고, 곳 그 형 연은 지죄(志操) 금옥을 탐치
아니코 쥬식의 간셥지 아니며 견마(犬馬)의○[도] 칙이 밋지 아니니, ᄌᆞ연ᄒ 위의(威
儀) 비복이 두려ᄒ고, 원언(怨言)이 ᄌᆞ지(自止)ᄒᆞᆯ ᄯᆞᄅᆞᆷ이라. 이ᄂᆞᆫ 당당ᄒ 댱ᄌᆞ로 이셔
능히 야야 밧들기의 댱ᄌᆞ의 쇼임을 일흔 빗 업고, ᄯᅩᄒᆞᆫ 기쳐 뎡시 본디 《현츌∥현쳘
(賢哲)》ᄒᆞ여 통부(冢婦)의 됴리ᄅᆞᆯ ᄃᆞ스려 부뷔 ᄒᆞᆫ 가지로 진션【76】진미(盡善盡美)
ᄒ 힝실이 지극ᄒ고 죠금도 불의(不義)치 아니ᄒ니, 빅일지하(白日之下)의 엇디 죄ᄅᆞᆯ
무어180) 일됴(一朝)의 폐ᄒᆞ리오. 니러무로 더욱 아쳐ᄒᆞ여 일일(日日) 참쇠(讒訴) ᄀᆞᆮ지
아니니, 연의 부뷔 지당181)키 어렵《도다∥더라》.

≤공이 홍의게 혹ᄒᆞ여 틈을 엇고ᄌᆞ ᄒᆞ더니○…결락 25자…○[마츰 셩시 만삭ᄒᆞ야
싱ᄌᆞᄒᆞ니, 일개 다 깃거ᄒᆞ고 공이 대희ᄒᆞ야], 일일은 ᄯᆮ이[을] 결ᄒᆞ여 퇴일ᄒᆞ여 죵족
을 모화 댱ᄌᆞᄅᆞᆯ 폐ᄒ고 ᄎᆞᄌᆞ로 승죵(承宗)182)ᄒᆞᄂᆞᆫ 일을 샤당(祠堂)의 고ᄒᆞ려 ᄒᆞᆯ ᄉᆞ≥183),
일이 비밀ᄒᆞ여 알니 업더니, 쥬시 잠간 알고 망극ᄒᆞ여 공의게 간 ᄀᆞᆯ,

---

176) 봉관화리(封冠華里) : 한국 고소설에서 과거에 급제한 관원의 부인이나 공경대부(公卿大夫)
의 부인과 같은 외명부(外命婦)가 예장(禮裝)할 때에 머리에 쓰는 칠보로 화려하게 장식한
화관(花冠) 곧 화관족두리(花冠簇頭里)리를 이르는 말이다. 본래 족두리는 고려때 원나라로부
터 들어온 왕실여성들이 쓰는 관모(冠帽)인 고고리(古古里)에서 유래한 말로, 고려 이후 여
성들이 예복(禮服)을 입을 때 이것을 관모(冠帽)로 머리에 썼다. 겉을 검은 비단으로 싼[封]
여섯 모가 난 모자[冠]로 위가 넓고 아래로 내려갈수록 좁으며 구슬로 화려하게[華] 장식했
기 때문에, 이것 곧 족두리(簇頭里)[里]에 '봉관화리(封冠華里)'라는 이름을 붙인 것으로 추
정된다. '봉관화리(封冠華里)'라는 말은 한국 고소설에만 나타나는 말로 전통복식 용어에는
나타나지 않는다. =화관(花冠). 화관족두리(花冠簇頭里).
177) ᄉᆞ랑ᄒᆞᄂᆞᆫ ᄌᆞ부로 ᄒᆞ여곰 만식여의ᄒ고, 믜워ᄒᆞᄂᆞᆫ ᄌᆞ부로 ᄒᆞ야곰 밥먹으며 잠ᄌᆞ기예 편ᄒᆞᆯ
엇지 못ᄒᆞ니…(나손본 『뉴희공션힝녹』, 총서41권: 268쪽7-9행, *밑줄 교주자).
178) 길다 : 긷다. 우물이나 샘 따위에서 두레박이나 바가지 따위로 물을 떠내다.
179) 졍위(庭闈) : 부모의 거처, 곧 부모를 이르는 말.
180) 무으다 : 쌓다. 만들다.
181) 지당 : 지탱(支撑). 오래 버티거나 배겨 냄. 늑탱지
182) 승죵(承宗) : 대종(大宗)을 계승함. =승통(承統)
183) 뉴공이 점점 크게 혹ᄒᆞ야 연을【269】보칠 위단(違端)을 어드려 ᄒᆞᆯ ᄎᆞ, 마츰 셩시 만삭ᄒᆞ
야 싱ᄌᆞᄒᆞ니, 일개 다 깃거ᄒᆞ고 공이 대희ᄒᆞ야, 쓰디 임의 결ᄒᆞᄆᆡ 퇴일ᄒᆞ야 죵족을 모호고
댱(長)을 폐ᄒᆞᄆᆞ로써 ᄉᆞ당과 친쳑의 고ᄒᆞ려 ᄒᆞᆯ ᄉᆞ…(나손본 『뉴희공션힝녹』, 총서41권:

"대공지 인즈효데(仁慈孝悌)로 힝ᄒ니 오직 과실이 업고, ᄯ호 뎡【77】쇼졔 유한 정졍(幽閑貞靜)ᄒ여 종부(宗婦)의 맛당ᄒ니, 노애 엇디 이런 일을 ᄒ시ᄂ잇고?"

공이 노즐 왈,

"늬 흉즁의 스스로 혜아리미 이셔 ᄒᄂ니, 엇디 너 쳔인의 간예홀 배리오. 이 말이 몬져 연의 부부의게 누통(漏通)ᄒ리 이신즉 네 혀룰 버혀 법을 졍ᄒ리라."

≤쥬시 아연이 믈녀와 탄식코 ○[왈],

"부즈 사이의 니르기 어렵다 ᄒ나 '젼취 무데룰 씌닷게 ᄒ고'184), '희진이 문황을 감동ᄒ니'185), 이ᄂ 그 도으리 어질미 아니라 임군이 어질미니≥186), 내 이졔 스룸을 셤겨 가변(家變)이 부즈형뎨 스이로 ○[나]디 씌닷지 못ᄒ게 ᄒ고, 부뎨(父弟)【78】의 불인(不仁)으로뻐 참아 대공즈의게 고치 못홀 거시니, 오날노 붓터 깁히 드러 산셰룰 피ᄒ고, 시비룰 듯지 아니리라."

ᄒ더니, 믄득 일공지 드러오거늘, 쥬시 마자 좌룰 졍ᄒ미 공지 홍의 유즈(乳子)룰 드려오라 ᄒ여 슬상(膝上)의 노코 크게 스랑ᄒ니, 쥬시 그윽이 탄복ᄒ고 강잉 쇼왈,

"이공즈와 상공이 ᄒ 가지로 취쳐ᄒ여 돌시 지나니 이공즈ᄂ 발셔 농장(弄璋)의 경시(慶事)187) 잇거늘 공즈 부부ᄂ 흔연ᄒ 담소도 듯지 못ᄒ니, 아지못게라! 쇼져의 무슴 허물을 보아 계시○[니]잇가? 듕심(中心)이[은] 진즁(珍重)ᄒ되 고혹(蠱惑)다 ᄒᄂ 말을【79】면ᄒ려 ᄒ시ᄂ닛고?"

공지 쇼왈,

"군즈ᄂ 늬외룰 달니 아니 ᄒᄂ니 엇디 안으로 진즁ᄒ고 밧그로 씍씍ᄒ여 강잉ᄒ리오. 슈연(雖然)이ᄂ 뎡시ᄂ 흔ᄒ 현텰ᄒ 부인이라. 부족ᄒ미 아니로되, 늬 ᄆᄋᆷ이 밋쳐 쳐즈의게 도라가지 못ᄒ여 부뷔 서로 싱소ᄒ니, 이ᄂ ᄯ호 져의 박명(薄命)이니이다. 디어즈식(至於子息) ᄒ여ᄂ 우리 부뷔 다 이십이 머러시니, 무어시 밧부리오."

ᄒ더라.

계유(癸酉) 밍츈(孟春) 회일(晦日) 마동 필셔【80】

269쪽14행-270쪽5행, *밑줄 교주자).

184)젼취 무데룰 씌닷게 ᄒ고 ; 미상

185)해진이 문황을 감동ᄒ니 : 미상

186)쥬시 아연ᄒ야 믈너나 <u>탄식 왈, "부즈 스이ᄂ 니로기 어렵다 ᄒ니, 쳔취 무데룰 씌둣게 ᄒ고 회진이 문왕을 감동ᄒ니, 이ᄂ 그 돕ᄂ니 어딜미 아니라 그 님군이</u>…(나손본 『뉴희공션힝녹』, 총서41권: 270쪽12행-271쪽2행, *밑줄 교주자).

187)농장(弄璋)의 경시(慶事): =농장지경(弄璋之慶). 아들을 낳은 경사. 예전에, 중국에서 아들을 낳으면 구슬을 장난감으로 주었다는 데서 유래한 말.

뉴효공션힝녹 권지이

화셜 뉴연이 글오ᄃᆡ

"우리 부뷔 다 이십이 머러시니 무어시 밧부리오. 샤뎨(舍弟)의 싱남ᄒᆞ미 대인긔 농손(弄孫)ᄒᆞᆯ 경시 되고 닙신(立身)ᄒᆞ미 가문을 붓들 영화라. 나의 닙신과 ᄌᆞ식을 싱각지 아니ᄒᆞᄂᆞ이다."

쥬시 밋쳐 답지 못ᄒᆞ여셔 믄득 깁장이 움즈기며 뎡쇼졔 드러오다가 싱이 이시믈 보고 도라가고ᄌᆞ ᄒᆞ거늘, 쥬시 공ᄌᆞᄅᆞᆯ 보니 조금도 유의ᄒᆞᆫ 빗치 업ᄂᆞᆫ지라. 심즁의 고이히 너겨 싱각ᄒᆞ되,

"져런 미싁으로 쇼년 남ᄌᆡ 힝【1】운(行雲) ᄀᆞᆺ치 너기시니 이ᄂᆞᆫ 반다시 금슬이 소(疎)ᄒᆞ미라."

ᄒᆞ여, 밧비 니러ᄂᆞ 뎡시를 잇그러 드러와 웃고 왈,

"쇼졔 엇디 우리 낭군을 피코ᄌᆞ ᄒᆞ시ᄂᆞ니잇ᄀᆞ? 맛당이 교도를 녈어 담논(談論)을 베프쇼셔"

인ᄒᆞ여 공ᄌᆞᄅᆞᆯ 밀어 쇼져 겻히 안ᄌᆞ믈 쳥ᄒᆞ니, 공ᄌᆡ 비록 심시 됴치 아니ᄂᆞ 셔모의 ᄉᆞ랑ᄒᆞᄂᆞᆫ 거동을 보니, 쏘ᄒᆞᆫ 웃고 왈,

"우리 부뷔 만난지 돌시188) 지나시니, 엇디 셔뫼 시로이 친ᄒᆞ믈 권ᄒᆞ실 비리오. 쇼년을 보치여 슈습(羞澁)ᄒᆞ믈189) 보려 ᄒᆞ미로소이다."

쥬시 쇼왈,

"낭군이 하 닝담ᄒᆞ시【2】ㅣ②〈니 금일 이 말솜도 쳡은 의외로소이다."

공ᄌᆡ 잠간 웃더라.

이윽고 뎡쇼졔 니러나 나가니 공ᄌᆡ 궤(几)190)를 비겨 양구이 말을 아니터니 홀연 ᄉᆞ미로 ᄂᆞᆺ츨 덥고 이윽이 누어시니, 쥬시 잠드러시므로 알고 침션을 다ᄉᆞ리다가 식경이나 지난 후 도라보니, 공ᄌᆞ의 ᄂᆞᆺ 덥흔 ᄉᆞ미와 볘엿던 궤 아ᄅᆡ 흔 그릇 믈을 부은 듯ᄒᆞ여 빗기 흐른[르]ᄂᆞᆫ지라.

쥬시 그 자지 아녀던 쥴을 알고 크게 늣겨 역시 울고 ᄀᆞ로되,

---

188) 돐 ; 돌. 일주년. 어린아이가 태어난 날로부터 한 해가 되는 날.

189) 슈습(羞澁)ᄒᆞ다 : 수삽(羞澁)하다. 몸을 어찌하여야 좋을지 모를 정도로 수줍고 부끄럽다.

190) 궤(几) : ①『역사』늙어서 벼슬을 그만두는 대신이나 중신(重臣)에게 임금이 주던 물건. 앉아서 팔을 기대어 몸을 편하게 하는 것으로, 양편 끝은 조금 높고 가운데는 둥글게 우묵하고 모가 없으며, 구멍이 있어 제면(綈綿)을 잡아매었다. ②안석. 벽에 세워 놓고 앉을 때 몸을 기대는 물건.

"낭군아, 인싱이 빅셰 아니라. 흔번 죽으면 만시 헛되니 무스 일 심스(心事)롤 이대도【5】록 상흐여 즁흔 몸을 도라보지 아니흐느뇨?"

싱이 반향(半晑)191)이나 말을 못흐다가 진정흐여 이러나며 왈,

"인지(人子) 되어 불초흐미 심흐니 셰상의 잇지 말고즈 흐되 《참아∥츠마》 못흐는 바는 슬하를 쩌나지 못흐미라. 원컨디 셔모는 나의 아득흔[흔] 무음을 붉키 ᄀ라치소셔."

흐더라.

이찌 홍이 쳔방빅계(千方百計)로 형을 히흐려 흐고 쏘 뉴공이 홍의 말을 심혹(甚酷)흐여 폐젹(廢嫡)192)흘 의시 날노 더으니, 엇디 연의 너모 어질기와 홍의 잔학흐미 이리 심흐리오.

일일은 홍이 부젼의 나으ᄀ 극구 참언(讒言)으【6】》①《로 형을 모히흐니, 공이 더욱 노흐여 니르디,

"내 결단코 연을 폐댱(廢長)193)흐리라."

흐니, 홍이 거즛 놀나느 즁심의 더욱 깃거흐고, 셩시는 비록 이 일을 아나 참아 노(怒)를 도도지 못흐고 심즁의 아연 댱탄흐믈 마지 아니 흐더라.

홍이 인흐여 셔당으로 가니, 이찌 연이 발셔 홍의 심스룰 쳬탁(揣度)194)흔지라. 싱 각흐되,

"내 만일 ○○○○○[홍의 간계를] 누셜흐면, 부친의 허물을[이] ○○○○○[나타나리니], 내 《참아∥차마》 나타닉지 못흐리라."

흐고, ○○○○○[셔당의 나가] 홍으로 더부러 흔연 상좌(相坐)195)흐여 글오디,

"졔가(齊家)의 당흔 즉 엇디 태빅(太伯)196)의 일을 임내닉며197) 공연이 인뉸(人倫)을 순란(散亂)【3】케 흐리오. ≤우형이 뼈 싱각컨디 슉뎨(叔齊)198) 아니면 빅이(伯夷)199)○…결락 12자…○[업슬 거시오, 빅이 아니면 슉졔] 잇지 아니흐리니,≥200) 츠

---

191)반향(半晑) : 반나절.
192)폐젹(廢嫡) : 적자(嫡子)의 신분 상속권 등을 폐함.
193)폐댱(廢長) : 장자(長子)의 신분 상속권 등을 폐함.
194)쳬탁(揣度) : 남의 마음을 미루어서 헤아림. 늑요탁(料度)·쳬량(揣量)·촌탁(忖度).
195)상좌(相坐) ; 서로 마주 앉음.
196)틱빅(太伯) : 중국 주(周)나라 태왕(太王) 고공단보(古公亶父)의 세 아들 중 첫째아들. 부왕이 셋째 아우인 계력(季歷; 문왕의 아버지)에게 왕위를 물려주고자 하는 뜻을 알고, 둘째 아우 중옹(仲雍)과 함께 머리를 깎고 몸에 문신을 하여 왕위를 사양하고 형만(荊蠻)으로 옮겨 은거함으로써, 셋째 아우인 계력(季歷)이 왕위를 계승케 하였다. 뒤에 형만족(荊蠻族)의 추대를 받아 오(吳)나라 왕(王)이 되었다.
197)임내닉다 : 흉내내다.
198)슉뎨(叔齊) : 은말(殷末) 주초(周初)에 고죽국(孤竹國)의 왕자. 주(周)나라 무왕(武王)이 은(殷)나라를 치러 나가자 형 백이(伯夷)와 함께 무왕의 말고삐를 잡고 치지 말 것을 간하였으나, 받아들여지지 않자, 백이와 함께 수양산에 들어가 고사리를 캐먹다 굶어죽었다.
199)빅이(伯夷) : 은말(殷末) 주초(周初)에 고죽국(孤竹國)의 왕자. 주(周)나라 무왕(武王)이 은

눈 셩즈(聖者)의 말근 뉴(類)라. 태빅의 덕이 빅이의[와] 흔 가지로듸, 계력(季歷)201)
은 슉뎨의 일을 못ᄒ니 셩현도 능히 져 삼인을 효측지 못ᄒ거든 시속(時俗)을 엇디
칙망ᄒ리오. 슈연이나 부형의 ᄯ즌이 곡직간(曲直間) 젹댱(嫡長)을 소ᄌ(小子)의게 도라
보닉고ᄌ ᄒ며, 그 아ᄋ202) 된지 탈젹(奪嫡)203)고ᄌ 훌진듸, 문회(門戶) 블힝ᄒ고 인
뉸이 순란(散亂)ᄒ여 크게 풍화(風化)의 관계ᄒ니, 그 형 되엿는 지 슌이 뼈 위를 ᄋ
오의게 도라 보닉고, ᄆ음의 블평【4】〉┃204) ᄒ믈 두지 말며 몸으로뼈 셰상의 힝치
아녀 죵용이 신셰롤 ᄆᆺᄎ미 효우흔 도리니라."

셜파의 의연이 단좌ᄒ여 다시 말의 ᄯ즌이 업스니 홍이 그윽이 붓그려 믈너나다.

명일 뉴공이 즁당(中堂)의 셜연(設宴)ᄒ고 죵족을 쳥ᄒ니 뉴시 일문이 다 모도미 거
의 슈빅이라. 이ᄲ 뉴공지 이 경식을 보고 스스로 탄왈,

≤"금일 듸변이 《당상‖강샹(綱常)205)》의 나니, 《내‖나》의 흔 몸이[은] 죡히
앗갑지 아니커이와 야야긔 누덕이 비경ᄒ니≥206) 셜니 양광(佯狂)ᄒ여 죵ᄉ(宗嗣)를
밧드지 못홀 병인(病人)으로 모든 스름을 알【7】게 ᄒ미 올타."

ᄒ고, 드듸여 공의 부르미 잇시되 응치 아니코, 흙 가온듸 구으러 광부(狂夫)의 거
동을 ᄒ니, 가이 어엿부다. 외로운 효심이 촉촉(屬屬)ᄒ여 강상죄명(綱常罪名)을 ᄌ당
(自當)ᄒ고 아비 허믈 가리오미, 엇디 양광ᄒ기룰 앗기리오.

뉴공이 졔인을 마ᄌ 좌을 졍ᄒ고, 쥬찬을 나와 슈삼 슌(順)이 지나미, 모든 듸 고ᄒ
되,

"오날 닉 집의 큰 일이 잇시니 녈위는 드러 슬피라."

즁인이 말을 그치고 연고롤 무른듸, 공이 왈,

"이 일이 다른 일이 아니라, ≤돈ᄋ(豚兒) 연이 오가(吾家) 죵ᄉ(宗嗣)로 션죠 문셩

(殷)나라를 치러 나가자, 아우 숙제(叔齊)와 함께 무왕의 말고삐를 잡고 치지 말 것을 간하
였으나, 받아들여지지 않자, 숙제와 함께 수양산에 들어가 고사리를 캐먹다 굶어죽었다.
200)"우형은 싱각건대 슉졔 아니면 빅이 업슬 거시오, 빅이 아니면 슉졔 잇디 아니ᄒ리니, 츠
눈 셩셰의 맑근 뉴라"(나손본 『뉴희공션힝녹』, 총서41권:276쪽, *밑줄 교주자).
201)계력(季歷) : 중국 주 문왕(文王) 창(昌)의 아버지. 왕계(王季)로도 불린다. 자손이 왕업(王
業)을 이룰 수 있는 기초를 닦았다.
202)아ᄋ : 아우.
203)탈젹(奪嫡) : 종손이 끊어지거나 아주 미약해진 때에 유력한 지손이 종손의 지위를 빼앗음.
204)착간(錯簡) 즉 필사순서에 오류가 있다. 즉, 원문은 ┃①〈로 형을 - 블평【4】〉 - ②〈
니 금일 - 참언으【6】〉┃의 순서로 필사되어 있는데, 이를 서사문맥에 따라 ┃②-①┃
의 순서로 바로잡았다. 이러한 오류가 생긴 원인은 제책과정에서 편철을 잘 못하여 생긴 것
으로 보인다.
205)강상(綱常) : 삼강(三綱)과 오상(五常)을 아울러 이르는 말. 여기서 오상은 오륜(五倫)을 달
리 이른 말로, 사람이 지켜야 할 도리를 이른다. *강상대죄(綱常大罪) : 사람이 마땅히 지
켜야 할 도리인 삼강(三綱)과 오륜(五倫)을 범한 큰 죄, 곧 인륜범죄(人倫犯罪)를 이른다.
206)"금일 가변이 강샹의 관계ᄒ니, 내의 흔 몸은 진실노 앗갑디 아니커니와 야야긔 누덕이 비
경ᄒ니"(나손본 『뉴희공션힝녹』, 총서41권:277쪽14행-278쪽2행, *밑줄 교주자).

공 제슨룰【8】 밧들 스룸이어늘, 블힝ᄒ여 노부룰 살희코즈 ᄒ며, 셔모룰 음증(淫烝)ᄒ며, 《가속(家屬)‖가슈(家嫂)》룰 핍박고즈 ᄒ다가 ○○[일이] 《셰루‖누셜(漏泄)》ᄒ니, 진실노 불효부뎨(不孝不悌)ᄒ고 음난무도(淫亂無道)ᄒ미 《상시‖상신(商臣)207)》 양광(楊廣)208)이라도 더으지 못ᄒ지라. 싱각컨듸 우리 션죄 기국원훈(開國元勳)209)이 되샤 즈손이 서로 젼ᄒ여 노부의게 니르러 이런 무상(無常)ᄒ 즈식으로뼈 감이 졔슨룰 밧들게 못ᄒ리니, 맛당이 폐ᄒ고 ᄎ즈 홍이 효우인즈(孝友仁慈)ᄒ며 튱의(忠義) 가연(可然)ᄒ여210) 일셰의 온듕(穩重)ᄒ 군지니, ᄒ믈며 닙신ᄒ여 션됴 유틱(遺澤)211)을 니엇고, ᄯ 아들을 나【9】 하시니 종슨의 즁ᄒᄆᆯ 맛질 거시오, 기쳐(其妻) 셩시 유한졍졍(幽閑貞靜)ᄒ여 크게 부덕(婦德)이 잇시니 가이 칙봉ᄒ여 뎍(嫡)을 삼암 즉ᄒ니, 졔공의 ᄯᅳᆺ이 엇더뇨?”

간의튀우 뉴졍셰ᄂᆫ 상셔의 종졔러니, 이 말을 듯고 변식 왈,

“형이 그르다. 우리 등이 연의 형뎨룰 닉이 아ᄂᆞ니, 홍이 비록 지학(才學)이 츌인(出人)ᄒ나 연의 인효의 밋지 못ᄒᆯ 거시오, ≤셜ᄉ ᄋᆞ이 나은 비 이신들 엇디 《ᄎ례로 밧골 니‖ᄎ례룰 밧고ᄂᆞ 변이》 이시리오. 금일 형의 말이 풍화(風化)의 듸란(大亂)이니 엇디 ᄒ갓 《ᄉ실의 이셔 이을 ᄯᅮᆷ‖ᄉ실의셔 이를 일》이리오≥212). 당당이 단폐(丹陛)예 쥬(奏)ᄒ염즉【10】ᄒ도다.”

공이 작식(作色) 노왈,

“현뎨 연의 쳥촉을 바다 우형을 용납지 아니나 연의 죄 죽기의 샤(赦)치 못ᄒ리니, 엇디 ᄒ갓 폐뎍(廢嫡)ᄒᆯ ᄯᅮᆷ이리오.”

태상경 뉴견은 뉴간의 형 ᄌᆞ(子)요, 뉴공의 오촌 질(姪)이라. 문득 니르듸,

“슉뷔 ᄌᆞ슌을 시비ᄒ샤 ᄉ셩의 결단ᄒ시미 뉘 감이 곡직(曲直)을 분변ᄒ리오. 다만, ᄌᆞ슌이 어듸 잇관듸 오지 아니 ᄒ니잇고? ᄒ 번 보고즈 ᄒᄂᆞ이다.”

뉴공이 답왈,

“불쵸 아히 힝시 여ᄎᆞᄒ여 부르듸 오지 아니코 시노(侍奴)룰 친다 ᄒ니, 광픽(狂悖)ᄒ미 극ᄒ지라. 졔족은 노부룰 그릇 아【11】지 말나.”

드듸여 아역(衙役)213)을 명ᄒ여 공ᄌᆞ룰 잡아오라 ᄒ니, 식경이나 ᄒ 후 시뇌 공ᄌᆞ룰

---

207)상신(商臣) : 중국 춘추시대 초(楚)나라 목왕(穆王)의 이름. 성왕(成王)의 아들로 성격이 잔인하여 아버지를 시해하고 왕위에 올랐다. 《春秋左氏傳 文公 元年》 條에 나온다.

208)양광(楊廣) : 중국 수(隋)나라 제2대 임금 양제(煬帝: 재위 604~618년)의 이름. 문제(文帝)의 둘째 아들로 부왕과 태자를 시해하고 제위에 올라, 각종 부역과 전쟁에 백성을 징발하고 재산을 수탈하는 등으로 학정을 일삼아 중국 역사상 최악의 폭군으로 꼽힌다.

209)기국원훈(開國元勳) : 나라를 세우는데 가장 으뜸이 되는 공훈.

210)가연(可然)ᄒ다 : 보기에 마땅하고 시원스럽다. *가연(可然)히 : 선뜻. 마땅히. 흔쾌히.

211)유틱(遺澤) : 생전에 베풀어서 후세까지 남긴 은혜.

212)“셜ᄉ 아이 나은들 엇지 <u>ᄎ례 밧고ᄂᆞ 변이</u> 잇시리오. 금일 형의 말슴이 풍화의 대관이니 어이 <u>ᄉ실의셔 니르리오</u>.”(나손본 『뉴희공션힝녹』, 총서41권:280쪽1-4행, *밑줄 교주자).

213)아역(衙役) : 아노(衙奴). 수령이 지방 관아에서 사사롭게 부리던 사내종. 또는 사대부가에

잡아 니르니, 님의 머리를 풀고 옷을 버셔 만신의 더러온 거슬 무치고 입의 광언망셜(狂言妄說)이 긋지 아니니, 뉴공과 홍이 어린 듯ᄒ고 뉴간이 스름으로 ᄒ여금 잡아 안치고 말을 무르미, 어즈러이 좌우를 쑤지[짓]고 혹 울며 혹 웃고 혹 포복어지(匍腹於地)214)ᄒ며, 즘싱의 똥을 집어 먹으니, 졔인이 쳐음은 뉴공의 말을 무상(無狀)이 너기더니, 이 경식을 보고 홍은 거즛 발광(發狂)을 ᄒ는 줄 알고, 모든 종족은 실셩인(失性人)으로 【12】 알고, 차탄(嗟歎) 왈,

"앗갑다, 연의 인물이여! 네 엇디 져리 되엿는다?"

ᄒ고 혹 차탄ᄒ며 옥 비창(悲愴)ᄒ여 뉴공 다려 왈,

"져 ᄋ히 져럿틋ᄒ니, 존공긔 망극ᄒ고 일문의 불힝이라. 형댱은 광망ᄒᆫ 미ᄌ(迷子)를 《죄슈(罪囚, 罪數)∥수죄(數罪)》ᄒ여 ᄉ디(死地)로 보ᄂᆡ미 ᄯᅩ 부ᄌ의 졍이 아니로소이다컨이와, 엇디ᄒ리오. 형의 쳐치ᄃᆡ로 홀 ᄯᆞ름이오, 졔족(諸族)의 홀 빅 업ᄉ니 님의(任意)로 ᄒ쇼셔."

공이 쳐음은 즁논(衆論)이 어즈럽고 황황(遑遑)ᄒ믈 근심ᄒ더니, 의외에 연이 발광ᄒ여 스스로 허락ᄒ고 즁논이 여일(如一)ᄒ니, 공이 즁심의 혹 의심ᄒ고,【13】ᄯᅩ 깃거ᄒ여 즉시 관ᄃᆡ(冠帶)를 ᄀᆞ초와 사당의 올나, 조상 영위(靈位)와 경부인 영위에 연의 거즛 죄목을 고ᄒ고, 홍을 칙봉ᄒ여 댱ᄌ(長子)를 삼을 식, 시노를 쑷지져 ᄒᆫ 벌 의복으로ᄡᅥ 연을 닙혀 사당의 고두샤죄(叩頭謝罪)215)ᄒ라 ᄒᆫᄃᆡ, 공지 흔연 고두ᄒ고 쳬읍ᄒ며[니], 닉렴(內念)이 하힝 갓틋[트]믈 사름이 알 빅리오. 오직 쳥텬빅일(青天白日)216)이 알 ᄯᆞ름 《이이시리로다∥이더라》.

ᄯᅩ 홍의게 비샤(拜謝)ᄒ라 ᄒ니 시기는 ᄃᆡ로 두 번 졀ᄒ고, 바야흐로 홍은 우ᄒᆡ 셔고 연은 아ᄅᆡ 셰우고 현묘(見廟)217)ᄒ기를 뭇ᄎ미, 공이 뎡시를 블너 면젼의 니르러 시녀를【14】명ᄒ여 뎡시의 홍나삼(紅羅衫)218)과 《ᄌ리상∥ᄌ라상(紫羅裳)219)》을 벗기고 일 벌 쳥의(青衣)를 닙흰 후, 셩쇼져를 기복(改服)ᄒ여 교위(交椅)예 안치고 뎡시의 녜를 바드라 ᄒ니, 셩시 황망(遑忙)이 ᄉ양 왈,

"쇼쳡은 져근 가문 쳔녀(賤女)라. 엇디 감이 이 ᄀᆞ튼 녜를 바드리잇고? 죽기는 명ᄃᆡ로 ᄒ려니와 이 말삼은 감히 봉힝치 못ᄒ리로쇼이다."

공 왈,

"현뷔(賢婦) 그르다. 우리 집 댱ᄌ는 예사 인가(人家)와 ᄀᆞ지 아냐, 졔후의 집으로 션죠 법영이 엄ᄒ시니, ᄎᆞ지 댱ᄌ의 옷슬 닙지 못ᄒ고, ᄎᆞ뷔(次婦) 툥부(冢婦)220)의

서 주인이 사사롭게 부리던 사내종.
214)포복어지(匍腹於地) : 맨 땅 위에서 배를 바닥에 대고 김.
215)고두샤죄(叩頭謝罪) : 머리를 조아리며 잘못을 빎.
216)쳥텬빅일(青天白日) : 맑은 하늘에 뜬 해.
217)현묘(見廟) : 사당에 예를 갖추어 절하여 뵘.
218)홍나삼(紅羅衫) : 붉은 비단으로 지은 적삼.
219)ᄌ라상(紫羅裳) : 자주색 비단치마.

즈리롤 ᄀ즈치 못하거늘 하믈며 금일 연의 부부는 영위(靈位)예 득죄지【15】인(得罪之人)이니, 가히 용납지 못홀 거시니, 녜롤 바드라."

셩시 쳬뤼(涕淚) 만면하여 돈슈(頓首) 복지(伏地) 왈,

"존명이 이럿툿 하시나 한림과 존슉(尊叔)이 추례롤 밧고와 디시 닙의 졍하여시니, 쇼쳡이 뎡쇼져의 졀〇[을] 바드며 아니 바드미 일이[을] 졍홀 비 아니오, 일즉 형으로 셤긴지 슈년의 밋쳐시니, 엇디 오날 교위의셔 져의 녜롤 바드리잇고? 쇼쳡이 당돌하미 아니오라 실노 신명을 두려하며 일신의 복을 삼가미로쇼이다."

인하여 슬피 울고 니러나지 아니니 종족이 감탄하고 홍이 가장 붓그려 하더라.

뉴공 왈,

"현뷔(賢婦) 져럿툿【16】 고집하니, 뎡시 녜롤 일치 말고 연으로 더부러 후당 취셜각의 이셔 부르미 업거든 오지 말나."

쇼제 명을 바다 거름을 두루혀 취셜각의 니르니, 시뇌(侍奴) 공즈를 닛그러 한가지로 가도다.

이날 빈긱이 참연(慘然)하여 쥬식(酒食)을 먹지 아니코 허여지니, 뉴공 부지 무류(無聊)하여221) 침소에 드러와 홍다려 무르디,

"오날 연의 거동이 엇디뇨?"

홍 왈,

"다른 연괴 아니라. 양광(佯狂)하여 부친을 됴롱하미이다."

뉴공 왈,

"연이 평싱의 건강하니, 엇디 밋친 쳬하여 폐댱(廢長)홀 졔 슌종홀 니 이시리오."

홍이 쇼 왈,

"야애 아지 못한【17】 나이다. 형의 듕심이 한 덩이 쇠 ᄀᆞ틋니 엇디 허약하여 밋칠 니 이시리오."

뉴공이 장신장의(將信將疑)222)하더라.

쥬시는 일노붓터 풍병(風病)이 즁홀와223) 하고, 문을 둣고 깁히 드러 스룸을 보지 아니코 가스를 바리다.

뎡쇼제 쳥의(靑衣)롤 닙은 죄인이 되어 공즈로 더부러 ᄀᆞ치이미, 공지 쏘 발광하여 완연이 병인이 되엿는지라. 간담이 바ᄋᆞ지는 듯하여 어린 다시 안즈 공즈의 거동을 보니 어즈러이 광언(狂言)만 공즁을 바라며 하다가 흙 가온디 구러져 즈거늘, 쇼제 그 신셰롤 슬허 기리 탄식 왈,

---

220)퉁부(冢婦) : 맏며느리. 졍실(正室) 맏아들의 아내.
221)무류(無聊)하다 : 부끄럽고 열없다.
222)장신장의(將信將疑) : 믿음이 가기도 하고 의심이 가기도 함.
223)-ㄹ와 : -(었)다. -도다, -는구나. 종결어미. '롸'의 변이형. -ㄹ(관형사형 전성어미+ 와(감탄형 종결어미).

"군의 효성으로【18】부모의 뜻을 엇지 못ᄒ고, 군의 어질미 골육을 화치 못ᄒ여 엇지 ᄯᅩ 니런 병을 일위뇨?"

셜파의 눈물이 웃기시 졋더라.

인ᄒ여 좌우를 도라보니 ᄌ가 시녀 난향만 잇고 다른 스름이 업스니, 더욱 슬프고 외로와 나ᄋᆨ 공즈의 누은 ᄯᅢ 흙이 가득ᄒ믈 보고 사미를 달히여 좀을 씨와 당의 오르기를 쳥ᄒ니, 공지 본디 ᄌ지 아얏[냣]던지라.

쇼졔의 힝실이 이럿틋ᄒ믈 보고 즁심의 감도ᄒ나 믄득 흥의 이른 바 간장이 쇠돌ᄀ치ᄒ여 일써나 겻히 잇는 흙덩이을【19】집어 쇼졔를 향ᄒ여 치며 ᄭᅮ지져,

"네 엇던 스름이완디 날을 씨오는다?"

쇼졔 날호여 니로디,

"군이 비록 병디 드러시나 ᄯᅩ흔 ᄆᆞᆷ이 이시리니 엇디 이런 거죄 잇ᄂ뇨? 쳥컨디 당의 오르소셔."

공지 드른 쳬 아니코 손젹224) 치고 우스며 헛도이 말ᄒ며 츠셔(次序)를 아지 못ᄒ는지라. 쇼졔 앙텬탄식(仰天歎息)ᄒ더라.

공지 ᄯᅩ ᄯᅡ히 업드여 ᄌᆞ는 다시 잇더니, 둙이 울미 기리 흔 번 흐슘 짓고 두어 번 "하날아!" "하날아!" ᄒ는 쇼릭 잇더니 인ᄒ여 가슴을 두드리고 방셩듸곡(放聲大哭)ᄒ니, 쇼졔 놀나 싱각ᄒ되,

"이 곡읍이 밋친 쳬ᄒ【20】나, 실노 양광(佯狂)이라. 가히 그 거동을 볼거시라."

ᄒ더니, 반향 후 공지 울음을 그리고 난향을 명ᄒ여 거젹즈리를 어더 ᄯᅡ히 펴고 흔 번 누으미 눈을 감고 낫츨 ᄡᅳ니, 쇼졔 감히 못지 못ᄒ고 난향으로 더부러 서로 울어 날이 붉으미 복뷔 공의 명듸로 두 그릇 밥과 흔 그릇 치를 드리고, ᄯᅩ 셩시의 시녜 더온 츠와 보긔홀 죽으로써 뎡시와 공즈긔 드리라 ᄒ니, 쇼졔 이의 셩시의 은근흔 뜻을 샤례ᄒ고 공지 씨야든 권코즈 ᄒ되, 날이 늦도록 요동ᄒ미 어셔 인ᄒ여 오륙일이 지나되, 움즈기【21】는 일이 업스니, 쇼졔 망극ᄒ여 싱각ᄒ되,

"뉴군의 거동이 밋치미 아니라. 위(位)를 도라보닉여 닷토는 폐(弊)를 업시ᄒ고, 이제 곡긔(穀氣)를 긋치문 이졔 부형의 슈죄(數罪)ᄒ난 빅 인륜의 망극흔[흔] 변인 고로 스스로 죽어 븟그려오믈 모로고즈 ᄒ미니, 닉 비록 져의게 마즈 죽으나 ᄯᅩ 무어시 앗가와 말을 품고 간치 아니 ᄒ리오."

드듸여 압흘 향ᄒ여 쇼릭를 ᄂᆞ즈기 ᄒ여 왈,

"군의 위인이 범인이 아니라. 엇디 문득 양광ᄒ는 궤도(詭道)를 ᄒ며 ᄯᅩ 무슴 아스홀 뜻이 잇ᄂ뇨? 태빅(太伯)225)이 위를 폐홀지언졍 죽으미 업고【22】대슌(大舜)226)

---

224)손젹 : =손벽. 손뼉. 손바닥과 손가락을 합친 전체 바닥.
225)태빅(太伯) : 중국 주(周)나라 태왕(太王) 고공단보(古公亶父)의 세 아들 중 첫째아들. 부왕이 셋째 아우인 계력(季歷; 문왕의 아버지)에게 왕위를 물려주고자 하는 뜻을 알고, 둘째 아우 중옹(仲雍)과 함께 머리를 깎고 몸에 문신을 하여 왕위를 사양하고 형만(荊蠻)으로 옮겨

이 우믈과 집 우히 블을 피ᄒᆞ샤 증증녜블격간(烝烝乂不格姦)227)ᄒᆞ시니, 이졔 니르히 그 효셩을 일ᄏᆞ니, 만일 슌(舜)으로ᄡᅥ 부명(父命)을 한ᄒᆞ여 죽으미 이신즉 엇디 족히 슌이라 ᄒᆞ리오. 이졔 군이 대인의 죽이고ᄌᆞ ᄒᆞ실 니 업스되, 폐댱(廢長)ᄒᆞᄆᆞᆯ 붓그려○○○○[ᄒᆞ고 ᄋᆞ믈] 봉ᄉᆞ(奉事)ᄒᆞᄆᆞᆯ 이다라 ᄌᆞ분필ᄉᆞ(自憤必死)ᄒᆞ려 ᄒᆞ니 평셕(平昔)의 슌편(順便)ᄒᆞ던 힝실이 어듸 잇ᄂᆞ뇨? 부(父)의 칙ᄒᆞ시미 잇시나 효슌(孝順)ᄒᆞ미 인즉의 홀 비라. 이럿틋 어즈러오미 승슌혼 도리 아니로소이다. 만일 군이 몸이 병드러 죽기의 니른 즉, 대인긔 ᄌᆞ식 죽인 악명을 ᄭᅵ치고 슉슉(叔叔)이 만【23】 듸의 미명(罵名)을 어드며, 공의 블효블통(不孝不通)ᄒᆞ미 일셰의 죄인이 되리니, 원컨듸 슬피 쇼셔."

≤공ᄌᆡ 쇼져의 격동ᄒᆞᄂᆞᆫ 말을 드르미 ᄯᅩ 양광ᄒᆞᄆᆞᆯ 아라시믈 보고, 시러곰 《국사로 ‖ 군자가》 예양(豫讓) 듸졉홈과 ᄀᆞᆺ틀지니228) 엇디 《범즁양 ‖ 범즁엄(范仲淹)》의 《즁인지녜 ‖ 궁인지녜(宮人之例)229)》롤 쓰리오. 연이 ᄂᆞᆾ츨 헤치고 몸을 니러 공슈ᄒᆞ여 왈≥230),

"쇼싱은 일셰의 죄인이라. 엇디 ᄉᆞ름 듸홀 안면이 이시며, 신셰 궁박(窮迫)ᄒᆞ며 부ᄌᆞ형뎨 인륜을 폐ᄒᆞ여시니 무ᄉᆞᆷ ᄆᆞ음으로 셰상을 뉴련(留連)ᄒᆞ리오. 블초(不肖)롤 ᄌᆞ칙ᄒᆞ니 용납홀 곳이 업고, 죽고ᄌᆞ ᄒᆞ미 ᄯᅩ 만【24】 젼(萬全)홀 일이 아니라. 가슴의

은거함으로써, 셋째 아우인 계력(季歷)이 왕위를 계승케 하였다. 뒤에 형만족(荊蠻族)의 추대를 받아 오(吳)나라 왕(王)이 되었다.

226)대슌(大舜) : 순임금. 중국 고대 성군(聖君)의 한사람으로 효자(孝子)로 추앙받는 인물.

227)증증녜블격간(烝烝乂不格姦) : 차츰 어진 길로 나아가게 하여 간악한 데에 빠지지 않게 함. 『동몽선습(童蒙先習)』 '부자유친(父子有親)'조에 나오는 말.

228)군자가 예양(豫讓) 듸졉함과 ᄀᆞᆺ틀지니 : '어진 사람이 지기(知己)를 위해 목숨을 바친 예양(豫讓)이란 사람을 알아주는 것과 같을 것'이라는 말로, 부인 정소저가 자신이 아우와 부친의 허물을 덮어주기 위해 목숨을 버리려 하는 것을 이해해 줄 것이라는 말. *예양(豫讓) : 중국 춘추시대 진(晉)나라 자객. 자신의 능력을 알아주고 중용해준 친구 지백(智伯)의 원수를 갚아주기 위해 몸에 옷 칠을 하여 문둥병자의 모습이 되고, 숯을 삼켜 벙어리가 되어 친구의 원수인 조양자(趙襄子)를 죽이려다 실패하고 죽임을 당했다. 사기(史記)』<자객열전>에 그의 전(傳))이 실려 있다.

229)범즁엄(范仲淹)의 궁인지녜(宮人之例) : 범중엄이 궁인에게 썼던 전례(前例). 곧 송(宋)나라 인종(仁宗) 때 곽황후(郭皇后)가 궁인 상미인(尙美人)을 질투하여 다투다가 잘못하여 말리는 인종의 얼굴에 손톱자국을 내었는데, 인종이 이를 빌미로 곽황후를 폐출하자, 범중엄이 공도보(孔道輔) 등과 함께 "황후는 천하의 어머니이니 경솔히 폐위시켜서는 안 된다"고 목숨을 걸고 간하여 상미인의 황후책립(冊立)을 반대였던 일. *범즁엄(范仲淹) : 중국 북송 때의 정치가·학자(989~1052). 자는 희문(希文). 시호 문정(文正). 인종 때에 간관(諫官)으로서 곽황후(郭皇后)의 폐립문제를 놓고 재상 여이간(呂夷簡)과 대립하다 지방으로 좌천된 바 있고, 참지정사(參知政事)가 되어서는 개혁하여야 할 정치상의 10개 조를 상소하였으나 반대파 때문에 실패하고 외직을 전전하다 병으로 죽었다. 작품에 <악양루기(岳陽樓記)>, 문집 ≪범문정공집(范文正公集)≫이 있다

230)공ᄌᆡ 쇼져의 허다 격동ᄒᆞᄂᆞᆫ 말을 듯고 ᄯᅩ 다시 양광을 아라시믈 보미, <u>군ᄌᆞ로 여양 대졉홈과 갓튼디라. 엇디 범듕엄의 듕인지녜룰 쓰리오. 가연이 ᄂᆞᆾ츨 열고 몸을 니러 공슈ᄒᆞ야 굴오</u> 디…(나손본 『뉴희공션힝녹』, 총서41권:289쪽3-7행, *밑줄 교주자).

뭉친 거시 이셔 긔운을 거스리니, 밥을 먹지 못ᄒ고 사름을 보ᄆᆡᄂᆞᆫ ᄂᆞᆾ출 싹고ᄌᆞ ᄒᆞᄂᆞ니, 엇디 ᄌᆞ(子)의 교칙(敎責)홀 쥴 알니오. 싱이 평셕(平昔)의 ᄌᆞ의게 기친 은혜 업고 이졔 환란을 일쳬로 ᄒᆞᄆᆡ 가치 아니니, 모로미 친당의 도라가 죄인을 싱각지 말고 기리 평안ᄒᆞ라. 지어(至於) 대슌(大舜) 태빅(太伯)으로 경계홈은 내 실노 당치 못ᄒᆞ니, '텬하의 엇디 올치 아닌 부뫼 이시리오'231). 슈연(雖然)이나 싱이 어려셔 붓터 글을 닑어, 녯 스룸의 효도ᄅᆞᆯ 흠모ᄒᆞ여 슉야(夙夜)의 셥심(攝心)ᄒᆞᄆᆡ 거의 큰 죄의 ᄲᆞ지지 아닐가 ᄒᆞ더【25】니, 불효ᄒᆞᄆᆡ 오늘 이 지경의 밋고, ᄯᅩ ᄌᆞ의 니른 바 폐장(廢長)을 읻돌나 ᄒᆞᄆᆡ 아니오, 대인을 원망ᄒᆞ{ᄒᆞ}미 아니라. 오직 하ᄂᆞᆯ을 보지 말며 ᄯᅡᄒᆞᆯ 넓지 못홀 죄명이 일신의 이시니, 부형이 비록 ᄒᆞᆫ 목숨을 용샤ᄒᆞ시나, 싱이 스스로 형벌을 힝ᄒᆞ여 죽음이 올흐ᄃᆡ, 죽지 못ᄒᆞᄂᆞᆫ 바ᄂᆞᆫ 셰상이 싱의 죄ᄅᆞᆯ 아지 못ᄒᆞ고 그릇 가친긔 누덕이 도라갈가 두리ᄆᆡ라. 이졔 ᄉᆞ오일 곡긔ᄅᆞᆯ 긋치ᄆᆡ 다른 ᄯᅳᆺ지 아니라. 모로미 ᄌᆞᄂᆞᆫ 싱의 근심이 죽기ᄅᆞᆯ 원ᄒᆞᄂᆞᆫ가 의심 말나."

인ᄒᆞ여 눈물이 흘너 ᄂᆞᆾ【26】치 가득ᄒᆞ고 닙으로 조ᄎᆞ 피 토(吐)ᄒᆞ기ᄅᆞᆯ 마지 아니ᄒᆞ니, 쇼졔 슬프믈 니긔지 못ᄒᆞ나 계유 참고 위로 왈,

"군ᄌᆞ의 이 거죄 ᄆᆞ음을 과도이 쓰기로 비로스ᄆᆡ라. 원컨ᄃᆡ 관심(寬心)ᄒᆞ여 귀쳬ᄅᆞᆯ 도라보쇼셔."

공ᄌᆞ 머리ᄅᆞᆯ 슉이고 말을 아니터니, 난향을 도라보와 먹기ᄅᆞᆯ 구ᄒᆞ거ᄂᆞᆯ, 밧비 셩쇼져의 보닌 미음을 드린 딕, 바다 두어 번 마시더니 이윽고 다시 토ᄒᆞ여 능히 ᄂᆞ리지 못ᄒᆞ니, 그르슬 물니치고 표연이 누어 쇼져로 더브러 다시 말을 아니 ᄒᆞ더라.

이러구러 십여 일이 되ᄆᆡ, 뉴공이【27】《공ᄌᆞ∥ᄋᆞ지》불의예 《밋쳐∥미쳐》《공∥홍》의 승젹(承嫡)232)ᄒᆞ니 슌히 되믈 깃거ᄒᆞ나, ᄯᅩᄒᆞᆫ 후당의 가돈 반월(半月)의 쇼식이 업스믈 보ᄆᆡ 심니(心裏)의 궁거워, 일일은 공이 막ᄃᆡ를 집고 후당의 드러가 문틈으로 보니, ᄌᆞ뷔(子婦)233) 거젹을 펴고 ᄯᅡ히 이셔, 쇼져의 슬픈 경식은 니르도 말고 《공ᄌᆞ∥ᄋᆞᄌᆞ》ᄂᆞᆫ 스ᄆᆡ로 ᄂᆞᆾ출 덥고 고요히 누어시니, 공이 반향(半晌)이나 보다ᄀᆞ 싱각ᄒᆞᄃᆡ,

"연이 결ᄒᆞ여 밋치미 아니라. 내 맛당이 그 거동을 보리라."

ᄒᆞ더니, 믄득 드르니 난향이 쇼져긔 고ᄒᆞᄃᆡ,

"쇼비 금일 ᄋᆞ춤 진반(進飯)ᄒᆞᄂᆞᆫ 복부(僕婦)의 말{ᄉᆞᆷ}을 드르니, 대노애(大老爺) 풍

---

231)텬하의 엇디 올치 아닌 부뫼 이시리오 : "천하에 옳지 않은 부모는 없다"는 뜻으로, 『소학(小學)』〈嘉言篇〉의 "羅仲素 論瞽瞍底豫而天下之爲父子者定云 只爲天下無不是底父母(나중소는 고수(瞽瞍)가 기뻐함에 이르자 천하의 부자 관계에 있는 사람들이 안정되었다.'라는 말을 논하여 말하기를, '다만 천하에 옳지 않은 부모가 없다고 여겼기 때문이다.'라고 하였다.)는 구절에서 따온 말.

232)승젹(承嫡) : 첩에게서 난 서자가 적자로 됨. 여기서는 '적장자(嫡長子)의 계통을 이어받음'을 뜻한다.

233)ᄌᆞ뷔(子婦) : 자부(子婦). 며느리. *여기서는 아들과 며느리를 함께 이른 말.

한의 상ᄒ【28】샤 치약(治藥)ᄒ신다 ᄒ더이다."

공ᄌ 믄득 소ᄅᆡᄒ여 무르ᄃᆡ,

"비ᄌ 맛당이 젹[져]역밥 가져오ᄂᆞ ᄎᆞ환다려 네 말노 대단ᄒ신가 무르라."

셜파의 기리 한슘지고 도라 눕거늘, 공이 심하의 감동ᄒ여 즉시 문을 열고 드러가니 쇼져와 난향이 디경ᄒ여 감히 뵈지 못ᄒ고 ᄒᆞᆫ 가의 《ᄭᅮ지∥ᄭᅮ러》 죄를 기드리고, 공ᄌᄂᆞ 본ᄃᆡ ᄂᆞᆾ츨 ᄲᅡ고 눈을 감앗ᄂᆞᆫ지라, 전혀 아지 못ᄒ여 누엇거늘 공이 나ᅀᅡ가 짐줏 쇼ᄅᆡᄅᆞᆯ 아니 ᄒᆞ고, 그 아ᄑᆡ 반향을 안ᄌ 거동을 슬피니, 공ᄌ 마ᄎᆞ니 ᄂᆞᆾ츨 열며 몸을 동(動)치 아니니, 공이 좌우를 도라보【29】니, 여러 늘 음식이 다 온젼이 이셔 마참니 슈양산(首陽山)234)이 아니로ᄃᆡ 주리미 이 ᄀᆞᆺᄐᆞᆫ지라.

부ᄌ텬졍(父子天情)이 감동ᄒ여 함누(含淚)ᄒ고, 문득 공ᄌ의 손을 잡고 무르ᄃᆡ,

"돈이 오히려 양광(佯狂)ᄒ여 노부를 보고 움ᄌ기지 아니ᄒᆞᄂᆞ냐?"

공ᄌ 눈을 드러 야야를 보고, 현환안ᄉᆡᆨ(眩幻顔色)235)ᄒ여 움ᄌ길 의ᄉᆡ 업더니, 이에 머리를 두로혀 쇼져를 불너 니르ᄃᆡ,

"내 반ᄃᆞ시 오ᄅᆡ지 아닐노다. 이제 대인이 내손을 잡고 좌를 갓가이 ᄒᆞ샤 언에 유열(愉悅)ᄒ시믄 내 긔운이 허랑ᄒ여 혼ᄇᆡᆨ이 흣터지미라."

쇼제 답지 아니코, 공이 칙(責)ᄒᆞᄃᆡ,

"네 불효불민(不孝不敏)ᄒ여【30】대종(大宗)을 밧드지 못ᄒᆞᆯ 거시미 내 종족을 모화 공번도이 폐ᄒ여거늘 네 엇디 궤휼(詭譎)노ᄡᅥ 양광ᄒ여 나를 농간(弄奸)ᄒ며, ᄯᅩ 믄득 어린 톄ᄒ여 요동(搖動)치 아니니 이 엇딘 도리뇨?"

공ᄌ 바야흐로 그 부친이 니르시믈 알고 황망이 니러 두 번 절ᄒ고 머리를 두다려 왈,

"불초이 죄악이 하늘 ᄀᆞᆺᄐᆞᄂᆞ 엇디 감히 대인을 속이리오. 히ᄋᆡ(孩兒) ᄉᆞ오나오믈 가줌이 비록 아나 친척이 밋쳐 아지 못ᄒ고, 양광ᄒ야 즁인(衆人)을 뵈문 실노 다른 일이 아니라. 그 광악(狂惡)ᄒ미 대인의 니르실[신] 바 ᄀᆞᆺᄒᆞ믈 알음이러니, 금일 대인의 니【31】르시믈 드르니 만ᄉᆡ(萬死)라도 죡지 못ᄒᆞᆯ 소이다."

공이 그 온화ᄒ고 효슌ᄒᆞ미 이 ᄀᆞᆺᄐᆞᆯ 보미 다시 칙ᄒᆞᆯ 말이 업셔, 뎡쇼져를 침쇼로 도라가라 ᄒ고, 공ᄌ를 당의 올녀 갓가이 좌를 졍ᄒᆞᆫ 후, 두어 그릇 음식을 가져다가 먹으믈 권ᄒ니, 공ᄌ 쳔만 수한(愁恨)이 봄 어름 스듯 ᄒᆞ고 감은ᄒᆞ믈 ᄡᆞ의 삭여 도로혀 음식을 ᄂᆞ리오지 못ᄒ니, 공이 그윽이 불상이 너기더니, 반향 후 공이 글오ᄃᆡ,

"너의 댱(長)을 폐ᄒ고 ᄎᆞ(次)를 셰우미 듕ᄃᆡ ᄒᆞ더니, 너의 형뎨 칭호ᄂᆞ 밧고지 아니

---

234)슈양산(首陽山) : 중국 감숙성(甘肅省) 농서(隴西)에 위치한 산 이름. 은말(殷末) 주초(周初)에 고죽국(孤竹國)의 두 왕자 백이(伯夷)와 숙제(叔弟)가 주(周)나라 무왕(武王)에게 은(殷)나라를 치지 말 것을 간하였으나, 받아들여지지 않자, 이 산에 들어와 고사리를 캐먹다 굶어죽었다 한다.

235)현환안ᄉᆡᆨ(眩幻顔色) : 얼굴빛이 어리둥절하고 꿈만 같음.

ᄒ나, 피ᄎᆞ(彼此)의 흥의게 ᄉᆞ양ᄒᆞ여 어즈럽게【32】말나."

공지 ᄇᆡ샤 왈,

"쇼ᄌᆞᄂᆞᆫ 인륜의 죄인이라. 님의 폐치 못ᄒᆞ미 힝혀 심당의 안헐ᄒᆞ나 엇디 감히 흥으로 더부러 ᄒᆞᆫ가지로 ᄒᆞ리잇가? 원컨ᄃᆡ 야야ᄂᆞᆫ 히아ᄅᆞᆯ ᄡᅥ 기리 이곳의 머무루셔 텬년(天年)을 ᄆᆞ게 ᄒᆞ쇼셔."

공이 흔연이 허락고 도라가ᄆᆡ 공지 이후 의식을 죄인으로 ᄌᆞ쳐ᄒᆞ여 족덕이 원문(垣門)236) 밧글 ᄂᆞ지 아니코, 부친긔 됴셕 문안도 폐ᄒᆞ여 문을 닷고 죵일토록 누어시니, 쥬시와 뎡쇼졔 서로 보지 못ᄒᆞ고 친쳑이 기인(棄人)으로 ᄎᆞᆽ지 아니니, 뉴공이 오히려 부ᄌᆞ텬졍(父子天情)이 이셔 잇ᄃᆞᆷ 가셔 보고 ᄌᆞ로 긔렴(紀念)237)【33】ᄒᆞᄂᆞᆫ지라.

흥이 두려 ᄯᅩ 날마다 ᄎᆞᄌᆞ 보아 긔식을 탐관ᄒᆞᄃᆡ, ≤공지 다만 보면 반기고 도라가면 닛지 못ᄒᆞᆯ 《ᄯᅳᄒᆞ고‖ᄯᅳ름이오》, ᄒᆞᆫ 터럭도 불호ᄒᆞ미 업ᄉᆞ니, 평계ᄒᆞᆯ 위단(違端)238)이 업셔≥239) 다만 부형긔 효우ᄒᆞᆫ 톄ᄒᆞ더니, 일일은 금오(金吾)240) 요졍을 ᄎᆞᄌᆞ 보와 서로 은근이 교도ᄅᆞᆯ 니르고 심복으로ᄡᅥ ᄃᆡ답ᄒᆞᆯᄉᆡ, 이의 심즁 쇼유ᄅᆞᆯ 의논ᄒᆞᆫ ᄃᆡ, 뇨졍이 본ᄃᆡ 흥의 덕을 감격ᄒᆞ고, 연이 져ᄅᆞᆯ 공격ᄒᆞᆷ믈 뮈워ᄒᆞ던지라. 이 말을 듯고 흔연 쇼왈,

"션싱은 학싱의 은인이라. 엇디 이런 난쳐ᄒᆞᆫ 일을 맛ᄂᆞᆫᄃᆡ 서로 돕지 아니리오.【34】므릇 사ᄅᆞᆷ의 부ᄌᆞ간이 비록 불평ᄒᆞᆫ 일이 이시나 오ᄅᆡ면 굴욕이 시로 감격ᄒᆞ여 노ᄒᆞᆫ 일을 ᄌᆞ연 닛고 ᄉᆞ랑ᄒᆞᄂᆞᆫ 거시 흘너나니, 이ᄂᆞᆫ 텬도(天道)의 덧덧ᄒᆞᆫ 일이어늘 ᄒᆞᆷ믈며 영대인(令大人)의 관후ᄒᆞᆷ무로 ᄌᆞ이지졍이 범연치 아닐 거시오, 연이 ᄯᅩ 녜ᄉᆞ 사ᄅᆞᆷ이 아니라. 우구(憂懼)ᄒᆞᄂᆞᆫ ᄉᆞ식과 동동(洞洞)241)ᄒᆞᆫ 효우로ᄡᅢ 이목(耳目)의 아당(阿黨)ᄒᆞᆫ 즉 《탄인‖타인(他人)》으로 일너도 일분 히노(解怒)ᄒᆞ미 이시려든 ᄒᆞᆷ믈며 부ᄌᆞ ᄉᆞ이 잠간 부죡ᄒᆞ미 이시나 엇디 능히 아ᄅᆞᆷ답고 ᄉᆞ랑ᄒᆞᆷ믈 춤으미[며] 그 졍을 막으리오. 이럿틋 ᄒᆞ며[여] 영〇[죤](令尊)의 ᄯᅳᆺ이【35】ᄒᆞᆫ 번 {변 변ᄒᆞᆯ 거시오} 변ᄒᆞᆫ 즉, 션싱의 젼말(顚末)은 다 헛도이 너길 거시오, 헛도이 너긴 즉 그 ᄉᆞ랑이 연의게

---

236) 원문(垣門) : 담장에다 낸 문.

237) 긔렴(紀念) : 기념(紀念). 어떤 뜻깊은 일이나 훌륭한 인물 등을 오래도록 잊지 아니하고 마음에 간직함.

238) 위단(違端) : 어떤 사건과 관계가 없는 단서.

239) 공지 다만 보면 반겨ᄒᆞ고 도라가면 닛디 <u>못ᄒᆞᆯ ᄯᆞ람이오, ᄒᆞᆫ 터럭 ᄭᅩᆺ도 불효ᄒᆞ며 불호ᄒᆞ미 업ᄉᆞ니</u>, 평계 어들 위단(違端)이 업서…(나손본 『뉴희공션힝녹』, 총서41권:295쪽14-296쪽3행, *밑줄 교주자).

240) 금오(金吾) : 중국 한나라 때에, 대궐 문을 지켜 비상사태(非常事態)를 막는 일을 맡아보던 벼슬.

241) 동동(洞洞) : 질박하고 성실함. *동동촉촉(洞洞屬屬) : 공경하고 조심함. 부모를 섬기고 공경하는 마음이 지극함. 『예기(禮記)』 <제의(祭義)>편의 "洞洞乎屬屬乎如弗勝 如將失之. 其孝敬之心至也與(공경하고 조심하는 태도가 마치 이기지 못하는 것 같고 잃지 않을까 조심하는 것 같아, 그 효경하는 마음이 지극하기 그지없다.)"에서 온 말.

도라가고, ᄉ랑이 올믄 즉 션싱이 용납지 못홀 거시니, 아비 그릇 너기고 형이 원슈로 알믹, 죽고ᄌ ᄒ나 능히 ○○[죽을] ᄯᅡ히 업고 슬고ᄌ ᄒ나 능히 살 곳이 업스리니, 션싱의게 이럿틋흔 이히(利害) 잇ᄂᆞᆫ지라. 엇디 흔 폐장(廢長)흔 근심 ᄲᅮᆫ이리오.”

홍이 크게 ᄭᅢᄃᆞ라 피셕(避席) 샤왈,

“노션싱의 ᄇᆞᆰ키 ᄀᆞ라치믈 드르니 ᄭᅮᆷ이 쳐음으로 ᄭᅢᄃᆞᆺ흔지라. 원컨딕 어진 계규를 볘퍼 흑싱의 위태ᄒᆞᆷ믈 프르쇼셔.”

뇨졍 왈,【36】

“노뷔(老父) 홀[흔] 말이 이시니 션싱은 슬피라. 이졔 영대인이 영[연]을 종족의 고ᄒᆞ고 ○○○○○[폐장하엿고], 연이 ᄯᅩ 양광ᄒᆞ여 부명으로써 과도ᄒᆞ믈 감초고, 스스로 깁히 드러 세상을 샤(辭)ᄒᆞ여 태빅(太伯)의 아름다오믈 쳔ᄌ(擅恣)ᄒᆞ고, 츅쳑(蹴惕)흔 빗츠로 녕존을 셤겨 부ᄌ의 도를 완젼이 ᄒᆞ여 진실노 그 힝식 만젼ᄒᆞ믈 어더시니, 《일계∥일세(一世)》로 ᄒᆞ여금 후폐(後弊)242)를 아지 못ᄒᆞ고, 쳔츄(千秋)에 그 《명빅∥명복(命薄)》ᄒᆞ믈 《앗길∥앗기게 홀》지라. 연이 니럿틋 어진 일홈을 어든 즉, 거의 허물이 션싱의게 밋츨지라. 엇디 후셰의 츔밧고 ᄭᅮ지즈믈 면ᄒᆞ리오. 이졔 다른 계교 업셔 으[오]즉 연의 힝【37】ᄉᆞ를 희(戱)지어 온젼ᄒᆞᆷ만 ᄀᆞᆺ지 못ᄒᆞ니, 션싱은 셜니 연으로 ᄒᆞ여금 샤긱(辭客)ᄒᆞᄂᆞᆫ ᄆᆞ음을 막고 양광ᄒᆞᄂᆞᆫ ᄯᅳᆺ을 힝치 못ᄒᆞ게 ᄒᆞ여, 과거보기를 졉칙흔 즉, 이ᄂᆞᆫ 연의 평싱 졀의를 문허바려 가히 볼 것 업슨 ᄉᆞ롬이 되리니, 뉘 앗길 지 이시리오. 인ᄒᆞ여 됴졍의 ᄂᆞᆫ 후, 셔셔히 조흔 쇠로 업시ᄒᆞᆷ만 ᄀᆞᆺ지 못ᄒᆞ니, 이럿틋 흔 즉 ᄒᆞ나흔 션싱이 닙신ᄒᆞ여 집의 잇기 드믈고 연은 쥬야로 봉친ᄒᆞ여 ᄌᆞ익를 니르혈 환(患)을 업시코, 둘흔 져의 명졀(名節)을 샹히(傷害)오미니, 엇디 묘치 아니리오.”

홍이 딕희ᄒᆞ여【38】 ᄌᆡ비 왈,

“노션싱의 ᄇᆞᆰ은 지혜ᄂᆞᆫ 댱냥(張良)243) 진평(陳平)244)이 싱환ᄒᆞ여도 밋지 못ᄒᆞ리로다. 삼가 교조(敎條)245)를 녕(領)ᄒᆞ리이다.”

ᄒᆞ더라.

공ᄌᆡ 인류이 문허지무로붓터 ‘민텬(旻天)의 호읍(號泣)’246)ᄒᆞ여 만ᄉᆡ 부운 ᄀᆞᆺ트니

---

242)후폐(後弊) ; 뒷날의 폐단.

243)댱냥(張良) : BC ?-189. 중국 한나라의 정치가, 건국공신. 자는 자방(子房). 유방의 책사로 홍문연에서 유방을 구하고 한신을 천거하는 등, 유방이 한나라를 세우고 천하를 통일할 수 있도록 도왔다. 소하·한신과 함께 한나라 건국 3걸로 불린다.

244)진평(陳平) : ? - BC178. 중국 한(漢)나라 때 정치가. 유자(孺子)는 그의 별명. 가난한 집에서 태어났으나 용모가 뛰어나고 독서를 좋아하였다. 처음 초나라의 항우를 섬겼으나, 뒤에 한고조(漢高祖)를 섬겨 여섯 번 기계(奇計)를 내어, 천하 통일을 이루게 하였다. 여태후가 죽은 뒤 주발(周勃)과 힘을 합하여 여씨 일족의 반란을 평정하였다.

245)교조(敎條) : 교훈(敎訓). 가르침.

246)민텬(旻天)의 호읍(號泣) : ‘하늘(旻天)을 향해 통곡함’이란 뜻으로, 옛날 중국의 순(舜)임금이 어버이에게 사랑을 받지 못함을 원망하여 밭에 나가 하늘을 향해 울었던 고사를 이르는

엇디 셰상스룸으로 답눈홀 뜻이 이시리오. 스스로 일신힝스룰 앗기고 누명을 붓그려
ᄌ탄ᄒ되,

"스룸이 금슈(禽獸)와 다르믄 념치 이시미어늘, 나눈 엄친긔 득죄ᄒ여 ᄌ식의 도룰
다ᄒ지 못ᄒ고 혼ᄎ 동싱으로 합지 못ᄒ여 뉸상(倫常)의 변을 니르혀 일신 누덕이 대
인 말ᄉᆷ 가온듸로 나셔, 우흐로 조상 신령과 아뤼로【39】슈빅 종족이 아름이 되니,
엇지 셰상의 뉴련(留連)홀 념녜 잇시리오만은, 죽지 못ᄒ는 바는 대인이 춤쇼를 드르
셔 그 빙낭ᄒ믈 아니 못ᄒ시고, 차마 ᄌ식으로 ᄒ여금 이 지경의 니르○○[게 ᄒ]시
니, 내 만일 원통ᄒ믈 이긔지 못ᄒ여 죽은 즉 엇디 부모 말ᄉᆷ을 깁히 원망ᄒ미 아니
리오. ᄎ라리 위룰 아의게 도라 보닉미 되션(大善)혼지라. 혐의 업스되 아의 뜻이 마
춤닉 나의 ᄉ라시믈 쎄리니, 삭발기셰(削髮棄世)ᄒ여 산듕의 드러가ᄂ 능히 그 먀·음
을 푸지 못홀 거시오, 취광(醉狂)ᄒ여 댱야음(長夜吟)의 늙으나 능히 화목ᄒ믈 엇디
못【40】홀지라. 다만 효뎨(孝弟)의 효룰 기다릴 ᄯ름이라."

ᄒ고 종일토록 문을 닷고 머리룰 드러 텬일을 보지 아니니, 가듕(家中)이 오히려 그
얼골을 보지 못ᄒ고, 복시(服侍)ᄒᄂ 동지 그 말을 드룰 젹이 업더라.

홍이 일일은 공의게 고왈,

"샤형(舍兄)이 폐장(廢長)ᄒ믈 노ᄒ여 두문샤긱(杜門辭客)ᄒ니, 셰상의 시비 분분ᄒ
야 대인긔 칙(責)이 도라오니, 엇디 야야(爺爺)난 형을 깁피 두어 젼연이 ᄎᆺ지 아니시
ᄂ잇가?"

공이 씌다라 공ᄌ룰 부르니, 공지 승명ᄒ여 왓거늘 공이 니로듸,

"네 이졔 샤셰(辭世)ᄒ기룰 ᄌ분(自憤)ᄒ기로, 인언(人言)이【41】붕등(崩騰)[247]ᄒ
여 노부룰 용납지 못ᄒ게 ᄒ니, 금일노붓터 내 앏흘 쎠나지 말고 빈긱(賓客)을 졉되ᄒ
며 ᄯ 밋친 쳬ᄒ여 희롱을 ᄒ지 말나."

공지 명을 바드미 악연(愕然)이 말이 업셔 양구 후 믈너 후당으로 도라가니, 홍이
참쇼 왈,

"대인이[의] 지셩교훈(至誠敎訓)을 듯지 아니코 블연이 니러나니, 그 뜻을 죡히 알
지라. 쇼지 원컨되 위룰 형을 쥬고 대인이 ᄯ 그릇ᄒ믈 칙ᄒ샤 부ᄌ의 뉸상을 화평이
ᄒ쇼셔."

공이 쳥파(聽罷)의 대로ᄒ여 다시 불너 크게 ᄭ지져 왈,

"네 감히 나룰 원망ᄒ여 교훈【42】을 밧드지 아니ᄒ고 홍의 위룰 앗고ᄌ ᄒ니, 인
지 되어 이 ᄆᆞ음이 이신즉 무슴 일을 못ᄒ리오. 홍을 죽이고 셩시룰 앗고ᄌ ᄒ며 나
룰 히ᄒ고 쥬시을 엇고ᄌ ᄒ미니, 엇디 그 죄룰 은휘(隱諱)ᄒ리오."

공지 복디(伏地) 톄읍(涕泣)ᄒ더니, 말단의 니르러ᄂ 심담이 쮜노는 듯ᄒ여 부친의

말. 『맹자』 '만장장구상(萬章章句上)'에 나온다. 민천(旻天)은 어진 하늘을 이른 말.
247)붕등(崩騰) : 소리나 소문 따위가 산이 무너지듯 떠들썩하게 일어남. =비등(沸騰).

외닙(外入)248)ᄒᆞ믈 망극(罔極)ᄒᆞᄆᆡ 도로혀 어히 업셔 눈물을 거두고 돈슈 왈,

"히ᄋᆞ의 죄 비록 즁ᄒᆞᄂᆞ 대인이 엇디 참아 니런 말ᄉᆞᆷ을 구외예 ᄂᆡ시ᄂᆞ니잇ᄀᆞ? 죽기ᄂᆞ 슈화(水火)의 니ᄅᆞ러도 봉힝ᄒᆞ오려이와 힝셰(行世)ᄒᆞᆷ믄 명을 밧줍지 못홀 소이다." 【43】

인ᄒᆞ여 도라 홍을 칙ᄒᆞ여 왈,

"부ᄌᆞ의 친홈과 형뎨 ᄉᆞ랑은 ᄌᆞ싱민이ᄅᆡ(自生民以來)249)로 ᄒᆞᆫ 일어어늘, ≤네 감이 눈으로 셩현셔(聖賢書)를 보며 닙으로 ○○○[골육을] 참소ᄒᆞ여 대인으로 ᄒᆞ여금 변란을 닐위미 오ᄂᆞᆯᄂᆞᆯ의 밋게 ᄒᆞ니, 우형을 ᄒᆞᆫ갓 져ᄇᆞ릴 ᄲᅡᆫ 아냐 실노 션셰를 져ᄇᆞ림이 되니, 타일 어느 면목으로 ᄒᆞ[구]텬디하(九泉地下)250)의 가, 문셩 션됴를 뵈오려 ᄒᆞᄂᆞᆫ다? 우형이 이제 분운(紛紜)ᄒᆞᆫ 시비를 피ᄒᆞ여 양광(佯狂) 샤셰(辭世)ᄒᆞ미 우흐로 대인과 아ᄅᆡ로 너를 《위ᄒᆞ여‖위ᄒᆞ미오》 스스로 ○[내] 몸을 앗기미 아니어늘, 네 오히려 나의 《교요‖고요》ᄒᆞᆫ듸 득지 {못}ᄒᆞ【44】믈 아쳐ᄒᆞᆫ 즉, 우형은 다시 셰상의 셔셔 죄인 가온듸 죄인이 되려이와, 네게 무어시 쾌ᄒᆞᆫ 빅 잇ᄂᆞ뇨?≥251)"

홍이 관(冠)을 벗고 머리를 두다려 왈,

"쇼뎨 불초(不肖)ᄒᆞᄆᆞ로 본듸 뎍(嫡)252)을 니엄즉지 아니ᄒᆞ되, 힝혀 부형의 관유(寬宥)ᄒᆞ신[시]ᄂᆞ 은혜로 대종(大宗)의 모쳠ᄒᆞ미 형의게 죄 어드믈 알앗더니, 금일 칙(責)을 바드니 오직 울어러 야야를 원(怨)홀 ᄲᅡᆫ 다른 말이 업셔이다."

공지 미소ᄒᆞ고 눈으로뻐 보아 왈,

"심의(甚矣)라, 내 아이여! 형이 엇디 너로 더부러 ᄎᆞ례를 닷토ᄂᆞ 빅 ○○[되여], 금일 칙언(責言)이 이시리오. 다만 너의 공교ᄒᆞᆫ 말ᄉᆞᆷ이 아비를 소기【45】고 형을 히ᄒᆞ믈 흔홀 비라. 슬프다, 말지어다. 이 군ᄌᆞ의 아쳐ᄒᆞᄂᆞ 비오, 눈샹 죄인이 되믈, 네 홀노 모로미 아니로듸, 그 싀긔ᄒᆞᄂᆞ ᄆᆞᄋᆞᆷ을[이] 밝키 아ᄂᆞ 거슬 가리오미니, 인싱이 빅셰(百歲) 아니라. 엇디 스스로 몸 히ᄒᆞ기를 이럿틋 ᄒᆞᄂᆞ뇨?"

---

248)외닙(外入) : ①외입(外入). 잘못 됨. 잘못된 데에 빠져듦. ②오입(誤入). 남자가 아내가 아닌 여자와 성관계를 가지는 일. 또는 노는계집과 성관계를 가지는 일.

249)ᄌᆞ싱민이ᄅᆡ(自生民以來) : 인류가 생긴 이래로. *"인류가 생긴 이래로 공자보다 훌륭한 이가 있지 않다.〔自生民以來, 未有盛於孔子.〕"라는 구절을 활용한 표현으로, 《맹자》〈공손추 상(公孫丑上)〉에 나온다.

250)구텬디하(九泉地下) : 저승. =구천지하(九天地下). 구천(九泉). 구천(九天). 황천(黃泉).

251)네 감히 눈으로 셩현셔를 보며 입으로 <u>골육을 춤소ᄒᆞ야</u> 대인으로 ᄒᆞ야곰 별난을 닐위내미 오늘날의 밋게 ᄒᆞ니, 한갓 우형을 ᄇᆞ릴 ᄲᅡᆫ 아냐 실노 션셰를 져ᄇᆞ리미니, 타일 어느 면목으로 <u>구텬의 가</u>, 문셩공 션조를 뵈오려 ᄒᆞᄂᆞ뇨? 우형이 이제 분운ᄒᆞᆫ 시비를 피ᄒᆞ야 <u>양광 샤셰ᄒᆞ미 우흐로 대인과 아ᄅᆡ로 너를 위ᄒᆞ미오</u>, <u>스스로 내몸을 앗기ᄂᆞ 배 아니라</u>. 네 오히려 <u>내의 고요ᄒᆞᆫ 듸 득지ᄒᆞᆷ믈 아쳐ᄒᆞᆫ 즉</u>, 우형은 다시 셰상의 닙ᄒᆞ야 죄인 가운데 죄인이 되려니와 네게 무슴 쾌ᄒᆞ미 잇ᄂᆞ뇨?…(나손본 『뉴희공션힝녹』, 총셔41권:303쪽5행-304쪽1행, * 밑줄 교주자).

252)뎍(嫡) : '정실(正室)'. '정실 소생의 장남'. '맏아들' 등을 이르는 말. *여기서는 종통(宗統)을 이을 '정실소생의 맏아들'을 뜻한다.

현연(顯然)이 슬허ᄒᆞᄆᆞᆯ 마지 아니커놀, 뉴공이 ○[이] 광경을 보고 진목대미(瞋目大罵) 왈,

"역ᄌᆞ(逆子)ᄅᆞᆯ 머무러 금일의 이 욕을 취(取)ᄒᆞ괘라."

드듸여 칼흘 ᄲᅢ혀 죽이고ᄌᆞ ᄒᆞ더니, 텬힝으로 시동이 뉴간의와 ○[뉴]퇴상과 셩어시 니르러시믈 보ᄒᆞ니, 공이 칼흘 머무루고 삼인을 마ᄌᆞ 당의 올나 녜ᄅᆞᆯ【46】니루미, 홍이 ᄯᅩ 나ᄋᆞ가 뵈고, 뉴공이 도라보니 연이 드러가고 업ᄂᆞᆫ지라.

공이 노긔 분분ᄒᆞ여 언에 도착(倒錯)ᄒᆞ니, 뉴태상이 웃고 왈,

"슉뷔 엇디 이럿틋 불평ᄒᆞ여 ᄒᆞ시ᄂᆞ닛고?"

공 왈,

"이 ᄃᆞ른 일이 아니라. 역ᄌᆞ(逆子) 연이 인륜의 큰 죄ᄅᆞᆯ 범ᄒᆞ엿기로 폐댱(廢長)ᄒᆞ니, 그 연고로ᄡᅥ 함분ᄒᆞ미 이셔 거즛 밋친 쳬ᄒᆞ여 허물을 가리오고ᄌᆞ ᄒᆞ더니, 놀이 오ᄅᆞ니 작심(作心)이 변ᄒᆞᆫ지라. 믄득 다시 음난무도(淫亂無道)ᄒᆞ미 이러나 ≤작야의 칼흘 가지고 《누부‖노부(老父)》의 벼기의 니ᄅᆞ러 나ᄅᆞᆯ 히ᄒᆞ려 ᄒᆞ다가 홍의 구ᄒᆞᆷ을 닙어 황황이 다라나니 엇【47】디 셰상의 이런일이 이시리오. 졔공은 다 《언논‖언노(言路)》의 잇ᄂᆞᆫ지라.≥253), 맛당이 황야(皇爺)긔 고ᄒᆞ여 역ᄌᆞᄅᆞᆯ 듀(誅)ᄒᆞ게 ᄒᆞ라."

뉴간의 악연ᄒᆞ여 왈,

"≤《ᄌᆞ연‖ᄌᆞ슌》은 텬하 지ᄉᆞ(志士)라. 우리 무리 미양 탄복ᄒᆞ되 문셩공 뉴퇴(遺澤)이 즁(重)○○[ᄒᆞ야] 셩현(聖賢) 일ᄆᆡᆨ이 ᄌᆞ슌의 이엇다 ᄒᆞ더니≥254), 져젹 폐댱(廢長)ᄒᆞᄂᆞᆫ 변을 차악ᄒᆞ나, 님의 광망ᄒᆞᆫ 병인이 되엿시니, 가셕ᄒᆞᆯ ᄯᆞᄅᆞᆷ이러니, 금일 형의 말을 드ᄅᆞ니 밋친 ᄉᆞᄅᆞᆷ의 일을 너모 칙ᄒᆞᄂᆞᆫ가 ᄒᆞ노라."

뉴공이 졍ᄉᆡᆨ 왈,

"만일 연으로 ᄒᆞ여금 밋치미 이신 즉 내의 말이 과도ᄒᆞ거이와, 양광ᄒᆞ여 종족을 소【48】기고 노부ᄅᆞᆯ 모살(謀殺)ᄒᆞ미 이시니, 졔공이 만일 노부ᄅᆞᆯ 밋지 아닌즉 이제 불너 그 진가(眞假)ᄅᆞᆯ 보라."

시노ᄅᆞᆯ 호령ᄒᆞ여 공ᄌᆞᄅᆞᆯ 잡아오라 ᄒᆞ니, 슈유(須臾)의 슈십 니뇌 공ᄌᆞᄅᆞᆯ 미러 당하의 니ᄅᆞ니, 삼인이 보미 긔운이 화평ᄒᆞ고 동지 죵용ᄒᆞᆫ지라. 크게 그 양광ᄒᆞᄂᆞᆫ ᄯᅳᆺ을 ᄭᆡ다라 뉴간의 믄득 무러 왈,

"현딜이 《봉텬경일‖동텬경인(動天驚人)255)》ᄒᆞᆯ 지죄 잇고, 민텬(旻天)의 호읍(號泣)ᄒᆞᄂᆞᆫ 효의(孝義) 이시니, 슈빅 종족의 바라미 즁ᄒᆞ더니, 이제 믄득 인륜의 변○

---

253) 작야의 칼흘 가지고 <u>노부의 벼기 ᄀᆞ의 니르러</u> 날을 해ᄒᆞ다가 홍의 구ᄒᆞᆷ을 닙어 황황이 ᄃᆞ라나니, 셰상의 이런 일이 잇시리오. 졔공은 다 언노의 직상이니… (나손본 『뉴희공션힝녹』, 총셔41권:305쪽12행-306쪽1행, *밑줄 교주자)

254) ᄌᆞ슌은 텬하지ᄉᆞ라 우리 ᄆᆞ양 탄복ᄒᆞ대 <u>문셩공 은퇴이 듕ᄒᆞ야 셩현일ᄆᆡᆨ이 홀노 ᄌᆞ슌의게 니엇다 ᄒᆞ더니</u>…(나손본 『뉴희공션힝녹』, 총셔41권:306쪽3-5행, *밑줄 교주자)

255) 동텬경인(動天驚人) : 하늘을 움직이게 하고 사람을 놀라게 함.

[을] 이르혀고, 쏘 양광ㅎ여 ᄉᆞ름을 소기믄 엇디뇨?"

공ᄌᆞ 신싴이 ᄌᆞ약ㅎ여【49】답지 아니 ㅎ니, 태상이 탄 왈,

"ᄌᆞ슌이 금일 슉부긔 죄인이라[나], 쇼딜(小姪)이 그 ᄌᆡ혹(才學){혹문}을 아던 비라. 원컨디 슉부는 그 죄를 샤ㅎ샤 당의 오르게 ㅎ쇼셔."

뉴공 왈,

"현딜은 아지 못ㅎᄂᆞᆫ도다. 제 블초ㅎ여 폐댱ㅎ모로 말뮈암오믈 아지 못ㅎ고 이제 믄득 샤셰(辭世) 폐과(廢科)ㅎ여 노부를 공치ㅎ니, 비[바]야흐로 죽이고ᄌᆞ ㅎ거늘 엇디 당의 올니리오. 드ᄃᆞ여 좌우로 ㅎ여금 큰 미를 가져오라 ㅎ여 어즈러이 치라 ㅎ고, 일너 굴오ᄃᆡ,

"네 이제도 내 명을 거스려 깁히 드러 음흉ᄒᆞᆫ 계교로 시부살졔(弑父殺弟)《ᄒᆞ기의∥를》【50】《이셔∥도모하며》, 과거보기를 폐ㅎ여 거즛 어진톄ㅎ기로 세상을 소길 ○[다]?"

공ᄌᆞ 관을 벗고 머리 두ᄃᆞ려 죄를 청ㅎ고 다른 말이 업ᄉᆞ니, 뉴간의 크게 잔잉이 너겨 역간(力諫)ㅎ여 치기를 긋치고, 공을 지삼 기유ㅎ니, 바야흐로 공ᄌᆞ를 샤ᄒᆞᆫ딘, 공ᄌᆞ 즉시 이러 후당으로 드러가니, 삼인이 불평ㅎ여 즉시 ㅎ직고 홋터 가다.

이늘 홍이 ᄉᆞ룸 업ᄉᆞ믈 타, 부친긔 고 왈,

"금일 야얘 크게 실쳬ㅎ시니, 엇디 이듧지 아니리잇고? 뉴간의 슉딜이 본디 형을 경즁(敬重)ㅎ거늘, 져젹 폐댱의 슌죵ㅎ믄 블과 그 《밋친쳬∥미쳣ᄂᆞᆫ가》 ㅎ○[여]【51】다른 의논이 업ᄉᆞ니, 야얘 맛당이 사름을 향ㅎ여 으약(醫藥)으로 병 고치믈 닐너 젼일을 실케 ㅎ고 당금의 죄 지으믈 셜파ㅎ여, 그 병드나 셩ㅎ나 심슐은 ᄒᆞᆫ 가지로[믈] 발키며, 과거보며 힝셰ㅎ믈 권ㅎ시믄 사름 업순 곳의○[셔] ㅎ시고, 스스로 핍박ㅎ믈 드러내지 말으셔야 형의 죄악과 위인을 세상이 아라 대인을 시비치 아니려이와, 만일 이럿틋 ㅎ시면 아름다온 일홈은 형의게 젼ㅎ고, 시비ᄂᆞᆫ 부친긔 도라오리니, 금야의 형을 부르샤 여ᄎᆞ여ᄎᆞ ㅎ쇼셔."

공이 씨ᄃᆞ라 초야의 슉소의셔 공ᄌᆞ를 부【52】르니, 공ᄌᆞ 셔당의셔 능히 셕식을 먹지 못ㅎ고 ᄒᆞᆫ갓 우우(憂虞)히 근심ㅎ여 ᄌᆞ탄 왈,

"오늘 거죄 대인의 슬피지 못ㅎ○[시]미 《나의∥오(吾) 아의》 그릇 싱각ㅎ미라. 뉴간의 뉴틱상은 《일시∥일세(一世)의》 영오(穎悟)ᄒᆞᆫ ᄉᆞ름이니, 엇지 오늘 우리 부ᄌᆞ의 긔식을 아지 못ㅎ리오. 일노 좃ᄎᆞ 시비 분운(紛紜)ㅎ여 불힝ᄒᆞᆫ 거죄 잇시리니, ≤내 쏘ᄒᆞᆫ 대인 말숨을 실(實)케 ㅎ려ㅎ야 사름을 ᄃᆡㅎ여 감히 양광을 못ㅎ○[리]니, 힝시 젼후의 다름이 지쟈(知者)의 붓그러오미 《될가 ㅎ더니∥되리로라》."

○○○○○[탄식ㅎ더니], 문득 야야의 명을 듯고 강잉ㅎ여 부젼의 뵐 시≥256), 인젹

---

256)내 쏘 대인 말숨을 실(實)히오려 ㅎ야 사름을 향ㅎ야 감히 다시 양광을 못ㅎ니, 힝ᄉᆞ의 젼 휘 다ᄅᆞ미 지쟈의 붓그리ᄂᆞᆫ 비라. 탄식ㅎ더니, 문득 부명을 듯고 강잉ㅎ여 부젼의 뵐 시…
(나손본 『뉴희공션힝녹』, 총셔41권:310쪽1-5행, *밑줄 교주자)

이 고요ᄒ여 공이 외로이 이시믈 슬허 나ᄌ기 명을 【53】 쳥ᄒ니, 뉴공이 공ᄌ롤 오라
ᄒ여 겻히 안치고 이에 홍의 ᄀᄅ친 디로 길게 말을 펴 굴오디,

"내 너의 모친을 상(喪)ᄒ고 너의 형뎨롤 길너 얼골과 직학이 남의게 지ᄂᆞ니, 《밍
양‖미양》 바라ᄂᆞ 비 두 ᄬ 계화(桂花)257)와 놉흔 슉녀로 너희 몸의 ᄡ쳐 나의 반싱
환부(鰥夫)의 고쵸(苦楚)ᄒᆫ 《시셰‖신셰》롤 위로ᄒᆞᆯ가 ᄒ더니, 홍은 ᄯᅳᆺ과 ᄀᆞᆺ치 되엿
거니와, 너ᄂᆞ 힝실과 인물이 크게 ᄇᆞ라던 거슬 져ᄇᆞ리고, ᄯᅩ 아조 셰상을 긋쳐 닙신양
명(立身揚名)을 싱각지 아니니, 내 부ᄌ의 졍으로 너롤 과도히 《디졉‖칙망》ᄒ나,
네 맛당이 싱육(生育)ᄒᆫ 디은을 뉴렴ᄒ여 원망을 깁피 말미 올커늘, 이졔 【54】 나의
ᄭᅮ지ᄌ믈 골슈의 《박히고‖박아두고》 폐댱ᄒ믈 ᄉᆞᆨᄂᆞ 듯ᄒ여, 내 도로혀 무류ᄒ고
붓그러워 지셩으로 빌물 듯지 아니니, ○[너] 비록 무지ᄒ나 너롤 보미 붓그럽지 아니
냐. 이러무로 금야의 부ᄌᆞ 흔 ᄃᆞᆺᄀᆞ셔 심회롤 니ᄅᆞ고 죽어 죄롤 속ᄒ노라."

ᄒ고, 셜파의 찬 칼흘 ᄲᅢ혀 ᄌᆞ결코져 ᄒᆞ거늘, 공ᄌᆡ 디경ᄒ여 급히 칼흘 머무로고 창
황 둉 손이 둉상ᄒ여 셩혈이 공의 옷시 ᄲᆞ리더라.

인ᄒ여 울고 가로디,

"히이 십셰 젼의 어미롤 일코 대인의 어엿비 너기시믈 닙ᄉᆞ와 형뎨 상의ᄒ니, 비록
'뉵뎍(陸績)의 회귤(懷橘)'258)과 'ᄌᆞ로(子路)의 부미(負米)'259)롤 효측(效則)지 못ᄒ오
【55】 나, 거의 큰 죄의 ᄂᆞ♂가지 아닐가 ᄒ더니, 불초ᄒ미 커 오날놀 이지경의 니르
니 아히 죄ᄂᆞ 만ᄉᆞ무셕(萬死無惜)이오나, ᄯᅩᄒᆞ 싱각컨디 붉은 셰상을 흘이오지 못ᄒᆞᆯ
거슨 삼강(三綱)260)이라. 히이 이졔 무삼 사룸이 되엿ᄂᆞ니잇고? 힝실을 슈양광(隋楊
廣)261)의 비기시며[니], 양광은 텬ᄌᆞ(天子)라도 머리롤 보젼치 못ᄒ엿거든, ᄒᆞ믈며 히

---

257)계화(桂花) : 예전에 과거에 급제하면, 임금이 급제자에게 종이로 만든 계화(桂花: 계수나
무 꽃)를 하사한 데서 유래한 말로, '과거에 급제함'을 이르는 말.

258)뉵젹(陸績)의 회귤(懷橘) : 중국 삼국시대 때 오(吳)나라 효자 육적(陸績)이 여섯 살 때 원
술(袁術)의 집에 갔다가, 원술이 먹으라고 내온 귤을 먹지 않고 품속에 넣어 가져다가 어머
니께 드렸다는 고사를 이르는 말. *육적(陸績); 188-219. 중국 삼국시대 오(吳)나라의 효
자. 남의 집에 갔다가 먹으라고 내온 귤을 먹지 않고 품에 넣어와 어머니를 드렸다는, '육적
회귤(陸績懷橘)' 고사의 주인공으로 유명하다.

259)자로(子路)의 부미(子路負米) : =백리부미(百里負米). 중국 춘추시대 공자의 제자인 자로(子
路)가 쌀을 백리까지 운반하여 주고 그 운임으로 어버이를 봉양한 고사를 이르는 말로, 가
난하게 살면서도 지극한 효성으로 부모를 잘 봉양하는 것을 뜻한다. 『공자가어(孔子家語)』
에 나온다.

260)삼강(三綱) : 유교의 도덕에서 기본이 되는 세 가지 강령. 임금과 신하, 부모와 자식, 남편
과 아내 사이에 마땅히 지켜야 할 도리로 군위신강(君爲臣綱), 부위자강(父爲子綱), 부위부강
(夫爲婦綱)을 이른다.

261)슈양광(隋楊廣) : 중국 수(隋)나라 양제(煬帝). 이름은 양광(楊廣). 중국 수나라의 제2대 황
제(569~618). 성은 양(楊). 이름은 광(廣). 본래 수나라에서 올린 묘호는 세조(世祖)이며 시
호는 명(明)이나, 당나라에서 비하의 의미로 올린 양(煬)을 대신 붙여 주로 양제(煬帝)로 불
린다. 604년 반란을 일으켜 부황 문제(文帝)와 형 양용(楊勇)을 시해하고 황위에 올랐다. 대
운하(大運河)를 비롯한 토목 공사를 크게 일으켰고, 대군을 보내어 고구려를 침입하였다가

이 션비 되여 어느 눗츠로 셰상의 둔니리잇고? 텬지를 부앙(俯仰)ᄒ미 용납홀 ᄯᅡ히 업스니, 감히 대인을 원망ᄒ미 아니라, 이 허믈과 엽[염]치(廉恥)로 안연이 닙신양명(立身揚名)ᄒᆫ 즉, 엇〇[지] ᄒᆫᄯᅩ 히아(孩兒)의 무상ᄒᄆᆯ 《니ᄅᆞ리오∥니ᄅᆞᆯ ᄲᅮᆫ이리오》. 대인의 훈ᄌᆞ치 못【56】ᄒᄆᆯ 시비홀 빈오, 아의 신상의도 불평ᄒ미 이시리니, 일이 이지경의 니르러ᄂᆞᆫ 나종이 종요홈만 ᄀᆞᆺ지 못ᄒ니, 불쵸ᄒᆫ 아히 긔박(奇薄)ᄒᆫ 명도로 고요히 이셔 《황양∥'황향(黃香)》의 션침(扇枕)'262)을 ᄌᆞ임(自任)ᄒ고, 아오로ᄡᅥ 무[문]호(門戶)〇[ᄅᆞᆯ] 부디(扶持)홈과 형[현]양부모(顯揚父母)ᄒᄆᆯ 의탁ᄒ여 조히 세월을 보ᄂᆡ면 이 ᄯᅩᄒᆫ 깃분 빈라. 엇지 호발(毫髮)이ᄂᆞ 폐댱(廢長)ᄒᄆᆯ 노(怒)ᄒ오며, 칙(責)ᄒ시ᄆᆯ 원ᄒ미 이시리잇고? 아히 지덕이 쇼활(疎豁)ᄒ고 효의(孝義) 게으르며, 겸ᄒ여 몸의 깃친 병이 이셔 ᄶᅥᄶᅥ 아득ᄒ니, 싱각컨디 세상이 오리지 아니ᄒ여 'ᄌᆞ하(子夏)의 슬프믈'263) 깃칠가 두리ᄂᆞᆫ 빈오, ≤비록 장【57】슈(長壽)ᄒ나, 〇[ᄯᅩ] ᄌᆞ식(子息)이 《될∥이실》 줄 아지 못ᄒ니, 봉샤(奉祀)의 큰 쇼임을 당치 못홀지라. 님의 아오로ᄡᅥ 맛지시니, 《면셰로∥션셰(先世)를》 니ᄅᆞᆯ진디 〇…결락19자…〇[ᄒᆫ가디 ᄌᆞ손이오, 무덕(無德)ᄒ니 유덕(有德)ᄒᆫ 대 도라보내ᄆᆞᆫ] 방가(邦家)264)의 상시(常事)라. 엇지 족히 이 연고로 부족ᄒ미 이시리잇고? 다만 아이 효우ᄒ니[미] 고인을 ᄯᅡ로고 《쇽ᄌᆞ∥쇼ᄌᆞ》의 허믈 고치미 세샹 긋기의265) 이셔 분운(紛紜)ᄒᆫ 시비를 면ᄒ면, ᄯᅩᄒᆫ 만힝이라≥266) ᄒᆡᆺ더니, 금일 엄교를 드르니 황감숑늉(惶感悚慄)ᄒ여 죽을 ᄯᅡ흘 싱각ᄒ미 진퇴를 아지 못거이다."

셜파의 믈근 눈믈이 눗치 가득ᄒ여 옷 앏히 ᄶᅥ러지기를 비 ᄀᆞᆺᄒ니, 공이 날호여 왈,

을지문덕에게 패배하였다. 재위기간 중 폭정을 일삼아 이에 분노한 백성들의 반란을 피해 강도로 피난하였다가 근위장 우문화급(宇文化及)에게 살해되었다. 재위 기간은 604~618년이다. ≒수양제

262) 황향(黃香)의 션침(扇枕) : 중국 동한(東漢) 때의 효자 황향이 편부(偏父)를 지극히 섬겨, 여름에 아버지의 잠자리에 부채를 부쳐 시원하게 해드렸던 고사를 이르는 말.

263) ᄌᆞ하(子夏)의 슬픔 : ᄌᆞ하(子夏)의 상명지통(喪明之痛)을 이르는 말. 눈이 멀 정도로 슬프다는 뜻으로, 아들이 죽은 슬픔을 비유적으로 이르는 말. 옛날 중국의 공자의 제자 자하(子夏)가 서하(西河)에 있을 때 아들을 잃고 슬피 운 끝에 눈이 멀었다는 데서 유래한다. 이를 달리 'ᄌᆞ하(子夏)의 서하지탄(西河之歎)'이라고도 한다. *복ᄌᆞ하(卜子夏) : 중국 춘추 시대의 유학자(B.C.507~?B.C. 420). 성은 복(卜)씨. 이름은 상(商). 자는 자하(子夏). 공자의 제자로서 십철(十哲)의 한 사람이다. 위나라 문후(文侯)의 스승으로 시와 예(禮)에 능통하였는데, 특히 예의 객관적 형식을 존중하였다. 일찍이 서하(西河)에 있을 때 자식을 잃고 너무 슬퍼운 나머지 소경이 되었다는 '상명지통(喪明之痛)'의 고사가 전한다.

264) 방가(邦家) : 나라와 가문.

265) 긋다 : 끊다. 그치다.

266) 비록 댱슈ᄒ나 ᄯᅩ ᄌᆞ식이 이실 줄을 아디 못ᄒ니, 봉ᄉ의 큰 소임을 당티 못홀디라. 임의 아으로ᄡᅥ 맛뎌시니 션셰를 니ᄅᆞᆯ딘디 ᄒᆫ가디 ᄌᆞ손이오. 무덕ᄒ니 유덕ᄒᆫ 대 도라보내ᄆᆞᆫ 방가의 샹식라. 엇디 족히 이 연고로 브{브}족ᄒ미 이시리오. 다만 아이 효우ᄒ미 고인을 견(肩)ᄒ고 쇼뎨의 허믈 고티미 이져[제] 셰샹의 분운ᄒᆫ 쑤지럼을 면ᄒ미 만힝이라… (나손본 『뉴희공션힝녹』, 총서41권:313쪽7~14행, *밑줄 교주자)

"네 이졔 이갓치 능언(能言)으로 군주의 혀를 비겨 말을 막고 종시 【58】 허락ᄒᄂᆫ 일이 업스니, ≤이ᄂᆫ 나를 원(怨)ᄒᆞ미 쎠의 《삭여∥박혀》 감동ᄒᆞ미 업스미라≥267). 이 니른 '명칭부지(名稱父子)나 실위구젹(實爲仇敵)'268)이니, 닉 님의 죽으려 ᄒᆞ거ᄂᆞᆯ 엇지 괴로이 슬와두고 보치ᄂᆞ뇨?"

셜포의 싱의 아ᄉᆞᆫ 칼을 드러 다시 멱을 지르려 ᄒᆞ니, 싱이 크게 울고 머리를 두다 려 왈,

"욕지 술아셔 슈화ᄉᆞ싱(水火死生)269)의 대인 말ᄉᆞᆷ을 어이 거역ᄒᆞ리 잇ᄀᆞ 므ᄂᆞ 부ᄌᆞ 의 도ᄂᆞᆫ 조용ᄒᆞ미 웃듬이라. 감이 졍ᄉᆞ를 고ᄒᆞ여 슬피시믈 바라더니, 다시 칼흘 드르 시ᄂᆞᆫ 양을 보오니, 이ᄂᆞᆫ 다 아ᄒᆡ 불효ᄒᆞ미라. 원컨딕 대인은 쇼ᄌᆞ의 죄를 샤(赦)ᄒᆞ시 면 기리 슬하의 뫼셔 엄명을 좃ᄎᆞ 【59】 리이다."

공이 칼을 멈츄고 왈,

"네 이졔 져리 니르나 내일이면 손을 피ᄒᆞ고 과거 볼 ᄯᅳᆺ이 업슬가 ᄒᆞ노라."

싱이 탄셩 톄읍ᄒᆞ여 말을 못ᄒᆞ니, 공이 ᄯᅩᄒᆞᆫ 하ᄂᆞᆯ을 블너 크게 니로딕,

"≤○○○○○○○[내 사름이 되야 흘] ᄌᆞ식의 항복을 밧지 못ᄒᆞ니 죽으리로다. ≥270)"

ᄒᆞ고, 칼을 드러 빗기 지르러[려] ᄒᆞ거ᄂᆞᆯ, 싱이 황망이 칼을 앗고 머리를 두다려 왈,

"쇼지 만일 대인긔 두 가지로 알욀 즉 엄하(嚴下)271)의 비록 ᄒᆞᆫ 목슘이 나믈지라도 텬인(天人)이 앙얼(殃孽)을 나리오○[리]니, 원컨딕 야야ᄂᆞᆫ 슬피쇼셔."

슬픈 말ᄉᆞᆷ과 간졀ᄒᆞᆫ 셩음이 셕목이라도 동홀 듯ᄒᆞ되, 조금 【60】 도 측은지심(惻隱 之心)272)이 업셔 핍박ᄒᆞ여 허락을 졍년[녕](丁寧)이 바든 후 칼흘 노흐니, 싱이 빅비 샤죄ᄒᆞ고 믈너 셔당의 와 놀나옴과 익다름을 이긔지 못ᄒᆞ여 통곡ᄒᆞ여 왈,

"내 지셩으로 대인을 밧드러 비록 밧갈기273)와 나무 안기274)를 효측(效則)지 못ᄒ

---

267)이ᄂᆞᆫ 날을 원ᄒᆞ미 쎠의 박혀 감동ᄒᆞ미 업스미라… (나손본 『뉴희공션힝녹』, 총서41 권:314쪽6~7행, *밑줄 교주자)

268)명칭부지(名稱父子)나 실위구젹(實爲仇敵) : 겉보기로는 아버지와 아들 사이이지만 사실은 원수 사이이다.

269)슈화ᄉᆞ싱(水火死生) : 물난리나 불난리 가운데나 죽고 사는 위기 사이.

270)공이 하ᄂᆞᆯ을 우러러 크게 블너 글오딕, 내 사룸이 되야 흔 ᄌᆞ식의 항복을 밧디 못ᄒᆞ고 사 라 무엇ᄒᆞ리오… (나손본 『뉴희공션힝녹』, 총서41권:315쪽5~7행, *밑줄 교주자)

271)엄하(嚴下) : 부친 앞에. *엄(嚴)은 '가엄(家嚴)'을 줄인 말. 가엄=가친(家親)

272)측은지심(惻隱之心) : 사단(四端)의 하나. 불쌍히 여기는 마음을 이른다. 인의예지(仁義禮 智) 가운데 인에서 우러나온다. 늑측심(惻心).

273)밧갈기 : 중국 춘추 시대에 초(楚)나라 효자 노래자(老萊子)가 몽산(蒙山) 아래서 밭을 갈 며 살았는데, 초왕(楚王)이 그를 초빙하자 이를 피해 다시 강남(江南)으로 은둔하였다는 고 사가 있다. 《史記 老子傳》과 《高士傳上 老萊子》 조(條)에 나온다.

274)나무 안기 : 중국 춘추 시대에 고어(皐魚)란 사람이 나무를 안은 채로, "나무는 고요하고 자 하나 바람이 그치지 않고, 자식이 봉양하고자 해도 어버이는 기다려 주지 않는다." 하며,

나, 공명션(孔明宣)의 증자(曾子) 흠모275)ᄒᆞᄆᆞᆯ 비ᄒᆞ더니, 엇지 오ᄂᆞᆯ놀 대인이 어린276) 아ᄃᆞᆯ노ᄡᅥ 발검(拔劍)ᄒᆞ여 닷토시ᄂᆞᆫ 과격ᄒᆞᄆᆞᆯ 기티고277), 나의 십년 슈힝(修行)이 맛ᄎᆞᆷ 니 부모의 슌(順)○[히] 못 너기시ᄂᆞᆫ 주식이 되어 인주의 참아 보지 ○[못]ᄒᆞᆯ 거동을 볼 줄 알니오."

호곡(號哭)ᄒᆞᄆᆞᆯ 마지 아니터니 인ᄒᆞ여 심신 발ᄒᆞ여 병【61】이 일시간의 발ᄒᆞ여 위돈(危頓)ᄒᆞ여 인ᄉᆞᄅᆞᆯ 아지 못ᄒᆞ되, 사ᄅᆞᆷ이 눈의 빗최면 문득 홰(火) 요동ᄒᆞ여 병이 더으니, 복시(服侍)ᄒᆞᄂᆞᆫ 동지 ᄯᅩᄒᆞᆫ 두려 창 밧긔셔 디후ᄒᆞ여 싱이 종일토록 이셔도 좌우ᄅᆞᆯ 춧지 아니코, 혹 긔운이 막히나 사ᄅᆞᆷ이 아지 못ᄒᆞ니, 스ᄉᆞ로 씨여 좀와ᄒᆞ여 얼프시 오륙일이 지나ᄃᆞᆯ 홍과 공은 탁병(託病)ᄒᆞᆫ다 ᄒᆞ고 뭇ᄂᆞᆫ 일이 없더라.

이ᄶᅥ 뎡쇼졔 후당으로븟터 노혀 드러온 후 반히로되, 싱의 음신을 듯지 못ᄒᆞ니, 심중의 우려ᄒᆞ여 혹 난향다려 무른 즉 향이 답ᄒᆞ되,

"니외 엄격ᄒᆞᆯ ᄲᅮᆫ 아니라 후당 젼후의 십여 즁문(中門)【62】을 지나 드러 가고, 문마다 창두(蒼頭) 수오인이 직희여 다만 공주의 됴셕 식반과 혹 니당 시녜 브르신[시]ᄂᆞᆫ 명이 이셔야 통ᄒᆞᄂᆞ니, 복시ᄒᆞᄂᆞᆫ 동지(童子) 열이오, 음식은 가음으ᄂᆞᆫ 복뷔(僕婦) 쇼임ᄒᆞ리[여] 진반(進飯)ᄒᆞ니, 쇼비ᄂᆞᆫ 아지 못ᄒᆞ고, 더욱 상공이 니당의 주최 긋츠시고, 문 밧글 디노야 명 곳 아니면 나지 아니ᄒᆞ시니, 쇼식이 업ᄉᆞ나 신상(身上)은 평안ᄒᆞ다 ᄒᆞ시더이다."

쇼졔 왈,

"뉴군이 민텬(旻天)의 울음이 잇고 토혈ᄒᆞᄂᆞᆫ 병이 이시니, 흔 가니의셔 반년을 쇼식을 듯지 못ᄒᆞ고 엇진 능이 방심ᄒᆞᆯ 비리오. 네 맛당이 진반ᄒᆞᄂᆞᆫ 복부ᄅᆞᆯ 보아 상공의 동지(動止)ᄅᆞᆯ 무르라. 요【63】ᄉᆞ이 쥬시 셔뫼 두문불츌(杜門不出)ᄒᆞ고, 슉슉(叔叔)이 년일 ᄒᆞ여 니당의 닛시니 감이 셩부인긔 쇼식을 뭇지 못ᄒᆞ리로다."

난향이 믈너 쥬방의 가 둣보미 최후의 츠환(叉鬟)이 공주의 유병(有病)ᄒᆞᄆᆞᆯ 닐너 왈,

서서 울다가 말라 죽었다고 하는 고사가 있다. 《韓詩外傳》에 나오는 고사로, 이를 풍수지탄(風樹之嘆)이라 하여 일반적으로 어버이를 생전에 잘 모시지 못하고 사후에 슬퍼하는 마음을 뜻하는 말로 쓴다.

275)공명선(孔明宣)의 증자(曾子) 흠모함 : 공명선(孔明宣)은 춘추 시대 노나라 사람으로 증자(曾子)의 제자이다. 공명선이 증자에게 학문을 배웠는데 3년 동안 글 한 자 보지 않자, 증자가 그에게 학문을 배우지 않는 이유를 물었다. 이에 공명선이 대답하기를 "어찌 감히 배우지 않았겠습니까. 선생님의 평소 생활을 보았는데, 부모님이 계시면 개나 말에게도 화를 내지 않았고, 빈객을 접대할 때는 공경을 다하였고, 조정 일을 보실 때에는 아랫사람을 다치게 하지 않으셨습니다. 제가 이 모습을 보며 열심히 배우고 있습니다만 제대로 되지 않습니다. 어찌 감히 아무것도 배우지 않으면서 선생님의 문하에 있겠습니까." 하였다. 이 고사가 《소학(小學)》 계고(稽古) 편에 나온다.

276)어리다 : 어리석다.

277)기티다 ; 끼치다.

"공지 칠일(七日)이 되어시되 흔 술 물을 츳지 아니신다."

ᄒ니[고],

"너ᄂᆞᆫ 오히려 아지 못ᄒᆞᄂᆞᆫ도다."

향이 쳥파의 황망이 도라와 쇼졔긔 알왼듸, 쇼졔 츄파(秋波)[278]의 누쉬(淚水) 어리여 왈,

"내 알패라. 뉴군 텬셩이 인효ᄒᆞ고 ᄯᅩ 죄인을 즈쳐ᄒᆞ여 두문불츌ᄒᆞ니, 닉당의 즈최 긋치미오, 이졔 병이 이시되 가듕이 동(動)ᄒᆞᄂᆞᆫ 일이 업ᄉᆞ믄 그 효우ᄒᆞ미 평싱 마장(魔障)이 되어 죽어도【64】앗길 ᄉᆞ룸이 업ᄉᆞ미라. 졔 비록 운익(運厄)이 비경ᄒᆞ여 부뎨(父弟)의게 죄ᄅᆞᆯ 어더시나, 일즉 내게 져ᄇᆞ리미 업거ᄂᆞᆯ, 가군의 익환(厄患)을 붓드지 못ᄒᆞ고 안연이 이셔 져의 병을 모르니, 엇지 블민ᄒᆞ미 아니리오. 네 ᄲᆞᆯ니 셔당의 나가 환후ᄅᆞᆯ 알아오라."

향이 승명ᄒᆞ여 셔당으로 가코즈 ᄒᆞ미, 문마다 창뒤(蒼頭) 조당(阻擋)ᄒᆞ여 능히 문을 날 길이 업ᄂᆞᆫ지라. 향이 홀일 업셔 도라와 쇼져긔 고ᄒᆞ니, 쇼졔 왈,

"젼일 상공으로 더부러 갓치엿다가 도라올 졔, 각별 다른 ᄉᆞ룸이 업더니, 엇지 믄득 창두의 무리 막으미 잇ᄂᆞ뇨"

향 왈,

"쇼비 드르니 폐댱ᄒᆞᄂᆞᆫ 변이 이시므로 붓터【65】한님이 닉외ᄅᆞᆯ 막으시라 ᄒᆞ더이다."

쇼졔 왈,

"이 반다시 뉴군이 나ᄅᆞᆯ 보ᄂᆞᆫ 길을 막고 쥬시 셔모의 돕ᄂᆞᆫ 일이 잇실가 두리미라. 우리 부부로 ᄒᆞ여금 각각 '우녀(牛女)의 일'[279]을 효측ᄒᆞ여 근심ᄒᆞ고 두려 스스로 진(盡)케 ᄒᆞ미여니와, 아직 셩부인으로 의논ᄒᆞ여 한님을 그[긔(欺)]이고 가마니 ᄂᆞ가 뉴군의 병셰ᄅᆞᆯ 보아, 만일 위퇴흔 즉몬져 결(決)홈만 ᄀᆞᆺ지 못ᄒᆞ다."

ᄒᆞ고, 이에 시녀로 셩시ᄅᆞᆯ 쳥ᄒᆞ니, 마춤 홍이 불의예 명초(命招)ᄒᆞ심을 만나 닙궐ᄒᆞ고 업스므로 셩시 즉시 니르러 문 왈,

"져졔 무슴 ᄀᆞᄅᆞ치실 일이 ○○[잇ᄂᆞ]잇ᄀᆞ?"

쇼졔 옷깃슬 어로만져 왈,【66】

"쳔비(賤婢)로 더부러 일톄(一體)로[280] ᄒᆞ미 맛당타."[281]

셩시 놀나 왈,

---

278)츄파(秋波) : 가을 물결처럼 맑은 눈.

279)우녀(牛女)의 일 : 견우와 직녀가 까마귀와 까치들의 도움으로 서로 만나는 일. *우녀(牛女): '견우직녀(牽牛織女) 설화'의 주인공인 견우와 직녀를 함께 이른 말.

280)일톄(一體) : 일체. '일체로' 꼴로 쓰여 '…와 한가지로' '…와 같은 모양으로'의 뜻을 나타내는 말.

281)"쳔비(賤婢)로 더부러 일톄(一體)로 ᄒᆞ미 맛당타." : "(이 옷을) 쳔비(賤婢)의 옷으로 바꿔 입어야 하겠소이다.'의 뜻.

"이 어인 말솜이잇고?"

뎡시 체읍(涕泣) 왈,

"쳡이 뉴시 긔췌(箕帚)282) 들언지 삼년의 뉴군의 늬조롤 어지리 못ᄒ고, ᄯᅩ 그 몸이 위틱ᄒᆫ 딕, 타연이 아지 못ᄒ며 밋 알미 병측의 나아가 문후치 못ᄒ니, 아지못게라!283) 텬하의 쳡 ᄀᆞ튼 죄인이 잇ᄂᆞ냐? 이졔 부인을 쳥ᄒᆫ 바ᄂᆞᆫ 다른 일이 아니라, 후당 문호의 직횐 창두ᄂᆞᆫ 존슉의 녕(令)이라 ᄒ니, 만일 구버 관졍(款情)ᄒ믈 니버 쳔쳡으로 가부의 병을 ᄒ[ᄒᆞᆫ] 번 보믈 허ᄒᆞ시리잇가?"

셜파의 옥용(玉容)의 진쥐(眞珠) 구으러 푸른 ᄉᆡ미와 푸른 나상(羅裳)이 반은 어롱지니, 셩시 【67】 역시 울고 왈,

≤"져져(姐姐)의 말솜을 드르니 황공감상(惶恐感傷)ᄒ믈 이긔지 못거이다. 슈연(雖然)이나 가즁 《형뎨∥형셰》 '신이관(神以觀)ᄒ고 관이신(觀以神)'284)ᄒ{여시}니, 쇼졔 감이 거즛 취양(秋陽)285)으로ᄡᅥ 《져져의게 간ᄉᆞ이 너기실∥간ᄉᆞ이 너기 ○…결락 15자…○[시믈 엇게 못ᄒ리니, 슈문(守門) 창두(蒼頭)ᄅᆞᆯ 믈녀] 져져의게 ○○○[나아가]실》 길을 녈어 드리○[리]이다."≥286)

인ᄒᆞ여 뎡쇼져를 쳥ᄒᆞ여 ᄒᆞᆫ 가지로 후당 문의 니르러, 창두롤 믈너가라 ᄒ고, 셩시 시녀로 ᄒᆞ여금 쇼져를 뫼셔 보닌 후 드러오다.

뎡시 후당의 드러가 동ᄌᆞ와 난향을 난두(欄頭)의 직희오고 스스로 지게롤 여러 본즉, 좌우의 병풍을 놉히 가리와 인젹(人跡)이 업ᄂᆞᆫ지라. 경혹(驚惑)ᄒ믈 이긔지 못ᄒᆞ야 슬펴보미, 병니(屛裏)의 공ᄌᆡ 누워시니 의형이 환탈(換脫)ᄒ고 호【68】읍이 엄엄(奄奄)ᄒᆞ여 인ᄉᆞ롤 아지 못ᄒᆞᆫᄂᆞᆫ지라. 이 광경을 보미, 목셕 ᄀᆞ튼 ᄉᆞ룸이나 엇지 참상ᄒ믈 참으리오.

쇼졔 ᄲᆞᆯ니 난향을 셩시긔 ○○[보닉] 회ᄉᆡᆼ약(回生藥)을 구ᄒᆞ여 닙의 너흐니, 식경(食頃)이나 지ᄂᆞᆫ 후 공ᄌᆡ 흠신(欠身)ᄒᆞ여 눈을 드러 보다가, 쇼졔 약종287)을 들고 겻히 안ᄌᆞ 흐르ᄂᆞᆫ 눈믈이 옥면(玉面)의 종횡ᄒ믈 보고 믄득 놀납고 반가옴을 이긔지 못

---

282))긔췌(箕帚) : 기취(箕帚). 쓰레받기(箕)와 비(帚)를 이르는 말로, 가사(家事) 또는 아내(婦)를 뜻하는 말로 쓰인다. *기취쳡(箕帚妾) : 쓰레받기와 비를 잡는 여자라는 뜻으로, 아내가 스스로를 겸손하게 이르는 말. *帚의 원음은 '추'로 '취'는 변음(變音)이다.

283)아지못게라! : '모르겠도다!' '모를 일이로다! '알지못하겠도다!' 등의 감탄의 뜻을 갖는 독립어로 작품 속에서 관용적으로 쓰이고 있다.

284)신이관(神以觀) 관이신(觀以神) : 귀신처럼 빈틈없이 살피고 또 살피기를 귀신처럼 함.

285)취양(秋陽) : 가을 햇볕. 또는 가을 해. 여기서는 '가을 햇볕처럼 밝고 맑음'을 뜻한다.

286)져져 말솜을 드르니 황공감상ᄒ믈 이긔지 못홀 소이다. 연이나 가듕 형셰 신이관ᄒ고 관이신ᄒ야시니, 쇼졔 감히 거즛 죠양(朝陽)으로ᄡᅥ 간ᄉᆞ이 넉이시믈 엇디 못ᄒ리니, 쳡남이 슈문 창두의게 져져의 나아 가실 길을 녀러 드리이다.⋯ (나손본 『뉴희공션힝녹』, 총서41권:320쪽12행-321쪽3행, *밑줄 교주자)

287)약종(藥鍾) : 약종발(藥鍾鉢). 약을 담은 종발(鍾鉢). *종발(鍾鉢) : 중발보다는 작고, 종지보다는 조금 넓고 평평한 그릇.

ᄒ여 무러 왈,

"싱이 우연ᄒ 병이 고황(膏肓)288)을 침노ᄒ거ᄂ 지 엇지 알고 친이 니르럿ᄂ뇨?"

쇼졔 공ᄌ의 졍신 출히믈 보고 ᄯᆞᄒᆫ 눈물을 거두고 왈,

"부즁(府中) 니외 격졀(隔絶)ᄒ미 텬양(天壤)이 ᄀ리옴 ᄀᆺᄒ여 쳡이 망연이 군ᄌ 환후룰 아지 못ᄒ○○○[얏더니]【69】 시비의 젼ᄒ무로 잠간 알고 문후코ᄌ 이에 니르미, 증셰 여ᄎᄒ시니 경희ᄒ믈 이긔지 못ᄒ거이다."

공ᄌ 탄식 왈,

"우연ᄒ 병이 《훈침‖혼침(昏沈)》ᄒ나, 나히 쇼년이오 긔운이 견강(堅強)ᄒ니 맛ᄎᆞᆷ니 'ᄌ하(子夏)의 우름'289)과 홍안박명(紅顔薄命)290)을 니루지 아니리니 그ᄃᆡ는 관심(寬心)ᄒ라."

인ᄒ여 그 옥슈룰 잡고 감창홈과 은근ᄒ 쯧이 산ᄒᆡ(山海)의 비길너라.

날이 느즈미 쇼졔 공ᄌ의 긔운이 잠간 나으믈 보고 믈너가믈 고ᄒ여 왈,

"쳡이 대인 명을 듯잡지 못ᄒ여시니 이곳의 ᄌ힝ᄒ 죄 큰지라. 밧비 도라가 틈을 어더 다시 문후코자 ᄒᄂ이다."

공ᄌ 닙으로 허ᄒ나 그 손을【70】 놋치 아닌ᄂ지라. 쇼졔 일즉 공ᄌ의 희롱ᄒ는 빗출 보지 아냣다가 금이 침기슬(枕其膝)291)과 집기슈(執其手)292)의 은근 ᄋᆡ즁ᄒ는 거동이 평일 묵묵던 빗과 크게 다른지라. 쇼졔 슈습(收拾)ᄒ믈 이긔지 못ᄒ여 블근 빗치 흰 긔운을 가리와 완연이 홍일이 부상(扶桑)293)의 영농홈 ᄀᆺᄒ니, 공ᄌ 눈으로ᄡᅥ 양구이 보아 왈,

"《태안미ᄂ‖아름다온 눈섭이》294) 복이 엷다 ᄒ니, 그ᄃᆡ 너모 미려ᄒ미 팔ᄌ의 히로오므로 싱 ᄀᆺᄐ 긔구ᄒ 인싱을 만나도다. ᄲᆞᆯ니 드러가 삼가고 조심ᄒ여 싱의 쯧을 져바리지 말지어다."

드ᄃᆡ여 니러 안ᄌ 손을 노ᄒ니, 쇼졔 샤례ᄒ고 드러와 약음(藥飮)과 ᄎ과(茶果)룰 셩시긔 어【71】더 연속ᄒ니, 공ᄌ ᄯᆞᄒᆫ 심ᄉᆞ룰 진졍ᄒ여 십여 일이 지나미, 병셰 쾌

---

288)고황(膏肓) : 심장과 횡격막의 사이. 고는 심장의 아랫부분이고, 황은 횡격막의 윗부분으로, 이 사이에 병이 생기면 낫기 어렵다고 한다.

289)ᄌ하(子夏)의 우름 : =상명지탄(喪明之嘆). 아들을 잃은 탄식. 옛날 공자의 제자 자하(子夏)가 아들을 잃고 슬피 운 끝에 눈이 멀었다는 데서 유래한다.

290)홍안박명(紅顔薄命) : 얼굴이 예쁜 여자는 팔자가 사나운 경우가 많음을 이르는 말.

291)침기슬(枕其膝) : 무릎을 베고 누움.

292)집기수(執其手) : 손을 잡음

293)부상(扶桑) : ①해가 뜨는 동쪽 바다. ②중국 전설에서, 해가 뜨는 동쪽 바닷속에 있다고 하는 상상의 나무. 또는 그 나무가 있다는 곳.

294)위 본문의 '태안미ᄂ'은 그 의미를 알 수 없다. 다만 나손본 『뉴희공션힝녹』 총서41권323쪽에는 동(同) 표현을 '아름다온 눈썹이'로 표현해 놓고 있어, 위 본문 표현을 나손본의 동 표현으로 교정하였다. ¶…공ᄌ 눈으로ᄡᅥ 냥구히 보아 ᄯᆞᄒᆫ 탄왈, 아름다온 눈썹이 복이 엷다 ᄒ나 그ᄃᆡ 너모 미려ᄒ미 도로혀 팔ᄌ의 마장이라 싱가튼 긔구ᄒ 인싱을 만나도다. … (나손본 『뉴희공션힝녹』, 총서41권:323쪽11-14행, *밑줄 교주자)

츠ᄒ여 부친긔 문안ᄒ니, 공이 그 슈쳑(瘦瘠)ᄒ여시믈 보고, 바야흐로 무러 왈,

"네 진실노 병드런다?"

공지 그 《부지∥부ᄌ(不慈)》 ᄒ 쯧을 아나 긔운이 화평ᄒ여 ᄌ약(自若)히 디 왈,

"디단이 미류(彌留)ᄒ옵더니 금일은 ᄎ복(差復)ᄒ엿ᄂ이다."

공 왈,

"우명일(又明日) 과장(科場)이니 네 내 시동 경운을 다리고 드러가 과거를 보라."

공지 슈명ᄒ여 명일 과거의 드러갈 시, 경운 다려가믄 홍의 쇠니, 힝여 글을 짓지 아니커ᄂ 혹 ᄉ오ᄂ이295) 지어 낙방(落榜)ᄒᆯ 가 두리미라.

공지 엇디 모로리오. 다【72】만 ᄒᄂ 디로 슌히 좃ᄎ ᄒ 번 붓슬 ᄠᅥᆯ치미, 풍운이 빗츨 변ᄒ고 귀신이 놀ᄂ 《ᄎᄐ∥ᄃᄂ》 ○[ᄐ]ᄒ니, 엇지 부유(浮遊)의 심댱력구(心臟力求)296)ᄒ디 비ᄒ리요. 시긱이 지ᄂ 글 ᄡᅩ노기를 파ᄒ고 쟝원을 브르미,

"셔쥐 뉴연의 년이 십칠이오, 부(父)ᄂ 녜부샹셔 유졍경이라."

ᄒ니, 싱이 앙쳔 탄 왈,

≤"늬 ᄆᆞ음은 호텬(昊天)이 빗쵀시ᄂ겨! 디ᄉ(大事)○○[거의]라. 지류(遲留)ᄒ여 유익ᄒ미 업도다."≥297)

드듸여 츄진(趨進)ᄒ여 던폐의 ᄂ오가니, 아름다온 얼골은 옥년화(玉蓮花) ᄒ가지 녹파(綠波)의 빗쵀ᄂ 듯, 효셩(曉星) 갓튼 명모(明眸)와 츄월(秋月) ᄀᆞ튼 안뫼(眼眸) 쳔지조화와 산쳔슈긔(山川秀氣)를 거두워 양츈(陽春) 갓튼 화긔와 동일(冬日) ᄀᆞ튼 풍치【73】 잇시니, 우흐로 쳔ᄌ와 아릭로 시위 계신이 놀ᄂ며 어림군졸(御臨軍卒)이 일시의 경동(驚動)ᄒ여 층찬 아니리 업셔 유공의게 치하ᄒ더니, 임의 ᄎ례로 브르기를 맛춘 후 쳔지 연을 던의 올니ᄉ 슈 부ᄌ를 ᄉ듀(賜酒)ᄒ시고, 닐오ᄉ디,

"한림셔길ᄉ 홍은 옥당의 졔일이라. 짐이 과익(過愛)ᄒ여 그 ᄧᅡᆼ이 업스믈 한ᄒ더니, 연의 긔특홈을 보니 유경의 집의 ᄒ[흔] ᄧᅡᆼ 긔린이 잇ᄂ 줄를 몰ᄂ도다. 짐이 경의 유복홈을 브러 ᄒ고 ᄯᅩ 짐의 득인(得人)홈을 깃거ᄒ여 향온(香醞)으로써 《하희∥하회(下回)298)》 ᄒ노라."

ᄒ시니, 유공이 계슈(稽首)299) ᄉ은ᄒ고 쟝ᄎᆺ 믈너 가고져 ᄒ더니, 홀연 집금오(執金吾)300) 요경과 국구 만【74】염이 반녈의 나 업디여 쥬왈,

---

295)ᄉ오납다 : 사납다. 거칠다. 좋지 않다. 나쁘다.

296)심댱력구(心臟力求) : 전심전력(全心全力)하여 구함.

297)내 ᄆᆞ음은 오직 호텬이 빗쵀시리니, <u>대ᄉ 거의라. 유익ᄒ미 업도다.</u>… (나손본 『뉴희공션 힝녹』, 총서41권:325쪽4-6행, *밑줄 교주자)

298)하회(下回) : 윗사람이 회답을 내림. 또는 그런 일. *여기서는 득인한 보답으로 술을 내린 다는 뜻.

299)계슈(稽首) : 머리가 바닥에 닿도록 몸을 굽혀 공손히 절함.

300)집금오(執金吾) : 중국 한나라 때에, 대궐 문을 지켜 비상사(非常事)를 막는 일을 맡아보던 벼슬. 조선시대 의금부 판사의 별칭.

"금일 인륜딕변(人倫大變)을 맛는 지 언연(偃然)이 방두(榜頭)301)에 잇셔 텬툥(天寵)을 밧즈오니 신 등이 흔심흠을 니긔지 못ᄒ거이다."

샹이 놀느 왈,

"경(卿) 등이 엇지 니름고?"

딕 왈,

"금방(今榜) 장원 유연은 졍경의 댱지(長子)러니 그 셔모롤 음증(淫烝)302)ᄒ고 가슈(家嫂)롤 ᄉ통(私通)ᄒ니, 졍경이 종족(宗族)을 모화 됴션(祖先)의 고ᄒ고 폐(廢)ᄒ고 흥을 승젹(承嫡)ᄒ니, 엇지 셩딕(聖代)의 변(變)이 아니리잇고? 복원(伏願) 폐ᄒᄂ 금오(金吾)303)의 ᄂ리와 삼목(三木)304)의 형벌노 다스려 그 죄샹을 므르쇼셔."

ᄒ니, 이ᄂ 홍과 동심(同心)ᄒ여 뎐젼(殿前)의셔 ᄉ획(査覈)ᄒ여 그 젼졍(前程)을 막게 ᄒ니, 이 씨 샹이 쥬ᄉ(奏辭)를 드르시고 크게 고이【75】히 너기ᄉ 유졍경을 도라보와 갈ᄋᄉ딕,

"경의 양지(兩子) 쵸셰(超世) 츌뉴(出類)흠을 이듕ᄒ더니, 연의 죄악이 이 갓틀진딕 엇지 용납ᄒ리요. 요졍 만염이 외인이라. 그 말이 와젼(訛傳)인가 ᄒᄂ니, 경의 흔 말의 공졍(公定)305)흠만 못ᄒ도다."

유공이 쥰슌(逡巡)306)ᄒ여 능히 딕답지 못ᄒ더니, 간의 틱우 유졍계 츌반 듀왈,

"신은 졍경의 ᄉ촌(四寸)이니 그 집 닐을 엇지 모로릿고? 연의 셩품이 효우(孝友) 밧근 나믄 거시 업고 크게 인ᄌᄅ여 닌니 향당이 다 져를 딕슌(大舜) 이후 흔 ᄉ룸으로 이르던 비라. 져젹 졍경이 공연이 종족을 모화 폐댱(廢長)ᄒᄂ 변이 잇ᄉ니, 신등이 일가의셔 참아 묵【76】연(默然)이 잇지 못ᄒ여 듯토고져 흔 즉, 연이 밋친 형샹으로 여ᄎ여ᄎᄒ여 아븨 뜻줄 응(應)ᄒ고, 졔인이 쇼견의 츠악흔 거조를 지으니, 신등이 진실노 그런가 ᄒ여 젹댱위(嫡長位)를 홍의게 보닉엿더니, 그 후 신이 친질(親姪) 유션과 하람도어사 셩형으로 더브러 졍경을 보라 가니, 졍경이 연을 구박ᄒ여 힝셰(行世)흠을 니ᄅ고 여ᄎ여ᄎᄒ니, 신 등이 춤혹히 녀겨 도라갓던지라. 엇지 금일 과거(科擧)ᄒ오미 그 본심이며 젼일 양광(佯狂)ᄒ미 ᄉ룸의 밋출 비리요. 폐희 만일 밋지 아니실진딕 셩형 유션이 다 반녈의 잇ᄉ니, 맛당이 그날 셩쉭(聲色)을 므르실 거시오, 유시【77】 일문 십여인이 다 근신(近臣)이 되어시니, 연의 평일 힝ᄉ롤 므르신 즉,

---

301)방두(榜頭) : 방목(榜目)의 제일 앞 순위 곧 과거에 1등으로 급제한 사람

302)음증(淫烝) : 손 위의 여자와 정을 통함.

303)금오(金吾) : 의금부. 조선 시대에, 임금의 명령을 받들어 중죄인을 신문하는 일을 맡아 하던 관아. 태종 14년(1414)에 의용순금사를 고친 것으로 왕족의 범죄, 반역죄·모역죄 따위의 대죄(大罪), 부조(父祖)에 대한 죄, 강상죄(綱常罪), 사헌부가 논핵(論劾)한 사건, 이(理)·원리(原理)의 조관(朝官)의 죄 따위를 다루었는데, 고종 31년(1894)에 의금사로 고쳤다.

304)삼목(三木) : 죄인의 목·손·발에 각각 채우던 세 형구(刑具). 칼, 수갑, 차꼬를 이른다.

305)공정(公定) : 공공(公公)하게 정함.

306)쥰슌(逡巡) : 어떤 일을 단행하지 못하고 우물쭈물하다. 또는 뒤로 멈칫멈칫 물러나다.

거의 이미흠을 아르시리이다."

유공이 간의(諫議)307)의 듀스(奏辭)를 듯고 복지쳥죄(伏地請罪) 왈,

"신이 연의 죄를 보지 아녀시면 엇지 감히 폐댱ᄒᄂᆫ 변을 일위리잇가? 유졍셰 연의 회뢰를 바다 신을 몽죄(蒙罪)ᄒ오니, 폐하ᄂᆫ 슯피쇼셔."

쳔지 탄 왈,

"ᄌ식 ᄉ랑이 부지 잇지 아니타 ᄒ니, 만일 연 갓튼 인즉 엇지 범연ᄒᆫ ᄃᆡ 비길이요. 경의 말이 이 ᄀᆞᆺ튼니 짐이 경의 ᄌ식을 보고 졍셔의 쥬ᄉ를 드르니 가히 효지라 닐으리로다. ᄒᆞ믈며 셩형 《유셔ᄂᆫ‖유션은》 튱직학신니 맛당이 므르리라."

ᄒᆞ시고, 특별이 이인을 블너【78】므르시니, 셩어시 호말(毫末)이ᄂᆞ 인졍을 두리요. 유공의 과도흠과 연의 ᄃᆡ효를 드른 ᄃᆡ로 고ᄒ니, 뎐듕(殿中) 십여인 유시 죵족이 출반ᄒᆞ여 공의 무샹흠과 연의 효를 닷토와 쥬ᄒ니, 공이 ᄯᅩᄒ 죵족이 연으로 더브러 동당(同黨)이 되어 져를 용납지 아니ᄂᆫ다 ᄒᆞ여 연의 브덕을 실(實)이 베프니, 듯ᄂᆫ 지 ᄎ 악지 아니리 업고, 샹이 유예(猶豫)ᄒᆞ여 결치 못ᄒ시더니, 이 ᄯᅥ 티지 평풍308) 뒤에 계시다가 ᄂᆞ아와 쥬ᄒᆞ시되,

"신이 그윽이 보오니, 홍과 졍경이 ᄉ오ᄂᆞ오미요, 연이 원억(冤抑)ᄒᆞ이다."

샹 왈,

"경이 엇지 아ᄂᆞ뇨?"

티지 쥬왈,

"므릇 어진 ᄉ롬은 어진 ᄉ롬을 됴히 녀기고 ᄉ오ᄂᆞ【79】온 ᄉ롬은 ᄉ오ᄂᆞ온 ᄉ롬을 됴히 녀기ᄂᆞ니, 뉴뉴샹죵(類類相從)은 샹ᄉ(常事)라. 셩형과 졍셔와 유션은 다 국가의 직신(直臣)이요, 졍경과 요졍과 만염은 다 령신(佞臣)이라. 신이 '시이(是以)로 지지(知之)'309)ᄒᄂᆞ이다."

샹 왈,

"그러나 연의 죄악이 그 아븨 입의셔 ᄂᆞ시니 엇지 능히 발명(發明)ᄒ리요?"

티지 ᄃᆡ 왈,

"비간(比干)310)이 듀(紂)311)게 염통을 ᄶ혀히니[나] 튱신이 아닌 거시 아니라. 아비 무도흠이요, 신싱(申生)312)이 헌공(獻公)313)의 의심을 니[닙]으니[나], 효지 아니미

---

307)간의(諫議) : 간의대부(諫議大夫)의 줄임말.

308)평풍 : 병풍(屛風)의 변한 말.

309)시이지지(是以知之) : '이로써 아는 바이다' 또는 '이로써 알 수 있다'의 뜻

310)비간(比干) : 중국 은(殷)나라 마지막 왕 주왕(紂王)의 숙부(叔父). 현인(賢人). 주왕의 폭정을 직간하던 중, 대로한 주왕이 '옛부터 성인은 심장에 구멍이 7개가 있다는데 정말 그러한가 보자'며 그의 심장을 도려내어 죽였다 함.

311)듀(紂) : 중국 은나라의 마지막 임금. 이름은 제신(帝辛). 주(紂)는 시호(諡號). 지혜와 체력이 뛰어났으나, 주색을 일삼고 포학한 정치를 하여 인심을 잃어 주나라 무왕에게 살해되었다

312)신싱(申生) : 진(晉) 나라 헌공(獻公)의 태자로, 헌공의 총비(寵妃)인 여희(麗姬)가 자신의

아니라. 아비 블명(不明)흠이니, 어진 스룸이 스오ᄂᆞᆫ 스룸의게 득지(得之) 못흠은 고금의 샹시(常事)라. 엇지 족히 의려(疑慮)ᄒᆞ시리잇고?"

ᄒᆞ더라. 【80】

아들을 태자로 삼기 위하여 그를 참소하자, 이를 변백(辨白)하지도 않고 자살해 버렸다. 이로써 후세에 '융통성 없는 우직한 사람'의 전형으로 일컬어졌다.

313) 헌공(獻公) : 중국 진(晉)나라 21대 임금. 이름은 궤제(詭諸). 재위 BC676-651. 왕권을 위협하는 세력들을 제거하고 곽(霍)·위(魏)·우(虞)·괵(虢)나라 등을 병탄하여 진나라를 강성케 하였다. 말년에 첩 여희(驪姬)와 그 소생 해제(奚齊)를 총애하여 해제의 즉위에 방해되는 다른 아들들을 탄압했다가 나라를 혼란에 빠트렸다.

뉴효공션힝녹 권지슘

 츠셜, "엇지 죡히 의려(疑慮)ᄒ시리잇고? ᄒ물며 부ᄌ 슷이ᄂᆞᆫ 텬뉸이니 ᄌ식이 불쵸(不肖)ᄒ나 부의ᄌ은(父義慈恩)314)홈[홈]은 덧덧ᄒᆫ 도리라. 엇지 그 ᄌ식을 죽을 곳의 너키ᄅᆞᆯ 타연(泰然)이 ᄒᆞᄂᆞᆫ 지 인인(仁人)의 ᄠᅳᆺ이리오. 이 ᄒᆞᆫ 일의 졍경의 무ᄉᆞᆼ(無狀)ᄒᆞ믈 가이 알니로소이다."

 이ᄶᅥ 티지 년이 십이셰라. 춍명ᄒᆞ미 이럿톳 하시니 빅관이 다 한츌쳠비(汗出沾背)315) ᄒᆞ고 상이 크게 씌다라샤 칭찬 왈,

 "≤티지 발간(發奸)316)ᄒᆞ미 이 갓ᄒ니 진실노 한쇼뎨(漢昭帝)317)의 ᄇᆰ□□[으므]로 죡히 ᄌ□[랑]ᄂᆡ지318) 못ᄒᆞ리로다."

 드듸여 □[졔]신을 □□[도라]보○[아] □[왈],【1】

 "오늘이 알셩ᄒᆞᄂᆞᆫ 《곳ǁ날》이오, 득인□□ □□□[ᄒᆞᄂᆞᆫ 경시니] 국구(國舅)와 금오(金吾)319)의 소셔(疏書)ᄅᆞᆯ ᄂᆡ여 주고, 졔신의 듀ᄉᆞ(奏辭)ᄅᆞᆯ 물진(勿進)ᄒᆞ라."

 셜파의 뉴가 슘부ᄌᆞᄅᆞᆯ □□[뎐의] 올으라 ᄒᆞ시니≥320), 연이 죽기로 ᄉᆞ양 왈,

 "신은 만고 죄인이라. 형벌의 나ᄋᆞ가믈 원ᄒᆞ옵ᄂᆞ니, 참아 셩지을 《봉듸ǁ봉힝》치 못ᄒᆞᄂᆞ이다."

 상이 쇼왈,

---

314)부의ᄌ은(父義慈恩) : 아버지는 의롭고 사랑하며 은혜를 베풂.

315)한츌쳠비(汗出沾背) : 몹시 부끄럽거나 무서워서 흐르는 땀이 등을 적심. 늑한배(汗背)

316)발간(發奸) : 간사한 것 곧 정당하지 못한 것을 밝혀냄. *발간적복(發奸摘伏): 숨겨져 있는 정당하지 못한 일을 밝혀냄.

317)한쇼뎨(漢昭帝) : 한소열제(漢昭烈帝). 중국 삼국시대 촉한(蜀漢)의 제1대 황제. 이름은 유비(劉備, 161~223). 자는 현덕(玄德)이고 묘호가 소열제(昭烈帝)다.

318)ᄌ랑ᄂᆡ다 : 자랑삼다.

319)금오(金吾) : 의금부. 조선 시대에, 임금의 명령을 받들어 중죄인을 신문하는 일을 맡아 하던 관아. 태종 14년(1414)에 의용순금사를 고친 것으로 왕족의 범죄, 반역죄·모역죄 따위의 대죄(大罪), 부조(父祖)에 대한 죄, 강상죄(綱常罪), 사헌부가 논핵(論劾)한 사건, 이(理)·원리(原理)의 조관(朝官)의 죄 따위를 다루었는데, 고종 31년(1894)에 의금사로 고쳤다.

320)"태ᄌ의 발간젹복ᄒᆞ미 이 ᄀᆞᄐᆞ니 진실노 한쇼뎨의 ᄇᆰ으므로도 쟈랑치 못ᄒᆞᆯ노다. 드듸여 졔신을 도라보아 굴오샤듸, "오늘이 알셩ᄒᆞᄂᆞᆫ <u>날이오 득인ᄒᆞᆯ 경시니</u> 금오와 국구의 쇼졔ᄅᆞᆯ ᄂᆡ여주고, 졔신의 주ᄉᆞᄅᆞᆯ 물진ᄒᆞ라." ᄒᆞ시고 뉴가 삼부ᄌᆞᄅᆞᆯ 다 <u>뎐의 올라</u> 뎐지ᄅᆞᆯ 듯ᄌᆞ오라. "(나손본 『뉴희공션힝녹』, 총서41권:332쪽1-6행, *밑줄 교주자).

"딤이 츈궁의 붉은 말을 드르니 댱춧 큰 옥스룰 니르혈 거시로딘, 경을 은젼(恩典)코즈 ᄒ여 쇼스(疏辭)룰 다 믈녀거눌, 경이 엇지 딤의 뜻을 아지 못ᄒ고 괴로이 부유(腐儒)의 스양을 ᄒᄂ뇨?"

싱이 텬은을 감격ᄒ여 스례코즈 ᄒ민, 긔운【2】이 더욱 거스려 피룰 흘니ᄂ지라. 이쎠 경식의 난쳐ᄒ고 불힝ᄒ믈 이긔여 긔록지 못ᄒ너라.

반향(半晌)이나 진졍ᄒ여 단지 아뢰 셔 쥬왈,

"텬은이 망극ᄒ시나 신이 속병이 이셔 토혈ᄒ기룰 뎐졍의셔 능히 참지 못ᄒ오니, 복원 폐하ᄂ 신의 죄룰 다스리쇼셔."

상이 가탁인가 ᄒ샤 틱즈로 보라 ᄒ시니, 뉴싱의 닙으로 조ᄎ 피 흘너 긋치지 아니코 거죄(擧措) 참아 보지 ○[못]홀지라. 태지 크게 앗기샤 도라 쥬왈,

"인의 토혈(吐血)이 즁ᄒ오니 가탁ᄒ미 아니로소이다."

상이 명ᄒ샤 븟드러 나가 됴리ᄒ라 ᄒ시고, 태의(太醫) 쥬은으로 간【3】병ᄒ라 하시니, 빅관(百官)이 이럿ᄒ 상춍(上寵)을 보고 시비룰 아니코 도라오니, 뉴공이 홍으로 더부러 집의 도라와 셩어스룰 크게 원망ᄒ여 졍이 아모리 홀 쥴 모로더니, 믄득 태의 니르러 댱원의 병을 보고 닉시 연낙(連絡)ᄒ여 문병ᄒ니, 뉴공이 아직 노룰 참고 됴히 딕졉ᄒ더니, 슈일이 지나민 잠간 느으니 태의 드러가 《봉명∥복명(復命)》ᄒ온딘, 상이 딕희ᄒ샤 뉴졍경으로 ᄒ여금 두 아들을 거ᄂ려 드러와 뎐교(傳敎)룰 드르라 ᄒ시니, 홍이 크게 두려 공긔 고왈,

"텬의(天意)룰 측양(測量)치 못ᄒ니 대인이 맛당이 형을 다려가샤 긔식을 보와 션쳐ᄒ쇼셔."

ᄒ【4】니 이ᄂ 태지 복댱(復長)[321]ᄒ라 ᄒᄂ 거죄 이실가 두려, 연을 다려가 연의 스양ᄒᄂ 말노 텬의을 막으려 ᄒ미라.

쟝원이 참아 궐즁의 드러갈 뜻이 업스되, 뉴간의 주ᄒ미 즈가 대인ᄭ 만이 희롭고, 태즈의 맑은 말슴이 즈긔 무죄ᄒ믈 발키미 도로혀 아비와 아이 큰 죄의 도라가니, 이제 군명이 아모 일인 쥴 모로고, 황공ᄒ미 ≤스스로 죄룰 《밧듬∥바듬》만 갓지 못ᄒ여≥[322] 쳥죄ᄒᄂ 글을 올니고 딕명(待命)코즈 ᄒ민, 공의 호령이 뇌졍(雷霆) ᄀᆺᄒ여 능히 뜻을 일울 기리[323] 업스니, 간ᄒᄂ 말이 닙의 드지 못ᄒ니, 아비 말을 거스리ᄂ 도리 이시리오. 다만 군부의 명을 조ᄎ【5】금궐의 니르니 상이 샤좌(賜座)ᄒ시고 어온(御醞)을 반샤(頒賜)ᄒ샤 왈,

"만민의 부뫼 되여 경 등의 부지 화치 못ᄒ믈 드르니, 딤의 교홰 붉지 못ᄒ여 그러

---

321) 복댱(復長) : 장자의 지위를 폐(廢)했던 것을 다시 회복시킴.

322) "즈긔 죄룰 쾌히 <u>바듬</u>만 ᄀᆺ디 못ᄒ딘"(나손본 『뉴희공션힝녹』, 총서41권:335쪽10행, * 밑줄 교주자).

323) 기리 : '길+이'의 연철표기. *길 : ①사람이나 동물 또는 자동차 따위가 지나갈 수 있게 땅 위에 낸 일정한 너비의 공간. ②방법이나 수단.

흐믈 붓그려 특별이 어온으로써 먹이고 지셩으로 니르느니, 이후 조식 되엿는 지 효도를 닥고 아비 되엿는 지 소랑흐여 딤○[의] 말을 져발이지 말나."

흐시니, 좌우 각신이 다 만셰를 부르고 뉴가 숨부지 불승 참괴흐여 빅비 수은(謝恩)홀 시, 상이 평신흐라 흐시고 또 흐여금 태조를 뵈라 흐시니, 태조 쥬 왈,

"연의 지학이 아름다오니 동궁의 시측흐는 《쇼님∥쇼임》을 맛져지이다."

상이 좃ᄎ샤 이에 시강학소【6】 즁셔샤인을 겸흐시니, 싱이 면관(免冠) 돈슈(頓首)왈,

"신이 죽을 죄악이 신상의 억미엿고 지학이 무일가관(無一可觀)이라. 태조 이쎠 지덕이 겸젼흐니를 샌샤 좌우의 두실 거시어늘, 신 ᄀᆺ튼 불초 죄인으로 태조 근시를 숨지 못흐시리이다."

샹과 태조 간절이 권흐시기를 마지 아니흐신되, 장원이 톄읍 주왈,

"신이 큰 죄를 지어 셩되(盛代) 인눈을 상히오니 맛당이 버이미 나ᄋ감 즉 흐오니, 법을 졍이 흐미 올흔지라. 금일 폐하의 브르시믈 밧조와 죽을 곳을 어들가 만힝흐더니, 이제 특명으로 강상ᄉ죄(綱常死罪)를 샤(赦)흐실 쑨 아니라, 문득 쳥현화직(淸顯華職)324)으로 신의게 명ᄉ시니, 【7】신의 ᄉ심(私心)이 엇지 부귀○[를] 탐홀 ᄯ으로 감히 맑은 됴졍을 더러이며, 불효흔 신을 효뎨흐신 태조의게 뫼시미 불가치 아니리잇고? 신은 ᄉ죄를 쳥흐고 감이 쥭녹(爵祿)을 밧잡지 못흐느이다."

상이 혈셩(血誠)을 보시고 본직을 쥬어 두히 말미를 허흐시니, 싱이 샤은홀 시, 상이 ᄀᆯ오샤되,

"연의 쟝원흔 글이 톄격(體格)이 쳥고흐여 크게 범인의 제작과 다른지라. 만일 홍으로 더부러 다시 글을 지어 톄격이 봄[보]옴 즉흐면 맛당이 그 원을 좃ᄎ 말미를 주고 그러치 아닌 즉 힝공흐믈 사양치 못흐리라."

흐시고 태조로 글졔를 닉여 연·홍【8】이인의게 보닉시니, 원닉 상이 학을 조히 녀기시고 태조의 말을 신쳥흐샤 연으로 흐여금 온젼흔 ᄉ름이 되게 흐려 뉴공을 칙지 아니시고 화평이 기유흐시며, 또 지조를 다시 보고져 흐샤 형뎨를 시험흐시니, 싱이 글졔를 밧조와 보미 졔슌(帝舜)325)이 밧가르시던 ᄯᆺ을 무럿는지라. 심즁의 탄왈,

"방금의 후궁이 셩흐고 졍궁의 춍이 쇠흐시니, 태조의 모지 기리 평안흐실 줄을 아지 못홀 빅어늘, 금일 이 글졔 내 ᄆᆞ음을 감오(感悟)코즈 흐미 도로혀 원참(遠識)이 되어 타일 태조 반다시 대슌(大舜)의 익(厄)을 맛느리라."

흐고 양구이 침음흐다가 눌호여 붓슬 드러 글을【9】지어 올니니, 이쎠 홍이 몬져 지어 드렷는지라. 태조 글졔를 주시고 이인을 보시니 홍은 붓슬 드러 풍운이 니는 듯시 쓰되, 연은 홀노 머리를 수기고 싱각흐는 거동이 오릭더니 최후의 올니미, 태조 깁

---

324)쳥현화직(淸顯華職) : 쳥직(淸職)과 현직(顯職)의 영화로운 직위.

325)졔슌(帝舜) : 순(舜). 고대 중국의 전설상의 임금. 성은 우(虞)·유우(有虞). 이름은 중화(重華). 요의 뒤를 이어 천하를 잘 다스려 태평 시대를 이루었다. 늑우순(虞舜)

히 홍의게 수양ᄒᆞ믈 알고 깁혼 뜻을 아지 못ᄒᆞ시더라.

밋 두 글을 어람ᄒᆞ신 후 차탄ᄒᆞ시고 태ᄌᆞ롤 주시니, 태ᄌᆞ 바다 보시니, 이인의 글을 보미 다 《진됴∥직됴》롤 머무러 눙시 춤츄ᄂᆞᆫ 듯ᄒᆞ고 긔운이 층등 업셔 ᄌᆞ연 슈무족도혼 듯ᄒᆞ니, 만일 이 글을 월ᄒᆞ(月下)의 읇프며[면] 엇지 봉황이 ᄂᆞ려 춤추지 아니리오.

슈연니나 연의 글은 됴격(調格)326)【10】이 고상ᄒᆞ고 톄격이 ᄲᆞᆨᄲᆞᆨᄒᆞ여 놉히 ᄀᆞ을 하늘의 셩신(星辰)이 빗최ᄂᆞᆫ 듯ᄒᆞ고, 홍의 글은 공교롭고 긔특ᄒᆞ미 봄동산 ᄀᆞᆺᄒᆞ니, 태ᄌᆞ 탄지 칭션ᄒᆞ샤 하비 왈,

"만셰 야야(爺爺)의 셩덕이 문명ᄒᆞ샤 이런 지조롤 어드시니 불승만힝ᄒᆞ여이다."

두 글을 의논혼 즉 공교롭고 빗ᄂᆞ믄 홍이 낫고, 고상ᄒᆞ고 청졀ᄒᆞᆷ믄 연의 글이 맛당이 장원을 ᄒᆞ리로 쇼이다."

상이 뎜두ᄒᆞ시니, 홍이 심하의 크게 태ᄌᆞ롤 원ᄒᆞ더라.

날이 느즈미 뉴가 삼부지 퇴됴홀 시, 태ᄌᆞ 연의 손을 잡고 왈,

"션싱은 과인의 용졸(庸拙)ᄒᆞᄆᆞᆯ 허물 말고 말미 긔한이 ᄎᆞ기롤 기ᄃᆞ려 맛춤ᄂᆡ 져바리지 말나."【11】

ᄒᆞ시니, 태ᄌᆞ 비록 나히 어리시나, 규뫼 임의 셩인의 도을 어드샤 인명(仁明)ᄒᆞ시미 노셩(老成)혼 군왕 ᄀᆞᆺᄒᆞ시니, 뉴싱의 인늄지변을 참혹히 녀기시고, 졍ᄉᆞ롤 통촉ᄒᆞ샤미 맑은 거울이 빗최지 아녀셔 스스로 아르시니 님의 지긔 군신이오, 그 얼골의 나타ᄂᆞᆫ 지조와 덕화롤 혼번 보와 심복ᄒᆞ샤 크게 공경ᄒᆞ고 ᄉᆞ랑ᄒᆞ시미 이럿툿 ᄒᆞ시니, 싱이 거울 갓ᄐᆞᆺ시믈 감은ᄒᆞ여 ᄲᆡᄲᅵ 샤은ᄒᆞ고 물너 도라와, ᄎᆞ후 부명을 슌죵ᄒᆞ여 고이혼 거죠의 니르러도 거스리미 업고, 손을 디ᄒᆞ여 담논ᄒᆞ미 공의 명을 응ᄒᆞ여 념치(廉恥)롤 ᄇᆞ리고 젼뎡을 볼 일이 업셔 다시【12】닷토ᄂᆞᆫ 빅 업스니, 이ᄂᆞᆫ 형셰 홀 일 업스미 간ᄒᆞ기롤 긋치고 은졍이나 온젼코ᄌᆞ ᄒᆞ미라.

뉴공이 ᄯᅩ혼 핑계 업셔 보치기롤 긋치니 홍이 크게 불쾌이 너기더라.

이ᄯᅥ 졍소졔 공쥬의 병이 쾌ᄎᆞᄒᆞ고 불힝ᄒᆞ나 과거의 ᄲᅢ히여 상춍이 늉셩ᄒᆞ니 ᄯᅩ혼 깃부믈 이긔지 못ᄒᆞ되, 다만 ᄌᆞ긔 일신이 심궁의 침폐ᄒᆞ여 반쳡여(班婕妤)327)의 장신궁(長信宮)328)이 아니로되, 츄풍(秋風)의 환션(紈扇)329)을 지비(再褙)330)ᄒᆞ고 '촛나ᄅᆞ

326)조격(調格) : 품격이나 인품에 어울리는 태도를 말하는데 시에서는 가락과 격식을 말함.
327)반쳡여(班婕妤) : 반비(班妃). 중국 한(漢)나라 성제(成帝)의 후궁. 시가(詩歌)를 잘하여 성제의 총애를 받았으나 조비연(趙飛燕)에게 참소를 당하여 장신궁(長信宮)에 있으면서 부(賦)를 지어 상심을 노래하였다.
328)장신궁(長信宮) : 중국 한(漢)나라 때 장락궁 안에 있던 궁전. 여기서는 한(漢) 성제(成帝)의 후궁 반쳡여(班婕妤)가 이곳으로 물너나 시부(詩賦)로 마음을 달랬던 고사를 말함. 원가행(怨歌行)이란 시가 전한다.
329)환션(紈扇) : 흰 비단으로 살을 붙여 만든 부채.
330)지비(再褙) : 벽지 따위의 종이를 바를 때에, 초배지를 바르고 그 위에 종이를 덧바름. 여기서는 한 번 바른 것이 훼손되었거나 하여 다시 발랐다는 의미.

죄인'331)이 아니로딕 종시 텬일(天日)을 보지 못힐지라. 빙쳥옥셜(氷淸玉雪) 굿튼 힝실이 부부의 인졍(人情)을 뉴념(留念)ㅎ미 아니로딕, 뉴공쥬의 ᄌ최 돈졀(頓絶)ㅎ무로써, 가닉 비복과 홍의 능멸 경【13】시ㅎ미 날노 심ㅎ고, ᄒ믈며 엄구의 불인(不仁)ㅎ미 능히 귀령(歸寧)을 쳥치 못ㅎ고, ᄯ 감이 부형으로써 보지 못힐지라.

심즁의 울울ᄒ믈 이긔지 못ᄒ여 식음을 폐ᄒ고 침셕의 누엇더니, 홍이 일일은 십여 인 창두(蒼頭)로 ᄒ여금 쇼져의 누은 곳의 와 니로딕,

"이곳은 모부인 계시든 곳이니 셩부인이 거쳐힐지라. 뎡시는 ᄲᆯ니 ᄒ영당으로 나리라."

ᄒ며, 일변 소쇄(掃灑)ᄒ며 지쵹ᄒ니 시뇌(侍奴) 분운(紛紜)이 방으로 드러오ᄂᆞᆫ지라. 쇼졔 홀일업셔 이러 나오민 시녜 붓드러 ᄒ영당으로 옴기니, 이곳이 낫고 더러워 평일 양낭(養娘)332) ᄎ환(叉鬟)333)의 무리 상직(上直)334)ᄒ던 곳이니, 쇼졔【14】도라 홍다려 문 왈,

"쳡이 비록 불민ᄒ나 무고○[히] 하당(下堂)의 폐치(廢置)ᄒ니, 아지못게라!335) 대인 명이니잇가? 가군(家君)의 녕(令)이니잇가?"

홍이 진목(瞋目) 즐 왈,

"그딕ᄂᆞᆫ 뉴시의 간셥지 아닌 ᄉᆞ룸이라. 형의 은인(恩愛) 긋쳣고 대인이 며ᄂᆞ리로 아니시니 집의 도라가 기젹(改籍)ᄒ면 일이 편힐 거시오, 그러치 아니면 시녀 항녈(行列)의 잇실 ᄯᆞ룸이라. 엇지 날ᄃᆞ려 거쳐 됴치 아니타 조롱ᄒᆞᄂᆞ또?"

뎡시 쳥파의 머리ᄅᆞᆯ 수겨 잠간 웃고 ᄒᆞᆫ 말도 딕답지 아니코 ᄒ영당의 드니, 홍이 심즁의 크게 탄복ᄒ여 싱각ᄒ되,

"ᄎᆞ녀의 담약(膽略)이 여ᄎᆞᄒ여 능히 참기 어려운 일을 ᄎᆞᆷ으니 그 쥬션【15】이 샤형(舍兄)의 우히 잇ᄂᆞᆫ지라. 몬져 이 녀ᄌᆞᄅᆞᆯ 업시ᄒ여 우익을 ᄭᅥᆯ 것그리라."

ᄒ고, 이후 곤욕ᄒᆞ기ᄅᆞᆯ 참혹히 ᄒ되, 쇼졔 다리 드른 톄 아니ᄂᆞ, 병심이 위독ᄒ여 증세 즁ᄒ되, 닉외ᄅᆞᆯ 통치 못ᄒ니, 부친ᄭᅴ 긔별ᄒ여 약(藥)도 홀 기리 업셔 실셥(失攝)ᄒᆞᄆᆞᆯ 어더, 일일은 혼졀ᄒ여 오릭 ᄭᆡ지 못ᄒ니, 난향이 평일 학ᄉᆞ의 집흔 근심은 아지 못ᄒ고 져의 쇼져긔 미몰ᄒ던 일을 한ᄒ여 뉴싱의게 고치 안이코, 쥬시긔 고왈,

"우리 쇼졔 아춤의 긔졀(氣絶)ᄒ여 지금 ᄭᆡ지 아니시고 슈족이 뎜뎜 어름 갓ᄐᆞ니 엇지 ᄒ리잇고?"

---

331)촛나라 죄인 : 초수(楚囚). ①초(楚)나라에 붙잡힌 사람이라는 뜻으로, 옥에 갇힌 죄인이나 포로로 붙들린 사람을 비유적으로 이르는 말. ②역경에 빠져 어찌할 바를 모르는 사람을 비유적으로 이르는 말.
332)양낭(養娘) : 여자 종. 주로 혼인한 여종을 일컫는다.
333)촛환(叉鬟) : 주인을 가까이에서 모시는 젊은 계집종.
334)상직(上直) : 집 안에 살면서 시중을 듦.
335)아지못게라! : '모르겠도다!' '모를 일이로다! '알지못하겠도다!' 등의 감탄의 뜻을 갖는 독립어로 작품 속에서 관용적으로 쓰이고 있다.

쥬시 눈물 흘녀 왈,

"어진 스룸의 부뷔 엇지【16】 이런 익을 보느뇨? 닉 정심(定心)이 잇셔 비환영욕(悲歡榮辱)을 참예치 아니려 ᄒᆞ느니, 너는 섈니 샹공게 고ᄒᆞ라."

향이 디곡 왈,

"샹공이 쇼져의 병이 겨신지 오릭되 ᄒᆞᆫ번 뭇지 아니 ᄒᆞ시니 엇지 놀나 구호ᄒᆞ시리잇가?"

쥬시 왈,

"네 알기를 그릇ᄒᆞ엿도다. 샹공의 인ᄌᆞᄒᆞ시미 계견(鷄犬)의 니르히 호싱지심(好生之心)이 잇거늘 엇지 도로혀 부인의 병의 요동치 아니 ᄒᆞ리요. 너는 가셔 통홀만 ᄒᆞ라."

향이 셔당의 이르니 원릭 학시 비록 벼슬의 단니지 아니ᄂᆞ 닙신(立身)ᄒᆞ여 쳔ᄌᆞ 스랑ᄒᆞ시고 방하(榜下)336) 동년(同年)이 그 덕을 츄복(推服)ᄒᆞ니, ᄌᆞ연 귀듕ᄒᆞ여 비복이 줌간 공경ᄒᆞ더니, 난향이 급히 일를[을] 샹공끠 고ᄒᆞ돼[디]【17】{흠을 듯고} 문니 조당(阻擋)ᄒᆞ미 업거늘, 섈니 당ᄒᆞ(堂下)의 니로러 부인의 엄홀(奄忽)ᄒᆞ믈 고ᄒᆞ고 의약을 쳥ᄒᆞ니, 싱이 ᄇᆞ야흐로 민쳔(旻天)을 우러러 의싀 부운(浮雲)의 도라 가[갓]더니, 난향의 말을 듯고 미우를 씽긔여 왈,

"닉 몸의 질병도 능히 이긔지 못ᄒᆞ거늘 엇지 또 ᄂᆞ를 괴롭게 ᄒᆞ느뇨?"

드듸여 니러 촉을 줍히고 닉당의 니르니, 향 왈,

"부인이 하영당의 계시니이다."

학시 왈,

"엇짓[진] 연괴(緣故)뇨?"

향 왈,

"한림 샹공이 닉쳐 ᄂᆞ리오시니이다."

싱이 듯고 경희(驚駭)ᄒᆞ여 하영당의 도라가 본즉, 경싁이 춤담ᄒᆞ미 측냥치 못ᄒᆞ여 병니(屛裏)의 나아가 덥흔 거슬 여러 보니, 면싁이 쵸췌ᄒᆞ고 또 익【18】원(哀怨)ᄒᆞᆫ 아미(蛾眉)의 충원(蒼遠)을 씌여시매, 일쌍츄파(一雙楸坡)의 쥬루(珠淚) 어릭여 완연ᄒᆞᆫ 시신이 되엿시니, 학시 ᄒᆞᆫ 번 보미 쳘셕간장(鐵石肝腸)인들 엇지 비창치 아니리요.

나아가 가슴을 보니 일분(一分) 싱되(生道) 업ᄂᆞᆫ지라. 크게 통곡 왈,

"부인의 변환이 이리 듕ᄒᆞᆫ 쥴를 아지 못ᄒᆞ여 ᄒᆞᆫ가지로 싱젼의 영결죵신치 못○[ᄒᆞ]니, 디하의 가 보미 엇지 붓그럽지 아니리요."

ᄒᆞ고, 인ᄒᆞ여 통곡ᄒᆞ니 슬픈 쇼릭 스룸을 울니니, 홍이 듯고 드러와 갈오듸,

"슈쉬(嫂嫂) 쳥츈의 별셰ᄒᆞ시니 심싀 층악ᄒᆞ시나 형은 몸을 보듕ᄒᆞᄉᆞ 령구(靈柩)를 녜(禮)로 장(葬)ᄒᆞ시고 ᄌᆞ단[탄](自嘆)홈이 늣지 아니ᄒᆞ여이다."

또 홍이 왈,

---

336)방하(榜下) : 같이 과거에 급제하였지만, 순위가 떨어지는 사람들을 말함.

"명일 상구(喪柩)를 【19】 뎡가로 보닉리이다."

흑시 둣토지 아니코 허ᄒ다.

뎡쇼졔 호흡이 긋쳐시되, 학ᄉᆡ 죵시 초혼을 아니코 죵야 침음ᄒ여 부인 겻히 누엇더니, ᄉ경(四更)337) 쎡의 이르러 쇼졔 호흡을 통ᄒᄆᆡ, 몸을 요동ᄒ여 미미ᄒᆫ 쇼릭를 ᄒᄂᆞᆫ지라.

흑시 ᄃᆡ경ᄃᆡ희ᄒ여 탕약을 년ᄒ여 흘니니, 이윽고 눈을 드러 좌우를 ᄉᆞᆲ피니, 학ᄉᆡ 나아가 손을 잡고 왈,

"오회(嗚呼)라! 부인은 날을 아ᄂᆞ냐?"

쇼졔 미미히 ᄃᆡ 왈,

"쳡이 이졔 지싱ᄒᆞᆫ 샹공의 구ᄒᄋᆞ신 덕이라. 원컨ᄃᆡ 쳡을 본가의 도라 보닉여 부형의 얼굴을 보고 죽게 ᄒᆞ쇼셔."

학ᄉᆡ 기리 탄식ᄒ고 무궁ᄒᆞᆫ 쯧과 은근ᄒᆞᆫ 회픠(懷抱)【20】여산 약히 ᄒ여 다시 약을 권ᄒ고 감언(甘言)으로 위로ᄒ되, 쇼졔 오히려 졍신이 훗터져 학ᄉᆞ의 말○[을] 꿈속의 듯ᄂᆞᆫ 듯ᄒ여 씨둣지 못ᄒ더라.

학ᄉᆡ 부인의 병셰 위독ᄒᄆᆞᆯ 근심ᄒ여 늘이 볽기를 기다려 부친긔 문안ᄒ고 인ᄒ여고 왈,

"뎡시 병이 ᄉ싱의 이시니 의원을 블너 치료코즈 ᄒ여 취픔ᄒᄂᆞ이다."

공 왈,

"임의 여ᄎᆞᄒᆫ 즉 엇지 의약을 아니리로. 슈연이나 뎡시 날을 옥ᄒ고 밤이면 창두의 무리 츌닙ᄒ여 비복의게 들니ᄆᆡ338) 만타 ᄒ니 집의 도라보닉여 졀신(絶信)코즈 ᄒ노라."

ᄒ니, 이ᄂᆞᆫ 홍이 뎡시 도로 살 쥴 아지 못ᄒ고 시신을 뎡가【21】로 보닉여 작야의 참쇼(讒訴)ᄒᄆᆡ라.

학ᄉᆡ 안식을 졍히 ᄒ고 지ᄇᆡ 케고(跪告) 왈,

"져 뎡녜 ᄉᆞ름 되오ᄆᆡ 놉고 구ᄎᆞ치 아니ᄒᆞᆫ지라. 엇지 음일(淫佚)ᄒᆫ 힝실이 이시리잇고? 다만 효셩이 부족ᄒ여 대인 원망ᄒᆫ 죄 칠거(七去)339)의 범ᄒ오니, 명ᄃᆡ로 졔집의 도라 보닉리이다."

공 왈,

"닉일 블너 슈죄(數罪)ᄒ여 츌거(黜去)홀 거시니 너는 혼셔(婚書)340) 봉칙(封采)341)

---

337) ᄉ경(四更) : 하룻밤을 오경(五更)으로 나눈 넷째 부분. 새벽 1시에서 3시 사이이다.

338) 들니다 : 들키다. 발각(發覺)되다. 숨기려던 것을 남이 알게 되다.

339) 칠거(七去) : 칠거지악(七去之惡). 예전에, 아내를 내쫓을 수 있는 이유가 되었던 일곱 가지 허물. 시부모에게 불손함, 자식이 없음, 행실이 음탕함, 투기함, 몹쓸 병을 지님, 말이 지나치게 많음, 도둑질을 함 따위이다.

340) 혼셔(婚書) : 혼인할 때에 신랑 집에서 예단과 함께 신부 집에 보내는 편지로, 두꺼운 종이를 말아 간지(簡紙) 모양으로 접어서 쓴다.

롤 불지르라."

싱이 슈명ㅎ고 물너와 싱각ㅎ디,

"임의 허실간 부형을 능욕ㅎ다 ㅎ고, 엄뷔 니르시는 쳐ㅈ롤 다시 디치 못홀 거시니 출하리 불의(不義) 될지언졍 대인긔 뜻을 일치 아니리라."

크게 ㅁ【22】음을 졍ㅎ고 단연이 고렴(顧念)ㅎ여 병셰룰 뭇는 일이 업스니, 홍이 참쇼룰 힝ㅎ려 죵일토록 형의 긔식을 슬피되, 맛춤닉 ㅎ[흔] 번 눗빗출 고치미 업스며 동지 쟈약ㅎ고 긔룬이 화평ㅎ니, 블승 탄복 왈,

"미식은 남이 스랑홀 거시라. 초픠왕(楚霸王)342) 한고됴(漢高祖)343)의 담약(膽略)으로도 능히 면치 못ㅎ엿거놀, 이졔 형이 뎡시 안식 긔덕으로뼈 그 병이 스지(四肢)의 잇고, 작야 거조(擧措)룰 보와 통곡ㅎ는 졍으로 금일 흔 번 부명(父名)을 인ㅎ여 드러가 보지 아닐 뿐아니라, 안식이 이럿툿 타연ㅎ니, 이에 결단ㅎ여 큰 일을 이루려 ㅎ여 져근 거슬 《참쇼【23】ㅎ니∥참으니》엇지 큰 참쇼(讒訴)룰 못ㅎ리오. 크게 스룸의 못홀 일을 힝ㅎ니, 져 ㅁ음으로뼈 늬게 은원(隱怨)ㅎ미 젹지 아니리로다."

ㅎ고, 명일 그 긔식을 치 알녀ㅎ여 쏘 부친긔 두어 일을 고ㅎ니라.

이튼 날 뉴공이 학스로 더브러 뎡시룰 부르니, 쇼졔 이 씨 인스룰 출혀시나 긔거룰 못ㅎ는지라. 《존고(尊姑)∥존구(尊舅)》의 부르믈 듯고 겨유 몸을 슈렴(收斂)ㅎ여 붓들녀 외당의 니르니, 공이 ㅎ여금 즁계(中階)의 꿀니고 슈죄(數罪) 왈,

"네 늬집의 온지 삼년의 음난무도(淫亂無道)ㅎ여 연을 블의(不義)로 돕고 구고룰 능욕ㅎ며 노복을 스통ㅎ여 '강상(綱常)의 변(變)'344)을 지으니, 당당이 법으로 쳐【24】치홀 거시로되, 부형의 눗출 보와 스죄룰 샤ㅎ고, 몬져 슈십 댱을 치느니, 다시 뉴시의 신(信)을 싱각지 말나."

셜파의 학스 다려 왈,

"뎡시룰 노복으로 치기는 고이ㅎ니 네 맛당이 집댱(執杖) 홀지어다."

학시 이 말을 듯고 어히 업셔 우음이 나는지라. 머리룰 슈기고 디 왈,

"명디로 ㅎ려니와 뎡시 병이 즁ㅎ온디 티(笞)를 더은 즉 죽으미 쉬오니 제 부형이

---

341)봉칙(封采) : 혼인 전에 신랑 집에서 신부 집으로 채단(采緞)과 예장(禮狀)을 보내는 일. 또는 그 채단과 예장을 말함.

342)초패왕(楚霸王) : 항우(項羽). B.C.232~B.C.202. 중국 진(秦)나라 말기의 무장. 이름은 적(籍). 우는 자(字)이다. 숙부 항량(項梁)과 함께 군사를 일으켜 유방(劉邦)과 협력하여 진나라를 멸망시키고 스스로 서초(西楚)의 패왕(霸王)이 되었다. 그 후 유방과 패권을 다투다가 해하(垓下)에서 포위되어 총희(寵姬) 우미인(虞美人)과 함께 자살하였다.

343)한고됴(漢高祖) : 중국 한(漢)나라의 제1대 황제(B.C.247~B.C.195). 성은 유(劉). 이름은 방(邦). 자는 계(季). 시호는 고황제(高皇帝). 고조는 묘호. 진시황이 죽은 다음해 항우와 합세하여 진(秦)나라를 멸망시켰다. 그 뒤 해하(垓下)의 싸움에서 항우를 대파하여 중국을 통일하고 제위에 올랐다. 재위 기간은 기원전 206~195년이다.

344)강상(綱常)의 변(變) : 사람이 마땅히 지켜야 할 도리인 삼강(三綱)과 오상(五常)을 범한 변란, 곧 인륜범죄(人倫犯罪)를 이른다. 여기서 오상(五常)은 오륜(五倫)을 달리 이른 말.

즈식 스오ᄂᆞ온 줄은 모로고 우리를 원망홀 가 ᄒᆞᄂᆞ니, 임의 ᄂᆡ치미 족ᄒᆞ니 엇지 하쳔 (下賤)의 상(常)된 거조(擧措)를 ᄒᆞ여, 션실기도(先失其道)345)ᄒᆞ리잇가? 복원 ᄃᆡ인은 지삼 살피쇼셔"

공이 작식 왈,

"네 감이 노부의 명【25】을 조당(阻擋)ᄒᆞ고 득죄흔 음부(淫婦)를 앗기ᄂᆞᆫ다?"

학ᄉᆡ 부친의 거동을 보미 홀 일 업순지라. 흔ᄎᆞᆺ 홍의 말을 좃ᄎᆞ니, 즈긔 말은 밍변 졸촌346)이라도 능히 홀일 업술 줄 알미, 다만 진퇴를 어려워 침음홀 식, 쇼졔 이 광 경을 보미 졍신을 강작(强作)ᄒᆞ여 니러셔 왈,

"엄구의 치칙(治責)이 이럿툿 ᄒᆞ시니 쳡이 엇지 흔 목슘을 앗겨 군ᄌᆞ로 ᄒᆞ여금 집 당ᄒᆞᄂᆞᆫ 슈고를 ᄒᆞ게 ᄒᆞ리오."

셜파의 머리를 겨유 브드져 죽으려 ᄒᆞ니, 공이 ᄃᆡ로 왈,

"연이 진실노 내 명을 거스려 쳔녀를 앗기ᄂᆞᆫ다?"

드듸여 친이 ᄂᆞ려 쇼져를 치려ᄒᆞ니, 학ᄉᆡ 그 허물을 츌하리 ᄌᆞ당흔【26】려 ᄒᆞ고, 나아가 굴오ᄃᆡ,

"죄인을 치시미 엇지 ᄃᆡ인 셩톄(聖體)를 잇부게347) ᄒᆞ리잇고? 욕지 엄히 다ᄉᆞ리이 다."

드듸여 시녀를 꾸지져 왈,

"쇼져를 붓들나."

ᄒᆞ고 치되, 발셔 홍의 긔식을 알고 미미히 것거지게 힘을 ○[다]ᄒᆞ여 치니, 홍이 그 형의 조금도 측은지심(惻隱之心)이 업스믈 보고 ᄯᅩ흔 뎡시 죽으면 츄밀의 노긔 이러 날가 ᄒᆞ야 ᄉᆞᆯ니 야야를 향ᄒᆞ여 관셔(寬恕)ᄒᆞ믈 쳥ᄒᆞ니, 공이 드듸여

"그치라."

ᄒᆞ고, 명ᄒᆞ여 뎡가로 보ᄂᆡ니, 쇼졔 임의 교ᄌᆞ(轎子)의 오르미, 혼졀(昏絶)ᄒᆞ여 인ᄉᆞ 를 모로더라.

학ᄉᆡ 뎡시를 ᄂᆡ치고 조용히 부젼의셔 담쇼(談笑) ᄌᆞ약ᄒᆞ니, 공은 무졍(無情)ᄒᆞ므로 【27】 알고 홍은 더욱 그 ᄆᆞ음을 어려이 녀기더라.

혼졍(昏定)을 파ᄒᆞ고 혹시 슉소의 도라와 셕양의 경식을 싱각ᄒᆞ니 골경신ᄒᆡ(骨驚身 駭)348)ᄒᆞᆫ지라. 이에 부친긔 누덕(累德)이 될가 두려ᄒᆞ고, ᄯᅩ 쇼져의 옥골풍광(玉骨風 光)으로써 안졍쳥아(安靜淸雅)흔 거동이 눈의 버럿고, 아릿ᄯᅡ온 ᄐᆡ되 암암(暗暗)ᄒᆞ며 약흔 긔딜을 ᄎᆞᆷ아 잇지 못홀 ᄃᆞᆺ흔 즁, 평일 완슌(婉順)흔 힝실과 치칙(治責)홀 졔 그 가족과 슬이 ᄶᅥ러져시되, 흔 졈 눈물과 미흔 쇼ᄅᆡ도 업순 견고ᄒᆞ믈 ᄀᆞᆺ쵸 싱각ᄒᆞ니, 진

---

345) 션실기도(先失其道) : 어떤 일을 할 때 먼저 그 마땅한 도리를 잃고 함.

346) ? 맹변졸촌(孟辯卒村) : 맹자의 변설과 졸부(卒夫)의 꾸밈없는 말.

347) 잇부다 : 잇브다. 고단하다. 수고롭다.

348) 골경신ᄒᆡ(骨驚身駭) : 몹시 놀라 몸 둘 바를 모름

실노 일마다 항복되고 닛지 못홀 조각이라. 그 괴로옴과 박명을 앗기고 어진 일을 감격호니, 자연 눈【28】물 흐르믈 씌다[닷]지 못호여 탄식 왈,

"남아의 눈물이 간듸로349) 쏠닐350) 비 아니로듸, 텬하의 날을 아는 이 업거늘 뎡시 능히 내 모음을 빗최여 박듸룰 올히 녀기고, 정성을 잡아 대인을 셤겨 원망을 닉지 아니호니, 엇지 쇼년 녀ᄌ의 힝홀 비리오마는 스긔 단즁호여 온화호미 녀즁군자(女中君子) ᄀᆞᆺᄐ니, 내 쳐ᄌ 념여호기의 밋지 못홀 비라. 무슴 모음으로 침좌간(寢坐間)의 잇지리오."

이럿톳 싱각호여 종야토록 상감(傷感)호믈 마지 아니 ᄒᆞ더라.

화셜(話說)351) 뎡츄밀이 쇼져를 편이호여 뉴싱을 어드미 금실종고지낙(琴瑟鐘鼓之樂)352)으로 원앙(鴛鴦)○[이] 쌍뉴(雙遊)호믈 보고 슬하의 쾌셔(快婿) 어드【29】믈 빗닉고져 ᄒᆞ더니, 뉴싱이 ᄒᆞᆫ 번 녀ᄋᆞ룰 마ᄌ 도라간 후는 음신이 졀연(絶緣)호여 크게 평일 ᄇᆞ라던 바룰 일흐니, 심니의 악연(愕然)호여 뉴부의 혹(或) 니른 즉, 뉴공의 면젼의셔 초초(草草)한 환[한]훤(寒暄)353)으로 상듸ᄒᆞ며, 녀ᄋᆞ는 보는 줄을 뉴공이 깃거 아니호니, 감이 자로 보지 못호여 피ᄎ 의심ᄒᆞᆫ 스이 발셔 슴년이라.

공이 뉴싱의 미몰ᄒᆞᆷ을 노ᄒᆞ여 도로혀 음신(音信)을 긋더니, 금년 츈(春)의 과거로 말미아마 녀셔(女婿)의 참방(參榜) ᄂᆞᆯ 논힉(論劾)이 니러나, 셩어스 뉴간의 주ᄉ(奏辭)와 뉴공 부ᄌ의 경식을 보고 젼일을 크게 씌다라, 집의 도라와 뉴싱을 위ᄒᆞ여 눈물을 흘니고 탄【30】왈,

"ᄌ슌이 이런 변을 맛ᄂᆞ시니 그 젼졍(前程)이 가지(可知)오, 녀ᄋᆞ의 신셰도 가지라. 젼일 져의 부톄 나룰 보지 아니미 크게 연괴(緣故) 잇거늘, 나는 모로고 도로혀 미안(未安)ᄒᆞ여 ᄒᆞ괘라."

ᄒᆞ니, 공의 냥ᄌ 뎡산 뎡극이 읍상감분(泣傷感憤)354)ᄒᆞ여 ᄒᆞᆫ가지로 슬허ᄒᆞ더니, 일삭이 넘지 못ᄒᆞ여셔 홀연 곡셩(哭聲)이 챵텬(漲天)ᄒᆞ며 교ᄌ(轎子)의 흰 보룰 덥허 오니, 일기(一家) 딕경ᄒᆞ여 무른 즉, 향이 쇼져의 츌화(黜禍) 보믈 고ᄒᆞ니, 뎡공이 크게 분노ᄒᆞ여 친히 교ᄌ룰 열고 보니, 쇼졔 임의 혼졀(昏絶)ᄒᆞ여ᄂᆞᆫ지라.

냥ᄌ로 더브러 붓드러 방즁의 드리고 일변 약을 치고 일변 연고를 무르니, 향이 죵

---

349)간듸로 : 간대로. (주로 뒤에 '아니다', '않다' 따위의 부정어와 호응하여) 그리 쉽사리. 함부로, 망령되이.

350)쏠니다 : 쓰리다. 뿌리다. ①위에서 아래로 무엇을 내리 흔들다. ②슬퍼서 눈물을 몹시 흘리다

351)화셜(話說) : 고소설에서 '익셜(益說)' '차셜(且說)' 등처럼 장면전환을 나타내는 화두사(話頭詞).

352)금실종고지낙(琴瑟鐘鼓之樂) : '거문고와 비파를 타고, 종과 북을 치며 서로 즐기는 낙(樂)'이라는 뜻으로, 부부가 서로 화락함을 이르는 말. *금슬종고(琴瑟鐘鼓) : 『시경』<국풍> '관저(關雎)'편의 금슬우지(琴瑟友之)와 종고낙지(鐘鼓樂之)를 아울러 이르는 말.

353)한훤(寒暄) : 날씨의 춥고 더움을 말하는 인사.

354)읍상감분(泣傷感憤) ; 눈물을 흘리며 슬퍼하고 분히 여김.

두지미(從頭至尾)을 【31】 일댱(一場 명빅히 고ᄒ니, 뎡공이 듯기를 다 못ᄒ여셔 긔운이 막질녀 상(牀)의 것구러지니, 모다 급히 구ᄒ여 씨미, 탄 왈,

"이ᄂᆞᆫ 내 녀ᄋᆞ를 너모 ᄉᆞ랑ᄒ여 그 곤익을 밧게 ᄒ미라. 내 만일 뉴졍경으로 더부러 큰 ᄡᅡ홈을 ᄒ지 아니면 엇지 이 분을 《숨으‖ 숙이355)》리오."

드ᄃᆞ여 쇼져의 댱쳐(杖處)를 보니, 겨유 십여댱을 마잣다 ᄒ나, 유혈이 긋지 아니코 피육이 다 ᄶᅥ러졋ᄂᆞᆫ지라. 향을 도라보와 왈,

"뉘 치기를 이리 미이 ᄒ던뇨? 맛당이 몬져 죄를 다ᄉᆞ렴즉 ᄒ도다."

향이 디 왈,

"다른 ᄉᆞ름이 아녀 학ᄉᆡ 집댱ᄒ신 빈니이다."

좌위 아연ᄒ고, 뎡공이 더옥 놀 【32】 나,

"이 진짓 말가? ᄌᆞ슌이 오ᄋᆞ로 더브러 무슴 원쉬 잇관디 이럿틋 ᄒ리오."

향이 드ᄃᆞ여 뉴공의 명을 밧다[아] 치던 일과, 학ᄉᆡ 근본 쇼져로 더브러 금슬이 조치 못ᄒᆞᆷ믈 고ᄒ니, 공이 무릅흘 치고 왈,

"아지못게라! 뉴랑이 진실노 이러ᄒ냐? 인정의 ᄎᆞ마 엇지 ○○[이러] ᄒ리오. 아니 아비의게 득지(得志)를 못ᄒ여 넘녜 다른 디 잇셔 밋지 못ᄒ미냐? 내 ᄯᆞᆯ이 규즁옥골(閨中玉骨)노 녀힝이 녈녀의 지지 아니ᄒ니, 엇지 뉴싱이 놋비 녀기리오."

졍히 탄상홀 ᄉᆞ이의 쇼졔 잠간 인ᄉᆞ를 ᄎᆞ려 부형을 보고 시로히 톄읍(涕泣)ᄒ여 죽고ᄌᆞ ᄒ거늘, 공이 어로만져 슬허 왈,

"내 네 【33】 모친을 상ᄒ고 네 그 ᄲᅥ 강보(襁褓)의 잇ᄂᆞᆫ[ᄉᆞ]지라. 아름다이 셩댱《ᄒ여‖시켜》 녀모의 영혼을 위로ᄒ려 ᄒ엿더니, ᄯᅳᆺ과 ᄀᆞᆺ치 네 현미ᄒ미 셰상의 ᄲᅢ혀나고 ᄒᆞ믈며 ᄌᆞ슌 ᄀᆞᆺ튼 긔ᄌᆞ(奇子)를 어더더니, 평싱 한이 업더니, 금일 경식을 보니, 날노ᄒ여금 ᄆᆞᄋᆞᆷ이 쮜노니, 맛당이 한 상쇼(上疏)를 올녀 이 분을 셜(雪)ᄒ리라."

쇼졔 눈물을 거두고 디 왈,

"야애 엇지 이런 말ᄒᆞᆷ을 ᄒ시ᄂᆞ잇고? 쇼녜(小女) 나히 어려 셰ᄉᆞ를 경역(經歷)지 못ᄒ고 인ᄉᆞ 블민ᄒ여 구고 밧들 쇼임을 능히 못ᄒᆞ야 블효를 깃치니, 엄구(嚴舅)와 가뷔(家夫) 죄를 다ᄉᆞ려 닉치미 맛당ᄒ지라. 엇지 믄득 【34】 셜한(雪恨) 보슈(報酬)ᄒ기를 싱각ᄒ시리잇가? 다만 ᄎᆞ후로 기과쳔션(改過遷善)ᄒ여 심규의셔 텬년(天年)을 맛ᄎᆞ미 원이니, 복원(伏願) 부친은 ᄌᆞ슘 싱각ᄒ쇼셔."

공이 그 이원(哀願) 공슌(恭順)ᄒᆞᆷ믈 더옥 엇[어]엿비 녀기니 ᄌᆞ연 뉴가 부ᄌᆞ를 슘키고 시분지라. 다만 녀ᄋᆞ의 ᄯᅳᆺ이 편치 아닐가 ᄒ여 조흔 말노 위로ᄒ여 안돈(安頓)ᄒ고 ᄌᆞ부(子婦)와 부인을 불너 직희오고, 이ᄌᆞ로 더브러 외당의 나와 두어 가인으로 ᄒ여금 십ᄉᆞᆷ도어ᄉᆞ(十三都御史)를 쳥ᄒ니, 다 명일노 모드려 ᄒᆞᄂᆞᆫ지라. 공이 졔공의 올여 ᄒᆞᆷ믈 듯고 이날 밤의 쵹을 붉히고 필연을 나와 일편 상쇼를 지의 【35】 니, 문댱은 산

---

355)숙이다 : 삭이다. *'삭다'의 사동사. *삭다: 긴장이나 화가 풀려 마음이 가라앉다.

쳔의 영(靈)흔 긔운과 쇼ᄉ(疏辭)의 간졀ᄒᆞᆷ은 심두의 분격ᄒᆞᄆᆞ로 쇼ᄉᆞᄂᆞᆫ 비라.

냥공지 시측(侍側)ᄒᆞ엿다가 상소(上疏)를 보고 글오ᄃᆡ,

"대인이 이럿툿 ᄒᆞ셔ᄂᆞᆫ 누의를 아조 맛ᄎᆞ시ᄂᆞᆫ 작신가 ᄒᆞᄂᆞ이다."

공이 노왈(怒曰),

"닉 만일 녀ᄋᆞ로ᄡᅥ 뉴가의 보닉려 ᄒᆞᆫ 즉 인졍이 잇시련이와, 임의 그럿치 아니니 엇지 져 축싱(畜生)을 쥬리오."

이지 공의 노긔 급흔 쥴 보고 말을 못ᄒᆞ더라.

명일 공이 드러가 쇼져의 병을 무르니, 쇼졔 ᄃᆡ왈,

"불쵸이 이에 와 모친과 졔형의 구완356)ᄒᆞ시믈 닙어 잠간 나은 듯ᄒᆞ오니, 과려치 말【36】ᄋᆞ소셔." 공이 듯고 손으로 다리를 가ᄅᆞ쳐 왈,

"이것이 ᄎᆞ마 ᄉᆞ틱후[우](士大夫)의 ᄒᆞᆯ일가? 뉴뇌 셜ᄉᆞ 치라 흔들 ᄌᆞ슌이 ᄎᆞ마 이러툿 ᄒᆞ리요. 닉 힝년(行年) 오십의 비복의게도 이런 형벌을 아냐시니 이졔 네 몸의 당흔 거동을 보고 날노 ᄒᆞ여금 ᄎᆞᆷ으로 ᄒᆞ니, 비록 녀ᄌᆞ의 몸이 구ᄎᆞ튼 ᄒᆞᄂᆞ 너 ᄀᆞᆺ튼니ᄂᆞᆫ 업ᄂᆞ니라."

쇼졔 일녕ᄉᆞᆷ탄(一詠三嘆)357)ᄒᆞ여 왈,

"ᄃᆡ인 인졍이 그러ᄒᆞ시나, 져 집으로 일너ᄂᆞᆫ 며ᄂᆞ리 ᄌᆞ식이오 안히니, 치기 고이치 아니코, 흠믈며 쇼녀의 죄 즁ᄒᆞ니 죽이지 아니미 큰 은혜라. 엇지 감히 원(怨)ᄒᆞ리잇고?"

공이 쟝탄불열(長歎不悅)ᄒᆞ여 이러ᄂᆞ미 일폭화【37】젼(一幅華箋)이 ᄯᅥ러지니, 쇼졔 거두어 흔 번 보미 크게 됴치 아닌 셜홰 이시니, 《경안 ‖ 경아(驚訝)》ᄒᆞ여 졍신을 머물너 슗피니, 그 대강의 글와시되,

"복이(伏以), 녜부샹셔 유졍경은 본ᄃᆡ 부직방탕(不才放蕩)○○[ᄒᆞ고] 음란무도(淫亂無道)ᄒᆞ니, 일즉 그 어미를 돌노 쳐 머리 ᄭᆡ여지니 파샹풍(破傷風)ᄒᆞ여 죽고, 이민화란슈어ᄉᆞ(罹民禍亂首御史)358)로 가셔 그 아비 챵쳡(娼妾)을 《드려 ‖ 드려 가》 통쳡(寵妾)을 숨아 통간(通姦)ᄒᆞ고 일이 누셜홀가 두려 짐독(鴆毒)ᄒᆞ여 죽이고, 샹샹(常常)의 민가 녀ᄌᆞ를 아ᄉᆞ미 흔두번이 아니라. ᄉᆞ름이 금슈로 지목ᄒᆞ되 죠샹여경(祖上餘慶)359)으로 벼슬이 후빅(侯伯)의 이르고, 위(位) 통지(總裁)의 잇시니, 임의 작녹을 도젹ᄒᆞ미 극한지라. 관【38】지(管子)360) 닐오대, '녜의염치(禮義廉恥)○[ᄂᆞᆫ] 시위(是謂)

---

356) 구완 : 아픈 사람이나 해산한 사람을 간호함.
357) 일녕ᄉᆞᆷ탄(一詠三嘆) : 한마디를 말하고 세 번 탄식함.
358) 이민화란슈어ᄉᆞ(罹民禍亂首御史) : 이재민(罹災民)의 화란(禍亂)을 구제하기 위해 왕명을 띠고 지방에 파견된 관리. 주로 당상관 이상의 벼슬에서 임명되었다.
359) 죠샹여경(祖上餘慶) : 조상이 남에게 좋은 일을 많이 한 보답으로 뒷날 그 자손이 받는 경사.
360) 관직(管子) : 중국 춘추 시대 제(齊)나라의 재상인 관이오(管夷吾, ?~기원전 645)로, 이름은 이오(夷吾), 자는 중(仲)이다. 흔히 '관중(管仲)' 또는 관자(管子)로 불리는데, 《관자(管

사위(四維)라. 스위브장(四維不張)이면 국닉멸망(國乃滅亡)이라'361) ᄒ니, 폐히 만일 이같이 샹풍픽속(傷風敗俗)362)ᄒᄂ 무리를 버히지 아니스 그 풍속이 셰상의 므[믈]들 면 그 히로오미 엇지 이 《관ᄌ‖관ᄌ(管子)》셜(說)의 더으지 아니며, 셩ᄃᆡ(聖代)의 빗츨 더러이지 아니리잇가? ᄒ믈며 졍경이 금오 요졍의 회뢰를 밧고 ᄃᆡ옥(大獄)을 프러 ᄇᆞ리며 ᄉᆞ류를 핍박ᄒ니, 이ᄂ 우흐로 폐ᄒ(陛下)를 업슈이 녀기며 아ᄅᆡ로 졍ᄉᆞ를 어둡게 ᄒᆞ미라. 이 두어 죄목이 졍형(正刑)363)을 당ᄒ 거시오, 기ᄌ(其子) 홍이 간교 흉험(奸巧凶險)ᄒ여 입으로 셩현셔(聖賢書)를 외오고, 속의 금슈(禽獸)의 ᄆᆞ음을 가져 그 형 연【39】을 아ᄇᆡ게 츰쇼ᄒ여 뎍댱위(嫡長位)를 앗고 형슈를 감히 노복으로 핍박ᄒ여 더러온 곳이 가도고 음식을 긋츠며 만단능욕(萬端凌辱)을 츰아 이르지 못ᄒ니, 연의 쳐ᄂ 곳 신의 ᄯᆞᆯ이라. 분을 이긔지 못ᄒ여 병이 침셕(寢席)의 위독(危篤)ᄒ오니, 홍의 부ᄌᆡ(父子) 구박(毆縛)ᄒ여 듕형을 더어 닉치니, 이 엇지 ᄉᆞ튀후[우](士大夫)의 며ᄂᆞ리 닉치ᄂ 도리며, ᄉᆞ튀후[우](士大夫)의 슈슈(嫂嫂) ᄃᆡ졉ᄒᄂ 녜도(禮道)리잇가?. 신녜(臣女) 둥병 가온ᄃᆡ 듕형을 바다 명(命)이 쟝ᄎᆞᆺ 긋고져 ᄒ여 됴셕(朝夕)의 죽을지라. 신이 감히 부녀의 졍을 위홈이 아니라, 실노 국법이 잇실지【40】니, 살인자ᄉᆞ(殺人者死)364)ᄂ 한고조약법삼쟝(漢高祖約法三章)365)의도 면치 못ᄒ엿ᄉ○[오]니, 흠을며 ᄌᆞ부와 아ᄌᆞ미 죽인 죄리잇가? 졍경과 홍이 연으로 ᄒ여금 치라 ᄒᆞᆫ 그 죄를 도라보니○[려]ᄂ 계교라. 비록 집쟝ᄒᆞ미 연이ᄂ, 쇠ᄒᆞᆫ 거슨 홍이요, 시긴 거슨 졍경이라. 연이 부ᄌᆞ의 졍을 일흘가 두리니 엇지 ᄒᆞᆫ 안히를 앗기며, ᄒᆞᆫ 말믈[을] 거스린 즉 ᄉᆞ싱이 위퇴ᄒ니 엇지 능히 간홀 길이 잇스리요. 임의 형셰 홀 일 업스니, 오즉 힘을 다ᄒ여 아ᄇᆡ ᄯᅳᆺ을 쾌히 ᄒᆞ미 신의 ᄯᆞᆯ이 죽기의 잇스니, 엇지 인류의 변괴 아니리잇가? 신이 국은이 여쳔(如天)ᄒ고【41】 폐하의 인셩(仁聖)ᄒ심이 죵간여류(從諫如流)366)ᄒ시니, 신이 죽기를 두리지 아니ᄒ와 공논(公論)과 인졍(人情)을 병쥬(竝奏)

子)》라는 책을 저술하였다. 제(齊)나라 환공(桓公)을 도와 부국강병의 정치를 펴서 제후를 규합하고 천하의 패업(霸業)을 이룩하게 하였다.

361) 녜의염치(禮義廉恥)○[ᄂ] 시위(是謂) 사위(四維)라. 스위브장(四維不張)이면 국닉멸망(國乃滅亡)이라 : 예(禮)·의(義)·염(廉)·치(恥)를 일러 사유(四維)라 하는데. 이 사유(四維)가 펴지지 않으면 나라가 멸망한다. 《管子 卷1 牧民》에 나오는 말. *사유(四維) : 나라를 다스리는 데 지켜야 할 네 가지 대강령(大綱領). 곧 예(禮)·의(義)·염(廉)·치(恥)를 이른다

362) 샹풍픽속(傷風敗俗) : 풍속에 해를 끼침.

363) 졍형(正刑) : 예전에, 죄인을 사형에 처하던 형벌. 늑졍법(正法).

364) 살인자ᄉᆞ(殺人者死) : 사람을 살해한 자는 사형에 처한다. 한고조약법삼쟝(漢高祖約法三章)의 제1장.

365) 한고조약법삼쟝(漢高祖約法三章) : 중국 한(漢)나라 고조(高祖) 유방(劉邦)이 진(秦)나라 군사를 격파하고 함양(咸陽)에 들어가서 지방의 유력자들과 약속한 세 조항의 법. 곧 ①사람을 살해한 자는 사형에 처하고, ②사람을 상해하거나 남의 물건을 훔친 자는 처벌하며, ③그 밖의 모든 진나라의 법은 폐지한다는 내용이다.

366) 죵간여류(從諫如流) : '간언(諫言)을 좇기를 물이 흐르듯 한다'는 뜻으로 간언을 순히 받아들임을 뜻함

ᄒᆞ여, 부ᄌᆞᄌᆞ효(父慈子孝)367) 군의신튱(君義臣忠)368)ᄒᆞᆫ 죠졍의 샹풍픠속(傷風敗俗)ᄒᆞ
ᄂᆞᆫ 난젹(亂賊)과 례의념치(禮義廉恥) 일ᄂᆞᆫ 쇼인을 엄히 다스리스 후인을 징계ᄒᆞ심을
바라ᄂᆞ이다. 신이 불승황공(不勝惶恐)〇〇[ᄒᆞ여] 통쳘(洞徹) 병영지디(屛營之至)369)ᄒᆞ
노이다.”

ᄒᆞ엿더라.

쇼졔 보기를 다ᄒᆞ미 딕경ᄒᆞ여 공ᄌᆞ를 쳥ᄒᆞ여 연고를 므르니, 공지 슈미(首尾)를 젼
ᄒᆞ고 왈,

“딕인이 크게 ᄠᅳᆺ을 결ᄒᆞ{ᄒᆞ}여 계시니, 현미ᄂᆞᆫ 조각을 ᄐᆞ 셜치(雪恥)ᄒᆞᆯ지라.”

셜파(說罷)의 밧그로 ᄂᆞ아가니 쇼졔 아모리 ᄒᆞᆯ 줄 몰ᄂᆞ 병〇[신](病身)을 븟들【4
2】녀 야야를 나와 보니, 공이 놀〇[나] 문 왈,

“내 ᄋᆞ히 엇지 병을 이긔여 나오뇨?”

쇼졔 머리를 두다려 톄읍 왈,

“ᄒᆡ이 병세 ᄎᆞ도의 이시니 졍이 살기를 어들가 ᄒᆞ더니, 야야의 상소를 보니 심담(心
膽)이 붕녈(崩裂)ᄒᆞ여 혼빅이 몸의 븟지 아니니, 감이 뇌졍(雷霆)의 위엄을 범ᄒᆞ여 졍
ᄉᆞ를 고ᄒᆞ옵ᄂᆞ니, 원컨디 야야는 상소를 파ᄒᆞ시고 슌편ᄒᆞᆷ믈 취ᄒᆞ쇼셔.”

공이 변식 왈,

“내 엇지 ᄒᆞᆫᄌᆞ 구구ᄒᆞᆫ 티(態)로 이 분(憤)을 ᄎᆞᆷ으라 ᄒᆞᄂᆞ뇨? 내 만일 뉴가 부ᄌᆞ를
죽이지 못ᄒᆞ면, 내 죽어 이 분을 니즈려 ᄒᆞᄂᆞ니, 엇지 념네 다른 딕 도라 가리오. 네
죽으면【43】부ᄌᆞ지졍(父子之情)이 참졀ᄒᆞ나, 이럿툿 보기 슬흔 일은 업스리니 출하
리 수이 죽으라. 내 원슈를 쾌히 갑하 셜분(雪憤)ᄒᆞᆯ 것이니, 엇지 인졍(人情)과 젼두
(前頭)를 뉴련(留連){ᄒᆞ}ᄒᆞ리오. 오히려 너는 부녀(婦女)의 졍이어니와 ᄌᆞ슌의 졍ᄉᆞ(情
事)와 형셰(形勢)를 싱각ᄒᆞ면 내 간담이 버히ᄂᆞᆫ 듯ᄒᆞ고, 그 효의와 직덕을 앗기미 내
ᄆᆞᄋᆞᆷ이 바으ᄂᆞᆫ 듯ᄒᆞ니, 엇지 참아 그 아비를 히(害)ᄒᆞ리오만은, 풍속과 거동이 통히
(痛駭)ᄒᆞᆷ믈 이긔지 못ᄒᆞᆯ지라. 내 ᄠᅳᆺ이 결ᄒᆞ여시니 너는 다시 이르지 말고 드러가 ᄉᆞᆼᄉᆡᆼ
을 아모리ᄂᆞ ᄒᆞ라. 출하리 관을 비겨370) ᄒᆞᆫ 번 통곡이 쾌ᄒᆞ리로다.”

쇼졔 실셩통곡【44】왈,

“대인이 소녀의 ᄠᅳᆺ을 모로시고 ᄒᆞᆫᄌᆞ 대인으로써 ᄡᆞᆯ 나흔 사ᄅᆞᆷ의{게} 구구ᄒᆞᆷ믈 힝ᄒᆞ
시과ᄌᆞ ᄒᆞ고, ᄒᆡᄋᆞ(孩兒)로써 다시 뉴가를 ᄇᆞ라 젼졍(前程)을 계규(計揆)ᄒᆞ무로 아르시
니 엇지 익달지 아니리잇가? ᄒᆡ이 츌가ᄒᆞᆫ 슴년의 힝신 불민ᄒᆞ여 다만 누덕을 깃치고
신상의 형벌을 바드니 일셰의 죄인이요, 가문도덕을 샹ᄒᆞ엿ᄂᆞᆫ지라. 뉴기 비록 기과(改
過)ᄒᆞ여 쇼녀를 삼빙(三聘)371)ᄒᆞᄂᆞᆫ 거죄 잇슬지라도 쇼녀ᄂᆞᆫ 결단ᄒᆞ여 ᄂᆞᆺᄎᆞᆯ 드러 사ᄅᆞᆷ

---

367) 부ᄌᆞᄌᆞ효(父慈子孝) : 어버이는 자식을 사랑하고 자식은 어버이게 효도함.
368) 군의신튱(君義臣忠) : 임금은 신하를 의롭게 대하고 신하는 임금께 충성을 다함.
369) 병영지디(屛營之至) : 매우 두려워하는 마음이나 모양
370) 비기다 : 비스듬하게 기대다.

볼 염치 업고, 구가의 나ᄋ갈 의식 긋쳐시니, 다시 구고(舅姑) 당(堂)의 졀흄과 뉴군의 건즐(巾櫛)372) 받들믈 싱각ᄒ리잇가? 다만 심규의 쳥년(靑年)를[을]【45】맛ᄎ 남을 원망치 아니코 허믈을 닥그미 녜(禮)를 일치 아니미오, 원(怨)을 ᄇ리고 덕(德)을 닥그미 인(仁)이라. 엇지 반다시 일반의 덕(德)과 ○○[ᄀ티] 이ᄌ지원(睚眦之怨)373)을 필보필상(必報必償)374)ᄒ야, 엄구(嚴舅)와 가부(家夫)를 ᄉ지(死地)의 ᄲᆫ지게 ᄒᄆᆯ 달게 녀겨, 안연이 부형의 형셰로ᄡᅥ 구가의 더으리오. 쇼녜 비록 녀ᄌ의 무식ᄒ므로 대톄(大體)를 모로나, 경계ᄒ셤즉 ᄒ거늘, 이런 대란(大亂)을 니르혀샤 쇼녀로 ᄒ여금 쳔고의 죄인이 되게 ᄒ고, ᄯᅩᄒ 대인이 ᄒ 《식녀∥녀식(女息)》을 인ᄒ여 사름 논힉ᄒ시미 인뉴의 업슨 곳의 두샤 ᄎ마 친모를 뉵살(戮殺)ᄒ고, 셔모를 음증(淫烝)ᄒ다 ᄒ샤, ᄉ튀우(士大夫)의 논힉이 지존긔 올ᄂ는 도리【46】아니라. 셩인이 비례믈언(非禮勿言)과 비례믈쳥(非禮勿聽)을 니르시니, 엇지 일시지분으로 셩인의 말ᄉᆷ을 굴히지 아니리잇ᄀ? 녯 스름이 니로ᄃᆡ, '남의 허믈을 드르미 어버이 일홈 ᄀᆺᄒ여 귀예 들을지언졍 닙의 니르지 말나.' ᄒ시니, 셜ᄉ 뉴공이 이런 일 ᄒᄂ는 양을 야애 친이 보와 실지라도 ᄎ마 구외(口外)의 ᄂ지 못ᄒ려든, 젼문(傳聞)의 외언(猥言)375)을 신쳥(信聽)ᄒ샤, 그 ᄡᅵ는 고지376) 아니 듯고, 결친연혼(結親連婚)ᄒ여 문득 스스(些些) ᄒ(恨)으로ᄡᅥ 사름의 ᄎ마 못홀 허믈을 내시니, 그 젼일의 허언(虛言)이라 ᄒ야 고지듯지 아니시므로, 이제 일시 뮈온 거슬 풀녀ᄒ여 억탁(臆度)ᄒ시미 더욱 가치 아니【47】ᄒ이다. 쇼녀의 츌화(黜禍) 보미 인가의 예ᄉ(例事)오, 슈댱(受杖)ᄒᆫ 져 집의 과도ᄒ미니, 야애 다만 쇼녀를 경계ᄒ샤 원언(怨言)을 말고 죵용이 니르시고, 뉴가의 무신(無信)ᄒ믈 긔탄ᄒ실 ᄯᆞ름이라. 엇지 분을 참지 못ᄒ여 져를 죽을 곳○[의] 녀ᄒ미 뉴공의 며ᄂ리 치기의셔 심치 아니리잇고? 만일 대인이 죵시 ᄭᅢ닷지 아니시면 히이 ᄒ 목슘을 ᄇ려 흑ᄉ의 효의(孝義) 샹(傷)ᄒ온 죄를 속(贖)ᄒ리이다."

셜파의 ᄉ믜로셔 칼을 ᄂᆡ여 ᄌ결ᄒ려 ᄒ니, 공이 황망이 구ᄒ여 요힝 《급히∥깁히》 샹치 아냣ᄂ는지라. 드ᄃᆡ여 칼을 앗고 크게 흐ᄒ여 뉴톄 왈,

"내 너를 싱혹ᄒ미, 엇지 흉포박졍(凶暴薄情)ᄒ 뉴【48】가 부ᄌ만 못ᄒ리오마는 임의 이럿ᄐᆺ ᄒ니, 내 무슴 ᄆ음으로 노홉지 아니리오. 연이나 이 일은 너의 원으로 긋쳣거니와, 다른 일은 ᄂᆡ ᄆ음ᄃᆡ로 홀 거시시니, 그 ᄡᅵ는 다른 의논을 ᄂᆡ지 말나."

드ᄃᆡ여 쇼져를 드려 보ᄂᆡ고 졍히 《운민∥우민(憂悶)》ᄒ더니, ᄆᆫ득 벽졔(辟除)377)

---

371)삼빙(三聘) : 사람을 맞아들이기 위해 세 번을 예를 갖추어 부름.
372)건즐(巾櫛) : 수건과 빗을 아울러 이르는 말. '건즐을 받든다'는 것은 여자가 남편을 받든다는 의미로 처나 첩이 되는 것을 의미한다.
373)이ᄌ지원(睚眦之怨) : 한번 흘겨보는 정도의 원망이란 뜻으로 아주 작은 원망을 말함.
374)필보필상(必報必償) : 원한이나 원수 따위를 반드시 보복하여 갚음.
375)외언(猥言) : 추잡하고 음탕한 말.
376)고지듯다 : 곧이듣다. 남의 말을 듣고 그대로 믿다.
377)벽졔(辟除) : 지위가 높은 사람이 행차할 때, 구종(驅從) 별배(別陪)가 잡인의 통행을 금하

쇼리 나며 쥬륜화기(朱輪華駕)378) 곡즁(谷中)의 메이니, 동지 탐지ᄒ니, 십슘도어ᄉᆡ(十三都御史) 오ᄂᆞᆫ지라.

공이 ᄉᆉ니 마ᄌ 좌졍ᄒ고 한훤(寒暄)을 파ᄒᆞᄆᆡ 졔공이 뎡공의 쳥혼 ᄯᅳ슬 뭇거늘, 공이 곡졀을 니르니, 다만 ᄎᆞ악ᄒᆞ여 일시의 니르ᄃᆡ,

"명셰(明世)예 불힝이라. 노션ᄉᆡᆼ이 엇지 문견(聞見)이 잇ᄂᆞ뇨?"

뎡공이 드드여 상소 초(草)를 ᄂᆡ여 뵈고 왈,

"학ᄉᆡᆼ이 쳐【49】음은 뒤옥을 니르혀려 ᄒᆞ여 이 글을 올니면, 뉴가 부지 뎡위(廷尉)379)의 ᄂᆞᆯ[릴] 거시오, 졔공의 쥬푀(奏表) 이어 오르면 깅참(坑塹)의 함닉(陷溺)ᄒᆞᆯ 거시니, 족히 평ᄉᆡᆼ의 분을 셜(雪)ᄒ려 ᄒ엿더니, ᄉᆡᆼ각아닌 쇼녜 고집이 여ᄎᆞ여ᄎᆞᄒ여 죽○[음]으로 결단ᄒ니, ᄎᆞ마 일을 힝치 못ᄒᆞ여라."

풍어ᄉᆡ 왈,

"노 션ᄉᆡᆼ은 인졍이 ᄌᆞ연 그러ᄒ련이와 십슘도어ᄉᆡ 듯고 즘즘ᄒᆞᄆᆡ 풍화(風化)의 관계ᄒ니, 명일 찰원부(察院府)380)의 모다 연명상소(聯名上疏)ᄒᆞᆯ 거시니, 노션○[ᄉᆡᆼ]이 그 ᄡᅵ의 녕녀(令女)의 상쳐를 올흔 ᄃᆡ로 단계(丹階)381)의 주(奏)ᄒ쇼셔."

뎡공이 니로ᄃᆡ,

"녈위(列位) 쇼견이 졍(情)이 합ᄒᆞᄃᆡ, 다만 의심ᄒᆞᄂᆞᆫ 거슨 녀ᄋᆞ의 쥬견(主見)이【50】크게 ᄉᆞᄉᆡᆼ을 결단ᄒᆞᆯ ᄲᅮᆫ 아니라, 언단이 여ᄎᆞ(如此)ᄒ여 도리의 ᄉᆞ뭇ᄎᆞ니382), 감이 우기지 못ᄒ노라."

졔공이 칭찬 왈,

"녕녜(令女) 규즁(閨中)의셔 언변(言辯)과 부덕(婦德)이 이럿틋 ᄒ니, 진실노 ᄌᆞ슌의 아롬다온 ᄡᅡᆼ이로다."

셩어ᄉᆡ 이어 웃고 왈,

"내 진실노 인졍(人情)을 니르미 아니라, 녕녀와 ᄌᆞ슌으로 ᄒ여곰 일ᄃᆡ호구(一代好逑)383)로 마장(魔障)이 ᄀᆞ리와시나, 하늘이 ᄆᆞᆺ춤내 군ᄌᆞ슉녀로 ᄒᆞ여곰 미몰이 아니실지라. 젼도(前途)의 텬운이 슌환ᄒᆞᆫ 즉 엇지 ᄡᅥ 거울이 두렷지384) 아닐가 념녀ᄒ리오. 녕녀의 말ᄃᆡ로 고요이 이셔 나죵을 볼지라. 만일 일시 분을 ᄎᆞᆷ지 못ᄒ여 뉴가 부ᄌᆞ를

───────────────

던 일.

378)쥬륜화기(朱輪華駕) : 바퀴에 붉은 칠을 하고 몸체를 화려하게 치장한 수레.
379)뎡위(廷尉) : 중국 진(秦)나라 때부터, 형벌을 맡아보던 벼슬. 구경(九卿)의 하나였는데, 나중에 대리(大理)로 고쳤다. 여기서는 형부(刑部)를 말함.
380)찰원부(察院府) : 도찰원(都察院). ①조선 후기에, 의정부에 속하여 벼슬아치의 잘잘못을 살피는 일을 맡아보던 관아. 고종 31년(1894)에 설치하였다가 이듬해에 없앴다.
381)단계(丹階) : 황제의 어탑(御榻) 아래에 있는 계단.
382)ᄉᆞ뭇ᄎᆞ다 : 사무치다. 깊이 스며들다. 본질에 이르다.
383)일ᄃᆡ호구(一代好逑) : 한 시대의 모범이 될 만한 가장 좋은 짝.
384)두렷ᄒ다 : 두렷하다. 엉클어지거나 흐리지 아니하고 아주 분명하다. '뚜렷하다'보다 여린 느낌을 준다.

히흔 즉 니【51】는 도로혀 주슌 부부를 히흔미라. 독385)을 보와 쥐를 치지 못흔미 경히 니를 니르미라. 이졔 상소를 올녀 성상이 져 부즈를 춍우흐샤미 다른 스룸과 곳지 아니시고, 굿흐여 죄를 엄히 흐실 쥴을 아지 못흐고, 주슌이 진력흐여 보호흐리니, 져의 변홰 엇지 늘 쥴 알니오. 만일 이런 풍파 격근 후는 셜스 뉴공과 홍이 기과흐고 만시 화평흐는 지경의 잇셔도 주슌이 녕녀를 다시 춫지 아니리니, 효주의 쳐지 그 엄구를 히흔 근본이 된 즉, 구가의 나으가를 브라리오. 출하리 고요이 이셔 져 부부의 젼졍을 졔도(濟度)흐고 주슌의 대【52】효와 녕녀의 어딜믈 완젼○[케] 흐미 냥득(兩得) 홀[일]가 흐노라."

모다 웃고 왈,

"형이 인졍이 이셔 홍을 구흐미로다."

뎡공이 역쇼 왈,

"내 졍이 이젓도다. 셩형의 녀주는 홍의 부인이니, 셩형으로 더부러 교되 다른 스룸과 곳지 아닌지라. 그 쏠이 나의 딜녜니, 친녀의 흔(恨)으로뼈 딜녀의 평싱을 어즈러이리오. 삼가 잉분(忍忿)흐여 구교(舊交)의 눗츨 봄만 곳지 못흐다. 다만 쇼녀로 뉴가의 인연은 츈몽(春夢) 갓틋니, 쇼녜 비록 가고져 흐나 져 집이 용납지 아닐 거시오, 져 집이 츠즈나 쇼녜 밍셰흔 말이 이시니, 피츠의 인연이 긋춘지라. 엇지 젼졍을 도모흐리오."

풍【53】어시 쇼 왈,

"뎡션싱이 아직 분노흐여 져리 흐시나, 셰월이 오리면 오늘 일이 무근(無根) 셜홰 되고 태운이 이러나 옥 곳튼 군지 슉녀를 쳥흔 즉 주연 웃는 눗추로 만구응송(滿口應送)386) 흐리라."

일좨(一座) 되쇼흐고, 뎡공이 탄식 왈,

"내 주슌의 옥갓튼믈 알안지 오리느 심듕의 분뇌(忿怒) 충격흐니 엇지 싱뇌(生來)의 뜻을 고치리오. 다만 여으의 징논(爭論)이 의리의 맛당흐고, 셩형의 안면과 주슌의 효의를 앗겨 상소를 그치리라."

모든 어시 뉴공은 혜지 아니되 홍의 간휼(奸譎)흐믈 슬히 녀기고, 쏘 셩어스의 안면을 보니 자연 졍의(情誼) 이실되[시], 뎡공의 플○○[어딘] 말【54】을 듯고 다시 우기리 업셔 훗터지니, 뎡공이 긱을 보닉고 드러와 쇼져를 위로흐고 의약으로 다스리니, 쇼졔 살 마음이 업시되, 다만 일명이[을] 긋지 못흐는 바는 학사의 츌셰 특이흔 효의와 뉴싱의 지긔[극](至極)흔 지덕(才德)으로뼈 깅참(坑塹)의 함닉(陷溺)흐여 일셰의 그 원억흐믈 신셜홀 기리 업스니, 이졔 만일 주긔 죽은 즉 야야의 노를 도도와 환란이 니러나, 져의 심스를 더욱 어즈러일가 두려, 흔 조각 지아비 위흐는 졀(節)이 슈화(水

---

385)독 : 간장, 술, 김치 따위를 담가 두는 데에 쓰는 큰 도자기(陶瓷器)나 질그릇. 운두가 높고 중배가 조금 부르며 전이 달려 있다.

386)만구응송(滿口應送) : 온갖 말로 칭송하며 부름을 따라 (딸을) 돌려보냄.

火)의 수양치 아니리니, 엇지 젹은 괴로오믈 춤지 못ᄒ여 견도(顚倒)이 죽어 일을 닉리오. ᄆᆞᄋᆞᆷ을 십분 널니 ᄒᆞ여 의약을 【55】 힘뼈 반월(半月)이 지나믹 창쳐(瘡處) ᄒᆞ리고 신상 통셰 쾌ᄎᆞ니, 스스로 명완(命頑)ᄒᆞ믈 흔ᄒᆞ더라.

일일은 방즁의셔 널녀뎐(烈女傳)을 보와 빅두시(白頭詩)387)의 니르러ᄂᆞᆫ 칙을 덥고 눈물을 흘니더니, 뎡공이 니르러 쇼져를 보믹 옥모화틱(玉貌花態) 더옥 아리ᄯᆞᆸ고 긔특ᄒᆞ여 비길 곳이 업거늘, 도로혀 츄파(秋波)의 누쉬(淚水) 어릭여시니, 진실노 만만 《무상∥무빵(無雙)》 ᄒᆞᆫ 틱되(態度)라.

공이 츄연(惆然) 익지(愛之)ᄒᆞ여 나ᄋᆞ가 탄 왈,

"너의 현미(賢美)○○[ᄒᆞ미] 이럿틋 ᄒᆞ듸, 박명(薄命)ᄒᆞ미 극ᄒᆞ니 엇지 ᄌᆞ슌을 흔치 아니리오. 네 이졔 이팔쳥츈(二八靑春)의 홍안을 공송(空送)ᄒᆞ미 가치 아니ᄒᆞ니, 맛당이 어진 군ᄌᆞ를 어더 평싱을 의탁ᄒᆞ고 【56】 나○[의] 노경(老境)을 위로ᄒᆞ라."

쇼졔 쳥파의 혼빅(魂魄)이 비월(飛越)ᄒᆞ야 울고[며] ○[왈]

"야얘 엇지 참아 이런 말숨을 ᄒᆞ시ᄂᆞ니잇고? 쇼녜 사라시미 구추ᄒᆞ되 참아 부모 유쳬(遺體)를 칼흘 더으면[며] 노388)히 긋기를 못ᄒᆞ미러니, 이런 일이 잇시니, 슬하를 영결홀 ᄯᆞ름이로쇼이다."

공이 노ᄒᆞ여 ᄉᆞ믹를 썰치고 나ᄋᆞ가니 공의 계실 부인 계시ᄂᆞᆫ 본듸 통달치 못ᄒᆞᆫ 녀ᄌᆞ라. 상(常)히 이 공ᄌᆞ와 쇼져 틱졉이 쾌치 못ᄒᆞ더니, 이 거조를 보고 그 친딜 계싱이란 거시 상쳐(喪妻)ᄒᆞ고 직실을 구ᄒᆞᄂᆞᆫ지라. 그윽이 쇼져의 졀긔를 앗고ᄌᆞ ᄒᆞ여 공을 니언(利言)으로 도도니, 공이 뉴가을 통흔(痛恨)【57】ᄒᆞ고 쇼져의 신셰를 앗기ᄂᆞᆫ ᄆᆞᄋᆞᆷ이, 부인의 니언을 고지듯고 드듸여 ᄯᅳᆺ을 결ᄒᆞ여 계싱과 졍혼(定婚)ᄒᆞ여, {그날} 쇼져를 속여 져집으로 보닉려 ᄒᆞ니, 이 공지 가치 아니믈 고흔딕, 공이 불평ᄒᆞ여 ᄒᆞ더니, 날이 다다르믹 이 공지 춤지 못ᄒᆞ여 ᄀᆞ만니 쇼져를 보아 왈,

"대인이 계모로 더부러 의논ᄒᆞ샤 현미로뼈 계싱의게 허ᄒᆞ시니, 길일이 졍이 명일(明日)이니, 현미ᄂᆞᆫ 션쳐ᄒᆞ라."

셜파의 밧그로 나ᄋᆞ가니, 쇼졔 난향을 불너 왈,

"이ᄂᆞᆫ 하늘이 나를 망케 ᄒᆞ미라. 엇지 대인의 졍딕ᄒᆞ시무로 이 거죄 잇실 줄 알니오. 내 구【58】챠(苟且)이 살문 뉴공의 셩효를 갑푸미러니 일이 이에 니르니 혈마 엇지 ᄒᆞ리오."

드듸여 ᄌᆞ결ᄒᆞ려 ᄒᆞ거늘, 향이 울고 왈,

"쇼졔 엇지 조급ᄒᆞ시뇨? 일이 급ᄒᆞ니 뉴가의 가 망극흔 형셰를 고ᄒᆞ시고 잠간 피ᄒᆞ실 거시오, 그러치 아니면 뉴가 문졍(門庭)의셔 죽어 졍졀을 붉키미 늣지 아니 ᄒᆞ니이

---

387)빅두시(白頭詩) : 중국 전한(前漢) 때 사마상여(司馬相如)의 처 탁문군(卓文君)이 남편이 첩을 얻으려 하자 남편의 변심을 야속해하는 마음을 시로 읊어 남편의 마음을 돌이켰다는 시, <백두음(白頭吟)>을 말함.
388)노 : 실, 삼, 종이 따위를 가늘게 비비거나 꼬아 만든 줄.

다.”

쇼졔 왈,

“가치 아니타. 뉴공지 혼 몸 둘 곳이 업거늘 엇지 쳐주를 유렴ᄒ리오. 다만 싱각컨ᄃᆡ 노줘 아모ᄃᆡ나 다라나 숨엇다가 부모의 뉘읫치믈 기다려 다시 시측(侍側)ᄒ미 원(願)이라.”

드ᄃᆡ여 혈셔을 셔안 우히 머무러 부친을 하직ᄒ【59】고 노줘 ᄀ마니 남의롤 어더 닙고 각각 몸의 경보(輕寶)롤 감초고 ᄎ야의 멀니 다라나니라.

뎡공이 니튼날 쇼져를 기유(開諭)ᄒ려 니르니 임의 난향으로 더브러 간 곳이 업ᄂᆞᆫ지라. ᄃᆡ경ᄒ여 두로 어드ᄃᆡ 거쳐를 모로고 다만, 셔안 우히 혈셔로 ᄡᅥ시되,

“야애 쇼녀 ᄀ라치시믈 츙신 녈녀의 두 사ᄅᆞᆷ 셤기지 아니믈 근본ᄒ야 어딜믈 일치 말나 ᄒ신 경계 굿지 아니ᄒ신니, 쇼녜 임의 심복ᄒ미오라. 일신이 뉴시를 위ᄒ여 죽을 ᄆᆞ음이 잇거늘, 금일 홀연 히ᄋᆞ를 속여 기가(改嫁)ᄒ라 ᄒ시믄 어려온 명이라. 감이 좃지 못ᄒ여 읍혈(泣血)ᄒ여【60】슬하를 쩌ᄂᆞ이다.”

ᄒ엿더라.

공이 크게 혼(恨)ᄒ고 뉘읏쳐 노복으로 각도의 심방(尋訪)ᄒ되 엇지 못ᄒ니, 이 공지 쥬야 슬허ᄒ고, 공이 우려(憂慮) 상회(傷懷)ᄒ여 일노 좃ᄎ 환로(宦路)의 ᄯᅳᆺ이 업셔 벼슬을 ᄉᆞ양ᄒ고 다시 힝공치 아니터라.

뉴학ᄉᆡ 뎡시룰 닉치무로부터 더욱 ᄉᆞᄉᆞ의 부친 ᄯᅳᆺ을 슌종ᄒ여 지닉더니, 일일은 동년(同年) 박상규 뎡가의 통가(通家)ᄒᄂᆞᆫ 사ᄅᆞᆷ이라. 양쥬ᄌᆞᄉᆞ롤 ᄒ여 가노라 하직왓거늘, 학ᄉᆡ 비록 벼슬을 단니지 아니나 박싱의 쳥덕ᄒ믈 ᄉᆞ랑ᄒ여 ᄉᆞ괴기롤 깁피ᄒᆞᆫ지라. 쳥ᄒ여 셔실의셔 볼 ᄉᆡ, 박싱 왈,

“쇼뎨 의외에 외【61】님(外任)을 ᄒ니, 인형(姻兄)의 가라치믈 격년(隔年)이○[나]ᄃᆞᆺ지 못ᄒᆯ지라. 결연ᄒ믈 이긔지 못ᄒ리로다. 명일 힝ᄒ러니 일즉 이리 모다 별회롤 베플녀 ᄒ거날 뎡츄밀의 쳥ᄒ시믈 닙어 날이 느즈니 ᄋᆡ닯도다.”

학ᄉᆡ 소왈,

“옥당금마(玉堂金馬)389)룰 ᄉᆞ양ᄒ고 양쥬(揚州)390) 부요지지(富饒之地)룰 ᄌᆞ님(自任)ᄒ니, 이 졍히 ‘초(楚)나라 허리와 월(越)나라 눈섭’391)을 모도와 즐기려 ᄒ미라. 엇지 도라 쇼뎨롤 념녀ᄒ리오. 짐즛 늣게 와셔 ᄉᆡᆨ칙(塞責)392)ᄒ고 도라가며 대신(大

---

389)옥당금마(玉堂金馬) : 중국 한(漢)나라 대궐의 옥당전(玉堂殿)과 금마문(金馬門)을 함께 이르는 말로, 한림원 또는 황제를 가까이서 받드는 한림원 벼슬아치를 뜻한다. 옥당전은 한림원이 있었던 전각의 이름이며 금마문은 전각의 문으로, 문 앞에 동마(銅馬)가 있어 붙여진 이름이다. 조선에서는 홍문관을 옥당이라 했다.

390)양주(揚州) : 중국 강소성(江蘇省) 소재 도시.

391)초(楚)나라 허리와 월(越)나라 눈섭 : =초요월미(楚腰越眉). 중국 초나라 미인의 가는 허리와 월나라 미인의 아름답게 화장한 눈썹.

392)ᄉᆡᆨ칙(塞責) : 색책(塞責). 책임을 면하기 위하여 겉으로만 둘러대어 꾸밈.

臣)이 브르믈 청탁ᄒ나냐?"

박싱이 디쇼 왈,

"형의 희언(戲言)을 드르니 쇼졔 ᄯᅩᄒ 화려(華麗)커니와, 다만 뎡공의 청홈【62】도 도시 형의 연괴라. 엇지 쇼뎨로ᄡᅥ 칭탁ᄒ다 ᄒᆞ느뇨?"

학시 믄득 무러 왈,

"《녕공‖뎡공》이 무슴 년고로 쇼뎨를 형의게 쳥ᄒᆞ미 잇더뇨?"

박싱이 좌를 노오혀 ᄀᆞ마니 뎡공이 녀ᄋᆞ를 기가ᄒᆞ렷타가 쇼졔 글을 지어 하직고 간 곳이 업ᄉᆞ니, 임의 두달이 지나되 ᄎᆞᆺ지 못ᄒᆞ여, 져를 블너다가 혈셔를 뵈고 양쥬로 갈 졔 힝혀 뉴락(流落)ᄒᆞ여 노즁의 지류ᄒᆞ미 잇거나, 혹 양쥬 ᄯᅡᆨ히 표령ᄒᆞ미 잇거나, 일노(一路)의 듯보라 ᄒᆞ고, ᄎᆞᆺ는 표험(表驗)은 뎡시의 혈셔를 벗기고 그 아릐 공이 친필노 뉘웃는 ᄯᅳᆺ을 ᄡᅥ, 민간의 뵈면 모로는【63】이는 보와도 관겨치 아니코, 만일 쇼져 곳 보면 알 거시니, ᄎᆞᆺᄌᆞ 달나 ᄒᆞ던 셜화를 ᄌᆞ시 니르고 혈셔와 뎡공의 글을 ᄂᆡ여 뵈니, 학시 젼후슈말(前後首末)을 ᄌᆞ시 드르믹 탄식ᄒᆞ고, 손으로 쇼져의 혈셔를 무여 ᄇᆞ리고 왈,

"인형은 모로미 이 녀ᄌᆞ를 ᄎᆞ즐가 번거이 구지 말나. 졔 비록 졀힝이 이시나 득죄 ᄒᆞ미 즁ᄒᆞ여 쇼뎨의게는 힝노인(行路人)³⁹³이라. 뎡공의 희이(駭異)ᄒᆞᆫ 거조를 듯고ᄌᆞ 아니 ᄒᆞ노라."

박싱이 아연 왈,

"형이 ○○[어이] 인졍○[이] 업느뇨? 뎡부인의 간고험난(艱苦險難)ᄒᆞ미 다 형을 위ᄒᆞ미라. 뎡공이 기젹(改籍)고ᄌᆞ ᄒᆞ미 비록 그르나, 부인【64】의 졀의 여ᄎᆞᄒᆞ니 엇디 죄를 일ᄏᆞ르미 인졍이리오."

학시 쇼왈,

"내 모로미 아니나 엇지 미싱(尾生)³⁹⁴ 신싱(申生)³⁹⁵의 신(信)을 직희리오. 졔 임의 쇼뎨를 만나니[미] 인륜(人倫)의 한(恨)이오, 뎡공의 불명ᄒᆞ미오[라]. 그 아비 ᄌᆞ식을 젼후의 괴롭게 ᄒᆞ미○[니] 엇지 간예홀 비리오."

셜파의 안ᄉᆡᆨ이 불평ᄒᆞ니, 딕강 뎡공의 다른 ᄯᅳᆺ 두믈 노ᄒᆞ고 부인의 뉴락(流落)ᄒᆞ믈 슬허ᄒᆞ되, 나타닉여 니르미 업ᄉᆞ니, 박싱은 믹몰타 ᄒᆞ고, 그 ᄯᅳᆺ을 몰나 다른 말노 한

---

393)힝노인(行路人) : 오다가다 길에서 만난 사람이라는 뜻으로, 아무 상관이 없는 사람을 이르
는 말.

394)미싱(尾生) : 중국 춘추시대 노나라 사람으로, 고사 '미생지신(尾生之信)'의 주인공. *미생
지신(尾生之信); 우직하여 융통성이 없이 약속만을 굳게 지킴을 비유적으로 이르는 말. 춘추
때 미생(尾生)이라는 자가 다리 밑에서 만나자고 한 여자와의 약속을 지키기 위하여, 홍수에
도 피하지 않고 기다리다가, 마침내 익사하였다는 고사에서 유래한다. ≪사기≫의 <소진전
(蘇秦傳)>에 나오는 말.

395)신싱(申生) : 중국 춘추전국시대 진(晉)나라 헌공(獻公)의 태자(太子). 헌공의 애첩 여희(驪
姬)가 자신의 아들을 태자로 삼기 위하여 그를 모함하자, 자신의 억울함을 밝히지 않고 자
살하였다. 융통성 없이 고정관념에 사로잡혀 행동하는 사람을 대신 나타내는 말로 쓰인다.

훤(寒暄)ㅎ고, 이윽고 도라가니라.

학시 상규를 보늬고 싱각ㅎ믹, 부인의 옥골방신(玉骨芳身)으로써 박졍(薄情)한 구

【65】가를 위ᄒ여 텬익(天涯)의 뉴락ᄒ니, 싱ᄉ존망을 알 기리 업ᄂ지라. 뎡공이 ᄌ
가 형셰 부득이 ᄒ야 부인을 구츅(驅逐)ᄒ물 모로지 아니ᄒᄃ, 도로혀 쏠을 다른ᄃ 보
늬려 ᄒ던 쥴○[을] ᄒᄒ고, ᄌ가의 운쉬 이 ᄀᆺ치 쳔박ᄒ야 ᄒ 조각 위로홀 일이 업
스니, 댱탄단우(長歎博憂)396)ᄒ여 뉴공의 감지를 슬핀 여가의ᄂ 부인의 슉ᄌ옥용(淑姿
玉容)을 싱각ᄒ나, 음용(音容)이 아득ᄒ니, 미양 침좌(寢坐)의 쵸창(悄愴)ᄒ더라.

≤이쩌 텬지397) 후궁 만귀비(萬貴妃)398)를 춍이ᄒ샤 졍궁(正宮)399)이 《고약∥쇠약
(衰弱)》ᄒ시니, 됴졍이 틱ᄌ를 위ᄒ여 근심ᄒ더니, 귀비 졍궁을 쇠ᄒ여 상긔【66】참
소(讒訴)ᄒ 딕,≥400) 상이 신청(信聽)ᄒ샤 황후를 폐ᄒ고 태ᄌ401)를 쇼딕(疏待)ᄒ샤
얼골을 보지 아니시니, 태직 쥬야 울고 단디(丹墀)402)의 업디여 슉식(宿食)을 나오지
아니신지 삼일이라.

---

396) 댱탄단우(長歎博憂) : 긴 한숨을 지으며 깊이 탄식하고 근심함.
397) 텬직 : 천자(天子). *여기서는 중국 명나라 제8대 황제 헌종(憲宗) 성화제(成化帝)를 말하
며, 성화제는 태자시절에 오(吳)씨 왕(王)씨 백(柏)씨 만(萬)씨 등 4후궁을 두고 있었다. 그
중 자신보다 19세나 연상인 만귀비를 총애하였으나, 성화제가 즉위 후 황후를 간택하려고
할 때, 최종적으로 전태후(錢太后)와 주태후(周太后)의 의견 일치로 오씨가 황후로 책봉되었
다. 그러나 오씨는 만귀비(萬貴妃)의 계략에 의해 황후가 된지 한 달 만에 폐위되고, 성화제
는 만귀비에게 황후의 자리를 주려고 하였으나 주태후의 반대로 왕씨가 황후[효정순황후孝
貞純皇后]가 되었다. 그러나 왕씨는 만귀비가 두려워 황후의 전권을 만귀비에게 주고, 정작
황후 왕씨는 꼭두각시 생활을 하였다. 백씨에게는 1자를 두었으나 모자가 다 만귀비에게 독
살되었다. 또 궁녀 기(紀)씨에게 1자를 얻었으나 기씨는 만귀비에게 독살되고 아들은 태자에
책봉하여 효종(孝宗) 홍치제(弘治帝)로 황위를 계승했다. 재위 중 4황후·14후궁과 혼인하
여 14명의 황자와 6명의 황녀를 두었다.
398) 만귀비(萬貴妃) : 1429~1487년. 중국 명나라 헌종(재위1464-1487)의 귀비. 이름 만정아
(萬貞兒), 위호(位號)는 공숙황귀비(恭肅皇貴妃)다. 헌종보다 19세 연상이었으나 황제의 총애
를 받아 후궁이 되고 아들을 낳았으나 곧 죽고 다시 아들을 낳지 못했다. 이후 만귀비는 황
제의 아이를 임신한 후궁들을 강제로 낙태시키고 매질하거나 독살하는 잔학행위를 일삼았고
황후 오씨(吳氏)를 모함하여 폐위시켰다. 이후 헌종은 만귀비를 황후로 책봉하려 하였으나
헌종의 생모인 주태후(周太后)의 반대로 황후에 오르지 못했다. 또한 현비(賢妃) 백씨(柏氏)
가 헌종의 아들을 낳자 이를 시기한 만귀비는 백씨와 그 아들을 독살했다. 또 궁녀 기씨(紀
氏)가 헌종의 아들을 낳자, 기씨를 독살하고 아이까지 죽이려 하였지만, 아이는 죽음을 모면
하고 황태자에 책봉되어 헌종의 뒤를 이어 효종황제에 즉위하였다. 1487년 효종 즉위년에
59세의 나이로 화병으로 죽었다.
399) 졍궁(正宮) : 황후나 왕비를 후궁에 상대하여 이르는 말. *여기서는 성화제의 세 번째 황후
기씨[효목황후 기씨(孝穆皇后 紀氏)]를 말한다.
400) 이쌔 텬직 후궁 만구비를 통이ᄒ샤 졍궁이 쇠약ᄒ시니 됴졍이 태ᄌ를 위ᄒ야 근심ᄒ더니,
귀비 쇠ᄒ야 상긔 춤소ᄒ니(나손본 『뉴효공션힝녹 권지삼』, 총서42권:3쪽9-11행, *밑줄
교주자).
401) 틱ᄌ : 성화제의 세 번째 황후 기씨[효목황후 기씨(孝穆皇后 紀氏)] 소생 황자 주우탱(朱
祐樘). 성화제[헌종(憲宗)]의 뒤를 이어 명나라 9대황제 효종(孝宗) 홍치제(弘治帝)가 된다.
402) 단디(丹墀) : 붉은 칠을 하거나 화려하게 꾸민 마룻바닥.

공경빅관(公卿百官)○[이] 진경(盡驚)ᄒ고 《태학ᄉ[싱] 만여인이 궐문을 두ᄃ려 《드러오니‖우니》, 《공경‖곡셩(哭聲)》이 창텬(漲天)ᄒ더라.≥403)

홍이 이젹의 만염 뇨졍으로 더부러 귀비의 당이 되어 폐후(廢后)ᄒᄂ 쇠, ○[다] 홍의 도으미라. ᄒᆫ 계교를 싱각ᄒ야 야야긔 고 왈,

"히ᄋᄂ 드르니 국기 어즈러온 시졀의 식녹(食祿)ᄒᄂ 지 죄를 두려 간치 아닌ᄂ 즈ᄂ 불츙이라 ᄒ니, 형이 태즈의 춍우(寵遇)ᄒ믈 닙고 진【67】신명ᄉ(縉紳名士)404)로 ᄒᆫ 상소를 아니ᄒ니, ᄉ림(士林)의 붓그려오미 젹지 아녀이다."

공이 씌다라 학ᄉ를 불너 칙 왈,

"내 너를 글을 ᄀᄅ쳐 션비○[의] 도를 권ᄒ믄 츙효를 근본ᄒ라 ᄒ엿거ᄂᆯ, 네 이졔 국모를 폐ᄒᄂ 망극ᄒ믈 보ᄃᆡ 간ᄒᆯ 줄 모로니 내 어ᄂᆡ 면목으로 사룸의 아비 되어 셰상의 용납ᄒ리오."

ᄒ니, 원ᄂᆡ 폐후(廢后)ᄒ던 쳣날 뉴공과 홍이 년명(連名)ᄒᄂ ᄃᆡ 일홈을 벗고, 즉금은 텬뇌(天怒) 진쳡ᄒ시니, '만일 상쇼를 다시 ᄒ리 잇신즉, 뎡형(正刑)을 더으리라.' ᄒ샤 금녕(禁令)이 즁이 ᄂ즈ᄂᄃᆡ, 학ᄉᆡ 상소ᄒᆫ 즉 죄를 담당ᄒ여 반다【68】시 버셔나지 못ᄒᆯ 줄 알고, 홍이 부친을 도도왓ᄂᆫ지라.

학ᄉᆡ 신졀(臣節)을 다ᄒ고즈 아닌ᄂ 쥴이 아니라, 셰상 기인(棄人으로 감이 상소의 참예치 아니코, ᄒᆞᆫ ᄌᆞ 북궐(北闕)○[을] 향ᄒ여 호읍(號泣)ᄒᆯ ᄯ룸이러니, 의외예 평싱 처음으로 졍듸ᄒᆫ 교훈을 드르니 군상 죄칙이 ᄌᆞ긔의게 더욱 즁ᄒᆯ 줄 아나, 엇지 죡히 기회(介懷)ᄒ리오.

임의 부ᄌᆞ의 죵용ᄒᆫ 졍의(情誼)를 일허 간ᄒᆯ 길이 긋쳐시니, 출ᄒ리 올흘 일의 슌죵ᄒ여 형벌의 나ᄋ가도, 붓그럽지 아닐 쥴 결단ᄒ고, 웃ᄂ 늣츠로 칙을 밧[바]다 돈슈ᄉ죄ᄒᆫ 후 ᄀᆞ오ᄃᆡ,

"히이 이졔 ᄒᆫ 쟝 표문을 올녀 텬노를 시험ᄒ여 부월지하(斧鉞之下)의 죽어도 혼이 업거니와【69】군상(君上)의 ᄯᅳᆺ이 구지 졍ᄒ여시니, 간ᄒ여 득지 못ᄒᆫ 즉, 님군의 허물을 길우고, 히ᄋ의 환이 젹지 아냐 대인긔 불효를 깃칠가 두려ᄒ나이다."

공이 노즐(怒叱) 왈,

"욕지(辱子) 오히려 국모의 폐ᄒ시믈 달게 녀겨 상소를 긔탄(忌憚)ᄒᄂ다?"

≤학ᄉᆡ 《무연‖묵연(默然)》 ᄇᆡ사(拜謝)ᄒ고 드드여 문방(文房)을 나와 글을 지을ᄉᆡ, 싱각ᄒ되,

"만일 ○○[기인(棄人)]으로 ᄌᆞ쳐ᄒ야 상소를 아니면 말녀니와, 부교(父敎)405)를 ○…결락25자…○[밧줍고 인신(人臣)이 되야 간하는 글을 올릴딘대, 식칙(塞責)만 ᄒ

---

403)공경빅관이 진경ᄒ고 태흑싱 만여인이 궐문을 두ᄃ려 우니 곡경이 진경ᄒ더라…(나손본 『뉴효공션힝녹 권지삼』, 총셔42권:4쪽2-3행, *밑줄 교주자).

404)진신명ᄉ(縉紳名士) : 홀(笏)을 큰 ᄯᅵ에 꽂은 높은 벼슬아치와 이름 있는 선비.

405)부교(父敎) : 부친의 명(命).

야 군부(君父)를] 속이지 못ᄒᆞ리니 이 ᄒᆞᆫ 소봉(疏封)이[에] 나의 ᄇᆡᆨ년 힝실을 《다ᄒᆞ여 ‖ 뎐ᄒᆞ고》 ᄒᆞᆫ놋 명을 결ᄒᆞ미[리]라."≥406)

의식 이의 밋쳐는 ᄆᆞ옴이 강ᄀᆡᄒᆞ여 ᄉᆞ의(辭意) 격졀(激切)ᄒᆞ믈 더으니, 이 진실노 글이 문ᄎᆡ(文彩) 잇고 시졀이 슬프미라. 니소경(離騷經)407)과 ᄋᆡ강감[남](哀江南)408)으로 【70】 ᄒᆞᆫ 가지라.

필하(筆下)의 풍운(風雲)이 취집(驟集)ᄒᆞ고 귀신이 우는 듯ᄒᆞ니, 호흡(呼吸) ᄉᆞ이의 졸편(卒篇)ᄒᆞ야 부친긔 드려 ᄀᆞ라치믈 청ᄒᆞ니, ≤공이 눈이 두렷ᄒᆞ고 {닙이} 밤ᄇᆡ여409) 다만 ᄀᆞᆯ오ᄃᆡ,≥410)

"내 너를 ᄀᆞ라친 거시 ᄇᆡᆨ힝(百行)이러니, 이제 보니 네 소힝이 불미(不美)ᄒᆞ고, 문ᄎᆡ(文彩) ᄲᅮᆫ이로다."

학식 ᄉᆞ례ᄒᆞ고 이에 쥬시를 보와 왈,

"내 이제 궐하의 가미 반다시 다시 오지 못ᄒᆞ리니, 원컨ᄃᆡ 셔모는 은거(隱居)ᄒᆞ기를 긋치시고 대인과 아의 블힝ᄒᆞᆫ 거조를 쥬(奏)ᄒᆞ여 기리 문호를 부지ᄒᆞ쇼셔."

말을 맛치고 눈물 두어 쥴이 옥 ᄀᆞᄐᆞᆫ 귀밋히 침노ᄒᆞ니, 쥬시 톄읍(涕泣)ᄒᆞ여 능히 답지 못ᄒᆞ더라.

학식 셩부인을 청ᄒᆞ여 좌 【71】 졍ᄒᆞᄆᆡ 안셔(安徐)히 ᄀᆞᆯ오ᄃᆡ,

"가ᄂᆡ 불안ᄒᆞ므로븟터 수수(嫂嫂)를 ᄇᆡ알치 못ᄒᆞ미 슈년이라. 금일 ᄉᆞ별(死別)을 당ᄒᆞ여 심ᄉᆞ(心思)로ᄡᅧ 고ᄒᆞᄂᆞ니, 쇼ᄉᆡᆼ이 이제 국가 ᄃᆡ변을 만나 당ᄎᆞᆺ 닙간(立諫)411)코ᄌᆞ ᄒᆞ니, 일신○[이] 함졍의 드나 뉘웃부미 업ᄉᆞᄃᆡ, 두려ᄒᆞ는 바는 아이 약ᄒᆞ야 사ᄅᆞᆷ의 달ᄂᆡ믈 고지드르니, 복(僕)412)이 쥭은 후 권간(權姦)의 드러, 학발대인(鶴髮大人)긔 허물을 깃치미 반듯ᄒᆞ리니, ≤바라건ᄃᆡ 현슈(賢嫂)의 셩덕이{미} '희부귀[기](僖負羈)

406)혹식 묵연 ᄇᆡ샤 ᄒᆞ고 드ᄃᆡ여 문방ᄉᆞ우를 나오혀 글을 지을 ᄉᆡ, ᄉᆡᆼ각ᄒᆞᄃᆡ, 내 만일 기인을 ᄌᆞ쳐ᄒᆞ야 샹소를 아니면 말녀니와, 부교를 밧ᄌᆞᆸ고 인신이 되야 간ᄒᆞᄂᆞᆫ 글을 올릴딘대, ᄉᆡᆨ칙만 ᄒᆞ야 군부를 속이디 못ᄒᆞ리니, 이제 ᄒᆞᆫ당 소봉이 나의 ᄇᆡᆨ년힝실을 뎐ᄒᆞ고 ᄒᆞᆫ낫 명을 결ᄒᆞ리라…(나손본 『뉴효공션힝녹 권지삼』, 총서42권:6쪽5-10행, *밑줄 교주자).

407)니소경(離騷經) : =이소(離騷). 중국 초나라의 굴원이 지은 부(賦). 조정에서 쫓겨난 후의 시름을 노래한 것으로 ≪초사≫ 가운데에서 으뜸으로 꼽힌다

408)ᄋᆡ강남(哀江南) : =강남부(江南賦). =애강남부(哀江南賦). 중국 북주(北周) 시대의 문인 유신(庾信)이 지은 부(賦). 그 내용은 고향을 떠나 사는 처량한 신세를 한탄하며 고향을 그리는 정을 노래한 것이다. *유신(庾信) : 중국 남북조시대(南北朝時代) 남조(南朝) 양(梁) 나라 사람으로, 양나라에서 우위장군(右衛將軍)·무강현후(武康縣侯) 등을 지냈는데, 서위(西魏)로 사신 갔다가 억류되었다. 그 뒤 북주(北周)가 서위를 대신해 서자, 북주에서 벼슬하여 고관이 되었는데, 마음속으로는 항상 자신의 고향이 있는 강남(江南)을 그리워하여 <애강남부(哀江南賦)>라는 시를 남겼다.

409)밤ᄇᆡ다 : =밤븨다. (눈이) 부시다. 눈부시다. 빛나다.

410)공이 두 눈이 두렷ᄒᆞ고 밤븨여 다만 니ᄅᆞᄃᆡ…(나손본 『뉴효공션힝녹 권지삼』, 총서42권:7쪽2-3행, *밑줄 교주자).

411)닙간(立諫) : =직립간쟁(直立諫爭). 꼿꼿하게 서서 간쟁을 벌임.

412)복(僕) : 1인칭대명사 '저'를 문어적으로 이르는 말.

쳐(妻)'413)와 양챵(楊敞)의 부인414) ᄀᆺᄒᆞ여, 딕의로 간(諫)ᄒᆞ시고 《흉노(匈奴)ǁ흉뫼
(凶謀)》와 빙산(氷山)415)을 피(避)케 ᄒᆞ신즉, 우흐로 가문의 만힝(萬幸)이오, 아릭로
슈슈의 현쳘(賢哲)이 빗ᄂᆞ리니,≥416) 복(僕)이 감이 당돌ᄒᆞ믈 피치【72】아냐 심곡(心
曲)으로 베프ᄂᆞ니, 수수의 어질미 복의 말을 용납ᄒᆞᆯ지라 삼가 고ᄒᆞᄂᆞ니 기리 잇지 말
으쇼셔."

셜파의 화긔를 거두어 츄연ᄒᆞ니, 좌위(左右) 다 ᄡᅡᆼ뉘(雙淚) 종횡ᄒᆞ고, 셩시 기리 지
비ᄒᆞ여 명을 듯고 슌슌(順順) 치샤(致謝)ᄒᆞ여 불감앙시(不敢仰視)ᄒᆞ더라.

학시 상소를 궐하의 나ᄋᆞ가 올니니, ≤홍은 일변(一邊) 만념을 보아 형의 죄를 귀비
긔로 ○[가] 참소○○[ᄒᆞ라] ᄒᆞ고[니], 텬직 비야흐로 금녕(禁令)을 ᄀᆺ 늬고 노긔 츙
격(衝擊)ᄒᆞ실 졔, 뉴싱의 간픠(諫表) 올나 ○[그] 언논이 아오로 만념의 부즈를 역신
(逆臣)으로 논ᄒᆞ야 버히믈 쳥ᄒᆞ엿고, ᄉᆞ의(辭意) 크게 상의(上意)를 헐ᄲᅳ렷ᄂᆞᆫ지라.

셩심(聖心)이 십○[분] 쾌치 아니신딕,≥417) 귀비 안흐로 도도고【73】만념이 밧그

---

413)희부귀(僖負覊) 쳐(妻) : 희부기(僖負覊)는 춘추전국시대 조(曹)나라의 대부다. 그의 쳐(성
　명미상)는 지혜로운 여자로 자신의 집에 머물고 있는 진(晉)나라 문공(文公; 이름 중이重耳)
　의 인물됨을 알아보고 남편에게 그를 예대(禮待)할 것을 진언(進言)하였다. 이에 희부기가
　음식에 벽옥(璧玉)을 넣어 보내 문공을 임금의 예로 대접하였다. 이에 문공은 음식만 먹고
　옥은 돌려보냈는데, 훗날 진문공이 조나라를 공격했을 때 군사들에게 희부기의 집을 노략하
　지 못하게 하여 이때의 은혜를 갚았다. 《사기(史記)》 권39 〈진세가(晉世家)〉조와 《춘추
　좌씨전(春秋左氏傳) 〈희공(僖公) 23년〉》조에 이 고사가 나오는데, 문공이 벽옥을 돌려보
　낸 것은 겸양하여 참람(僭濫)함을 피한 것이다. *여기서 '반벽(返璧)'이라는 고사가 유래하
　여, "남이 선사한 물건을 받지 않고 되돌려 보냄"을 이르는 말로 쓰인다.
414)양챵(楊敞)의 부인 : 양챵(楊敞)은 중국 한(漢)나라 소제(昭帝) 때의 정승으로, 그의 처 사
　마씨(司馬氏)는 태사공(太史公) 사마천(司馬遷)의 딸이다. 당시 소제(昭帝)가 죽고 창읍왕(昌
　邑王)이 즉위하여 음란(淫亂)하매, 대장군 곽광(霍光)이 거기장군 장안세(長安世) 등과 왕을
　폐위할 것을 모의하고 대사농(大司農) 전연년(田延年)을 승상인 양챵에게 보내 가담해 주기
　를 청하였다. 창이 두려워 떨며 어찌할 바를 몰라 다만 '예예' 소리만 반복하고 있자. 이를
　본 부인 사마씨(司馬氏)가 "지금 대장군이 거사하기로 뜻을 정해 군께 통보해왔습니다. 군께
　서 즉시 대장군과 뜻을 같이 하겠다고 응답하지 않고 머뭇거린다면, 먼저 거사를 끝낸 다음
　군을 죽일 것입니다."라고 다그쳐 창을 거사에 참여케 하여, 가문을 위기에서 구했다. 《漢書
　卷66 楊敞傳》에 나온다.
415)빙산(氷山) : 해가 떠오르면 녹아 없어질 '얼음 산'이란 말로, 허상(虛像) 또는 허세(虛勢)
　를 뜻한다.　당(唐)나라 양국충(楊國忠)이 현종(玄宗)의 총애를 받아 우상(右相)이 된 뒤에
　그의 권세가 천하를 뒤흔들자 사람들이 모두 그에게 몰려들었는데, 어떤 사람이 진사(進士)
　장단(張彖)에게 양국충을 찾아가 보라고 권하자, 장단이 말하기를, "당신들은 그를 태산처럼
　의지할지 모르지만 나는 빙산으로 여기고 있다. 만약 밝은 해가 떠오르기만 하면 당신들의
　의지처를 잃지 않을 수 있겠는가.[君輩依楊右相如泰山 吾以爲氷山耳 若皎日卽出 君輩得無失
　所恃乎]" 하고는 숭산(崇山)으로 들어가 숨었다는 고사가 전한다. 《資治通鑑 唐紀 玄宗天寶
　11年》조.
416)ᄇᆞ라는 ᄇᆞᄂᆞᆫ 수수의 현텰ᄒᆞ시미 <u>희부의 쳐와 양챵의 부인 ᄀᆺᄐᆞ샤</u> 대의로 간ᄒᆞ시고 <u>흉흔
　뫼와 어룸 뫼룰 슷게 ᄒᆞ신 즉</u>, 우흐로 문호의 만힝이오, 아릭로 수수의 셩덕이 빗나시리니,
　…(나손본 『뉴효공션힝녹 권지삼』, 총서42권:8쪽3-6행, *밑줄 교주자).
417)홍은 일변으로 만염을 보아 귀비긔 가 형의 죄룰 춤소ᄒᆞ라 ᄒᆞ니, 텬직 이째 금녕을 ᄀᆺ 늬

로 닷토니, 하늘 위엄이 경긱의 발ㅎ샤, 뉴학시를 즉시 올녀 뎐졍(殿庭)의셔 각별 다른 말은 아니시고, 형댱(刑杖)으로 쥰츠(峻次)ㅎ시니418), 셩혈(腥血)이 ᄯ히 고이고 옷시 잠겨시니, 시위(侍衛) 빅관(百官)이 춤아 보지 못ㅎ딕, 학시 조금도 안식을 불변ㅎ고 종용이 형벌을 밧드[으]니, 샹이 삼십여장을 치시고 빅관다려 니로샤딕,

"이ᄂ 황후의 당인 고로 딤을 훼방ㅎ니, 맛당이 녕(令) 딕로 시힝ㅎ리라."

ㅎ신딕, 두어 딕신이 츌반 쥬왈,

"뉴연이 금녕(禁令)을 범ㅎ미 죽을 쥴 모로미 아니라. 그 진졍을 다ㅎ미니, 그 죄 비록 위령(違令)ㅎ미 잇시나, 그 집심(執心)이【74】아름다오니, 셩샹이 임의 엄형을 더어 계시니, 만일 그 직학(才學)과 졀의(節義)를 앗기샤 쇠잔(衰殘)ㅎ 명을 샤(賜)ㅎ신 즉, 부모의 호싱지덕(好生之德)419)이 말은 쎄의 스못츠리이다."

샹이 침음양구(沈吟良久)에 왈,

"경 등의 말노 조츠 연을 감샤(減死)ㅎ나, 뎡형(正形)ㅎᄂ 벌노뻐 형댱(刑杖) 일 츼420)○[ᄂ] 너모 경(輕)ㅎ니, 뉵십을 더 치라."

ㅎ시니, ᄯᅩ 미를 드러 수십 댱(杖)의 니로미 딕신이 고두(叩頭) 주(奏)ㅎ딕,

"셩샹이 호싱지덕으로 죽게 아니○○○[신다 ㅎ]시며 치기를 더으시미[니], 이ᄂ 《검살식요 댱살위니∥칼노 죽이시나 매로 죽이시나 다르미 업셔》, 츠인이 약ㅎ미 이 갓고 엇지 듕형을 당ㅎ야 살 기리 이시릿고?"

샹이 노를 긋치○[지] 못ㅎ샤, 됴쥬(潮州)421) ᄯ히 안치(安置)ㅎ딕, 즉일【75】발힝ㅎ라 ㅎ시니, 학시 계유 죽기를 면ㅎ나 즁댱(重杖)을 닙어 움죽이지 못ㅎ고, ᄯᅩ 멀니 젹거(謫去)ㅎ니, 다시 도라오기를 ᄇᆞ라지 못ㅎ고, 닌니종족(隣里宗族)과 원근친쳑(遠近親戚)이 앗기고 슬허ㅎ여 셩(城) 밧긔 나아□[ㄱ] 원별(遠別)ㅎ 시, 홍이 이 ᄯ 깃분 ᄉᆞ식(辭色)을 고치고 거즛 톄읍(涕泣)ㅎᄂ 톄ㅎ니, 학시 져 거동을 보고 손을 잡고 탄식 왈,

≤"ᄒᆞᆫ ᄥᅡᆼ 기러기 □□[완젼]치 못ㅎ니 이ᄂ 다 우형(愚兄)의 불초(不肖)ㅎ미라. 너ᄂ □□□[야야를] 어지리 셤기고 군샹(君上)을 튱(忠)으로 도와 션됴를 욕지 말나."≥422)

시고 노긔 튱텬ㅎ신 쌔, 뉴혹스의 샹쇠 올라 그 언논과 스의 크게 샹의룰 헐쓰럿고, 만염부 ᄌᆞ를 역신으로 논획ㅎ야 아오로 버히믈 쳥ㅎ여시니, 셩심이 십분쾌티 아니 ㅎ신딕, …(나손본 『뉴효공션힝녹 권지삼』, 총셔42권:8쪽11행-9쪽4행, *밑줄 교주자).

418) 쥰츠(峻次)ㅎ다 : 매나 형장(刑杖)을 엄히 치다.

419) 호싱지덕(好生之德) : 사형에 처할 죄인을 특사하여 살려 주는 제왕의 덕.

420) 츼 : 매질. 죄인을 신문할 때 공포감을 주어 자백을 강요할 목적으로 한바탕 가하는 매질. 또는 그러한 매질의 횟수를 세는 단위. '츼'는 '笞(매질할 태)'의 원음, '태'는 그 속음(俗音) 임.

421) 됴쥬(潮州) : 중국 광동성(廣東省) 동부에 있는 시(市)로, 성직할시(省直轄市)다.

422) ᄒᆞᆫᄥᅡᆼ 기러기 완젼티 못ㅎ니 이ᄂ 다 우형의 불쵸ㅎ미라. 너ᄂ 야야를 어디리 셤기오며 군 샹을 튱효로 돕스와 션조룰 욕디 말나 … (나손본 『뉴효공션힝녹 권지삼』, 총셔42권:11쪽 4-6행, *밑줄 교주자).

홍이 울고 왈,

"쇼뎨 무상(無狀)ᄒ야 평일 형으로 ᄒ여금 근심의 ᄊ이시게 ᄒ니, 오날날 씨다르미[미] 더욱 뉘웃친【76】지라. 어늬 시졀 죄를 샤ᄒ고 형뎨 흔□[가]지로 야야를 밧드러 즐기리잇가?"

학ᄉᆡ 비록 그 심슐을 ᄌ못 아라시나, 그 말을 감동ᄒ여 츄연 타루(墮淚)ᄒ믈 씨닷지 못ᄒ고, 홍이 눈물이 싴얌 솟듯ᄒ니, 사름이 다 니로ᄃᆡ,

"뉴가 형뎨 불목(不睦)다 ᄒ더니, 일노 보아는 허언(虛言)이라."

ᄒ더라.

이윽□□□□[고 뉴공이 니]르러 흑ᄉᆞ를 보고 왈,

"널노써 이러케 ᄒ믄 다 노○○○[부의 연]괴라."

ᄒ고, ≤어로만져 눈물 두어 쥴이 논연(亂然)이 ᄶᅥ러지니 바야흐로 부ᄌᆞ의 졍이○○○[이시미]라.≥423)

흑ᄉᆡ 고 왈,

≤"ᄒᆡ이 오날 신졀(臣節)을 다ᄒ미 가히 사름의 ᄭᅮ지람을 면ᄒᆞᆯ진ᄃᆡ 몸이 죽으나 셩명을 □□□□□[욕디 아니미] 야야의 셩덕□□□□[이라. 엇지] 뉘웃【77】치미 잇스리잇ᄀᆞ? 텬은이 망극ᄒ야 ᄉᆞ죄(死罪)를 □[샤(赦)]ᄒ시고, 원찬(遠竄)을 허ᄒ시니,≥424) 타일 은샤를 닙ᄉᆞ와 도라올 날이 이ᄉᆞ오리니, 대인은 불초ᄋᆞ를 넘녀치 말오샤 셩쳬(聖體)를 안보(安保)ᄒ샤 만세를 누리시면, ≤ᄒᆡ이 비록□□□□□[덕소 고혼이 되나] 훤당(萱堂)425) 그림ᄌᆞ를 조ᄎᆞ 즐거온 넉시 되리이다. □□□[셜파의] 누쉬 옷 알픠 져즈니, 이 ᄶᅥ 뉴간의와 뎡츄밀이 □□□[폐모(廢母) 일]을 간ᄒ다가 원찬(遠竄)ᄒ고, 틱샹○[경](太常卿)426) 뉴션은 삭직ᄒ□□□[엿더니]≥427), 이에 와 보고 악슈(握手) 뉴톄

---

423) 눈물 두어 쥴이 상연ᄒ니, <u>부ᄌᆞ의 졍이 보야흐로 이시미라</u> … (나손본 『뉴효공션힝녹 권지삼』, 총서42권:12쪽2-3행, *밑줄 교주자).

424) ᄒᆡ이 오늘 날 신졀을 다ᄒ야 사름게 븟그러오믈 거의 면ᄒᆞ리다. 몸이 죽으나 사름의게 ᄭᅮ지람을 면ᄒᆞ며 <u>셩명을 욕디 아니미 다 야야의 셩덕이라.</u> 엇디 뉘웃츠미 이시리잇고? 텬은 망극ᄒᆞ샤 <u>ᄉᆞ죄를 샤ᄒ시고</u> 원찬을 허ᄒ시니 … (나손본 『뉴효공션힝녹 권지삼』, 총서42권:12쪽3-7행, *밑줄 교주자).

425) 훤당(萱堂) : '훤초북당(萱草北堂; 원추리꽃이 피어있는 북당)'의 줄임말로 '어머니'를 이르는 말. =자당(慈堂). *훤초(萱草); 원추리. 백합과의 여러해살이풀.『시경』<위풍(衛風)>'백혜(伯兮)'편의 "어디에서 훤초를 얻어 북당에 심을꼬.(焉得萱草 言樹之背 *背는 이 시에서 北堂을 뜻함)"라 한 시구에서 유래하여, 주부가 자신의 거처인 북당에 심고자 했던 풀이라는 데서, '어머니'를 뜻하는 말로 쓰였다. *북당(北堂); 집의 북쪽에 있는 건물로 집안의 주부(主婦)가 거처하는 곳이어서 '어머니'를 이르는 말로 쓰였다.

426) 틱샹경(太常卿) : 태상시(太常寺)의 으뜸 벼슬. *태상시(太常寺). 고려 시대에, 제사를 주관하고 왕의 묘호와 시호를 제정하는 일을 맡아보던 관아. 문종 때에, 관제의 축소 개편으로 격하되어 '태상부'로 고쳤다..

427) ᄒᆡ<u>이 덕소 고혼이 되나 훤당 그림재를 조차 즐거온 넉시 되리이다. 셜파의</u> 누쉬 옷 알픠 져즈니, 이쩌 뉴간의와 뎡츄밀이 <u>폐모일 간ᄒ다가</u> 원찬ᄒ고, 태상경【12】뉴션이 <u>삭직ᄒ엿더니</u>… (나손본 『뉴효공션힝녹 권지삼』, 총서42권:12쪽9행-13쪽1행, *밑줄 교주자).

(流涕) 왈,

"그듸 비록 슬프나 슉부 안젼의 이럿툿 ㅎ미 효봉ㅎ는 도리 아니라. 모로미 강잉(强仍)ㅎ라."

모든 친쳑과 붕위(朋友) 나외 니별홀 시, 학시 말숨이 【78】 녈녈(咽咽)ㅎ고 심스를 졍(整)이428) ㅎ여 친구을 스례ㅎ니, 《각각∥간간(間間)》 희히(戱諧) 이셔, 잇쏘감 은은흔 담쇠(談笑) 이셔 단슌(丹脣)의 빗쵀니, 슈빅여 인이 흔갈ㄱ치 그 님을 울어어[러] 보고, 흠모 탄복ㅎ미 심혈(心血)을 기우리더라.

홍이 크게 아쳐ㅎ여429) 싱각ㅎ디,

≤"제 이졔 즁죄인으로 즁형을 닙어시디, □□□□□[사름이 다 공] 경ㅎ고 츄복(推服)ㅎ니, 상(上)의 만셰(萬歲) 후 퇴지 만일 닙승(立承)□□[ㅎ면], 공자건(公子虔)430)의 보복이 상앙(商鞅)431)의게 밋츰과 흔가지□□□[로 내게] 홰(禍) 이시리라."

ㅎ고 도라보니 학스를 □□[압녕(押領)]ㅎ여 □□□□[가는 치인]이 앏히 셧거늘 나ㅇ갸 눈기니432), 치인(差人)□□□□□[이 아라보고 홍]을 쏠아 □…마멸 18자…□[그윽흔 수플의 니르미 홍이 닐오디,

"나는 당됴 【79】 □[녜]부시랑□[이]러니,□…마멸14자…□[만귀비 낭낭 명을 밧ㅈ와 니른지라]. 이 귀향가는 뉴혹시 태즈의 당이니, 너희□□□[만일 길]히셔 ㅈ최 업시 죽이고 병드러□□□□[죽다 ㅎ고] 관□□□□[부의 고흔] 즉 귀비 낭낭□[이] 반다시 너희를 즁상ㅎ리라."

□□□□[치인이 듯]고, 져 무뢰비 엇지 의리를 알니오. 다만 귀비의□□□[셰와 녜]

---

428) 졍(整)이 : 졍(整)히. 가지런하게. 흐트러지거나 혼란스러운 상태를 가지런히 바로잡아.

429) 아쳐ㅎ다 : ①아쉬워하다. ②안쓰러워하다. ③싫어하다. ④시기하다.

430) 공자건(孔子虔) : 중국 진(秦)나라 혜문왕(惠文王)의 사부(師傅). 혜문왕(惠文王)이 태자(太子) 시절 법을 범하였는데, 상앙(商鞅)이 말하기를, "법이 행해지지 않는 것은 위에서부터 범하기 때문이다. 그러나 태자(太子)는 임금의 저사(儲嗣)이니 형벌할 수 없다" 하고, 사부인 그를 형벌하였는데, 효공이 죽고 태자가 혜문왕(惠文王)에 오르자, 그는 상앙이 반(反)하려 한다고 모함하여, 군사를 일으켜 상앙을 잡아서 마침내 거열형(車裂刑)에 처해 참혹하게 죽였다.

431) 상앙(商鞅) : 중국 진(秦)나라의 정치가. B.C.?~338. 본명은 공손앙(公孫鞅). 위앙(衛鞅) 초(楚)나라 시교(尸佼)로부터 형명학(刑名學)을 배워 진(秦) 효공(孝公)을 섬겨 법제, 전제(田制), 세제 따위를 크게 개혁하여 진 제국 성립의 기틀을 마련하였다. 특히 엄격한 법치를 근간으로 부국강병을 이루었는데, 그가 진나라에서 처음 법령을 반포할 때, 백성들이 새로운 법령을 믿지 않을까 염려하여, 세 길이 되는 나무를 도성(都城)의 남문(南門)에 세워 놓고, 이것을 북문(北門)으로 옮기는 자가 있으면 50금(金)을 주겠다고 선포하여, 어떤 사람이 그것을 옮기자 곧 50금을 주어, 법령에 대한 믿음을 갖게 하였다. 또 진나라 태자가 법령을 어기자, 그의 사부 공자건(公子虔)을 대신 형벌하는 등, 엄격한 법치를 시행하였다. 효공 22년(B.C.340) 상(商)에 봉함을 받았다. BC338년 효공이 죽고 태자가 혜문왕(惠文王)으로 왕위에 오르자 그에게 형벌을 받았던 공자건 등의 모함을 받고 도주하였다가 체포되어 거열형(車裂刑)을 받고 죽었다. 《史記 卷68 商君列傳》

432) 눈기다 : 눈짓하다. 눈을 끔쩍이다.

부의 친이 니르믈 황공ㅎ야 슌슌 응디ㅎ니, □□[홍이] 지삼 당부ㅎ고 머리의 곳잣던
칠보잠(七寶簪)과□□□[챳던 금]낭(錦囊)을 글너 치인을 쥬고 왈,

　"아직 이를 쥬ㄴ니 공을 일워든 벼슬을 하이리라."

　치인이 고두 亽례ㅎ고 흔연 허락ㅎ니, 홍이 디회하여 ㅎ더라.≥433)【80】

---

433)"졔 이제 듕죄인으로 형벌을 닙어시디 <u>사룸이 다 츄복ㅎ니</u>, 타일 샹의 쳔츄 후 태지 츠인
　을 탁용ㅎᆫ 즉 공ᄌ건의 보복이 <u>샹앙의게 미츰 ᄀᆞ트야 내게 화 이시리라.</u>" ㅎ야 도라보니, 흑
　亽 압녕ㅎ야 가는 치인이 알픠 잇거늘, 나아가 눈기니, 치인이 아라 【13】 보고 홍을 ᄯᆞ라
　그윽ᄒ 수풀의 니르매, 홍이 닐오디, "나는 당됴 녜부시랑이러니, 만귀비 낭낭 명을 밧ᄌᆞ와
　이 귀향가는 뉴흑시 태ᄌᆞ의 당이니, 너희 만일 길희셔 자최 업시 죽이고 병드러 죽다 부의
　고ᄒ 죽, 귀비 낭낭이 반ᄃ시 너희를 <u>듕샹ㅎ리라.</u>" 치인이 듯고, 뎌 무디ᄒ 거시 엇디 의리
　를 알리오. 다만 <u>귀비의 셰와 녜부의 니르믈</u> 황공ㅎ야 슌슌응디ㅎ니, 홍이 지삼 당부ㅎ고 머
　리의 곳잣던 칠보건줌과 챳던 <u>진쥬금낭을 글너 이인을 주고</u> 왈, "아딕 이룰 몬져 주ᄂ니 공
　을 일우거든 벼슬을 ᄒ이리라." 이인이 고두 샤례ㅎ고 흔연이 허락ㅎ니, 홍이 대희ㅎ야 …
　(나손본 『뉴효공션힝녹 권지삼』, 총서42권:13쪽8행-14쪽9행, *밑줄 교주자).

뉴효공션힝녹 권지ᄉ

차셜, 홍이 디희ᄒ여 이에 나오니, 아모도 알니 업ᄉ디, 일이 공교ᄒ여 이 햐쳐(下處)434)ᄒ 곳이 강형슈의 농쟝(農莊) 겻치라. 형쉬 이곳의 이셔 뇨졍의 위셰 즁ᄒ고 뉴공이 홍을 두어 권(權)이 즁ᄒ니, 능히 쳐ᄌ의 원슈ᄅ 갑지 못홀 줄 알고 젼두(前頭)의 씌ᄅ 어더 셜치(雪恥)435)ᄒᄆ 싱각ᄒ야 수기(數個) ᄌ녀로 더부러 녀름436) 지어 셰월을 보니고, 잇다감437) 님하(林下)의 ᄒ유(閑裕)ᄒ더니, 이늘 마츰 동산438)의 올나 원근을 창망(悵望)ᄒ여439) 눈이 믄득 이곳의 밋치ᄆ, 님목 ᄉ이의 금수(金樹)440)의 상(相)이 빗최니, 머리ᄅ 기우려 보니, ᄒ 소년이 【1】 나히 십뉵칠은 ᄒ고, 얼굴이 관옥(冠玉)441) 갓고 미우(眉宇)의 문치(文彩) 나타나 슈려쥰미(秀麗俊邁)ᄒᄆ, 완연이 뎍션(謫仙)442)○[의] 풍과 반악지용(潘岳之容)443)이 잇고 '구룸 귀'444) 밋히 지상의 관ᄌ

---

434)햐쳐(下處) : 사쳐. 손님이 길을 가다가 묵음. 또는 묵고 있는 그 집. ②중국 명나라·청나라 때에, 벼슬아치의 비위를 규탄하고 지방 행정을 감찰하는 일을 맡아보던 관아. 홍무제가 어사대를 개편하여 설치하였다

435)셜치(雪恥) : =설욕(雪辱). 부끄러움을 씻음.

436)녀름 : 열매. 농사. 수확.

437)잇다감 : 이따금.

438)동산 : ①마을 부근에 있는 작은 산이나 언덕. ②큰 집의 정원에 만들어 놓은 작은 산이나 숲. ③행복하고 평화로운 곳을 비유적으로 이르는 말

439)창망(悵望)ᄒ다 : 시름없이 바라보다.

440)금수(金樹) : '금처럼 아름다운 나무'라는 뜻으로 '재주가 남보다 뛰어난 이이'를 비유(比喩)해 이르는 말.

441)관옥(冠玉) : 관(冠)의 앞을 꾸미는 옥을 가리키는 말로 '남자의 아름다운 얼굴'을 비유한 말.

442)뎍션(謫仙) : 젹션(謫仙) : 중국 당나라의 시인 '이백(李白)'을 달리 이르는 말. 중국 당나라의 시인 하지장(賀知章)이 이백의 시를 읽고는 경탄하여 사람이 지은 것이 아니라 하늘나라에서 귀양 온 신선의 작품이라고 평 한데서 온 별명이다. *이백(李白); 중국 당나라의 시인 (701~762). 자는 태백(太白). 호는 청련거사(靑蓮居士). 젊어서 여러 나라에 만유(漫遊)하고, 뒤에 출사(出仕)하였으나 안녹산의 난으로 유배되는 등 불우한 만년을 보냈다. 칠언 절구에 특히 뛰어났으며, 이별과 자연을 제재로 한 작품을 많이 남겼다. 현종과 양귀비의 모란연(牧丹宴)에서 취중에 <청평조(淸平調)> 3수를 지은 이야기가 유명하다. 시성(詩聖) 두보(杜甫)에 대하여 시선(詩仙)으로 칭하여진다. 시문집에 ≪이태백시집≫ 30권이 있다.

443)반악지용(潘岳之容) : 반악의 아름다운 용모. *반악(潘岳) : 반악(潘岳) : 247~300. 중국 서진(西晉)의 문인(文人). 자는 안인(安仁). 권세가인 가밀(賈謐)에게 아첨하다 주살(誅殺)되었

롤 붓쳐시며, 몸의 푸른 깁옷시 나붓기니, 진실노 '샤가(謝家)의 보수(寶樹)'445)요, '쵀가(蔡家)의 교옥(喬玉)'446) 굿튼지라.

형쉬 불승경아(不勝驚訝)ᄒᆞ야 뭇고ᄌᆞ ᄒᆞ더니, 믄득 드르니 《구의∥구외(構外)447)》○[의] 사롬들을 다리고 가만ᄒᆞᆫ 문답이 여ᄎᆞᄒᆞ니, 크게 그 외모풍신을 져ᄇᆞ렷고 또 빈혀와 금낭으로ᄡᅥ 주믈 보고 악연(愕然)ᄒᆞ더니, 이윽고 허여져 압흐로 나가니, 형쉬 싱각기를,

"일졍 녜부시랑 뉴홍이라 ᄒᆞ니, ≤결단코 뉴홍이오, 다 만귀○○○○[비(萬貴妃)448)롤 일ᄏᆞ] 【2】ᄅᆞ니, 그 당(黨)일시 올ᄒᆞ되, 귀향가ᄂᆞᆫ 뉴학ᄉᆞᄂᆞᆫ 엇던 사롬인고? 반다시 어진 사롬이로다. 홍이 욕심이 여ᄎᆞᄒᆞ니 엇지 뇨졍의 금 반[바]드미 고이ᄒᆞ리오. ≥449)"

드듸여 《역니∥영니》ᄒᆞᆫ 창두롤 명ᄒᆞ야 압 집 햐쳐을 엇던 사롬이 ᄒᆞ얏ᄂᆞᆫ고 알아 오라 ᄒᆞ니, 이윽고 회보 왈,

"당됴(當朝) 셩의빅 뉴노야의 장ᄌᆞ 연이 츈방학ᄉᆞ로셔 티ᄉᆞ(致仕)ᄒᆞ고 벼슬을 아니 ᄒᆞ더니, 폐모(廢母)일노 상소(上疏)ᄒᆞ고 형댱(刑杖)을 즁이 닙어 조쥬(潮州)450)의 원찬 ᄒᆞ기로 친귀(親舊) 모다 위별(慰別)ᄒᆞ니, 셩의빅 노야와 그 아오 녜부시랑 홍이 다 모닷다 ᄒᆞ더이다."

형쉬 탄왈,

"뉴가 형뎨 불목ᄒᆞ미 ᄉᆞ림의 【3】《훤ᄌᆞ∥훤ᄌᆞ(喧藉)451)》ᄒᆞ더니, 또ᄒᆞᆫ 연의 효우

다. 승상을 지냈고, 미남이었으므로 미남의 대명사로도 쓰인다.

444)구룸 귀 : 운빈(雲鬢) 곧 구름 같은 귀밑머리를 이른 말.

445)샤가(謝家)의 보수(寶樹) : 사씨 집안의 뛰어난 인물들. 보수(寶樹)는 '옥수(玉樹)'와 같은 말로, 용모가 아름답고 재주가 뛰어난 인물을, 사가는 남제(南齊)의 유명한 문인 사조(謝朓)의 집안을 가리킨다.

446)쵀가(蔡家)의 교옥(喬玉) : 채씨 집안의 뛰어난 인물들. 교옥(喬玉)은 옥수(玉樹)와 같은 말로 용모가 아름답고 재주가 뛰어난 걸출한 인물을 뜻하는 말. *교목(喬木): 줄기가 곧고 굵으며 높이가 8미터를 넘는 큰키나무

447)구외(構外) : 큰 건물이나 시설 또는 부지의 밖.

448)만귀비(萬貴妃) : 중국 명나라 헌종(憲宗: 1465-1487)의 후궁. 이름은 만정아(萬貞兒, 1428-1487). 궁녀 출신으로 헌종보다 19세 연상이었으나 헌종의 총애를 한 몸에 받았다. 황후의 위(位)를 찬탈하기 위해 오황후를 모해하여 폐위시켰고, 임신한 후궁과 궁녀들을 강제로 낙태시키거나 독살하였으며 그 아들들도 모두 독살하는 등 악행을 자행하였다. 또 태자[효종(孝宗)]의 생모 기씨[궁녀출신, 효종 즉위 후 효목순황후로 추존]를 독살하고, 여러 차례 태자의 시해를 획책하였으나 실패하고 홧병으로 죽었다.

449)"이 필연 결ᄒᆞ야 뉴홍이오, 만귀비롤 일ᄏᆞᄅᆞ니 그 당일시 올ᄒᆞ되, 다만 귀향가ᄂᆞᆫ 뉴ᄒᆞᆨᄉᆞᄂᆞᆫ 엇던 사롬이완듸 더 유의 결원을 태심이 ᄒᆞ엿관듸 이러툿 ᄒᆞᄂᆞᆫ고. 필연 어딘 사롬이로다. 대강 홍이 용심이 여ᄎᆞᄒᆞ니 뇨졍의 금 바드미 괴이ᄒᆞ리오" (나손본 『뉴효공션힝녹』 권지삼, 총서42권:16쪽1-5행, *밑줄 교주자).

450)조쥬(潮州) : 중국 광동셩(廣東省)에 있는 행정구역의 하나.

451)훤ᄌᆞ(喧藉) : 여러 사람의 입으로 퍼져서 왁자하게 됨. 늑훤젼(喧傳).

ㅎ미 츌인호 즉 엇지 부즈형뎨 스이로 좃ㅊ 이 곳튼 환란이 나리오. 그 가온디 연괴 (然故) 잇도다."

ㅎ고, 시노(侍奴)로 ㅎ여금 건녀(健驢)를 잇그러 몬져 압길노 촌가의 가 뉴학스 오 기를 기다려 그 션악(善惡)을 보려 ㅎ더라.

이젹의 학시 늘이 져물기로 지류치 못ㅎ여 길히 올흐니 공이 오히려 뉴렴지심(留念 之心)이 잇셔 손을 잡고 노치 아니니, 학시 복지(伏地) 읍 왈,

"대인은 원컨디 불초즈를 싱각지 말으시고 기리 안향(安享)ㅎ쇼셔. 욕지(辱子) ᄆ춤 내 타향 긱혼(客魂)이 되지 아니리니, 타일 슈상(繡床)452)을 밧드러 미(微)ᄒ 정셩을 다ㅎ리이다."【4】

공이 타루(墮淚) 왈,

"≤네 나히 비록 《져무나∥졈으나》 몸의 형벌이 깁헛ᄂᆞ지라. 부즈의 정이 기연(慨 然)치 아니리오≥453)."

홍이 나ᇬ가 울고 왈,

"힝되(行途) 밧부니 디인은 도라가시고 형의 죄를 더으지 말오소셔."

드드여 일당 이별을 뭇고 치인(差人)이 말을 밧비 모라 뫼흘 너무니, 공이 휘루(揮 淚) 비창(悲愴)ㅎ여 도라오니라.

이젹의 학시 부뎨(父弟)를 니별ㅎ고 삼십여리를 힝ㅎ미 홍일(紅日)이 셔령(西嶺)의 ᄂᆞ리니, 쥬졈을 어더 드실454) ᄉᆡ, 믄득 밧그로셔 긱이 이셔 ᄒ 가지로 들녀 ᄒ니, 공 치(公差) 막아 왈,

"이곳은 됴졍 죄인의 햐쳬(下處)니 다른 사름은 드지 못ᄒ리【5】라."

긱인이 답 왈,

"늘이 발셔 져무러시니 바라건디 공치ᄂᆞᆫ 허물치 말고 하로 밤 지닉믈 허락ᄒ라."

치인이 그 말이 공슌ᄒ고 거동이 션ᄇᆡ믈 보고, 다시 말니지 아니커늘, 긱인이 바로 학스의 누은 방의 드러가 기리 읍ᄒ고 왈,

"쇼싱은 지나가ᄂᆞᆫ 션ᄇᆡ러니, 드르니 션싱은 옥당의 지조로운 공경(公卿)으로 일홈이 금마(金馬)455)의 유명ᄒ거늘, 풍파(風波)로 ᄒᆡ외(海外)의 유찬(流竄)ᄒ신다 ᄒ니, 쇼싱 이 불승 골돌ᄒ여 당돌이 즈리○[를] ᄇᆡ러 즈믈 인ᄒ야, 나와 존안을 구경코즈 ᄒ나

---

452)슈상(繡床) : 수놓은 이부자리를 편 침상(寢床). 곧 '편안한 잠자리'를 비유적으로 표현한 말..

453)"네 나히 비록 졈으나 몸의 형벌이 듕ᄒ고 만니의 득달ᄒᆞᆯ 길히 업섯ᄂᆞ더라. 엇디 참연(慘 然)티 아니 ᄒ리오." (나손본 『뉴효공션힝녹』 권지삼, 총서42권:17쪽9-11행, *밑줄 교주 자).

454)드시다 : 드새다. 길을 가다가 집이나 쉴 만한 곳에 들어가 밤을 지내다.

455)금마(金馬) : 옥당(玉堂)과 함께 '한림원'을 이르는 말로 쓰인다. '옥당'은 한림원이 있었던 전각의 이름이며 '금마'는 이 전각의 문으로, 문 앞에 동마(銅馬)가 있었기 때문에 붙여진 이 름이다. 조선에서는 '홍문관'을 '옥당'이라 했다.

이다."

학시 의외에 이 사름을 맛나 언단(言端)이 여ᄎᄒ니, 의아(疑訝)ᄒ믈 마지 아니ᄒ나 【6】 본ᄃᆡ 희로(喜怒)를 나타ᄂᆡ지 아닌ᄂᆞᆫ 셩품이라. 샤ᄉᆡᆨ(辭色)을 고치지 아니코 흠신ᄒ여 왈,

"병직(病者) ᄉ례○[롤] 못ᄒ니 존문(存問)을 파ᄒ고, 잠간 더러온 곳ᄃᆡ 안ᄌ샤 말ᄉᆞᆷᄒ미 조토쇼이다."

형슈 읍양(揖讓)ᄒ고 안ᄌᄆᆡ 학시 눈을 드러보니, 기인(其人)이 쳥츈 쇼년이나 은은이 군ᄌ의 위풍이 잇더라. 학시 날호여 왈,

"존긱(尊客)은 엇더ᄒᆫ 사름이완ᄃᆡ 죄인을 ᄎᄌ 무르시ᄂᆞ니잇ᄀᆞ? 존셩ᄃᆡ명(尊姓大名)을 듯고ᄌ ᄒᄂᆞ이다."

형슈 왈,

"쇼싱은 여람 사름으로 과거의 올나와 두어 ᄒ[ᄅᆞ]룰 오유ᄒ여 고향의 도라가더니, 션싱 아망(雅望)을 흠모ᄒ여 이에 니르럿ᄂᆞ니, 쳔ᄒᆞᆫ 【7】 셩명은 강양션이라 ᄒᄂᆞ이다."

학시 손을 드러 왈,

"만싱(晩生)이 문견이 고루ᄒ여 놉흔 셩명을 듯지 못ᄒ여더니, 이제 쳔ᄒᆞᆫ 일홈을 그릇 드러 겨시이다. 아지못게라! 나히 몃히나 ᄒ뇨?"

≤강싱 왈,

"《십뉵셰∥이십뉵셰》로소이다. 션싱의 쳥츈(靑春)이[은] 얼마나 ᄒ니잇가?"≥456)

학시 ᄃᆡ 왈,

"셰상 아란지 십팔셰로 소이다. 존군(尊君)457)의 팔년 아ᄅᆡ니 맛당이 형으로 셤겸즉ᄒ도다."

강싱이 칭샤ᄒ고 조용히 말ᄉᆞᆷᄒ미, 형슈 뉴싱의 언단이 온화ᄒ고 침즁ᄒ여 일호도 지어458) ᄒ며 부박(浮薄)ᄒᆫ 거동이 업셔, ᄂᆡ외 ᄒᆫ갈가치 슌박ᄒ고 텬연ᄒ여 진실노 군ᄌ의 【8】 도리 극진ᄒ지라. ≤ᄒ믈며 그 풍신 얼골이 더욱 보암즉 ᄒ여 《이런 일의∥일빈일쇠(一嚬一笑)459)》 경셩경국(傾城傾國)460)홀 빗츨 가져 인의녜지(仁義禮智)461)룰 품은 츙효 군직(君子)라.≥462)

---

456) "강싱이 ᄃᆡ 왈, '쳔ᄒᆞᆫ 나히 이십뉵셰로소이다. 션싱의 쳥츈은 몃티나 ᄒ시니잇고'"

457) 존군(尊君) : 인칭대명사 '군(君)'을 높여 이르는 말.

458) 짓다 : ①재료를 들여 밥, 옷, 집 따위를 만들다. ②거짓으로 꾸미다.

459) 일빈일소(一嚬一笑) : 얼굴을 '한 번 찡그리고 한 번 웃는다'는 뜻으로, 감정이나 표정의 변화를 이르는 말.

460) 경셩경국(傾城傾國) : 성도 무너뜨리고 나라도 무너뜨린다는 뜻으로, 한번 보기만 하면 정신을 빼앗겨 성도 망치고 나라도 망치게 할 정도로 미모가 뛰어남을 이르는 말

461) 인의녜지(仁義禮智) : 유학에서, 사람이 마땅히 갖추어야 할 네 가지 성품. 곧 어질고, 의롭고, 예의 바르고, 지혜로움을 이른다.

462) "ᄒ믈며 그 얼굴 풍신이 더욱 보암즉 ᄒ야 <u>일빈일쇠</u> 경셩경국홀 빗츨 가져 인의녜디룰 품은 튱효군지라"(나손본 『뉴효공션힝녹』 권지삼, 총서42권:20-21쪽, *밑줄 교주자).

강형슈의 맑은 무음과 어진 셩품으로뼈 스랑ㅎ고 공경치 아니리오. 일시간의 흠익 (欽愛)ㅎ는 졍이 층츌(層出)ㅎ니, 슉시이파(熟視而罷)463)의 그 손을 잡고 쇼왈,

"션싱은 소싱의 당돌ㅎ믈 고이히 녀기지 말나. 싱이 삼십년 댱근(將近)464) 스림(士林)의 오유(遨遊)ㅎ디 ᄒ낫 디긔(知己)를 맛나지 못ㅎ엿더니, 금일 션싱을 맛나니 이는 강싱의 지긔라. 문호의 한쳔(寒賤)ㅎ믈 넘(厭)이 아니 여기거든 관포(管鮑)465)의 뜻을 이어지이다."

학싱 흔연 왈,

"학싱(學生)466)은 국【9】가 즁쉬(重囚)오, 일신의 형벌을 바다시니 엇지 감이 존스의 놉혼 ᄌ최를 우러러 형뎨로 칭ㅎ리오."

형쉬 졍식 왈,

"≤션싱이 엇진 고로 이런 말을 ㅎᄂ뇨? {강}싱이 비록 《하쳔‖한쳔(寒賤)》ㅎ나 ᄌ부(自負)《ㅎ나‖ㅎ미 이셔》 텬하의[를] 안공(眼空)467)ㅎ니, ○○[왕공]대인(王公大人)이라도 스괴지 아니코 오직 션싱을 유의ㅎᄆ 그 충절을 흠모ㅎ미라≥468). 엇지 션싱이 듕댱(重杖)을 ᄌ겸(自謙)ㅎ미 이시리오."

학싱 손샤 왈,

"존스(尊師)의 붉히 ᄀ르치믈 간폐(肝肺)의 삭이리니, 셩인이 굴오샤디, '됴문도(朝聞道)《ㅎ고‖면》 셕시(夕死)라도 가(可)타'469) ㅎ시니, 오날날○[을] 졍히 니르미라. 쇼뎨는 비록 뎍쇼(謫所)를 득달치 못ㅎ여, 쳔니(千里) 댱스(將死)의 치발(齒髮)이 【10】 쇠(衰)홀 거조(擧措)의 더으미 이셔도, 음혼(陰魂)이 고국의 도라오나, 오날 형을 맛나 놉히 스랑ㅎ믈 닙고 크게 ᄀ르치믈 드르니, 영힝ㅎ믈 머음[금]어 형의 뜻을 밧드지 아니랴?"

형쉬 디희ㅎ여 드듸여 좌의 나와 형뎨로 칭ㅎ고 말슴홀 시, 형쉬 ᄀ마니 고왈,

---

463)슉시이파(熟視而罷) : 상당한 정도로 오래 바라보기를 마친 뒤.
464)댱근(將近) : ((사물의 수효나 시간을 나타내는 말 따위와 함께 쓰여)) '거의'·'가까이'의 뜻을 나타내는 말.
465)관포(管鮑) : 관포지교(管鮑之交). 관중(管仲)과 포숙(鮑叔)의 사귐이란 뜻으로, 우정이 아주 돈독한 친구 관계를 이르는 말.
466)학싱(學生) : 생전에 벼슬을 하지 아니하고 죽은 사람의 명정, 신주, 지방 따위에 쓰는 존칭. 여기서는 벼슬이 없는 사람이 자신을 낮추어 가리키는 1인칭대명사 '저'와 같은 말.
467)안공(眼空) : 눈 안이 온 세상이 다 들어와 다 품을 수 있을 만큼 텅 비어 있다는 뜻으로, 식견(識見)의 범위가 넓음을 비유적으로 이르는 말
468) "션싱이 엇딘 고로 이 말을 ㅎ시ᄂ뇨. <u>싱이 비록 한쳔ㅎ나 ᄌ부ㅎ미 이셔 텬하를 안공ㅎ니 왕공대인이라도 사괴디 아니ㅎ고 오딕 션싱을 유의ㅎᄆ 그 튱졀을 흠모ㅎ미라</u>" (나손본 『뉴효공션힝녹』권지삼, 총서42권:21쪽9행~22쪽1행, *밑줄 교주자)
469)됴문도(朝聞道)면 셕시(夕死)라도 가(可)타 : 아침에 도(道)를 들어 깨치면 저녁에 죽어도 한이 없다는 뜻으로, 즉, 사람이 참된 이치(理致)를 듣고 각성(覺醒)하면 당장 죽어도 한 될 것이 없으니 짧은 인생(人生)이라도 값있게 살아야 한다는 말.(『논어(論語)』 이인(里仁) 편>)

"치인(差人)이 사롬의 쳥을 바다 형을 히흐려 흐니, 삼가 슬피라."

학시 문 왈,

"형이 엇지 아나뇨?"

형쉬 쇼왈,

"너 주연 알디 학스롤 디흐여 니르지 못홀지라. 다만 화롤 피하라."

학시 뎌의 긔싁을 보고 싱각흐디,

"《치인‖츳인(此人)》이 경셩(京城)으로○○[브터] 왓고 쏘 언단(言端)이 니러흐니, 반다시 우리 형뎨의 일을 알고【11】 쏘 이 일을 홍으로써 의심흐는 사롬이니, 자시 무르미 가치 아니나, 나죵을 볼 거시라."

흐여, 다시 뭇지 아니코, 쏘흔 뎌의 인물을 스랑흐여 밤이 뭇도록 담논(談論)이 긋지 아니되, 의논이 시졀의 《잇지‖밋지470)》 아니코 잇다감 탄식흐디 곡졀을 니르지 아니코, 창쳐(瘡處)롤 조금도 알는 빗치 업거놀, 형쉬 보기롤 쳥흔디, 학시 즐겨 뵈지 아니니, 형쉬 탄 왈,

"금일이야 관포(管鮑)의 지긔(知己) 쳔고의 흔 사롬인 쥴 알니로다."

학시 쇼 왈,

"≤너 형을 외디흐미 ○○[아니]라. 군부(君父)긔 득죄흐믈 사롬의게 주랑흐미 ○○[가티] 아닌가 흐노라≥471)."

강싱 왈,

"그런 즉 창쳬(瘡處) 석{나}기의 니르러【12】도 의원(醫員)을 쳥치 아니흐야 고치지 말아 주분필스(自憤必死)흐야 《님국‖님금》긔 간신(諫臣) 죽인 누덕(陋德)을 깃치과즈 흐느냐?"

학시 아연(啞然) 왈,

"인형(仁兄)이 엇지 너모 칙흐느뇨? 쇼뎨 일시 그릇 싱각흐야 큰 죄롤 지을 번 흐괘라."

드듸여 상쳐롤 뵈니, 피육(皮肉)이 다 업고 흰 쎠 빗쵀니, 강싱이 실싁 타루 왈,

"현형아, 신쳬(身體)는 부모의 쥬시미라. 비록 님군의 죄칙이나 그 너모 안안(晏晏)흐여 조금도 도리롤 싱각지 아니코, 즐거운 우음을 감초기롤 타연이 흐니, 악졍주츈(樂正子春)472)이 발을 상흐야 두 달 조심홈과 다르도다."

흑시 탄 왈.

---

470)밋다 : 미치다. 공간적 거리나 수준 따위가 일정한 선에 닿다.

471)"내 형을 <u>외디흐미 아니라</u>, 군부긔 득죄흐믈 사롬의게 쟈랑흐미 <u>가티</u> 아닐가 흐노라"(나손 본 『뉴효공션힝녹』 권지삼, 총서42권:23쪽7-8행, *밑줄 교주자)

472)악졍주츈(樂正子春) : 중국 노나라의 효자. 성(姓)은 악졍(樂正), 이름은 자춘(子春). 증자 (曾子)의 제자. 마루를 내려오다 발을 다치자, 부모로부터 온전하게 받은 몸을 순간의 방심 으로 상하게 하여 효(孝)를 잃은 것을 반성하며, 여러 달 동안을 문밖을 나오지 않고 근신 (謹愼)하였다. 『소학』<계고(稽古)>편에 나온다.

"인형은 진짓 녜의에 군지라. 쇼뎨 블【13】숭참괴ᄒ니, 다시 무삼 말을 ᄒ리오."

인ᄒ여 탄식ᄒ니, 강싱이 그 회푀 즁(重)ᄒ믈 보고 앗기고 슬허ᄒ더라. 인ᄒ여 싱각ᄒ디,

"이곳의 니르러 스괴미 이에 밋쳐 ᄇ리지 못ᄒᆯ 거시오, 공쳐의 독슈ᄅᆯ 능히 버셔나지 못ᄒ리니, 일노(一路)의 ᄯᆞ라가 져의 명을 구ᄒ미 나의 ᄒᆯ 비라."

ᄒ야, 이 ᄯᅳᆺ을 학ᄉ 다려 니ᄅ니, 학ᄉᆡ 크게 감ᄉᄒ더니, 불힝ᄒ여 형쉬 불의예 가삼을 아라 인ᄉᄅᆯ 모르니, 죵쟈(從者) 황망이 의약을 나와 잠간 나으나 오히려 움즈기지 못ᄒ여, 날이 붉으니 공쳐 학ᄉᄅᆯ 압녕(押領)ᄒ여 기ᄅᆯ 날ᄉᆡ, 학ᄉᆡ 강싱의 병【14】이 위즁ᄒᆷ과 ᄌ긔 ᄉ싱을 졍치 못ᄒᆷᄅᆯ 갓초 싱각고, 긔연(慨然)이 쵸챵(怊悵)ᄒ여 강싱다려 왈,

"형을 의외에 맛나 지긔로 허ᄒ더니, 이졔 서로 ᄯᅥ나미 뉴죵(兪鍾)473)의 하로밤 《고쥬‖교도(交道)와 ᄀᆺᄐᆫ지라. 형은 쇼뎨 죽은 후 분젼(墳前)○[의] ᄒᆫ 곡조을 울어 지긔(知己)의 혼을 위로ᄒ라."

형쉬 눈물 흘녀 왈,

"늬 본ᄃᆡ 형의 위인을 ᄉ랑ᄒ야 젹은 혐의ᄅᆯ 바리고 ᄯᆞ라가 보호코ᄌ ᄒ더니, 의외에 슉병(宿病)이 발ᄒ여 촌보ᄅᆯ 움자기지 못ᄒ니, 시러금 ᄯᅳᆺ을 졍치 못ᄒᄂᆫ○[지]라. 원컨ᄃᆡ 공은 악당(惡黨)을 감화ᄒ여 귀쳬ᄅᆯ 보즁ᄒᆯ 지어다. 만일 병이 나은 즉 됴쥬(潮州)로 나ᄋᆞᄀ【15】나문 ᄯᅳᆺ을 니르리라."

학ᄉᆡ 칭샤ᄒ고 눈물○[을] 쑤려 니별ᄒ미, 심듕의 강싱의 의긔와 인물을 칭찬ᄒ디, 이 형쉰 줄을 모로더라.

치인이 미양 학ᄉᄅᆯ 죽이고ᄌ ᄒ디, 이목이 번다ᄒ고 학ᄉᆡ 자로 슬피니, ᄌ연 츅쳑(踧惕)ᄒ여 가바야이 나ᄋᆞ가지 못ᄒ고 스오일을 년ᄒ여 쐬ᄒ더니, 일일은 양쥬(楊州)474) 고을의 다다라니 집잡아 머물고, 학ᄉᆡ 창쳬 크게 덧나 댱독(杖毒)이 셩(盛)ᄒ야 능히 움즈기지 못ᄒ니, 치인이 학ᄉᄅᆯ 방듕의 두고 셕식을 올니지 아니ᄒ고 관부(官府)의 고치 아냐 져희 가지 집 뒤히 가 서로 의논ᄒ디,

"뉴학ᄉᄅᆯ 아모리【16】죽이고ᄌ ᄒ여도 ᄭᅵ야슨즉 ᄀᆺ가이 가기 어렵고, 잘 젹 죽이고ᄌ ᄒᆫ 즉 미양 우리 몬져 잠이 드니 하슈(下手)키 어렵더니, 금일 쥬인이 고단ᄒ여 노고(老姑) 일인 ᄲᅮ이오, 인젹이 업스니 우리 슐을 만히 먹고 드러가 죽이고 ᄂᆡ일 관부의 드러가 창쳬(瘡處) 덧나 죽다 ᄒ고 고ᄒ자."

---

473) 뉴죵(兪鍾) : 중국 춘추 시대 진(晉)나라의 음악가인 유백아(兪伯牙)와 종자기(鍾子期)를 함께 이르는 말. *유종지음(兪鍾知音) : 중국 춘추 시대의 음악가인 유백아(兪伯牙)와 종자기(鍾子期)처럼 마음이 서로 통하는 친한 벗, 또는 그러한 우정을 비유적으로 이르는 말. 즉 거문고의 명인 유백아가 자기의 소리를 잘 이해해 주던 벗 종자기가 죽자, 이제 자신의 거문고 소리를 알아줄 사람이 없다고 하여, 거문고 줄을 끊었다는 데서 유래한다. ≪열자(列子)≫의 <탕문편(湯問篇)>에 나온다. 늑지음인

474) 양쥬(楊州) : 중국 강소성(江蘇省) 소재 도시.

ᄒ여 졍히 의논ᄒ더니, 말이 긋지 아냐 격벽(隔壁)의 사ᄅᆷ이 듯게 ᄒ니, 기인이 이 말을 듯고 삼혼(三魂)[475]이 비월(飛越)ᄒ니, 이 다른 사ᄅᆷ이 아녀 뉴학ᄉ 부인 뎡시 라. 졀을 직희여 난향으로 더브러 남의를 기착ᄒ고 양쥬 쏘히 뉴리(流離)ᄒ니, ᄌᆞᄉ 박상귀 뎡공의 명을 바다 두로 듯보ᄃᆡ, 【17】 뎡시로 아지 못ᄒ고 졈즁의 고단이 슬파 ᄂᆞᆫ 할미 잇거ᄂᆞᆯ, 거즛 난향으로 형뎨로라 ᄒ여, 할미게 모ᄌᆞ지의(母子之義)를 ᄆ자 후 당 초샤의셔 글을 닑어 심ᄉᆞ를 푸나, 일싱 신셰 늣기더니, 이ᄂᆞᆯ 마춤 고요이 안ᄌᆞ 난 향으로 더부러 야야(爺爺)의 존문(存聞)과 학ᄉ의 무ᄉᆞᄒᆷ믈 몰나 타루톄읍(墮淚涕泣) ᄒ더니, 싱각지 아닌 뉴학ᄉ 삼ᄌᆞ를 드르니 ○[ᄃᆡ]경(大驚)ᄒ야 머리를 기우려 드른 즉 뒤창 밧긔 사ᄅᆷ이 이셔 문답이 여ᄎᆞᄒ니, 놀납고 의심ᄒ여 난향ᄃ려 니르ᄃᆡ,

"앗가 분명이 뉴학ᄉ라 ○○[ᄒ니], 이 가쟝 슈샹ᄒᆫ지라. 네 맛당이 나ᄋᆞ가 아라 오 라."

향이 나와 노고를 보와 왈,

"밧【18】긔 엇던 긱인이 왓ᄂᆞ뇨?"

노고 왈,

"경셩셔 귀향 가는 사ᄅᆷ이 공ᄎᆞ(公差)로 더브러 긱당의 드럿ᄂᆞᆫ이라."

향이 연망(連忙)이 긱당의 나ᄋᆞ가 보니, 공ᄎᆞ 다 업고 ᄒᆫ 쇼년 상공이 향벽(向壁)ᄒ 여 누어시니 그 얼골○[을] 아디 못ᄒ니, 이에 문을 두다려 굴오ᄃᆡ,

"긱이 씨엿ᄂᆞᆫ다?"

학ᄉᆡ 몸을 두로혀 왈,

"네 엇던 사ᄅᆷ인다?"

향이 ᄃᆡ 왈,

"졈즁의 잇ᄂᆞᆫ 하인이러니, 상공이 계신 쥴 모로고 당돌이 죄를 범ᄒ과이다."

학ᄉᆡ 다시 말을 아니 ᄒ니, 향이 잠간 보아 엇지 졔 쥬인을 몰나 보리오. 크게 놀나 밧비 도라오다가, 공ᄎᆞ를 맛나 문 왈,

"긱당의 엇던 죄인을 너코【19】 이위(二位)ᄂᆞᆫ 이리 ᄒᆞ유(閒遊)ᄒᆞᄂᆞ뇨?"

공ᄎᆞ 쇼왈,

"너는 귀·눈이 업도다. 경사의 유명ᄒᆫ 뉴학ᄉ 상공이 폐모(廢母) 일노 상쇼ᄒ고 간 (諫)ᄒ다가 즁형(重刑)을 닙어 귀향가믈 뉘 모로리오,

향이 왈,

"우리ᄂᆞᆫ 하방쳔인(遐方賤人)이라. 엇지 경셩(京城) ᄉᆞ태우(士大夫)를 알니오. 감이 뭇ᄂᆞ니 뉴학ᄉᆞ는 엇던 사ᄅᆷ고?"

ᄃᆡ답 왈,

---

475)삼혼(三魂) : 『불교』대승기신론에 나오는 세 가지 미세한 정신 작용. 업상(業相), 전상(轉 相), 현상(現相)이다.

"당됴(當朝) 셩의빅 뉴노야의 댱즈 연이라."

향이 쳥파의 황망이 ○○○[도라 가] 뎡시긔 고흔딕, 쇼졔 실식창황(失色蒼黃)ᄒ여 울고 왈,

"뉴군이 이런 익을 맛나시딕 닉 아지 못ᄒ고 도로혀 편히 안즈 져의 박졍을 한(恨)ᄒ닷다. 셰상의 사름 볼 넘치 업셔 뉴군을 보지 말녀 ᄒ들【20】 일이 이의 니르러 엇지 타연ᄒ리오. 권도(權道)로 남의(男衣)를 ᄒ여시니, 이 거동으로 군즈를 보기 셜만(褻慢)홀가 ᄒ노라."

향이 딕 왈,

"그러치 아니 ᄒ여이다. 만일 학ᄉ만 계시면 본졍을 감쵸지 아니셔도 가ᄒ거니와, 공치의 흉게를 맛나 상공을 구ᄒ려 ᄒ신 즉 녀복으로 계시다가도 남복을 기착(改着)ᄒ고 나시[셔]리니, 엇지 스스로 아녀의 약ᄒ믈 가져 드러 계시리잇고?"

쇼졔 씨다라 즉시 옷슬 졍히 ᄒ고 난향으로 더브러 긱당(客堂)의 나오니, 향이 공치 다려 왈,

"졈듕(店中)의 본향 졍시랑 공지 글 닑으러 와 계시더니, 뉴학ᄉ의 귀향 가시믈 듯고 무ᄉ 일인고 알【21】고ᄌ ᄒ샤 부러 니르러 계시니, 이위ᄂ 날노 더부러 안의 드러가 쥬육(酒肉)을 난쥐(爛醉)476)ᄒ미 엇더 ᄒ뇨?"

공치 듯고 ᄀ마니 혜오딕,

"이곳이 ᄯ 번거ᄒ니 우리 일을 못이루기시니, 젼되(前途) 오히려 머럿ᄂ지라. 오날 쥬인의 말딕로 슐을 먹고 편히 자리라."

ᄒ여 학ᄉ의 댱독(杖毒)이 즁ᄒ여 움즈기지 못ᄒ믈 보고 ᄆ음 노하 드러가 슐을 진쥐케 먹더라.

이 ᄶ 뎡시 남복을 ᄒ여시나 학ᄉ의 총명을 두려 머뭇거리다가 문득 싱각ᄒ딕,

"뉴군이 셜ᄉ 알아보나 닉 몹쓸 힝실노 이 모양을 ᄒ미 아니니 어이 붓그려 ᄒ리오."

ᄒ야 문을 열고【22】드러가니, 학시 바야흐로 창톄 괴로이 알프고 긔식(氣色)이 《엄착∥엄홀(奄忽)》ᄒ되, 쇼릭를 아니코 누엇더니, 문득 ᄒ 쇼년이 풍치 쇄락ᄒ여 계젼(溪前) 옥슈(玉樹) 휘드ᄂ 듯ᄒ 지(者) 압히 니르러 팔을 드러 왈,

"향촌 뎡싱이 당돌이 비알ᄒ여 ᄀᄅ치믈 쳥ᄒᄂ이다."

혹시 이 ᄶ, 공치의 살긔(殺氣) 가득ᄒ믈 보고 뜻을 씨다라 더옥 강싱의 말을 싱각고 ᄌ긔 능히 그 독슈(毒手)를 방비치 못홀 줄 헤아리며 졍히 우우(憂虞) ᄒ더니, 홀연 이런 아름다온 쇼년을 맛나 놀납고 깃거, 급히 흠신(欠身) 좌(坐) 왈,

"현우(賢友)ᄂ 엇던 사름이완딕 이에 니르러 죄인을 관문(款問) ᄒ시ᄂ뇨?"

뎡시 딕【23】왈,

---

476)난쥐(爛醉) : =만취(漫醉). 술에 잔뜩 취함.

"쇼싱은 본향의 뎡시랑의 아들노 맛춤 글 닑으라 왓다가 션싱의 (遠竄)ᄒᆞ시믈 듯고 감이 졍츙빵졀(貞忠雙節)을 듯고ᄌᆞ ᄒᆞᄂᆞ이다."

학ᄉᆞ 손을 드러 안기를 쳥ᄒᆞ되, 뎡시 학ᄉᆞ의 의용(儀容)이 환탈(換奪)ᄒᆞ며 긔식이 엄홀(奄忽)ᄒᆞ믈 보고, ᄆᆞ음이 몬져 요동ᄒᆞ여 ᄌᆞ연 츄파(秋波)의 쥬뤼(珠淚) 어리려 안식이 참연(慘然) 져상(沮喪)ᄒᆞ믈 ᄭᆡ닷지 못ᄒᆞ되, 계유 참고 한훤(寒暄)을 ᄆᆞᆺ츤 후 셩명을 셔로 통ᄒᆞ니, 뎡시 왈,

"쇼싱의 셩은 졍이오, 명은 빵경이라 ᄒᆞᄂᆞ이다."

ᄒᆞ고 경ᄉᆞ(京師) 소식과 귀향가는 연고를 ᄌᆞ시 뭇고 차탄ᄒᆞ믈 마지 아니 ᄒᆞ여 왈,

"경ᄉᆞ 츄밀 뎡공은 늬의【24】원족이라. 폐모(廢母)ᄒᆞᆯ 적 상소ᄒᆞᆫ 일이 업ᄂᆞ냐?"

흑ᄉᆞ 왈,

"뎡공이 닷477) 번 쇼로 간ᄒᆞ다가 촉즁(蜀中)의 찬젹(竄謫)ᄒᆞ니, 《혈가∥셜가(挈家)》ᄒᆞ야 가는지라. 형이 듯지 못ᄒᆞ도다."

뎡시 심신이 어득 살난(散亂)ᄒᆞ되, 힝혀 흑ᄉᆞ 아라볼가 ᄒᆞ야 얼골을 졍이 ᄒᆞ고 탄식 왈,

"딕간신ᄌᆞ(直諫臣子)는 국가의 보비어늘 뎡공이 찬츌ᄒᆞ고 션싱이 니런 환을 맛ᄂᆞ시니, 국가 불힝이 아니리오."

흑ᄉᆞ 탄ᄒᆞ여 딕답지 아니코 뎡시 우문 왈,

"션싱의 긔식이 편치 아니시니 아지못게라! 원노(遠路)의 구치(驅馳)ᄒᆞ신 연괴《냐?∥니잇가?》 창쳐(瘡處)의 괴로오미○[니]잇가?"

흑ᄉᆞ 날호여 딕 왈,

"댱하여싱(杖下餘生)이 마상(馬上) 힝녁(行力)【25】의 잇브미 즁ᄒᆞ고, ᄯᅩᄒᆞᆫ 댱독(杖毒)이 이셔 명이 장춧 긋고ᄌᆞ ᄒᆞᄂᆞ니, 노상(路上)의셔 죽어 국은을 져ᄇᆞ릴가 ᄒᆞ노라."

뎡시 놀나 왈,

"댱독은 가장 독한 증셰라. 션싱이 명일 양쥬ᄌᆞᄉᆞ를 보고 됴리ᄒᆞ미 조토소이다. ᄒᆞ믈며 공ᄌᆞ의 거동(擧動)○[이] 블인ᄒᆞ미 심ᄒᆞ니, 쇼싱이 셔당의셔 ᄉᆡ힝믈 듯고 나와 뵈는 바는 ᄒᆞᆫᄎᆞ 대명(大命)을 앗길 ᄲᅮᆫ 아니라 실노 소유를 고ᄒᆞ야 방비ᄒᆞ과ᄌᆞ ᄒᆞ미로소이다."

흑ᄉᆞ 쳥파의 ᄉᆞ례 왈,

"현위(賢友) 이럿툿 의긔를 두어 죄인을 구ᄒᆞ니 은혜 《ᄌᆡ싱ᄒᆞ미라∥ᄌᆡ싱지은(再生之恩)과 ᄀᆞᆺ으미라》. 공치(公差)의 긔식은 늬 ᄯᅩᄒᆞᆫ 아로되 능히 ᄒᆞᆯ일【26】업더니, 현위 븕히 아니 원컨되 ᄒᆞᆫ 장 편지를 내 말노 ᄡᅥ ᄌᆞᄉᆞ 박상규의게 급히 뎐ᄒᆞ여 주믈 ᄇᆞ라노라."

---

477)닷 : ((‘되’, ‘말’, ‘냥’ 따위의 단위를 나타내는 말 앞에 쓰여)) 그 수량이 다섯임을 나타내는 말.

뎡시 응낙ᄒ고 나가미, 흑시 쳐음은 저의 의퓌(儀表) 쇼년으로 아름다오미 관옥(冠玉) ᄀ트니 칭찬ᄒ믈 결을치 못ᄒ더니, 졈졈 의심이 동ᄒ여 어음과 긔식을 보미 쾌히 뎡신 줄 알오ᄃᆡ, 구타여 알은 체 아니코, 다만 ᄌᆞᄉᆞ의게 고급(告急)ᄒᆞ믈 닐너 드려 보니니, 뎡시 흑ᄉᆞ의 깁흔 뜻을 모로고 몰나보믈 깃거, 나와 ᄒᆞ장 글을 지어 난향으로 ᄒᆞ여금 바로 관부의 가 고ᄒᆞ라 ᄒᆞ니, 관뷔 졈즁(店中)의셔 슈리(數里)【27】ᄂᆞᆫ ᄒᆞ지라.

향이 부문(府門)의 니ᄅᆞ니, 텽힝으로 ᄌᆞ시 큰 옥ᄉᆞ를 결ᄒᆞ노라 좌우로 화광(火光)이 명텰(明哲)ᄒ고 하리 나역부졀(絡繹不絶)ᄒᆞ여 좌긔(坐起)478)ᄒ거늘, 향이 급히 셔신을 올니니, ᄌᆞ시 보니 피봉의 뼈시ᄃᆡ ‘뉴졔 연은 돈쉬(頓首)라’ ᄒᆞ엿거날, ᄌᆞ시 놀나 왈,

“뉴형이 이곳의 올 일이 업거늘 어인 연괴뇨?”

ᄒᆞ야[고] 밧비 ᄠᅥ혀 보니, 귀향 가ᄂᆞᆫ 일과 공쳐의 히(害)ᄒᆞ려 ᄒᆞᄂᆞᆫ 일을 ᄀᆞ초 고ᄒᆞ엿ᄂᆞᆫ지라. ᄌᆞ시 간필(看畢)의 크게 놀나고 분노ᄒᆞ야 밧비 아젼(衙前)을 불너 공ᄉᆞ를 셔릇고 츄종(騶從)을 거ᄂᆞ려 졈즁의 니ᄅᆞ니, 홰불과 인셩(人聲)이 ᄌᆞᄌᆞ(藉藉)【28】ᄒᆞ더라.

바로 흑ᄉᆞ의 누은 방의 드러가 손잡고 통곡ᄒᆞ며 분격이 츙격ᄒᆞ여 왈,

“쇼뎨 형을 니별ᄒᆞᆫ 수년의 엇지 이런 일이 이실 줄 알니오. 국가의 변은 망극(罔極)ᄒᆞ니 이르도 말녀니와, 형의 신상의 형벌이 밋츨 ᄲᅮᆫ 아니라, 조고마ᄒᆞᆫ 공쳐 감히 형을 히ᄒᆞ려 ᄒᆞ니 엇지 굴거(屈居)479)ᄒᆞ여 ᄎᆞᆷ을 ᄇᆞ리오. 맛당이 엄형으로 져주어 그 시긴 사름을 ᄎᆞᆺ고 형의 한을 셜(雪)ᄒᆞ리라.”

흑시 답 왈,

“불연ᄒᆞ다. 내 군상긔 득죄ᄒᆞ야 만니의 졍ᄇᆡᄒᆞ미 직분의 가커니와, 공쳐의 모살ᄒᆞ믈 당ᄒᆞᆷ믄 닉 힝신(行身)이 미거ᄒᆞ고 쇼ᄒᆡᆼ이 불민ᄒᆞ야【29】동뉴(同類)의 ᄭᅮ지름과 뮈워ᄒᆞ믈 바다 져 무리의 쳥이 니ᄅᆞ니, 쇼뎨 만닐 과악ᄒᆞ야 이 지경의 든 일을 ᄌᆞ칙ᄒᆞ야 가히 남을 원치 못ᄒᆞᆯ 거시오, 쇼뎨 무죄ᄒᆞ고 저 공쳐를 부쵹(附囑)ᄒᆞ미 이신 즉, 간험(姦險)ᄒᆞ미 저의게 이시니, 님의 큰 ᄉᆞ오나믈 업시치 못ᄒᆞ고, 쇼년의 무지ᄒᆞᆫ 무리를 칙망(責望)ᄒᆞᆯ진ᄃᆡ 텬하 사름이 쇼뎨와 형의 쇼견이 젹으믈 웃지 아니리오.”

ᄌᆞ시 탄상 왈,

“인현[형](仁兄)은 실노 사름의 밋지 못ᄒᆞᆯ ᄇᆡ로다. 다만 형의 말ᄃᆡ로 공쳐의 죄를 뭇지 아니나, 병이 이럿틋 ᄒᆞ니, 됴리ᄒᆞ여 가기도 어려오랴?”

ᄃᆡ 왈,

“쇼뎨 임의 님군의【30】은혜로 죽기를 샤(赦)ᄒᆞ시니, 병을 곳쳐 젹쇼의 가 수도(修道)ᄒᆞ야 텬명을 기다릴지니, 엇지 죽기를 ᄌᆞ분(自憤)ᄒᆞ여 국은(國恩)을 져ᄇᆞ리○[리]

---

478)좌긔(坐起) : 관아의 으뜸 벼슬에 있던 이가 출근하여 일을 봄.
479)굴거(屈居) : 굽혀서 산다는 뜻으로, 남에게 복종하면서 삶을 이르는 말.

오.”

ᄌ시 탄복 왈,

“인형의 말이 의리○[의] 합당ᄒ니 쇼뎨 더욱 항복ᄒ노라.”

드드여 니날 의원을 블으며 약으로써 시도록 구병ᄒ며 말ᄉᆷᄒ여 날이 붉으미 공치
등이 감이 길 날 의ᄉ를 못ᄒ고, ᄌᄉ의 ᄒᄂ 듸로 이시니, ᄌ시 공ᄉ를 파ᄒ고 흑ᄉ
를 안호(安護)ᄒ여 약을 다ᄉ리니, 졈졈 당독(杖毒)이 업고, 창쳬(瘡處) 아모라480) 반
월(半月)이 지나미 신상이 ᄎ복(差復)ᄒ니, 오릭 머무지 못ᄒ여 심복(心服) 창두(蒼頭)
십여【31】인을 불너 금빅을 줌이 주고 니르되,

“너희 등이 노야를 평안이 뫼셔 간즉 줌상이 이시리니, 삼가 좌우를 ᄶ러나지 말나.”

줌복(衆僕)이 다 고두(叩頭) 수명(受命)ᄒ미 흑ᄉ를 디ᄒ여 탄식 왈,

“인형을 의외에 맛나 블힝 즁 위로ᄒ더니, 이졔 길히 올ᄒ기를 싱각ᄒ니, 아지못게
라! 금일 분수(分手)ᄒ미 다시 맛나미 이시랴?”

흑시 ᄉ례 왈,

“쇼뎨는 국가 즁수(重囚)로 만ᄉ여싱(萬死餘生)이어늘 이졔 뎍쇼(謫所)로 가니 도라
올 긔약이 업거니와 힝혀 텬의 도로혀미 계신 즉 엇디 형의 후의를 니ᄌ리오.”

드드여 일장 니별을 ᄆᆞᆺ고 ᄌ시 도라가니 흑시【32】사롬으로 ᄒ여금 졈즁(店中)의
가 뎡시랑 공ᄌ를 쳥ᄒ니, 뎡시 흑ᄉ의 병셰 ᄎ복ᄒ믈 깃거ᄒ더니, 믄득 ᄌ긔를 쳥ᄒ
여 니별ᄒ믈 듯고 강잉(强仍)ᄒ여 셔로 볼 시, 흑시 좌우를 물니고 날호여 칭샤 왈,

“쇼싱은 셩딩(盛代)의 《젼후 죄인으로‖죄인으로 젼후》○[의] 그딩를 져ᄇ리미 깁
거늘 그딩 대의를 잡아 깅참(坑塹)의 몸으로써 다시 쳔일(天日)을 보게○○[ᄒ고], 죽
을 곳의 살오미 이시니, 복이 감격지 아니미 아니라, 엇지 감이 졍(情)으로 딕쳬(大
體)를 상(傷)ᄒ리오. 출ᄒ리 불의(不義) 될지언졍 블회(不孝) 되지 아니려 ᄒᄂ 고로
그딩를 굿치미 오릭던지라. 오날늘【33】규즁약질(閨中弱質)이 만니의 뉴락(流落)ᄒ여
오히려 완젼ᄒ믈 보니 희힝(喜幸)치 아닌 거시 아니라, 실노 다시 인연을 닛지 못ᄒᆯ지
니, 싱의 말이 비록 잔잉ᄒ나481), 녕딩인(令大人) 말딩로 어진 군ᄌ를 마ᄌ면 거의 부
ᄌ(父子)의 졍을 《완젼ᄒ고‖완젼히 ᄒᆯ 것이요》, 만닐 고집히 직회여 집이 이셔도
드려[러]가지 못ᄒ고 나라히 이셔도 의탁ᄒᆯ 딕 업슨 형셴(形勢) 즉 쾌히 명나(汨
羅)482)의 《ᄶ러져‖ᄶ러지면》 그딩 졍졀이 낫타날 거시어늘 엇지무로 이리 변복위
남(變服爲男)483)ᄒ야 표령(飄零)ᄒᄂ뇨?”

---

480)아모라다 : 아물다. 부스럼이나 상처가 다 나아 살갗이 맞붙다.

481)잔잉ᄒ다 : 자닝하다. 애처롭고 불쌍하여 차마 보기 어렵다.

482)명나(汨羅) : 멱라수(汨羅水). 중국 호남성(湖南省) 상음현(湘陰縣)의 북쪽에 있는 강 이름.
중국 전국시대 초나라 시인 굴원(屈原: BC343-277)이 반대파의 모함을 받아 유배되었다가
울분을 못 이겨 이 강물에 빠져 죽었다.

483)변복위남(變服爲男) ; 여자가 남자의 옷으로 바꿔 입고 남자 행세를 함.

셜파의 눈을 드러 부인을 보니, 뎡시 의외에 이 거조(擧措)를 당ᄒᆞ야 놀나옴과 참괴(慚愧)ᄒᆞ미 ᄀᆞ득ᄒᆞᄃᆡ, 긔특【34】ᄒᆞᆫ 바ᄂᆞᆫ 텬싱품질(天生禀質)이 ᄌᆞ유(自由)ᄒᆞ기를 쥬(主)ᄒᆞ고, 셩되(性度) 인ᄌᆞ(仁慈)ᄒᆞ야 녜(禮)를 알지라. 안식을 졍히 ᄒᆞ고 피셕(避席)484) 스례 왈,

"쳔쳡(賤妾)은 본ᄃᆡ 뎡시 규문(閨門)의셔 비혼 비 업거늘 존문(尊門)의 드러가 군ᄌᆞ의 빗난 광치를 ᄀᆞ리오고, 일신의 누명을 기쳐 집의 도라가나 어늬 낫ᄎᆞ로 군ᄌᆞ를 뵈옵고ᄌᆞ ᄒᆞ리오마ᄂᆞᆫ, 마츰 군이 긱화(客禍)를 맛ᄂᆞᆫ 즁 ᄯᅩ 직앙(災殃)을 어더시미, 감히 무심이 괄시티 못ᄒᆞ여 당돌이 나ᅀᅡ 와, ᄯᅩ 이목(耳目)이 번거ᄒᆞᆷ무로ᄡᅥ 셜만(褻慢)ᄒᆞᆷᄆᆞᆯ 닐위여 군ᄌᆞ의 말ᄉᆞᆷ이 이에 밋ᄎᆞ니, 스스로 ᄒᆞᆫ 명이[을] 결단치 못ᄒᆞᆷᄆᆞᆯ 탄(嘆)ᄒᆞᄂᆞ이다. 슈【35】연(雖然)이나 인명(人命)이 ᄌᆡ텬(在天)ᄒᆞ니 살 기리 이신 즉 사라나 가친의 뉘웃○[ᄎᆞ]시믈 기다려 부녜 셔로 모도믈 원ᄒᆞᄂᆞ니, 엇지 스스로 칼을 더지며 믈의 ᄶᅱ여들가를 달게 녀기리잇ᄀᆞ? 군ᄌᆞ(君子)ᄂᆞᆫ 일신슈힝(一身修行)을 슈련ᄒᆞ시고 쇼쳡의 ᄉᆞ싱거쳐(死生居處)ᄂᆞᆫ 념녀치 말으쇼셔."

혹ᄉᆞ 심하의 탄복ᄒᆞ고 잔잉ᄒᆞ믈 이긔지 못ᄒᆞᄃᆡ ᄉᆞ리(事理)의 거두지 못홀지라. 타일 부친이 허물을 ᄭᆡ다라 뎡시를 블너 ᄌᆞ긔를 맛진 즉 거두미 이시려니와, 당시(當時)ᄒᆞ여ᄂᆞᆫ 셰(勢) 셔로 거두지 못홀지라. 반향(半晌)485)이나 싱각다가 이러 하직 왈,

"복이 죠졍 즁수(重囚)로 오래 지【36】류(遲留)치 못ᄒᆞᄂᆞ니, 그ᄃᆡᄂᆞᆫ 기리 보즁ᄒᆞ여 나의 박명(薄命)을 용샤(容恕)ᄒᆞ라."

셜파의 ᄉᆞ매를 썰치고 말게 오르니, 그 ᄆᆞ음이 뎡시를 경히 너기미 아니라 군부(君父)의 득죄지인(得罪之人)이 되어, 념예(念慮) 밋쳐 결을치 못ᄒᆞᆫ 즁 부명을 두려 이ᄀᆞᆺ치 미몰ᄒᆞ니, 뎡시 다만 뉴쳬(流涕) ᄲᅮᆫ이라.

혹ᄉᆞ 발힝ᄒᆞ미 신상 흠질이 쾌ᄎᆞᆺ하고 거마복죵(車馬僕從)이 호위ᄒᆞ여 이젼 고단ᄒᆞᆷ과 ᄀᆞᆺ지 아녀 일노(一路)의 무ᄉᆞ이 득달ᄒᆞ야 됴쥬(潮州)의 니르니, 퇴슈 양즁긔ᄂᆞᆫ 쇼년직ᄉᆞ(少年才士)로 이 ᄯᅡ희 도임ᄒᆞᆫ지 ᄉᆞ오년의 졍ᄉᆞ 쳥념ᄒᆞ여 빅셩이 우러ᄂᆞᆫ 비 되엿더니, 뉴혹ᄉᆞ의 오믈【37】 듯고 이의 나와 마즐 시, 말게 ᄂᆞ려 기다리미 놉흔 스승 ᄀᆞᆺ치 ᄒᆞ니, 혹ᄉᆞ 다다라 보고 급히 하마(下馬)ᄒᆞ여 업○[ᄃᆡ]여 왈,

"복(僕)은 조그마흔 사름으로 군상긔 득죄ᄒᆞ야 귀흔 ᄯᅡ희 츙군(充軍)ᄒᆞ니, 이ᄂᆞᆫ 존공의 막하 쇼졸(小卒)이라. 엇진 고로 이런 거조(擧措)를 ᄒᆞ시ᄂᆞᆬ뇨?"

퇴슈 붓들어 니르혀 직빅 왈,

"션싱은 당셰의 일인(一人)으로 산두즁망(山斗重望)486)의 ᄒᆞᆫ 사름이어늘, 하관(下官)이 영모(永慕)ᄒᆞ믈 목마른 《ᄃᆡ∥사름》 믈 ○○○[기다림] 《ᄀᆞᆺ튼∥ᄀᆞᆺ티 ᄒᆞᆫ》지라.

---

484)피셕(避席) : 공경의 뜻을 나타내기 위하여 웃어른을 모시던 자리에서 일어남. ≒피좌(避座).

485)반향(半晌); =반나절. 꽤 오랜 시간을 뜻함.

486)산두즁망(山斗重望) : 태산과 북두칠성처럼 세상 사람들로부터 존경과 신망을 받음.

흔 복(幅) 상쇠(上疏) 강상(綱常)487)을 셰우시고 우쥬(宇宙)의 눈긔(倫紀)를 붉히시니,
셩상이 일시 살피지 못ᄒ시나 타일 일월이 붉아 안거초륜(安車軺輪)488)으로 션싱을
쳥ᄒ시미 계실지【38】라. 엇지 과도이 겸수(謙辭)ᄒ시ᄂ닛고?"

흑시 졍식 왈,

"복은 죄인이라. 명공(明公)489)이 ᄒ여금 군졸의 항오(行伍)를 치와 긔를 두루며 징
(鉦)을 울니라 ᄒ즉, 즐겨 명(命)을 바드려니와, 만닐 이럿툿 녜를 ᄒ즉 죽을지언졍
좃지 못ᄒ리니, 공은 죄인의 우직ᄒ믈 관셔(寬恕)ᄒ쇼셔."

틱슈 져의 즐겨 아니믈 보고 하릴업셔 다만 슌녜(循例)로 셩 밧긔 집을 잡아 머무
르고 쥬찬을 나와 위로홀 시, 흑시 비샤 왈,

"죄인이 감이 틱슈를 상딕ᄒ여 호상(壺觴)을 ᄌ작(自酌)ᄒ미 예(禮) 아니오, ᄒ믈며
복이 ᄒ외에 원찬ᄒ여 군부(君父)의 존문(存聞)을 아지 못ᄒ니, 몸【39】이 비록 이에
이시나, ᄆᆞ음은 일직 뎨향(帝鄕)의 도라{ᄂ}갓ᄂ지라. 엇지 감히 쥬육(酒肉)을 나와
슈졸ᄒ믈 니ᄌ리오."

틱슈 크게 항복ᄒ여 지삼 샤죄ᄒ고 드듸여 쥬반(酒飯)을 셔룻고 죵용이 말ᄉᆞᆷ ᄒ다
가 도라가니라.

흑시 명일 부즁(府中)의 가 뎜고(點考)ᄒᄂ 딕 춤예ᄒᄂ지라. 틱슈 심이 편치 아니
ᄒ야 근졀이 권ᄒ여 도라보닉고 공치를 회답 문셔를 맛지니, 치인(差人)이 그 어질믈
보고 감격ᄒ야 고두(叩頭) 샤왈(謝曰),

"쇼뎍(小賊)490) 등이 당초 노야를 뫼셔 오미 불공(不恭)ᄒ미 본심이 아니라. 진실노
뉴시랑 노야의 영(令)이신 고로 일시의 죄를 만히 지어거늘 노애 도로혀【40】후은
(厚恩)을 ᄂ리오시니 불승황공ᄒ여 알욀 바를 아지 못ᄒᄂ이다."

흑시 노 왈,

"너희 등이 감이 사계(詐計)○[를] 힝ᄒ며 도로혀 뉴시랑 지쵹으로 미뤄ᄂ다?"

치인이 황망이 고왈(告曰),

"쇼뎍 등이 엇지 감이 가탁(假託)ᄒ리잇가? 금낭(錦囊)과 건즙(巾簪)이 이시니 보시
면 아르시리이다."

흑시 져 유(類)의 말이 명빅ᄒ믈 보고 함심ᄒ여 의혹ᄒ더니, 믄득 낭즙(囊簪)491)이

---

487)강상(綱常); 삼강(三綱)과 오상(五常=五倫)을 아울러 이르는 말. 곧 사람이 지켜야 할 도리
　　를 이른다.
488)안거초륜(安車軺輪) : 조선 시대에, 종이품 이상의 벼슬아치가 타던 가볍고 편안한 수레.
　　긴 줏대에 외바퀴가 밑으로 달리고, 앉는 데는 의자 형태로 되어 있으며 사슴가죽으로 등반
　　이와 방석을 만들었다. 두 개의 긴 채가 달려 있어 보통 여섯 사람에서 아홉 사람 정도가
　　한조를 이루어 이것을 밀고 끌어 움직이도록 되어 있다. *초륜(軺輪) : =초거(軺車). =초헌
　　(軺軒)
489)명공(明公) : 듣는 이가 높은 벼슬아치일 때, 그 사람을 높여 이르던 이인칭 대명사.
490)쇼뎍(小賊) : =소인(小人). 신분이 낮은 사람이 자기보다 신분이 높은 사람을 상대하여 자
　　기를 낮추어 이르던 일인칭 대명사.

니룬민 눈을 드러 보니 완연이 알지라. 금낭은 즈가 모친○[이] 민드러 형졔를 쥬엇더니, 모친이 조졸(早卒)ᄒ민 그 슈퇵(手澤)492)를[을] 늣겨, 즈긔ᄂᆞᆫ 깁히 간슈ᄒ고 홍은 ᄎ고 단니더니, 보민 반갑고, 건줌(巾簪)493)은 더옥 근본이 이셔 태조고황뎨(太祖高皇帝)494) 진우【41】량(陳友諒)495)을 치시고 그 보물을 거두어 졔군(諸軍) 즁댱(衆將)을 상ᄒ실 시, 그 즁 칠보건줌(七寶巾簪) ᄒ나히 이셔 옥광(玉光)이 녕농(玲瓏)ᄒ니, 태죄(太祖) 친이 골히샤 문셩공(文成公)을 쥬샤, '옥의 아름다온 빗치 션싱으로 상칭(相稱)ᄒᆯ 시, 특별이 쥬노라.' ᄒ시니, 공이 ᄉ양ᄒ고 밧지 아니ᄒᆫ 디, 태죄 친히 그 머리의 쏘ᄌ 쥬시니, 텬은을 감격ᄒ야 도라와 협ᄉ(篋笥)의 ○[녀]어 두어, ᄌ손의게 니룬려ᄂᆞᆫ 젼가(傳家)ᄒᄂᆞᆫ 보비로 종ᄌ종손(宗子宗孫)496)의 ᄂᆞ리더니, 뉴공이 홍을 주엇ᄂᆞᆫ지라. 두 가지 다 아이 손의셔 나시니, 혹시 참연이 ᄂᆞᆺ빗츨 고치고 번연이 눈물을 ᄂᆞ리와 오릭도록 말을 못ᄒ다가 골오디,【42】

"여등의 말을 닉 밋지 아니 ᄒ거니와, 너게 양쥬ᄌᄉ의 쥰 금빅이 이시니 일노뼈 밧고미 엇더뇨?

치인이 어이 거역ᄒ리오. 드듸여 두 보비를 드리니, 혹시 부친과 홍의게 졍셔(情書)를 븟치고 ᄯ 박상규의 가인(家人)을 글을 주어 도라 보니다.

직셜, 뎡시 뉴학ᄉ를 니별ᄒ므로븟터 일즉 혼(恨)ᄒᄂᆞᆫ 빗치 업셔 도로혀 원노(遠路) 힝역(行役)을 염녀ᄒ여 시름을 이긔지 못ᄒ거늘, 난향이 고 왈,

"부인이 엇지 이럿톳 구챠(苟且)ᄒ시니잇ᄀ? 노애 평일 부인긔 은이 업고 당ᄎᄉᆡ(當此時)ᄒ여 비록 부형의 명이나 미를 들미 힘을 다ᄒ여 쇼졔의 유체(遺體)497)를 상(傷)

---

491) 낭줌(囊簪) : 주머니[囊]와 비녀[簪]를 함께 이른 말.
492) 슈퇵(手澤) : ①손이 자주 닿았던 물건에 손때가 묻어서 생기는 윤기. ②물건에 남아 있는 옛사람의 흔적.
493) 건줌(巾簪) : 망건에 달아 당줄을 꿰는 작은 단추 모양의 고리로 신분에 따라 금(金), 옥(玉), 호박(琥珀), 마노, 대모(玳瑁), 뿔, 뼈 따위의 재료를 사용하였음.
494) 태조고황뎨(太祖高皇帝) : 중국 명(明)나라 제1대 황제 태조(太祖) 주원장(朱元璋). 1328~1398. 자 국서(國瑞). 묘호(廟號) 태조(太祖). 연호(年號) 홍무(洪武), 시호(諡號) 고황제(高皇帝). '태조(太祖)' '홍무제(洪武帝)' '고황제(高皇帝)' 등으로 호칭된다. 빈농의 아들로 태어나 어려서 고아가 되어 탁발승(托鉢僧)으로 지내다 호주(濠州) 지역의 홍건적 두목 곽자흥(郭子興)의 휘하에 들어가 두각을 나타냈다. 곽자흥 사후 주원장은 그 지휘권을 승계하여 남경(南京)을 장악하고, 진우량(陳友諒)·장사성(張士誠)의 세력을 차례로 격파, 장강(長江) 일대를 평정하여 1368년 남경에서 황제에 올라 국호를 명(明), 연호를 홍무(洪武)라 하였다. 이해 8월 북경(北京)에 입성, 원(元) 순제(順帝)를 축출하고 중국을 통일하였다. 재위기간 중 성리학을 국시로 삼고 관제 개혁과 과거제도 정비를 통해 인재양성에 힘썼다, 대명률의 제정, 전국의 토지·호구 조사 실시 등 많은 업적을 남겼다
495) 진우량(陳友諒) : 중국 원나라 말기 군웅(群雄)의 한 사람(1316~1363). 서수휘(徐壽輝)의 휘하에서 차츰 세력을 키우다가, 1360년에 서수휘를 죽이고 강서(江西)·호광(湖廣) 일대에 위세를 떨쳤다. 1363년에 포양호(鄱陽湖) 싸움에서 주원장에게 패하여 전사하였다.
496) 종ᄌ종손(宗子宗孫) : 종가의 대를 이을 맏아들·맏손자를 함께 이른 말.
497) 유체(遺體) : 부모가 남겨 준 몸이라는 말로, '귀한 몸'을 뜻하는 말.

케 ᄒ시고, ᄯᅩ 슈졀【43】간고(守節艱苦)ᄒ시미 이 지경의 니ᄅᆞ니, 비록 오긔(吳起)498)의 무리라도 감동ᄒ려든, 믄득 쥰졀(峻節)ᄒᆞᆫ 빗ᄎ로 크게 거졀ᄒ미 ᄎᆞ마 못ᄒᆞᆯ 비니, 쇼졔 흑ᄉᆞ긔 무슴 죄를 이디도록 지어 게시니잇가? 부부지간은 군신(君臣) 일체(一體)○[니], 쥬(紂)499) 무도(無道)ᄒ니 미지(微子)500) 믈너 가고, 《댱왕∥태왕(太王501)》이 ᄠᅳᆺ을 달니ᄒᆞ미 태ᄇᆡᆨ(泰伯)502)이 ᄃᆞ라나니, 부ᄌᆞ(父子)ᄂᆞᆫ 난쳐ᄒ면 피(避)ᄒ고, 군신(君臣)도 실의(失義)ᄒ면 ᄇᆞ리ᄂᆞ니, ᄒ믈며 '부부ᄃᆡ륜(夫婦大倫)○[이] 으[의(義)]로ᄡᅥ 젼쥬(專主)ᄒᆞ엿거늘'503) 의(義)○[가] 임의 긋○○○[쳐지고] 졍(情)이 임의 버러진 후, 괴로이 싱각ᄒᆞ미 식자(識者)의 우음이 되리니, 촉(蜀)으로 힝ᄒᆞ샤 노야와 서로 모도신즉, 죡히 노야의 넘녀를 더르시고, 쇼【44】져의 효(孝)를 완젼이 ᄒ리이다."

쇼졔 쳥파(聽罷)의 타루(墮淚) 왈,

"너는 나의 심복이로ᄃᆡ 오히려 모로ᄂᆞᆫ도다. 뉴군이 날노 더브러 결발(結髮)504)ᄒᆞ야 은이 임의 대륜(大倫)을 일치 아냣고, 날을 치미 이시나 본ᄃᆡ 부명(父命)을 드르미라.

---

498)오긔(吳起) : 중국 전국 시대(戰國時代)의 병법가(B.C.440~B.C.381). '오기살처(吳起殺妻)'의 고사로 유명하다. 즉, 오기가 노(魯)나라에서 관직생활을 하던 때, 제(齊)나라가 침공해오자, 노나라가 그를 장수로 임명하여 제를 막게 하려다가, 그의 처(妻)가 제나라 사람인 것을 알고 임명을 주저하자, 처를 죽이고 노나라 장수가 되어 제를 무찌른 일이 있다. 저서에 병법서 ≪오자(吳子)≫가 있다.

499)쥬(紂) : 중국 은(殷)나라의 마지막 왕인 주왕(紂王). 이름은 제신(帝辛). 주(紂)는 시호(諡號). 지혜와 체력이 뛰어났으나, 주색을 일삼고 포학한 정치를 하여 인심을 잃어 주나라 무왕에게 살해되었다.

500)미지(微子) : 미자계(微子啓). 중국 은나라 말기의 현인(賢人). 기자(箕子), 비간(比干)과 함께 은말 삼인(三仁; 세 어진 사람)으로 꼽힌다. 이름은 계(啓)이고 은나라 마지막 왕인 주(紂)의 이복형이다. 주를 간(諫)했지만 받아들이지 않자 조상을 제사 지내는 제기들을 갖고 산서성 노성(潞城) 동북쪽에 있던 미(微) 땅으로 갔다. 주나라 무왕이 주(紂)를 정벌하자 항복했는데, 무왕은 그를 미(微) 땅의 제후로 봉했다. 이에 미자(微子)라고 한다.

501)태왕(太王) : 주(周)나라 문왕(文王)의 조부(祖父)인 고공단보(古公亶父)로, 옛날의 흉노(匈奴)인 훈육(薰育)이 빈(邠) 땅을 쳐들어오자, 이를 피해 기산(岐山) 아래로 도읍을 옮기고 처음으로 국호를 주(周)라고 하였다. 뒤에 무왕(武王)이 주나라를 세우고 추존(追尊)하여 태왕이라고 하였다. 태왕에게는 태백(泰伯), 중옹(仲雍), 계력(季歷)이라는 세 아들이 있었는데, 태왕이 막내아들인 계력과 계력의 아들인 창(昌) 즉 문왕(文王)에게 자리를 차례로 물려주려고 하자, 태왕의 장자(長子)인 태백이 동생 중옹과 함께 남쪽 형만(荊蠻) 땅으로 도망쳐서 부친의 뜻을 따랐던 고사가 있다. 《史記 卷31 吳太伯世家》에 나온다.

502)태ᄇᆡᆨ(泰伯) : 중국 주(周)나라 태왕(太王) 고공단보(古公亶父)의 세 아들 중 첫째아들. 부왕이 셋째 아우인 계력(季歷; 문왕의 아버지)에게 왕위를 물려주고자 하는 뜻을 알고, 둘째 아우 중옹(仲雍)과 함께 머리를 깎고 몸에 문신을 하여 왕위를 사양하고 형만(荊蠻)으로 옮겨 은거함으로써, 셋째 아우인 계력(季歷)이 왕위를 계승케 하였다. 뒤에 형만족(荊蠻族)의 추대를 받아 오(吳)나라 왕(王)이 되었다.

503)부부ᄃᆡ륜(夫婦大倫)이 의(義)로ᄡᅥ 젼쥬(專主)ᄒᆞ엿거늘 : 부부의 도는 오직 부부간의 의리에 달려 있을 뿐이라는 말

504)결발(結髮) : ①예전에, 성년례(成年禮: 관례冠禮와 계례笄禮)나 혼인례(婚姻禮)를 할 때 상투를 틀거나 쪽을 찌던 일. 또는 그렇게 한 머리. ②'혼인' 또는 '본처'를 달리 이르는 말.

제 텬품(天稟)이 녜의를 수련(修練)ㅎᄂᆞᆫ지라. 엇지 무례ㅎ미 쳐ᄌᆞ의게 더으리오. 이제 나를 거절홈은 효ᄌᆞ의 지극ᄒᆞᆫ 힝실이라. 나의 기복(改服) 유리(遊離)홈도 직분(職分)이니 엇지 저의 치쇼(嗤笑)를 싱각ᄒᆞ리오. ≪군신(君臣) 부ᄌᆞ(父子){ᄂᆞᆫ} 부부(夫婦)○[ᄂᆞᆫ] 일쳬(一體)라. 비간(比干)505)이 간이ᄉᆞ(諫而死)506)ᄒᆞ고, 《대신∥뎨슌(帝舜)》이 호읍우민쳔(號泣于旻天)507) ᄒᆞ시고, 녀동(女宗)508){민}이 효고(孝姑)509)를 명계(明戒)510)ᄒᆞ시니, 《이도라∥이ᄂᆞᆫ 다》 원망(怨望)ᄒᆞ미 아니라. 이【45】제 뉴군이 엄친(嚴親)의 죄칙(罪責)를 조히 듯고, 샤졔(舍弟)의 싀긔(猜忌)를 화평(和平)○[이] 드러, ᄀᆞ득ᄒᆞᆫ 졍셩 밧근 다른 ᄯᅳᆺ이 업스니, 진실노 효졔(孝悌)의 도리를 볽히 닷그미라. 내 이제 뉴군의 거절ᄒᆞᄆᆞᆯ 원(怨)ᄒᆞ면 죄를 뉴군의게 어더, 싱젼의 인연을 근ᄎᆞ나[고]511) 디하의도 셔로 볼 낫치 업스리로다.≫512) 네 엇지 어린 말노 나를 인도ᄒᆞᄂᆞ뇨?"

향이 감탄ᄒᆞ고 항복ᄒᆞ여 고두 샤죄 왈,

"쳔비 부인의 놉흔 덕을 모로고 그릇 알외미 죄○[당]만ᄉᆞ(罪當萬死)513)로소이다."

이ᄯᅥ 뎡공이 쵹(蜀)으로 힝ᄒᆞ미, 싱(生還)홀 긔약이 업ᄂᆞᆫ지라. 가권(家眷)을 거ᄂᆞ려 갈ᄉᆡ, 쇼져를 싱각고 챵감(悵感)ᄒᆞᄆᆞᆯ 이긔지 못ᄒᆞ여【46】챵두(蒼頭)를 흣터 각도의 심방(尋訪)ᄒᆞ여, 만닐 잇거든 보호ᄒᆞ여 뫼셔오라 ᄒᆞ고, ᄉᆞ오인 챵두를 각각 빅금(百金)식 주고, ᄯᅩ 양쥬ᄌᆞᄉᆞ 박상규의게 진심(盡心)ᄒᆞ여 듯보라 ᄒᆞ니, ᄌᆞ식(刺史)514) 심하(心下)의 상양(商量)ᄒᆞ여 듯보ᄃᆡ 종젹(蹤迹)이 업스니, 뎡(鄭) 노빅(老伯)515)의 부탁을 져ᄇᆞ렷ᄂᆞᆫ지라. '타일 어닉 면목으로 노빅을 보리오.' ᄒᆞ고, 즉시 촌뎜(村店)과 소속

---

505) 비간(比干) : 중국 은(殷)나라 마지막 왕 주왕(紂王)의 숙부(叔父). 현인(賢人). 주왕의 폭정을 직간하던 중, 대로한 주왕이 '옛부터 성인은 심장에 구멍이 7개가 있다는데 정말 그러한가 보자'며 그의 심장을 도려내어 죽였다 함.

506) 간이ᄉᆞ(諫而死) : 간(諫)하다가 죽음.

507) 호읍우민쳔(號泣于旻天) : '하늘을 향해 소리 내어 울다'는 뜻으로, 옛날 중국의 순(舜)임금이 어버이에게 사랑을 받지 못함을 원망하여 밭에 나가 하늘을 향해 울었던 고사를 말함.

508) 여종(女宗) : 중국 춘추시대 송(宋)나라 포소(鮑蘇)의 처(妻). 남편이 위(衛)나라에 가 3년 동안 벼슬을 하면서 외처(外妻=첩)를 두었는데, 이를 질투하지 않고 남편과 시어머니를 잘 섬겼다. ≪삼강행실열녀도(三綱行實烈女圖)≫ '여종지례(女宗知禮)'조에 나온다.

509) 효고(孝姑) ; 시어머니께 효도를 다함.

510) 명계(明戒 : 밝히 경계(警戒)함.

511) 근츠다 : 끊다.

512) 군신 부ᄌᆞ 부부 일톄라 ᄒᆞ나, 비간이 간이ᄉᆞ오 대슌이 호읍우민텬 ᄒᆞ시고, 녀종이 쇼고를 경계ᄒᆞ니, 이ᄂᆞᆫ 다【46】원망ᄒᆞ미 업스미라. 이제 뉴군이 엄친의 죄칙을 즐겨 듯고 샤뎨의 싀의를 화평이 바다 지극ᄒᆞᆫ 졍셩 밧근 다른 ᄯᅳᆺ이 업스니, 진실로 효뎨의 도리를 볽게 닷그미라. 이제 뉴군의 거졀ᄒᆞᄆᆞᆯ 흐흐면 죄를 뉴군의게 어더 싱젼의 인연을 긋츠나 디하의 가 서로 서로 볼 ᄂᆞᆺ치 업스니… (나손본 『뉴효공션힝녹』 권지삼, 총서42권:46쪽10행-47쪽5행, *밑줄 교주자)

513) 죄당만ᄉᆞ(罪當萬死) ; 죄가 만 번 죽어도 마땅할 만큼 크다.

514) ᄌᆞ식(刺史) : ①고려 성종 14년(995)에 둔 외관(外官). ②중국 한나라 때에, 군(郡)・국(國)을 감독하기 위하여 각 주에 둔 감찰관. 당나라・송나라를 거쳐 명나라 때 없앴다.

515) 노빅(老伯) : 나이 많은 사람을 높여 이르는 말.

관부의 비밀이 《공사∥군ᄉ(軍士)》○[를] 노아,

"만닐 근본 업손 스룸이 남녀 업시 녁녀간(逆旅間)의 머무는 니 잇거든 불너 ᄃᆡ후(待候)ᄒ라."

ᄒ니, 일이삭(一二朔)이 못ᄒ여 빅여인을 잡아 부문(府門)의 니르니, ᄌᄉᆡ 뎡공의 뉘웃는 글과 혈【47】셔를 당초 뉴학ᄉᆡ 무여516) ᄇ렷기로, 《ᄉᄉ로이∥스ᄉ로》 그 셜화를 싱각○○○[ᄒ야 쓰]고, 굿히 '노뷔(老父) 녀ᄋᆡ를 춧는 글이라.' ᄒ여 벽상의 걸고, 즁인(衆人)으로 ᄒ여금 나와 보라 ᄒ니, 모든 사룸이 아못 년괸 줄 몰나 졍이 두려 ᄒ더니, ᄌᄉᆡ 친이 쇼릭ᄒ여 왈,

"아모나 이 글 뜻을 아는 이 이시면 그 쇼원을 좃ᄎ리라."

모다 둣토아 보와 능히 아지 못ᄒ더니, 최후의 흔 쇼년이 안쉭(顔色)을 고치고 압흘 향ᄒ여 왈,

"쳔인(賤人)이 능히 이 글 뜻을 알거니와 노애 이룰 춧ᄌ 무엇 ᄒ려 ᄒ시ᄂ닛고?"

ᄌᄉᆡ 눈을 드러 보니, 《쳔연슈미∥쳥년슈미(靑年秀美)》흔 지 몸의 쳥의(靑衣)를 닙고 인가창두(人家蒼頭)【48】의 모양이오, 녜뫼(禮貌) 온유(溫柔)ᄒ여 직상가(宰相家) 친신노ᄌ(親信奴者) 굿고 향촌(鄕村) 틱되(態度) 업ᄂ지라.

문득 뎡쇼졘가 ᄒ여 급히 즁인(衆人)을 믈니고 친이 읍양(揖讓)여 쳥(廳)의 올녀 문 왈,

"쇼년은 엇던 사룸이완ᄃᆡ 능히 이 글을 아ᄂ뇨?"

기인(其人)이 복지 왈,

"쇼뎍(小賊)517)은 졈즁(店中)의셔 뉴흑ᄉ 노야의 ○○[글을] 올니고 신임(信任)ᄒ던518) 비여늘, 엇지 모로시ᄂ닛고?"

ᄌᄉᆡ 딕경 왈,

"닉 망연이 싱각지 못ᄒ도다. 네 엇지 그 글 뜻을 아ᄂ뇨?"

향이 뉴쳬(流涕) 왈,

"노애 만일 이 글을 닉○[여] 사룸 춧는 뜻을 니르시면, 쇼뎍이 ᄯᅩ흔 쇼회를 고ᄒ리이다."

ᄌᄉᆡ 임의 묘믹(苗脈)이 잇는 줄 알고 뎡공의 셔간과【49】온 창두(蒼頭)를 불너 뵈니 쇼년이 계(階)에 ᄂ려 두건을 벗고 니르ᄃᆡ, 그ᄃᆡ 거동을 보니 뎡 츄상(樞相)519) 신임노자(信任奴者)쳔경이라. 쇼져룰 뫼시고 뉴리분쥬(流離奔走)520)ᄒ는 난향을 알아

---

516)무여 : 찢어. =믜어. 믜다: 찢다. *무여지다: 찢어지다. =믜어지다.
517)쇼뎍(小賊) : 천인(賤人) 신분의 남자가 신분이 높은 사람을 상대하여 자기를 낮추어 이르던 일인칭 대명사.
518)신임(信任)ᄒ다 : 시중들다. 옆에서 직접 보살피거나 심부름을 하다.
519)츄상(樞相) : 고려 시대에, 중추원과 추밀원의 종이품과 정삼품 벼슬을 이르던 말. 종이품은 관원사, 원사(院使), 지원사이고 정삼품은 부사(副使), 직학사이다. 늑추신(樞臣).
520)뉴리분쥬(流離奔走) : 이곳저곳으로 떠돌아다님.

볼소냐?"

창뒤 보니 과연 난향이라. 크게 놀나 황망이 무르딕,

"그딕 엇지 여긔 잇시면[며] 쇼져는 어딕 계신요?"

향이 바야흐로 즈스와 쳔경을 딕흐여 수말(首末)을 니르고 뉴학시 맛츰닉 용납홀 쯧이 업시니 소졔 진퇴부득(進退不得)521)흐믈 고흐니, 박상규 강기(慷慨) 왈,

"뉴형의 인즈흐무로 엇지 춤아 이런 박졍흔 일을 흐리오. 네 이졔 쥬인을 보호흐여 튱셩이 관일(貫一)흐니 맛당이【50】금셕(金石)의 삭염즉흐도다. 닉 혜으리건딕 뉴형이 졍심(貞心)을 곳치지 아닐 거시니, 너희 등이 부인긔 고흐여 촉(蜀)522)으로 힝흐실 쯧을 알외라."

난향 쳔경이 돈슈빅샤(頓首拜謝) 왈,

"굴오치신 딕로 도라가 고흐리이다."

흐고 덤즁의 도라와 뎡시를 보와 슈미(首尾)를 고흔딕, 뎡시 쳔경을 불너 부모의 소식을 뭇고, 야야의 뉘웃치믈 깃거흐더라.

즉시 발힝코즈 흐딕 도뢰(道路) 만여리라. 득달홀 길이 업셔 근심흐더니, 즈시 난향을 불너 니로되,

"싱각건딕 부인이 검각잔익(劍閣剗崖)523) 졀벽을 말미암아 득달홀 기리 업스니, 슈로창패(水路滄波) 비록 위틱흐나, 만일【51】슌풍(順風)을 맛난 즉 불과 십여 일의 촉(蜀)으로 가리니[라], 하관(下官)○[이] 큰 빅 흔 쳑을 갓초와 션인(船人)과 《즘물‖즙물(什物)》을 쥰비흐여 힝도(行道)를 도으리니, 션범(船帆)으로 힝흐실 쯧을 취품(就稟)흐라."

난향이 도라가 쇼져긔 알왼딕 뎡시 차탄(嗟歎) 왈,

"졔의 의긔 여차(如此)흐니, 닉 엇지 좃지 아니리오."

드딕여 난향으로 흐여금 셩덕을 칭샤(稱謝)흐고 은혜를 감격흐여 그 말숨이 귀신을 동홀 듯 흔지라. 즈시 더욱 어지리 녀겨 드딕여 흔 쳑 딕션을 곳초고 일용즘[즙]물(日用什物)을 셩비(盛備)흐여 뎡시 노쥬를 보닐 시, 쇼졔 쳔경 난향으로 더부러 쥬인을 하직흐니, 노괴 쳐음은 뉴리(流離)흐는 쳔인(賤人)으로 아랏다【52】가, 의외에 뎡츄밀 귀공즈로 즈시 비숑(陪送)흐믈 보고, 놀나고 써나믈 슬허흐딕 오히려 녀즌 줄은 모로더라.

임힝(臨行)의 즈시 물가의 친히 와 션인을 후상(厚賞)흐고 부촉(咐囑) 왈,

---

521)진퇴부득(進退不得) : 앞으로 나아가지도 뒤로 물러나지도 못함.

522)촉(蜀) : ①『지명』중국 '사천성(四川省)'의 옛 이름. 늑촉셩(蜀省). ②『역사』중국 삼국 시대 유비(劉備)가 221년에 세운 나라. 사천(四川)・운남(雲南)・귀주(貴州) 북부 및 한중(漢中) 지역을 차지하였으며, 263년에 위나라에 멸망하였다.

523)검각잔익(劍閣剗崖) : 중국 사천성 검각현(劍閣縣) 잔도(棧道)의 깎아지른 듯이 험준한 벼랑길. *검각(劍閣) : 중국 사천성에 있는 현(縣) 이름. 특히 검각현의 대검산 소검산 사이에 난 잔도(棧道)는 험하기로 유명하다.

"너희 만일 이 힝츠롤 편안이 뫼셔 가 도라온 즉 반다시 쳔금의 상이 이시리라."

모든 소공이 쳥녕(聽令)ᄒ고 독글524)다라 비를 히[힝]ᄒ디, 녀진 줄 몰나, '뎡츄밀공지 무ᄉ 일노 뉴락ᄒ니 ᄌᄉ 츠ᄌ 보닌○[다]' ᄒ야, 더욱 조심ᄒ여 가니, ᄇ람이 슌(順)ᄒ고 물결이 급ᄒ여 슌식간의 빅니(百里) 밧글 오니, 쇼졔 심이 깃거ᄒ더니, 셕양의 디풍(大風)이 니러나 빅낭(白浪)525)이 하 【53】 늘의 다핫고, 쥬집(舟楫)526)이 쟝ᄎ 업치려 ᄒ니, 모든 션인이 왈,

"ᄇ람이 거스리 부니, 만닐 비를 촉으로 끄를면527) ᄉ지 못ᄒ지라. 출하리 가ᄂ디로 두어 아모디 가 부드쳐도, 비에 양퇴(糧橐)528)이 족ᄒ니 가히 슌풍(順風)을 기다려 힝션(行船)ᄒ 거시니이다."

쇼졔 홀 일 업셔 허락ᄒ디, 즉시 닷흘 거더 비를 모ᄒ니, 만경창파(萬頃蒼波)529)의 일엽쇼션(一葉小船)530) 이 표표탕탕(飄飄蕩蕩)531)ᄒ여 졍쳐업시 다ᄅ니, 이 ᄢ 형상은 진실노 이긔여 젼치 못ᄒ너라. 난향이 쇼져룰 붓들고 통곡ᄒ야 홈긔 죽기룰 결ᄒ니, 쇼졔 단연이 요동치 안여 왈,

"닉 평싱 힝신이 미거ᄒ고, 쇼셩(素性) 【54】 이 완둔(頑鈍)ᄒ여 구가(舅家)의 누죄(累罪)ᄒ 츌부(黜婦)로디 죽지 아니코 기뷔(其夫) 즁형(重刑)을 닙어 만니(萬里)의 젹거(謫居)ᄒ디, 오히려 살기를 탐(貪)ᄒ여 수로창파(水路蒼波)로 아너지 홀노 발셥(跋涉)ᄒ니, 이 다 쇼셩(素性)의 경솔ᄒ미라. 오날늘은 하늘이 나의 죽지 아니믈 외오녀 기샤 죄룰 붉히랴 ᄒ시니, 묽은 강물이 기릭 쳔쳑(千尺)이라. 닉 죽을 ᄯᆞᆫ을 어더시니, 족히 소싱을 넘녀ᄒ리오."

ᄒ더라.

모진 ᄇ람이 긋지 아니니 비 졍쳐 업시 가기를 십여일의 ᄇ람이 졍(靜)ᄒ거늘 모다 미시532)로 요긔ᄒ고 비룰 언덕의 다히니, ≤그 ᄯᅕᆤ 인물이 번셩ᄒ거늘, 토인(土人)다려 무르니 《초쥬∥됴쥬(潮州)533)》 【55】 안샹현이라○…결락 19자…○[ᄒ거늘 혹ᄉ의 뎐쉰(謫所) 줄 알고 대경ᄒ야 기리 탄식] ᄒ더라.≥534)

――――――――

524)독글 : 돗글. 돛을. *돛 : 배 바닥에 세운 기둥에 매어 펴 올리고 내리고 할 수 있도록 만든 넓은 천. 바람을 받아 배를 가게 한다.

525)빅낭(白浪) : 백랑(白浪). 흰 물결. 흰 파도.

526)쥬집(舟楫) : 주즙(舟楫). 배와 삿대라는 뜻으로, 배 전체를 이르는 말.

527)끄를다 : 끄을다. 끌다. 바닥에 댄 채로 잡아당기다.

528)양퇴(糧橐) : 양탁(糧橐,糧囊). '양식자루'라는 말로, '양식(糧食)'을 달리 이른 말.

529)만경창파(萬頃蒼波) : 만 이랑의 푸른 물결이라는 뜻으로, 한없이 넓고 넓은 바다를 이르는 말. ≒만경파.

530)일엽쇼션(一葉小船) : 나뭇잎처럼 작은 배 한 척.

531)표표탕탕(飄飄蕩蕩) : 정처 없이 헤매어 떠돎. ≒표탕(飄蕩).

532)미시 : =미수. '미숫가루'의 옛말. 찹쌀이나 멥쌀 또는 보리쌀 따위를 찌거나 볶아서 가루로 만든 식품. ≒초(麨).

533)됴쥬(潮州) : 중국 광동성(廣東省)에 있는 행정구역의 하나.

534)그 ᄯᅡ 인물이 번셩ᄒ거늘 <u>토인드려 무르니 됴쥐 안샹현이라 ᄒ거늘 혹ᄉ의 뎍쉰 줄 알고</u>

이에 ᄉᆞ공ᄃᆞ려 독글 다라 촉(蜀)으로 힝션ᄒᆞ라 ᄒᆞ니, 모든 션인이 셔로 의논ᄒᆞᄃᆡ,

"우리 이런 험노○[의] 촉으로 힝ᄒᆞ다가 만닐 ᄃᆡ히의 표풍(飄風)ᄒᆞᆫ 즉 살 기리 업ᄉᆞ리니, 맛당이 져를 쇼겨 뭇히 ᄂᆞ리오고 다라날[남]만 ᄀᆞᆺ지 못ᄒᆞ다. ᄇᆡ 우히 ᄌᆡ물이 만금의 지ᄂᆞ니 엇지 져를 다리고 분쥬ᄒᆞ리오."

하나히 의논을 ᄂᆡᄆᆡ 십여인이 다 좃ᄎᆞ니, 임의 쐬를 정ᄒᆞ고 난향다려 왈,

"오날이 병오일(丙午日)이니 슈신(水神)의 슌힝(巡幸)ᄒᆞ시난 날이라. 일힝이 목욕ᄒᆞ고 졔(祭)ᄒᆞ리라."

ᄒᆞᆫᄃᆡ, 쇼졔 왈,

"《이일∥일일(一日)》이 쳔츄(千秋) ᄀᆞᆺᄐᆞ니 슈로ᄂᆞᆫ 뉵노○[와] 다ᄅᆞ니【56】져히 ᄯᅳᆺᄃᆡ로 ᄒᆞ라."

즁인(衆人)이 암희(暗喜)ᄒᆞ여 일변 졔물(祭物)을 출히며 난향다려 왈,

"일변 션즁(船中)을 쇄소ᄒᆞᆯ 거시니, 공ᄌᆞ(公子)를 뫼셔 뭇히 ᄂᆞ리라."

ᄒᆞᆫᄃᆡ, 쇼졔 심즁의 고히 여기나 이에 니ᄅᆞ러ᄂᆞᆫ ᄉᆞᄉᆞ 쇼견을 셰우지 못ᄒᆞᆯ지라. 난향으로 더브러 ᄇᆡ의 ᄂᆞ리고 텬경은 션즁의 머무러 쇄소ᄒᆞ기를 돕더니, 모든 샤공이 ᄒᆞᆫ 쇼ᄅᆡ 납함(吶喊)[535]ᄒᆞ고 슌류(順流)ᄒᆞ여 동으로 다ᄅᆞ니[536] ᄲᆞ르기 살 ᄀᆞᆺᄐᆞᆫ지라.

텬경이 ᄃᆡ경ᄒᆞ여 황망이 졔젹(諸賊)다려 왈,

"녈위ᄂᆞᆫ 공ᄌᆞ를 ᄇᆞ리고 어ᄃᆡ로 가ᄂᆞ뇨?"

졔젹이 쇼ᄅᆡᄒᆞ여 왈,

"너를 보니 조흔 사나히로소니 엇지 남의 고공(雇工)이 되어 붓그【57】런 줄 모로《고∥ᄂᆞ뇨?》 이졔 ᄇᆡ 가온ᄃᆡ ᄌᆡ물이 이시니 널노 더부러 기리 강호의 츌몰ᄒᆞ여 즐길 거시오, 네 쥬인은 귀가(貴家) 공ᄌᆞ로 각별 원쉬 업ᄉᆞ니, 됴히 뭇틔 ᄂᆞ려시니 어ᄃᆡ가 못 살니오. 네 만닐 우리 말을 듯지 아인즉 별다[단](別-)[537] 쳐치 ᄒᆞ리라."

텽[텬]경○[이] 두려 드ᄃᆡ여 ᄒᆞᆫ 무리 되여 슘으니라.

뎡부인이 난향으로 더부러 언덕의 올나 졔유[538] 《슈리ᄂᆞᆫ 힝ᄒᆞᄆᆡ∥두어 거롬을 힝ᄒᆞ야》 ○○○○○○○[이 경ᄉᆡᆨ을 만나니], 창황ᄒᆞ여 아모리 ᄒᆞᆯ 쥴 모로고 강심(江心)을 향ᄒᆞ여 ᄯᅱ여들여 ᄒᆞ거ᄂᆞᆯ, 난향이 밧비 븟드러 왈,

"션즁인이 험노(險路) 풍파(風波)의 가기 괴로온 고로 믄득 이 거죄 잇ᄂᆞᆫ지라. 우리 나리기를【58】도로혀 다힝이 ᄒᆞ여시니, 냥도(良道)를 ᄉᆡᆼ각ᄒᆞ여 흑ᄉᆞ 게신 곳을 ᄎᆞᄌᆞ 가실 거시오. 상공이 용납지 아니시나 노쥬 몸의 남복이 이시니 ᄯᅩᄒᆞᆫ 다른 념녜 업ᄉᆞᆫ

대경ᄒᆞ야 기리 탄식ᄒᆞ더라.…(나손본 『뉴효공션힝녹』 권지삼, 총서42권:54쪽8-10행, *밑줄 교주자)

535)납함(吶喊) : 적진을 향하여 돌진할 때 군사가 일제히 고함을 지름.

536)다르다 : 달리다. '닫다'의 사동사. ①달음질쳐 빨리 가거나 오다. ②차, 배 따위가 빨리 움직이다.

537)별단(別-) : 특별히 다른. 아주 특별한.

538)졔유 : 겨우.

지라. 촉되(蜀道)539) 슈만니(數萬里)라 ᄒ나, 하늘 우희 잇지 아닐 거시니, 젼젼(前前)이 걸식ᄒ여 ᄎᄌ가도 ᄯ 근심이 젹지 아니커늘, 엇지 믄득 쇄옥낙화(碎玉落花)540)ᄒ믈 경(輕)히 녀겨 힝ᄒ리잇고?"

쇼졔 앙텬탄식(仰天歎息) 왈,

"내 진실노 살 ᄯᅳᆺ이 업고 도라갈 곳이 업스니 ᄒ 번 죽으미 올흐ᄃᆡ 부모뉴쳬(父母遺體)를 ᄎᆞᆷ아 ᄇᆞ리지 못ᄒᆯ지라. 장ᄎᆺ 일신이 강호(江湖)이 나붓겨 어ᄃᆡ 의탁【59】ᄒ리오."

셜파의 읍쳬여우(泣涕如雨)ᄒ여 쥬뤼(珠淚) 옷깃싀 져즈니, 난향이 ᄇᆡᆨ단(百端) 기유(開諭)ᄒ여 노변힝인(路邊行人)으로 좃ᄎ 뉴학ᄉ의 햐쳐(下處)541)를 므르니, 최후의 ᄒ 사름이 니르ᄃᆡ,

"이ᄂᆞᆫ 됴쥬 ᄯ히나 쇼속관(所屬關)이오, 틱쉬 도읍쳐(都邑處)ᄂᆞᆫ 남노(南路)로 ᄇᆡᆨ니 밧긔 이시니 경성 젹거죄인(謫居罪人)이 다 그 곳ᄃᆡ 잇고 이곳은 아지 못ᄒ노라."

ᄒ더라.

노쥐(奴主) 셔로 붓드러 쳔신만고(千辛萬苦)ᄒ여 됴쥬부(潮州府)의 니르러ᄂᆞᆫ 흑ᄉ의 햐쳐를 ᄎᄌ 알ᄋᆞᄃᆡ542) 그 ᄯᆺ을 아지 못ᄒ여 ᄂᆡ졈(內店)을 비러 쥬인ᄒ고 감이 통신치 못ᄒ니, 신셰(身世) 차악(嗟愕)ᄒ더라.

ᄎᆞ시 ᄆᆡᆼ츄(孟秋) 하슌이【60】라. 노염(老炎)이 심ᄒ고로, 집 뒤로 포[폭]뵈(瀑布) 흘너 쟈근 ᄂᆡ히 잔완(孱緩)ᄒ거늘 ᄂᆡ가 수풀의 피셔(避暑)ᄒ더니, 믄득 보니 ᄒ 사름이 ᄇᆡᆨ포광삼(白布廣衫)으로 흔가이 나와 암상(巖上)의 안ᄌᄆᆡ 두어 쇼년이 나ᄋᆞ와 글 ᄯᆺ을 무르니, 기인이 댱탄(長歎) 왈,

"흑싱은 국가의 죄〇[인]으로 ᄉ싱을 졍치 못ᄒ고, 망운영모(望雲永慕)543)ᄒᄂᆞᆫ 졍이 이시니, 어늬 결을의 셔ᄉ(書辭)를 의논ᄒ리오. 셩현의 말ᄉᆷ이 셔뎍의 이시니 졔공은 다만 튱효를 웃듬ᄒᆞᅣ, 비록 인졍이 ᄉ랑ᄒᄂᆞᆫ ᄇᆡ 쳐지나 ᄃᆡ졀을 튱효로 잡은 즉, 기여(其餘)ᄂᆞᆫ ᄒ 터럭 ᄀᆞᆺ치 가ᄇᆞ야올 쥴노 아라 힝ᄒ며, 비록 글을 닑지 아니나 만권셔(萬卷書)〇[롤] 닑이[음]도곤 나으리라."【61】

ᄒ니, 이 졍이 뉴학ᄉ라.

본향(本鄕) 션ᄇᆡ 글 ᄇᆡ호리 만코 ᄯ 이 사름이 〇〇〇[이곳의] 와 강논ᄒᆞᆯ 졔 부인이 공교로이 드른 ᄇᆡ라. ≪그 언단(言端)이 여ᄎᆞ(如此)ᄒ여 인졍을 《긋친 후‖긋ᄎ라 ᄒᄂᆞᆫ 곳의 니르러》ᄂᆞᆫ 할연댱탄(豁然長歎)544)ᄒ고 이윽이 셔셔 그 거동을 보더니

---

539) 촉되(蜀道) : 촉(蜀)나라로 가는 길.
540) 쇄옥낙화(碎玉落花) : 옥이 부서지고 꽃이 떨어짐. '높은 데서 아래로 몸을 던져 죽음'을 비유적으로 표현한 말.
541) 햐쳐(下處) : 사처. 손님이 길을 가다가 묵음. 또는 묵고 있는 그 집.
542) 알ᄋᆞ다 : 알아보다. 조사하거나 살펴보다.
543) 망운영모(望雲永慕) : 자식이 객지에서 구름을 바라보며 어버이를 그리워함. =망운지정(望雲之情).

≥545), 흔 쇼년이 니른딕,

"어졔 우리 집 창뒤(蒼頭) 셔쵹(西蜀) 비단장ㅅ 흐라 갓다가 도라와 춤혹흔 말을 흐더이다."

흑ㅅ 왈,

"그 실상이 엇더흐뇨?"

쇼년 왈

"경ㅅ(京師) 지상 뎡츄밀이란 ㅅ름이 혈가(挈家)546)흐여 원찬(遠竄)흐다가 길히셔 도젹을 만나 젼기(全家) 함몰흐다 흐더이다."

흑ㅅ 딕경 왈,

"이 진짓 말가?"

쇼년 왈,

"쟝뒤 길히 오며 드르니 《인인∥인언(人言)》이 쟈쟈(藉藉)흐야 십분 요란흐고 【62】 ㅅ름 죽은 거시 수십인이나 흐고, 뎡가 힝즁이라 흐여 촉군(蜀郡) 지뷔(知府) 친이 군을 거느려 와 보고 그 즁의 뎡 츄상(樞相)의 시신(屍身)이 잇다 흐고 관곽(棺槨)을 ᄀᆞ초와 장(葬)흐다 흐더이다."

흑ㅅ 쳥파의 수루(垂淚) 왈,

"졔 심이 과격흐고 불통흐여 날을 져ᄇᆞ리미 잇거니와 그 쇼힝이 취신(取信)흘 곳이 만코 흐믈며 금번 상소의 눈긔(倫紀)를 붓드러더니, 비명(非命)의 죽으니 엇지 국가 불힝치 아니리오."

드ᄃᆞ여 ᄎᆞ탄흐고 감상(感傷)흐여 즉시 니러 도라가니, 부인이 이 말을 듯고 넉시 몸의 붓지 아녀 ᄯᆞ히 것구러져 혼졀흐니, 난향이 황망이 구흐여 계유 졍신을 출혀 방셩호곡(放聲號哭)【63】흐야 두 번 야야를 부르고 혼졀흐니, 향이 망극흔 가온딕 쇼져의 경식을 보고 아모리 흘 쥴 몰나 붓드러 졈즁의 드러와 누이고 약을 어더 입의 녀흐니 반향(半晌)이나 지는 후 ≤쇼졔 눈을 드러 향을 보와 왈,

"사룸이 셰상의 나 뉘 우룸이 업스리오마는 《만딕∥만딕(萬代)》의 셜로오믄 날 ᄀᆞᆺ튼니 업고, 상화(喪禍)547)의 참혹ᄒᆞᆷ은 우리집 ᄀᆞᆺ튼니 업스니, 창텬이 무슴 죄로 앙화(殃禍)를 태심(太甚)케 흐시ᄂᆞ뇨?"

셜프의 ᄯᅩ 울어 인ᄉᆞ를 모르니≥548), 난향이 통곡 왈,

---

544)할연댱탄(豁然長歎) : 활연장탄(豁然長歎). 밝히 깨달아 길게 탄식함. *활연(豁然): ①의문을 밝게 깨달은 모양. ②환하게 터져 시원한 모양.

545)그 언담이 여ᄎᆞ흐야 ㅅ졍을 긋ᄎᆞ라 흐는 곳의 니르러는 할연이 댱탄흐고 수머 이셔 거동을 보더니…(나손본 『뉴효공션힝녹』 권지삼, 총서42권:59쪽11행-60쪽1행, *밑줄 교주자)

546)혈가(挈家) : 설가(挈家). 온 가족을 데리고 가거나 옴. 늑설권(挈眷).

547)상화(喪禍) : 난리(亂離)나 병(病) 따위의 재앙을 만나 당한 참혹한 죽음.

548)쇼졔 눈을 드러 향을 보고 왈, "사룸이 셰상의 나셔 뉘 이 우룸이 업스리오마는 만딕의 날 ᄀᆞᆺ투니는 다시 업고, 상화의 참혹ᄒᆞ미 내집 ᄀᆞᆺ투니 업는디라. 피창챠텬이 하죄과로 앙화를

　"부인은 엇지 뎐문(傳聞)의 말을 신쳥(信聽)ᄒ여 진뎍(眞的)ᄒ믈 탐디(探知)치 아니시고 즐예549) 유체(遺體)를 ᄇ리샤 엇지 노야의 쇼【64】져 ᄉ랑ᄒ시던 ᄯ을 벼ᄇ리려 ᄒ시며, 쇼비 쳔신만고(千辛萬苦)ᄒ여 뫼셔 이에 니르러 죽지 아니믄 상공 ᄯ을 기유ᄒ여 의탁고ᄌ ᄒ미어늘 뎜즁의셔 죽기를 ᄌ분(自憤)ᄒ여 타향만니(他鄕萬里)의 무주고혼(無主孤魂)이 되기를 달게 녀기시니, 엇지 익닯지 아니리잇고?"

　부인이 탄왈,

　"닉 엇지 아지 못ᄒ리오만은 ᄌ식이 되어 분상(奔喪)ᄒᆯ 길이 업고, 님하(林下)의 셔로 붓드러 명(命)을 맛지 못ᄒ니 십팔년 양휵지은(養慉之恩)이 어듸 잇ᄂ뇨? 닉 비록 무식ᄒ나 '뇩아(蓼莪)의 슬프믈[미]'550) 엇지 부부의 지난 쥴 모로이오만은, 대졀(大節)을 셰우미 니친분주(離親奔走)551)ᄒ미 이에 밋쳣더니, 이제 뉴군을 ᄎᄌ미 닉 일은【65】올ᄒ나 뉴군이 날 용납홈은 효의(孝義)를 상힉오ᄂ 작시라. 졔 날을 긋치미 심커늘 닉 졔를 ᄯ라 니르러 그 ᄆᄋ을 어즐어이미 가치 아니코, ᄲ니 촉으로 가 분묘를 딕희미 본 ᄯ지[이]나, 낭탁(囊橐)이 님의 븨엿고 촉되(蜀道) 수만니니 득달ᄒᆯ 기리 업ᄉᆫ지라. 진실노 진퇴(進退)에 냥난(兩難)ᄒ고, 슬픈 ᄌ최 븟들 기리 업ᄉ니, 이ᄂ 하늘이 나를 망(亡)케 ᄒ시미라."

　셜파의 이원(哀怨) 호곡(號哭)ᄒ여 오직 죽을 ᄆᄋ이 이시니, 노즁년(魯仲連)의 니른 바 '장군은 유ᄉ지심(有死之心)ᄒ고 ᄉ졸(士卒)은 무ᄉᆼ지긔(無生之氣)라.'552) ᄒ니, 난향이 쥬인의 이 ᄀᆺᄐ 경식을 보고 엇지 살 ᄯ지 잇시리오. 다만 눈물을 흘【66】니고

태심케 ᄒ시ᄂ뇨?" 셜파의 ᄯ 우러 긔졀ᄒ니…(나손본 　『뉴효공션힝녹』권지삼, 총셔42권:59쪽11행-60쪽1행, *밑줄 교주자)

549)즐예 : 즈례. 지레. 어떤 일이 일어나기 전 또는 어떤 기회나 때가 무르익기 전에 미리.

550)뇩아(蓼莪)의 슬픔 : =뇩아지통(蓼莪之痛). 어버이가 죽어서 봉양하지 못하는 효자의 슬픔을 이르는 말. 중국 전국시대 진(晋)나라 사람 왕부(王裒)가 아버지가 비명(非命)에 죽은 것을 슬퍼하여 일생 묘 앞에 여막(廬幕)을 짓고 살며 추모하였는데, 『시경』<육아편(蓼莪篇)>을 외우며, 그 때마다 아버지를 봉양치 못하는 자신의 처지를 슬퍼하여 눈물을 흘렸다는데서 유래한 말.

551)니친분주(離親奔走) : 어버이 곁을 떠나 바삐 돌아다님.

552)노즁년(魯仲連)의 니른 바 장군은 유ᄉ지심(有死之心)ᄒ고 ᄉ졸(士卒)은 무ᄉᆼ지긔(無生之氣)라 : 중국 전국시대 제(齊)나라 무장 노중련(魯仲連)이 같은 나라 무장 전단(田單)에게 한 말. 즉 전단은 앞서 작은 병력으로 대국인 연(燕)나라를 쳐부수고 제(齊)를 독립시킨 공이 있는데, "작은 적(狄)나라를 치다가 석 달이 되도록 이기지 못하자, 단이 이에 두려운 마음이 들어 노중련에게 (그 까닭을) 물었다. 이에 중련이 대답하기를, 그때(연을 물리칠 때)에 장군은 죽으려는 마음이 있었고 사졸들은 살아야겠다는 기색이 없어 모두가 눈물을 훔치면서 팔을 휘두르며 싸우고자 하였습니다. 이것이 연나라를 깨뜨릴 수 있었던 까닭입니다. (田單 …遂攻狄 三月不剋. 單 乃懼 問仲連. 仲連 曰當此之時 將軍 有死之心 土卒은 無生之氣 莫不揮泣 奮臂而欲戰 此所以破燕也) 《통감(通鑑)1권》 임오년(壬午年: B.C.279)조에 보인다. *노중련(魯仲連) : 중국 전국시대 제(齊)나라 무장(武將). 그가 조(曺)나라에 머물고 있을 때, 진(秦)나라가 조나라를 침공해 수도 한단(邯鄲)을 포위하자 위(魏)나라를 설득해 진나라를 치게 함으로써 조나라를 위기에서 구해주었다.

겻히셔 위로ᄒ야 슘수일이 지나니, 쇼졔 한 벌 최마(衰麻)로써 셩복(成服)553)을 지니고, 난향ᄃ려 왈,

"내 졈즁의 이셔 냥식이 업고 쥬인이 방셰(房貰)를 징식(徵索)ᄒ니 장ᄎᆺ 계괴 업ᄂ지라. 두로 단니며 걸식은 ᄎᆷ아 못ᄒᆯ 거시니, 뫼히 올나 숑엽(松葉)을 먹고 암혈의 업ᄃ여시미 거의 분(分)이라."

향이 쇼져의 명되(命途) 이 ᄀ치 괴로오믈 슬허 눈믈을 흘니고 ᄒᆫ가지로 붓드러 태힝산(太行山)554)의 올나가니 그 뫼히 경기(景槪) 졀승(絶勝)ᄒ고 인젹이 긋쳐시며 호표(虎豹)의 무리 업슨 곳이라. 졈즁의셔 샹게(相距) 십리ᄂ ᄒᆞ더라.

ᄒᆞᆫ 곳의 졀벽이 병풍 두른 듯ᄒᄃᆡ, 젹은 문【67】ᄀ치 계유 ᄒᆞᆫ 사름이 들 굼기 이셔 형샹이 담 ᄡ고 문 여럿ᄂ 듯ᄒ니, 쇼졔 난향을 도라보아 왈,

"이ᄂ 나의 혈육이 뻑을 곳이라. 진실노 하ᄂᆯ 뜻이로다."

ᄒᆞ고 그 가온ᄃᆡ 드러가 안즈니, 그 속이 너르기 ᄒᆞᆫ 간(間)555)이나 ᄒᆞ더라.

노쥐 숑엽을 ᄒᆞ로 ᄒ번식 어더 먹고 산과(山果)로 요긔ᄒ니 비 골픈 줄 모로나, 쇼졔 야야를 싱각고 울음○[이] 긋칠 젹이 업스니, 오히려 숑엽 산과도 먹을 젹이 드믈고, 묽은 ᄇ람과 닷ᄂ 히에 부모를 싱각ᄒ미 심시 지졉(止接)ᄒᆞᆯ 곳이 업ᄂ지라. ≤비록 명완(命頑)ᄒᆞᆫ 쳔인(賤人)이라도 부지(扶持)키 어렵거든 약ᄒ미【68】《실‖신류(新柳)》ᄀ고 《어리미‖여리미》옥(玉) ᄀᄐ니 엇지 능히 평안ᄒ리오.≥556)

의형(儀形)이 환탈(換脫)ᄒ고 옥골(玉骨)이 드러나 긔거(起居)를 님의로 못ᄒ고 셧ᄃᆡ 인수를 ᄇ리니, 발셔 두어 달이 지나 계츄(季秋)의 니르러 쇼졔 병이 더옥 즁ᄒ여시되, 의약(醫藥)○[을] ᄒᆞᆯ 긔약이 업고 날이 ᄎ미 더옥 됴리ᄒᆞᆯ 곳이 업셔, 향이 망극ᄒ여 오직 쇼졔 죽으면 ᄒᆞᆷ게 결(決)ᄒ려 ᄒᆞ더라.

차셜(且說)557) 뉴학시 뎍쇼(謫所)의 이셔 됴쥬(潮州) 션비 글 비호기를 구ᄒᆞᆯ 지 무수ᄒ니, 번요(煩擾)ᄒᆞᆷ믈 괴로이 녀겨 칭병ᄒ고 손을 보지 아니 ᄒ더니, ᄯ 뎡공의 망(亡)ᄒᆞᆷ믈 드른 후 감샹(感傷)ᄒ고 부인의 졍ᄉ(情事)를 더옥 감챵(感愴)ᄒ여 싱각ᄒᄃᆡ,

"부인이 양쥐(楊州)【69】이셔 이쇼식을 듯지 못ᄒ여시리니, 그 졍ᄉ(情事)와 신셰(身世) 긍측(矜惻)ᄒ도다."

---

553) 셩복(成服) : 초상이 나셔 상인(喪人)들이 처음으로 상복(喪服)을 입는 일. 보통 입관(入棺)을 마친 후 입는다.

554) 태힝산(太行山) : 중국 동북부에 위치하여 산서성(山西省), 하북성(河北省), 하남성(河南省) 3개 성(省)에 걸쳐 있으며, 중심의 대협곡(大峽谷)은 빼어난 경치를 자랑하고 있다. 해발 1840m.

555) 간(間) : ①길이의 단위. 한 간은 여섯 자로, 1.81818미터에 해당한다. ②넓이의 단위. 건물의 칸살의 넓이를 잴 때 쓴다. 한 간은 보통 여섯 자 제곱의 넓이이다.

556) 비록 명완 쳔인이라도 브디키 어렵거든 ᄒᆞ믈며 약ᄒ기 신뉴 ᄀ고 여리기 옥 ᄀᄐ니 엇디 능히 평안ᄒ리오. …(나손본 『뉴효공션힝녹』 권지삼, 총서42권:65쪽4-7행, *밑줄 교주자)

557) 차셜(且說) : 고소설에서 '화설(話說)' '익설(益說)' 등처럼 장면전환을 나타내는 화두사(話頭詞).

이럿툿 〈렴(思念)ᄒ나 이곳의 니르러시믈 엇지 알니오.

일일은 사룸이 보(報)○[ᄒ]듸,

"밧긔 ᄒᆞᆫ 션싱이 와 뵈와지라 ᄒ나이다."

혹시 의심ᄒ여 나와보니, 이 졍이 귀향 올 졔 졈즁(店中)의셔 맛ᄂᆞᆫ 벗 강싱이라. 피ᄎᆞ 다 놀나고 반가오믈 이긔지 못ᄒ여, 녜를 맛고 혹시 몬져 비샤 왈,

"형댱을 녁녀(逆旅) 즁 만나 디긔(知己)로 허ᄒ시믈 〈싱의 닛지 못홀 비로듸 홀홀이 니별ᄒ여 모들 지속(遲速)이 묘연(杳然)ᄒ니, 우심(憂心)이 층츌(層出)ᄒ여 망운(望雲)558) 《ᄒ∥ᄒᄂᆞᆫ》 회포와 〈우(思友)ᄒᄂᆞᆫ 심〈를 더으더니, 금일 형의 존안을 상듸ᄒ니, 블【70】 승영힝(不勝榮幸)이로다."

강싱이 손잡고 왈,

"우형(愚兄)이 그날 그듸를 니별ᄒ므로붓터 공ᄎᆡ(公差)의 〈오나오믈 념녀ᄒ여 신상(身上) 딜고(疾苦)를 닛겨더니, 수십일의 늬 병이 나으나, 돈ᄋᆞ(豚兒) 독병(毒病)을 어더 신음ᄒ니, 어미 업ᄉᆞᆫ 즈식툴[을] ᄇᆞ리지 못ᄒ여 구호ᄒ길 일삭(一朔)이 지난 후, 길을 나 이곳의 니르러 공의 무〈ᄒ믈 보니, 깃부믈 이긔지 못ᄒ리로다."

혹시 크게 감격ᄒ여 ᄒᆞᆫ가지로 머무러, 일노(一路)의 득달ᄒᆞᆫ 말을 뭇고, 피ᄎᆞ 이즁ᄒ나, 혹시 근본을 모로더니, 월식(月色)이 명낭(明朗)ᄒ믈 보고 이인(二人)이 글을 지어 년귀(聯句)ᄒ고 담논이 풍싱(豊生)ᄒ니,【71】 혹시 믄득 안식을 졍히 ᄒ고 말을 펴 굴오듸,

"쇼뎨 ᄒᆞᆫ 의심 된 일이 이시니, 형댱은 ᄀᆞ라치라."

강싱 왈,

"이 무ᄉᆞᆷ 쯧고?"

듸 왈,

"다른 일이 아니라 쇼졔 황구치아(黃口稚兒)559)로 일홈이 미말(微末)ᄒ여 군즈의 도라보믈 싱각지 못홀 거시어늘 형이 ᄎᆞᄌ 〈랑ᄒ미 오날 눌의 이시니, 반다시 쥬의 이실지라. 감은 ᄒᆞᆫ 즁 의심이 되니, ᄎᆞᆷ지 못ᄒ여 니르노라."

강싱이 샤왈(謝曰),

"군이 니럿툿 니르니 늬 ᄯᅩᄒᆞᆫ 고ᄒ미 방희롭지 아니듸, 다만 늬 니럿툿 ᄒ믈 근본으로붓터 베픈 즉 녜의에 감이 친ᄒᆞᆫ 사룸의 말을 쇼(疎)ᄒᆞᆫ 사룸이 ᄒᆞ지 못ᄒᄂᆞᆫ 허믈을 ᄇᆞ들 거시니 흠구(縅口)흠만 ᄌᆞᆺ지 못ᄒ니【72】 그듸ᄂᆞᆫ 거의 짐쟉ᄒ리라. 그듸 경〈 ᄒᆞ쳐의셔 늬 집이 갓갑더니 ᄒᆞᆫ 쇼년 지상이 공ᄎᆡ를 다리고 그듸 죽기를 쳥ᄒ듸, 말마다 만귀비(萬貴妃) 녕(令)이라 ○○[ᄒ니], 늬 불승힉이(不勝駭異)ᄒ여 ᄀᆞ마니 드

---

558)망운(望雲) : 객지에서 고향에 계신 어버이를 생각함을 이르는 말. 중국 당나라 때 적인걸 (狄仁傑)이 타향에서 부모가 계신 쪽의 구름을 바라보고 어버이를 그리워했다는 데서 유래한다.

559)황구치아(黃口稚兒) : 젖내 나는 어린아이라는 뜻으로, 철없이 미숙한 사람을 이르는 말.

르니 그 지상이 금낭(錦囊)과 옥잠(玉簪)을 공지를 주고 지삼 쳥츅ᄒ니, 닉 탄상(歎傷) 강기(慷慨)ᄒ여 그딕 엇던 사ᄅᆷ이완딕 져딕○[도]록 믜워ᄒᄂᆫ고? 그딕 션악(善惡)을 알녀 ᄒ야 뎜즁의 ᄶ라가 보아 ᄒ 번 알믹, 셩인(聖人)560)과 《양화‖양호(陽虎)561)》를 분변치 못ᄒ여[며], 《뎐민‖뎡민(鄭民)562)》이 누루(累累)563)○○[ᄒ다] ᄒ여 상ᄉ(喪事)난 집 ○[개]564) ᄀᆺ다 ᄒ여 감이 쓰리오. 냥비(兩臂)를 꼿고 냥슬(兩膝) ᄭ우러 항복(降服)ᄒ기를 ᄉ양치 아니코 이에 니르미니, 진실노 다른 ᄯᆺ【73】지 아니니 모로미 의혹지 말나. 닉 본딕 경ᄉ 사ᄅᆷ이오, 녕남(嶺南) 션비라 ᄒ믄 그 ᄶᅥ 잠간 쇼기미라.”

혹시 쳥파의 옥 ᄀᆺ튼 얼굴의 은연이 부용(芙蓉)이 붉은 빗출 ᄶᅴ여 참괴(慙愧)ᄒ미 미우(眉宇)의 나타ᄂᆞ니 이ᄂᆞᆫ 홍의 일을 제 발셔 알믈 붓그리미라. 다만 져의 일홈이 션양이라 ᄒ니 엇지 형쉰 쥴 알니○[오]. 그 의(義)를 탄복ᄒ고 이러 샤례 왈,

“쇼졔ᄂᆞᆫ 녹녹(碌碌)ᄒ 스름으로셔 셰상 기인(棄人)이 되엿거ᄂᆞᆯ 형이 과도이 포장(褒獎)ᄒ고 놉피 ᄉ랑ᄒ니 쇼졔 싱스의 감격ᄒ미 엇지 아니토다.”

강싱이 ᄯᅩᄒ ᄉᄉ(謝辭)ᄒ고 혹시 그 아의 일을 아랏ᄂᆞᆫ 긔식을 보고 다시 니르지 아【74】니터라.

강싱○[이] 안ᄒ여 혹ᄉ의 취ᄒ며 아니믈 뭇거ᄂᆞᆯ, 혹시 왈,

“뎡츄밀의 녀ᄌ를 취ᄒ엿더니, 득죄(得罪)ᄒ고 거졀ᄒ 후 오릭지 아니ᄒ여 이리오니 환거(鰥居)ᄒ믈 면치 못ᄒ노라. 형은 년긔(年紀) 장셩ᄒ고 ᄌ녜 잇ᄂᆞᆫ가 시부니, 하쥬(河洲)565)의 낙(樂)이 오릭리로다.”

---

560) 셩인(聖人) : 공자(孔子)를 달리 이른 말.
561) 양호(陽虎) : 중국 춘추시대 노나라 사람. 계평자(季平子)의 가신(家臣)으로 반역죄를 지었다. 공자와 외모가 흡사하여 공자가 광(匡) 땅에 들어갔을 때 그로 오인되어 곤욕을 치른 일이 있다.
562) 뎡민(鄭民) : 정(鄭)나라 사람. 여기서는 공자의 제자 자로(子路)에게 공자를 '상갓집 개'와 같다고 말한 사람을 가리킴.
563) 누루(累累) : ① 지쳐서 초라한 모양 ② 주렁주렁한 모양 ③ 실망한 모양
564) 상ᄉ(喪事)난 집 개 : 상가지구(喪家之狗)를 번역한 말. '초라한 모습으로 떠돌아다니며 천대받는 사람을 이르는 말'로 《사기(史記) 〈공자세가(孔子世家)〉》와 《공자가어(孔子家語)》에 나온다. 즉, 공자는 56세에 정(鄭)나라에 갔는데, 제자들과 길이 어긋나 동문에서 제자들이 찾아오기만을 막연히 기다리고 있었다. 이때 어떤 정나라 사람이 스승을 찾아다니고 있는 자공(子貢)에게 자신이 본 공자의 모습을 말했다. "동문에 어떤 사람이 있는데 이마는 요(堯)임금 같고 목은 고요(皐陶)와 같으며 어깨는 자산(子産)과 같았습니다. 그러나 허리 밑으로는 우(禹)임금보다 세 치나 짧았고, 그 누한 모습은 마치 상갓집 개와 같았습니다." 자공은 다른 제자들과 함께 공자가 있는 곳으로 달려갔다. 그리고 자신이 들은 이야기를 공자에게 들려주니, 공자는 웃으면서 탄식했다. "외모는 그런 훌륭한 사람들에게 미치지 못하지만 상갓집 개와 같다는 말은 맞는구나, 맞아."(孔子適鄭, 與弟子相失, 孔子獨立郭東門. 鄭人或謂子貢曰, 東門有人, 其顙似堯, 其項類皐陶, 其肩類子産. 然自要以下不及禹三寸, 累累若喪家之狗. 子貢以實告孔子. 孔子欣然笑曰, 形狀, 末也. 而謂似喪家之狗, 然哉, 然哉.)
565) 하쥬(河洲) : 강물 모래톱 가운데 있는 숙녀라는 뜻으로 주(周)나라 문왕(文王)의 비(妃)인

강싱이 우연 탄 왈,

"쇼제 십삼의 취쳐(娶妻)ᄒ여 슬하의 슈기 ᄌ녜 잇고 상실(喪室)ᄒ연지 다섯 ᄒ리라. 스스로 쥬의 잇셔 다시 취쳐 아냐노라."

혹시 왈,

"원닉 형이 금현(琴絃)566)이 단(斷)ᄒ지 오릭닷다. 슈연(雖然)이나 남지 슈의(守義) ᄒ올 비 업스니, 무ᄉᆞᆷ 년고(緣故)로 환거(鰥居)ᄒ올 ᄯᅳᆺ이 잇ᄂᆞ뇨? 아니 '금슬(琴瑟)의 낙(樂)'567)을 너무 슬허ᄒ미냐?"

강싱【75】이 눈물을 흘녀 눗치 가득ᄒ여 왈,

≤"닉 평싱의 ○○[미생]신슌(尾生身殉)568)의 어리믈 웃ᄂᆞ니 엇지 부인의 졀을 직희리오만은 망쳐(亡妻)의 깃친 혼을 갑지 못ᄒ고 남아의 춤지 못ᄒ올 욕이 이시니, 춤아 사름의게 졍을 머무러 즐기지 못ᄒ노라."≥569)

인ᄒ여 《부연‖분연(憤然)》 강기(慷慨)ᄒ여 무ᄒ흔 노긔롤 ᄯᅴ여시니, 혹시 놀나 연고롤 무른디, 즐겨 니르지 아니니, 혹시 ᄯᅩ흔 다시 뭇지 아니ᄒ더라.

이히 십월의 니르러 하ᄂᆞᆯ 긔운이 심히 ᄎᆞ고 구름이 밀밀(密密)ᄒ니, 혹시 멀니 뎨향(帝鄕)을 싱각고 군부의 존문을 몰나 슬허ᄒ기를 마지 아니 ᄒ거늘, 강싱이 그 ᄯᅳᆺ【76】을 위로(慰勞)ᄒ고 잇그러 문 밧긔 나와 셜경(雪景)을 보더니, 먼니 흔 봉만(峯巒)이 이셔 뫼히 슈려ᄒ고 님복이 무셩ᄒ거늘 강싱이 학ᄉᆞ다려 왈,

"우리 모든 후 미양(每樣) 방즁의 잇셔 부녀의 글 닑으믈 효측(效則)ᄒ니 심히 울젹ᄒ지라. 오날 형으로 더브러 호구(狐裘)570)를 ᄶᅥ입고 《형산‖태힝산(太行山)571)》을

태사(太姒)를 말한다. 문왕과 태사 부부의 사랑을 노래한 『시경』<관저(關雎)>편의 "관관저구 재하지주 요조숙녀 군자호구(關關雎鳩 在河.之洲 窈窕淑女 君子好逑)"의 '하주(河洲)' '숙녀(淑女)'서 온말. *하쥬(河洲)의 낙(樂) : 태사(太姒)와 같은 숙녀와 혼인하여 사는 즐거움이란 뜻으로 '혼인생활의 즐거움'을 비유적으로 표현한 말.

566)금현(琴絃) : 거문고의 줄. 여기서는 '혼인'을 비유적으로 일컬은 말이다.

567)금슬(琴瑟)의 낙(樂) : 금슬지락(琴瑟之樂). 거문고와 비파가 서로 어우러져 내는 음악이라는 뜻으로, 부부간의 사랑을 이르는 말.

568)미생신슌(尾生身殉) : '미생이 몸을 바치다'는 뜻으로, 춘추 때 미생(尾生)이라는 자가 다리 밑에서 만나자고 한 여자와의 약속을 지키기 위하여, 홍수에도 피하지 않고 다리 밑에서 기다리다가, 마침내 물에 휩쓸려 죽었다는 고사를 말한다. 우직하여 융통성이 없이 약속만을 굳게 지킴을 비유적으로 이르는 말. ≪사기≫의 <소진전(蘇秦傳)>에 나오는 말. =미생지신(尾生之信)

569)닉 평싱의 미싱신슌을 {엇디} 어리다 웃ᄂᆞ니, 엇디 부인의 졀을 딕히리오마는 망쳐의 ᄭᅵ친 혼을 갑디 못ᄒ믈 탄상ᄒ고, 남ᄋ의 참디 못ᄒ올 욕이 이시니 참아 사름의게 졍을 머물워 즐기디 못ᄒ노라. …(나손본 『뉴효공션힝녹』 권지삼, 총서42권:70쪽11행-71쪽4행, *밑줄·문장부호 교주자)

570)호구(狐裘) : 여우의 겨드랑이 밑에 있는 흰 털로 만든 옷.

571)태힝산(太行山) : 중국 동북부에 위치하여 산서성(山西省), 하북성(河北省), 하남성(河南省) 3개 성(省)에 걸쳐 있으며, 중심의 대협곡(大峽谷)은 빼어난 경치를 자랑하고 있다. 해발 1840m.

《귀경‖구경》ᄒ미 됴토다.”

혹시 허락ᄒ고 이인이 서로 잇그려 힝홀 시, 죵자(從者)로 ᄒ여금 호쥬(壺酒)를 가져 뒤흘 좃ᄎ라 ᄒ고 흔가히 거러 뫼히 오르니, 과연 산쳔(山川)이 수려ᄒ여 졔일승지(第一勝地)러라. 두로 유람ᄒ여 흔 바회 ᄉ이의 다다라 솔닙흘 것거 ᄂ리와 눈을 쓸고 이인이 돌 우히【77】안ᄌ 동ᄌ(童子0로 슐을 부으라 ᄒ고, 졍이 다리를 쉬더니, 암벽 ᄉ이의 은은흔 우름쇼ᄅ 이셔 심히 쳐졀(凄切) 이창(哀愴)ᄒ니, 강싱 왈,

“이 반다시 니미망냥(魑魅魍魎)572)의 무리로다.”

ᄒ고 슐을 나와 두어 잔을 못 먹어셔 믄득 사름의 ᄌ최 잇거늘, 혹시 눈을 드러 보니, 흔 쇼년 남ᄌ 상복을 닙고 밧비 지나가다가 이인을 보고 《구름‖거름》을 멈츄고 혹ᄉ를 보더니, 눈믈을 흘니고 셕벽(石壁)으로 드러 가거늘, 혹시 흔 번 보니 이ᄂ 난향이라. 비록 상복을 ᄒ여시나 엇지 혹ᄉ의 안총(眼聰)을 가리오리오.

흔 번 난향의 거죠를 보니, 이 귀신이 아니면 결(決)ᄒ여 노쥐 이곳의【78】이시믈 《보고‖알고》그 상복(喪服)을 보미 의심이 빅츌(百出)ᄒ니, 슐잔을 물니고, 동자로 향을 부른ᄃᆡ, 향이 쇼졔의 병이 즁ᄒ믈 망극ᄒ여 나와 울고 드러 가다가 혹ᄉ를 만나ᄃᆡ, 감이 구ᄒ믈 고치 못ᄒ고 뉴쳬러니, 부르믈 듯고 나아가 고두재배(叩頭再拜)573)ᄒ[흔]ᄃᆡ,

혹시 밧비 문 왈,

“네 엇지 이곳의 이시며 쇼져ᄂ 어ᄃᆡ 계시뇨?”

말이 맛지 못ᄒ여셔 강싱○[이] 놀나 왈,

“이 엇던 사름고?”

혹시 왈,

“나의 부인의 시비로 여ᄎ흔 연괴 잇셔 노쥐 남장(男裝)을 ᄒ엿던 고로 금일 만나미 못ᄂ[ᄂ] ᄇᆡ라.”

강싱이 경아(驚訝)ᄒ믈 마지 아니 터니, ≤난향이 오열(嗚咽) 쳬읍(涕泣)ᄒ여, 부인의 뉴리(流離) 분쥬(奔走)흠과,【79】촉(蜀)으로 가다가 풍파의 날니어 이에 □□□[니름과], 츄밀의 부음(訃音)을 듯고 이상(哀傷)하○○○[ᄂ 가온]ᄃᆡ 진퇴(進退)를 졍치 못ᄒ여, 암혈(巖穴)의셔 ○○○[단당감]회(斷腸感懷)《흠과‖ᄒ여》○○○○○○[병이 위퇴흠과] 슬픈 형셰를 갓초 베프니≥574), 강싱이 눈믈○[을] 흘녀 ᄎ탄 왈,

“녜붓터 ○○[남녜] 님ᄌ를 만나지 못흔 죽 강남(江南)575)의 니소(離騷)576)를 짓고,

---

572)니미망냥(魑魅魍魎) : 온갖 도깨비. 산천, 목석의 정령에서 생겨난다고 한다. 늑망량.

573)고두재배(叩頭再拜) : 머리를 조아려 두 번 절함.

574)향이 오열 비읍ᄒ야, 부인이 뉴리 분쥬ᄒ야 촉으로 가다가 풍파의 늘니여 이애 니름과, 츄밀의 부음 듯고 이샹ᄒᄂ 가온대 진퇴를 뎡티 못ᄒ야, 암혈의셔 단장감회ᄒ야 병이 위퇴흠과, 슬픈 형셰를 가초 니르니, …(나손본 『뉴효공션힝녹』 권지삼, 총서42권:74쪽1-4행, *밑줄·문장부호 교주자)

575)강남(江南) : 중국 양자강(揚子江)의 남쪽 지역을 이르는 말. 흔히 남쪽의 먼 곳이라는 뜻

형츳(荊釵)577)를 품어 물의 싼지미 잇거니와, 형의 어질므로 흔 녀즈를 용납지 못ᄒ여 이 지경(地境)의 잇ᄂ뇨? 녕실(슈室)의 젼과(前過)ᄂ 늬 알 비 아니언이와, 이런 사름이 결단ᄒ여 큰 죄의 밋지 아닐 거시오, 셜ᄉ 죄 이셔도 슈졀(守節)ᄒᄂ 덕이 귀ᄒ니, 원컨듸 혹ᄉᄂ 《과샤‖관샤(寬赦)》ᄒ여 도라가라.【80】

으로 쓴다. 여기서는 중국 전국시대 초나라 시인 굴원(屈原: BC343-277)이 반대파의 모함을 받아 유배되었다가 울분을 못 이겨 물에 빠져 죽었던 멱라수(汨羅水)를 가리킨 말이다. 멱라수는 양자강 남쪽인 호남성(湖南省) 상음현(湘陰縣)에 있다.

576)니쇼(離騷) : 중국 초나라의 굴원(屈原)이 지은 부(賦). 조정에서 쫓겨난 후의 시름을 노래한 것으로 ≪초사≫ 가운데에서 으뜸으로 꼽힌다.

577)형차(荊釵); ①가시나무로 만든 비녀. ②자기의 아내를 남에게 낮추어 일컫는 말.

뉴효공션힝녹 권지오

화셜 원컨틱 혹스는 관샤(寬赦)ᄒ여 도라가라.

혹시 묵연(默然)ᄒ고 두어 잔을 거후르고 젼연(全然) 부동(不動)ᄒ거늘, 강싱이 축급(着急)ᄒ여 진삼 지쵹ᄒ니, 혹시 틱 왈,

"제 비록 유죄ᄒ나 당ᄎ시(當此時)ᄒ여 ᄇ리면 의(義) 아니라. 형이 몬져 가 탈 거슬 출혀 보틱면 거ᄂ려 가리라."

강싱이 틱희ᄒ여 몬져 도라가니, 학시 난향ᄃ려 왈,

"틱 이제 부인 잇ᄂ틱 갈 거시니 너는 가 보라."

드듸여 셕벽즁(石壁中)의 니르니, 뎡시 난향의 션보(先報)을 듯고 의희(依俙) 창망(悵惘)ᄒ여 심시 식롭더니, 학시 다다라 저의 최마(衰麻) 닙어시믈 보【1】고 상틱ᄒ여 《조산∥조상(弔喪)》ᄒᄂ 녜롤 ᄆ츳고 위로 왈,

"부인이 싱을 위ᄒ여 니친(離親) 분찬(奔竄)ᄒ믈 감격지 아닌 거시 아니라, 셰상식 ᄯᆺ과 ᄀᆺ지 못ᄒ기로 스스로 오긔(吳起)578)의 잔잉박힝(殘忍薄行)ᄒ믈 힝ᄒ엿더니, 부인이 ○[마]춤틱 싱각기를 과도이 ᄒ여 거죄 이 지경의 이시니, 대인이 드르시나 ᄯᅩ혼 용셔ᄒ시미 계실지라. 감이 자단(自斷)ᄒ여 햐쳐(下處)의 도라가믈 쳥ᄒᄂ니, 부인은 관심(寬心)ᄒ여 병신(病身)을 상히(傷害)오지 말나."

쇼졔 다만 쳬읍ᄒ고 반향(半晌)이나 말을 아니 ᄒ더니, 인ᄒ여 업더져 긔졀ᄒ니, 셕벽이 좁은 고로 난향은 밧긔 잇고 다만 부뷔 상틱ᄒ엿더니, 혹【2】시 나ᄋ가 보니, 슈족(手足)이 어름 ᄀᆺ고 일신의 싱긔(生氣) 업ᄉ니, 그 쳑골(瘠骨)ᄒ여 쵹뇌[뇌](髑髏)되여심과 눈 가온틱 흔 벌 뵈옷ᄉ로 몸을 ᄀ리와 산즁 암혈의 업틱엿는 거동이 귀신이 늣길지라.

≤ᄒ물며 결발(結髮) 동침(同寢)ᄒ여 사라 연○[리]지(連理枝)579) 되고 죽어 비익죄

---

578)오기(吳起) : 중국 전국 시대(戰國時代)의 병법가(B.C.440~B.C.381). '오기살처(吳起殺妻)'의 고사로 유명하다. 즉, 오기가 노(魯)나라에서 관직생활을 하던 때, 제(齊)나라가 침공해오자, 노나라가 그를 장수로 임명하여 제를 막게 하려다가, 그의 처(妻)가 제나라 사람인 것을 알고 임명을 주저하자, 처를 죽이고 노나라 장수가 되어 제를 무찌른 일이 있다. 저서에 병법서 ≪오자(吳子)≫가 있다.

579)연리지(連理枝) : 뿌리가 다른 나뭇가지가 서로 엉켜 마치 한 나무처럼 자라는 것으로 화목한 부부나 남녀 사이를 비유적으로 이르는 말. 당(唐)나라 시인 백거이(白居易)의 현종과

(比翼鳥)580) 되기를 《믹셰 ‖ 밍셰》 ᄒᆞᆫ 부부○[듕]경(夫婦重情)으로, 그 놉은 졀과 어진 덕을 ᄉᆞ모ᄒᆞᄂᆞᆫ ᄆᆞᄋᆞᆷ의 이 경식을 ᄃᆡᄒᆞᄆᆡ, 쇠간댱과 돌ᄆᆞᄋᆞᆷ이나 엇지 호발(毫髮)의 요동ᄒᆞ미 업ᄉᆞ리오.≥581) 다만 경의(情意)를 너모 나타ᄂᆡ[닌] 즉 부명(父命)을 원망ᄒᆞᆷ ᄀᆞᆺ튼지라. 심즁의 ᄉᆡᆼ각ᄒᆞᄃᆡ,

"대인이 비록 거졀ᄒᆞ라 ᄒᆞ시나, 춤아 이 형상을 보고 거두지 아니ᄆᆡ, 【3】 이도 부모 말ᄉᆞᆷ을 역경(逆情)ᄒᆞ야 셩덕(盛德)을 상ᄒᆡ오미라. 맛당이 거두어 도라가 그 병을 보호ᄒᆞ리라."

ᄒᆞ고, 낭즁(囊中)으로셔 약을 ᄂᆡ여 구ᄒᆞ니, 이윽고 숨을 ᄂᆡ쉬고 정신을 출혀, 혹식구ᄒᆞ믈 불승참괴(不勝慙愧)ᄒᆞ{ᄒᆞ}여 강딜(强疾)ᄒᆞ여 니러 안ᄌᆞ니, 학식 관(冠)을 슈기고 다시 말이 업더니, 가장 오ᄅᆡᆫ 후 난향이 보ᄒᆞᄃᆡ,

"노야(老爺) 하쳐의셔 일승(一乘) 교ᄌᆞ(轎子)와 인ᄆᆡ(人馬) 왓ᄂᆞ이다."

혹식 눈을 드러 뎡시를 보니, 뎡시 념용(斂容) 왈,

"쳡은 텬디간 죄인이라. 가친 슬하를 도망ᄒᆞ여 가셩(家聲)을 츄락ᄒᆞ고 ᄯᅩ 양쥬셔 상공의 칙ᄒᆞ시믈 드르니, 진실노 맛당ᄒᆞᆫ 말ᄉᆞᆷ이 【4】 어늘 능히 봉ᄒᆡᆼ(奉行)ᄒᆞ여 쥭지 못ᄒᆞ고, 맛춤 박형의 의긔로ᄡᅥ 촉으로 가ᄃᆞᄀᆞ 듕간의 ○○○[풍낭의] 나문 인ᄉᆡᆼ이 구차히 살아시나, 감이 문하(門下)의 나ᄋᆞ가 군ᄌᆞ의 셩효(誠孝)를 상ᄒᆡ오지 못ᄒᆞᆯ지라. 암혈의셔 쥭기를 ᄇᆞ라거늘, 군ᄌᆡ 의외에 니르러 은근(慇懃)ᄒᆞᆫ ᄯᅳᆺ을 부치시니, 쳡이 감은ᄒᆞ미 ᄲᅧ의 박혀 명을 밧드럼 즉ᄒᆞ되, 군ᄌᆡ(君子) 일 녀ᄌᆞ의 명을 앗겨 ᄃᆡ졀의 근본을 니ᄌᆞ시미 가치 아니니, 산즁이 고요ᄒᆞ여 쳡의 ᄆᆞᄋᆞᆷ이 편ᄒᆞ고 암혈이 깁허 쳡의 ᄲᅧ를 감춈 ᄶᅡᆨᄒᆞ라. ≤원컨ᄃᆡ 군ᄌᆞᄂᆞᆫ 블초(不肖)ᄒᆞᆫ 쳡을 《거ᄂᆞ려 ‖ 거리쪄》 ᄆᆞᄋᆞᆷ의 두지 말【5】 오쇼셔≥582)."

셜ᄑᆡ의 눈물이 옷 압흘 젹시니 혹식 깁히 슬허ᄒᆞ나, ᄒᆞᆫᄀᆞᆺ 유셰(誘說)ᄒᆞᄂᆞᆫ 말노 부인의 고집을 두루혀지 못ᄒᆞᆯ 쥴 알고, 정식(正色) 냥구(良久)의 왈,

"부인이 임의 유소취무소귀(有所取娶無所歸)583)라. 엇지 나를 ᄃᆡᄒᆞ여 셰쇽 말을 지

양귀비의 애달픈 사랑을 노래한 <장한가(長恨歌)>에서 "하늘에서는 비익조가 되기를 원하고 땅에서는 연리지가 되기를 원했네(在天願作比翼鳥, 在地願爲連理枝)"라는 구절에서 나온 말임.

580)비익죄(比翼鳥) : 전설상의 새로, 암컷과 수컷이 눈과 날개가 각각 하나씩만 달려있어 짝을 지어야만 날 수 있다고 한다. 당(唐)나라 시인 백거이(白居易)의 현종과 양귀비의 애달픈 사랑을 노래한 시 <장한가(長恨歌)>에서 "하늘에서는 비익조가 되기를 원하고 땅에서는 연리지가 되기를 원했네(在天願作比翼鳥, 在地願爲連理枝)"라는 구절에서 나온 말임.

581)ᄒᆞ믈며 결발 동침ᄒᆞ야 사라셔 년니지 되고 죽어 비익되 되믈 밍셰ᄒᆞᆫ 부부듕졍으로, 그 놉흔 졀과 어딘 덕을 ᄉᆞ모ᄒᆞᄂᆞᆫ ᄆᆞᄋᆞᆷ이 이 경식을 ᄃᆡᄒᆞ매, 비록 쇠간쟝과 돌ᄆᆞᄋᆞᆷ이라도 엇디 요동ᄒᆞ미 업ᄉᆞ리오. …(나손본 『뉴효공션힝녹』 권지삼, 총서42권:76쪽7-10행, *밑줄·문장부호 교주자)

582)원컨ᄃᆡ 군ᄌᆞᄂᆞᆫ 불쵸ᄒᆞᆫ 쳡을 거리쪄 듕졍의 거리ᄢᅵ디 마ᄅᆞ쇼셔. …(나손본 『뉴효공션힝녹』 권지삼, 총서42권:78쪽7-8행, *밑줄·문장부호 교주자)

583)유소취무소귀(有所取無所歸) : 맞아온 곳은 있어도 돌아갈 곳은 없다는 뜻으로, 부인을 맞

어 녹녹(碌碌)흔 틱도룰 흐느뇨? 이 산즁의셔 산금(山禽)과 초부(樵夫)로 이웃흐야 혹
싱의 챠쳐(此處)의 니르지 아닛는 졍심(貞心)이 대인(大人)을 흔(恨)흐민가? 혹싱을 믹
바듬인가? 쥬의를 듯고즈 흐노라."

쇼졔 감이 답지 못흐니, 학시 머리를 슉여 침음(沈吟)흐다가, 드듸여 난향으로 쇼져
룰 붓드러 교즈의 올니고, 스스로 말을 타○[고]【6】햐쳐의 니르러 닉실의 안둔(安
頓)흐고, 강싱으로 더브러 다시 술 먹어 취흐기의 니르러 파흐다.

명일 흰 깁 두어필을 어더 난향을 쥬어 왈,

"부인의 변복흐믄 부득이 흐미라. 엇지 이졔 남장(男裝)으로 나룰 딕흐리오. 네 샐
니 소복(素服)을 흐여 복식을 고치라. 오날 고친 후 셔로 보아 약을 다스리미 늣지 아
니리라"

향이 샤례 왈,

"엇지 명을 거역흐리잇고?"

흐고 오술 지어 기장(改裝)흐미 혹싱 비로소 드러와 《진믹‖진뫽》흐여 약을 다스
리고, 구흐미 극진흐나 미양 강싱으로 외당의셔 슉소룰 흔가지로 흐니, 난향이 크게
이달라【7】흐더라.

부인의 병이 젹상(積傷)한 증(症)으로 근본이 깁흐나, 텬되 도으미 이셔 수십여 일
이 되미 추되 이시니, 혹싱 더옥 의약을 힘쓰고 외로온 졍스룰 잔잉이 녀겨 잇다감
위로흐는 말숨이 감격흐여 심신이 녹는 듯흐니, 쇼졔 투싱(偸生)흐여 명완(命頑)흐믈
흔흐나 또흔 위회(慰懷)흐는 비 이셔 월여의 흠딜(欠疾)이 쾌추흐니, 이예 난향으로
더부러 들에 나믈 씨기와 밥을 가으마라584) 상을 밧들미, 공경흐미 손 곳트여 쇼텬
(所天)은 엄즁단졀(嚴重端節)585)흐고 부인은 유슌뎡뎡(柔順貞靜)흐여 상(常)히 딕흐미
손을 딕흔 듯흐니, 혹싱 부인의 병이 하린 후 나지【8】왕닉 무상흐고, 밤인 즉 강싱
으로 더브러 악슈졉톄(握手接體)흐여 형뎨의 힐항(頡頏)흐는 졍이 이시니, 강싱이 더
옥 그 졍딕(正大) 신즁(愼重)흐믈 열복(悅服)흐더라.

이러구러 수월이 지느미, 홀는586) 강싱이 본쥬(本州) 셩즁(城中)의 아는 니 이셔 쳥

아올 때는 부모가 살아 있었으나 쫓아낼 때는 부모가 죽어 돌아갈 곳이 없는 경우를 이르는
말. 공자(孔子)가 말한 '삼불거(三不去)'의 하나로, 이 경우에는 부인이 칠거(七去)의 죄가 있
어도 내쫓을 수 없다 하였다. *칠거: 부인은 일곱 가지 내쫓길 죄가 있으니, 시부모에게 순
종하지 않으면 내쫓기며, 자식이 없으면 내쫓기며, 음란하면 내쫓기며, 투기하면 내쫓기며,
나쁜 질병이 있으면 내쫓기며, 말이 많으면 내쫓기며, 도둑질하면 내쫓긴다(有七去 不順父母
去 無子去 淫去 妬去 有惡疾去 多言去 竊盜去). 소학집주》 〈명륜〉편에 보인다. *삼불거
(三不去): 부인을 내쫓지 않는 세 가지 경우가 있으니, 맞이해 온 곳은 있고 돌아갈 곳이 없
으면 내쫓지 않으며, 함께 삼년상을 지냈으면 내쫓지 않으며, 전에는 빈천하였다가 뒤에는
부귀해졌으면 내쫓지 않는다(有三不去 有所取 無所歸 不去 與更三年喪 不去 前貧賤後富貴
不去).《소학집주》 〈명륜〉편에 보인다.
584)가으마라 : 가음알아. *가음알다: 맡아보다. 관장(管掌)하다. 다스리다.
585)엄즁단졀(嚴重端節) : 엄격하고 정중하며 단정하고 절도가 있음.

ᄒᆞ여 가고, 혹시 홀노 외당(外堂)의 이셔 월식을 상완(賞玩)ᄒᆞᆯ 시, ○○[설상(雪上)]
옥미(玉梅)의 향긔로오ᄆᆞᆯ과 일편(一片) 은셤(銀蟾)587)의 광휘를 보미, 믄득 부인의 냥득
(兩得)ᄒᆞᆫ 긔질을 듸흠 ᄀᆞᆺ튼지라.

홀연 ᄆᆞ음이 동ᄒᆞ여 탄식 왈,

"닉의 망운(望雲)ᄒᆞᄂᆞᆫ 졍ᄉᆞᄂᆞᆫ 니르도 말고 져의 참졀(慘絶)ᄒᆞᆫ 회푀(懷抱) ᄇᆞ라ᄂᆞᆫ 비
나 샏ᄅᆞᆫ이라. ᄆᆞ음의 측은(惻隱)ᄒᆞᆫ 비 젹은[으]미 아니로듸,【9】심ᄉᆞ 어즈럽고 부녀의
게 의ᄉᆞ 결을588)치 못ᄒᆞ여, 이에 도라완지 오릭듸 ᄒᆞᆫ번 위로ᄒᆞ고 졍을 머무르미 업ᄉᆞ
니, 져도 졍졀ᄒᆞᆫ 녀지라. 인졍을 싱각지 아니나, 나의 박졀ᄒᆞ미 인졍이 아니라. ᄒᆞ믈며
닉 나히 이십이 거의로듸 ᄒᆞᆫ 놋 ᄌᆞ식이 업고 몸의 깃친 병이 이시니, 셰상이 오릭지
아닐지라. ᄒᆞᆫᄀᆞᆺ 고집ᄒᆞ여 션됴(先祖)의 죄인이 되지 아니리라."

ᄯᅳᆺ을 졍ᄒᆞ미 구타여 남의 시비ᄅᆞᆯ 관겨이[치] 아니○[케] 녀겨 ,다만 텬진(天眞)으로
힝ᄒᆞᄂᆞᆫ 셩품이라. 엇지 소소ᄒᆞᆫ 호의(狐疑)ᄅᆞᆯ 두리오.

기연(介然)589)이 몸을 니러 닉당의 니르미, 부인이 공경ᄒᆞ여 마ᄌᆞ 조【10】용이 말
ᄉᆞᆷ ᄒᆞ더니, 밤이 깁흐미 ᄒᆞᆫ가지로 나위(羅幃)에 나ᄋᆞ가니, 부인이 텬만 싱각지 아닌
광경(光景)이라. 의리(義理)로ᄡᅥ 거두믄 가(可)커니와 인졍을 두어 방ᄌᆞ(放恣)ᄒᆞᆷ은 부
명(父命)을 아지 못ᄒᆞᄂᆞᆫ듸 크게 놀나 안식을 슈졍ᄒᆞ고 댱ᄎᆞᆺ 간(諫)코ᄌᆞ ᄒᆞ듸, 혹시 믄
득 아라 보고 몬져 졍식(正色) 단좌(端坐)ᄒᆞ여 왈,

"그듸 긔식이 나의 니르믈 피(避)ᄒᆞ고ᄌᆞ ᄒᆞ니, 싱이 모로ᄂᆞᆫ 거시 아니라. 싱각건듸
부인이 싱을 위ᄒᆞ여 뉴리(流離) 분쥬(奔奏)ᄒᆞᄂᆞᆫ ᄯᅳᆺ은 임의 부부의 의(義)를 다ᄒᆞ엿시
니 거졀ᄒᆞᆯ 연괴(緣故) 업고, 날노ᄡᅥ 부명(父命)이 샤(赦)ᄒᆞ시ᄂᆞᆫ 비 업ᄉᆞ듸 유졍(有情)
ᄒᆞ다 니를진듸 닉 임의 명을 밧ᄌᆞ와 닉【11】치미 잇고, 양쥬셔 거졀ᄒᆞ엿거늘 부인이
풍낭의 놀니여 이에 니르러 녕듸인(令大人)이 기셰(棄世)ᄒᆞ여 도라○[가] 의탁ᄒᆞᆯ 곳이
업ᄉᆞ니, 대인이 비록 드르시나 일분 용샤(容恕)ᄒᆞ시ᄂᆞᆫ 거죄(擧措) 이시려든, ᄒᆞ믈며 싱
의 부모의 말ᄉᆞᆷ을 의심ᄒᆞ여 부인을 ᄇᆞ리고 구확(溝壑)의 건져닉지 아니면 엇지 불통
(不通)ᄒᆞ미 심치 아니리오. 임의 거두어 도라와 ᄒᆞᆫ 집의 쳐ᄒᆞ미 부부의 도리 완연ᄒᆞ
니, 엇지 오날 싀로이 싱의 슉소ᄅᆞᆯ 아쳐ᄒᆞᆯ590) ᄇᆞ리오."

셜포의 ᄉᆞ미ᄅᆞᆯ 드러 불을 ᄯᅴ고 ᄌᆞ리의 나ᄋᆞ가니, 쇼졔 블쾌(不快)ᄒᆞ미 심ᄒᆞ나 붓그
리미 더욱 심ᄒᆞ고 혹【12】ᄉᆞ의 위인을 아ᄂᆞᆫ지라. 무익ᄒᆞᆫ 말을 아니ᄒᆞ더라.

혹시 비록 졍듸ᄒᆞᆫ 군ᄌᆞ로 녀ᄉᆡᆨ의 ᄯᅳᆺ이 업ᄉᆞ나 명시의 아름다오미 셩인(聖人)도 ᄒᆞ

---

586)홀ᄂᆞᆫ : 하루는.
587)은셤(銀蟾) : 은빛 두꺼비라는 뜻으로, '달(月)'을 달리 이르는 말.
588)결을 : 겨를. 어떤 일을 하다가 생각 따위를 다른 데로 돌릴 수 있는 시간적인 여유. 느틈.
　　*결을ᄒᆞ다; 여유가 있다. 틈을 내다.
589)기연(介然) : 잠시 동안. 기연(介然)이 : 잠시.

590)아쳐ᄒᆞ다 : ①아쉬워하다. ②안쓰러워하다. ③싫어하다.

쥐(河洲)591)의 구힝실 비오, 셩댱(盛壯)흔 년긔(年紀)로 슘수연 독쳐(獨處)흔 회푀 이시니, ᄒ믈며 져의 심ᄉᆞ를 측은(惻隱)ᄒᆞ[히] ○○[여기]미, 견권(繾綣)흔 은졍이 산히(山河) 가바야올 ᄃᆞ시ᄒᆞ더라.

일노븟터 일삭(一朔)의 ᄉᆞ오 슌(順)592)식 슉소를 흔가지로 ᄒᆞ여 부부의 의(義)와 강싱《의∥으로》○○○[더브러] 붕우지의(朋友之義)를 가족ᄒᆞ게 ᄒᆞ니, 뎍소(謫所) 고쵸(苦楚)를 위로ᄒᆞ미 잇더라.

≤이젹의 홍이 간ᄉᆞ흔 쇠로 형을 ᄉᆞ디(死地)의 녀코, 안흐로 후궁을 겸겨 궁[국]모(國母)를 폐(廢)ᄒᆞ고 국ᄉᆞ를 위틱【13】케 ᄒᆞ나[니], 사ᄅᆞᆷ이론지593). 니외 현격ᄒᆞ여 됴당(朝堂)이나 □[인]디(引對)의 나ᄋᆞ가미 ᄲᆞᆨᄲᆞᆨᄒᆞ미 츄상ᄀᆞᆺ고≥594), 붕우(朋友) 졔ᄇᆡ(儕輩)595)를 디ᄒᆞ면 현하(懸河) ᄀᆞᆺ튼 구변(口辯)과 챵파(滄波) ᄀᆞᆺ튼 문댱이 사ᄅᆞᆷ으로 ᄒᆞ여금 졍신을 일케 ᄒᆞᄂᆞᆫ지라.

○…결락 34자…○[≤비록 사오나오믈 아ᄂᆞᆫ 사ᄅᆞᆷ이라도 디흔즉 ᄌᆞ연 그 그른 줄을 아지 못ᄒᆞᄂᆞᆫ 디라. 엇디 그] 데통젹고596) 편벽(偏僻)된 아비를 쇼기지 못ᄒᆞ며, 심궁(深宮)의 드르신 텬지(天子) 알ᄋᆞ시리오.≥597) 흔ᄀᆞᆺ 지학(才學) 풍신(風神)598)을 ᄉᆞ랑ᄒᆞ샤 불ᄎᆞ(不次)599)로 디ᄒᆞ시니, 발셔 벼슬이 병부상셔 팀흑ᄉᆞ의 니르니, 물망(物望)이 ᄉᆞ림(士林)의 《훼쟈(毀訾)∥회쟈(膾炙)》ᄒᆞ고 ○[은]권(恩眷)은 됴야를 기우리니, 그 득의(得意)흠과 양양(揚揚)ᄒᆞ미 흠(欠)홀 거시 업시되, 다만 평싱의 긔탄(忌憚)ᄒᆞᄂᆞᆫ 거ᄉᆞᆫ 그 형 연이 셩식(聲色)을 부동(不動)ᄒᆞ여【14】간샤(奸邪)를 진졍ᄒᆞ고, 한 말을 베프지 아녀 만셩(萬姓)이 츄존(推尊)ᄒᆞ니, 이를 업시치 아니코는 《긔셰∥거셰(擧

---

591)하쥐(河洲) : '모래톱'이라는 뜻으로 '덕이 높은 요조숙녀' 또는 '요조숙녀와의 혼인'을 뜻하는 말로 두루 쓰인다. 『시경』,「주남(周南)」,〈관저(關雎)〉시에 "꾸우꾸우 물수리 모래톱에 있네. 정숙한 아가씨는 군자의 좋은 짝.(關關雎鳩, 在河之洲. 窈窕淑女, 君子好逑)"이라는 구절에서 유래하였다. *여기서는 '요조숙녀가 있는 장소'의 의미로 쓰였다.

592)슌(順) : 차례. 번. 일의 횟수를 세는 단위.

593)론지 : -ㄹ는지. ((('이다'의 어간, 받침 없는 용언의 어간, 'ㄹ' 받침인 용언의 어간 또는 어미 '-으시-' 뒤에 붙어))하게할 자리나 해할 자리에 두루 쓰여, 어떤 불확실한 사실의 실현 가능성에 대한 의문을 나타내는 종결 어미. '-이라 할 수 있을지 모르겠다.'의 의미. ¶ 그가 훌륭한 교사일는지./ 그 사람이 과연 옳은지./ 자네도 같이 떠날는지.

594)각셜 뉴홍이 간교흔 쇠로 어딘 형을 모함ᄒᆞ야 ᄉᆞ디의 녀코, 안흐로 <u>후궁을 겸겨 국모를 폐ᄒᆞ고 국ᄉᆞ를 위틱케 ᄒᆞ니, 사ᄅᆞᆷ이론디. 니외 현격ᄒᆞ야 됴당과 인디의 나아가매 ᄲᆞᆨᄲᆞᆨᄒᆞ미 츄상 ᄀᆞᆺ고</u>, …(나손본 『뉴효공션힝녹』권지삼, 총셔42권:84쪽6-9행, *밑줄·문장부호 교주자)

595)졔ᄇᆡ(儕輩) : 동배(同輩). 동료(同僚)

596)데통젹다 : 데통맞다. 몹시 데퉁스럽다. *데퉁하다: 말과 행동이 거칠고 미련하다.

597)<u>비록 사오나오믈 아ᄂᆞᆫ 사ᄅᆞᆷ이라도 디흔즉, ᄌᆞ연 그 그른 줄을 아지 못ᄒᆞᄂᆞᆫ 디라. 엇디 그 데통되고</u> 일편된 바 아비를 속이지 못ᄒᆞ며, 심궁의 쳐ᄒᆞ신 텬지 아ᄅᆞ시리오. …(나손본 『뉴효공션힝녹』권지삼, 총셔42권:84쪽11행-85쪽2행, *밑줄·문장부호 교주자)

598)풍신(風神) : =풍채(風采). 드러나 보이는 사람의 겉모양.

599)불ᄎᆞ(不次) : 순서를 따르지 않는 인사 행정의 특례.

世)》를 혼일(混一)치 못홀 쥴 알고 공치(公差)로 죽이라 부촉(咐囑)혼 후, 날마다 조
흔 긔별을 브라더니, 공치 도라와 보ᄒᆞ디,

"혹시 환(患)을 면ᄒᆞ여 무ᄉᆞ이 득달ᄒᆞ미 박샹규로 말미암음이라."

흔디, 홍이 디로(大怒)ᄒᆞ여 금낭(錦囊)과 건줌(巾簪)을 추즈니, 공치 바로 알외면
죽일가 두려 길희셔 ᄑᆞ라 먹으므로 고ᄒᆞ디, 홍이 드듸여 이인(二人)을 ᄉᆞ(赦)ᄒᆞ고 박
샹규룰 통혼(痛恨)ᄒᆞ여 언관을 촉(囑)ᄒᆞ여 ≤논힉(論劾)○[케] ᄒᆞ디, '탐직(貪財) 《증
민∥학민(虐民)》ᄒᆞ여 빅셩이 도현(倒懸)600)의 급ᄒᆞ미 잇다 ᄒᆞ디≥601), 텬지 진【15】
노(震怒)ᄒᆞ샤 쳐음은 하옥(下獄)ᄒᆞ라 ᄒᆞ시더니, 셩신(聖身)이 샹규의 쳥딕(淸直)ᄒᆞᄆᆞᆯ
아ᄂᆞᆫ 고로 힘뻐 구호ᄒᆞ여 다만 벼슬을 앗고 뎐니(田里)의 도라 보ᄂᆞ니, 샹규 홍의 일
인 쥴 알고 크게 고이히 여기나, 오히려 묘믹(苗脈)을 모로고, 인슈(印綬)602)룰 그르
고 본향(本鄉) 쇼쥬(蘇州)로 가니라.

홍이 혹ᄉᆞ의 살○[아]시믈 크게 근심ᄒᆞ여 히(害)ᄒᆞ기룰 계교ᄒᆞ미 의ᄉᆞ 궁극혼 곳의
니르지 아닐 빅 업셔, 즉시 녕니(怜悧)혼 창두룰 보닉여 혹ᄉᆞ의 일용(日用) 동졍(動靜)
을 탐지(探知)ᄒᆞ라 ᄒᆞ고, 일일은 셩어ᄉᆞ 집의 가 셩싱으로 더브러 말ᄒᆞ며, 위연(偶然)
이 셔갑(書匣)603)○[을] 뒤젹이다가, 뎡공이 뉴공 논힉혼 샹소룰 셩【16】어ᄉᆞ 집의
도라○[가] ᄌᆞ딜(子姪)을 디ᄒᆞ여 니ᄅᆞ비[미], 셩가 년쇼비 그 문댱을 ᄉᆞ랑ᄒᆞ여 긔록ᄒᆞ
여 음영(吟詠)ᄒᆞ던 고로 셔쳡(書帖) ᄉᆞ이의 잇더니, 싱각지 아닌 홍이 본지라.

대경ᄒᆞ여 연고를 무르니, 셩공지 마지 못ᄒᆞ여 잠간 그 곡졀을 니ᄅᆞᆫ디, 홍이 집의 도
라와 일노뻐 부친긔 뵈니, 공이 대로ᄒᆞ여 뎡가을 졀치이분(切齒哀憤)홀 ᄉᆞᆯ, 텬되(天道)
공교ᄒᆞ여 됴쥐(潮州) ᄀᆞᆺ던 창뒤 소식을 탐지ᄒᆞ여 도라와 고 왈,

"대샹공이 뎍쇼(謫所)의 계시나 우으로 퇴슈와 아릭로 ᄉᆞ린(四隣)○[이] 다 스승○
[의] 녜(禮)로 밧들고, ᄯᅩ 경셩의셔 강싱이라 ᄒᆞᄂᆞᆫ 션비 ᄂᆞ려가 혹ᄉᆞ의【17】지긔친
붕(知己親朋)이 되엿고, 뎡부인이 난향으로 더브러 ᄶᅩ아가 친(親)이 《치ᄌᆞ룰 기야∥
치근(菜根)을 키여》 부도(婦道)○[룰] 다ᄉᆞ리미 각결(郤缺)604)의 부부 ᄀᆞᆺ다 ᄒᆞ여, 군
민(郡民) ᄉᆞ딕븨(士大夫) 불승(不勝) 츄앙(推仰)ᄒᆞ니, 임의 교화의 나ᄐᆞ나미 됴쥬 일읍
(一邑)이 다 흠앙(欽仰)ᄒᆞ여 남녀 귀쳔이 직분을 일ᄂᆞᆫ 빅 업셔[시] 일ᄏᆞ르니, 일쥬(一

---

600)도현(倒懸) : ①거꾸로 매달림. 또는 거꾸로 매닮. ②위험이 가까이 닥침.

601)논힉ᄒᆞ여 글오디, '팀직학민ᄒᆞ야 빅셩이 도현의 급ᄒᆞ미 잇다' ᄒᆞ대, …(나손본 『뉴효공션
힝녹』권지삼, 총서42권:86쪽4행~5행, *밑줄·문장부호 교주자)

602)인슈(印綬) : 인끈. 병권(兵權)을 가진 무관이 발병부(發兵符) 주머니를 매어 차던, 길고 넓
적한 녹비 끈.

603)셔갑(書匣) : =책갑(冊匣). 책을 넣어 둘 수 있게 책의 크기에 맞추어 만든 작은 상자나
집.

604)각결(郤缺) : 춘추시대 진(晉)나라의 대부. 기(冀) 땅에서 아내와 함께 농사를 지으며 살았
는데, 부부가 서로 공경하기를 손님을 대하듯 하였다. 진(晉)나라 사신 구계(臼季)가 그 부부
의 상경여빈(相敬如賓)하는 모습을 보고, 문공에게 그를 천거하여, 대부가 되고, 문공을 도와
당대의 패자가 되게 하였다. 『춘추좌씨전』 희공(僖公)33년조(條)에 나온다.

州)의 명망이 ᄀ득ᄒ더이다."

홍이 듯기를 못지 못ᄒ여셔 심담(心膽)이 쮀노니, 이에 발 구르고 탄 왈,

"박호(剝毫)605)를 급히 아냐 임의 그 우익(羽翼)이 니럿도다. 강싱은 엇던 진(者)고? 형이 평일 강션비를 ᄉ괴지 아녀더니 이 졍이[히] 고이토다."

냥구이 싱각다가 크게 씨〇[ᄃ]라 왈,

"이 반다【18】시 강형쉬 형의 명망을 듯고 나의 슈뢰(受略)ᄒ믈 알녀 ᄯᅥ라가 친위(親友) 되엿ᄂᆞᆫ지라. 이 더옥 불힝ᄒ도다."

싱각이 이에 밋치미 챡급(着急)ᄒ여 부젼(父前)의 나ᄋᆞ가 고 왈,

"형이 뎍거(謫居)ᄒ므로 소식이 긋쳐시니, 일야 슬허ᄒ더니, 챵두의 말을 드르니, 형이 뎡시를 가마니 다려가 즐기고, ᄯᅩ 강형슈를 교결(交結)ᄒ여 뎍소의셔 ᄒᆞᆫ가지로 인심을 거둔다 ᄒ니, 드르미 모발(毛髮)이 송연(悚然)ᄒᆞᆫ지라. 뎡시 거두미 비록 젹으나, 뎡관이 야야를 모함ᄒ여 ᄉᆞ지(死地)의 ᄲᅡ지오니, 《뭇쳐∥힝혀606)》 십삼어ᄉᆞ의 구ᄒᆞ믈 힘닙엇거ᄂᆞᆯ 형이 오히려 뎡시를 슥지 아니니, 이〇[ᄂᆞᆫ] 형이 뎡관의 【19】소초(疏草)의 참예ᄒ여 알오미 이시ᄃᆡ 됴금도 대인을 븟들미 업ᄉᆞ믈 가이 볼 거시오, 강형슈를 뎍소의 다려가믄 회뢰(賄賂)를 밧고 일을 니루지 못ᄒ므로, 형쉬 반다시 금빅(金帛)을 징식(徵索)ᄒ민, 니언(利言)으로 달닉여 틱슈 이하를 댱악(掌握)의 녀어 댱찻 사름〇[을] ᄯᅡ로려 ᄯᅳᆺ이 이시니, 문호의 대환(大患)이 낫ᄂᆞᆫ지라. 쇼지 원컨ᄃᆡ 몬져 죽어 멸망을 보지 아니리이다."

공이 쳥파의 돈족(頓足) 디미(大罵) 왈,

"블초ᄌᆞ를 살왓다가 이런 변을 만나니 댱찻 엇지 ᄒ리오."

홍 왈,

"형이 뎡시를 ᄃᆞ려다가 잇기는 인ᄌᆞ(人子)의 참아 못ᄒ올 바를 ᄒ니, 이는 대인으로 부ᄌᆞ의 【20】졍을 긋치미라. ᄒ믈며 강형슈로 더브러 동녈(同列)홈은 더욱 큰 일이라. 감이 증참(證參)이 업지 못ᄒ올 거시니, 이는 더옥 어렵프시 못ᄒ올지니, 형쉬 남문 밧 농장의 잇다 ᄒ니, 챵두를 보닉여 '강싱을 보아지라' ᄒ여, 만닐 됴쥐 가미 믱낭(孟浪)홀 진ᄃᆡ 《닉의∥나와》 챵두를 볼 거시오, 만닐 업거든 그 간 곳을 무러 닙긱(立刻)607)의

---

605)박호(剝毫) : 털을 벗기다. *본문에 표기된 '박호'는 <나손본 『뉴효공션힝녹』 권지삼 88쪽>에는 '박초'로, 또 <국립도서관본 『劉孝公善行錄』 후<권지이> 80쪽>에는 '박호'로 표기되어 있어, 원작자의 원문 표기가 둘 중 어느 것인지는 알 수 없다. 여기서는 원문 표기를 위 본문(<규장각본>) 표기와 <국립도서관본> 표기를 따라 '박호'로 상정(想定)하고 한자를 '剝毫'로 병기하였다. 위 문장의 의미는 '털을 급히 벗기지 않아 이미 그 날개가 이뤄져 버렸다'는 말로, '세인(世人)들의 접근을 급히 막지 못하여 이미 우익[돕는 자]가 생겨 버렸다'는 의미로 해석하였다.

606)힝혀 : 위 본문의 '뭇쳐'를 '힝혀'로 교정한 것은 <국립도서관본 『劉孝公善行錄』 후<권지이>>의 표기를 따른 것이다. 즉 "뎡관이 야야를 모함ᄒ야 ᄉᆞ디의 ᄲᅡ지오니 힝혀 십삼어ᄉᆞ의 …(<국립도서관본> 81쪽9-11행)

607)닙긱(立刻) : 즉각(卽刻)

알니이다.”

공이 올히 여겨 즉시 심복 하인을 보닉여 탐지ᄒᆞ니, 셩야(星夜)의 도라와 고 왈,

“젼일 금오(金吾)608)와 결오던 강진ᄉᆞ 집○[을] ᄎᆞᄌᆞ 무르니, 노창두(老蒼頭) 일인이 니르ᄃᆡ, ‘상공은 됴쥬○[의] 츌유(出遊) ᄒᆞ시고, 쇼공ᄌᆞ와 【21】 쇼져만 계시다’ ᄒᆞ거놀, ‘언졔 가 계시며 도라올 긔약을 아라지라’ ᄒᆞ니, ᄃᆡ답ᄒᆞᄃᆡ ‘거년의 가 계시며 도라올 지속(遲速)은 아지 못ᄒᆞ노라’ ᄒᆞ더이다.”

홍이 드러와 뉴공다려 왈,

“ᄃᆡ인아! 쇼ᄌᆞ의 말이 엇더ᄒᆞ니잇가?”

공이 발분(發憤)ᄒᆞ여 칼흘 ᄲᆡ혀 상(床)을 치고 왈,

“연을 이 상(床) ᄀᆞᆺ치 ᄒᆞ리라.”

ᄒᆞ고 드ᄃᆡ여 글을 지[짓]고 칼을 녀허 창두 슈인을 쥬어,

“셩야(星夜)로 가 혹ᄉᆞ롤 버혀 칼의 피롤 뭇쳐 오라.”

ᄒᆞ니, 창뒤 쥬야로 힝ᄒᆞ다.

이ᄯᅢ 뉴혹ᄉᆡ 뎍쇼의 이션지 수년의, 북으로 군부의 계신 곳을 ᄉᆡᆼ각고 ᄆᆡᆼ[ᄆᆡ]양(每樣) 읍쳬(泣涕)ᄒᆞ여 회포롤 붓칠 곳 【22】 이 업셔 ᄒᆞ더니, 강ᄉᆡᆼ이 그 효우와 튱졀을 흠ᄋᆡ(欽愛)ᄒᆞ여 조흔 말노 위로ᄒᆞ더니, ≤일일은 ᄂᆡ[ᄂᆡᆺ가] 바회 우희 안ᄌᆞ 셩경(聖經)609)을 강논(講論)ᄒᆞ여, 《난의 답문‖언어 답논》이 젼현(前賢)의 밋지 못ᄒᆞ○○○[지 아니] ᄒᆞ더니≥610), 믄득 경ᄉᆞ 충뒤(蒼頭) 니르러 봉셔(封書)롤 {올}올니니, 혹ᄉᆡ 경신이 비월(飛越)ᄒᆞ여 ᄲᅢ니 무러 왈,

“창뒤 엇지 니르러시며, 노얘 평안ᄒᆞ시냐?”

ᄉᆞ인(使人)이 복지(伏地) 쥬왈,

“노야는 반셕(盤石) ᄀᆞᄐᆞ시이다.”

우문(又問) 왈,

“공ᄌᆞ와 쥬시 셔모(庶母)의 평뷔(平否) 하여오?”

시뇌(侍奴) 왈,

“다 무ᄉᆞᄒᆞ시고, 대노애(大老爺) 글을 붓치ᄉᆞ 《복속‖박속(縛束)611)》ᄒᆞ여 보ᄂᆡ시더이다.”

---

608)금오(金吾) : 의금부의 별칭. 조선 시대에, 임금의 명령을 받들어 중죄인을 신문하는 일을 맡아 하던 관아. 태종 14년(1414)에 의용순금사를 고친 것으로 왕족의 범죄, 반역죄·모역죄 따위의 대죄(大罪), 부조(父祖)에 대한 죄, 강상죄(綱常罪), 사헌부가 논핵(論劾)한 사건 따위를 다루었는데, 고종 31년(1894)에 의금사로 고쳤다.

609)셩경(聖經) : 유학의 성현(聖賢)이 남긴 글. 성인(聖人)의 글을 '경(經)'이라고 하고, 현인(賢人)의 글을 '전(傳)'이라고 한다. 유교의 사서오경(四書五經)을 말한다.

610)일일은 내ᄉᆡᆺ 바회 우희 안자 션경을 강논ᄒᆞ야 언어 답논이 뎐편의 아래 잇디 아니ᄒᆞ더니…(국립도서관본 『뉴효공션힝녹』亨<권지이>:85쪽5-8행, *밑줄·문장부호 교주자)

611)박속(縛束) : 속박(束縛). 밧줄이나 끈 따위로 꽁꽁 동여맴.

혹시 믄득 평부(平否)를 드르미 비로소 ᄆᆞ음이 관회(寬懷)ᄒᆞ여 부친【23】봉셔를 ᄲᅥ혀 볼 시, 졍히 부ᄌᆞ의 상모(相慕)ᄒᆞᄂᆞᆫ 졍으로 만니(萬里) 외의○[셔] 음신(音信)을 통ᄒᆞᆫ가 혜아려 반가온 ᄆᆞ음이 미우의 ᄀᆞ득ᄒᆞ여 장ᄎᆞᆺ 피봉(皮封)을 ᄲᅥ히미 부차(夫差)612)의 촉뉘(屬鏤)613) 아니로ᄃᆡ, 한 ᄌᆞ로 흰 날이 몬져 빗최니, 경혹(驚惑)ᄒᆞ여 글을 ○○[보니], 굴왓시ᄃᆡ

"노부(老父)는 돈족(頓足)ᄒᆞ고 불초ᄌᆞ(不肖子) 연의게 븟치노라. 오회(嗚呼)라! 군신부ᄌᆞ(君臣父子)는 삼강오상(三綱五常)614)의 ᄆᆡ인 빅여늘, 져젹 뎡관이 노부로 ᄒᆞ여금 만고 죄인을 민ᄃᆞ라 죽어 장신(葬身)ᄒᆞᆯ 곳이 업게 ᄒᆞ니, 그 ᄌᆞ식 된 지 엇지 불공ᄃᆡ텬지슈(不共戴天之讎)615) 아니리오마ᄂᆞᆫ, 네 도로혀 그 ᄒᆡᄒᆞ믈【24】깃거 은연이 그 쭐을 다려 뎍쇼로 도망ᄒᆞ고, 강형슈의 무리를 모도와 됴쥬 인심을 거두어 불케(不軌)의 ᄯᅳᆺ이 이시니, 비록 상게(相距) 요원ᄒᆞ나, 간흉(奸譎)ᄒᆞᆫ ᄒᆡᆼ지(行止)를 모로리오. 부ᄌᆞ의 졍이 비록 즁ᄒᆞ나 문호(門戶)를 부지(扶持)ᄒᆞ미 ᄯᅩᄒᆞᆫ 큰지라. 너를 머무러 삼족(三族)616)의 화(禍)를 ᄎᆔ(取)치 아닐 거시니, 칼을 보ᄂᆡ여 명결(命決)케 ᄒᆞᄂᆞ니, 일즉 슌슈(順受)ᄒᆞ여 노부로 ᄒᆞ여금 머리 업ᄉᆞᆫ 귀신 되기를 면케 ᄒᆞ고, 만닐 죽지 아니○[려]커든 칼을 도로 보ᄂᆡ여 노부의 목의 피로ᄡᅥ 너의게 보ᄂᆡᆷ을 기ᄃᆞ리라."

ᄒᆞ엿더라.【25】

그 긋ᄒᆡ 뎡공의 상소(上疏)를 벗겨ᄂᆞᆫ지라. 혹시 부친의 셔간을 보ᄆᆡ, 흉장(胸臟)이 막키니 능히 참지 못ᄒᆞᆯ 듯ᄒᆞ되, 강싱이 좌(坐)의 이시니, 글○[을]거두어 ᄉᆞ미의 너코 묵연양구(默然良久)의 기리 탄(歎)키를 두어 번 ᄒᆞ미, 눈물이 흘너 ᄂᆞ치 ᄀᆞ득ᄒᆞ니 ᄉᆞ미를 드러 ᄲᅵᄉᆞᆫ 즉 다 혈누(血淚)라.

≤강싱이 겻ᄒᆞ로 조ᄎᆞ 져 경식을 보고 ○…결락 14자…○[차악ᄒᆞ야 위로 왈,

"그ᄃᆡ 친셔(親書)를 보고] 믄득 혈뉘 발ᄒᆞ니 과도ᄒᆞ미 극ᄒᆞᆫ지라. 엇지 평일 돈후(敦厚) 《관일∥관인(寬仁)》 ᄒᆞᆷ과 ᄀᆞᆺ지 아니미 심ᄒᆞ뇨?"≥617)

---

612)부차(夫差) : 중국 춘추 시대 말기 오나라의 왕(B.C.?~B.C.473). 춘추 오패(五霸)의 한 사람으로, 아버지 합려(闔閭)가 월왕(越王) 구천(句踐)에게 패하여 죽자, 그 원수를 갚기 위하여 와신상담하다가 마침내 기원전 494년에 이를 이루었다. 뒤에 서시(西施)의 미색에 빠져 정사를 게을리 하다가 월나라 구천에게 패하여 자살하였다. 재위 기간은 기원전 496~473년이다.

613)촉뉘(屬鏤) : =촉루검(屬鏤劍). 중국 춘추시대 오(吳)나라 왕 부차(夫差)가 자신에게 충간(忠諫)을 하는 신하 오자서(伍子胥)의 충언을 듣지 않고, 도리어 그에게 자결을 명하며 내린 칼의 이름.

614)삼강오상(三綱五常) : 삼강오륜(三綱五倫). 유교의 도덕에서 기본이 되는 세 가지의 강령과 지켜야 할 다섯 가지의 도리. 군위신강, 부위자강, 부위부강과 부자유친, 군신유의, 부부유별, 장유유서, 붕우유신을 통틀어 이른다.

615)불공ᄃᆡ텬지슈(不共戴天之讎) : 하늘을 함께 이지 못할 원수라는 뜻으로, 이 세상에서 같이 살 수 없을 만큼 큰 원한을 가진 사람을 비유적으로 이르는 말.

616)삼족(三族) : '부모, 형제, 처자', 또는 '아버지, 아들, 손자', 또는 '부계(父系), 모계(母系), 처계(妻系)'를 통틀어 이르는 말.

혹시 강싱의 말을 듯고, 다만 반가오미 최심(最甚)ᄒ여 주긔 혈뉘 발ᄒ므로 알믈 보미, 더욱 참괴ᄒ여 묵연이 말을 아니터【26】니, 명됴(明朝)의 졍신을 ᄎ려 관셰(盥洗)를 맛치미, 니당으로 드러 가거놀, 강싱이 그 긔식을 슬피니 반다시 큰 연괴(緣故) 잇ᄂᆞᆫ지라.

뉴공 집 창두를 불너 됴용이 말을 드르니, 진실노 골경신히(骨驚身駭)[618]ᄒ지라. 근본이 주긔와 뎡시로 말믜야마 혹시의 죽으믈 직촉ᄒᄂᆞᆫ 칼○[이] 왓ᄂᆞᆫ 줄 듯고, ≤할연(豁然) 댱탄(長歎) 왈,

"니 뉴형의 지덕을 텸망(瞻望)ᄒ여 이에 니르미 졍이 텬하 현사(賢士)를 ᄉᆞ모ᄒ미러니, ○…결락 9자…○[도로혀 화(禍)를 끼친다라]. 이제 ○○○○[뎌를 보아] 《학직∥하직(下直)》ᄒ미 허다 됴치 아니미 이시○[리]니, 이제 니○[리]로셔 《ᄃᆞ라나∥도라가》 피ᄎᆞ(彼此)의 조히 홈만 ᄀᆞᆺ지 못ᄒ다."

ᄒ고≥[619], 드듸여 쇼시(小詩) 일수(一首)를 지어 셔안(書案) 우히 노코 가동(家童)을 불너 건【27】녀(蹇驢)[620]를 타고 경ᄉᆞ로 가니라.

어시의 뉴학시 니당의 드러가 텽상(廳上)의 단좌(端坐)ᄒ고 난향으로 ᄒ여금 뎡시를 부르니, 뎡시 혹ᄉᆞ의 불평ᄒᆫ 긔식을 보고 날호여 면젼의 니르미, ᄉᆞ미로셔 뎡공의 상소를 쥬어 왈,

"부인이 이 글을 아ᄂᆞ냐?"

쇼졔 ᄒᆞᆫ 번 보미 완연 야야의 쇼작이라. ᄯᅩᄒᆫ 슬프고 ᄯᅩᄒᆫ 놀나 다만 눈물을 흘니고 계하(階下)의 ᄂᆞ려 청죄 왈,

"션친이 주식 ᄉᆞ랑이 과도ᄒ샤 뎐문(傳聞)의 와언(訛言)을 우연이 낙필(落筆)ᄒ신 거시나, 즉시 업시ᄒ신 비러니, 금일 군ᄌᆞ의 보시믈 어드니 죽기를 쳥ᄒᆞ나이다."

혹시 쳥파의 ᄃᆡ【28】결 왈,

"뎡공은 식니대신(識理大臣)[621]이라. ᄉᆞ혐(私嫌)으로써 사름 모히ᄒ믈[미] 엇지 이곳의 밋ᄎ[출] ○○[줄 알]리오. 혹싱이 젼여 아지 못ᄒ고 부인을 거두어 머무럿더니, 금일 곡졀을 붉○○[히 알]미 이졔 감이 ᄉᆞᄉᆞ로이 권연(眷戀)치 못ᄒ리니, 셜니 나가고 잠시도 머무지 말나."

뎡시ᄂᆞᆫ 대톄(大體)를 아ᄂᆞᆫ 녀지라. 혹시 형셰 용납지 못ᄒᆞᆯ 줄 알고 다만 공슌이 명

617) 강싱이 겻ᄒᆞ로 조ᄎᆞ 져 경식을 보고 차악ᄒ야 위로 왈, "그ᄃᆡ 친셔를 보고 믄득 혈뉘 발ᄒ니 과도ᄒ미 극ᄒ지라. 엇지 평일 돈후 관인홈과 다르미 심ᄒ뇨. …(국립도서관본 『뉴효공션힝녹』亨<권지이>:88쪽14행-89쪽5행, *밑줄·문장부호 교주자)
618) 골경신히(骨驚身駭) : 모든 뼈마디와 온몸이 놀랄 정도로 몹시 놀람을 이르는 말.
619) 할연 댱탄 왈, "내 뉴형의 지덕을 쳠망ᄒ야 이에 니르럿더니, 텬하긔ᄌᆞ를 위ᄒ미 도로혀 화를 기친다라. 이제 뎌를 보아 하덕ᄒ미 허다 됴치 아닌 일이 이시리니, 이리로셔 도라가 피ᄎᆞ 됴히 홈만 ᄀᆞᆺ디 못ᄒ다." ᄒ고, …(국립도서관본 『뉴효공션힝녹』亨<권지이>:90쪽4행-10행, *밑줄·문장부호 교주자)
620) 건녀(蹇驢) : 다리를 저는 나귀라는 뜻으로 그다지 튼튼해 보이지 않는 작고 초라한 말.
621) 식니대신(識理大臣) : 사리를 아는 정승.

○[을] 듯고 난향으로 더부러 거름을 두로혈 식, 회두(回頭) 고 왈,

"쳡이 두 번 츌뷔(黜婦) 되니 진실노 셰 번○[은] 어렵[려]온지라. 감이 넘치 넛고 고흐느니, 잉틱 뉵삭이라. 타일 남녀간 싱산흘진틱 십셰 차기를 기다려 아비를 츳게 【29】 흐리니, 이는 인륜딕관(人倫大關)622)이니 가이 용셔흐여 허(許)치 아니시랴?"

혹시 져의 유한뎡뎡(幽閑貞靜)흔 거조(擧措)와 풍영쇄락(豐盈灑落)흔 풍용(風容)으로 흔낫 차환(叉鬟)의게 붓들녀 혈혈무탁(孑孑無託)흔 즈최를 참아 보지 못흐너니, 문득 유신(有娠)흐믈 고흐미 다두라는 념녜 흔 층이 더으틱, 부친 셔스(書辭)를 싱각고, 뎡공의 상쇼(上疏) 무상(無狀)흐믈 노흐미 감이 뉴련(留憐)치 못흐나, 쏘흔 흉장(胸臟)이 산란흐여 셩안(星眼)의 물결이 어릭여 강잉 답 왈,

"부인이 임의 텬뉸지의(天倫之義)를 아는지라. 엇지 이를 혹싱의게 무르리오. 다만 흔 말을 붓치느니 부인이 임의 결을 스모흐미 【30】 쏘흔 효를 알 거시니, 셜우므로뻐 몸을 가빅야이 흐여 부모의 싱휵(生慉)흐신 유체(遺體)를 슈화(水火)의 더지지 말지어다. 싱이 타일 졍의(庭意)623)를 엇지 못흐느 흔 곳 별스(別舍)를 어더 가친긔 품(稟)흐고 부인의 빅년(百年)을 브치게 흐리라."

뎡시 거슈칭스(擧手稱謝)흐고 바로 빅별(拜別)흘 식, 신식(神色)이 즈약(自若)흐여 기리 니별흐미, 하인으로 흐여금 흔낫 슈레를 어더 부인을 호송흐여 모물 곳에 두고 오라 흐고, 외당의 나와 강싱을 츠즈 근본을 뭇고져 흐더니, 동지 강싱의 나간 줄을 고흐고, 쇼시(小詩) 지은 거슬 드리니, 혹시 바야흐로 강형쉰 【31】 줄 알고 견일를 [을] 씨드라 그 의(義)와 현명(賢明)흐믈 츠탄(嗟歎)흐믈 마지 아니 흐더라.

부인을 다려가던 창뒤 슈일만의 도라와 보흐되,

"부인이 안상현의 니르러 슈월암이란 승방(僧房)의 드러가 단발위리(斷髮爲尼)624) 흐여 불젼(佛前)의 녜빅(禮拜) 흐시니, 슈빅 녀승이 위흐여 슬허흐고, 방쟝(房帳)을 슈쇼(修掃)흐여 안돈(安頓)흐거늘 감이 오릭 머므지 못흐여 듀야(晝夜)로 도라오니이다."

흐니, 혹시 탄 왈,

"졔 본틱 유풍(儒風)을 직희엿거늘 도로혀 산문(山門)의 도라가니 길이 궁진(窮盡) 흐고 신셰 결단홈625)을 가히 보리로다."

흐더라.

이미 뎡시를 【32】 니치고 강싱을 긋츠미 부친긔 글을 지어 올닐식, '칼을 머무러 다시 명을 기다리느이다' 흐엿더라.

《우문이∥창뒤(蒼頭)》 듀야(晝夜)로 힝흐여 경스(京師)의 니르러 혹스의 봉셔(封

---

622)인륜딕관(人倫大關) : 크게 인륜에 관계 된 일.
623)졍의(庭意) : =친의(親意). 부친의 뜻.
624)단발위리(斷髮爲尼) : 여자가 머리를 깎고 비구니가 됨.
625)결단흐다 : 결딴나다. 어떤 일이나 물건 따위가 아주 망가져서 도무지 손을 쓸 수 없는 상태가 되다.

書)를 올니니, 뉴공과 홍이 죽지 아니믈 크게 노ᄒᆞ여 글○[을] 보니, 굴와시되,

"불초 히아(孩兒) 연은 계슈(稽首) 빅비(百拜) ᄒᆞ고 읍혈뉴쳬(泣血流涕)ᄒᆞ여 업디여 싱각건디, 명되(命途) 슬프미 십셰 젼 ᄌᆞ모ᄅᆞᆯ 여의고, 힝여 야야의 무휼(撫恤)ᄒᆞ시미 ᄌᆞ모의 ᄉᆞ랑과 엄친의 가라치시믈 겸ᄒᆞ시니, 사람이 뉘 부지 업스리오마는 고혈(孤子)ᄒᆞᆫ 졍시 홀노 우러○[르]ᄂᆞᆫ 바는 우리 형뎨 ᄀᆞᆺ투니 업살 거시오, 슬【33】하의 어루만지ᄂᆞᆫ 졍으로 준잉ᄒᆞᆷ을626) 더으믄 대인의 ᄌᆞ이 ᄀᆞᆺ트시니 ᄯᅩ 잇지 아닐지라. 임의 텬뉸의 소ᄉᆞᄂᆞᆫ 졍의(情誼)예 이런 변이 이실 줄 알니오. 히이 군상긔 득죄ᄒᆞ여 히외(海外)의 원찬(遠竄)ᄒᆞ니, 븍으로 뎨향(帝鄕)을 복망(伏望)ᄒᆞ니, 텬이(天涯)의 잇ᄂᆞᆫ지라. 비록 불초ᄒᆞ나 ᄆᆞ음이 엇지 다른 디 이시리잇고? 미양 '조로(子路)의 부미(負米)'627)와 황향(黃香)628)의 션침(扇枕)을 싱각ᄒᆞ미 《음식과‖음식 먹기와》《 줌이‖줌자기의》 늣기[기]지 아닐 젹이 업스니, 엇지 감이 군신부ᄌᆞ(君臣父子)의 대의를 잇고 인심을 결납ᄒᆞ기의 겨를 ᄒᆞ리잇가? 쇼지 만닐 이 ᄆᆞ음이 이시면 만검(萬劍)【34】의 쥬(誅)ᄒᆞᆷ믈 바다도 오히려 앗갑지 아닐지라. 가이 번거로이 베프지 아니나, 텬신이 직상ᄒᆞ시니 비록 음용(音容)이 만니외(萬里外)의 격조(隔阻)ᄒᆞ나, 야야의 붉으시므로 부ᄌᆞ의 졍의 ᄌᆞ연 감응ᄒᆞ여 씨다를[르]실지라. 히이 머리ᄅᆞᆯ 두로혀 훤당(萱堂)을 술필 ᄯᆞ름이로소이다. 강형슈의 일은 젼일 알미 업스니 그 얼골을 어이 알니잇ᄀᆞ? 졍비(定配) 갈 졔 길히셔 강싱이로라 ᄒᆞᄂᆞᆫ 지 히ᄋᆞ를 ᄯᆞ라 셔로 보디, 그 일홈을 이르지 아니코 ᄯᆞ라 뎍소(謫所)의 이시니, 긱니(客裏)의 울젹ᄒᆞᆫ 심시 ᄌᆞ연 쇼연ᄒᆞ여 친붕(親朋)【35】이 되니, 진실노 형쉰 줄은 아지 못ᄒᆞ엿더니, 대인의 글이 니르ᄂᆞᆫ 날, 믄득 시ᄅᆞᆯ 지어 하직ᄒᆞ고 표홀(飄忽)이 가니, 거쳬(去處) 업순지라. 비야흐로 형쉰 줄 씨다라시니 ᄎᆞ후로 명교(明敎)를 심골(心骨)의 삭이더[리]니, 감이 두 번 사괴미 이시리잇가? 지어 뎡시의 일관(一關)은 히ᄋᆞ의 불초(不肖)ᄒᆞᆫ 죄 맛당이 죽어 속(贖)ᄒᆞ염즉 ᄒᆞ나, 대인의 관위(寬慰)ᄒᆞᆯ심과 부ᄌᆞ(父子)의 조용ᄒᆞᆫ 도리로써 용샤(容赦)ᄒᆞ실가 ᄇᆞ라ᄂᆞᆫ 비라. 당초 뎡녀를 늬친 후 쇼식이 끈쳐시니 뎡관의 상소ᄅᆞᆯ 아지 못ᄒᆞ고, 밋 히이(孩兒) 뎍거ᄒᆞ미 기리【36】 양쥬ᄅᆞᆯ 지나ᄂᆞᆫ지라. 뎡녜 남장(男裝)으로 쥬졈의셔 그 아비 기가(改嫁)ᄒᆞ려 ᄒᆞ미 슈졀(守節)ᄒᆞ여 분쥬(奔走)ᄒᆞ므로 이르러거늘, 진실노 ᄆᆞ음의 측은ᄒᆞ나 디인의 엄명(嚴命)을 져바리지 못ᄒᆞ야, 막연(漠然)이 거절ᄒᆞ고 젹쇼(謫所)의 이른 지

---

626)준잉ᄒᆞ다 : 자닝하다. 애처롭고 불쌍하여 차마 보기 어렵다.

627)자로부미(子路負米) : =백리부미(百里負米). 중국 춘추시대 공자의 제자인 자로(子路)가 쌀을 백리까지 운반하여 그 운임으로 어버이를 봉양한 고사를 이르는 말로, 가난하게 살면서도 지극한 효성으로 부모를 잘 봉양하는 것을 뜻한다. 『공자가어(孔子家語)』에 나온다.

628)황향(黃香)의 션침(扇枕) : 션침(扇枕)은 베개에 부채질한다는 뜻으로, 중국 동한(東漢) 때의 효자 황향은 효성이 지극했는데, 9세 때에 어머니를 여의자, 아버지를 잘 받들어 여름이면 아버지의 베개에 부채질을 하여 시원하게 하였다는 고사를 이른 말. *황향(黃香) : 중국 동한(東漢)의 효자. 편부(偏父)를 지극히 섬겨, 여름에는 아버지의 잠자리에 부채를 부쳐 시원하게 해드렸고 겨울에는 자신의 몸으로 이부자리를 따뜻하게 하여 잠자리를 보살폈으며, 평소 부친의 뜻을 받들어 어기지 않았다.

두 졀(節)629)리[이] 진(盡)ᄒ고 듕동(仲冬)의 이르러는 위연(偶然)이 유산(遊山)ᄒ여 암혈의 니르러 뎡녀와 다못 그 시비 난향을 만나니, 오히려 남장을 ᄒ고 스스로 양쥬 ᄌᄉ 박상규의 의긔(義氣)로써 촉(蜀)으로 가려 비를 타고 가다ᄀ 풍낭의 날니여 이곳의 이르나, 감이 히ᄋ를 보지 못ᄒ고 암혈의셔 풀샫리를 먹어 아ᄉ(餓死)ᄒ기를 달 【37】게 여기나, 그 병이 이셔 엄졀(奄絶)ᄒ기의 밋쳣ᄂ지라. 쇼지 진실노 ᄆᄋᆷ의 측은ᄒᄆᆯ 참지 못ᄒ여 비록 죄 이시나 슈화(水火)의 건져닉믄 마지 못ᄒᄆᆡ니, ᄒᄆᆯ며 졍관이 길히셔 죽어 도라갈 곳이 업ᄉᆫ지라. 대인이 드르시나 일분 용샤(容赦)ᄒ시미 계실지라. 기리 머러 미리 쥐품(就稟)치 못ᄒ고 ᄌ단ᄒ여 거두어 햐쳐의 이시나, 미양 엄명을 듯줍지 못ᄒ 고로 측은ᄒ미 스지의 잇ᄂ 듯ᄒ더니, 금일 굴ᄋ치는 글을 보오니, 줌이 쳐음으로 ᄭᆡᆫ 듯ᄒ고, ᄒᄆᆯ며 뎡관의 소를 보니 모골(毛骨)이 송연ᄒᆫ지라. 즉일의 뎡 【38】시를 니쳐시니, 다시 넘녀(念慮)의 머무러 엄교(嚴敎)를 져ᄇ리지 아니리이다. 다만 ᄉ연(辭緣)은 넘지거단(念之遽短)630)ᄒ고 언지심열(言之甚劣)631)ᄒ니, 다만 텬디(天地)를 국츅(跼縮)ᄒ여 ᄒ 몸 둘 곳이 업슬 쥴을 탄ᄒ고, 샹ᄂ(喪亂)632)ᄒᄆᆯ 통곡ᄒ여 당당이 칼흘 븟드러 명(命)을 봉힝(奉行)홀 거시로ᄃᆡ, 그윽이 싱각건ᄃᆡ 히이ᄋ시(兒時)로붓터 셩인의 글을 넑어 그 즁도(中道)를 혜아리니, 참아 못홀 일은 대인으로 ᄒ여금 ᄌ식 살히ᄒᆫ 허물을 더으지 아닐 거시오, 히아로써 부모 말ᄉᆷ을 역졍(逆情)ᄒ여 일시 원통을 품어 죽은 즉, 타일(他日) 대인이 귀릭망ᄉ(歸來望思)의 【39】 ᄃᆡ(臺)633)를 지으나 뉴한(遺恨)이 구텬(九天)634)의 울 ᄯᆞ롬이오, ᄡᆠ금635) 불효를 더으지 못ᄒ리니, 원컨ᄃᆡ 야야는 뇌졍(雷霆)의 위엄을 ᄂ초샤 히ᄋ의 쇠잔ᄒ 목슘을 용샤ᄒ신 즉 길이 셩은을 밧드러 불쵸ᄒ 뜻을 곳치리니, 만닐 다시 죄를 범ᄒ 즉 형벌을 스스로 힝ᄒ여 대인의 셩덕과 문호를 위틱케 아니리니, 칼을 머무러 타일을 보와 스스로 죄를 더은 즉 명을 밧들고 죄를 고치와 다시 텬샤(天赦)를 닙ᄉ와 슬하의 완연

---

629)졀(節) : 철. 계절(季節). 절기(節氣).
630)넘지거단(念之遽短) : 생각이 조급하고 짧음.
631)언지심열(言之甚劣) : 말이 매우 졸렬함.
632)샹ᄂ(喪亂) : 환란(患亂). 전쟁, 전염병, 천재지변 따위로 많은 사람이 죽는 재앙.
633)귀릭망ᄉ(歸來望思)의 ᄃᆡ(臺) : 돌아와 죽은 자식을 생각하는 대. *망사대(望思臺) : 한나라 무제(武帝)가 강충(江充)의 무고(巫蠱) 사건에 억울한 누명을 쓰고 자살한 여태자(戾太子)를 불쌍히 여겨 사자대(思子臺)와 함께 지은 누대이다. 무제가 병들었을 때 강충이 여태자가 저주(詛呪)한 때문이라고 하면서 무고 사건을 일으켜 수많은 사람을 죽게 했다. 이에 격분한 여태자는 그를 죽이고 자살했는데, 뒤에 무제는 여태자의 억울함을 깨닫고는 강충의 삼족을 멸하였다. 《漢書 卷45 江充傳》에 보인다.
634)구텬(九天) : ①가장 높은 하늘. ≒구민(九旻) ②하늘을 아홉 방위로 나누어 이르는 말. 중앙을 균천(鈞天), 동쪽을 창천(蒼天), 서쪽을 호천(昊天), 남쪽을 염천(炎天), 북쪽을 현천(玄天)이라 하고 동남쪽을 양천(陽天), 서남쪽을 주천(朱天), 동북쪽을 변천(變天), 서북쪽을 유천(幽天)이라 한다. ≒구중천·구현(九玄).
635)ᄡᆠ금 : '으로 하여' 또는 '으로 하여금'. 중국어 '以爲'의 번역체. 즉 '으로(以)+ 하여(爲)' 여기서는 (부모 말ᄉᆷ을 역졍(逆情)ᄒ여 일시 원통을 품어 죽은 죽음) '으로 하여금'의 뜻.

(完然)ᄒ믈 원ᄒᄂ이다."

ᄒ엿더라.

ᄯᅩ 홍의게 별시(別詩)를 베퍼 싱각ᄂ 쯧을 뵈여시니 ᄉ【40】의(詞意) 쳐졀ᄒ고 시뉼(詩律)이 고상ᄒ여 완연이 어진 덕과 화(和)ᄒᆫ 얼골이 깁 우히 버렷ᄂ 톳[듯]ᄒ니, 뉴공이 츄연(惆然)이 ᄂᆺ빗츨 고쳐 눈물 두어 줄을 ᄂ리오니, 홍이 크게 블쾌ᄒ여 부친의 뉴렴ᄒ믈 쩌려 다시 참소(讒訴) 왈,

"대인이 ᄒᆫᄯᅩ ᄌ이지졍(慈愛之情)만 싱각ᄒ샤 문호(門戶)를 싱각지 아니시니 이졔 형의 문ᄎ 팔두(八斗)636)의 빗ᄂ니, 언변이 텬하를 기우리나 근본은 감초지 못ᄒ엿ᄂ지라. 형쉬 임의 덕소의 이시미 올ᄒ니, 창두 보ᄂ 듸 나ᄀᄂ 쳬ᄒ엿다가 다시 모들 거시오, 뎡시 ᄯᅩ 이 ᄀᆺ티 홀지라. 엇지 그 니여 보니미 진졍(眞正)이리오. 대인이 맛당이【41】형의 죄상(罪狀)을 여ᄎ여ᄎᄒ여 텬ᄌ기 쥬(奏)ᄒ시면, 하나흔 야야○[의] 화(禍)를 면ᄒ미오, 둘은 형의 긔운을 썩질너 불궤(不軌)를 도모치 못ᄒ게 ᄒ미라."

ᄒᆫ듸, 공이 올히 너겨 상소를 올녀 연의 죄악을 베퍼 죽이기를 쳥ᄒ니, 소즁(疏中)의 언ᄉ 참담ᄒ여 참아 보지 못홀지라. 듸강 '됴쥬 인심을 결납(結納)ᄒ니 그 ᄯᅳᆺ을 측양(測量)치 못홀디라. 잡아 죽여 후환을 더르쇼셔' ᄒᆫ ᄯᅳᆺ이라.

상쇠 들며[믜] 즘셔령 슌한이 보고 대경ᄒ야 즉시 상소를 가지고 바로 츌번(出番)ᄒ여 뉴공을 와 보고 니로듸,

"노 션싱이 녕낭을 고변ᄒ여 계시니, 그 일이【42】반다시 신실ᄒᆫ 후 발ᄒ시련니와, 그러나 녕낭의 츙졀은 히ᄂᆡ쇼공지(海內所共知)637)라. 하관이 드르니 텬지 죄를 주시고 뉘웃ᄂ 쯧이 계시다 ᄒ니, 이졔 션싱의 상쇠 올나 만닐 신쳥(信聽)ᄒ신 즉 녕낭과 션싱으로 ᄒ여금 다 화(禍)를 면치 못홀 거시오, 불쳥(不聽)ᄒ신 즉 ᄒᆫᄀᆺ 션싱으로 ᄌ식 히(害)ᄒᄂ 듸변(大變)만 니르혈 거시니, 션싱은 슬펴보라."

뉴공이 듸참(大慙) 묵연(默然)ᄒ여 믈을 못ᄒ거늘 슌공이 고이히 너겨 하직고 도라오다가, 졍(正)이 젼임 틱상(太常)638) 뉴션을 만나니, 쳥ᄒ여 ᄌ가 부즁의 니르러 녜필(禮畢) 한훤(寒暄) 파(罷)의 슌공이 몬져【43】무러 왈,

"젼 흑ᄉ 뉴ᄌ슌이 현형의 친쳑이니 그 위인을 거의 알지라. 엇던 사름고?"

틱상이 할연(忽然) 댱탄(長歎) 왈,

"션싱이 ᄌ슌을 날다려 무르미 가치 아니 ᄒ도다. 혹싱이 맹변쥬론(孟辯朱論)639)이

---

636)팔두(八斗): 중국 위(魏)나라 시인 조식(曹植: 192~232)의 재주가 뛰어남을 비유적으로 이른 말. 즉 동진(東晉)의 시인 사령운(謝靈運: 385~433년)이 '천하의 재주를 한 섬으로 볼 때 조식의 재주가 팔두(八斗)를 차지한다'고 한데서 유래했다.

637)히ᄂᆡ쇼공지(海內所共知): 온 나라 사람들이 다 함께 아는 바이다. *해내(海內): 바다로 둘러싸인 육지라는 뜻으로, 나라 안을 이르는 말.

638)틱상(太常): 태상경(太常卿). 고려 시대에, 태상시(太常寺)의 으뜸 벼슬. *태상시: 고려시대 제사를 주관하고 왕의 묘호와 시호를 제정하는 일을 맡아보던 관아.

639)밍변쥬론(孟辯朱論): 맹자와 주자의 변론이란 뜻으로, 논리 정연하여 설득력 있는 변론을

업순지라. 엇지 감이 군ᄌ의 《힝ᄉ롤 ‖ 힝실을》 참논(參論)ᄒ리오."

순공이 쇼왈,

"션싱이 과도ᄒ다. '호원(胡元)640)의 더럽기로도 션부(宣父)641)를 츄존(追尊)642)ᄒ니'643), 뉴션싱644)이 비록 츙졀이 히닉(海內)의 덥혀시니[나] 그[공]부자(孔夫子)645)의 셩덕(聖德)만 ᄀᆺ지 못ᄒ 거시오, 녕형(슈兄)646)이 호원(胡元)의 비기지 못ᄒ리니, 엇지 참논(參論)치 못ᄒ니 이시리오. "

태상이 고댱딕소(鼓掌大笑)647) 왈(曰),

"션싱의 말슴이 니럿ᄐᆺ ᄒ니, 마지 못ᄒ【44】여 긴 말을 펴리로다. 져 ᄌ순이 사람되오미, 안ᄌ(顔子)648)의 츈풍 ᄀᆺ흔 화긔(和氣)오, 대슌(大舜)의 셩효(誠孝)를 겸ᄒ여 그 특이흔 츙효(忠孝)와 쳥현(淸賢)흔 도덕이 칠십ᄌ(七十子)649)의 벗 되미 붓그럽지 아니되, 다만 인륜의 슬픈 거술 먹음어 '민텬(旻天)의 우름'650)이 긋칠 덕이 업고, 당ᄎ시(當此時)ᄒ여도 군상(君上)긔 쳠죄(添罪)ᄒ여 히외(海外)의 즁쉬(重囚)되여시니, 그 명되(命途) 다쳔(多舛)ᄒ고 시운(時運)이 부졔(不齊)ᄒ미 이 ᄀᆺ튼지라. 엇지 그[긔]린(麒麟)이 시졀을 만나지 못ᄒ미 아니리오."

순공이 텽파(聽罷)의 아연(啞然) 왈,

"션싱이 위ᄌ(慰藉)ᄒ미냐?"

태상이 졍식 왈,

말함. 맹자(B.C.372~289.중국 전국 시대의 유학자)나 주자(1130-1200, 중국 송나라의 유학자)는 둘 다 변론에 매우 능했다.

640)호원(胡元) : 중국에서 북쪽 유목 민족인 몽골족이 세운 원(元)나라를 '오랑캐 나라'로 낮잡아 이르는 말.

641)션부(宣父) : 공자(孔子)의 존칭. 중국 당나라 태종(太宗)은 정관(貞觀) 11년(637)에 "조칙을 내려 공자를 선보로 높이고, 연주에 사당을 세우게 했다(詔尊孔子爲宣父 作廟於兗)"라는 기록이 보인다. 《新唐書 卷15 禮樂志5》

642)츄존(追尊) : 왕위에 오르지 못하고 죽은 이에게 임금의 칭호를 주던 일. 늑추숭(追崇).

643)호원(胡元)도 션부(宣父)를 츄존(追尊)ᄒ니 : 원나라에서 공자를 왕으로 추존한 것은 성종(成宗) 때로 '대성지성문선왕(大成至聖文宣王)'의 시호(諡號)를 내렸다. 원나라 이전에는 당(唐)나라 현종(玄宗) 때 '문선왕(文宣王)', 송(宋)나라 진종(眞宗) 때 '지성문선왕(至聖文宣王)'의 시호를 각각 내린 바 있다.

644)뉴션싱 : 작중인물 '유연'을 지칭한 말.

645)공부자(孔夫子) : 공자의 높임 말.

646)녕형(슈兄) : ①남의 형을 높여 이르는 말. ②편지에서, 친구를 높여 이르는 말. *여기서는 작중인물 순공의 친구인 태상 뉴션을 높여 이르는 말로 쓰였다.

647)고댱딕소(鼓掌大笑) : 손벽을 치며 크게 웃음.

648)안자(顔子) : 안회(顔回). 공자의 제자. 십철(十哲) 가운데 한 사람. 단명하여 요절하였다.

649)칠십ᄌ(七十子) : 공자의 제자. 흔히 공자의 제자로 10철(哲) 72현(賢) 3000문도(門徒)를 일컫는다. 여기서 칠십자(七十子)는 72현인(賢人)을 말한다.

650)민텬(旻天)의 우름 : 하늘을 부르짖어 욺. 옛날 순임금이 부모의 사랑을 얻지 못하여 하늘을 부르짖어 울었던 고사를 이른 말. *민천(旻天); 하늘을 신격화한 데서 나온 말로, '어진 하늘'을 이르는 말.

"만일 사룸의게 위ᄌ(慰藉) 바들 뉴싱인 즉, 엇지 족히【45】현지(賢者)라 ᄒ리오."

슌공이 그 진졍인 쥴 보고 드디여 ᄉ미 안흐로셔 뉴공의 상소룰 너여 뵈고 슈미(首尾)룰 니르니, 퇴상이 돈족(頓足) 왈,

"ᄌ슌의 효우ᄒ미 마장이 되어 변난이 이지경의 니르니, 만닐 셩[션]싱(先生)의 졍침(停寢)651)홈이 아닌 즉 상쇠 텬졍의 올나 ᄌ슌의 죽을 곳을 아지 못ᄒ낫다. 혹싱이 드르니, 홍이 요ᄉ의[이] 부친을 촉ᄒ여 됴쥬의 사룸을 보니여 ᄌ슌의 죽으믈 구박(驅迫)ᄒ다 ᄒ니, 와젼(訛傳)만 녀겻더니, 진젹ᄒ지라. 임의 상소의 계귀 이지 못ᄒ니, 반다시 ᄉᄉ로이 핍박ᄒ미 이실 거시니, 셩[션]싱은 원컨디 계교룰【46】베퍼 ᄌ슌을 구ᄒ라."

슌공이 ᄯᄒᆫ 뉴가 부ᄌ형뎨의 불화ᄒ믈 디강 드럿ᄂ지라. 이날 퇴상 말과 뉴공의 소의(疏意)룰 보와 불측(不測)이 녀겨 니로디,

"남의 부ᄌ 사이의 간셥지 아니미 가ᄒ디, 뉴연의 어질믈 앗기ᄂ니, 혹싱이 명일 탑젼의 여ᄎ여ᄎ(如此如此) 주(奏)ᄒᆫ즉, 족히 ᄉ오ᄂ온 부형의 위엄이 더으지 못ᄒ리니, 이 계괴 엇더뇨?"

퇴상이 디희ᄒ여 사례ᄒ고 도라가다.

명일 슌공이 됴회의 츌반(出班) 주왈(奏曰),

"근셰 국법이 히이(解弛)ᄒ야[고] 인심이 소요(騷擾)ᄒ와, 뎍거ᄒᄂᆫ 죄인을 즁도의 죽이되 그 부형이 ᄎᄌ 구ᄒ미 업ᄂ지【47】라. 원컨디 불초로 사힉ᄒ여 만일 무고이 죽어 의심된 지 잇거든 죽인 ᄌ룰 ᄎᄌ 국늏(國律)을 더으고 그 부형을 《젼좌∥연좌(緣坐)》 ᄉᄉ(賜死)ᄒ여지이다."

상이 눈허(允許)ᄒ시니, 즁셰(中書) 즉시 젼지(傳旨)룰 쳥ᄒ야 십삼싱(十三省)의 반포ᄒ니, 뉴공이 듯고 그윽이 붓그려 ᄒ더니, 홍이 ᄯ 만염으로 더부러 슌환의 쥬샤(奏辭)룰 비쳑ᄒ여 상소ᄒ고, ᄯ 공을 달니여 혹ᄉ를 바로 탑젼(榻前)의셔 알왼즉, 공과 졔게 무방ᄒᆫ 쥴노 니르니, 공이 묵연이 답지 아니코, 가마니 홍이 동싱 히(害)ᄒᄂᆫ 뜻을, 봄ᄭᆷ이 쳐음으로 몽농(朦朧)ᄒᆫ 듯ᄒ디, 능히 붉히 ᄭᆡ닷지 못ᄒ고,【48】홍은 부친의 깃거 아닌ᄂᆫ ᄉ식(辭色)을 볼셔 알아보고, 크게 근심ᄒ고 두려 혹ᄉ 히ᄒ기를 긋치고 효셩을 낫토더니, 공이 임의 불쾌ᄒᆫ 뜻이 이셔 혹ᄉ의 셔간을 ᄌ로 너여 보고, 잇다감 눈물이 ᄯ러지ᄂ지라.

쥬시 폐문불츌(閉門不出)ᄒ여 병을 닐ᄏ란지 칠년이러니, 공○[이]혹ᄉ○[를] 싱각ᄒᄂᆫ 긔식을 보고 가마니 하ᄂᆞᆯ긔 사례ᄒ고, 깃부믈 이긔디 못ᄒ디, ᄯᄒᆫ 혹ᄉ를 구ᄒᄂᆫ 말을 닌즉 홍의 단쳐를 들츄ᄂᆫ 마디라. 다만 묵묵히 텬도(天道)의 어진 사룸○[을] 보호ᄒ믈 츅슈(祝手)ᄒᆯ ᄯᄅᆷ이러니, ≪공이 일일은 젹막ᄒ믈 인ᄒ여 두루 거러 《쵸셔당∥독셔당》의【49】니르니, 홍이 마춤 글 닑다가 년망(連忙)이 마ᄌ 좌(坐)를 졍ᄒ

---

651)졍침(停寢) : 일을 ᄒ다가 즁도에서 그만둠. ≒졍폐(停廢).

미, 공이 안셕(案席)652)을 지혀 홍의 제슐(製述)을 상고ᄒᆞ여 그 문장의 특이ᄒᆞᄆᆞᆯ 두굿겨 희동안식(喜動顏色)ᄒᆞ더니, 믄득 혹ᄉᆞ의 《ᄌᆡ효를 ∥ ᄌᆡ학(才學)을》 싱각고≥653) 무러 왈,

"여형(汝兄) ᄉᆞ집(私集)654)은 어듸 잇ᄂᆞ뇨?"

홍 왈,

"다 이곳의 잇ᄂᆞ이다."

ᄒᆞ고 내여 뵈거늘, 공이 《츌혀 ∥ 슬펴》보고 탄지칭션(歎之稱善)ᄒᆞ고 더욱 의형미목(儀形眉目)이 눈 앏히 잇ᄂᆞᆫ 듯ᄒᆞ여, 양구(良久)히 눈을 드러 보미, 정묘(精妙)ᄒᆞᆫ 칠보궤(七寶櫃) ᄒᆞ나히 상머리의 잇ᄂᆞᆫ지라. 우연이 날호여 여러 보니, 이 다 만염 뇨졍으로 더부러 동모ᄒᆞ여 태ᄌᆞ를 모히ᄒᆞ고 혹ᄉᆞ를 죽이려 ᄒᆞᄂᆞᆫ 셔시라. 공이 딕【50】경(大驚)ᄒᆞ고, 한츌텸빅(汗出沾背)655)ᄒᆞ여 왈,

"오익(吾兒) 엇지 참아 이런 일을 ᄒᆞᄂᆞ뇨? 오날늘 너의 힝ᄉᆞ를 씌다르니, 신ᄌᆡ(臣子) 되어 용심(用心)이 파측(頗仄)ᄒᆞ미, 틱ᄌᆞ(太子)를 모히ᄒᆞ며 삼족(三族)의 화(禍)를 짓고, 그 아비를 블의에 함(陷)ᄒᆞ며, 형을 ᄉᆞ지(死地)의 보닉니, ○[이] 엇지 참아 ᄒᆞᆯ 비리오. 늬 불명ᄒᆞ여 어진 ᄌᆞ식을 박(薄)히 ᄒᆞ여 궁텬○[지]한(窮天之恨)을 깃치 괘라."

홍이 이 ᄶᅥ 뎍년계교(積年計巧) 일시의 파루(敗漏)ᄒᆞ니, 심담(心膽)이 낙황(落黃)ᄒᆞ여 고두(叩頭) 쳥죄 왈,

"히ᄋᆞ(孩兒)의 불초ᄒᆞ미 대인의 니르시ᄂᆞᆫ 바 ᄀᆞᆺ거니와, 다만 형을 모히ᄒᆞᆫ 일관(一關)은 지극○[히] 원통ᄒᆞᆫ지라. 만닐 젼말(顚末)을 밍낭(孟浪)타 ᄒᆞᆯ진딕, 강형쉬【51】 엇지 뎍소의 도라가며, 뎡시 엇지 뎍소의 잇ᄂᆞ니잇ᄀᆞ?"

공이 딕즐(大叱) 왈,

"늬 무상(無狀)ᄒᆞ여 참쇼을 신쳥(信聽)ᄒᆞᄆᆞ로써, 너의 형을 도모ᄒᆞ미 이시니, 이후 다시 늬 눈의 뵈지 말나."

드듸여 허다 셔간을 가지고 침소의 니르러, 쥬시를 불너 이 말을 니르고 졀칙(切責) 왈,

"너ᄂᆞᆫ 양ᄋᆞ(兩兒)를 길너 실노 모ᄌᆞ의 졍과[이] 긔츌{이 치모}의 ᄂᆞ리지 아니커늘, 홍의 불인ᄒᆞᄆᆞᆯ 기유(開諭)치 아니코 연의 준잉ᄒᆞᄆᆞᆯ 구치 아녀, 완연이 괄시ᄒᆞ니 이 엇진 도리요[뇨]?"

---

652)안셕(案席) : 벽에 세워 놓고 앉을 때 몸을 기대는 방석. ㄴ안식(案息).
653)공이 일일은 좌위 뎍막ᄒᆞᄆᆞᆯ 인ᄒᆞ야 <u>두로 비회ᄒᆞ야 독셔당의 니르니</u>, 마춤 홍이 이에 글 넑다가 황망이 마자 좌롤 뎡ᄒᆞ니, 공이 안셕의 디혀 홍의 제슐을 샹고ᄒᆞ야 문댱의 특이ᄒᆞᄆᆞᆯ 두굿겨 희동안식ᄒᆞ더니, 믄득 <u>혹ᄉᆞ의 ᄌᆡ혹을 싱각고</u> …(국립도서관본 『뉴효공션힝녹』 亨 <권지이이>:115쪽14행-116쪽7행, *밑줄·문장부호 교주자)
654)ᄉᆞ집(私集) : 개인의 문집(文集)이나 시집(詩集).
655)한츌텸빅(汗出沾背) : 몹시 부끄럽거나 무서워서 흐르는 땀이 등을 적심.

쥬시 피셕 ᄉ례 왈,

"쳔쳡이 노야긔 시측(侍側)ᄒ연지 십년이 지ᄂᆞᆫ지【52】라. 셩은을 밧ᄌᆞ와 양공ᄌᆞ 무휼ᄒᆞᄂᆞᆫ 소임의 모쳠(冒添)ᄒ니, 슉야(夙夜)의 젼젼긍긍(戰戰兢兢)ᄒᆞ미 여림츈빙(如臨春氷)656)ᄒ여, 다만 그 긔한(飢寒)을 슬피고 쟝셩ᄒᆞᄆᆞᆯ 두굿길 ᄯᆞ름이라. ᄀᆞ라쳐 보익(輔翊)ᄒᆞᄂᆞᆫ 소임은 쳡의게 잇지 아니ᄒ니, 쳔쳡이 엇지 죵야(終夜)의 어루ᄆᆞᆫ져 뎌싱(笛笙)657)의[에] 노릭를 화(和)ᄒ리잇고? 당년 폐젹(廢嫡)ᄒᆞᄂᆞᆫ 거죄 문호의 망극ᄒᆞᆫ 일이라. 쳡이 당돌이 간(諫)ᄒᆞᄂᆞᆫ 말ᄉᆞᆷ을 발ᄒᆞ니, 노애 칙ᄒ시미 혀 버히기에 밋ᄎᆞ니 ᄒᆞᆫᄀᆞ 쇼유(逍遊)ᄒᆞᆯ ᄯᆞ름이라. 감이 방ᄌᆞ치 못ᄒ미이다."

공이 크게 뉘웃쳐 탄식 뉴쳬 왈,

"닉의 힝시 이 ᄀᆞᆺ【53】ᄐᆞ니 타일 하면목(何面目)으로 연을 보며 지하의 가 됴션(祖先)을 뵈오리오."

ᄒ고, 인ᄒ여 홍을 블너 뉵십여 댱(杖)을 즁타(重打)ᄒ여 닉치고, ≤시노(侍奴)로 ᄒᆞ여금 셔간을 맛져 쥬야로 혹ᄉ의게 보닉여 젼후○[슈]말(前後首末)을 ᄌᆞ셔이 베퍼 관심(寬心)ᄒ게 ᄒ니, 홍이 댱칙의 앏흐믈 닛고 야애 형을 싱각○○○○[ᄒᆞᄆᆞᆯ 챡급(着急)]ᄒ여, ᄀᆞ만니 《사ᄅᆞᆷ‖ᄉᆞ인(使人)》을 블너 금빅(金帛)을 후상(厚賞)ᄒ고, 공의 셔간을 고쳐 혹시 부명(父命)○[을] 거역한 죄롤 《베퍼‖베프니》, ᄉᆞ의(辭意) 참담ᄒ여 효ᄌᆞ의 넉슬 늘니고 식ᄌᆞ의 탄식이 기리 눈믈이[로] 화(化)ᄒᆞᆯ지라≥658).

만쟝(滿章) 칙언(責言)을 지어 ᄉᆞ인을 당부ᄒ여 누셜(漏泄)치 말나 ᄒ니, 창뒤【54】슈명(受命)ᄒ여 글을 가지고 됴듀의 니르러 혹ᄉᆞ긔 뵈니, 혹시 보기를 다ᄒᆞ미 셔(書)롤 닷가 죄롤 쳥ᄒ고, 졍ᄉᆞ(情事)롤 이걸ᄒ여 ᄉᆞ롤 도라 보ᄂᆞ니, 일노부터 혹시 식음을 젼폐ᄒ고 하ᄂᆞᆯ을 블너 우름이 긋칠 젹이 업ᄂᆞ니, 의형(儀形)이 환탈(換脫)ᄒ고 풍되(風度) 소삭(消索)ᄒ여 ᄒᆞᆫ 촉뇌(髑髏) 되어시니, 긔거(起居)를 임의로 못ᄒ여 드듸여 상셕의 위돈(危頓)ᄒ여 증셰 빅가지로 위틱ᄒ고, 토혈ᄒᆞ미 극ᄒ여 하로 수십번 식ᄒ니, 죽으미 됴셕의 잇더라.

이 ᄢᆡ 홍이 공의게 죄롤 쳥ᄒ고 슬피 비러 용납ᄒᆞᄆᆞᆯ 어드미, 됴쥬의 갓던 창뒤 도【55】라오믈 기다려 혹ᄉ의 셔간을 가마니 고쳐 십쑌 불초ᄒᆞᆫ 말노 부친을 공치(攻治)ᄒ여[고]659) 헐ᄲᅳ려 창두롤 맛져 공을 뵈니, 공이 무류ᄒᆞ고660) 노ᄒᆞ야 ᄀᆞᆯ오디,

---

656)여림츈빙(如臨春氷) : 봄쳘 녹은 얼음 밟듯 함.

657)뎌싱(笛笙) : 피리와 생황을 함께 이른 말. *笛: 우리말 음 '저'. 한자음 '적', 현대 중국어 음 [di].

658)시노로 ᄒᆞ여곰 듀야로 됴쥐 보내여 혹ᄉ의게 <u>젼후슈말을 ᄌᆞ시 베퍼 관심ᄒ게 ᄒ니, 홍이 댱칙의 알프믄 닛고 야애 형을 싱각ᄒᆞᄆᆞᆯ 챡급ᄒᆞ야, ᄀᆞ만이 ᄉᆞ인을 블너 금빅을 후상ᄒ고, 공의 글을 고쳐 혹ᄉ의 부명 거역한 죄롤 베퍼, ᄉᆞ의 참담ᄒ미 효ᄌᆞ의 넉슬 놀내고, 식ᄌᆞ의 한 숨이 기리 화홀디라.</u>…(국립도서관본 『뉴효공션힝녹』 亨<권지이>:120쪽5행-14행, *밑줄·문장부호 교주자)

659)공치(攻治)ᄒ다 : 비난을 하거나 헐뜯을 일이 아닌 것을 트집을 잡아 비난하거나 헐뜯다.

660)무류하다 : 부끄럽고 열없다.

"연이 나의 증젼(曾前)661) 참소(讒訴)를 듯던 일을 비웃고 늣게야 아라는 쥴 긔롱(譏弄)ᄒ니, 이 ᄌ식의 도리 아니라."

ᄒ고 다시 셔신을 통치 아니나, 쏘흔 홍을 깃거 아닌는 고로 홍이 다시 계교를 더으지 못ᄒ더니, 마초아 남션위(南單于)662) 반(叛)ᄒ여 드러오니, 상이 병부상셔 뉴홍으로 십만 군졸을 거느려 츌졍(出征)ᄒ라 ᄒ시니, 홍○[이] 십만 딕군을 거느려 남만(南蠻)을 치러 가니, 일가의 근심【56】이 극(極)ᄒ더라.

이 씨 뎐지 만귀미의 참소를 드르시나 오히려 싱각이 계샤 졍궁을 옛 위의 두시나 어음(語音)을 통치 아니샤 양궁이 쳔니 ᄀᆞ치 막히엿고, 틱ᄌ를 츈궁의 머무르샤 됴셕무[문]안(問安)의 범연이 보실 ᄯ름이오, 이젼 은통(恩寵)이 조금도 업스니 틱ᄌ 크게 두려ᄒ시더니, 만귀비 다시 참소 왈,

"대지 총명ᄒ여 발간젹복(發奸摘伏)663)을 신명(神明) ᄀᆞ치 ᄒᆞ다 ᄒᆞ니, 맛당이 외방(外方)의 진찰(診察)ᄒ여 공이 잇거든 블너 드리고 블미ᄒᆞᆫ즉 폐(廢)ᄒ여 졔신의 닙을 막으쇼셔."

상이 올히 녀기샤 즉시 태ᄌ를 '됴쥬로 슌힝(巡幸)ᄒ여 민간딜고(民間疾苦)를 슬피라' ᄒ【57】시니, 묘당(廟堂)이 진동ᄒ여 간ᄒᆞᄃᆡ, 종불쳥(終不聽)ᄒ시니, 즉일의 태ᄌ 뎐폐(殿陛)의 하직고 발힝ᄒ시니, 빅관이 다 쳬읍ᄒ여 니별ᄒᆞᆯ ᄉᆡ, 태ᄌ 감영(感盈)664)ᄒ여 ᄯᅩ흔 눈물○[을] 흘니고 손을 드러 샤례ᄒ시더라.

이에 됴쥬를 슌힝ᄒ시ᄃᆡ, 몸을 검박(儉朴)기로ᄡᅥ 쳐ᄒᆞ샤 당요(唐堯)665)의 강구(康衢)666)에 노르시믈 효측ᄒ시고, 뎨슌(帝舜667))이 창오(蒼梧)668)의 슌슈(巡狩)ᄒ시믈 법 바드샤, 힝ᄒ시는 빅 녁ᄃᆡ 뎨왕의 일반이시니, 만민이 열낙ᄒ여 왈,

"쇼년 텬지 이의 계시니 우리 등이 틱평(太平)○[치] 못되[ᄒ]믈 근심ᄒ리오."

---

661) 증젼(曾前) : 늑재젼(在前). 증왕(曾往). 이미 지나가 버린 그때.
662) 남션위(南單于) : 남쪽 흉노(匈奴)의 임금. *션우(單于) : 흉노(匈奴)가 그들의 군주나 추장을 높여 이르던 이름. 후에 선비(鮮卑)와 저(氏), 강(羌) 따위에서도 사용하였다. *흉노(匈奴): 중국의 이민족인 오호(五胡) 가운데 진(秦)나라·한(漢)나라 때에 몽골고원에서 활약하던 기마 민족. 기원전 3세기 말에, 묵돌 선우가 모든 부족을 통일하여 북아시아 최초의 유목 국가를 건설하고, 최성기(最盛期)를 맞이하였으나, 한나라 무제의 잦은 침공으로 쇠약해져, 1세기경 남북으로 분열되었다
663) 발간젹복(發奸摘伏) : 숨겨져 있는 정당하지 못한 일을 밝혀냄.
664) 감영(感盈) : =비감영회(悲感盈懷). 슬픈 감회가 가슴속에 가득함.
665) 당외(唐堯) : 중국의 요임금을 달리 이르는 말. 당(唐)이라는 곳에서 봉(封)함을 받은 데서 유래한다. 또 도당씨(陶唐氏)로도 일컫는다.
666) 강구(康衢) : '사방으로 두루 통하는 번화한 큰 길거리'라는 뜻으로, 여기서는 강구연월(康衢煙月)의 줄임말로 쓰였다. *강구연월(康衢煙月): 번화한 큰 길거리에서 달빛이 연기에 은은하게 비치는 모습을 나타내는 말로, 태평한 세상의 평화로운 풍경을 이르는 말.
667) 뎨슌(帝舜) : 순임금. 중국 고대 성군(聖君)의 한사람으로 효자(孝子)로 추앙받는 인물.
668) 창오(蒼梧) : 창오산(蒼梧山). 중국 광서성(廣西省) 창오현(蒼梧縣)에 있는 산 이름. 순(舜)임금이 죽었다고 전해지는 곳.

ᄒᆞ더라.

틴직 슌힝을 다ᄒᆞ신 후 힝궁(行宮)의 머무러 근시(近侍) 두어 사ᄅᆞᆷ을 다리시고 【58】됴쥬 풍경을 의논ᄒᆞ시니, 근시 주 왈,

"됴쥬ᄂᆞᆫ 바다 ᄉᆞ[ᄀ]이니, 놉흔 바람과 흰 물결이 뇽(龍)의 됴화ᄅᆞᆯ 돕고 ᄀᆞ으로 태항산(太行山)과 곤눈봉(崑崙峰)이 이시니, 텬하 명승지디(名勝之地)라. 뎐히 맛당이 ᄒᆞᆫ 번 보실진이이다."

틴직 디희 왈,

"됴쥬ᄅᆞᆯ 힝ᄒᆞ미 각 방(坊)의 민폐(民弊) 만흘디라. 명일 경(卿) 등으로 더부러 ᄀᆞ마니 귀경ᄒᆞ고 도라오리라."

드드여 시위인(侍衛人)으로 힝장을 ᄀᆞᆺ쵸고 이튼날 미명(未明)의 미복(微服)으로 됴쥐 가실 ᄉᆡ, 태ᄉᆞ 뉴션망으로 힝궁을 직희시다.

태직 됴쥐 니르샤 도로 풍경을 관관ᄒᆞ시고 태항산의 가샤 졀을 ᄎᆞᄌᆞ 쉬실 ᄉᆡ, 벽상의 고금문 【59】인(古今文人)의 《졔명∥제영(題詠)669)》을 ᄂᆞ리 보샤 말단의 니로러 ᄒᆞᆫ 글이 이시니, 문치 ᄲᅢ혀나고 ᄠᅳᆺ이 웅장ᄒᆞ여 만 뫼 징봉(爭鋒)ᄒᆞᄂᆞᆫ 듯ᄒᆞ니, 크게 칭찬ᄒᆞ샤 그 아ᄅᆡ 일홈 쓴 거ᄉᆞᆯ 보시니, 죄인 뉴연이라 ᄒᆞ엿ᄂᆞᆫ지라.

문득 이 뉴흑ᄉᆞ 뎍쇤(謫所) 쥴을 ᄭᆡ다라 산승(山僧)을 불너 뉴흑ᄉᆞ의 햐쳐ᄅᆞᆯ 무르시니, 산승이 틴직신 쥴은[을] ᄭᆡ다지 못ᄒᆞ나 그 위인과 거동을 흠모ᄒᆞ여 ᄌᆞ셔이 알외니, 틴직 즉시 위의(威儀)ᄅᆞᆯ 업시ᄒᆞ고 근시 두어 사ᄅᆞᆷ으로 더브러 거러 흑ᄉᆞ의 햐쳐의 니르시니, 상게(相距) 계유 슈삼 니(里)ᄂᆞᆫ ᄒᆞ더라.

나ᄋᆞ가 시비ᄅᆞᆯ 두다리니 이윽고 동직(童子) 【60】 나와 뭇거ᄂᆞᆯ 틴직 공슌이 니르샤ᄃᆡ,

"나ᄂᆞᆫ 경셩 션비라. 유산(遊山)ᄒᆞ여 이곳의 니르러 흑ᄉᆞ의 게시믈 듯고 이젼 면분이 이시미 ᄒᆞᆫ번 보기ᄅᆞᆯ 쳥ᄒᆞᄂᆞᆫ 쥴노 술오라."

동직 왈,

"젼ᄒᆞ기ᄂᆞᆫ 어렵지 아니ᄃᆡ 노애 병이 위태ᄒᆞ샤 앗가 토혈(吐血)을 만이 ᄒᆞ시고, 시방 혼침(昏沈)ᄒᆞ여 계시니 상공이 맛당이 ᄂᆡ일 오쇼셔."

틴직 아연(啞然)ᄒᆞ시되, 마지 못ᄒᆞ여 동ᄌᆞ의게 ᄂᆡ일 올 ᄠᅳᆺ을 니르시고 도라가샤 ᄉᆡᆼ각ᄒᆞ시ᄃᆡ,

"뉴연은 디현이라. 쏘 날노더브러 심ᄉᆞ ᄀᆞᆺ트니, 맛당이 ᄎᆞᄌᆞ 보아 놉흔 의논을 드러 평ᄉᆡᆼ 울젹ᄒᆞ믈 플나라."

ᄒᆞ샤, 【61】 명일 다시 햐쳐의 니르시니, ᄉᆡ비(柴扉) 밧긔 거마복종(車馬僕從)이 가득ᄒᆞ엿거ᄂᆞᆯ, 시ᄌᆞ(侍者)로 탐지ᄒᆞ니, 본 쥬 틴쉬(太守) 문후 왓다 ᄒᆞᄂᆞᆫ지라. 반닐(半日)을 기다리시ᄃᆡ 태쉬 도라가지 아니니, 시위인이 환궁ᄒᆞ시믈 쳥ᄒᆞᄃᆡ, 틴직 앙앙(怏怏)

---

669)제영(題詠) : 제목을 붙여 시를 읊음. 또는 그런 시가.

이 도라오샤 이튿날 됴반을 푸흐시미 즉시 나ᅌᅡ가시니, 쇠비를 다다 인젹이 업는지라.

사룸을 브르니 가장 오뤤 후 동지 나ᅌᅡ와 굴오듸,

"어졔 퇴슈로 더부러 강작(强作)ᄒᆞ여 말ᄉᆞᆷᄒᆞ시기로 텸상(添傷)ᄒᆞ여 시도록 인ᄉᆞ를 모로시더니, 쇠비 쏘 토혈ᄒᆞ시고 시방 줌드러 게시니 엇지ᄒᆞ리잇가?"

태직【62】답 왈,

"내 이젼 친ᄒᆞ던 거시니 무슴 닉외 이시리오. 잡사룸 업거든 나를 인도ᄒᆞ라."

동지 즉시 압셔 인도ᄒᆞ니, 흑ᄉᆞ의 누은 곳의 다다라 퇴직 눈을 드러 보시니, 듁상(-牀)670)과 쒸니블671)이 임의 죄인(罪人)의 거쳐(居處)를 ᄀᆞᆺ초왓고, 뵈옷과 돌베기 션비 모양을 일치 아냐시니, 고고이672) 의논ᄒᆞ미 검누(黔婁)673) 션ᄉᆡᆼ의 쳥념(淸廉)으로도 밋지 못ᄒᆞᆯ지라.

퇴직 임의 ᄠᅳᆺ이 기우러 갓가이 나ᅌᅡ가미 은은ᄒᆞᆫ 촉뇌(髑腦)674) 상 가온듸 ᄇᆞ리여 눈을 감고 호음(呼音)675)이 긋쳐시니, 그 얼골을 보미 엇지 살기를 ᄇᆞ라리오. 퇴직 크게 놀나 상머리의 이윽이 안ᄌᆞ샤 벼기가의 연【63】갑을 보시고, 무슨 글 지은 거시 잇는가 ᄒᆞ여 우연이 여러 보시니, 다 뉴공이 흑ᄉᆞ 핍박ᄒᆞᄂᆞᆫ 셔간이오 칼이 잇는지라.

태직 ᄒᆞᆫ번 보시미 분연 강기ᄒᆞ샤 크게 차탄 왈,

"텬의(天意)를 측양치 못ᄒᆞᆯ 거시오, 인심을 아지 못ᄒᆞ리로다."

ᄒᆞ시니, 말ᄉᆞᆷ이 분히ᄒᆞᆷ므로 좃ᄎᆞ ᄌᆞ연 발ᄒᆞ샤 쇼릭 놉ᄒᆞ니, 흑ᄉᆞ 몽니(夢裏)의 잇다가 쇼릭로 좃ᄎᆞ 놀나 ᄭᆡ다르며 눈을 드러보니, ᄒᆞᆫ 사룸이 상(牀) 가의 잇셔 연갑을 헤쳐 노코 몽즁(夢中)의도 누셜ᄒᆞᆯ가 두리며, 암실(暗室)의셔 홀노 눗출 둘듸 업셔 붓그려 ᄒᆞ던, 부친의 글을 닉여 보ᄂᆞᆫ지라. 심즁○[의] 듸경(大驚)ᄒᆞ여 밧비 무【64】러 왈,

"공이 엇던 사룸으로 이에 니르뇨?"

기인이 날오여 녜(禮)ᄒᆞ고 듸 왈,

"싱은 경ᄉᆞ(京師) 션비로 유람ᄒᆞ여 이 곳의 니르미 션ᄉᆡᆼ의 아망(雅望)을 흠모ᄒᆞ여 ᄇᆡ견(拜見)ᄒᆞ려 니르럿ᄂᆞ이다."

흑ᄉᆞ 그 의인이 단졍치 아녀 남의 ᄌᆞᄂᆞᆫ 듸 드러와 연갑을 헤쳐 보믈 십쟌 깃거 아녀 강잉ᄒᆞ여 니러 안ᄌᆞ 초초이 손샤ᄒᆞ고, 글을 거두어 앗고ᄌᆞ ᄒᆞ미, 기인의[이] 손의

---

670)듁상(-牀) : 대나무로 만든 침상

671)쒸니블 : 띠이불. 띠를 엮어 만든 이불. *띠: 볏과의 여러해살이풀. 줄기는 높이가 30~80cm이고 원뿔형으로 똑바로 서 있으며, 잎은 뿌리에서 뭉쳐난다.

672)고고이 : 고마다. 매듭마다. 마디마다. 세세(細細)히 *고: 옷고름이나 노끈 따위의 매듭이 풀리지 않도록 한 가닥을 고리처럼 맨 것.

673)검누(黔婁) : 중국 춘추시대 제(齊)나라의 어진 사람. 제왕이 정승으로 맞이하려 했으나 나가지 않았다. 집이 몹시 가난해서 죽은 후에 염습(斂襲)할 이불이 없었다 함.

674)촉뇌(髑腦) : =촉루(髑髏). 해골(骸骨).

675)호음(呼音) : 호흡음(呼吸音). 숨소리. 호흡할 때에 나는 소리.

오히려 잡아 보눈지라. 혹시 졍식 왈,

"존긱이 죄인을 츠즈시니 감수ᄒ나, 일면 교분(交分)이 업거눌 엇지 남의 문셔 피람(披覽)ᄒ기를 이럿틋 방ᄌ이 ᄒᄂ뇨?"

태지 잠쇼 왈,

"싱의 위인도 광망(狂妄)【65】ᄒ거니와 션싱의 문셰 만닐 보암즉지 아니면 이럿틋 광망이 보지 아니리라."

셜파(說罷)의 거두어 ᄉᄆ의 너코 혹ᄉ긔 밀밀(密密)이 고ᄒᄃᆡ,

"싱이 공을 니별ᄒ 닷[다]ᄉ 희의 음신(音信)이 졀연ᄒ니, 미양 풍치를 상모(相慕)ᄒ고 졍ᄉ(情思)를 늣기더니, 금일 공의 병을 보고, 공의 문셔를 보니 이 엇지 텬하 사름의 탄식ᄒ고 놀날 비 아니리오."

혹시 듯기를 맛고 크게 고이히 녀겨 눈을 드러 양구히 보ᄃᆡ, 믓ᄎᆷᄂᆡ ᄭᆡ닷지 못ᄒ니, 이눈 혹시 십년 우름의 삼년 혈누(血淚)와 토혈(吐血)의 오장(五臟)이 상ᄒ고 졍신이 살아져 눈 가온ᄃᆡ ᄒ 졈 녕긔(靈氣) 업고 의ᄉ(意思) 부운(浮雲)의 흣【66】터져시니, 엇지 녯날 총명으로 태ᄌ시믈 아라보리오. 다만 그 말이 슈상ᄒ믈 고이히 녀겨 손샤(遜辭) 왈,

"죄인이 본ᄃᆡ 둔ᄒ 즁, ᄯ 졀역(絶域)의 슈토(水土)를 격건지 오륙년이 지ᄂᆡ, 경ᄉ(京師) 고구(故舊)를 몽니(夢裏)의도 싱각지 못ᄒ고, 병드런지 삼년이 되니, 죽으미 됴셕의 잇ᄂ지라. 졍신이 쇠모(衰耗)ᄒ여 존긱을 망연이 아지 못ᄒ니, 원컨ᄃᆡ 붉히 ᄀ라치쇼셔."

태지 그 병이 위즁ᄒ믈 보시고 감상(感傷)ᄒ믈 이긔지 못ᄒ여 나ᄋ가 손○[을] 잡고 왈,

"션싱은 놀나지 말고, 녜(禮)를 ᄯ 말나. 과인이 셩상(聖上) 명(命)을 밧ᄌ와 됴쥬를 슌힝홀【67】ᄉᆡ, 이에 와 션싱을 츠ᄌ 셔로 보믄 목금(目今) 안위지ᄉ(安位之事)를 듯고자 ᄒ더니, 엇지 공의 근이 과인이 됴쥬 슌힝ᄒ기의 더ᄒ 쥴을 알니오."

혹시 쳥파의 태지신 쥴 알고 황망이 고두(叩頭)ᄒ여 왈,

"≤신이 ᄒ번 뇽안(龍顔)을 하직ᄒ므로붓터 셰시(世事) 차라ᄒ여676) 다시 됴회(朝會)치 못ᄒ고, ᄯ 득죄ᄒ여 《젼력∥졀역(絶域)》의 ᄂᆡ치이니,≥677) 미양 벌(罰)이 경(輕)ᄒ고 죄 즁ᄒ믈 드려ᄒ더니, 뎐하 이에 미ᄒᆡᆼ(微行)으로 초려(草廬)의 니르샤 신을 보시니 불승황공(不勝惶恐)ᄒ 밧 실녜(失禮)ᄒ미 만ᄉ무셕(萬死無惜)이로 쇼이다."

태지 밧비 붓드러 평신(平身)ᄒ믈 권ᄒ시고, 혹【68】시 경셩 쩌난 후 됴뎡(朝廷) 되쇼ᄉ(大小事)를 니르시며, 나라이 평안ᄒ믈 니르신 ᄃᆡ, 혹시 병을 강잉ᄒ여 빅비(百

---

676)차라ᄒ다 : 차라하다. 아득하다. 아득히 멀다.
677)신이 ᄒ 번 용안을 하딕ᄒ므로브터 셰시 차라ᄒ와 다시 됴회티 못ᄒ옵고, 득죄ᄒ야 졀역의 내치니, …(국립도서관본 『뉴효공션힝녹』亨<권지이>:134쪽9행-12행, *밑줄·문장부호 교주자)

拜) 고두스은(叩頭謝恩)ᄒ고 북궐(北闕)을 ᄇ라며 만셰를 부르더라.

태지 쏘 만염 등의 쟉ᄂᆞᆫ 흉과, 간특(奸慝)ᄒᄆᆞᆯ 니르시니 흑ᄉᆡ 주 왈,

"이 무리 비록 득지(得志)ᄒ나 셩상이 ᄭᅴ다르실 ᄂᆞᆯ이 계시리니 급히 싱각지 말으쇼셔."

태지 왈,

"텬지 참언(讒言)을 드르샤 박ᄃᆡ(薄待)ᄒ시ᄂᆞᆫ 쯧과 외방의 ᄂᆡ치시믈 니르시고, 인ᄒ여 톄읍ᄒ샤 옥ᄂᆔ(玉淚) 금포(錦袍)의 져즈시니, 흑ᄉᆡ 복지 왈,

"뎐히 ᄃᆡ슌을 엇던 사름이라 ᄒ시ᄂᆞᆺ잇가?"

태지 왈,

"셩인이라. 엇지 감이 시비【69】ᄒ리오.

흑ᄉᆡ 주 왈,

"슌이 '완(頑)ᄒ 아비와 은(嚚)ᄒ 어미며 오(傲)ᄒ 샹(象)으로ᄡᅥ 증증예불격간(烝烝乂不格姦)ᄒ샤'678) 효ᄌᆞ의 도리를 만고(萬古)의 붉히시고, '쇼를 닛그러 밧틀 갈오시미 다만 하늘을 불너 울으실 ᄯᆞ름이니'679), 일즉 사름을 향ᄒ여 뎐하(殿下)의 말ᄉᆞᆷ ᄀᆞᆺᄐᆞᆫ 일이 업ᄉᆞᆫ 고로 후셰의 귀히 너기 ᄂᆞ니이다. 신이 변방의 튱군죄인(充軍罪人)으로 몸이 형벌의 남은 인싱이어ᄂᆞᆯ, 뎐히 초려(草廬)의 니르샤 탑(榻)680)을 ᄒᆞᆫ가지로 ᄒ시ᄂᆞᆫ 은혜 호텬(昊天)의 비ᄒᆞᆯ지라. 엇지 감이 심ᄉᆞ를 은휘(隱諱)ᄒ여 셩은을 져ᄇᆞ리○[리]잇고?"

태지 밧ᄇᆡ 안ᄉᆡᆨ을 고치시고 흠신(欠身) 칭샤 왈,【70】

"션싱의 튱언(忠言)을 드르니 과인이 일즉 감격ᄒ고 ᄯᅩᄒᆞᆫ 참괴ᄒᆞᆫ지라. ᄆᆞ음을 가다ᄃᆞ마 신언슈심(愼言修心)681)ᄒ여 공의 ᄀᆞᆯ으치믈 져ᄇᆞ리지 아니리라."

흑ᄉᆡ 돈슈 샤죄ᄒ더라.

말ᄉᆞᆷ이 이윽ᄒᄆᆡ 흑ᄉᆡ 심녁 ᄡᅳ미 잇기로 믄득 피ᄅᆞᆯ 토ᄒ고 상(床)의 업더지니, 퇴지 부[붓]들어 구ᄒᄆᆡ, 흑ᄉᆡ 토혈이 어의를 젹시ᄂᆞᆫ지라. 흑ᄉᆡ 불승미안(不勝未安)ᄒ여 복ᄃᆡ(伏地) 뉴톄 왈,

"신이 만번 죽어도 뎐하 은혜를 갑지 못ᄒᆞ올지라. 원컨ᄃᆡ 젼하ᄂᆞᆫ 옥톄를 보즁ᄒ샤 환궁ᄒ시고 이럿틋 미힝으로 위ᄐᆡᄒᆞᆫ 일을 말으소셔. ○[님]군의 존(尊)ᄒ시무로 관인

---

678) 완(頑)ᄒ 아비와 은(嚚)ᄒ 어미며 오(傲)ᄒ 샹(象)으로ᄡᅥ 증증예불격간(烝烝乂不格姦)ᄒ샤 : 《서경》〈요전(堯典)〉에 나오는 말. 즉 순(舜)은 "아비는 완악하고 어미는 막말을 하며 상(象)은 오만한데도, 효로써 잘 화합시키면서 차츰 어진 길로 나아가게 하여 간악한 데에 빠지지 않게 하였다.(父頑 母嚚 象傲 克諧以孝 烝烝乂 不格姦).

679) 쇼를 닛그러 밧틀 갈오시미 다만 하늘을 불너 울으실 ᄯᆞ름이니 : 《서경》〈대우모(大禹謨)〉에 나오는 말. 즉 "순 임금이 처음 역산에서 농사지을 때에 밭에 가서 날마다 하늘과 부모에게 울부짖어 죄를 떠맡고 악을 자신에게 돌렸다(帝初于歷山 往于田 日號泣于昊天于父母 負罪引慝)."

680) 탑(榻) : 임금의 의자. 길고 좁게 만든 평상.

681) 신언슈심(愼言修心) : 말을 삼가고 마음을 바르게 닦아 수양함.

뉴칠인과【71】동즈 오류인으로 '도(道) 우의682) 노르시미 소임이 아니니이다."

태지 위로 왈,

"션싱의 금옥 ᄀᆞ튼 말슴은 간폐(肝肺)의 삭이리니 다만 안심ᄒᆞ여 쇼회를 니르라. 과인이 앗가 연갑의 문셔를 보니 반다시 녕친(令親)683)의 셔출(書札)이라. 디기 부즈 ᄉᆞ이 혹 참언으로 일시 어즐어오믄 이시나, 엇지 공의 부즈 ᄀᆞ트니 이시리오. 션싱의 창[참]방(參榜)ᄒᆞ던 눌 변과 금일 셔출을 보니, 모로ᄂᆞᆫ 즈로 니를진디 녕공(令公)684)이 인뉴(人類)의 용납지 못ᄒᆞᆯ지라. 그 아비를 그르다 ᄒᆞ미 션싱의게 쾌ᄒᆞ미 업셔 더욱 불힝ᄒᆞ고, 션싱이 그르다 ᄒᆞᆫ 즉 홰(禍) 삼족(三族)【72】의 밋츠며 가문이 망ᄒᆞ미 션싱이 무어시 쾌ᄒᆞ리오. 부지 서로 낭픽(狼狽)의 ᄌᆞ최를 가져 닙이 이시나 말을 못ᄒᆞ고 쓰이 이시나 베프지 못ᄒᆞ니, 과인은 싱각ᄒᆞ니 홍이 만염 등으로 더부러 일뉴(一類)되여, 됴졍을 긔탁(欺濁)685)ᄒᆞ고 셩총(聖聰)을 가리와 힝ᄒᆞᄂᆞᆫ 빅 션싱으로 더부러 크게 다른지라. 임의 그 쯧과 거취 다른 즉, 졍의(情誼) 적을 거시오, ᄒᆞᆯ며 션싱의 가변(家變)을 동궁뇨속(東宮寮屬)686)이 과인(寡人)을 디흔 즉 뎡[뎐](傳)ᄒᆞ여 그 블힝ᄒᆞ믈 스림으로 붓터 구즁(九重)687)의 ᄉᆞ못ᄎᆞ시니, 감출 기리 업ᄂᆞᆫ지라. ≤임의 홍의 간악ᄒᆞ믈 과인이 졀치(切齒)ᄒᆞᄂᆞᆫ 빅 흔ᄀᆞᆺ 만염의 당(黨)이라【73】ᄒᆞ여 젼쥬(傳奏)○○[ᄒᆞ려] ᄒᆞ미 아니라, 거가(居家)의 《무향당∥모형폐장(謀兄廢長)688)》ᄒᆞ믈 통흔(痛恨)ᄒᆞᄂᆞ[ᄂᆞᆫ] ○[비]니, 타일 셩상이 ᄭᆡᄃᆞ르시ᄂᆞᆫ 날은 홍의 죽은[ᄂᆞᆫ] 눌이 될 거시니,≥689) 션싱이 군신부자(君臣父子) 일쳬(一體)를 싱각ᄒᆞ여 ᄌᆞ초지종(自初至終)을 은휘(隱諱)치 말나."

혹시 쳥파(聽罷)○[의] 지비 복지(伏地) 왈,

"신이 텬은(天恩)을 닙ᄉᆞ와 옥언(獄讞)690)○[이] 온유(溫柔)ᄒᆞ신 ᄿᅥ를 당ᄒᆞ여, 감이 긔망(欺妄)ᄒᆞᄂᆞᆫ 죄를 더으리잇가? 신이 어려셔 어미를 일ᄉᆞ오미 아비 편이ᄒᆞ여 가라친 빅 업습기로 의리를 모로ᄂᆞᆫ지라. 당초의 딘ᄉᆞ(進士) 강형쉬 뇨졍의 죄를 졍위(廷

---

682)도(道) 우의 : 길 위에.

683)녕친(令親) : 영친(令親). 남의 아버지를 높여 이르는 말. *영자당(令慈堂): 남의 어머니를 높여 이르는 말.

684)녕공(令公) : =영감(令監). ①급수가 높은 공무원이나 지체가 높은 사람을 높여 이르는 말. ②『역사』정삼품과 종이품의 벼슬아치를 이르던 말.

685)긔탁(欺濁) : 속이고 어지럽힘. 기만(欺瞞)하고 탁란(濁亂)함.

686)동궁뇨속(東宮寮屬) : 황태자궁에 속한 관료들.

687)구즁(九重) : =구중궁궐(九重宮闕). 겹겹이 문으로 막은 깊은 궁궐이라는 뜻으로, 임금이 있는 대궐 안을 이르는 말.

688)모형폐장(謀兄廢長) : 형을 모해하여 장자의 지위를 폐함.

689)임의 홍의 간악ᄒᆞ믈 과인이 졀치ᄒᆞᄂᆞᆫ 빅 흔갓 만염의 당이라 ᄒᆞ여 뎐듀ᄒᆞ미 아니라. <u>거가의 모형폐장(謀兄廢長)ᄒᆞ믈 통흔 ᄒᆞ미라. 타일 셩상이 ᄭᆡᄃᆞᆯ실 날은 홍의 죽는 날이 될 거시니,</u>…(국립도서관본 『뉴효공션힝녹』후<권지이>:140쪽3행-7행, *밑줄·문장부호·한자 병기 교주자)

690)옥언(獄讞) : 옥사(獄事)를 평의(評議)함.

尉)691)의 고흥미, 뇨졍이 스스로 졔죄를 알고 크게 두려 금빅(金帛)으로뼈 신의 형뎨를 주니, 홍은 맛춤 【74】 업슨 쎠라. 신이 나이 졈고 탐욕이 방ᄌᆞᄒᆞ여 능히 물○[리] 칠 쥴을 아지 못ᄒᆞ고, 도로혀 가마니 가친(家親)과 샤뎨(舍弟)를 긔(欺)이고, 니언(利言)이692) 아비게 고ᄒᆞ되, '형슈를 무고(誣告ᄒᆞ다)' ᄒᆞ오며, 뇨졍을 기리오므로뼈 ○○[ᄒᆞ니], 아비 ᄉᆞ랑이 틴과(太過)ᄒᆞ여 신의 형뎨 말이 ᄂᆞᆫ 즉, 능히 거스리지 못ᄒᆞᄂᆞᆫ 고로, 신의 말노뼈 큰 옥ᄉᆞ를 그릇ᄒᆞ미 밋ᄎᆞ니, 됴졍의논이 굿지 아니키○[ᄂᆞᆫ] 다 신이 아비를 그릇 인도ᄒᆞ미라. 임의 ᄒᆞᆫ 번 그른 일을 ᄒᆞᆫ 후ᄂᆞᆫ, ᄌᆞ연 홍을 긔이ᄂᆞᆫ 일이 만코, ᄯᅩᄒᆞᆫ 아비게 쇼원(疏遠)ᄒᆞᆫ 일이 이시므로 ᄒᆞᆫ번 칙ᄒᆞ고 두 번 경계ᄒᆞ여 능히 기과(改過)치 못ᄒᆞ[ᄒᆞᆫ] 고로, 도로혀 '셥공(葉公)의 향당(鄕黨)'693)을 효측(效則)ᄒᆞ여, 【75】 아비 이달아 ᄒᆞ고 아이 셜워ᄒᆞ되, 인륜의 죄를 어더 창광(猖狂)694)ᄒᆞ미 그칠 쥴 모로ᄂᆞᆫ지라. 임의 됴션(祖先)의 죄인이니 그 종ᄉᆞ(宗嗣)를 녕(領)치 못홀지라. 아비 종족을 모와 공번도[되]이695) 폐(廢)ᄒᆞ미니, 엇지 홍의 죄며 아비 그르리잇가? 국가 즁수(重囚)로 깁히 슈졸(守拙)696)ᄒᆞ기를 잇고 틴슈로 유희(遊戲)ᄒᆞ여[며] ᄉᆞ림(士林)으로 교회(交會)ᄒᆞ미 번화(繁華)ᄒᆞ미 평셕(平昔) ᄀᆞᆺ고, 득죄ᄒᆞᆫ 계집을 ᄎᆞᄌᆞ 다려와 아비를 긔이고 방ᄌᆞ이 《머물며∥머무라며》, 강형쉬 신을 ᄎᆞᄌᆞ 보와 뇨졍의 금 바드믈 탐지ᄒᆞ미, 신이 바야흐로 참괴ᄒᆞ믈 ᄭᆡ다라 믄득 젼일 아비게 뇨졍을 붓들어 형슈 히ᄒᆞ던 ᄯᅳᆺ을 고쳐, 【76】 다시 형슈를 사괴미 지긔(知己)의 밋ᄎᆞ며, ᄯᅩ 허물을 스스로 닐너 의심을 푸지 아니코 셔[셜]파(說破)ᄒᆞ믈 붓그려 종시 함호(含糊)697)ᄒᆞ니, 형쉬 알기ᄂᆞᆫ 홍이 뇨졍을 ᄉᆞ통(私通)ᄒᆞ고, 아비 홍으로뼈 납뇌(納賂)ᄒᆞᆫ가 알게 ᄒᆞ니, 이ᄂᆞᆫ 신이 아비를 져ᄇᆞ리고 아오를 져ᄇᆞ리미니, 비록 빅인(白刃)698)의 쥬(誅)ᄒᆞ미 잇셔도 앗갑지 아닐지라. 아비 ᄌᆞ식의 블초ᄒᆞ믈 칙ᄒᆞ미 셰상의 시비를 엇고, 아이 효뎨(孝悌)ᄒᆞᄆᆞ로뼈 신(臣)의 화를 두려, 졀(節)을 굴ᄒᆞ여 만염 등으로 동녈(同列)ᄒᆞ야 늘근 아비를 뫼

---

691)졍위(廷尉) : 중국 진(秦)나라 때부터, 형벌을 맡아보던 벼슬. 구경(九卿)의 하나였는데, 나중에 대리(大理)로 고쳤다.

692)니언(이언)이 : 이로운 조건을 내세워 꾀는 말로.

693)셥공(葉公)의 향당(鄕黨) : '섭공의 마을 사람'으로, '아버지가 양을 훔친 것을 증언한 아들'을 말한다. 즉 섭공이 공자에게 "우리 마을에 정직한 사람이 있는데, 그 아버지가 남의 양을 훔친 것을 아들이 가서 증언하였습니다(葉公 語孔子曰.吾黨有直躬者 其父 攘羊 而子證之)," 라고 하자, 공자가 이에 대해, "우리 무리의 정직한 사람은 이와 달라, 아버지는 자식을 위하여 숨겨주고 자식은 아버지를 위하여 숨겨주니, 정직함은 그 가운데 있는 것이다(吾黨之直者 異於是 父爲子隱, 子爲父隱, 直在其中)"라고 한 대화 가운데 나오는 말이다. 『논어』 〈자로(子路)〉 편에 나온다.

694)창광(猖狂) : 미쳐 날뜀.

695)공번되다 : 공변되다. 행동이나 일 처리가 사사롭거나 한쪽으로 치우치지 않고 공평하다.

696)슈졸(守拙) : 자신의 소박한 본성을 지키면서 전원(田園)에서 살아감.

697)함호(含糊) : 죽을 머금었다는 뜻으로, 말을 입 속에서 중얼거리며 분명하지 아니하게 함을 이르는 말.

698)빅인(白刃) : 서슬이 시퍼렇게 번쩍이는 날카로운 칼날.

시고즈 ᄒᆞ미, 죄를 묽은 됴졍의 어더 뎐하의 통혼ᄒᆞ시미 싱ᄉᆞ(生死)의 【77】 밋츳시니, 이도 신의 형뎨 부명을 거역ᄒᆞ미라. 일만 번 죽언 신이 아비와 아오을 그릇 ᄆᆡᆫ든 죄ᄂᆞᆫ 속지 못ᄒᆞᆯ소이다. 비록 싱아(生我)ᄒᆞᆫ 호텬(昊天) 듸은(大恩)을 갑지 못ᄒᆞ나, 엇지 신 ᄀᆞᆺᄐᆞᆫ 불회 이시리잇고?"

셜푸의 눈물이 흘너 ᄲᅧ히 ᄉᆞᄆᆞᆺ츠니 능히 부복ᄒᆞ여 진졍티 못ᄒᆞ고 신식이 잠연(潛然)ᄒᆞ여 다시 말을 닐우지 못ᄒᆞ니, 틱지 크게 감동ᄒᆞ고 차탄(嗟歎)ᄒᆞ여 ᄯᅩᄒᆞᆫ 눈물○[을] 흘니시고, 위로 왈,

"과인이 션싱의게 《일을‖이를》 말ᄒᆞ미 가치 아닌 쥴 알오듸, 공의 어딜무로ᄡᅥ 인뉸의 슬프믈 참지 못ᄒᆞ여 쇼회를 베프더니, 이럿툿 상도(傷悼)【78】ᄒᆞᆷ을 보니, 엇지 참괴치 아니리오. 션싱의 말이 다 홍을 두호(斗護)ᄒᆞ시미어니와, 강형슈의 옥ᄉᆞ일관(獄事一關)은 진실노 션싱의 일인가 시부ᄂᆞ, 이 ᄯᅩ 기과즈ᄎᆡᆨ(改過自責)ᄒᆞ미 무어시 죄 되리오. 녕친(令親)의 허물이 션싱의 말노 좃ᄎᆞ 뎡듸(正大)ᄒᆞᆫ 곳의 도라가니, 과인이 깁히 감격ᄒᆞ여 ᄆᆞ음의 삭이ᄂᆞ니, 밍셰ᄒᆞ여 공의 셩효(誠孝)를 상히오지 아니리라."

흑시 계슈(稽首) 샤은(謝恩)ᄒᆞ더라.

날이 져믈미 틱지 인ᄒᆞ여 머무르샤 두어 늘을 ᄒᆞᆫ가지로 지닉시니 군신이 득의(得意)ᄒᆞ여 어슈(魚水)699)로 상환(相歡)ᄒᆞ시미 쳔ᄌᆡ일시(千載一時)700)더라. 밥을 ᄒᆞᆫ 상(床)의셔 ᄒᆞ시며, 줌을 ᄒᆞᆫ 돗긔701)셔 【79】 ≤ᄒᆞ시니, 은권(恩眷)이 비길듸 업더라.

흑시 □[환]궁ᄒᆞ시믈 지삼 □[쳥]ᄒᆞ고 두어 조건 튱언(忠言)을 ○○[올려] ᄉᆞᆯ니 왕ᄉᆞ(王事)를 맛고702) 드러가 근시(近侍)ᄒᆞ믈 쳥ᄒᆞ□[고],

"밧긔 오릭 머믈지 말으쇼셔"

ᄒᆞ듸,

태지 공슈(拱手) 칭샤(稱謝)ᄒᆞ시고, 힝지(行在)703)로 도라가시니, 흑시 기리 셩은을 감탄ᄒᆞ여 ᄌᆞ긔 일신이 침병(沈病)ᄒᆞ여 ᄉᆞ디(死地)의 이시니≥704), 맛ᄎᆞᄂᆡ 조셰(早世)ᄒᆞᆫ 즉, 태ᄌᆞ의 지우(知遇)를 갑지 못ᄒᆞᆯ가 져어ᄒᆞ여 ᄒᆞ더라.

---

699)어수(魚水) : 임금과 신하가 서로 만나 의기투합(意氣投合)하여 서로 떨어질 수 없는 관계를 말한다. 중국 삼국시대 촉한(蜀漢)의 유비(劉備)가 제갈량(諸葛亮)을 얻고 나서 "물고기가 물을 만난 것과 같다(猶魚之有水也)"라고 말한 고사에서 유래한 말. 《三國志 卷35 蜀書 諸葛亮傳》

700)쳔ᄌᆡ일시(千載一時) : 천년 만에 한번 만난 때

701)돗긔 : 돗. 돗자리. 자리.

702)맛다 : 마치다.

703)힝지(行在) : 행재소(行在所). 임금이 궁을 떠나 멀리 나들이할 때 머무르던 곳.

704)ᄒᆞ샤 은권ᄒᆞ시미 비길 곳이 업더라. 흑시 환궁ᄒᆞ시믈 지삼 쳥ᄒᆞ고 두어 됴건 튱언을 올녀 ᄉᆞᆯ니 왕ᄉᆞ를 ᄆᆞᆺ고 드러가시믈 고ᄒᆞ고, "밧긔 오래 머므디 마ᄅᆞ쇼셔" ᄒᆞᆫ대, 태지 공슈 칭샤ᄒᆞ시고 가연이 니별ᄒᆞ샤 츄연 타루ᄒᆞ시고 힝지로 도라 가시니, 흑시 기리 셩은을 감골ᄒᆞ미, ᄌᆞ긔 일신이 침병ᄒᆞ여 ᄉᆞ지의 이시니, …(국립도서관본 『뉴효공션힝녹』 후<권지이>:146쪽 2-11행, *밑줄·문장부호 교주자)

태지 뉴싱을 니별ᄒ시고 힝지로 도라가샤 왕ᄉ(王事)를 다ᄉ린지 일년의 글을 올녀 근시ᄒᄆᆯ 쳥(請)ᄒᄃᆡ, 상이 《불평∥불쳥(不聽)》ᄒ시니 일야우민(日夜憂悶)ᄒ시더라. 【80】

뉴효공션힝녹 권지뉵

각셜 이 써 황휘 상(上)의 박되 날노 더으고 만귀비(萬貴妃)의 간참(姦讒)이 시시로 더ᄒᆞ니 심궁(深宮)의 가치인 죄인이 되야, 텬일(天日)을 보지 못ᄒᆞ시고 좌우 궁인이 만귀비의 당이 되어 후(后)의 허믈을 긔찰(譏察)ᄒᆞ여 춤소(讒訴)ᄒᆞ고, ᄒᆞ믈며 태ᄌᆞ 변지(邊地)를 직희여 음용(音容)이 기리 막히여 모ᄌᆞ의 졍을 펴지 못ᄒᆞ시니, 안으로 ᄌᆞ식 그리ᄂᆞᆫ ᄆᆞ음이 촌댱(寸腸)을 슬오고, 밧그로 이목의 불안ᄒᆞ미 좌와(坐臥)의 편치 못ᄒᆞ시니, 심녀(心慮) 날노 즁ᄒᆞ샤 믄득 상셕(床席)의 위돈(危頓)ᄒᆞ시미, 의약이 써의 밋지 못【1】ᄒᆞ고 죽음(粥飮)이 셩식(性息)의 맛지 아니시니, 실셥(失攝)ᄒᆞ시미 더ᄒᆞ샤 침병(沈病) 월여의 맛ᄎᆞᆷ닉 승하(昇遐)ᄒᆞ시니, 됴야 신민이 그 덕을 슬허ᄒᆞ고, 상이 ᄯᅩ 뉘웃치샤 상측(喪側)의 친림ᄒᆞ샤 이통ᄒᆞ시고, 사름을 보닉샤 태ᄌᆞ를 불으시니, 부음(訃音)이 힝ᄌᆡ(行在)의 니르미, 태ᄌᆞ 호텬망극(昊天罔極)ᄒᆞ샤 ᄌᆞ로 운졀(殞絶)ᄒᆞ고 슈션(睡膳)705)을 나오지 아니시니, 동궁뇨쇽(東宮僚屬)이 다 간(諫)ᄒᆞ야 계유 인ᄉᆞ를 출이시민, 쥬야(晝夜)로 분상(奔喪)ᄒᆞ여 경사의 니르시니, 문무 빅관이 마ᄌᆞ 일시○[의] 통곡ᄒᆞ니, 슬픈 곡셩이 나라를 기우리ᄂᆞᆫ지라.

태ᄌᆞ 술위를 ᄇᆞ리시고 시신(侍臣)의게 붓들여 궐문【2】의 니르러 명(命)을 쳥ᄒᆞ니, 상이 밧비 블너 보실ᄉᆡ 부ᄌᆞ의 졍은 귀쳔(貴賤)이 업ᄂᆞᆫ지라. 상이 츈궁(春宮)의 ᄀᆡ골 이통(刻骨哀慟)ᄒᆞᄆᆞᆯ 보시미 ᄯᅩ흔 뇽누(龍淚)를 드리워 위로ᄒᆞ시고, 명ᄒᆞ여 빙[빈]뎐(殯殿)706)의 나ᅌᆞ가게 ᄒᆞ시니, 이에 태ᄌᆞ 니르러 모후의 빙[빈]소(殯所)를 보시미 두어 쇼릭 통곡의 인ᄒᆞ여 업더져 혼졀ᄒᆞ시니, 좌위 급히 구ᄒᆞ야 반향(半晌) 후 인ᄉᆞ를 출히시고 슬프미 좌우를 동(動)ᄒᆞ시니, 시위인(侍衛人)이 눈물 아니 흘니리 업더라.

틱ᄌᆞ 스스로 모후의 빈텬(賓天)707)ᄒᆞ시미 텬명(天命)이 아니신가 아르시ᄂᆞᆫ 고로 더욱 슬허 ᄒᆞ시며, 님종(臨終)의 약을【3】밧드러 ᄌᆞ식의 도리를 못ᄒᆞ시믈 더욱 종텬이통(終天哀痛)708)○○○○○○[을 더으샤 무궁]ᄒᆞᆫ 원○[ᄒᆞᆫ](怨恨)과 분ᄒᆞᆫ(憤恨)이 ᄲᅧ의 박혀시니, 흔ᄀᆞᆺ 슬플 ᄯᆞᄅᆞᆷ이리오. 쥬야호곡(晝夜號哭)ᄒᆞ여 ᄂᆞᆺ출 드러 텬일을 보지 아

---

705) 슈션(睡膳) : '잠자기'와 '음식 먹기'를 함께 이른 말.
706) 빈뎐(殯殿) : 국상(國喪) 때, 상여가 나갈 때까지 왕이나 왕비의 관을 모시던 전각.
707) 빈천(賓天): 예전에, 천자(天子)가 세상을 떠남을 이르던 말.
708) 종텬이통(終天哀痛) : =종천지통(終天之痛). 이 세상에서 더할 수 없이 큰 슬픔

니시고, 황야긔 삼시문안(三時問安) 후는 빙뎐(殯殿)을 직회시니, 샹이 그 셩효를 감동
ㅎ샤 즈로 위로ㅎ시더니, 슈월이 못ㅎ여 샹이 홀연 미령(靡寧)ㅎ샤 여러 늘이로딕 겸
겸 침듕(沈重)ㅎ시니, 스스로 니지 못홀 쥴 아라샤, 딕신을 불너 군국즁수(君國重
事)709)를 맛지시고, 틱즈의게 유교(遺敎) 왈,

"딤이 불힝ㅎ여 경의 모즈를 져바리미 만터니, 도금(到今)ㅎ여 뉘웃느니 이제 텬하
로뼈【4】경의게 붓치느니, 모로미 포덕시인(布德施仁)710)ㅎ고 슝검졀용(崇儉節用)711)
ㅎ여 종사(宗社)를 듕히 여기라."

쏘 글오샤딕,

"뎡관 뉴연 뎡셔 등은 언논(言論)이 과듕ㅎ여 비록 졀역(絶域)의 튱군(充軍)ㅎ나, 본
딕 튱셩이 관일(貫一)ㅎ고 지략(才略)이 《션슌‖경뉸(經綸)》ㅎ기의 이시니, 딤이 앗
기고 듕이 녀기는 비라. 네 맛당이 불츠(不次)로 딕졉ㅎ여 딤이 밋쳐 거두지 못혼 졍
수(政事)를 치출(治察)ㅎ여 후셰○[의] 의논을 막으라."

틱즈 돈슈뉴쳬(頓首流體) 왈,

"신이 불쵸ㅎ오나 명됴(命詔)를 삼가 져바리지 아니ㅎ리이다."

샹(上)이 다시 말○[을] 못ㅎ시고 붕(崩)ㅎ시니, 츈취(春秋) 사십이 셰오, 지위(在位)
십오년이라.【5】

틱즈 호텬지통(昊天之痛)712)을 연(連)ㅎ여 만나시니 과훼(過毀)ㅎ시미 녜(禮)의 지느
신지라. 원노계신(元老諸臣)이 드러가 지삼 간ㅎ딕 드듸여 황뎨 위에 즉(卽)ㅎ시고 기
원(開元)을 홍티(弘治)713) 원년(元年)이라 ㅎ니라.

샹이 임의 농위(龍位)에 니으시미 션뎨의 관을 붓드러 태후(太后)와 혼가지로 쟝ㅎ
시고 시호를 헌종(憲宗)714)이라 ㅎ시고, '무댱태후를 증(贈)ㅎ와 홍무태휘'715)라 ㅎ시
고, 텬하의 딕샤(大赦)ㅎ시다.

샹이 즉위ㅎ시무로 붓터 션뎨 쓰시던 사름을 폐치 아니시고, 됴뎡 법녕을 유스(有
司)의게 붓치시니 스스로 몸이 혼가ㅎ신지라. 오직 부황(父皇) 모후(母后)의【6】얼굴

---

709)군국즁수(君國重事) : 임금과 나라에 관한 중대한 일.
710)포덕시인(布德施仁) : 덕을 베풀고 인정(仁政)을 폄.
711) 슝검졀용(崇儉節用) : 검소(儉素)를 숭상하고 씀씀이를 절약함.
712)호텬지통(昊天之痛) : 하늘처럼 넓고 큰 슬픔.
713)홍티(弘治) : 중국 명나라 9대 황제 효종 때의 연호. 1488~1505.
714)헌종(憲宗) : 중국 명나라 8대 황제 성화제(成化帝)의 시호. 치세기간(治世其間) :
    1465~1487. 연호는 성화(成化: 1465~1487).
715)무댱태후・홍무태후 : 작중 가공시호(架空諡號). 실제 명나라 효종(홍치제)의 생모는 부황
    (父皇) 헌종(성화제)의 요족(瑤族)출신 후궁 기씨(紀氏)로, 성화6년(1470) 효종을 출생하였
    고, 그 5년 뒤인 성화11년(1475) 만귀비(萬貴妃)에게 독살당했다. 헌종은 후궁 기씨에게 공
    각장희숙비(恭恪莊僖淑妃)의 시호를 내렸고, 효종이 1487년 즉위하여 효목자혜공각장희숙천
    승성순황후(孝穆慈慧恭恪莊僖崇天承聖純皇后)로 추존하였다. 따라서 효종황제 생모의 작중
    시호 '무장태후'와 '홍무태후'의 역사상 시호는 각각 '공숙비' '효목황후'이다.

을 싱각ᄒᆞ샤 종일토록 쳬읍ᄒᆞ시니, 옥휘(玉候) ᄌᆞ로 미령(靡寧)ᄒᆞ시고 신싴(神色)이 환탈(換奪)ᄒᆞ시니, 만귀비 가마니 쇠ᄒᆞ여 궁인으로 더부러 무고(巫蠱)716)를 일위여 상을 히ᄒᆞ려 ᄒᆞ다가, 텬되(天道) 소소(昭昭)ᄒᆞ여 간뫼(奸謀) 발각혼지라.

상이 이에 됴회를 베푸시고 유싀의게 무르시니, 금오 요졍과 병부상셔 뉴홍이 다 귀비의 당이라 ᄒᆞ니, 상이 노 왈,

"유싀 역젹을 두호(斗護)ᄒᆞ니 죄 가히 샤치 못ᄒᆞ리라."

드듸여 이인을 하옥ᄒᆞ고 국구 만염과 그 당 됴염 박혐 등 삼십여인을 다 잡아 ᄂᆞ리오시니, 각노 니동양(李東陽)717)이 홍을 간당(奸黨)인쥴【7】고혼되, 상 왈,

"홍은 듕임을 맛타 츌졍ᄒᆞ여시니, 그 공 일우믈 보와 죄를 논ᄒᆞ리라."

상이 귀비 삼족을 멸ᄒᆞ시고 만염 등을 요참(腰斬)718)ᄒᆞ시며 궁인 칠십여인을 다 뉘여 혹 죽이며 혹 귀향719) 보늬여 ᄎᆞ등(差等)ᄒᆞᆫ, 태후긔 불튱(不忠)ᄒᆞ며 역모○[의] 동참혼 뉘러라. 대신이 귀비(貴妃)의 죄를 쳥혼되, 상이 뉴체 왈,

"져의 죄 진실노 태과(太過)ᄒᆞ나 도라 보건되 션뎨의 튱이(寵愛)ᄒᆞ신 빈라. 딤이 비록 태후의 원슈를 갑흐나 션뎨 승하(昇遐)ᄒᆞ션지 반년이 못ᄒᆞ여 그 ᄉᆞ랑ᄒᆞ시던 바를 죽인즉 디하의 가, 어닉 ᄂᆞᆺᄎᆞ로 황고(皇考)를 뵈오【8】리오. 졀노ᄒᆞ여금 딤을 히○○○[ᄒᆞ게] 훌지언졍 참아 법을 더으지 못ᄒᆞ리로다."

군신(群臣)이 다 감연(感然)720) 비창(悲愴)ᄒᆞ여 셩덕을 칭송홀ᄉᆡ, 유싀 다시 쳥ᄒᆞ여 비록 죽이지 아니나 감ᄉᆞ(減死)ᄒᆞ여 별궁(別宮)의 안치(安置)ᄒᆞ믈 쳥ᄒᆞ되, 상이 바야흐로 허ᄒᆞ시니, 이에 귀비를 북궐 심궁의 가도시고, 그 나흔 바 공쥬를 무이(撫愛)ᄒᆞ시미 션뎨긔 ᄂᆞ리지 아니시니, 신민(臣民)이 듕덕을 녈복(悅服)ᄒᆞ더라.

이 ᄣᅵ 뇨졍이 하옥(下獄)ᄒᆞᆷ무로붓터 불측(不測)혼 일을 만이 ᄒᆞᄆᆞ로 허물이 니러나 임의 홰 삼족의 밋춘 고로, 츄밀ᄉᆞ 남효공이 《탑겨∥탑젼》의셔 뇨졍이 강형슈의 쳐【9】를 겁살(劫殺)홈과 뉴공이 회뢰(賄賂) 밧고 듸옥(大獄)을 프러 ᄇᆞ린 일을 ᄀᆞᆺ초 주ᄒᆞ되, 상이 젼일 드르신 빈 잇ᄂᆞᆫ지라. 즉시 셩의빅(誠意伯)721) 뉴졍경을 힐칙(詰責)

---

716)무고(巫蠱) : 무술(巫術)로써 남을 저주함.
717)니동양(李東陽) : 중국 명대의 정치가·시인·문학평론가. 1447-1516. 자는 빈지, 호는 서애. 어렸을 때 신동으로 그 이름이 널리 알려졌다. 1464년 16세에 최연소자로 진사시에 급제했다. 50여 년 관직생활 동안 성화제(成化帝 : 1465~88)·홍치제(弘治帝 : 1488~1506)·정덕제(正德帝 : 1506~22)의 3대에 걸쳐 원로 대접을 받았다. 그는 당시(唐詩)가 송시(宋詩)보다 낫다고 보았는데, 이러한 견해 때문에 의고파(擬古派)로 분류되며, 명대의 시학 발전에 큰 영향을 미쳤다. 시집으로 〈회록당집 懷麓堂集〉이 있다
718)요참(腰斬) : 죄인의 허리를 베어 죽이던 일. 또는 그런 형벌.
719)귀향 : 귀양. 고려·조선 시대에, 죄인을 먼 시골이나 섬으로 보내어 일정한 기간 동안 제한된 곳에서만 살게 하던 형벌. 초기에는 방축향리의 뜻으로 쓰다가 후세에 와서는 도배(徒配), 유배(流配), 정배(定配)의 뜻으로 쓰게 되었다
720)감연(感然) : 그러하다고 느껴 마음이 크게 움직임. 감동함.
721)셩의빅(誠意伯) : 명초(明初)의 정치가·학자인 유기(劉基)의 공신호(功臣號). 유기의 자는 백온(伯溫)인데, 태조를 도운 공으로 개국공신에 녹훈되어 성의백(誠意伯)에 봉작되었다. 작

ᄒ여 무르시니, 뉴공이 불승젼률(不勝戰慄)ᄒ여 올혼디○[로] 강형슈의 죄 주믈 고ᄒ
니, 샹이 뇨졍을 올녀 져쥬시미722), 경이 졔 쥬의(主義)와 작얼(作孽)723)을 다 주(奏)
ᄒ여, 임의 홍의게 납뇌(納賂)ᄒ므로써 뉴공이 옥ᄉ 그릇ᄒᆷ믈 알외니, 뉴공이 뇨졍의
초ᄉ를 드르미, 평ᄉᆼ 연으로써 형슈의게 회뢰를 밧다 ᄒ야 ᄡᅮ짓던 일이 밍낭혼디 도
라가니, 홍의 심슐을 크게 씨다라 《녕망∥년망(連忙)》 【10】 이724) 관을 벗고 죄를
쳥ᄒ며 홍의게 속은 쥴을 주니, 샹이 져 거동을 보미, 뉴혹시 뇨졍의 회뢰를 스스로
밧[바]닷노라 ᄒ미, 홍을 구ᄒ던 쥴 알으시고, ᄯᅩ혼 늣겨 눈믈을 흘니시고 탄왈,

"딤이 오늘 늘 경의 씨다르믈 보니, 츠후 부지 완젼홀지라. 연의 유복(有福)ᄒᆷ믈 감
탄ᄒ고, 경의 댱슈(長壽)ᄒᆷ믈 부러ᄒ노라725)."

ᄒ시니, 군신이 다 참연(慘然)ᄒᆷ믈 머음어 감이 우러러 보지 못ᄒ더라.

이에 강형슈를 불으샤 뇨졍의 ᄉ상(事狀)726)을 무르시고, 뇨졍의 죄를 붉혀 머리를
버히시니, 만엽 뇨졍이 일시 빙산(氷山)727)을 밋 【11】 더 방ᄌ(放恣)○[히] 교종(交
從)728)ᄒ다가, 마ᄎᆷ닉 홰(禍) 삼족(三族)의 기치고729) 몸과 머리 각각 나니, 엇지 쳔
되(天道) 무심ᄒ리오.

강형쉬 평ᄉᆼ 분한을 ᄡᅵᄉ니, 이에 뇨졍의 념통을 닉여 녕위(靈位)의 졔(祭)ᄒ고 ᄌ
녀를 거느려 경ᄉ 녯 집의 도라오○[니], 됴졍이 그 인직를 쳔거ᄒ여 특지(特旨)로 흔
림혹시(翰林學士)를 ᄒ이시니, 형쉬 벼술의 ᄠᅳᆺ이 업ᄉ나 군은(君恩)을 가바야이 못ᄒ
여 직임의 나ᄋ가다.

뉴홍이 십만 군○[을] 거느려 남방의 나ᄋ가 도젹과 교젼(交戰)ᄒ미 긔모비계(奇謀
秘計)ᄂᆞᆫ 졔갈(諸葛)730) 진평(陳平)731)이라도 더으지 못홀지라. 공필○[취]젼필승(功必

중인물 유정경은 유기의 후손으로 설정되어, 선조의 벼슬을 승습(承襲)하여 '성의백'에 봉해
진다.

722)져쥬다 : 형문(刑問)하다. 신문(訊問)하다.

723)작얼(作孽): 지은 죄.

724)망(連忙)이 : 바삐. 급히.

725)부러ᄒ다 : 부러워하다. 남이 잘되는 것이나 좋은 것을 보고 자기도 그렇게 되고 싶어 하
다.

726)ᄉ상(事狀) : =사태(事態). 일이 되어 가는 형편이나 상황. 또는 벌어진 일의 상태.

727)빙산(氷山) : '얼음산'이란 뜻으로, 해가 떠오르면 녹아 없어져 버릴 '일시적 존재나 현상',
특히 '오래가지 못하는 권력'을 비유적으로 이르는 말. 당(唐)나라 양국충(楊國忠)이 현종(玄
宗)의 총애를 받아 우상(右相)이 된 뒤에 그의 권세가 천하를 뒤흔들자 사람들이 모두 그에
게 몰려들었는데, 어떤 사람이 진사(進士) 장단(張彖)에게 양국충을 찾아가 보라고 권하자,
장단이 말하기를, "당신들은 그를 태산처럼 의지할지 모르지만 나는 빙산으로 여기고 있다.
만약 밝은 해가 떠오르기만 하면 당신들의 의지처를 잃지 않을 수 있겠는가.[君輩依楊右相
如泰山 吾以爲氷山耳 若皎日卽出 君輩得無失所恃乎]" 하고는 숭산(崇山)으로 들어가 숨었다
는 고사가 전한다. 《資治通鑑 唐紀 玄宗天寶11載》

728)교종(交從): 서로 좇아 사귐.

729)기치다 : 끼치다. 남기다. 영향, 해, 은혜 따위를 당하거나 입게 하다

730)졔갈(諸葛) : 제갈량(諸葛亮). 181-234. 중국 삼국시대 촉한(蜀漢)의 정치가. 자 공명(孔

取戰必勝)732)ᄒᆞ여 수월의 남방을 평졍【12】ᄒᆞ고, ᄆᆞ음이 방ᄌᆞ(放恣)ᄒᆞ여 군ᄉᆞ를 ○[무]휼(無恤)치 아니코, 빅셩을 괴롭게 ᄒᆞ니, 인심이 살란(散亂)ᄒᆞ여 일시의 반(叛)ᄒᆞ니, 홍이 술을 취(醉)ᄒᆞ고 누엇다가 황망이 말게 올나 다ᄅᆞᄂᆞ니, 십만 군심이 믈결 허여지듯 ᄒᆞ여 일인일긔(一人一騎)733)도 좃ᄎᆞ리 업ᄂᆞᆫ지라.

단긔(單騎)로 달녀 수십일 후 경도(京都)의 드러 텬지 붕(崩)ᄒᆞ시고 태지 즉위ᄒᆞ시믈 알고, 크게 두려ᄒᆞ나 홀 일 업셔 상표(上表)ᄒᆞ야 쳥죄(請罪)ᄒᆞ니, 상이 ᄃᆡ로(大怒)ᄒᆞ샤 됴회를 베프시고 군신다려 니르샤ᄃᆡ,

"홍이 션뎨(先帝)의 즁탁(重託)ᄒᆞ시믈 져ᄇᆞ려 음쥬(飮酒) 방ᄌᆞ(放恣)ᄒᆞ여 삼군을 다 일코 젹신(赤身)으로 드러와 감이 딤을 보【13】니, 죄 픽군(敗軍)ᄒᆞ미 더흔지라. 잡아 졍위(廷尉)의 ᄂᆞ리오고 본도(本道)로 ᄉᆞ실(査實)○[케] ᄒᆞ라."

ᄒᆞ시니, 빅관이 다 구(救)치 못ᄒᆞᄂᆞᆫ지라.

이날 홍이 옥즁의 들고 상이 ᄉᆞ명(使命)을 역마로 달녀 남방의 가 홍의 일을 탐지ᄒᆞ미, 월여(月餘)의 근쳐 주목(州牧)734)의[이] 상표을 올니니, ○[그] 탐남(貪婪) 불법(不法)과 남만(南蠻)이 다시 반ᄒᆞ믈 주(奏)ᄒᆞ여시니, 상이 진노(嗔怒)ᄒᆞ샤, 홍을 뎐(殿)의 올녀 친이 져주어 굴오샤ᄃᆡ,

"네 션뎨 즁탁을 경(輕)이 녀겨 인심을 어즈러여 도젹으로 ᄒᆞ여금○○○○○○○[다시 챵궐케 ᄒᆞ고], 만염 등의 당이 되어 됴졍을 긔탁(欺濁)ᄒᆞ고[며], 뇨졍의 회뢰(賄賂)를 바다 국법을 산란ᄒᆞ니, 죄 맛당이 만 번 죽어도【14】앗갑지 아닌지라. 직초(直招)ᄒᆞ여 형벌을 번거롭게 말나."

홍이 복지쳥죄(伏地請罪) 왈,

"신의 형뎨 통우(寵遇)ᄒᆞ샤믈 밧ᄌᆞ와 소심공근(小心恭謹)ᄒᆞ여 ᄃᆡ죄(大罪)의 범치 아닐가 ᄒᆞ옵더니, 션뎨 붕ᄒᆞ시고, 폐하의 형벌이 ᄉᆞ싱의 밋ᄎᆞ시니 버히미 나ᄋᆞ갈 ᄯᆞᄅᆞᆷ이라. 감이 쥬(奏)홀 비 업ᄂᆞ이다."

상이 노 왈,

"홍이 감이 졔 죄를 아지 못ᄒᆞ고 도로혀 딤을 히ᄒᆞᄂᆞ냐?"

드ᄃᆡ여 빅여 댱(杖)을 큰 미로 쳐 하옥ᄒᆞ신 후, 특로 젼지(傳旨)를 ᄂᆞ리오샤, 뎐(前) 츄밀ᄉᆞ 뎡관으로 참지뎡사(參知政事)를 더으시고, 혹ᄉᆞ 뉴연으로 니부상셔(吏部尙

明). 시호 충무(忠武). 뛰어난 군사 전략가로, 유비를 도와 오(吳)나라와 연합하여 조조(曹操)의 위(魏)나라 를 대파하고 파촉(巴蜀)을 얻어 촉한을 세웠다.

731)진평(陳平) : 중국 한(漢)나라의 정치가(?~B.C.178). 빈농 출신으로 항우(項羽)의 군에서 도위(都尉)를 지냈고 그 뒤 유방(劉邦)의 호군중위(護軍中尉)가 되어, 여섯 번이나 기발한 꾀를 내, 한나라 건국에 큰 공을 세웠다. 건국후 곡역후(曲逆侯)에 봉해졌고. 혜제(惠帝)때 승상이 되었다, 여후(呂后) 집정 아래에서 어려움을 겪었으나 여후가 죽은 뒤 주발(周勃)과 함께 여씨 일족을 주멸(誅滅)하고 문제(文帝)를 옹립했다.

732)공필취전필승(功必取戰必勝) : 전장에 나가 싸우면 반드시 공을 세우고 이김.

733)일인일긔(一人一騎) : 한사람의 보병, 한사람의 기병.

734)주목(州牧) : 주(州)를 다스리던 으뜸 벼슬아치 인 '목사(牧使)'를 이르는 말.

書)를 더으샤,

　　"다 졀월(節鉞)735)【15】을 가져 스명(使命)이 쥬야(晝夜)로 가 브르라".

　　ᄒ시니, 이 이인(二人)은 일디 명뉴(名流)라. 금일 은명(恩命)이 ᄂ리시미 됴야(朝野) 신민(臣民)이 깃거 아니리 업더라.

　　이 ᄶᅵ 뉴공이 집의 도라가 홍을 통히(痛駭)ᄒ여 왈,

　　"츳이 이러ᄒ되 내 홀노 아지 못ᄒ니[여] 도로혀 연을 그릇 여겨더니, 금일 뇨졍의 말 곳 아니면 엇지 능히 근본을 알니오. 져젹 덕쇼의셔 셔간이 와시되 답언이 심이 불만ᄒ더니, 이 반다시 츳ᄋ의 농슐이랏다!"

　　ᄒ고, 됴쥬 갓던 창두를 불너 무른디, 창뒤 젼일 홍으로 동심(同心)ᄒ엿다가, 금일 홍의 픠ᄒᄆᆯ 보고 믄득 긔【16】탄홀 거시 업셔, 홍이 왕늬 셔간을 다 고치믈 고ᄒᆫ디, 공이 노(怒)ᄒ여 졀치(切齒) 에분(恚憤)ᄒ야 셩시를 불너 홍의 죄을 니르고, 딕책(大責)ᄒ여 ᄌ녀◯[를] ᄋᆼᄋᆞ로 모라 닉치고 왈,

　　"참아 요인의 쳐ᄌ를 붓◯[치]지 못홀 거시라."

　　ᄒᆫ디, 셩시 공슌이 죄를 밧다[아] ᄌ녀로 더부러 문밧긔 이셔 탄왈,

　　"닉[ᄂ]의 죄업스믄 하늘이 아오시거니와 뉴군의 앙화(殃禍)는 오히려 늣ᄌ니, 감이 하늘고 사ᄅᆷ을 원치 못ᄒ리다."

　　ᄒ고, 문밧 초샤(草舍)를 어더 머무러 옥즁 공급을 ᄒ니, 사ᄅᆷ이 다,

　　"셩시의 아름다오므로 지아뷔 죄를 밧도다."

　　ᄒ더라.

　　뉴공이 심【17】복 창두로 글을 주어 셩야(星夜)736)로 됴쥬의 보닉여 흑시를 위로홀 ᄉᆡ, 셔즁(書中)의 은근ᄒ미 바야흐로 부ᄌ의 졍이 완젼ᄒ니, 인뉸의 큰 경시오, 유식ᄒᆫ 사ᄅᆷ으로 ᄒ여금 탄복◯[케] ᄒ더라.

　　뉴학ᄉᆡ 태ᄌ를 니별ᄒ므로 붓터 병이 더욱 침즁(沈重)ᄒ여 싱도(生道)을 엇지 못ᄒ게 되엿시되, 사ᄅᆷ이 위문ᄒ리 업고, 뎍거(謫居)ᄒ연지 칠년이오, 병드런지 ᄉ년이라. 미일(每日) '민쳔(旻天)의 우름'737)이 오장(五臟)을 ᄉ회여738) 명(命)이 경긱의 잇더니, 오릭지 아니ᄒ여 황후(皇后) 승하(昇遐)ᄒ신 부음(訃音)이 니르고, 졔(帝) 붕(崩)ᄒ시믈 드르니, 북향ᄒ여 통곡ᄒ더니, 【18】 ᄉ명이 졀월◯[을] 가져 니르러 셩지(聖旨)를 젼ᄒ니, 흑시 북향 샤은ᄒ고 죠졍 긔별을 무러, 바야흐로 만귀비의 당이 다 픠ᄒ고 홍의

─────────────────────

735) 졀월(節鉞) : 조선 시대에, 관찰사·유수(留守)·병사(兵使)·수사(水使)·대장(大將)·통제사 들이 지방에 부임할 때에 임금이 내어 주던 물건. 절은 수기(手旗)와 같이 만들고 부월은 도끼와 같이 만든 것으로, 군령을 어긴 자에 대한 생살권(生殺權)을 상징하였다

736) 셩야(星夜) : '별빛이 총총한 밤'이란 뜻으로, '밤을 새워 어떤 일에 매진하는 것'을 이르는 말.

737) 민쳔(旻天)의 우름 : '하늘을 향해 소리 내어 운다'는 뜻으로, 옛날 중국의 순(舜)임금이 어버이에게 사랑을 받지 못함을 원망하여 밭에 나가 하늘을 향해 울었던 고사에서 유래된 말.

738) ᄉ회다 : 사위다. 다 타버리다. 불이 사그라져서 재가 되다.

하옥ᄒ믈 드르미 차탄(嗟歎)ᄒ믈 마지 아니터니, 싱각 아닌 부친의 셔츌(書札)이 니르러 ᄉ의(辭意) 이럿툿 은근ᄒ고 위곡(委曲)ᄒ여 십년 막혓던 부ᄌ의 졍이 환연여구(渙然如舊)739)ᄒ니, 병심이 크게 쾌활ᄒ고, 환희ᄒ여 믄득 미음을 츳고 긔거(起居)을 ᄒ니, 본쥬 틱슈 이히(以下) 다 틱후(待候)ᄒ여 힝니(行李)를 출히며 크게 깃거 셔로 치히(致賀) 분분ᄒ더라.

혹시 님힝의 태슈의게 은근이 셩덕을 칭샤ᄒ고 심복【19】창두로 ᄒ여금 쳔금을 쥬어 안상현의 가 뎡부인긔 희보(喜報)을 젼ᄒ고, '싱산 남녀를[로] 미좃ᄎ740) 오라.' 분부ᄒ니, 창뒤 명을 밧다[아] 가니라.

뉴학시 텬은을 《쯧여‖ᄢᅵ여》고국의 도라올시 도로 위의 ○○[인픠(人波)] 산히(山海) ᄀᆞ티니, 됴쥬관(潮州官)과 지방관(地方官)이 호송(護送)ᄒ니[여] 거룩ᄒᆫ 영광이 비ᄒᆞᆯ 딕 업더라.

싱이 신상의 병이 잇고 심즁의 큰 념녜 이시니, 이 다른 연괴 아니라. 홍이 젹년 계귀 니[드]러나 부친긔 득죄ᄒᆞᆯ ᄲᅮᆫ 아니라, 실노 ○○○[됴뎡의] 죄를 어더 당간(黨姦)의 츙수(充數)741) ᄒᆞ고, 픠군(敗軍)ᄒᆞ미 이시니, 졍형(正刑)742)을 면치 못ᄒᆞᆯ 늏(律)이 잇ᄂᆞᆫ지라. 인졍의 참혹ᄒᆞᆷ과【20】가문을 더러이미 ᄀᆞᆽᄎ743) 흔심ᄒ니, 댱탄단우(長歎傳憂)744)ᄒ여 발힝ᄒᆫ 후 병이 더욱 위틱ᄒ니, ᄒ로 오륙 ᄎᆞ식 엄홀ᄒ미 ᄉᆞ명(使命)이 역ᄉᆞ(驛舍)를 셔르져 됴셥ᄒᆞᆷ믈 쳥ᄒ니, 상셰 왈,

"닉 병은 됴리ᄒ여 나을 빅 아니라. 증세 급홀ᄉᆞ록 발힝ᄒ기를 더욱 급히 ᄒᆞ라."

인ᄒ여 ᄒ로 빅여 리식 힝ᄒ여 뎨도(帝都)의 니르니, 텬지 드르시고 크게 깃거 즉시 어ᄉᆞ틱우 박상규로 슈일 졍도(征途)의 마ᄌᆞ라. ᄒ시고 어의(御醫)를 보닉여 문병ᄒ시니, 영춍(榮寵)이 거셰(擧世)를 기우리더라.

박상귀 뉴상셔를 보미 연망이 손잡고【21】흔연(欣然)이 반겨 별닉(別來) 안부를 무르며, 상셰 임의 양쥬를 지늘 졔 박싱을 츠ᄌᆞ니, 파딕(罷職)ᄒ엿다ᄀᆞ 신군(新君)이 즉위ᄒ시미 승츄ᄒ여 경스의 갓ᄂᆞᆫ 줄 드럿ᄂᆞᆫ지라. 금일 만나미 국운(國運)이 블힝(不幸)ᄒᆞ믈 닐너 셔로 슬허ᄒ며 인ᄒ여 상귀 홍의 죄목을 틱강 젼ᄒ고, 탄 왈,

"ᄌᆞ현의 총명ᄒ므로ᄡᅥ 엇지 만시(萬氏)의 당이 되며, 녕틱인(令大人)을 긔망ᄒ며 형을 모히(謀害)ᄒᆞᆷ은 싱각지 못ᄒᆞᆯ 인졍이니, ᄌᆞ슌은 장ᄎᆞᆺ 엇지려 ᄒᆞᄂᆞᆫ다?"

상셰 듯기를 다못ᄒ여 눈물이 흘너 눗ᄎᆡ 각[가]득홀 ᄯᆞ룸○[이]러니, 양구(良久)의 왈,

---

739)환연여구(完然如舊) : 의심이 풀려 예전과 완전히 같음.
740)미좃ᄎ : =미조ᄎᆞ. 뒤이어. 뒤따라. *미좃다: =미좇다. 뒤미처 좇다.
741)츙수(充數) : '수를 채운다'는 뜻으로 어떤 무리의 일원이 됨을 뜻하는 말.
742)졍형(正刑) : 예전에, 죄인을 사형에 처하던 형벌. =정법(正法).
743)ᄀᆞᆽ초 : 갖추. 고루 있는 대로. 두루.
744)댱탄단우(長歎傳憂) : 길이 탄식하고 몹시 근심함.

"원양이 나를 딕【22】ㅎ여 참아 이런 말을 ㅎㄴ뇨? 니 아이 효뎨(孝悌)ㅎ므로뻐 국가의 죄를 어더시나, 형뎨의 졍의(情誼)를 상(傷)ㅎ올 비 업거늘, 외인의 훼방(毀謗)이 이의 맛츠믄 나의 어지지 못혼 비라. 원양은 쳥컨딕 쇼졔를 엇[어]엿비 여겨 다시 니런 말○[을] 말나."

상귀 크게 무안ㅎ여 샤죄 왈,

"쇼뎨 형의 스랑ㅎ믈 닙어 관포(管鮑)745)의 지긔(知己)를 비ㅎ니, 심스를 긔(欺)이지 《아닐가∥아니코》문견(聞見)○[을] ○[던]ㅎ엿더니, 형의 이 굿트믈 보니 붓그리미 늣 둘 곳이 업노라."

드드여 거마(車馬)를 지쵹ㅎ여 도셩(都城)의 니르니, 뉴공이 셩밧긔 나와 셔로 볼 시, 범연【23】혼 니별(離別)이라도뉵칠년 후 만나면 혼 됴각 감챵(感愴)ㅎ미 이시려든, ㅎ믈며 댱하여싱(杖下餘生)으로 만니졀역(萬里絶域)의 니치여 음신(音信)746)이 굿쳐다가 금일 만나니, 깃부고 비감ㅎ믈 이긔지 못ㅎ며 겸ㅎ여 그 병이 스지(死地)의 이셔 명이 댱촛 긋고즈 ㅎ는 경식으로 무궁혼 참쇼(讒訴)의 고고(孤苦)ㅎ엿던 일을 잔잉ㅎ고 뉘웃치미, 즈연 참괴(慙愧)ㅎ여 슬프미 니러나 부지 셔로 붓들고 일댱을 통곡ㅎ니, 츄텬(秋天)이 무식(無色)ㅎ고 빅일(白日)이 회명(晦冥)747)ㅎ더라.

혹시 원노(遠路)의 구치(驅馳)ㅎ여 이에 니르러 쏘 부친의 슬허ㅎ시믈 보고 과도이 상회(傷懷)ㅎ므로뻐【24】피 두어 말을 토(吐)ㅎ고 어즐ㅎ여 쓰히 《업써지니∥업더지니》, 모다 급히 구ㅎ여 반일(半日)이로딕 인스를 아지 못ㅎ는지라.

일변(一邊) 병이 니럿툿ㅎ여 은명(恩命)을 슉스(肅謝)치 못ㅎ믈 주(奏)ㅎ고, 부듕의 니르미 만됴공경(滿朝公卿)이 다 왓다가 상셔(尙書) 혼미(昏迷)ㅎ여 인스○[를] 출히지 못ㅎ믈 듯고, 놀나며 츠셕(嗟惜)ㅎ여 뉴공긔 치위(致慰)ㅎ니, 공이 탄왈,

"국은(國恩)이 망극ㅎ여 돈이(豚兒) 무스이 환쇄(還刷)748)ㅎ니, ≤부지 셔로 별회(別懷)를 펼가 ㅎ엿더니, 싱각지 아닌 병이 스싱의 이셔 서로 만난지 놀이 《못ㅎ딕∥믓도록749)》참혹혼 경식 쑨이오, 혼 말노[도] 졍을 펴지 못ㅎ니≥750), 보지 아님만 굿【25】지 못ㅎ고, 병이 니럿툿 ㅎ여 됴회(朝會)치 못ㅎ고 바로 노부의 집으로 드려오니, 져 이 거동을 졔공이 친이 보고 도라가 탑젼(榻前)의 진주(進奏)ㅎ여 샤죄(謝罪)ㅎ믈 쳥ㅎ노라."

---

745)관포(管鮑) : 관포지교(管鮑之交)를 뜻함. 관중과 포숙아의 사귐으로 아주 친한 친구 사이의 사귐을 이르는 말. 중국 춘추 시대의 관중과 포숙아의 우정이 아주 돈독하였다는 고사에서 유래한 말.
746)음신(音信) : 먼 데서 전하는 소식이나 편지.
747)회명(晦冥) : 해나 달의 빛이 가리어져 어두컴컴함.
748)환쇄(還刷) : 멀리 외지(外地)에 나갔다가 돌아옴.
749)믓도록 : 마치도록. *믓다 : 맞다. '마치다'의 준말.
750)부지 서로 별회를 닐을가 ㅎ엿더니 싱각디 아닌 병이 스싱의 이셔 부지 서로 만나 <u>날이 믓도록 참혹혼 경샹 쑨이오, 혼 말도 듯디 못ㅎ니</u>, …(국립도서관본 『뉴효공션힝녹』 亨<권지이>:172쪽13행-173쪽 3행, *밑줄·문장부호 교주자)

빅관(百官)이 ᄀ마니 뉴공의 기과(改過)ᄒ믈 우으며, 쏘흔 혹수를 보고즈ᄒ여 흔가지로 ᄯ라 뉴부의 니르러ᄂᆞᆫ, 뉴공이 즈가 침쇼의 침금을 펴고 거장을 들미, 좌위 상셔를 붓드러 닉니, 오히려 엄홀흔 경식이라.

모다 계유 붓드러 누이니, 눈을 감고 더욱 아득ᄒ여 진졍치 못ᄒ믈 보고, 차악ᄒ여 머리를 다 기우려 니르되,

"반드시 사지 못흘지【26】라."

이쩌 뉴공이 상셔의 병이 다 즈가로 말미암아 ᄂᆞᆫ 쥴 알고 뉘웃부미 ᄆᆞ음이 버히ᄂᆞᆫ 듯흔지라. 스스로 싱각ᄒ되,

"이 아히 본듸 청슈(淸秀)ᄒ미 츌인(出人)ᄒ고 효의(孝義) 범상치 아닌 고로, ᄆᆞ음 쓰기를 과이 ᄒ야 ᄉ명(赦命)을 어드니, 만일 맛참내 싱도를 엇지 못흘딘듸 닉 엇지 암아 인셰를 누리이오."

셜프의 눈물을 흘니고 놀이 맛도록 상셔를 어루만져 닐너 왈,

"닉 아히 병이 비록 즁ᄒᄂᆞ 이딕도록 혼침(昏沈)ᄒ여 노부를 아지 못ᄒᄂᆞ뇨? 네 아비 불명ᄒ여 간참을 듯고 널노 ᄒ여금 죵텬(終天)의 슬프믈 기치니 닉 죽어도【27】 잇지 못흘 유한이라. 임의 씨다라시니 두 번 너를 그르게 아냐 《뎡댱∥뎍쟝(嫡長)》 위를 네게 도라 보닉여, 너의 이〇[미](曖昧)ᄒ믈 신셜ᄒ리라."

ᄒ야, 이럿틋 흔 말이 긋지 아니니, 돍이 울미 상셰 잠간 졍신을 출혀 흠신(欠伸)751)ᄒ여 도라 눕1다가, 믄득 사ᄅᆞᆷ의 쇼ᄅᆡ를 듯고 놀나 씨다라니, 바야흐로 부친이 집슈(執手) 위로(慰勞)ᄒ믈 알고 이윽이 쇼ᄅᆡ를 아니터니, 공의 말이 졈졈 근졀ᄒ고 눈물이 흘너 싱의 귀밋히 져즈니, 상셰 《부효∥불효(不孝)》를 씨다라 졍신을 십분 강잉ᄒ여 니러 안즈미 공이 딕경 왈,

"오익(吾兒) 알오미 잇ᄂᆞ냐?【28】 ≤엇지 긔동(起動)ᄒ미 니럿툿 〇〇[완연(完然)]ᄒ뇨?"

상셰 날호여 주 왈,

"히익 《원누∥원노(遠路)》의 구치(驅馳)ᄒ여 신병(身病)이 《침익∥쳠익(添益)》ᄒ여 딕인으로 ᄒ여금 니럿툿 경동(驚動)ᄒ시게 ᄒ니, 이ᄂᆞᆫ 다 히아(孩兒)의 죄로쇼이다. 야야의 《위호∥위로(慰勞)》ᄒ시믈 닙ᄉ와 졍신이 잠간 나으니≥752), 쇼년 쟝긔(壯氣) 즈연 쇼복(蘇復)ᄒ리니, 원컨딕 과려치 말으소셔."

셜파의 ᄉ긔(詞氣) 온유ᄒ고 안식(顔色)이 화평ᄒ여 됴곰도 어즈러온 거동이 업ᄉ니, 공이 쏘흔 ᄆᆞ음이 편ᄒ여, 이에 상셔의 손〇[을] 잡고 눈물을 흘녀 왈,

---

751)흠신(欠伸) : 하품과 기지개를 아울러 이르는 말
752)엇디 몸을 동ᄒ미 이러틋 완연ᄒ뇨? 상셰 날호여 ᄃᆡ 왈, 원노의 구치ᄒ기로 신병이 쳠익ᄒ야 ᄃᆡ인으로 ᄒ여곰 이러틋 샹도ᄒ시게 ᄒ니, ᄎᆞᄂᆞᆫ 다 히아의 죄로소이다. 야야의 위회ᄒ시믈 닙ᄉ와 졍신이 잠간 나으니, …(국립도서관본 『뉴효공션힝녹』 후<권지이>:176쪽12행 -177쪽 3행, *밑줄·문장부호 교주자)

"닉 네의 모친을 상(喪)ᄒ고 네의 형뎨를 길어 그 아름다오믈 사랑홀지언【29】졍, 엇지 그 불초ᄒ믈 용납ᄒ리오만[마]ᄂᆞᆫ, 네 아의 힝ᄉᆡ 닉 알픠 효슌ᄒ미 너의 간징(諫爭)홈과 ᄀᆞᆺ지 아니코, 너의 불슌(不順)ᄒ믈 닉이 드르미, 인뉸(人倫)의 듸변(大變) 닐위믈 ᄭᆡ닷지 못ᄒ니, 이 다 홍의 간악(姦惡)ᄒ미라. 오아ᄂᆞᆫ 모로미 옛 혼(恨)을 두지 말나."

상셰 불승황공감은(不勝惶恐感恩)ᄒ여 복디(伏地) 왈,

"히이(孩兒) 인자(人子)의 도○[를] 어지리 못ᄒ와 뉸상(倫常)의 변(變)을 닐위니, 이ᄂᆞᆫ 가운(家運)의 불힝홈과 히아의 불쵸ᄒ 연괴(緣故)라. 엇지 홍의 죄리잇가? ≤히이 팔지(八字)753) 긔구(崎嶇)ᄒ와 일즉 어미를 일코, 《고구ᄒᄂᆞᆫ 빅∥고고(孤孤)ᄒ 빅》 듸인긔 의지ᄒ와 흐ᄌᆞᆺ 동【30】ᄉᆡᆼ을 ᄉᆞ랑치 못ᄒᄂᆞᆫ 고로≥754), 아이 ᄆᆞ음이 외닙(外入)755)ᄒ미 이시니, 이ᄂᆞᆫ 진실노 일편도이 홍의 죄 아니라. 히ᄋᆞ의 감화치 못ᄒ 허물이 더욱 크니이다. ᄒᆞᆯ며 부ᄌᆞ(父子)의 친ᄒᄆᆞ로 대인이 비록 과도ᄒ시나, ᄌᆞ식이 되어 참아 녯 일을 ᄉᆡᆼ각ᄒ여 밧그로 식(色)을 지어 야야를 셤기고, 안흐로 함원(含怨)ᄒ미 이셔 쳔셩(天性)○[의] ᄉᆞ랑을 상(傷)ᄒ올진딘, 히ᄋᆞ의 죄 당ᄎᆞᆺ 어니 형벌의 밋ᄎᆞ리잇가? 복망(伏望) 듸인은 '셥공(葉公)○[의] 《상당∥향당(鄕黨)》'756)을 탄식ᄒ○○[시고] 부ᄌᆞ의 근원듸도(根源大道)를 심복(心服)ᄒ쇼셔."

드듸여 눈물이 ᄂᆞᆺ치 ᄀᆞ득ᄒ니, 빅포(白布)를 드러 ᄲᅵᄉᆞ미 촉불【31】 그림ᄌᆞ의 붉은 피 낭ᄌᆞ하니, 공이 고이히 녀겨 불울 드러 슬피니, 상셔의 ᄂᆞᆺ치 피 ᄀᆞ득ᄒ여ᄂᆞᆫ지라.

공이 듸경ᄒ여 연고를 무른듸, 상셰 듸왈,

"슈토(水土)757)의 상ᄒ고 안딜(眼疾)이 줌ᄒ여 잇다감 눈의 피 나되, 각별 듸단치 아니 ᄒ더이다."

공이 크게 탄왈,

"이도 네 ᄆᆞ음 ᄡᅳ기를 과도이 《ᄒ여∥한 연괴(緣故)니》, ○○○[대슌(大舜)이] 즘

---

753) 팔자(八字) : 사람의 한평생의 운수. 사주팔자에서 유래한 말로, 사람이 태어난 해와 달과 날과 시간을 간지(干支)로 나타내면 여덟 글자가 되는데, 이 속에 일생의 운명이 정해져 있다고 본다.

754) 아히 팔지 긔박ᄒ야 일즉 ᄌᆞ모를 여히고 고고흔 배 대인씌 의지ᄒ야 흔낫 동긔를 ᄉᆞ랑치 못ᄒ야, …(국립도서관본 『뉴효공션힝녹』 亨<권지이>:178쪽6-9행, *밑줄·문장부호 교주자)

755) 외닙(外入) : 외입(外入). 잘못된 길로 들어감. 잘못된 데에 빠짐.

756) 셥공(葉公)의 향당(鄕黨) : '섭공의 마을 사람'으로, '아버지가 양을 훔친 것을 증언한 아들'을 말한다. 즉 섭공이 공자에게 "우리 마을에 정직한 사람이 있는데, 그 아버지가 남의 양을 훔친 것을 아들이 가서 증언하였습니다(葉公 語孔子曰.吾黨有直躬者 其父 攘羊 而子證之)," 라고 하자, 공자가 이에 대해, "우리 무리의 정직한 사람은 이와 달라, 아버지는 자식을 위하여 숨겨주고 자식은 아버지를 위하여 숨겨주니, 정직함은 그 가운데 있는 것이다(吾黨之 直者 異於是 父爲子隱, 子爲父隱, 直在其中)"라고 한 대화 가운데 나오는 말이다. 『논어』 <자로(子路)> 편에 나온다.

757) 슈토(水土) : 물과 흙. 또는 물과 풍토. *여기서는 풍토병(風土病)을 이른 말이다.

홰(中華)○[의] 대회(大孝)로딘 고슈(瞽瞍)[758]의 부주(不慈)ᄒᆞ믈 만나, 우물의 굼글 쑤루며[고] 불가온딘 쒸여 ᄃᆞ라나미[며], 이비(二妃)[759]를 두시고, 탄금슬(彈琴瑟)[760]ᄒᆞ시니, 네 이제 닉 명을 거ᄉᆞᆯ여 칼을 머무러 죽지 아니코 글을 지어 졍을 펴미, 듕화의 젹덕을 츄【32】모(追慕)ᄒᆞ미로딘, 홀노 심녀를 허비ᄒᆞ미 ○○[슌(舜)의] 탄금(彈琴)ᄒᆞ시ᄂᆞᆫ 딘 불급(不及)ᄒᆞ고 도로혀 한혜○[제](漢惠帝)[761]의 《젹은 ᄯᅳᆺ‖쇼심(小心)함》을 본바다, 의[이] 쓰기의 피 토ᄒᆞ미 잇고, 우름이 혈누(血淚) 나기의 밋ᄎᆞ니, 비록 나의 본심으로 너를 보쳐여도 네 맛당이 이러치 아니려든 ᄒᆞ믈며 모진 동ᄉᆡᆼ의 춤소를 불명혼 아비 신쳥(信聽)ᄒᆞ나, 맛당이 《씌다라을‖씌다를》 날이 잇실가 기다릴 거시어ᄂᆞᆯ, 이제 ᄉᆞ병(死病)을 닐위여 명이 장ᄎᆞᆺ ᄭᅳᆺ고져 ᄒᆞ딘, 가지록 됴셥(調攝)ᄒᆞᆯ 줄을 모로고, 과도ᄒᆞ미 여ᄎᆞᄒᆞ니 이제 홍이 만고 죄인이 되여 ᄉᆞᄉᆡᆼ(死生)이 칼 아릭 잇고, 네 병【33】병이 능히 니러나지 못ᄒᆞᆯ진딘, 닉 뉵슌(六旬)이 거의니 셔산낙일(西山落日) 굿ᄐᆞ여 불구(不久)의 죽은 즉, 관(棺)을 비겨 혼 ᄌᆞ식이 울 니 업ᄉᆞ니, 비록 나의 ᄌᆞ작지얼(自作之孼)[762]이나 엇지 능히 구쳔(九泉)[763]의 눈을 감을이오.”

셜포의 안쉬(眼水) 이음ᄎᆞ니, 상셰 머리를 숙여 듯기를 다ᄒᆞ미, 계상진비(稽顙再拜)[764] 왈,

“히이 불초ᄒᆞ미 대인이 니럿툿 ᄒᆞ시기의 밋ᄎᆞ니 죄를 쳥홀 밧근 감이 주(奏)홀 말이 업ᄂᆞᆫ지라. 히이 오릭 병이 비록 발ᄒᆞ여시나, 이 실노 슈토(水土)의 상혼 빅라. 감이 용심(用心)혼 증셰 아니로딘, 대인의 셩의(聖意) 여ᄎᆞᄒᆞ시니, 십분 진심ᄒᆞ여【34】됴셥ᄒᆞᄂᆞ[여], 다시 셩녀(聖慮)를 기치지 아니리이다. 공이 위로ᄒᆞ고 권면ᄒᆞ여 장ᄎᆞᆺ 날이 붉으미, 쥬시 나와 서로 볼ᄉᆡ, 피ᄎᆞᆺ 눈물○[을] 흘녀 말이 업더니, 쥬시 날호여 왈,

“쳡이 무상ᄒᆞ여 상공 형뎨를 져ᄇᆞ려 상공으로 ᄒᆞ여금 눈상의 딘변을 만나시딘, 능히 구치 못ᄒᆞ고 이공지 져런 죄를 지으시딘, 감이 혼 말노 규졍(糾正)치 못ᄒᆞ니, 실노 존문의 죄를 어덧ᄂᆞᆫ지라. 금일 상공을 뵈오미 엇지 참괴치 아니리오.”

상셰 기리 탄식ᄒᆞ고 장ᄎᆞᆺ 긴 말을 펴고져 ᄒᆞ더니, 믄득 보ᄒᆞ딘,

“밧긔 니각노와 병부상셰 셜노애【35】일반 동녈(同列) 수십 인을 ᄃᆞ리시고 드러오

<hr />

758)고슈(瞽瞍) : 중국 순임금의 아버지의 별명. 어리석어 아들 '순(舜)'을 죽이려했기 때문에 '눈먼 노인'이란 별명이 붙여졌다 한다.

759)이비(二妃) : 순 임금의 두 왕비인 아황(娥皇)과 여영(女英)을 가리킴. 요임금은 순임금의 덕에 감복하여 두 딸인 아황과 여영을 순임금에게 시집보냈다.

760)탄금슬(彈琴瑟) : 가야금과 거문고를 탐.

761)한혜제(漢惠帝) : 중국 한(漢)나라 2대 황제, 여후(呂后)의 소생으로 부황(父皇) 유방(劉邦)이 죽자, 여후는 부황이 총애하던 척희(戚姬)를 인체(人彘)를 만들어 변소에 버리는데, 혜제가 이를 보고 병이 나서 1년 만에 죽었다. 마음이 유약한 인물이다.

762)ᄌᆞ작지얼(自作之孼) : 자기가 저지른 일 때문에 생긴 재앙. 늑자작얼.

763)구쳔(九泉) : 땅속 깊은 밑바닥이란 뜻으로, 죽은 뒤에 넋이 돌아가는 곳을 이르는 말.

764)계상진비(稽顙再拜) : 이마가 땅에 닿도록 몸을 굽혀 두 번 절함. 흔히 한문 투의 편지글에서 상제(喪制)가 상대편에 대한 경의를 표하기 위하여 편지 첫머리에 쓴다. 늑계상.

시느니다."

뉴공이 나와 졔긱을 보고 왈,

"돈익(豚兒) 구병(久病)의 《침쳑∥심쳑(甚瘠)765)》ᄒ여 밤이 다ᄒ디 능히 인ᄉ를 아지 못ᄒ니 존긱의 욕님(辱臨)ᄒ시믈 샤례치 못ᄒᄂᆫ지라. 불승미안(不勝未安)ᄒ여라."

말이 맛지 못ᄒ여셔 어ᄉ틱우 니쳔위 텬ᄌ의 명을 바다 상셔의 병을 무르니, 빅관이 ᄒ 가지로 쓰라 누은 곳의 니ᄅᆞ니, 상셰 붓들여 계유 니러안ᄌ 은명(恩命)을 칭샤ᄒ고, 약을 먹으미 어시 복명ᄒ려 드러가니, 졔긱이 상셔를 보고 환쇄(還刷)ᄒᄆᆞᆯ 무수이 치하ᄒ며 셜화를 펴니, 상셰 디왈,

"혹셩은 【36】국가 죄인이라. 다만 노부(老父)를 만나 부지 서로 군덕(君德)을 감은ᄒᆞᆯ ᄯᆞ룸이로쇼이다."

셜포의 벼기의 의지ᄒ여 신음ᄒ니, 니각뇌 상셔의 츈식이 씩씩ᄒᆞᄆᆞᆯ 보고 칭병인가 의심○○[햐] 알히 나ᅌᅡ가 굴오디,

"셩상이 쳐음으로 위를 니으샤 만승(萬乘)의 다ᄉ(多事)ᄒ시미 악발토포(握髮吐哺)766)ᄒ기의 밋ᄎ시니, 션ᄉᆡᆼ이 엇지 됴회(朝會)ᄒᆞᆯ ᄯᅳᆺ이 돈연(頓然)ᄒᄂᆈ?"

상셰 냥구후(良久後)의 위좌(危坐)767) 디왈,

"션ᄉᆡᆼ의 말슴이 무슴 ᄯᅳᆺ고? 션ᄉᆡᆼ이 일즉 문묵(文墨)을 졍통(精通)ᄒ니, 밍ᄌ(孟子)768) 말슴을 드러 게실지라. '형이 텬ᄌ 되미 아이 필부 되미 가ᄒ냐?'769) ᄒ시니, 당ᄎᆞ시(當此時) ᄒ여 텬은(天恩)○[을] 닙으미【37】이럿툿 ᄒ고, 어린 ○[아]의 죄ᄂᆫ 장ᄎᆞᆺ 옥즁의 칼 메기를 면치 못ᄒ니, 군은(君恩)이 ᄂᆡ몸의 더을스록 나의 병이 더으니, ᄆᆞᆷ이 편치 못ᄒᆫ 연괴라. 셩[션]ᄉᆡᆼ이 날노ᄡᅥ 옥ᄉ를 다사리지 아닌ᄂᆫ다 ᄒ니, 이 참아 인졍(人情)의 ᄒᆞᆯ 말이 아니로다."

니각뇌 쳐음은 ᄉᆡᆼ각기를 저의 형뎨 불목(不睦)ᄒ미ᄉᆞ림의 《훼ᄌ(毀訾)∥회ᄌ(膾炙)》ᄒ니, 홍의 죄를 다ᄉ리미 연의 수즁(手中)의 이실가 ᄒ엿더니, 금일 말을 드ᄅᆞ니, 도로혀 참괴ᄒ고, 모든 사람이 상셔의 ᄯᅳᆺ○[이] 이러ᄒᆞᆷᆯ 보고, 다 옥ᄉ(獄事)를

---

765) 심쳑(甚瘠) : 매우 마르고 야위다.

766) 악발토포(握髮吐哺) : : =토포악발(吐哺握髮). 민심을 수람하고 정무를 보살피기에 잠시도 편안함이 없음을 이르는 말. 중국의 주공이 식사 때나 목욕할 때 내객이 있으면 먹던 것을 뱉고, 감고 있던 머리를 거머쥐고 영접하였다는 데서 유래한다.

767) 위좌(危坐) : =정좌(正坐)·광좌(匡坐). 몸을 바르게 하고 앉음.

768) 밍ᄌ(孟子) : 유교 경전인 사서(四書)의 하나. 맹자와 그 제자들의 대화 따위를 기술한 것으로, <양혜왕(梁惠王)>, <공손추(公孫丑)>, <등문공(滕文公)>, <이루(離婁)>, <만장(萬章)>, <고자(告子)>, <진심(盡心)>의 7편으로 분류하였다. 14권 7책.

769) 형이 텬ᄌ 되미 아이 필부 되미 가ᄒ냐? : 『맹자(孟子) 만장장구상(萬章章句上)』에서 만장이 맹자에게 '순(舜)이 임금이 되어 공공(共工)·환두(驩兜)·삼묘(三苗)·곤(鯀)과 같은 어질지 못한 사람들을 다 죄주었으면서도, 지극히 어질지 못한 아우 상(象)은 유비(有庳)라는 땅에 봉(封)한 것'을 두고, "어진 사람도 진실로 이와 같이 할 수 있는 것입니까?"라고 물은 데 대해, 맹자가 "자신[순]만 천자가 되고 아우[상]는 필부가 된다면 어찌 친애한다고 말할 수 있겠는가?"라고 답한 말을 변형시켜 표현한 말.

의논ᄒ려 ᄒ다가 말을 닛지 못ᄒ고 하직고 도라가미, 박상귀 니르러 문병ᄒ고 죠용이 말ᄉᆷ【38】ᄒ미, 상셰 홍의 옥ᄉ를 무르니, 상귀 디강을 베퍼 텬ᄌ의 진노ᄒ심과 졔신의 논힉을 니르니, 상셰 위연(喟然) 탄왈,

"내 아이 비록 어지지 못ᄒ나 엇지 만시의 당이○○[될니] 이시리오. 너모 됴달(早達)ᄒ여 셰졍(世情)을 아지 못ᄒ고 힝실을 그릇ᄒ야 당간(黨姦)의 튱수(充數)ᄒ니 본심이 스오나오미 아니뇨[오], 픽군(敗軍)ᄒ믄 더욱 《무명∥무졍》지시(無情之事)770)라. 흔번 이긔여 반(叛)ᄒᆯ 줄 알니오. 공명(孔明)771)의 칠죵칠금(七縱七擒)772)이 만고(萬古)의 ᄒ느히오, 이졔 닉 아이 고인(古人)의게 비겨 칙망ᄒ미 엇지 넘지 아니리오."

상귀 디왈,

"인형(仁兄)아, 그릇 아지말나. ᄌ현이 ᄒ굿 됴졍의 죄를 어들 ᄲᆞᆫ 아니라, 친쳑【39】이 다 외다773) ᄒ니, 진짓 흔단(釁端)이 태상경 뉴션의 닙으로 ○○[조츠] 낫느지라. 엇지 칙망이 타인의게 밋츠리오. 만일 ᄌ현을 구ᄒ려 ᄒ거든 형이 츌스(出仕)를 수이 ᄒ여야 ᄌ현이 싱도를 어드리라."

상셰 묵연부답(黙然不答)이러라.

상셰 수일이 ᄌᆞ느미 병이 츠도(差度)의 이시니, 바야흐로 상소를 ᄒ여 벼슬을 샤양ᄒ고 부친으로 더부러 궐문의 디죄ᄒ여 홍을 구ᄒᆯ 계규(計規)를 ᄒ더니, 문득 수십 디신이 니르러 문병ᄒ고 니로디,

"명일 죄인을 친국(親鞫)ᄒ려 ᄒ시니 션싱도 강병(強病)ᄒ여 참예(參預)ᄒᆯ가 ᄒ노라."

상셰 심니(心裏)의 홍의 옥신(獄事)가 의심ᄒ여 대신이 훗【40】터진 후, 유틱샹을 머므러 갈오디,

"형은 졀친(切親)774)이라. 엇지 돈죡(敦族)775)ᄒ미 업셔 도로혀 스름을 본 즉 우리 형뎨 단쳐(短處)를 들츄느뇨? 이졔 스뎨(舍弟) 디뢰(大罪)의 범ᄒ여 일이 블측(不測)ᄒᆫ 디 잇스니, 됴졍공논(朝廷公論)이 엇지 코져 ᄒ느뇨?"

틱샹이 일변(一邊) 웃고 일변(一邊) 탄 왈,

"ᄌᆞ슌이 엇지 이런 말을 ᄒ느뇨? 닉 실노 그딕 형뎨 단쳐를 들츄미 아니라, 스름이

---

770)무졍지시(無情之事) : ①고의(故意)로 한 것이 아닌 일. ②혐의(嫌疑)를 둘 만한 근거가 없는 일.
771)공명(孔明) : 제갈량(諸葛亮). 181-234. 중국 삼국시대 촉한(蜀漢)의 정치가. 자 공명(孔明). 시호 충무(忠武). 뛰어난 군사 전략가로, 유비를 도와 오(吳)나라와 연합하여 조조(曹操)의 위(魏)나라 를 대파하고 파촉(巴蜀)을 얻어 촉한을 세웠다.
772)칠죵칠금(七縱七擒) : 마음대로 잡았다 놓아주었다 함을 이르는 말. 중국 촉나라의 제갈량이 남만(南蠻)의 장수 맹획(孟獲)을 일곱 번이나 사로잡았다가 일곱 번을 놓아주었다는 데서 유래한다.
773)외다 : 그르다.
774)졀친(切親) : 매우 가까운 친척.
775)돈죡(敦族) : =돈친(敦親). 일가친척이 서로 화목함. 또는 그렇게 지내도록 함.

다 날다려 므르미 잇스니, 올흔 말 ᄒᆞ미라. ᄌᆞ슌이 고히 녀기지 말ᄂᆞ. 허믈며 ᄌᆞ현의 되ᄂᆞᆫ 당간(黨奸)의 들고, 픠군(敗軍)ᄒᆞ미 잇스니, 됴졍 의논이 엇지 각별(各別)ᄒᆞᆷ이 잇스리오. 뗏뗏ᄒᆞᆫ 법이 잇고, ᄯᅩ 니부모형(離父謀兄)776)ᄒᆞᆫ 일이 셜상가상(雪上加霜)이 되얏스니, ≤졍듕(廷中)의 식녹(食祿)ᄒᆞᄂᆞᆫ【41】스름 ᄲᅮᆫ 아녀 젼야ᄉᆞ셔(田野士庶)777)의 《이론이‖니르히》 졀치(切齒)ᄒᆞᆷ이 ○[되]니, 하늘이 ᄉᆞᆲ혀 ᄒᆞ신 밧○[근] 군상(君上)의 ᄆᆞᄋᆞᆷ과 유ᄉᆞ(有司)의 법을 두루혀지 못홀 거시오, 허믈며 슈일 젼 강형쉬 경시(經時)778)예 드러 듀(奏)ᄒᆞ되,

"그ᄃᆡ 젹거(謫去)홀 젹, ○○○[ᄌᆞ현이] 공치를 다리고 졔집 뒤의가 갑○[슬] 쥬며 만귀비(萬貴妃) 명이라 ᄒᆞ고, 일ᄏᆞ라 그ᄃᆡ를 듕도에셔 죽여달나 쳥ᄒᆞ던 일을 듀ᄒᆞ니≥779), 입시(入侍) 졔신(諸臣)이 히연(駭然)치 아니리 업고, 상이 셔안을 쳐, '쳔ᄉᆞ무셕(千死無惜)780)이요 만ᄉᆞ유경(萬死猶輕)781)이라' ᄒᆞ시니, ᄌᆞ슌은 싱각ᄒᆞ여 보라. ᄌᆞ현이 가히 싱도(生道)를 어들소냐?"

상셔 듣기를 다 못ᄒᆞ여 분연이 일어○[나] 굴오되,

"션뎨(先帝) 붕(朋)ᄒᆞ시고, 신군(新君)이 시로 즉위 ᄒᆞᄉᆞ 어진 졍ᄉᆞ를 밝히【42】시거늘 빅뇨(百寮)○[가] 셩덕(聖德)을 돕지 아녀 방외(方外)782)의 부잡(浮雜)783)한 말을 지존(至尊)긔 들니며, 사사(私私) 집 부○[자]형뎨(父子兄弟)를 다 시비(是非)ᄒᆞ여 사름의 허물 니르기를 일숨은[으]니 뼈곰784) 군덕(君德)의 부됴(扶助)ᄒᆞ미 아니오, 만시(萬氏)의 젼가(全家) 멸(滅)ᄒᆞ고 《간단‖간당(奸黨)》 ᄉᆞ십칠인○[이] 죽으니, 살싱(殺生)ᄒᆞ미 극ᄒᆞ지라. 오히려 간(諫)홀 사름이 업고 다시 도도ᄂᆞᆫ 의논이 셩(盛)ᄒᆞ니, 군지 졔가(齊家) 치국(治國)ᄒᆞ며 ᄉᆞ군(事君) 휼민(恤民)ᄒᆞ미 엇지 ᄒᆞᆫ 뉴홍을 죽인 후야 일이 쾌(快)ᄒᆞ리오. 늬 병이 비록 즁ᄒᆞ나 쳔ᄌᆞ긔 뵈옵고 아을 구ᄒᆞ리라."

원늬 틱상 등이 상셔의 벼슬 아니 단닐가 격동(激動)ᄒᆞ더니, 이 말을 듯고 ᄀᆞ마니

---

776)니부모형(離父謀兄) : 아버지를 이간(離間)하고 형을 모해(謀害)함.

777)젼야ᄉᆞ셔(田野士庶) : =젼야사서인(田野士庶人). 일반 사대부와 백성들

778)경시(經時) : 경연시(經筵時). 경연(經筵) 때.

779) 뎡듕 식녹쟈 ᄲᅮᆫ아냐, 뎐야ᄉᆞ셩의 니르히 졀치ᄒᆞ미 되니, 하늘이 산신 밧근 군샹지의와 유ᄉᆞ의 벌을 두로혀디 못홀 배라. ᄒᆞ믈며 수일 젼 한님 강형쉬 탑뎐의 드러 주ᄒᆞ되, 그ᄃᆡ 젹거시의 ᄌᆞ현이 공치를 ᄃᆞ리고 졔집 뒤히 가, 갑 주며 만구비의 명이라 일ᄏᆞ라, 그ᄃᆡ를 듕도의셔 죽여달나 ᄒᆞ던 일을 주ᄒᆞ니,…(국립도서관본 『뉴효공션힝녹』 후<권지이>:188쪽11행−189쪽5행, *밑줄·문장부호 교주자)

780)쳔ᄉᆞ무셕(千死無惜) : 천 번 죽어도 아깝지 않다 는 뜻으로, 그만큼 죄가 크다는 뜻을 이르는 말.

781)만ᄉᆞ유경(萬死猶輕) : =만륙유경(萬戮猶輕). 만 번 죽여도 오히려 가볍다는 뜻으로, 그만큼 죄가 매우 무거움을 이르는 말

782)방외(方外) : 유교의 경전이나 제도의 밖.

783)부잡(浮雜) : 어수선하고 경솔하며 추잡함.

784)뼈곰 : 써. '그것을 가지고', '그것으로 인하여'의 뜻을 지닌 접속 부사. 한문의 '以'에 해당하는 말로 문어체에서 주로 쓴다.

문 왈,

"그딕 오날 텬즈를 보옵【43】과 즈현을 무어시라 구ᄒ리오."

상셰 딕 왈,

"탑젼(榻前)의 가 주(奏)홀지니 엇지 미리 혜아리이[리]오."

틔상이 소왈(笑曰),

"그딕ᄂ 일시 즁망(重望)을 지고 쳐음으로 ○○○○○[됴회예 진언(進言)하니] 주ᄉ(奏事)ᄒ기785)를 졍침(精忱)786)ᄒ라."

상셰 답지 아니ᄒ고 이에 궐하의 나ᄋᆞ 소봉(疏封)을 올녀 왈,

"신(臣)이 본딕 용녈ᄒ와 쳔(賤)혼 지조로 션묘의 쓴시믈 닙ᄉ와, 수년이 못ᄒ여 졀역(絶域)의 믈너나 죽으믈 면치 못홀가 ᄒ더니, 국은을 닙ᄉ와 다시 고토(故土)의 도라와, 우흐로 셩은을 갑ᄉ고 아릭로 늙은 아비로 더부러 한 당(堂)의 모다 여년을 위로홀가 ᄒ엿더니, 불힝ᄒ여 신병(身病)이 고황(膏肓)의 들어 빅가지로 진퇴(進退)ᄒ여 비【44】록 금일이 여상(如常)ᄒ나 명일 복발(復發)혼즉 엄졀(奄絶)ᄒ기의 다듯ᄂ 증셰○[가] 싱도롤 ᄇ라지 못홀 거시오, 신이 본딕 품긔(稟氣) 허박(虛薄)혼 즁, 국가 즁쉬(重囚) 되어 셩은을 갑ᄉ지 못ᄒᄆᆞ 골돌ᄒ옵고, 노부(老父)를 싱각ᄂ 심녜(心慮) 병 즁 근본이 되니 침병(沈病) ᄉ년의 토혈혼 수를 아지 못홀지라. 임의 오장(五臟)이 ᄉᆞᇰ ᄒ여 졍신이 쇠모(衰耗)ᄒ고, 안질(眼疾)이 즁ᄒ여 혈뉘(血淚) 흐르기를 만히 ᄒ여 눈이 어두어 사름을 분변치 못ᄒ니, 신의 나히 이십이 계유 지ᄂ시딕 병들미 이럿틋 ᄒ여 진실노 싱도롤 어들 기리 업ᄉ니, 맛참닉 나라 은혜 갑ᄉ지 못ᄒ【45】고 노부로 ᄒ여금 셔하지탄(西河之歎)787)을 깃칠지라. 이 뼈금 신의 평싱 유한(遺恨)이 되어 죽어도 눈을 금지 못홀지라. ᄯ호 인졍의 근졀이 부르지지ᄂ 바ᄂ 신의 아오 홍이 션묘의 큰 죄를 어더 일홈이 당간(黨姦)의 들고 법으로 니를진딕 만ᄉᆞ(萬死)라도 족(足)지 못ᄒ거니와, ᄯ호 곡졀이 이셔 셩명(聖明)이 밋쳐 술피지 못ᄒ신 바를 신이 감이 인졍으로 주(奏)ᄒ미 아니라, 실노 공논(公論)을 주ᄒ미로 소이다. 녯날 만시 젼권(專權)ᄒ여 위엄이 진신(縉紳)을 욕(辱)홀 졔, 됴졍 지상이 ᄂᆞᆺ빗츨 곳쳐 뉘 두려 아니며, 그 ᄯᆺ을 뉘 거슬니잇가? 이졔 일월(日月)이 병명(竝明)ᄒ여 간당【46】이 픽루(敗漏)ᄒ미[미], ≤인인○[이] 《즁논∥쥰논(峻論)》 고담(高談)으로 만시를 ᄭᅮ짓고 당간을 훼방(毁謗)ᄒ여 금즈(金紫)788)를 의구(依舊)이 《드뒷엿ᄉ나∥ᄯ여시나》, 신은 그윽이 웃ᄂ이다≥789). 홍이 만시의 당인 쥴은 신이 발명치 못ᄒ려니와, 임의 의논을 슈창(首

---

785)주ᄉ(奏事)ᄒ다 : 공사(公事)를 임금에게 아뢰다.

786)졍침(精忱) : 정성스러운 마음.

787)셔하지탄(西河之歎) : 자하(子夏 : BC 508? ~ 425?)가 서하(西河 ; 河南省 安陽)에 있을 때 자식을 잃고 너무 슬피 운 나머지 소경이 된 고사에서 온 말로 부모가 자식을 잃은 슬픔을 말함.

788)금즈(金紫) : 금인(金印)과 자수(紫綬)라는 뜻으로, 존귀한 사람을 비유적으로 이르는 말.

789)인인이 쥰논고담으로 만시룰 ᄭᅮ짓고 간당을 폐ᄒ야 금즈룰 ᄯᅧ여시나, 신은 그윽이 뉘웃ᄂ

唱)혼 지 아니오, 다만 져를 비쳑지 못ᄒ고 친이 ᄉ괸 빈 허물이 극늉(極律)790)의 다
ᄃ랄 쥴은 신이 아지 못홀 빈로 소이다. 흐믈며 션뎨 십만군ᄉ로 남만(南蠻)을 벌(伐)
ᄒ라 ᄒ시니, 왕환(往還) 슈만 니의 예긔(銳氣)를 펴[쳐] 불모지디(不毛之地)를 평졍ᄒ
미 수월이 못ᄒ여 니쳔여(二千餘) 리(里)를 항복 바드니, 그 공이 등한치 아닐 빈로딘,
됴졍이 《관졍∥평졍(平定0)》ᄒ믈 듯지 못ᄒ고【47】도로혀 군픽(軍敗)혼 뉴(類)의 함
(含)ᄒ니, 비록 인심을 일허 군시 허여지나, 맛당이 공과 벌이 ᄀᆺ튼 거시어늘, 엇지 죄
를 편혹(偏惑)히 ᄒ고 졍졍(亭亭)791)혼 공으로 그 ᄒᆞᆫᆺ 명(命)을 엇지 못ᄒ리오. 신이
뼈곰 하늘을 불너 가슴을 두드려 원통ᄒ믈 이긔지 못ᄒᄂ 빈오, 만시 국상 초(初)의
무고(巫蠱)를 ᄒ믜 지상이 참예ᄒ니 만ᄒ되, 홍이 십만즁(十萬衆)792)으로뼈 변방으셔
반(叛)치 아니코, 군시 니산(離散)ᄒ되 그 죽을 쥴 알며 드러와 됴회ᄒ믜 그 튱심을
알 거시니, 셩명이 엇지 슬퍼지 아니시리잇고? 말단(末端)은 신의 사사(私私) 일이나,
임의 국즁(國中)의 ᄉ못ᄎ 졔신의【48】의논이 홍의 죄를 더으미 말이 낭쟈(狼藉)ᄒ
여 반다시 죽인 후야 말○○○[고져 ᄒ]미라. 비록 홍의 죄 셩덕의 샤(赦)ᄒ시믈 닙지
못ᄒ여 흔 번 죽기를 면치 못ᄒ나, ᄯᅩ흔 신의 ᄆ음인즉, 반드시 그 원억ᄒ믈 셜빅(說
白)793)○[케] ᄒ여 구쳔(九泉)의 녕혼을 위로홀지니, 엇지 감이 군신부자일쳬(君臣父
子一體)794) 쥴을 잇져 심ᄉ(心思)를 폐하긔 주(奏)치 아니리잇가? 신이 일즉 어미를
일습고 아비 ᄉ랑으로 형뎨○[를] ᄂ호고, ○○[형뎨] 닙신(立身)ᄒ믜 셔로 붓드러 다
른 ᄯᅳᆺ이 업더니, 신이 불초ᄒ기를[로]뼈 아비 ᄌ식을 쵝ᄒ믜 엇지 그 허믈이 신의게
오지 아니코, 도로혀 신의 부뎨(父弟)의게 도라 갈 쥴 알니잇○[고]?【49】이왕의 부
지 셔로 실도(失道)ᄒ미 잇실지라도, 도로혀 회과(悔過)ᄒ고 다시 노(怒)를 쳔(遷)치
아닌 즉 셩인의 아름다이 너기시ᄂ 빈라. 홍이 불초ᄒ미 셩명(聖明)의 죄를 더어실지
언졍, 실노 신의 아비와 신의게 져ᄇ리미 업거늘, 시졀 사름이 튱냥(忠良)을 힘쁠 쥴
모로고 다만 남의 허물 니르기를 일숨으니 엇지 흔 무리 다ᄉ(多事)흔 뉘 아니리잇
ᄀ? ≤신의 부지 셔로 모다 완젼여구(完全如舊)ᄒ니 《텽∥텬셩》이 상○[히](傷害)올
빈 업ᄂ지라. 세상 의논이 어즈러올 빈 업ᄉ되, 이럿툿 요란ᄒ믄 이 다 신으로 말믜암
으미니, 신이 몬젼[져] 죄를 맛당이 닙엄 죽ᄒ지라. 츨하리 형뎨 흔가【50】지로 버
히미 나ᄋ가도 뉘웃츠미 업슬 거시오, 만일 셩상이 어엿비 녀기샤 형뎨 쇠잔흔 목슘
을 용샤(容赦)ᄒ신즉 궁곡(窮谷)의 물너가 ○○○[국은을] 《튝쳑∥튝쳔(祝天)》ᄒ고
여년(餘年)을 ᄆᆞᆾ고ᄌ ᄒᆞᆸᄂ니≥795), 복망(伏望) 폐ᄒᄂ 이런 졍ᄉ를 통쵹ᄒ시믈 ᄇ라

이다. …(국립도서관본 『뉴효공션힝녹』 亨<권지이>:193쪽8-10행, *밑줄·문장부호 교주자)
790)극늉(極律) : 사형과 같은 극한 형벌에 해당하는 죄를 정한 법률.
791)졍졍(亭亭) : 우뚝함.
792)십만즁(十萬衆) ; 십만의 무리.
793)셜빅(說白) : 말하다. 말하여 밝히다.
794)군신부자일쳬(君臣父子一體) : 임금과 신하의 의리와 아버지와 아들의 의리는 같다는 말.
795)신의 부지 셔로 모다 완젼여구ᄒ니 쳔셩의 샹ᄒᆡ온 배 업ᄂ디라. ……뭇당이 신이 몬져 죄

ᄂ이다."

하엿더라

상이 보시기를 다ᄒᆞ미, 감탄ᄒᆞ여 굴오사ᄃᆡ,

"뉴 션싱은 안밍뎡쥬(顔孟程朱)796)의 무리이니 엇지 쇼쇼ᄒᆞᆫ 명〇[ᄉ]의 비기리오. 홍의 죄 비록 즁(重)ᄒᆞ나 ᄯᅩᄒᆞᆫ 특은(特恩)으로 감ᄉᆞ(減死)ᄒᆞ여 어진 사ᄅᆞᆷ의 효우(孝友)를 상희오지 아니리라."

좌우 졔신이 다 맛당ᄒᆞᆷ믈 주ᄒᆞ니, 드듸여 하됴(下詔)ᄒᆞ샤 상셔를 위로ᄒᆞ시고 명초(命招)ᄒᆞ시니, 상셰 ᄯᅩᄒᆞᆫ 션뎨 붕(崩)【51】ᄒᆞ신 후 ᄒᆞᆫ 번도 됴회치 못ᄒᆞ엿는 고로, 사(使)를 좃ᄎᆞ 드러와 군신례(君臣禮)로 ᄃᆡ하ᄒᆞ미, 감이 ᄒᆞᆫ 상의 밥 먹던 일을 니르지 못ᄒᆞ나, 심즁(心中)의 반가오믈 머금고 션뎨 붕ᄒᆞ시믈 이통ᄒᆞ여 군신이 다 눈믈을 흘니더라.

냥구후(良久後) 상이 왈,

"경이 오날늘 도라와 몸이 지상의 올나 딤을 보는 연유를 아ᄂᆞ냐?"

상셰 주왈(奏曰),

"이 다 폐하의 셩은(聖恩)이로쇼이다."

상 왈,

"불연(不然)ᄒᆞ다. 딤이 비〇[록] 경을 부르고ᄌᆞ ᄒᆞ나 션됴의 죄를 어더시니 불과 삼년 후야 샤(使)를 보닐 거시오, 블차(不次)로 되ᄒᆞᆯ 비 아니라. 션뎨 님붕(臨崩)의 탁셔(託書)ᄒᆞ샤ᄃᆡ 뎡관 뉴졍셔 뉴연 등은【52】다 튱셩이 관일(貫一)ᄒᆞ여 비록 졀역의 ᄂᆡ쳐시나 님군을 도을 직죄 이시니 맛당이 졍슈ᄒᆞ라 하시니, 딤이 뉴됴(遺詔)를 밧ᄌᆞ와 경등을 불너 국ᄉᆞ로ᄡᅥ의논ᄒᆞᄂᆞ니, 경은 ᄯᅩᄒᆞᆫ 튱셩을 일위여 션뎨 붉으시믈 상희(傷害)오지말나."

상셰 텽파(聽罷)의 눈물 흘여 ᄃᆡ왈(對曰),

"신〇[이] 무상ᄒᆞ와 몸이 튱군ᄒᆞ미 잇거늘 션뎨의 이 ᄀᆞᆺᄐᆞᆫ 지은(至恩)을 닙ᄉᆞ오니, 오직 간뇌도지(肝腦塗地)797)ᄒᆞ와 국은을 갑흘 ᄯᅳ롬이로소이다."

상이 상셔의 혈누(血淚)를 보시고 ᄯᅩᄒᆞᆫ 놀나시더라. 상인 인ᄒᆞ여 굴오샤ᄃᆡ,

"국가의 ᄃᆡ옥(大獄)이 미결ᄒᆞ고 댱계명 왕쥰 등이 다 간당이라. 죽인【53】거시 수십인이라. 져를 마ᄌᆞ 죽이미 《상벌‖살벌(殺伐)》이 퇴과(太過)ᄒᆞ고, 그만ᄒᆞ여 노키는

를 닙엄죽ᄒᆞ더라. 출하리 형뎨 ᄒᆞᆫ가디로 붓드러 버힘의 나아가도 뉘웃브미 업슬 거시오, 만일 셩샹의 에엿비 넉이시므로 신의 형뎨 쇠잔ᄒᆞᆫ 목숨을 용샤ᄒᆞ신죽 궁곡의 도라가 <u>국은을 축쳔ᄒᆞ고</u> 여년을 ᄆᆞᆺ고져 ᄒᆞ옵ᄂᆞ니, …(국립도서관본 『뉴효공션힝녹』후 권지이:196쪽11행-197쪽8행, *밑줄·문장부호 교주자)

796)안밍뎡쥬(顔孟程朱) : 중국의 유학자 들인 안자(顔子), 맹자(孟子), 정자(程子), 주자(朱子)를 함께 이르는 말.

797)간뇌도지(肝腦塗地) : 참혹한 죽임을 당하여 간장(肝臟)과 뇌수(腦髓)가 땅에 널려 있다는 뜻으로, 나라를 위하여 목숨을 돌보지 않고 애를 씀을 이르는 말.

가(可)치 아니ᄒ니, 션싱은 엇지코즈 ᄒᄂ뇨?"

상셰 부복 왈,

"만시의 죄 임의 숨족(三族)의 기치고, 홰(禍) 됴졍 지상의 밋쳐 죽은 지 칠빅여인의, 션뎨 총이ᄒ시던 지상 ᄉ십칠인이 졍형(正刑)을 바ᄃ니, 그 죄○[인]즉 죽으미 가ᄒ고, 위인인즉 앗갑지 《아니리잇가∥아닌 무리라》.ᄯ흔 도라 보건ᄃ 셩쥬(聖主)의 치졍(治政)이 사ᄅ 죽이기의 쾌홀 비 아니오, 인군(仁君)의 덕이 초목곤튱(草木昆蟲)의 밋츨디니, 엇지 반ᄃ시 사ᄅ의 젹은 죄를 흔흔(欣欣)이798) 다ᄉ려 구타여 ᄉ디(死地)의 녀흐리잇ᄀ? 뇨졍 만염 등 뉴칠인【54】은 젹악이 극(極)ᄒ니, 맛당이 젼가(全家)를 멸(滅)ᄒ고, 그 머리를 텬하의 샤(賜)ᄒ샤 태후의 한(恨)을 셜(雪)ᄒ799)시고, 역모의 흄흔 거슬 업시ᄒ미 가(可)커니와, 기여(其餘)ᄂ 혹(或) 셰(勢)를 두려ᄒ고 총(寵)을 ᄉ모ᄒ여 만시의게 츄주(趨走)800)ᄒ나 엇지 그 쇠를 다 동참ᄒ여시리잇ᄀ? 임의 괴슈(魁首)를 버히미 기여ᄂ 뎍거튱군(謫居充軍)이 가ᄒ거ᄂ, 이ᄀ치 졍형○[을] 더으시니, 상의 살벌(殺伐)이 태즁(泰重)ᄒ신가 ᄒᄂ이다. 만귀비의 죄를 샤(赦)하샤 북궁(北宮)의 안치(安置)ᄒ시ᄂ 셩심으로 엇지 왕쥰 등을 죽일 셩심이 계시리잇가? 신은 맛ᄎᄂ 폐하의 인덕(仁德)으로 악당을 감화ᄒ시믈 ᄇ라, 군신이 기리 요슌젹【55】 사ᄅ 되기를 ᄇ라옵ᄂ니, 감이 살싱ᄒ기로ᄡ 국법을 일ᄏ라 폐하를 돕ᄉ지 못홀 소이다."

상이 탄지(歎之) 칭션(稱善) 왈,

"딤이 즉위흔 지 일년이 거의로ᄃ, 만됴졔신(滿朝諸臣)이 주(奏)ᄒᄂ 말이 다 사ᄅ의 죄를 죽이믈 쳥ᄒ더니, 금일 경의 주ᄉ(奏辭)를 드르니 ᄆᄋ○[이] 화평ᄒ여 젼일 과도ᄒ믈 뉘웃ᄂ니, 진실노 션싱은 인인군지(仁仁君子)라. 그 왕좌(王佐)의 직(宰) 되미 맛당흔지라. 딤이 어진 ᄀ라치믈 《드ᄃ여∥ᄡ여801)》 ᄆᄋ믈 경계ᄒ리라."

상셰 돈슈 샤은(謝恩)ᄒ고 이에 칭병ᄉ직(稱病辭職)ᄒ니, 상이 '찰직(察職)ᄒ라' ᄒ시니, 상셰 샤은ᄒ고 믈너나다.

명일 셩【56】디을 ᄂ리와 홍을 즁형ᄒ여 북ᄒ(北海)의 안치(安置)ᄒ시고 왕쥰 등 오륙인을 다 감ᄉ(減死)ᄒ여 졀도의 졍ᄇ(定配)ᄒ라 ᄒ시니, ≤됴졍이 소봉(疏封)○[을] 올녀 《도도ᄃ∥ᄃ토ᄃ》, 상이 불윤ᄒ시다≥802).

뉴상셰 흔ᄀ 홍을 구홀 ᄲᆞᆫ 아녀 실노, 살벌(殺伐)○[을] 아쳐ᄒᄂ 고로 인졍(仁政)을 펴 공도(公道)로ᄡ 왕쥰 등이 살기를 어드니, 졔인이 다 뉴상셔의 ᄃ덕을 《튝텩∥튝텬(祝天)》ᄒᄃ, 홀노 홍이 심즁○[의] 참괴흠과 통한ᄒ믈 먹으며 도로혀 죽지 못ᄒ

---

798) 흔흔(欣欣)이 : 즐거이. 기쁘게. 만족스럽게

799) 셜(雪)ᄒ다 : 씻다. *설한(雪恨)하다 : 한을 씻다.

800) 츄주(趨走) : ①윗사람 앞을 지날 때에 공경하는 뜻으로 허리를 굽히고 빠른 걸음으로 지나감. ②윗 사람의 명령을 좇아 부지런히 움직임.

801) ᄡ다 : 띠다. 용무나, 직책, 사명 따위를 지니다.

802) 됴뎡이 <u>소봉을 올녀 ᄃ토ᄃ,</u> 샹이 불윤ᄒ시다. …(국립도서관본 『뉴효공션힝녹』 亨 권지이:203쪽8-9행, *밑줄·문장부호 교주자)

믈 흐흐니, 틱강 묘칰이 허(虛)흔 틱 도라가 종시 뜻을 일우지 못흐고, 그 형으로 흐여금 만틱의 어진 일홈을 드리워【57】졔 스라남도 졔게느 더욱 무식흐니, 상셔의 영명(英名)이 금슈(錦繡) 우희 《펴믈∥피여나믈》 분(憤)흐미러라.

이날 유시(有司) 됴명(詔命)을 밧드러 각인(各人)을 발졍(發程)흘 시, 홍이 쏘 옥문 밧긔 나가 졀도(絶島)로 향흐니, 친구 간 흔 사롬도 젼별(餞別)흐리 업셔, 스라시믈 통흐니, 뉘 위문흐리오.

다만 그 부인 셩시 냥즈일녀(兩子一女)를 거느려 홈게 발힝흐미, 두 낫 공치 압녕(押領)흐여, 힝시 젼일과 크게 변흐니, 녯날 혁혁흔 지상으로 일셰를 기우리던 위엄이 스라져 심즁의 괴흔(愧恨)흐믈 이긔지 못흐더라.

어시의 뉴상셰 야야를 뫼시고 젼별코즈 흐미, 공이 크게【58】밍셰흐여 다시 보지 아니믈 니르고, 쏘흔 상셔의 가기를 허치 아니니, 상셰 간흐여 엇지 못흐고 믈너느 왈,

"형뎨 닙됴(入朝)흐미 의논이 한가질 듯 흐딕, 화복(禍福)이 붕당(朋黨)을 난화 형이 픽(敗)흐미 아이 텬춍(天寵)을 닙고, 아이 픠흐미 형이 죄의 버셔느니, 비록 이젹(夷狄)의 풍속이라도 이에 지느지 못홀지라. 참아 힝셰 못홀 일이어늘 이졔 홍이 즁죄를 닙어 만니의 안치흐니, 고토(故土)의 도라올 지속(遲速)이[을] ○○[알기] 어려온지라. 혈육이 타향○[의] 난호여 슈죡(手足)이 만니의 버혀느니 사롬이 참지 못홀 비로딕, 오히려 완연흐미 평셕(平昔) ○[ᄀ]흐니, 딕인이 흔 번 영【59】결(永訣)을 아니시니, 셰상의 우리 부즈 ᄀ틋니 업술지라. 니 어닉 면목으로 사롬을 딕흐리오. 인흐여 호곡(號哭)흐믈 그치지 아니니, 공이 크게 뉘웃고 감동흐여 상셔를 불너 위로흐고 젼별(餞別)을 허흐니, 공은 종시 가지 아니흐더라.

상셰 밧비 문밧긔 가 홍을 보니 옥즁의 고초흐미 누빅여일(累百餘日)이오, 즁형을 닙어 몸을 움즈기지 못흐느지라. 화려흔 풍치 쇼삭흐고 관옥(冠玉) ○○[ᄀ흔] 안면이 귀형(鬼形)이 되여시니, 맛춤닉 홍의 불효흔 ᄆ음이 아니면 엇지 형인들 즁형을 닙으며, 졔들 져럿텃 흐리오. 종시 형의 우익로 셔로 보니, 참여[연](慘然)흠【60】과 반가오미 병츌(並出)흐니, 손잡고 오릭도록 말을 못흐다ᄀ 반향(半晌)이나 지느미 계유 니로딕,

"닉 널노 더부러 엇던 사롬고? 몸은 혈육을[이] 느호엿고, 젼[졍(情)]은 텬륜의 즁흐미 이시며, 의(義)느 슈죡(手足)의 용[죵]요론 거슬 겸흐여시니, 무어시 혐의(嫌疑)로며 무어시 뜻 갓지 못흐며, 네 날노 더부러 원(怨)을 믹즈며 흔(恨)을 싸흐미 이 지경의 《잇∥이르럿》느뇨? 이 쏘흔 나의 어지지 못흔 연괴로다. 이졔 만고의 죄인이 되어 졀도의 귀향가미 쏘 다시 손을 잇그러 좌와(坐臥)를 흔가지로 흐여 엄친을 셤기지 못흐고, 병이 들미 외로운 일신이 쳘양(凄涼)흐니, '나로솔 그을니【61】며'803) 슬

---

803)나로솔 그을리며 : 중국 당(唐) 나라 이적(李勣)이 누이의 병구완으로 손수 미음을 쑤다가

흘 듸여 졍을 펼 흔 눗 동싱이 업스니, 이는 다 나의 부명(賦命)804)이 쳔박흐미라."

셜파의 실셩통곡(失性慟哭)흐니, 홍이 그 혈심을 보미 참괴흐여 욕스무디(欲死無地)라. 감이 흔 말도 못흐더니, 상셰 이에 셩시와 딜으룰 추즈보고, 홍다려 왈,

"아이 이제 슈만 니룰 발셥(跋涉)흐며 져믄 녀즈와 어린 아히룰 다려가미 그룻 싱각흐미라. 만일 득달치 못흐미 이신 즉 여러흘 다 그룻흐미 참담흐니, 수수(嫂嫂)는 비록 너룰 조추나 딜으는 이에 머무러 우형(愚兄)을 맛진 즉 흑문과 양흑은 현뎨의 넘녀룰 더으게 아니리라."

흐니, 홍이 탄복흐여 혀오듸,【62】

"오날늘 늬 뭇참늬 뜻을 일우지 못흐고 만듸의 어린 사룸이 되니, 진실노 쾌이 즈결흐여 붓그리뭇[믈] 닛줌만 굿지 못흐도다."

싱각흐미 뉘웃는 뜻은 업스듸, 다만 져의 효우룰 긔특이 녀겨 샤샤(謝辭) 왈,

"쇼뎨의 죄는 터럭을 쎈혀도 남을지니, 남[감]이 젹은 말노뻐 ○[베]프지 못흐거니와 으즈룰 머무르미 쇼뎨 싱환흘 긔약이 업스니, 부지 영결(永訣)이라. 《이젼‖이졍(離情)》이 참담흐나 어린 으히 수토(水土)의 살기 어려오니, 냥즈로뻐 형의게 의탁흐고 녀으룰 다려 가리이다."

상셰 듸희흐여 딜으룰 머무르고 셩시의 졍스룰 참혹히 녀겨【63】은근 위별(慰別)805)흐며, 공치룰 분부흐여 일노(一路)의 진심흐여 뫼셔가믈 당부흐고, 날이 늦즈나 참아 손을 노치 못흐니, 홍이 상셔의 거동○[을] 보고 감동흐여 눈믈을 흘니고 탄식 왈,

" '앙지미괴(仰之彌高)오, 찬지《기션‖미견》(鑽之彌堅)흐며, 텸지지젼(瞻之在前)이러니 홀연지후(忽然在後)로다'806) 흐니, 오날이야 쇼뎨 형의 덕을[에] 밋기807) 어려오믈 알패라. 쇼제 비록 몸이 북희의 이시나 긔과즈칙(改過自責)흐여 몰신(歿身)토록808) 잇지 아니리이다."

상셰 쳥파의 듸희흐여 왈,

"금일 현뎨 손을 눈호미 쳔지(千載)의 영결(永訣)이라. 현뎨의 이 흔 말을 우형이 쎄의 삭여 평싱 영화룰 숨아 구텬소옥(九天所屋)809) 아뤼 이 말【64】노뻐 빙거(憑

수염을 태운 고사, 곧 자죽분수(煮粥焚鬚)를 이르는 말. '형제·남매간의 우애가 두터움'을 비유하여 이르는 말.

804) 부명(賦命) : 하늘로부터 부여받은 수명이나 운명.

805) 위별(慰別) : 이별을 위로함

806) 앙지미괴(仰之彌高)오, 찬지미견(鑽之彌堅)흐며, 텸지지젼(瞻之在前)이러니 홀연지후(忽然在後)로다 : 쳐다볼수록 더욱 높고, 뚫을수록 더욱 견고하며, 바라보매 앞에 있더니 갑자기 다시 뒤에 있도다(仰之彌高 鑽之彌堅 瞻之在前 忽然在後)의 의미. 공자의 제자 안연(顔淵)이 공자의 도가 높고 큼을 감탄하여 이른 말로, 《논어(論語) 자한(子罕)편》에 나온다.

807) 밋다 : 및다. '미치다'의 준말.

808) 몰신(歿身)토록 : 죽을 때까지. *몰신(歿身): 죽음.

809) 구텬소옥(九天所屋) : 하늘에 있는 집. 하늘.

據)ᄒ여 츳즈리라."

셜파(說罷)의 쪼흔 눈물이 흘너 옷기시 져즈니, 좌우 사름이 다 슬허ᄒ고 셩시 감격ᄒ여 실셩뉴체(失性流涕)러라.

텬식이 져믈ᄆᆡ 공치의 직촉이 급흔지라. 일댱 니별을 뭇고 손을 논호ᄆᆡ, 홍의 아들 빅명○[과] 빅경이 부모를[눈] 니별ᄒ여 져럿툿 힁ᄒ고, 져희눈 빅부의게 붓들여 가지 못ᄒ고 일시의 부르지져 우눈지라. 셩시 참아 듯지 못ᄒ여 수리를 멈츄어 냥즈를 다려 가고즈 흔듸, 홍이 쑤지져 왈,

"졀도(絶島)의 가ᄆᆡ 싱환(生還)홀 기리 업고, 젹쇠 무인졀셤(無人絶-)이니 자녀를 가라쳐 셩인(成姻)홀 도리 【65】 업스니 녀ᄋᆞᆫ 관겨치 아니컨이와 냥즈는 쳔금의 즁ᄒᆞᄆᆡ 이시니, 엇지 그 젼졍(前程)을 그르게 ᄒ리오. ᄒᆞ믈며 의탁홀 곳이 나의 원쉬나 본듸 인효(仁孝)ᄒᆞᄆᆡ 《관인∥과인(過人)》ᄒ고 골육을 ᄉᆞ랑ᄒ니, 아비 원(怨)으로 즈식의게 옴기지 아닐지라. 반듯시 무휼(撫恤)ᄒ여 지셩으로 셩인(成姻)홀 거시오, 타일 닙신(立身)ᄒ면 날을 거[건]져ᄂᆡ리니, 엇지 아녀즈의 틱도를 용납ᄒ리오."

셜파의 종즈(從者)를 쑤지져 거댱(車帳)을 미러 ᄂᆡ니, 셩시 다시 말을 못ᄒ고 촌장(寸腸)을 스르더라.

이 ᄡᅵ 상셰 아을 니별ᄒ고 냥딜을 위로ᄒ여 도라올 식, 셩어시 【66】 쪼 니르러 져럿툿 상도(傷悼)ᄒᆞ믈 보고 감복(感服)ᄒᆞ믈 이긔지 못ᄒ더라. 상셰 집의 니르러 빅경 등을 즈가 병소(病所)의 두어, 일시도 쪄나○[지] 아녀 ᄉᆞ랑ᄒ고 ᄀᆞ라치기를 지극히 ᄒ니, 냥이 쪼흔 위로ᄒ여 평안이 지ᄂᆡ더라.

상셰 뎍소의셔 완지 두어 달이로듸, 오히려 병이 눗지 아니코 회푀(懷抱) 즈연 더ᄒ며, 일일은 강잉ᄒ여 듕당(中堂)의 나오니, 벽상의 틱경(大鏡)이 걸녓거늘 눈을 드러 보니, 즈긔 용뫼 수약(瘦弱)ᄒ여 황연(荒然)이 다른 사름이 되엿눈지라. 감흥(感興)ᄒ○[여] 글을 지여 심스를 위로ᄒ더니, 홀연 동지 보(報)ᄒ듸,

"뉴간의와 뎡츄밀이 다 뎍 【67】 소(謫所)로셔 됴셔(詔書)를 밧즈와 문밧긔 와 계시다 ᄒ더이다."

상셰 틱경 왈,

"뉴간의는 도라올시 올컨이와 뎡공은 죽어시니 엇지 싱환홀 니 잇시리오."

언필(言畢)의 뉴공이 니르러 왈,

"오ᄋᆞ는 종졔(從弟)의 환샤(還舍)ᄒᆞ믈 드러눈냐?"

상셰 연망이 마즈 왈,

"히이 앗가 드른 비어니와 다만 뎡공이 길히셔 젹화(賊禍)를 만나○[다] 《녀겻더니∥들엇더니》 싱환ᄒᆞ믈 드르니 크게 고이ᄒ도소이다."

뉴공 왈,

"오이 아지 못ᄒ엿다. 뎡공이 길히셔 도젹을 만나 그 부인과 츳즈를 죽이고 계유 댱○[즈] 뎡션《이∥으로》 도망ᄒ여 숨으니, 촉군 틱쉬 그릇 알고 뎡공즈의 죽엄을

뎡【68】관이라 ᄒ여 모ᄌ를 합댱(合葬)ᄒ엿더니, 오릭지 아니 ᄒ여 뎡공이 그 ᄌ(子)로 더부러 부듕(府中)의 현알(見謁)ᄒ고 실상을 니르니, 디뷔 놀나 댱흔 거슬 고치고, 져의 부ᄌ를 안둔(安屯)ᄒ엿다가, 져젹 홍이 남만(南蠻) 인심을 일허 오랑키 다시 반(叛)ᄒᄆᆡ, 뎡공이 틱슈의게 드러가 군병을 약속ᄒ여 흔 진을 파ᄒ고 글을 지어 교유(敎諭)ᄒ니, 도적이 감동ᄒ여 창궐ᄒ기를 긋치고 귀슌(歸順)ᄒ니, 이졔 셩디(聖旨)를 밧드러 경ᄉ의 오ᄆᆡ, ᄌᄉ 당민이 글을 지어 올녀 이왕(已往) 곡졀을 알외니, 텬지 크게 감동ᄒ샤 승상을 도도와 빅모황월(白旄黃鉞)810)【69】노 마ᄌ라 ᄒ시니, 만됴(滿朝) 감이 ᄶᅥ지지 못ᄒᄂᆞᆫ지라. 너도 맛당이 노부를 좃ᄎ 가 져를 보미 엇더뇨?"

상셰 놀나 왈,

"원닉 기간(其間) ○○[곡졀]이 이러ᄒ도소이다. 슈연(雖然)이나 졔 우리집 슈인(讐人)이 되어시니 엇지 다시 보리잇가?"

공 왈,

"불연(不然)ᄒ다. 닉 당초의 간참(姦讒)을 인ᄒ여 너의 부부를 용납지 아니니, 죄를 텬ᄒᆞ의 어덧ᄂᆞᆫ지라. 엇지 뎡○[공]의 상소를 한ᄒ리오. 이졔 너를 ᄉ랑{ᄒ}ᄒ미[ᄆᆡ] 뎡시《와‖쏘흔》 흔가지라. 맛당이 그 간곳을 ᄎᄌ 너의 거문고 곡됴를 화(和)ᄒ고 가시를 져 뎡공의 문하의 가 쳥죄ᄒ미 나의 ᄯᅳ시니, ᄉ혐(私嫌)을 인ᄒ여【70】져의 환귀(還歸)ᄒᄆᆞᆯ 맛지 아니미 상의를 합디 못ᄒ미라."

상셰 샤례 왈,

"딕인의 셩은○[이] 여ᄎᄒ시니, 뎡녜 무슴 복으로 셩ᄉ(盛事)를 당ᄒ리잇가? ᄒᄆᆞᆯ 며 뎡관이 우리 부ᄌ로 ᄒ여금 킹참(坑塹)의 함닉(陷溺)ᄒ여 만딕 죄인을 민들고 조금도 긔탄ᄒ미 업ᄉ니, 진실노 통흔ᄒ미 흔 하늘을 이디 못홀 원쉬라. 인간의 며느리 닉치기는 덧덧ᄒ고 ᄉ오나온 계집을{을} 지아비 달초(撻楚)ᄒ미 큰 죄 아니어ᄂᆞᆯ 뎡관이[의] 쇼힝이 《인졍‖ᄉ졍(私情)》의 《부격‖분격(憤激)》ᄒ므로 텬하 도당(徒黨)을 다 모화 십슘어ᄉ(十三御史)로 년명(連名)ᄒ기를 쇠ᄒ니, 이는 우리 부ᄌ를 토목(土木)ᄀᆞ치 녀기【71】미라. 엇지 져의 읍두(壓頭)ᄒᄆᆞᆯ 감심ᄒ리잇고? 이졔 기과ᄌ회(改過自悔)811)ᄒ고 육단부형(肉袒負荊)812)ᄒ여 딕인긔 쳥죄ᄒ염즉 ᄒ니, 대인이 엇지 져의 굴ᄒ리잇가? 희이 스스로 쥬의 이셔 뎡관의 고산(高山) ᄀᆞᄐᆞᆫ 《간의‖강긔(剛氣)》을 것질너 일셰를 부시(俯視)813)ᄒ던 교긔(嬌氣) ᄉ라지고 감이 다시 시비(是非)치 못ᄒ게 ᄒ리니, 대인은 셩녀(聖慮)를 더으지 말으쇼셔."

---

810)빅모황월(白旄黃鉞) : 털이 긴 쇠꼬리를 매단 기(旗)와 황금으로 장식한 도끼로 대원수의 권위를 상징한다.

811)기과ᄌ회(改過自悔) : 자신의 잘못을 고치고 이를 뉘우침

812)육단부형(肉袒負荊) : 윗옷의 한쪽을 벗고, 등에 가시나무 형장(刑杖)을 지고 가 사죄함. 곧 지고 간 형장으로 매를 맞아 사죄하겠다는 뜻을 나타내는 말.

813)부시(俯視) : 높은 곳에서 내려다봄. 늑부관(俯觀)·부감(俯瞰).

공이 티회 왈,

"오이 이럿툿 ᄒ니 오직 뎡공 보기를 긋치고 죵뎨(從弟)를 가 보미 올토다."

상셰 명을 바다 공과 ᄒᆞ가지로 뉴간의를 마ᄌ 별후 소식을 니르미, 뉴간의 상셔의 환귀홈과 홍의 귀향가믈 듯○[고] 크게 【72】 깃거, 뉴공을 티ᄒ여 씌다ᄅᆞ믈 만만(萬萬) 칭하(稱賀)ᄒ더라.

이젹의 뎡공이 뎍힝(謫行)의 젼기(全家) 흠몰ᄒ고 오직 댱ᄌ 션으로 더부러 계유 망명(亡命)ᄒ여 월여(月餘)의 쵹군 퇴슈를 보니, 퇴슈 티경ᄒ여 부인과 공ᄌ의 시쳬를 고쳐 안장ᄒ고 《향쳐∥하쳐(下處)》를 졍ᄒ여 지극(至極)○[히] 경티(敬待)ᄒ니, 공이 환란 즁 위로《ᄒ여∥를 얻어》 셰월을 보ᄂ더니, 신군(新君)이 즉위ᄒ시미 샤명(赦命)을 밧드러 고국의 도라올 ᄉᆡ, 븕은 수릭와 네 ᄆᆞᆯ이 몸을 편이 ᄒ고, 븩모황월(白旄黃鉞)노 광치를 동(動)ᄒ니, 작위 임의 태각(台閣)814)의 잇ᄂ지라. 인관부현(隣關府縣)815)과 쇼과군현(所過郡縣)816)이 힝장(行裝)을 ᄀᆞ초와 영졉 【73】 ᄒ니, 공이 공ᄌ를 분부 왈,

"이 시졀이[의] 네 모친과 아의 히골을 ○○○○[슈습ᄒ여] 향니의 도라갈 거시니, 나ᄂ 군명(君命)을 지류(遲留)치 못ᄒᄂ니, 네 맛당이 발인(發靷)817)ᄒ여 뒤흘 조ᄎ라."

공ᄌ 수명(受命)ᄒ여 두 상구(喪柩)를 븟드러 북경(北京)의 도라와 션산의 《도라가니∥장(葬)ᄒ니》, 부ᄌ(父子) 슬픈 가온티 유흔(遺恨)이 업ᄉ티, 다만 분심갈망(奮心渴望)818)ᄒ여 일야(日夜) 쇼식을 아지 못ᄒ고 초조(焦燥)ᄒᄂ 바ᄂ, 녀이 ᄒ번 나간 후 쇼식이 묘연(杳然)ᄒ고 죵젹(蹤迹)을 알기리 업ᄉ니, 공이 일노 더욱 비통ᄒ여 벼ᄉ릐 ᄯᆞᆺ이 업ᄉ티, 신상(身上)의 즁작(重爵)이 이시니, 감이 지완(遲緩)치 못홀지라.

궐하의 【74】 니르러 샤은(謝恩)ᄒᆞᆫ 티, 상이 밧비 블너 보실 ᄉᆡ, 군신이 다 눈물을 흘녀 붕텬지통(崩天之痛)819)을 슬허ᄒ더라. 파됴(罷朝)ᄒ여 집의 도라오니, 물식(物色)은 완연ᄒ티 ○○[인ᄉ(人事)] 크게 변ᄒ엿ᄂ지라. 부ᄌ 상티ᄒ여 비창(悲愴)ᄒᆞ믈 이긔지 못ᄒ더라.

공이 상소ᄒ여 두어 달 말믜○[를] ᄒ[엿]고, 병을 됴리ᄒ며 뉴졍경의 ᄶᆞ《람다∥다람》과 뉴연의 도라오믈 듯고 더욱 녀ᄋ을 싱각ᄒ여 친이 일복(一幅) 쵹(蜀)깁820)의

---

814)태각(台閣) : =황각(黃閣). ①의졍부(議政府)를 달리 이르는 말. ②의정부의 영의정과 좌의정 우의정을 함께 이르는 말.

815)인관부현(隣關府縣) : 인근의 지방관청인 관(關)과 부(府)와 현(縣)을 함께 이른 말

816)소과군현(所過郡縣) : 지나는 길에 있는 지방관청인 군(郡)과 현(縣)을 함께 이른 말.

817)발인(發靷) : 장례를 지내러 가기 위하여 상여 따위가 집에서 떠남. 또는 그런 절차.

818)분심갈망(奮心渴望) : 온 힘을 다해 이루려는 마음과 간절한 바람.

819)붕텬지통(崩天之痛) : 하늘이 무너지는 슬픔이라는 뜻으로, 아버지가 돌아가신 슬픔을 이르는 말. 여기서는 임금을 죽음을 슬퍼하는 말로 쓰였다.

820)쵹(蜀)깁 : 쵹(蜀)나라의 비단.

뎡시 얼골을 그려 팀방(寢房)의 부치고 좌와(坐臥)의 반기더니, 일일○[은] 어스티우 박상귀 니르러 그림을 보고 연고를 무른뒤 공이 참연(慘然) 왈,

"노뷔 일을 그룻ᄒ여 녀○○[ᄋ를]【75】일흐믈오부터 《죵풍ᄎ경∥포풍착영(捕風捉影)821)》 ᄀ튀여 죵젹(蹤迹)이 업스니, 쇠경(衰境)822)의 더욱 상도(傷悼)ᄒᄂ 빅라. 그림으롭셔 제 얼골을 그려 가탁(假託)ᄒ여 좌와의 두어시니 녕딜(令姪)823)은 고이히 녀기지 말나."

상귀 놀나 왈,

"쇼졔(小姐) 아니 ᄌ슌의 부인이시잇가?"

승상 왈,

"졍이 올흐니, 젼일 시노(侍奴)를 양쥬의 보뉘여 현딜(賢姪)의게 방문(榜文)824)ᄒ믈 ᄇ라더니, 그 후 ᄯᄒ 시뇌 도라오지 아니니 길히셔 죽은가 ᄒ노라."

상귀 피좌(避座)825) 디왈,

"상공아 텬하의 이런 고이ᄒ 일이 잇ᄂ잇ᄀ? 소딜이 녕슉(令叔)의 명을 바다 뎡부인 계신 곳을 두로 보아 맛참 양쥬 긱【76】뎜(客店)의 뉘리ᄒ미 잇고, ᄯ ᄌ슌이 귀향갈 졔(際) 역녀(逆旅)의셔 셔로 만나 의탁ᄒ믈 니르니, 듯지 아닐 ᄲᆫ 아니라 쥰졀(峻節)이 ᄎᆰ(責)ᄒ여 진퇴(進退) 낭픠(狼狽)홀 졔, 쇼딜과 녕슉의 시노를 만나 다힝ᄒ여 ᄒ뒤, 도로의 득달홀 기리 업셔 션범(船帆)을 ᄀ초와 슈로(水路)로 힝ᄒ게 ᄒ니, 모년월일의 발셥(跋涉)ᄒ신 양(樣)을 쇼딜이 강두(江頭)의 가 젼숑(餞送)ᄒ고 그 시비 난향○[과] 시노 텬경이 다 좃ᄎ니 블과 십여일의 득달홀 쥴 혜아리고 도라왓더니, 오릭 아니ᄒ여셔 쇼딜이 논힉(論劾)을 만나 죽을 곳의 ᄲᆫ졋다가 계유 ᄉ라나 본향의 도라오니, 밋쳐【77】션인의 회보을 듯지 못ᄒ여시나, 혜아리기를 뎡부인이 상공을 만나 이에 모다 계신가 ᄒ엿더니, 이 말ᄉᆷ을 드로니 크게 고이ᄒ도소이다."

승상과 공지 디경ᄒ여 왈,

"이 ᄀ튼면 벅벅이826)팀몰ᄒ엿도다."

≤이에 ○○○○○○○[젼후슈말(前後首末)을 ᄌ시] 드로믹 죽으미 의심 업슨 쥴 알아, 부지 일댱을 통곡ᄒ고≥827), 상규의게 사례(謝禮) 왈,

---

821)포풍착영(捕風捉影) : 바람을 잡고 그림자를 붙든다는 뜻으로, 믿음직하지 않고 허황한 언행을 이르는 말.

822)쇠경(衰境) : 늙어 버린 지경. 늑늙바탕·늘판·만경(晚境)·모경(暮境).

823)녕딜(令姪) : =현질(賢姪)·함씨(咸氏)·조카님. 남의 조카를 높여 이르는 말.

824)방문(榜文) : 어떤 일을 널리 알리기 위하여 사람들이 다니는 길거리나 많이 모이는 곳에 써 붙이는 글. 늑방(榜).

825)피좌(避座) : =피석(避席). 공경의 뜻을 나타내기 위하여 웃어른을 모시던 자리에서 일어남.

826)벅벅이 : 반드시, 틀림없이

827)이에 <u>젼후슈말을 ᄌ시 드르니 죽으미 의심 업슨 쥴 아라, 부지 일댱을 통곡ᄒ고,</u> …(국립 도서관본 『뉴효공선힝녹』 후<권지이>:223쪽5-8행, *밑줄·문장부호 교주자)

"녕질이 신긔이 츠즈 노부의 부탁을 잇지 아냣거늘 노뷔 앙홰(殃禍) 즈녀의게 밋쳐 창파(蒼波)의 녀ᄋ롤 마츠 상실(喪失)ᄒ니, 즈작지얼(自作之孼)이라. 그 누를 흔(恨)ᄒ리오."

상귀 공의 통상(痛傷)ᄒ믈 보고 ᄯᅩ흔 비창(悲愴)ᄒ여 지삼 위로ᄒ고 도라【78】오다가, 길히셔 무수흔 젹당(賊黨)을 미여 상부로 오거늘 의심ᄒ여 무르니, 치인이 공문을 올니거늘 쎠혀보니, '양쥬즈ᄉ 최현이 션유(船遊)ᄒ다가 슈젹(水賊)의 겁칙(劫勅)828)ᄒ믈 만나, 계유 포도군관(捕盜軍官)을 츄숑(追送)ᄒ여 젹당을 잡아 져쥬미, 이 본딕 젼님즈ᄉ(前任刺史) 박상귀 태ᄉ합하(太師閤下)의 공즈(公子)를 호숑(護送)홀시, 사공 십여인과 다만 뎡공지 만니(萬里) 슈로(水路)의 갈기리 업셔 이에 슈젹이 되여 낭탁(囊橐)을 어더 쵹(蜀)으로 가고즈 ᄒ미라.' ᄒ니, 죄상이 등흔(等閑)치 아니나, 뎡공지 오히려 젹당이 되여시니 심이 난쳐흔 고로, 감이 본쥐(本州) 쳐단치 못ᄒ여 아오【79】로 상부(相府)로 보닉여 명박[빅](明白)히 발각ᄒ시계 ᄒ여시니, 상귀 보기를 맛고 딕경ᄒ여 급히 문셔롤 가져 뎡부의 니르러 승상을 보고 수말(首末)을 니르니, 승상이 심황낙담(心慌落膽)829)ᄒ여 공즈를 불너 굴ᄋ듸,

"양쥬 수젹(水賊)의[이] 여츠ᄒ니 네 맛당이 나ᄋ가 뎡공지라 ᄒᄂᆫ 놈을 잡아드려 그 거동을 보라."

공지 슈명ᄒ고 나ᄋ가 젹뉴를 미여 당하의 니르니. 박상귀 뒤히 잇다가 놀라 왈,

"형의 시뇌(侍奴) 텬경이 져 뉴(類)의 잇다."

ᄒ더라.【80】

---

828)겁칙(劫勅) : 겁박(劫迫)하여 타이름.
829)심황낙담(心慌落膽) : 너무 놀라서 마음이 당황하여 허둥지둥함.

뉴효공션힝녹 권지칠

차셜, ≤젹뉴(賊類)룰 미야 □□[당ᄒ]의 니르니 박상□[귀] 뒤히 잇다ᄀ 놀나 왈,

"형의 □[시]노 텬경이 져 뉴의 잇다."

ᄒ니, 공이 보니 과연 젹의 괴슈룰 미야 □[쓸]닌 □[딗] 텬경이라. 《불승착악‖불승차악(不勝嗟愕)830)》ᄒ여 밧비 무러 왈,

"□□□[네 엇지] 이의 니르러시며 쇼져ᄂᆞᆫ 어딗 잇ᄂᆞ뇨?"

텬□□□[경이 졔젹(諸賊)]의 핍박ᄒᆞ믈 닙어 도젹이 되고 ᄌᆞ연 □□[ᄒᆞ 뉘] 되어 무○[법](無法)ᄒᆞᆫ 일을 ᄒᆞ□□[더니], 양쥬셔 잡히미 도□□[로혀] 뎡공진 쳬□□[ᄒᆞ야], 일시 쟈셰(藉勢)831)로 ᄉᆞ죄룰 면코ᄌᆞ ᄒᆞ다가 싱각○[지] 아닌 최□[현]이 상부□[로] 잡아 □□[보내]【1】믈 닙어 뎡공ᄌᆞ와 당면(當面)ᄒᆞᆷᄋᆞᆯ 보니, 홀일업셔 부복(俯伏) 쳬읍(涕泣)ᄒᆞ여 《졈후‖젼후》 슈□[믈](前後首末)을 ᄀᆞᆫᄀᆞ기히 직초(直招)ᄒᆞ니, 공ᄌᆞ 크게 분(憤)히ᄒᆞ여 밧비 승□[상]긔 주ᄒᆞ니, □[승]상이 딗로ᄒᆞ여 친히 텬경과 졔젹을 져주어 쇼져의 간 곳을 무르니, ᄒᆞᆫ갈ᄀᆞᆺ치 됴쥬 □[안]상□[현] 언덕의 ᄇᆞ리고 ᄀᆞᆺ노라 ᄒᆞ니, 승상이 일변 양□□□[쥬ᄌᆞᄉᆞ]의○[게] 문셔룰 회보ᄒᆞ고 졔젹을 옥의 ᄂᆞ리와 □□[가도]니, 공ᄌᆞ 나ᄋᆞ가 갈오딗,

"텬경의 말을 드르니 비록 ᄎᆔ신치 못ᄒᆞ나 ᄯᅩᄒᆞᆫ 싱○[각]건딗 쇼미 죽지 아녀실 듯ᄒᆞ고, 그 ᄶᅥ □[ᄌᆞ]슈이 덕□□[소의] 이실 ᄶᅥ□□[니 누]의 혹【2】ᄌᆞ슈을 ᄎᆞ□[ᄌᆞ]실 법□□□[ᄒᆞ나니], 아모커나 박형으로 ᄒᆞ여금 ᄌᆞ슈을 보아 여ᄎᆞ여ᄎᆞ 일너 그 긔식을 보미 엇더ᄒᆞ리잇고?"

승상이 씌다라 왈,

"닉 아희 쇼견이 최션ᄒᆞ니 쳥컨딗 녕딜은 ᄌᆞ슈을 □[보]와 쇼□[녀]의 참난(慘難)을 젼ᄒᆞ여 벅벅이 히즁(海中)의 죽어□□□□[시리니 넉]슬 불너 뉴가의 머무러 망녕(亡靈)의 무쥬고혼(無主孤魂)□□□[니 되지] 아니믈 《미바다‖믹바다》 보라. 졔 만닐 쇼녀의 간딗룰 알미 이시면, 닉 뉘웃치믈 보미 소식을 젼홀 듯ᄒᆞ고, 비록 아지 못ᄒᆞ□[여]도 져의 부ᄌᆞ로 인ᄒᆞ여 나의 쳔금 여ᄋᆞ의 일싱을 맛ᄎᆞ니, 엇지 져희로 ᄒᆞ여【3】

---

830)불승차악(不勝嗟愕) : 깜짝 놀람. 놀라움을 이기지 못함.
831)쟈셰(藉勢) : 어떤 권력이나 세력 또는 특수한 조건을 믿고 세도를 부림.

금 안연(晏然)이 이셔 복제(服制)를 굿쵸게 아니리오. 흐믈며 뉴뇌 씨다라시니, 즈슌이 부즈지도(父子之道)를 힝혼 즉 쇼녜 무슴 죄 이셔 셰상에 용납지 아니며, 더옥 즈슌의 인즈흐미 싸녀! 그대 맛당○[이] 뎌 부즈를 보고 ○[닉] 말노뻐 젼흐여 뉴노의 불측 혼 거동과 뉴싱의 긔식을 살펴오라."

상귀 삼가 왈,

"노션싱의 □□□□[명을 바다] 즈슌을 츠즈 무러 보리니, 뉘기 역시 인졍□□[이릭] 엇지 《녀ᄋ∥녕아》의 싱스를≥832) 아라신 즉 긔휘흐미 이시리잇가?"

드듸여 하직고 ᄇ로 뉴가의 니르러 상셔를 볼 시, 상셰 신병(身病)이 오히려 미츠 (未差)흐여 단의(單衣)833) 침건(寢巾)834)으로 우히【4】흰 이불을 두루고 니러 안즈, '박싱의 츠즈를 감샤흐여라' 일굿거늘, 싱이 웃고 왈,

"뉴형을 오릭 보지 못흐엿다가 만느니 그 스이 노망(老妄)흐여 인식(人士)835) 변흐 엿도다. 디긔(知己) 졍분(情分)으로 뻐 일업순 즉 셔로 츠즈미 무어시 고이흐리오."

상셰 화연(和然)이 잠소(潛笑)□□□[흐더라].

이젹의 박티위 상셔의 신식(神色)을 술피니 얼굴□[의] 잠간 혈긔 잇고 봉안(鳳眼) 의 몱은 빗치 다시 젼일과 굿치 영요(榮耀)흐니, 그 작인(作人)의 구드믈 신긔{이}히 녀기며, 뎡공의 슬허흐□[던] 경식(景色)을 싱각흐여 현연(顯然)이 눗빗치 다르니 가이

832)젹뉴를 미혀 당흐의 니르니, 샹귀 뒤히 잇다가 문득 놀나 왈, "뎡형의 싯노 쳔경이 져 뉴 의 잇다" 흐거늘, 공지 보니, 과연 젹의 괴슈를 미여 쓸닌 딕, 쳔경이라. 차악흐야 밧비 문 왈, "네 엇디 이에 니르러시며, 쇼져는 어딕 잇느뇨?" 쳔경이 졔젹의 핍박흐믈 닙어 도젹이 된 후는 즈연 흔 뉘 되니, 못홀 일을 흐더니, 양줘셔 잡혀 도로혀 뎡공진 쳬흐야, 일시 쟈셰 로 스죄를 면고져 흐다가, 싱각디 아닌 초현이 잡아 보내믈 닙어 뎡공주의 당면흐믈 보니, 홀 일 업서 복지쳬읍흐야 뎐후슈말을 딕초흐니, 공지 크게 분흐야 승샹쯰 밧비 고흐니, 승샹 이 대로흐야 친히 아역을 불너 쳔경과 졔젹을 아오로 엄히 져주어 쇼져의 간 곳을 무르니, 흔굴굿치 됴줘 안샹현 언덕의 ᄇ리다 흐니, 승샹이 일변으로 양줘즈스의게 문셔를 회보흐고, 졔젹을 ᄂ리와 가도고, 공지 나아가 갈오딕, "쳔경의 말은 비록 취신티 못흐나, 미데 죽디 아냐실 듯흐고, 기시 즈슌이 뎍소의 이신 젹이니, 혹 누의 즈슌을 조츠 갈 법도 이시니, 아 모커나 박형으로 흐여곰 즈슌을 보고 여츠여츠 일너 그 긔식을 보미 엇더흐니잇고?" 공이 씨드라 왈, "내 아히 소견이 여츠흐니, 쳥컨딕 녕딜은 즈슌을 보아 쇼녀의 참난을 뎐흐야, '히등의 죽으미 벅벅흐니, 넉슬 불너 뉴가의 머므러 망녕이 무듀고혼이 되기를 면케 흐라.' 믹바다, 졔 만일 쇼녀의 간 곳을 아르미 이시면, 내 뉘웃츠믈 본 즉 쇼식을 통홀 듯흐고, 비 록 아디 못흐야도 져히 부즈로 흐야곰 엇디 완연이 이셔 복데도 아니케 흐리오. 흐믈며 뉴 뇌 긔드라 즈슌이 부즈지도를 힝흐니, 쇼녜 홀노 무슴 죄 이셔 용납디 아니며, 흐믈며 즈슌 뿐 아냐, 그대 맛당이 뎌 부즈를 보고 내 말노 뎐흐야 흉노의 불측흔 거동과 즈슌의 거동을 아라 슬펴오라." 상귀 답 왈, "삼가 명을 드러 즈슌 부즈를 츠자 보리니, 뉘개 인졍이니 엇 지 녕ᄋ의 싱스를…(국립도서관본 『뉴효공션힝녹』 亨<권지이>:225쪽7행-228쪽7행, *밑줄 ·문장부호 교주자)

833)단의(單衣) : 홑옷.
834)침건(寢巾) : 상투를 튼 사람이 잠잘 때에 고를 지은 머리카락이 흘러내리지 않도록, 헝겊 이나 말총 따위로 만들어, 머리에 쓰던 물건을 통틀어 이르던 말.
835)인식(人士) : (예스러운 표현으로) '사람'을 낮잡아 이르는 말

동긔군지(同氣君子)836)러라.

상셰 소왈,

"인형(仁兄)【5】이 소뎨롤 노망ᄒ다 웃거니와 형이 엇지 사ᄅᆞᆷ의 긔식을 ○[심]찰(審察)ᄒ야 군ᄌ의 거동이 젹으뇨? 아지 못게라. 쇼뎨 신상의 무슴 맛당치 아니미 잇ᄂᆞ냐?"

상귀 소왈,

"형이 듕병지여(重病之餘)의 오히려 녯날 총명이 감치 아냐도다. 쇼뎨 긔식이 다ᄅᆞᆫ 일이 아냐 형이 져 ᄀᆞ튼 풍신(風神)으로 인뉸(人倫)의 낙ᄉᆞ(樂事)롤 아지 못ᄒ고 맛춤ᄂᆡ 금현(琴絃)837)이 단졀(斷絶)ᄒ니, 위ᄒ여 슬프지 아니리오."

상셰 놀나 연고롤 무ᄅᆞ니, 상귀 좌롤 나호여 뎡시 ᄉᆞ연을 일댱(一場) 셜화ᄒ고 조초 뎡공의 상히 ᄒ던 졍회○○[와 그] 녕혼(靈魂)을 도라보닐 소회(所懷)롤 ᄀᆞ졀이 젼ᄒ니, 뉴상셰 덕쇼【6】롤 쩌날 젹 창두롤 보닉여 부인 평부(平否)롤 아랏고 경ᄉᆞ의 니ᄅᆞ러ᄂᆞᆫ 부친긔 고치 못ᄒ여 《긔루∥지류(遲留)》ᄒ나, 본심은 뎡부의 통ᄒ여 춫고ᄌ ᄒ뒤 일이 미쳐 결을838)치 못ᄒ엿더니, 홀연이 말을 드ᄅᆞ미, 도로혀 뎡공의 쳐ᄉᆞ롤 증흔(憎恨)ᄒ여 화긔 ᄉᆞ라지고 분연(憤然)ᄒᆞᆫ 긔운이 니러나니, 안식이 변치 아녀 왈,

"박형이 졍관과 통가지의(通家之義)839) 이시미 인졍(人情ᄋ)의 츄연(惆然)ᄒ미 이 ᄀᆞ도다. ≤쇼졔ᄂᆞᆫ 싱각컨뒤 《텬죄∥텬되(天道)》 소소(昭昭)ᄒ시믈 신긔(神奇)이 너기ᄂᆞ니, 뎡공이 닙신(立身) 《힝거∥힝지(行止)840)》ᄒ미, 쳥탁(淸濁)이 무소실(無所失)841)이나, 심쳔(心泉)이 협조(狹躁)ᄒ고 ᄌ부(自負)ᄒ미 무인(無人)ᄒ니, 그 ᄌ식의 허물○[을] 아지 못ᄒ고 도【7】로혀 우리 대인과 아으[오]로써 뉸상(倫常)의 망극○[한] 말을 지어 모함ᄒ니≥842), 참아 군ᄌ의 홀 빗 아니라. 엇지 도로혀 나의 부뎨(父弟)롤 시비ᄒᆞᆯ니 이시리오. 스스로 물망(物望)과 작위(爵位)롤 비러 용납지 못ᄒᆞᆯ 죄롤 ᄭᅮ미고, 오히려 미진(未盡)ᄒ여 ᄯᅡᆯ을 긔가(改嫁)코ᄌ ᄒ니, 형은 싱각ᄒ여보라. 쇼뎨 감이 므ᄋᆞᆷ이 안한(安閑)ᄒ여 호발(毫髮)이나 감동ᄒᆞᆯ 조각이 이실소냐? 이제 뎡녀의 죽으믈 드ᄅᆞ니 몸이 최마(衰麻)843)의 잇지 아닌 즉 병이 골슈(骨髓)의 이시나 하상(賀觴)을 ᄌ작

<hr/>

836)동긔군지(同氣君子) : 동기상구(同氣相求)의 군자. 곧 같은 의기(義氣)를 가진 사람끼리 서로 찾는 어진 선비를 이른 말.

837)금현(琴絃) : 거문고의 줄. 여기서는 '부부의 인연'을 비유적으로 일컬은 말이다.

838)결을 : 겨를. 틈. 어떤 일을 하다가 생각 따위를 다른 데로 돌릴 수 있는 시간적인 여유. * 결을하다: 틈을 내다. 시간을 내다.

839)통가지의(通家之義) : 인척(姻戚)의 의리.

840)힝지(行止) : =행동거지(行動擧止). 몸을 움직여 하는 모든 행위.

841)무소실(無所失) : 허물할 바가 없음.

842)쇼뎨는 싱각건뒤, <u>텬되</u> 쇼쇼ᄒ시믈 신긔이 넉이ᄂᆞ니 뎡관이 입신 <u>힝지ᄒᆞᆷ</u> 쳥탁을 무소실이나, 심쳔이 협소ᄒ고 ᄌ부ᄒᆞ미 무인ᄒ니, 스스로 ᄌ식의 <u>허물을</u> 모ᄅᆞ고 도로혀 대인과 <u>아오</u>로써 뉸상의 <u>망극ᄒᆞᆫ</u> 말을 지어 모함ᄒ니, …(국립도서관본 『뉴효공션힝녹』 亨<권지이>:231쪽3-9행, *밑줄·문장부호 교주자)

(自酌)ᄒ여 무음의 깃분 거슬 쾌이 ᄒ고ᄌ ᄒ느니, 어늬 결을의 녕위(靈位)를 비셜ᄒ여 《신위‖신의(信義)》를 펴리오. 정공이 방[반]계곡경(盤溪曲徑)844)【8】의 고약ᄒᆫ 거죄(擧措) 긋지 아니타가, 도즁의 쳐ᄌ(妻子)를 참ᄉ(慘死)ᄒ고, 집의 도라오미 일녀의 흉부(凶訃)를 맛춤닉 듯고 시신을 ᄎ지 못ᄒ고, 빅슈(白首)의 눈물 흘니ᄂᆞᆫ 《고옹‖노옹(老翁)》되기를 면치 못ᄒ니, 이ᄂᆞᆫ 나의 크게 쾌이 여기ᄂᆞᆫ 비니, 형은 쇼데 말노뻐 져의게 젼ᄒ여, '십삼어ᄉ(十三御史)를 다시 쳥ᄒ여 우리 부ᄌ를 함(陷)ᄒᄂᆞᆫ 쏘ᄒᆫ 한(恨)치 아니리라' ○○[ᄒ라]."

셜파의 긔식(氣色)이 십분 엄졀(嚴絶)ᄒ고 미우(眉宇)의 노식이 발연(勃然) 표동(飄動)ᄒ니, 박싱이 무류(無聊)ᄒ야 니러 ᄒ직 왈,

"쇼졔 십년 교도를 크게 뉘웃ᄂᆞ니, 금일 션싱의 말이 참아 인쟈(人子)의 일이 아니니, 쇼뎨 감이 돗글 ᄒᆞᆫ가지로 ᄒ야 형뎨로【9】 칭치 못ᄒ리니, 션싱은 당돌ᄒ믈 고이히 녀기지 말나."

상셰 박싱의 언연(偃然)이 졀교(絶交)ᄒᄆᆞᆯ 드르나 호발도 움작일 ᄯᅳᆺ이 업셔 소건(素巾)845)을 슈기고 그윽이 우ᄉ니, 박틱위 그 ᄯᅳᆺ을 싱각지 못ᄒ고 나오다가 싱각ᄒᄃᆡ,

"뉴뇌(劉老)846) 뎡공을 졀치(切齒)ᄒᄆᆡ ᄌ슌이 부명을 바다 이럿툿 ᄒᄂᆞᆫ또다."

하고,

"닉 맛당이 뉴노를 보아 친찰(親察)ᄒ리라."

ᄒ고, ᄇᆞ로 닉셔헌(內書軒)의 니르러 뉴공을 보니, 공이 흔연(欣然)이 관딕(款待)ᄒ거늘, 상귀 나ᄋᆞ가 고왈,

"소싱이 ᄒᆞᆫ 사름의 부탁을 인ᄒ여 삼가 노션싱긔 취품(就稟)ᄒᄂᆞ니, 아지못게라! 구버 《슌종‖윤종(允從)》ᄒ리잇가?"

공이 슈【10】렴(收斂)ᄒ여 왈,

"션싱은 당셰 명ᄉ(名士)라. 말이 발ᄒᆫ즉 셩현법도(聖賢法度)의 상칭(相稱)ᄒ니 노부의 심익(心愛)ᄒᄂᆞᆫ 비라. 엇지 그 말의 빗츨 업시ᄒ리오."

상귀 칭샤ᄒ고 왈,

"이 일댱(一場)847) 다른 사름의 연괴(緣故) 아니라. ᄌ슌의 부인이 존문(尊門)의 득죄ᄒ여 도라간 후, 뎡공이 거두○[어] 기가(改嫁)《ᄒᆞᆯ‖시킬》 ᄯᅳᆺ이 잇거늘, 슈졀(守

843)최마(衰麻) : 부모, 증조부모, 고조부모의 상중에 아들이 입는 상복인 베옷.

844)반계곡경(盤溪曲徑) : 서려 있는 계곡과 구불구불한 길이라는 뜻으로, 일을 순서대로 정당하게 하지 아니하고 그릇된 수단을 써서 억지로 함을 이르는 말.

845)소건(素巾) : 하얀 헝겊으로 만든 두건.

846)뉴뇌(劉老) : 작중인물 유정경을 지칭한 말. 성씨를 '劉'씨로 표기한 것은 유정경이 역사인물 명나라 개국공신 유기(劉基)의 후손으로 설정되어 있기 때문이다. 따라서 이 책의 대본(臺本)인 규장각본의 한자 표제 또한 「劉孝公善行錄」으로 수정되어야 하며, 대교본(對校本)으로 활용된 '나손본 필사본고소설자료총서' 제41권 209-342쪽에 수록된 이본의 한자표제 또한 「劉孝公善行錄」으로 수정되어야 한다.

847)일댱(一場) : =일장설화(一場說話). 한바탕의 이야기.

節) 도쥬(逃走)ᄒ여 양쥬 ᄯᅴ히 《오유∥우유(迂遊)》 ᄒ기로, 쇼싱이 그 《ᄯᅵ∥ᄯᅵ》 양쥬셔 계유 ᄎᄌ 뎡공의 덕쇼로 보닌 후, 도뢰(道路) 졀원(絶遠)ᄒ여 회보(回報)ᄅᆞᆯ 듯지 못ᄒ니, 미양 싱각기ᄅᆞᆯ 져의 부녜 서로 만나시므로 아랏더니, 뎡상국을 서로 보미 종젹(蹤迹)이 업ᄂᆞᆫ지라. 【11】반다시 풍낭(風浪)의 침몰ᄒᆞ엿시니, 뎡부인의 젼과(前過)ᄂᆞᆫ 방외인(方外人)이 감이 말ᄒᆞᆯ 비 아니어니와, 그 졀의(節義)즉 가히 쳥ᄉᆞ(靑史)의 드리워 민멸치 아냠즉 ᄒᆞ니, 노(老) 션싱이 만닐 덕을 드리워 그 졀ᄉᆞᄒᆞ믈 어엿비 너기실진ᄃᆡ, ᄌᆞ슌을 명ᄒ야 복졔(服制)ᄅᆞᆯ ᄀᆞᆺ초셤즉 ᄒ고, ᄯᅩ 졀부(節婦)의 녕혼으로 ᄒᆞ여금 ᄌᆞ가(自家)의 도라오미 잇게 ᄒᆞ시면, 구텬(九泉)848)의 망녕(亡靈)이 ᄯᅩᄒᆞᆫ 늣거오며 외로오미 업슬 거시〇[오], ᄌᆞ슌과 노션싱이 크게 인덕(仁德)이 흐르실지라. 승상이 부ᄌᆞ(父子)의 통박(痛迫)ᄒᆞ므로써 망녕(亡靈)의 ᄯᅳᆺ을 니루고ᄌᆞ ᄒᆞ야 지삼 젼과(前過)ᄅᆞᆯ 뉘웃고 간졀ᄒᆞ믈 일위여 쇼【12】싱으로 통ᄒ라 ᄒᆞᆯᄉᆡ, 져 ᄌᆞ슌의게 고ᄒᆞ니 흔ᄎᆞ 듯지 아닐 ᄲᅮᆫ 아니라, 《하마∥ᄎᆞ마》 인졍(人情)의 못ᄒᆞᆯ 말노써 여ᄎᆞᄒᆞ니 아지못게라!849) 노션싱 존의(尊意)ᄂᆞᆫ 엇더ᄒᆞ신잇ᄀᆞ?"

뉴공이 슉{시}이좌(肅而坐)의 참연(慘然) 유쳬(流涕) 왈,

"노뷔 당년(當年)의 불인불화지인(不仁不和之人)850)으로 비로쇼 죄ᄅᆞᆯ 텬하(天下)의 어드니, 도금(到今)ᄒ여 싱각ᄒ니, 늣 둘 곳이 업ᄂᆞᆫ지라. 뎡가의 며ᄂᆞ리 슉덕명힝(淑德明行)851)이 당셰 녀ᄉᆡ(女士)852)여늘, 감참(姦讒)을 혹(酷)히 드러 참혹히 구박(驅迫)ᄒᆞ니, 뎡공의 노ᄒᆞᄆᆞᆯ 엇지 고이히 너기리오. 소즁(疏中) 언ᄉᆞ(言辭) 노부ᄅᆞᆯ 모함ᄒᆞ미 감[강]상죄인(綱常罪人)853)으로 미뤄니, 노부ᄂᆞᆫ ᄌᆞ작지얼(自作之孽)854)이라. ᄡᅵ다란【13】후ᄂᆞᆫ 됴금도 흔치 아니되, ≤돈ᄋᆡ(豚兒)855) 스스로 불공딕텬지슈(不共戴天之讎)856)로 졍심(定心)ᄒᆞ미, 〇〇〇〇[일즉 말이]뎡시의게 밋츤즉 몬져 늣빗치 다른지라.≥857)

---

848)구텬(九泉) : 사람이 죽은 뒤에 그 혼이 가서 산다고 하는 세상. 늑구천지하(九泉地下)·구원(九原)·저승

849)아지못게라! : '모르겠도다!' '모를 일이로다! '알지못하겠도다!' 등의 감탄의 뜻을 갖는 독립어로 작품 속에서 관용적으로 쓰이고 있어, 이를 본래말 '아지못게라'에 감탄부호 '!'를 붙여 독립어로 옮겼다.

850)불인불화지인(不仁不和之人) : 어질지 못하여 남과 사이좋게 지내지 못하는 사람.

851)슉덕명힝(淑德明行) : 덕이 맑고 행실이 밝음

852)녀ᄉᆡ(女士) : 학덕이 높고 어진 여자를 높여 이르는 말.

853)강상죄인(綱常罪人 : 사람이 마땅히 지켜야 할 도리인 삼강(三綱)과 오상(五常)을 범한 큰 죄인, 곧 인륜범죄(人倫犯罪)를 지은 죄인을 이른다. 여기서 오상(五常)은 오륜(五倫)을 달리 이른 말.

854)ᄌᆞ작지얼(自作之孽) : 자기가 저지른 일로 말미암아 생긴 재앙.

855)돈ᄋᆡ(豚兒) : '돼지새끼'라는 뜻으로, 자신의 아들을 남에게 낮추어 이르는 말.

856)불공딕텬지슈(不共戴天之讎) : : 하늘을 함께 이지 못할 원수라는 뜻으로, 이 세상에서 같이 살 수 없을 만큼 큰 원한을 가진 사람을 비유적으로 이르는 말

857)돈ᄋᆡ 스스로 불공대텬지슈로 뎡심ᄒ매 일죽 말이 뎡시의 밋츤즉 늣빗츨 곳치ᄂᆞᆫ지라.···(국립도서관본 『뉴효공션힝녹』 후<권지이>:237쪽6-9행, *밑줄·문장부호 교주자)

노뷔 두어 번 히유(解諭)ᄒ되 효험(效驗)을 보지 못ᄒ고, 구병(救病)의 심회(心懷) 요동(搖動)ᄒ므로뻐 조치 아닐 시, ᄎ병(差病)ᄒᆫ 후의 ○[사]리(事理)로뻐 ○○○○[개유(開諭)ᄒ여] 그 마음을 풀고, ○○○○[ᄯ 즈부를] 츄심(推尋)ᄒ야 돈ᄋ를 쇽현(續絃)858)ᄒ고, 뎡상국 문하(門下)의 가시를 져 죄을 쳥코즈 ᄒ더니, 금일 이 말을 드르니 뎡현부의 참ᄉ(慘死)ᄒᄆᆡ 도시 노부의 허믈이라. 더욱 붓그리고 슬허ᄒᄂᆞ니, 맛당이 돈ᄋ를 기유ᄒ고 녕위(靈位)를 마즈 도라와 복졔(服制)859)를 갓초리니, 상국긔 이 ᄯᅳᆺ【14】을 진달(進達)ᄒ고, 돈ᄋ의 망언을 불츌구외(不出口外)ᄒ믈 바라노라."

상궈 피셕 쳥샤ᄒ고 믈너 오다가 길희셔 강형슈를 만나ᄆᆡ, 이 ᄒᆞᆫ 무리 쳥뉴(淸流)로 교되(交道) 심밀(深密)ᄒᆞᆫ지라. 오릭 보지 못ᄒ던 말을 니르고, 강싱의 가ᄂᆞᆫ 길을 무르니, 형쉬 쇼왈,

"즈슌이 경도(京都)의 도라온지 수삼삭(數三朔)이로되, 지금 보지 못ᄒᆞ엿더니, 오늘 가셔 조흔 늣ᄎ로 그 흉노(凶老)를 몬져 보와 일댱 셜화ᄒ고, 인ᄒ여 즈슌을 ᄎᆞᄌ 지긔졍분(知己情分)을 펴고ᄌ ᄒ노라."

상궈 쇼왈,

"강형이 다만 자슌의 모진 쥴○[을] 모로고 뉴노의 관후ᄒᆞᆫ 쥴도 모로ᄂᆞᆫᄯ다."

강싱이 디【15】쇼 왈,

"즈슌의 온유ᄒ믈 모지다 ᄒᆞᆯ진디, 뉴노의 흉엄ᄒᆞᆫ 위인은 엇지 고로 어지다 일홈을 어더ᄂᆞ뇨?"

상궈 드ᄃᆞ여 뎡시의 일댱(一場) 셜화○[를] ᄒᆞ여 상셔의 미몰ᄒᆞᆷ860)과 뉴공의 말을 니르니, 강ᄒᆞ님이 믄득 놀나 왈,

"박형이 어늬 제 촉(蜀)으로 보니다 ᄒᄂᆞ뇨?"

상궈 연월일시를 니르니, 형쉬 크게 웃고 왈,

"이 가온디 긔특ᄒᆞᆫ 일이 잇ᄂᆞ니, 박형이 원닉 아지 못ᄒ여 도로혀 뉴형을 고이히 녀기ᄂᆞᆫ ᄯ다."

드ᄃᆞ려 슈말(首末)을 니르디, 뎡시 풍낭의 날니여 됴쥬 갓던 연고와, 산간의 이셔 뎡○[공]이 죽단 말○○○[을 듯고], 인ᄒ여 최마(衰麻)○○○[를 닙고]【16】 곡읍(哭泣)ᄒ여, 병○[이] 즁ᄒ 가온디, 상셰 유산ᄒ다가 셔로 만나 ᄃᆞ려와 그 병이 ᄂᆞ으ᄆᆡ, ᄎ상ᄎᆡ미(採桑采薇)861)ᄒ여 녜(禮)를 가죽이 ᄒ니, 사ᄅᆞᆷ의 탄복ᄒ던 일노붓터 밋 뉴공의 칼과 글이 흑ᄉᄋᆡ게 니르러ᄂᆞᆫ ᄌᆞ긔 도라오니, 다시 뎡시의 나죵은 아지 못ᄒ여시나, 분명이 죽지 아녀시믈 니르고 ᄯᅩᄒᆞᆫ 굴오디,

---

858)쇽현(續絃) : 거문고와 비파의 끊어진 줄을 다시 잇는다는 뜻으로, 아내를 여읜 뒤에 다시 새 아내를 맞는 일을 비유적으로 이르는 말.

859)복졔(服制) : 상례(喪禮)에서 정한 오복(五服)의 제도. 늑복(服).

860)미몰ᄒ다 : 인정이나 싹싹한 맛이 없고 쌀쌀맞다.

861)ᄎ상ᄎᆡ미(採桑采薇) : 뽕나무 잎을 따고 고사리를 뜯어 양잠을 하고 밥상을 차림.

"쇼뎨 뉴노의[가] 글을 보닉여 죽기를 바야믈 듯고 표홀(飄忽)이 도라오니, 필경을 모로거니와, 뎡부인의 거쥬(居住) 싱존(生存)은 주슌이 모로지 아니려든 언담(言談)이 여추(如此)ᄒ고 ᄉ식(辭色)이 타연홀진딕, 반다시 뎡공을 노ᄒ여 즘줏 니【17】렷톳 ᄒ미니, 그 본졍(本情)이 아니라."

쇼뎨 됴쥬 잇실졔 져의 동졍을 보니, 그 부인 딕졉이 비경(非輕)862)ᄒ여 《효효히‖ 호호(皓皓)히》 부박(浮薄)혼 틱되 업스니, 범식(凡事) 합의(合意)《혼‖ᄒ고》 긔식(氣色)이 흡연(洽然)ᄒ여[며], 금슬의 《황연‖화연(和然)》ᄒ미[여] 불평ᄒ미 업스니, 지긔지우(知己之友)의 쥬야 《상쇼‖샹슈(常隨)》ᄒᄂᆫ 빅, 쇼뎨의 눈의 나타나고[니], 그 즁딕홈과 《복습‖본습(本習)863)》의{게} 인ᄌ(仁慈)《ᄒ니‖홈으로》, 엇지 죽으믈 깃거ᄒ며 말이 니럿틋 ᄒ리오〇〇[마ᄂᆫ], 놀나미 업셔 ᄉ식(辭色)이 평안ᄒ고 겸ᄒ여 뎡상국의 젼일(前日)을 분(憤)ᄒ여 일댱 가작ᄒᄂᆫ 말이니, 뉴형의[이] 평싱 쳐음으로 궤도(詭道)를 ᄒ미라."

상궤 쳥파의 취(醉)ᄒ 거시 씬【18】 듯ᄒ여, ᄯᅩ훈 딕쇼 왈,

"〇〇[원닉] 기간 곡졀이 여추ᄒ니, 〇〇[만일] 강형의 붉은 말〇[이] 아니[닌]즉 쇼뎨 ᄯᅩ훈 주슌의 계규(計規)의 쌘질낫다. 이 말노뼈 밧비 뎡공긔 회보ᄒ리니, 형이 ᄯᅩ훈 뉴가 부ᄌ를 본 후 다시 나ᄋᆞ가 주슌의 긔식을 슬피미 됴토다."

형쉬 흔연이 응낙ᄒ고 셔로 난화 상궤 ᄇᆞ로 뎡부의 니르러 승상을 보고 젼후시말(前後始末)을 ᄌ시 고ᄒ니, 승상이 일변 놀나고, 우어864) 왈,

"주슌은 딕효(大孝)라, 그 아비를 위ᄒ여 져러ᄒ미 상ᄉᆞ(常事)니, 노뷔 조금도 흔치 아니ᄒ거이와, 쇼녀의 ᄉᆞ라시믈 드르니 불힝 즁 만힝(萬幸)이라. 다만 그 거쥬를 알진【19】딕 엇지 족히 념녀ᄒ리오. 그딕〇[ᄂᆞᆫ] 강싱으로 더부러 주슌을 보아 쇼녀의 거취를 힐문ᄒ라."

상궤 올히 녀겨 뉴부로 오니라.

강형쉬 이날 뉴부의 이르러 통ᄒ니, 뉴공이 크게 놀나고 ᄯᅩ 붓그려 밧비 상셔를 블너 의논ᄒ니, 상셰 딕왈,

"이 관계치 아니니 대인이 맛당이 서로 보샤 넷날 그릇ᄒ시믈 칭샤(稱謝)ᄒ시고, 녜(禮)로 후딕(厚待)홀 ᄯᆞ롬이니, 엇지 보지 아니리잇고? ᄯᅩ훈 쇼지 아지 못ᄒ고 녕남(嶺南) 션비 강션양이라 ᄒ여 그 어질믈 공경ᄒ미, ᄉ괴미 관포(管鮑)865)의 비길너니, 표홀(飄忽)이 〇[나]간 후 다시 형뎐 쥴 씨다라, 경【20】ᄉ의 니른 후도 ᄎᆞᄌᆞ미 불평(不平)ᄒ〇〇〇[야 못ᄒ]더니, 이졔 스스로 대인긔 뵈오니, 졍히 형셰 난쳐훈지라. 맛

---

862)비경(非輕) : 가볍지 않고 중대함.
863)본습(本習) : 줄곧 익히고 배워서 습관적으로 몸에 밴 것.
864)우어 : 웃어. 웃으며.
865)관포(管鮑) : 중국 춘추시대 사람인 관중(管仲)과 포숙(鮑叔)을 함께 이르는 말로, 우정이 아주 돈독한 친구 관계를 말함.

당이 다시 익우(益友)866)의 셩ᄉ(盛事)를 닛고ᄌ ᄒ옵ᄂ니, 원컨딕 혐원(嫌怨)을 거리
끼지 말으쇼셔."

공이 쇼(笑) 왈,

"오ᄋ(吾兒)의 말 ᄀᆺ치 ᄒ려니와 져 형슈 엇던 스룸이완딕, 됴졍 지상으로 더부러
젼야(田野) ᄉ셔(士庶)의 니르히 경즁(敬重)ᄒ미 되고, ᄋ이 이럿틋 익우라 칭ᄒᄂ뇨?"

상셰 딕왈,

"형슈는 당딕(當代) 현시(賢士)라. 경히 녀기지 못홀 사룸이니이다."

공이 웃고 동ᄌ(童子)로 형슈를 쳥ᄒ니, 상셔는 셔당으로 물너가더라.

강싱이 드러와 녜필(禮畢) 좌졍(坐定)【21】ᄒ미, 공이 피셕(避席) 샤례 왈,

"노뷔 당녕[년](當年)의 죄를 현공(賢公)긔 어드니, 일이 비난 후 뉘웃츠나 ᄯᅩᄒ 붓
그러오미 이셔 시러금 친이 나ᅀᅡ가 죄를 쳥치 못ᄒ여, 오날놀의 이르러 ᄯᆺ밧긔 셩싱
이 나지 굴(屈)ᄒ여 만싱(晚生)의 돗글 니으시니, 일 즉 참괴(慙愧)ᄒ고, 일 즉 감ᄉᄒ
여 닐을 바를 아지 못ᄒ거이다."

강한님이 공슈(拱手) 직비 왈,

"쇼싱의 가운(家運)이 블힝ᄒ여 뇨젹(-賊)을 만나, 홰(禍) 실인(室人)의게 밋츠니
셰상의 드문 변이라. 노션싱이 피ᄎ(彼此) 딕신 쳬면(體面)으로 두호(斗護)ᄒ시미 고이
치 아니시니, 쇼싱이 감이 혼(恨)치 아니ᄒ옵ᄂ니, 됴졍이 승평(昇平)ᄒ믈 닙【22】ᄉ
와, 빅뇨(百寮)의 튱슈(充數)ᄒ오니, 즉시 나와 현알(見謁)코ᄌ ᄒ되 용샤(容赦)ᄒ시믈
ᄇᆞ라지 못ᄒ더니, 금일 셩(盛)이 위ᄌ(慰藉)ᄒ시니, 블승감ᄉ(不勝感謝)ᄒ여이다."

뉴공이 그 긔싁이 씩씩홈과 풍치 쇄락ᄒ며 말슴이 《겸금∥겸공(謙恭)》ᄒ믈 ᄯᅵᆫ미,
긔특이 녀겨 싱각ᄒ되,

"형슈 이 ᄀᆺ트니 시론(時論)이 취즁(取重)ᄒ고 오이(吾兒) 공경ᄒᄂᆫ도다."

ᄒ고, 지삼 손샤(遜辭)ᄒ고 차를 파ᄒ미, 강싱이 다시 직비 왈,

"ᄌᆞ슌 션싱의 녕명(令名)을 닉이 듯ᄌ와 일즉 뎍쇼(謫所)의 ᄯᅡ라가 교도(交道)를 미
ᄌ더니, 니별ᄒ연지 삼년이라. 금일 ᄒ번 뫼와867) 젼일(前日) 일홈을 감초고 ᄯᅩ 하직
(下直)지 아니코 도라【23】오믈 쳥죄(請罪)ᄒ여지이다."

뉴공이 임의 알미 흔연(欣然)의 웃고 좌우로 ᄒ여금 상셔를 부르니, 상셰 이에 나와
강싱으로 더부러 녜(禮)ᄒ고 말셕(末席)의 ᄂᆞ려 부친을 뫼시미, ≤형슈 ᄯᅩᄒ 긱좌(客
座)의 잇지 못ᄒ여 방셕을 닛그러 상셔로 더부러 엇기를 연(連)ᄒ여 ○○○○○[좌
(座)를 뎡ᄒ고] 그윽이 보니,≥868) 뉴싱이 졍싁(正色) 목도(目睹)ᄒ여 반향(半晌)이 지

---

866)익우(益友) : 사귀어 유익함이 있는 벗.

867)뫼오다 : 모시다. 받들다.

868)한님이 ᄯᅩᄒ 긱좌의 잇디 못ᄒ야 방셕을 잇그러 샹셔의 엇개를 년ᄒ야 <u>좌를 뎡ᄒ고</u> 그윽
이 보니,…(국립도서관본 『뉴효공션힝녹』 듕<권지이>:246쪽14행-247쪽2행, *밑줄·문장부
호 교주자)

나뒤, 말이 업순지라.

이에 뜻을 알고 심즁의 우음을 먹음어 이윽이 헤아리다가 드듸여 사모(紗帽)869)를 슈기고눈물을 흘녀 굴오듸,

"별후(別後) 삼년의 쇼식이 졀(絶)ㅎ니, 뎍쇼로붓터 오날늘 평뷔(平否) 엇더ㅎ뇨?"

상셰 부【24】답(不答) 이어늘, 한님이 잠쇼(暫笑) 왈,

"'싱아즈(生我者)는 부모요, 지으즈(知我者)는 포지(鮑子)라'870) ㅎ니, 지긔졍분(知己情分)871)이 가히 이럿툿 ㅎ미 올흐냐?"

상셰 피셕 딕왈,

"현형이 엇지 쇼뎨를 칙ㅎ느뇨? 쇼뎨 뎍쇼로붓터 강션양을 사괴여 지긔(知己)로 허ㅎ더니, 홀연 죵젹이 부지거쳐(不知去處)ㅎ여 도라가니, 젼셜(傳說)이 분분ㅎ듸, 강형쉬 됴쥬 뎍쇼의셔 쇼뎨로 사괴엿노라 니르미 텬즈의 아르시미 되엿다 ㅎ니, 쇼뎨 의혹ㅎ믈 이긔지 못ㅎ더니, 금일 형을 보니, 얼골은 강션양 이로듸 일홈은 엇지 형쉬라 ㅎ느뇨? 형으로써 닐너도 대군즈의 《희시∥힝시(行事)》 구【25】비(廏肥)872)ㅎ듸 잇지 아닐 거시오. 쇼뎨 소회(所懷)로 의논흔 즉 스스로 벗사괴미 근신(謹愼)ㅎ믈 조히 너기느니, 이러무로 말숨을 발(發)치 못ㅎ괘라."

형쉬 슈졍(修正) 안식(顔色)ㅎ고 위좌이딕왈(危坐而對曰)873),

"우형(愚兄)이 일시 난쳐흔 스괴 이셔 현뎨(賢弟)를 긔(欺)인 일○[이] 익거니와, 현뎨의 붉으무로 지심(知心)의 친흠미 이실진듸 이럿툿 졀칙(切責)홀 비 아니라."

말이 맛지 못ㅎ여셔 뉴공이 상셔를 칙ㅎ여 왈,

"강션싱이 너의 용우(庸愚)ㅎ믈 브리지 아녀 나지 니르니 맛당이 공경ㅎ여 딕졉홀지라. 엇지 녯날 모호ㅎ믈 힐칙(詰責)ㅎ리오. ≤금일붓터 그 거즛 거슬 브리고 젹쇼【26】친우 강션○[양]이 당시 강션싱인 쥴 아라 교도(交道)를 니으면, 피츳(彼此) 셔로 젼일 소기믈 고스(古事)로 일쿠《롬이∥라》 일댱(一場)을 웃슬 거시오, 졍의(情誼) 더옥 《관속∥관슉(寬熟)874)》 홀 거시니, 노뷔 쏘흔 강형슈를 우러러 츄복(推服)ㅎ며 너의 《블인ㅎ미∥불민(不敏)ㅎ믜도》 익우(益友)의 《셩싱∥션시(善事)》 이시리니, 오으(吾兒)는 어즈러운 말○[을] 다시 말나.≥875)"

---

869)고려 말기에서 조선 시대에 걸쳐 벼슬아치들이 관복을 입을 때에 쓰던 모자. 검은 사(紗)로 만들었는데 지금은 흔히 전통 혼례식에서 신랑이 쓴다. 늑오사모(烏紗帽).
870)싱아즈(生我者)는 부모요, 지으즈(知我者)는 포지(鮑子)라 : '나를 낳아준 이는 부모요, 나를 알아준 이는 포숙(鮑叔)이다'는 말로, 중국 춘추 때의 제나라 재상 관중(管仲)이 자신에게 변함없는 우정을 보여 준 친구 포숙아(鮑叔牙)를 기려 이른 말이다. 관포지교(管鮑之交)를 이르는 말로, 사마천(司馬遷), 『사기(史記)』<관안열전(管晏列傳)>에 나온다.
871)지긔졍분(知己情分) : 자기의 속마음을 참되게 알아주는 친구의 진정한 정.
872)구비(廏肥) : 마구간에서 쳐낸 두엄.
873)위좌이딕왈(危坐而對曰) : 몸을 바르게 하여 앉고 나서 대답하기를,
874)관슉(寬熟) : 너그럽고 성숙해짐. 도타워짐.
875)금일노브터 거즛거슬 브리고, 뎍소 친우 강션양이 다시 강션싱인 줄 아라 교도를 니으면,

상세 피셕(避席)ᄒ여 명(命)을 드르ᄆ, 드ᄃ여 ᄂᆺ빗츨 고쳐 한님을 도라 보아 웃고 왈,

"≤강형의 졍듸ᄒ무로 구변(口辯)이 진상국(晉相國)의 《츈∥품876)》을 ᄯ로{ᄆ}니, ≥877) 만닐 가친(家親)의 명 곳 아니면 크게 일댱을 둣톨너니라."

형쉬 뉴싱의 ᄉᄆ를 니어 흔연 왈,

"ᄌ【27】슌의 구변(口辯)으로ᄡ 도로혀 우형을 비쳑ᄒᄆ[니], ○○○[뉘 능히] 오됴(烏鳥)의 ᄌ웅(雌雄)878)을 분변(分辨)ᄒ리오."

뉴공과 상셰 다 웃고 냥인이 별후 소식을 니르고 반겨ᄒ며 ᄉ랑ᄒᄆ 동모동싱(同母同生)879) ᄀ᷀ᄐ니, 됴용ᄒ 셜홰 한셜(閑說)의 밋첫더니, 믄득 동지 박상귀의 니르믈 고ᄒᆫ듸, 뉴공이 쳥ᄒ여 드러오니, 상셰 소건(素巾)을 슈기고 ᄂᆺ빗츨 거두어 말을 아니터라.

박싱이 드러와 뉴공의게 뵈고 즉시 니르듸,

"노션싱 명으로 뎡상국긔 회보ᄒ니, 지삼 은혜를 칭송ᄒ고 녕위(靈位)로ᄡ 보니려 ᄒ듸 ᄌ슌이 즐겨 듯지 아니면, 노션싱 셩덕으로 비【28】록 머무르나 《시령∥신령(神靈)》이 ᄯ흔 평안치 아니ᄒ지라. 다시 춰품(就稟)ᄒ여 ᄌ슌의 허락을 바든 후 목듀(木主)를 보니고ᄌ ᄒ더이다."

뉴공 왈,

"노뷔 졍신이 모손(耗損)ᄒ여 망연(茫然)이 돈ᄋ의게 뭇지 못ᄒ엿거니와 임의 나의 허락이 이시니 엇지 부ᄌ의 의논이 두 가지리오. 명일노 복졔(服制)를 ᄀ᷀초고 《시령∥녕구(靈柩)》을[를] 마ᄌ 도라오리니, 션싱은 다시 의심치 말나."

상귀 칭샤홀 ᄉ, 강싱이 이ᄯ를 타 니르듸,

"아지못게라! 이 무ᄉᆷ 일이뇨?"

상셔와 뉴공이 말을 밋쳐 못ᄒ여셔 박싱이 일댱 곡졀을 ᄌ시 니르니, 강식이 거【29】즛 놀나 왈,

"ᄌ슌의 부인이 됴쥬의 잇던지라. 엇지 풍낭의 다시 날니미 이시리오."

뉴공이 ᄭ ᄃ라 왈,

"식뷔(息婦) 오ᄋ 뎍쇼의 잇다 ᄒ더니, 엇지 쵹(蜀)으로 가다ᄀ 침몰ᄒ리오. 노뷔 젼

피ᄎ 젼일 소긔믈 <u>고스로 아라</u> 일댱을 우을 배라. 졍의 더욱 <u>관슉홀</u> 거시니, 노뷔 ᄯ흔 강형의 고풍을 우러러 츄복ᄒ며, <u>너의 불민ᄒ미 익우 션싱리니,</u> 오ᄋᄂᆫ 어즈러온 말을 다시 말나.…(국립도서관본 『뉴효공션힝녹』 亨<권지이>:249쪽6-13행, *밑줄·문장부호 교주자)

876)품 : 늑품새. 행동이나 말씨에서 드러나는 태도나 됨됨이.

877)강형의 뎡듸ᄒ므로 긔변이 딘샹국의 <u>품을 쏠오니,</u> …(국립도서관본 『뉴효공션힝녹』 亨<권지이>:250쪽1-2행, *밑줄·문장부호 교주자)

878)오됴(烏鳥)의 ᄌ웅(雌雄) : '까마귀의 암수를 가리는 일'이란 뜻으로, 잘잘못이나 좋은 것과 나쁜 것 따위를 따져서 분간하기가 어려움을 이르는 말.

879)동모동싱(同母同生) : 한 어머니에게서 태어남. 동복형제(同腹兄弟)를 이르는 말.

의 드른 비 ○[잇]더니 넛젓도다. 강션싱 말노 좃추 싱각ᄒ니 식부의 거취를 돈ᄋ(豚兒) 알니로다."

박싱이 더욱 놀나ᄂᆞᆫ 체ᄒ고 강싱 다려 왈,

"쇼뎨 모년월의 뎡부인을 발힝ᄒ시게 ᄒ여시니, 형은 어닌 찍 됴쥬○[를] ᄌᆞᆺ더뇨?"

강싱 왈,

"○○[무릇] 일월(日月)의 긔약을 니르지 말고, 쇼뎨 뉴형으로 더부러 유산(遊山)ᄒ여 암혈(巖穴)의셔 뎡부인을 여ᄎᆞ여ᄎᆞ 만나니, 그 시【30】비 난향의 말을 드르니, 박형의 의긔로 양쥬셔 비를 어더 촉으로 가다ㄱ 풍낭의 놀니여 다시 션인의 《게로 도라갈 길흘 만나지 못ᄒ고‖ᄃᆞ라나믈 만나》 딘퇴(進退) 낭패(狼狽)ᄒᆞᆯ 즈음의, 또 젼문(傳聞)을 드르니 뎡상국이 뎍쇼로 가다ㄱ 합가(闔家) 망하다 ᄒ니, 더욱 통상(痛傷)ᄒ여 최복(衰服)으로 산듕의셔 아ᄉᆞ(餓死)ᄒ기를 기다리고, 맛춤ᄂᆡ 즈슌의 잇ᄂᆞᆫ 곳이 십니를 격(隔)ᄒ엿시되, 츳즐 뜻이 업다 ᄒ거늘, 그 찍 즈슌을 기유(開諭)ᄒ여 도라오믹, 계유 칠팔 삭(朔)이 지낫더니, 쇼뎨 집의 연괴(緣故) 잇셔 도라오니 그 나죵을 아지 못ᄒ나, 뎡부인 거【31】쳐 싱존은 즈슌의게 이시니, 엇지 풍낭(風浪)의 침몰ᄒᆞ니 이시리오. 박형이 일즉 즈슌의게 뭇지 아냣ᄂᆞ냐? 자슌이 노대인긔 고치 아냣ᄂᆞ냐? 엇지 피ᄎᆞ 망연ᄒ여 상구(喪柩)를 마즈며 복졔(服制)ᄒᆞᆯ 거죄(擧措) 이셔 이럿툿 즁딕ᄒᆞᆫ 딕, 즈슌이 놋빗츨 고치며 닙을 열미 업ᄉᆞ니, 사ᄅᆞᆷ의 굼거오미 틱심ᄒ니 무슴 일을 못ᄒ리오. 가히 별호를 함묵션싱(含默先生)이라 ᄒᆞ미 맛당ᄒᆞ도다."

좌즁이 박댱딕소(拍掌大笑)ᄒ니, 뉴공이 쾌히 찍다라 왈,

"강션싱 말솜이 분명ᄒ니, 노뷔 츈몽(春夢)이 쳐음으로 찍ᄂᆞᆫ 듯ᄒᆞ도다. 오ᄋᆡ 식부【32】의 거취를 노부의 명을 좃ᄎᆞ 단연(斷然)이 ᄇᆞ려 뎍쇼(謫所)의셔 다시 닉치다 ᄒ도니, 반다시 강션싱이 됴쥬를 써난 후 츌거(黜去)ᄒᆞᆫ 일이 이시미라. 뎡식뷔 촉으로 가다가 죽을 니 업ᄉᆞ미 분명ᄒ고, 돈ᄋᆞ 비록 의(義)를 긋쳐시나 그 간 곳을 모로지 아닐 거시니, 엇지 박틱우를 되ᄒ여 이런 곡졀을 니르지 아니코, 흔ᄌᆞ 고이ᄒᆞᆫ 말노 인륜의 듕의를 져ᄇᆞ려, 뎡상국의 관딕ᄒᆞᄆᆞᆯ 닛ᄂᆞ뇨?"

상셰 쳐음의 뎡공의 쳐ᄉᆞ(處事) 젼도(顛倒)ᄒᆞᄆᆞᆯ 통○[한](痛恨)ᄒ여 크게 일댱을 조로고ᄌᆞ ᄒ여, 또흔 뎡시 단발위니(斷髮爲尼)[880]ᄒᆞ미 즈가의 박힝(薄行)의 잇ᄂᆞᆫ지라. 남다려【33】잇ᄂᆞᆫ 곳을 쾌히 니를 늦치 업셔 심즁의 쥬져(躊躇)ᄒᆞᄂᆞᆫ 가온딕, 박싱이 비록 지긔(知己)나 뎡공의 즈딜(子姪) ᄀᆞᆺ튼 사ᄅᆞᆷ이라. 분쥬(奔走)ᄒ여 온 가지로 즈가(自家)를 공치(攻治)ᄒᆞ며 힐문(詰問)ᄒᆞᄆᆞᆯ 슬히 녀겨, 짐즛 미몰○[흔] 빗츠로 쑤지져 그 말이 뎡공의 귀에 가게 ᄒ더니, 금일 의외의 강싱을 상딕ᄒ여 피ᄎᆞ 셜홰 어[이]럿툿ᄒ니, 벅벅이 동심(同心)ᄒ여 혼동흔[ᄒ]○[ᄂᆞᆫ] 줄 알고, 이인(二人)의 다사ᄒᆞᄆᆞᆯ 우ᄉᆞ며, 뎡시○[의] 거쥬(居住)를 니르지 말고ᄌᆞ ᄒ나, 부형이 무르시니 엇지 슈힝(修行)

---

880)단발위이(斷髮爲尼) : 여자가 머리를 깎고 비구니가 됨.

을 그릇ᄒ리오.

뉴공긔 고왈,

"히이 당초 뎡시 구축(驅逐)ᄒ미 용이(容易)ᄒ 연괴(然故) 아니라. 실노 강【34】상(綱常)의 죄악이 잇ᄂ 고로, 뎡관의 죽다 ᄒ믈 신쳥(信聽)ᄒ여 유쇼취무쇼귀(有所取娶無所歸)881)니 권도(權道)로 거두어 햐쇼(下所)의 두엇더니, 뎡관의 소표(疏表)를 보니 엇지 일시나 용납ᄒ리잇가? 드듸여 구축ᄒ여 닉치미, 그 죵젹(蹤迹)을 뭇지 아니미 올흘 일이로듸, 불초ᄒ미 커 뎡녜 잉틱ᄒ미 잇ᄂ 고로 골육을 ᄇ리지 못ᄒ여 창두로 거취(去就)를 아라오라 ᄒ엿더니, 승방(僧房)의 가 이고(尼姑)의 무리 되어, 경식(景色)이 크게 괴망(怪妄)ᄒ미 심흔지라. 대인긔 ᄌ시 고치 못ᄒ고 박형이 무르듸 니르지 못ᄒ엿더니, 뎡【35】녀ᄂ 절의(絶義)ᄒ 계집이라. 비록 죽으나 녕위(靈位) 내집의 올니 업스니, 대인은 엇지 상국의{의} 모함ᄒ던 일을 ᄉ각지 아니시고, ᄒᆞᆨ 우리 젼과(前過)를 일ᄏ라 뎌 뉴(類)의 방ᄌᄒ믈 도도시ᄂ잇가?"

뉴공이 절칙(切責) 왈,

"노뷔 젼일 너다려 니르기를 여러번 ᄒ여시되, ᄒᆞᆨ갓치 듯지 아니ᄒ니 불슌(不順)ᄒ미 큰지라. ᄌ식의 도리 아니오, ᄂ 쯧이 졍ᄒ여시니 네 삼가 잡말 말나. 샐니 뎡시의 거취(去就)를 뎡상국의게 고ᄒ여 날노ᄒ여금 죄를 면케 ᄒ라."

상셰 다시 궤고(跪告) 왈,

"대인 교훈이 이럿툿 ᄒ시나 뎡공이 오가(吾家)를 절치(切齒)【36】ᄒ고, 오긔 뎡공의 함히ᄒ믈 닙어 피ᄎ 혐극(嫌隙)이 즁흔지라. ≤《이에∥이졔》 졔 분명○【흔】 증참(證參)이 업시{셔} ᄒᆞᆨ 죽다 ᄒ여 박형으로 ᄒ여금 우리 부ᄌ를 공치(攻治)ᄒ거늘, 만일 쯧을 아지 못ᄒ고 도로혀 뎌의게 《츄익∥굴》ᄒ여 공연흔 죄를 일ᄏ라 용샤(容赦)ᄒ믈 쳥ᄒ미 불가흔지라. 이졔 박형이 좌ᄉᄆ(左司馬)882)의 일을 힝ᄒ니, 족히 뎡

---

881) 유소취무소귀(有所取無所歸) : 맞아온 곳은 있어도 돌아갈 곳은 없다는 뜻으로, 부인을 맞아올 때는 부모가 살아 있었으나 쫓아낼 때는 부모가 죽어 돌아갈 곳이 없는 경우를 이르는 말. 공자(孔子)가 말한 '삼불거(三不去)'의 하나로, 이 경우에는 부인이 칠거(七去)의 죄가 있어도 내쫓을 수 없다 하였다. *칠거: 부인은 일곱 가지 내쫓길 죄가 있으니, 시부모에게 순종하지 않으면 내쫓기며, 자식이 없으면 내쫓기며, 음란하면 내쫓기며, 투기하면 내쫓기며, 나쁜 질병이 있으면 내쫓기며, 말이 많으면 내쫓기며, 도둑질하면 내쫓긴다(有七去 不順父母 去 無子去 淫去 妬去 有惡疾去 多言去 竊盜去). 소학집주》〈명륜〉편에 보인다. *삼불거(三不去): 부인을 내쫓지 않는 세 가지 경우가 있으니, 맞이해 온 곳은 있고 돌아갈 곳이 없으면 내쫓지 않으며, 함께 삼년상을 지냈으면 내쫓지 않으며, 전에는 빈천하였다가 뒤에는 부귀해졌으면 내쫓지 않는다(有三不去 有所取 無所歸 不去 與更三年喪 不去 前貧賤後富貴 不去).《소학집주》〈명륜〉편에 보인다.

882) 좌ᄉᄆ(左司馬) : 중국 진(秦)나라 말 패공(沛公) 유방(劉邦)의 좌사마 조무상(曹無傷)을 가리킨 말. *조무상(曹無傷): 중국 진(秦)나라 말기 패공(沛公) 유방(劉邦)의 휘하에 들어가 좌사마(左司馬)가 되었다. 진(秦)나라 수도 함양(咸陽)의 선점(先占)을 놓고 패공 유방과 초패왕(楚覇王)항우(項羽)가 다툴 때, 유방의 군대가 열세임을 우려한 끝에 항우에게 빌붙고자 비밀리에 항우에게 사람을 보내 "패공이 관중(關中)의 왕이 되려 한다."고 고하게 하여 유방

○[가]의{의} ○[가] 오날 이 말을 견ᄒ라.≥883) 졔 듯고 츠즈면 츳고, 그러치 아니면 우리 다시 일ᄏ랄 비 업셔이다.”

말을 맛지 못ᄒ여셔 박상귀 발연(勃然) 작식(作色)ᄒ고 고셩대미(高聲大罵)884) 왈,

“늬 ᄌ슌으로써 인효군ᄌ(仁孝君子)라 ᄒ엿더니【37】오날놀 보건ᄃᆡ 간악ᄒ미 ᄌ현의 우히리로다. ≤늬 비록 ○○○○[뎡태ᄉ와] 슉딜(叔姪)의 친한 졍이 이시나, 스괴미 네게 더으지 아니코 ᄯᅩ한 붕비(朋輩)의 뉸(倫)이 업스니, 엇지 너를 ᄇ리고 져를 향ᄒ리오만은 군지 맛당이 잔잉ᄒᆫ 거슬 츄연(惆然)ᄒ며 올흔 거슬 붓들미 상시라. 뎡공 부녀(父女)의 원통ᄒᆷ을 닛지 못ᄒ며, 너를 기유ᄒ며 뎌를 프러, 써 부인의 간 곳을 뎡공ᄀᆡ 젼혼즉, 부녜 ᄉ싱의 가린 것슬 헤쳐 다시 산 ᄂᆞᆺ츠로 만나○○[게 ᄒ]고ᄌ ᄒ미 인졍의 유연(柔軟)ᄒ미어늘,≥885) 너 ᄯᅩ한 인ᄌ(人子) 인신(人臣)이 되어 부ᄌ의 유유(悠悠)ᄒᆫ 졍과 인류의 의(義)를 알 거시어【38】늘, 도로혀 날노써 조무상(曹無傷)886)의게 비기며, 뎡가의 당(黨)이 되어 너의 부ᄌ를 됴희(嘲戲)ᄒ다 억탁(臆度)ᄒ여, 친졀ᄒᆫ 《교두∥교도(交徒)887)》 사이○[의] 참아 당면(當面)ᄒ여 니런 말○[을] ᄒ니, 엇지 그 간샤ᄒ고 ᄉ오납기 당간(黨姦)의 츙수(充數)ᄒ미 맛치[지] 아니리오.”

셜파의 ᄉ미ᄅᆞᆯ 썰치고 현연(顯然)이 니러나니 강싱이 말유(挽留) 왈,

“ᄌ슌의 말이 찬졀ᄒᆷ을 밋고 말흔 비니, 인형(仁兄)이 ᄯᅩ한 과도이 아냠즉 ᄒ니라.”

박싱이 강싱의 말을 듯고 다시 좌(座)의 들미, 상셰 회슈(回首) 화연(和然) 왈,

“박형이 쇼뎨로 교도(交道)를 미ᄌ미 디긔(知己)의 비길너니, 엇지 셔로 용납지 아니믈 이디○[도]록 ᄒ나뇨? 두 번 졀【39】교(絕交)ᄒᄂᆞᆫ 말을 닉고 셰번 졀칙(切責)ᄒᆷ을 바드니, 쇼뎨 불민(不敏)ᄒᆫ 연괴(緣故)라. 감이 흔(恨)치 못ᄒ거니와, 인형(仁兄)

을 치도록 부추겼다. 이에 항우가 유방을 공격하자 장량(張良)이 항우를 설득, 유방이 항우의 진지(陣地)인 홍문(鴻門)에 나가 사죄함으로써 항우의 공격을 중지시켰는데, 유방은 홍문에서 돌아오자마자 좌사마 조무상을 목을 베어 군문에 내걸었다.

883)이졔 졔 분명한 증참이 업시 훈갓 죽다 일ᄏ라, 박형으로써 우리 부ᄌ를 공티ᄒ거늘, 만일 ᄯ을 아디 못ᄒ고 도로혀 뎌의게 굴ᄒ야, 공연한 죄를 일ᄏ라 용샤ᄒᄆᆞᆯ 쳥ᄒ미 브졀업손디라. 이졔 박형이 좌ᄉ마의 일을 힝ᄒ니, 족히 뎡가의 가 오날 우리 ᄒ던 말을 던ᄒᆯ디라.… (국립도서관본 『뉴효공션힝녹』 亨<권지이>:258쪽8행-259쪽1행, *밑줄·문장부호 교주자)

884)고셩대미(高聲大罵) : 큰 소리로 심히 욕하며 크게 꾸짖음.

885)내 비록 뎡태ᄉ와 슉딜의 텬셩이 이시나,……부녜 ᄉ싱의 그리인 거슬 헤쳐 다시 산 ᄂᆞᆺ츠로 만나게 ᄒ고져 ᄒ미 인졍의 ᄌ연흔 일이어늘,…(국립도서관본 『뉴효공션힝녹』 亨<권지이>:259쪽6행-260쪽2행, *밑줄·문장부호 교주자)

886)조무상(曹無傷) : 중국 진(秦)나라 말기 패공(沛公) 유방(劉邦)의 휘하에 들어가 좌사마(左司馬)를 맡았던 인물. 진(秦)나라 수도 함양(咸陽)의 선점(先占)을 두고 패공 유방과 초패왕(楚覇王) 항우(項羽)가 다툴 때, 유방의 군대가 열세임을 우려한 끝에 항우에게 빌붙고자 비밀리에 항우에게 사람을 보내 “패공이 관중(關中)의 왕이 되려 한다.”고 고하게 하여 유방을 치도록 부추겼다. 이에 항우가 유방을 공격하자 장량(張良)이 항우를 설득, 유방이 항우의 진지(陣地)인 홍문(鴻門)에 나가 사죄함으로써 항우의 공격을 중지시켰는데, 유방은 홍문에서 돌아오자마자 좌사마 조무상을 목을 베어 군문에 내걸었다.

887)교도(交徒) : 늑교우(交友). 서로 사귀고 있는 사람들.

이 쏘흔 다亽(多事)흔 가온딕 과도치 아니냐? 즈현이 비록 군분[부](君父)긔 죄를 어
더시나, 일즉 형의게 져빈리미 업거늘 샤친과 쇼뎨를 딕흐여 이런 말○[을] 흐니 붓
그리오미 눗 둘 곳이 업슬 쑨 아니라, 텬뉸(天倫)의 잇눈 빅어늘, 형이 뎡공을 위흐여
《격복∥격분(激憤)》 강개(慷慨)흐미 더오[흐]니, 형은 지삼 슬펴 쇼뎨의 말 만흐믈
고이히 녀기지 말나."

상궈 묵연(默然) 반향(半晑)의 손샤(遜辭) 왈,

"쇼뎨 셩(性)이 급흐여 말이 실언(失言)흐기의 이시니【40】크게 뉘웃누니, 다른 연
괴 아니라, 형이 날을 됴무상(曹無傷)의 비기미[니] 골돌흐미라."

상셰 소왈,

"인형의 구변(口辯)과 말 젼(傳)흐미 뎡가를 위흐여눈 넘치를 니즈며, 도로혀 쇼뎨
로뻐 간악(奸惡)다 흐미[니] 쇼뎨눈 싱각건딕, 단녜문(端禮門)888) 젼(前)의 간당비(姦
黨碑)889)롤 셰우나, 명도(明道)890) 니쳔(伊川)891)의 무리 딕현(大賢)이 되엿고, 쵀경
(蔡京)892)은 만고 쇼인인 쥴 뉘 모로리오. 스스로 슈신(修身)홀 쏜름이라. 사름의 꾸
지람을 노흐미 큰 뜻지[이] 아니니, 형이 다만 졍딕흔 도를 일치 아닌즉, 조무상의 비
기미 헛도여 도로혀 쇼뎨 쇼인 되기를 면치 못흐려【41】니와, 형이 만닐 쇼뎨의 말
노 뻐 뎡가의 뎐흐고 뎡공의 말노뻐 쇼뎨를 믹바드미 이신즉, 형은 스스로 좌亽마(左
司馬) 되고, 쇼뎨눈 군즈의 붉으믈 일치 아니리니, 형은 힝신을 슬피고 부졀업슨[시]
노(怒)흐지 말나."

강싱과 뉴공이 다 우스니 상궈 쏘흔 노를 두로혀 일댱(一場)을 박쇼(拍笑)흐고, 드

---

888) 단녜문(端禮門) : 단례문(端禮門). 중국 태학(太學)의 출입문 이름. 북송 휘종 때 간신 채경
   (蔡京) 등이 왕안석의 신법에 반대했던 사마광(司馬光)·소식(蘇軾)·정이(程頤) 등 구법당
   (舊法黨)을 모조리 간당(奸黨)으로 지목하여 새긴 원우당적비(元祐黨籍碑)를 이 문 앞에 세
   웠다.
889) 간당비(姦黨碑) : 송(宋)나라 휘종(徽宗) 2년(1103)에 당시 재상 채경(蔡京) 등이 왕안석의
   신법에 반대했던 사마광(司馬光)·소식(蘇軾)·정이(程頤)·왕헌가(王獻可)·장사량(張思良)
   등 모두 120명을 간당(奸黨)이라 하여, 어서(御書)를 청하여 돌에 새겨 단례문(端禮門)에 세
   운 원우당적비(元祐黨籍碑)를 말한다. 뒤에 성변(星變)으로 인해 그 비석을 깨뜨려 버렸는데,
   그 후에 당적에 든 사람의 자손들이 오히려 그들 선조의 이름이 당적비에 들어간 것을 영광
   으로 생각하여 다시 모각(摹刻)하였다.
890) 명도(明道) : 중국 북송의 유학자 정호(程顥: 1032~1085)의 호. 자는 백순(伯淳). 아우 이
   (頤)와 함께 이정자(二程子)로 불리며, 도덕설을 주장하여 우주의 본성과 사람의 성(性)이 본
   래 동일하다고 보았다. 저서에 ≪정성서(定性書)≫, ≪식인편(識仁篇)≫ 따위가 있다.
891) 니쳔(伊川) : 중국 북송의 유학자 정이(程頤: 1033~1107)의 호. 자는 정숙(正叔). 최초로
   이기(理氣)의 철학을 내세우고 유교 도덕에 철학적 기초를 부여하여, 형인 정호(程顥)와 함
   께 이정자(二程子)라고 불린다. 저서에 ≪이천선생문집≫, 공저인 ≪이정전서(二程全書)≫가
   있다.
892) 쵀경(蔡京) : 채경(蔡京). 중국 북송 말기의 정치가·서예가(1047~1126). 자는 원장(元長).
   휘종(徽宗) 때 재상이 되어 왕안석의 신법을 부활하고 보수파를 탄압하였다. 뒤에 금나라의
   침입을 초래하여, 육적(六賊)의 한 사람으로 몰려 실각하였다.

두여 상셰룰 딕ᄒ여 뎡시의 거쳐룰 간졀이 쳥ᄒ니, 뉴공이 ᄯ조시 니르라 직촉ᄒ거
늘, 상셰 이에 안상현 슈월암의 이시믈 던ᄒ고, 뎡시 다려 갓던 창두룰 부르니, 즉시
와 뵈거늘, 상귀다려 왈,

"쇼뎨ᄂᆫ 조시 《몰나∥모르니》, 초인이 ᄀ시니 【42】 무러보라."

흔딕, 뉴공이 창두다려 무러 듯기룰 다ᄒ민, 눈물을 흘녀 왈,

"이ᄂᆫ 다 노부(老父)의 허믈이라. 맛당이 가시룰 져 상국(相國) 문하의 쳥죄ᄒ고 빅
냥(百輛)893)으로 현부룰 마즈 도라오리라."

박태우와 강한님이 피셕(避席)ᄒ여 그 덕을 칭숑ᄒ니, 공이 더욱 승흥(乘興)ᄒ여 셜
니 좌우로 ᄒ여금 관복을 닉여오라 ᄒ며, '이졔 가 상국긔 곡졀(曲切)을 조셰이 니르
리라' ᄒ니, 상셰 크게 불쾌ᄒ여 나ᅀᅡ가 소릭을 졍(正)이 ᄒ여 왈,

"딕인이 뎡공긔 쳥죄ᄒ실 ᄉ단(事端)이 업스니, 엇지 싱각지 아니시ᄂᆞ니잇가? 뎡관
이 무상(無狀)ᄒ 말노 우리 부조룰 함(陷)ᄒ고, ᄯᅩ 쏠 【43】 노뻐 기가(改嫁)ᄒ려 ᄒ니,
이ᄂᆞ 대인과 쇼조룰 안공(眼空)ᄒ미라894). 그 쳐음 쳐ᄉᄂᆞ 우리 과도(過度)ᄒ나, 나종
일은 졔 그른지라. 엇지 딕인이 쳥죄ᄒ시며, 빅냥(百輛)으로 마즈 올 니 이시리잇가?
아뷔 연좨(連坐) 쏠의게 밋ᄎ미 당당ᄒ니, 뎡녀즉(鄭女卽) 무죄ᄒ나 뎡관의 쳐시 힉이
(駭異)ᄒ지라. 조금도 분쥬(奔走)ᄒᆯ 연괴 업ᄂᆞ이다."

뉴공은 본딕 즁무쇼쥬(中無所主)895)ᄒ지라. 상셔의 말을 듯고 믄득 의려ᄒ여 첫 ᄯᅳᆺ
을 두로혀니, 상셰 박싱의게 고ᄒ딕,

"쇼뎨 밍셰ᄒ여 뎡관의 ᄉ죄ᄒᄂᆞ 말을 듯기 젼은 뎡녀의 거쳐룰 니르지 아니려터
니, 가친의 ᄯᅳᆺ이 이럿툿 【44】 ᄒ시니, 감이 거역지 못ᄒᆯ지라. 슈월암 갓던 창두룰 보
닉니, 형이 다려가 뎡공과 의논ᄒ여 그 ᄯᅩᆯ을 ᄎ즈게 ᄒ고 다시 쇼뎨의게 번득지 말나."

강싱 왈,

"조슌이 그르다. 뎡부인이 유신(有娠)ᄒ다 ᄒ니, 남녀간 그딕 골육이라. 오히려 조식
ᄎᄌᆯ ᄯᅳᆺ이 업ᄂᆞ냐?"

상셰 딕왈,

"부조텬륜(父子天倫)은 사름이 권ᄒᆯ 빅 아니니, 졔 만닐 유조(有子)ᄒ여 도라온즉
엇지 쇼뎨의 골육을 가엄긔 취품(就稟)ᄒ여 용납지 아니리오."

한님이 감탄ᄒ믈 마지 아니ᄒ고, 박틱우 ᄯᅩ흔 말이 업셔, 창두룰 다리고 뎡가의 가

893)빅냥(百輛) : '백대의 수레'라는 뜻으로, 『시경(詩經)』 「소남(召南)」편, <작소(鵲巢)>시의
'우귀(于歸) 백량(百輛)'에서 유래한 말이다. 즉 옛날 중국의 제후가(諸侯家)에서 혼례를 치를
때, 신랑이 수레 백량에 달하는 많은 요객(繞客)들을 거느려 신부집에 가서, 신부을 신랑집
으로 맞아와 혼례를 올렸는데, 이 시는 이처럼 혼례가 수레 백량이 운집할 만큼 성대하게
치러진 것을 노래하고 있다.

894)안공(眼空)ᄒ다 : 안중(眼中)에 없다. 어떤 것을 안중(眼中)에 두지 않을 만큼 포부가 크
다.

895)즁무쇼쥬(中無所主) : 마음속에 일정한 줏대가 없음.

견후곡졀을 니르니, 뎡공【45】이 샹셔룰 크게 흔(恨)ㅎ여 도로여 뉴공 뮈워ㅎ던 ᄆ
옴이 ᄉ라지니, 이 졍이 샹셔의 위친(爲親)ㅎ는 쇠러라.

승샹이 즉일 힝장(行裝)을 ᄎ려 공ᄌ로 ᄒ여금 셩야(星夜)896)로 가 쇼져를 ᄃ려 도
라○○[오라] ᄒ고, 텬경 등을 다 ᄒ도(海島)의 츙군(充軍)ㅎ다.

뎡공지 일힝○[이] 거마를 거ᄂ여 됴쥬의 니르러 안상현 슈월암을 ᄎᄌ 가니, 모든
승이 거룩흔 위의를 황올ㅎ여 공ᄌ의 영풍(英風)을 흠탄ㅎ며 ᄒᆞ가지로 긱방(客房)의
마ᄌ 드리니, 공지 이에 뎡부인 잇는 곳을 무러 일홈을 통ㅎ고 난향을 브르니, 한 져
믄 승이 나와 뵈고 계하(階下)의셔 통곡ㅎ니, 이【46】○○[뎡히] 난향이라.

공지 반가옴과 비챵(悲愴)ㅎ믈 이긔지 못ㅎ《더라∥야》○[왈],

"비지 울기를 긋치고 날노 ᄒ여금 네 쇼져를 보게 ᄒ라."

향이 인도ㅎ여 쇼져의게 니르니, 뎡시 공ᄌ을 의외의 만나미 경황ㅎ미 ᄭᅮᆷ ᄀᆞᄐᆞ여,
졍신이 비월(飛越)ㅎ여 아모리 홀 쥴 모로더니, 공지 닛다라 미졔(妹弟)를 보미 ᄭᆞᆺ근
머리와 흰 단장이 완연흔 니고(尼姑)의 모양이라. 슬프믈 졔어(制御)치 못ㅎ여 남미
셔로 붓들고 두어 쇼리를 인ㅎ여 혼졀(昏絶)ㅎ니, 난향이 모든 니고를 거ᄂ려 계유 구
ㅎ여 인ᄉ를 ᄎ려 별후(別後) 소식을 셔로 뎐ㅎ니, 쇼졔 바야흐로 ○○○[계모(繼母)
와] 츠형(次兄)의 참ᄉ(慘死)【47】ㅎ믈 알고 ᄉ로이 ᄋᆡ상(哀傷)ㅎ믈 마지 아니며, ᄯᅩ
흔 부형(父兄)의 ᄉ라시믈 깃거 비환(悲歡)이 교집(交集)ㅎ더라.

피ᄎ(彼此) 졍신을 ᄎ려 죵용흔 셜화의 밋ᄎ니, 공지 샹셔의 박힝(薄行)《ᄒ믈∥
을》닐너 통흔(痛恨) 왈,

"우리 샹시 졀노뻐 인인군ᄌ(仁人君子)897)라 ᄒ더니, 그 힝ᄉ룰 보니, ○○○○[사
오납기] 흉의게 더은지라. 현미는 다시○○○[뉴가를] 싱각지 말고, ○○[남미] 샹의
ㅎ여 흔 당의셔 야야를 셤겨 기리 ᄯᅥ나지 말믈 원ㅎ노라."

쇼졔 일냥[셩]삼탄(一聲三嘆)ㅎ여 답지 아니 ᄒ더라.

난향이 이에 오셰(五歲) 공ᄌ를 안아 뉘여오니, 아름다운 긔딜과 ᄲᅡ혀는 풍치 의연
이 샹셔로 다르미 업ᄉ니, 공지【48】경황(驚惶)ㅎ여 안고 왈,

"ᄎᄋ를 보미 ᄌ슌의 사온[오]나오믈 ᄭᅢᄃᆞᆺ괘라. 현미(賢妹)는 흔치 말나. 너의 삼죵
지탁(三從之託)898)은 딜ᄋᆞ의게 이시니, 엇지 구ᄎ이 ᄌ슌을 ᄯ라 무엇ㅎ리오."

쇼졔 탄 왈,

"쇼미 이썩 심신이 산란ㅎ여 념예 다른 ᄃᆡ 밋지 못ㅎ니, 형은 홀노 희언이 이럿툿

---

896)셩야(星夜) : '별빛이 총총한 밤'이란 뜻으로, '밤을 새워 어떤 일에 매진하는 것'을 이르는
말.
897)인인군ᄌ(仁人君子) : 어진 군자.
898)삼종지탁(三從之託) : =삼종지도(三從之道). 예전에, 여자가 따라야 할 세 가지 도리를 이
르던 말. 어려서는 아버지를, 결혼해서는 남편을, 남편이 죽은 후에는 자식을 따라야 하였
다.

흐리잇고? 쇼믜 명되(命途) 긔구ᄒ여 셰샹의 업는 경칙을 지니고, 쏘 젼셜(傳說)의 블힝ᄒ미 인ᄌ(人子)의 넉술 놀니니 엇지 오날늘 남믜 샹듸ᄒ여 야야 싱존ᄒ신 경스를 드를 쥴 알니오. 뉴시의 인연이 츈몽 ᄀᆺᄐ니 엇지 다시 일ᄏ라이[리]오."

말을 맛치【49】믜 눈물이 흘어 옷슬 젹시니, 공지 쏘흔 참연ᄒ여 위로ᄒ고, 힝즁(行中)899) 금빅(金帛)을 니여 졔승을 즁샹(重賞)ᄒ고, 명일 발힝○○[ᄒ려] ᄒ니, 모든 니괴(尼姑) 쩌나믈 슬허 ᄒ더라.

쥬야 힝ᄒ여 양쥬○[의] 니르러는 부인이 난향으로 ᄒ여금 쥬뎜의 노고를 츠ᄌ 젼일 머무른 후은(厚恩)을 샤례ᄒ고 쳔금으로써 주니, 노괴 비로쇼 녀진 쥴 알고 놀나고, 쩌나믈 슬허ᄒ더라.

이쩍 쇼졔 힝ᄒ여 북경의 니르러 션문(先聞)이 뎡부의 다ᄃ라니, 승샹이 크게 깃거 즉시 십니○[뎡](十里程)900)의 나와 부녜 셔로 보고 슬허ᄒ믈 마지 아니ᄒ며, 승샹【50】이 쇼져의 니괴 모양 되믈 츠마 보지 못ᄒ여 뉴톄(流涕) 왈,

"니 너를 ᄉ랑ᄒ여 퇵셔(擇壻)ᄒ기를 ᄌ슌의게 밋기는[로] 네 젼졍(前程)을 《츠ᄌ미∥뭇츠미》 잇고, ○[쏘] 집의 도라오미 그릇 싱각ᄒ여 ○[네] 졀의(節義)를 앗고ᄌ 《ᄒᄆ로∥ᄒ여》 도로(道路)의 쳔신만고(千辛萬苦) 《ᄒ기는∥ᄒ니》, 다 노부의 허믈이라. 부녜 환란(患亂)○[을] ᄀᆺ초 지니고 금일 샹듸ᄒ니, 구텬(九泉)의 흔○[이] 업스려니와 네 모친과 ᄎᄋ의 참ᄉ(慘死)ᄒᄆᆫ 언지○[긔]단(言之氣短)901)ᄒ고, 념지심열(念之心裂)902)이라. 노부의 죄악이 즁ᄒ여, 우흐로 군샹(君上)긔 득죄(得罪)ᄒ고, 아리로 쳐ᄌ(妻子)를 함몰(陷沒)ᄒ니 엇지 인셰의 머물고 시부리오만은 다만 위로홀 빈 너의 남【51】믜라. 네 맛당이 규즁(閨中)의셔 두발을 기르고 의샹을 고쳐 노부의 노경(老境)을 위로ᄒ고 뉴가를 싱각지 말나."

뎡시 쳬읍 왈,

"쇼녜 불초ᄒ여 야야를 긔망ᄒ고 도로의 뉴리(遊離)ᄒ여 가셩(家聲)을 《욕ᄒ니∥욕먹이니》 죄○[당]만시(罪當萬死)라. 엇지 엄안(嚴顔)을 밧드와 다시 부녀의 졍을 베플 쥴 알니잇고? 모친과 ᄎ형의 환란은 심신이 바아지는 듯ᄒ지라. 오즉 위회(慰懷)홀 빈 야야와 형댱의 싱존ᄒ시미 만힝(萬幸)이니, 금일 죽어도 흔이 업스리로소이다."

뎡공지 나아가승샹의 슬허ᄒ믈 위로ᄒ고 딜ᄋ를 안아 고 왈,

"이 ᄌ슌【52】의 아들이라. 대인이 아지 못ᄒ실ᄉ 주(奏)ᄒᄂ이다."

공이 박퇵우의 젼ᄒᄆ로 녀ᄋ의 유신(有娠)ᄒ믈 드럿는지라. 놀나고 깃거 ᄋ희를 나ᄒ여 안고 눈믈이 빅슈(白鬚)의 ᄉ뭇ᄎ 굴오듸,

"녀익 환란 가운듸 ᄌ슌의 골육을 깃쳐 이럿톳 싱댱(生長)ᄒ듸, ᄌ슌이 온후(溫厚)

---

899)힝즁(行中) : 행리중(行李中). 행장중(行裝中), 여행보따리 속.
900)십니뎡(十里程) : 십리길. 십리쯤 되는 거리.
901)언지긔단(言之氣短) : 말을 하자니 기(氣)가 막힘.
902)념지심열(念之心裂) : 생각하면 심장이 찢어지는 듯함.

혼 셩도(性度)로뼈 호발(毫髮)도 용납지 아니니, 인졍이 엇지 참아 이럿툿 ᄒ리오. 이 아ᄒ히 일홈을 무어시라 ᄒᄂᆞ뇨?"

뎡시 고 왈,

"그 아비 잇시니 쇼녜 엇지 감이 그 ᄋᆞ들의 일홈 짓기의 밋ᄎ리잇ᄀᆞ?"

승상이 탄왈,

"현ᄌᆡ(賢哉)라! 녀이 깁히 녜를 아ᄂᆞ쏘다. ᄌᆞ슌는 무【53】ᄉᆞᆷ 연고(緣故)로 구슈(仇讐) ᄀᆞᆺ치 녀기ᄂᆞᆫ고?"

ᄒ더라.

날이 늣ᄌᆞᄆᆡ 거마를 직쵹ᄒ여 상부(相府)로 드러오니, 믈색(物色)이 완연ᄒᄃᆡ 인ᄉᆞ(人事) 크게 변ᄒ엿ᄂᆞᆫ지라. 뎡시 난향으로 더부러 비회를 뎡치 못ᄒ여 모친과 츄형의 영위예 호곡ᄒᄆᆞᆯ 마지 아니ᄒ니, 좌위(左右) 붓드러 침실노 도라와 쵹(燭)을 〇〇[혀니], 이러[어] 승상이 다시 드러와 별후 소식을 조용히 베플고 뉴공의 뉘웃쳐 ᄒᄂᆞᆫ 말과 상셰 부ᄌᆞ의 되(道) 완젼ᄒᄆᆞᆯ 니르니, 뎡시 희동안식(喜動顔色)ᄒ여,

"텬되(天道) 쇼쇼(昭昭)ᄒ여 어진 ᄉᆞ름을 도으시니, 뉴혹ᄉᆞ의 효우ᄒᆞᆷ무로〇[뼈] 엇지 부ᄌᆞ 불화ᄒᆞᆷ 길【54】니잇가? 대인은 져의 쇼녀 박되ᄒᆞᆷ믈 흔치 말으쇼셔. 인직 되어 그 아비 히ᄒᆞᄂᆞᆫ 쳐ᄌᆞ를 《누련∥뉴련(留憐)》치 못ᄒᆞ미니, 져의 그르미 아녀 쇼녀의 팔직니이다."

공이 박댱챠악(拍掌嗟愕)903) 왈,

"녀ᄋᆞ의 ᄌᆞ슌 심복ᄒᆞ미 이런 쥴은 노뷔 싱각지 못혼 비라. 젼에 져의 부ᄌᆞ 불화혼 씨의 우리 다 ᄌᆞ슌을 칭원ᄒ더니, 도금(到今)ᄒ여 그 힝ᄉᆞ를{을} 보니, 부ᄌᆞ 화락(和樂)ᄒ미 더욱 불쾌ᄒᄃᆡ, 너의 원망치 아니미 비인졍(非人情)이라. 아니 노부를 쇼기미냐?"

뎡시 믄득 ᄂᆞᆺ빗츨 고쳐 넘슬ᄃᆡ 왈,

"히ᄋᆞ(孩兒)는 득죄혼 죄인이라. 엇지 감이 대인【55】을 〇〇[다시] 속여 죄를 더ᄋᆞ리잇가? 젼후의 곡졀이 만흐ᄃᆡ, 대인이 ᄌᆞ시 아지 못ᄒ시무로, ᄒᆞᆫ갓 뉴싱이 쇼녀 거졀ᄒ미 미몰ᄒᆞᆷ만 알으시고 ᄉᆞ쳬(事體) 그런 쥴을 ᄭᆡ닷지 못ᄒ시니, ᄒᆞᆫ 번 쇼회(所懷)를 주(奏)ᄒ리이다. 쳐음의 히ᄋᆞ 츌화(黜禍)를 바드ᄆᆡ 대인이 쇼녀의 신셰를 맛당이 규즁(閨中)의셔 맛게ᄒ미 올커늘, 계교(計巧)을 그릇ᄒ여 십삼어ᄉᆞ를 모도와 져 부ᄌᆞ를 죽을 곳의 너ᄒ시니, 이ᄂᆞᆫ 쇼녀의 명졀을 상히오고, {ᄌᆞᄒ샤} 문호(門戶)의 욕이 밋ᄎᆞᆯ 싱각지 아니 《시고∥실쎤 아니라》, 실노 뉴가를 더욱 격노〇[케]【56】ᄒ시니, 졔 비록 션실기도(先失其道)904)ᄒ나, ᄯᅩᄒᆞᆫ 본심이 아니요, 부형의 명을 조ᄎᆞ미어늘, 대인이 졔 부친 히ᄒᆞ시믈 밋쳐 아지 못하여셔는, 양쥬셔 만나 이럿툿 니르나, 이

---

903)박댱챠악(拍掌嗟愕) : 놀라 손바닥을 침
904)션실기도(先失其道) : 먼저 그 마땅한 도리를 잃음. 먼저 잘못함.

불과 대인의 다른 쯧 두믈 쇼녀의게 공치ᄒ미오, 됴쥬 산즁의셔 만나니, 크게 측은ᄒ
사식이 이셔 거두어 도라가미[믜], 쇼녀의 샤양ᄒ믈 용납지 아니터니, 엄부(嚴父)의
글이 니르러 야야의 쇼초(疏草)을 보니여 보게 ᄒᄆ로붓터, 쯧이 도라지고 ᄆᆞ음이 크
게 변ᄒ니, 젼일 비록 쇼녀를 치며 내치미 이시나, 실노 본심이 아니오, 도금【57】ᄒ
여 이 갓튼믄 비로쇼 진졍이라. 뉴싱의 쯧의 쇼녀의 무죄ᄒ믈 아지 못ᄒ미 아니로듸,
야야를 노ᄒ미니 위친지사(爲親之事)의 비로쇼 쇼녀를 말미암무미라. ᄉ리 가히 용납
지 못ᄒᆞᆯ 거시니, 져의 쇼녀 거졀ᄒ미 크게 인즈의 도를 어더시니, 쇼녜 쟝ᄎᆞᆺ 누를 원
ᄒ리잇ᄀᆞ?"

승상이 구연(懼然) 양구(良久)의 댱탄(長歎) 왈,

"노뷔 뉴셥이 거의로듸 ᄉ리의 통쳘ᄒ미 규즁 쇼녀만 ᄀᆞᆺ지 못ᄒ니, 원컨듸 ᄎ리를 잡
아 쇼녀를 셤기리라."

뎡시 불승황공ᄒ여 고두샤죄(叩頭謝罪)ᄒ더라.

명일 강한님 박틱우 등이 상부의 니【58】르러, 부녀상봉(父女相逢)ᄒᆞᆯ믈 치하ᄒ고,
뉴싱의 ᄌᆞ식이 싱존(生存)ᄒ믈 무르니, 공이 사람으로 ᄒᆞ여금 유아를 니여오라 ᄒ여
뵈니, 강·박 이싱이 치하ᄒᆞᆯ믈 마지 아녀 왈,

"≤'ᄒᆡ심유뇽(海深有龍)이오, 산고옥츌(山高玉出)'905)이라 ᄒ니, ᄌᆞ슌의 긔딜(氣質)과
뎡부인 명졀(名節)노 싱육(生育)ᄒ미 그 엇지 ○○○[범샹ᄒ리잇고? ᄌᆞ슌이 비록 텬균
뎡심(千鈞定心)906)이나 ᄎᆞᄋᆞ(此兒)를 본즉, 봄]눈이 《듯거은∥다스ᄒ》볏츨 만남 ᄀᆞᆺ
트리니, 우리 등이 흔가ᄒ 가온듸 희롱을 닐우리라.≥907)"

승상이 탄식 왈,

"졔공(諸公)은 유희치 말나. ᄌᆞ슌이 ᄆᆞ음이 쳘셕(鐵石) ᄀᆞᆺ고, 무지(無知)ᄒ미 토목
(土木) ᄀᆞ트니 엇지 골육의 졍을 알니오. 녜로 붓터 모회ᄌᆞ푀(母懷子哺)908)니, 쇼ᄋᆡ(小
兒)【59】의 부득지(不得志)ᄒ믄 니르도 아녀셔 알니로다."

강싱 왈,

"상국의 말슴이 ᄌᆞ슌을 아지 못ᄒ미라. ᄌᆞ슌의 사람되오미 언고긔화(言高氣和)909)ᄒ
여 허물을 깃거ᄒ지 아니며, 노(怒)를 《쳥∥젼(傳)》치 아니니, 효의(孝義)로써 부인
을 용셔치 아니나 군직 엇지 ᄌᆞ식을 바리○[리]오. 모ᄋᆡᄌᆞ포(母愛子哺)ᄂᆞᆫ 쇼인의게 잇

---

905)ᄒᆡ심유뇽(海深有龍) 산고옥츌(山高玉出) : 깊은 바다에 용이 있고, 높은 산에서 옥이 난다
    는 뜻으로 훌륭한 인물은 덕이 높고 전통이 깊은 명문가에서 난다는 말을 비유적으로 표현
    한 말.
906)텬균뎡심(千鈞定心) : 굳게 정한 마음이 천균(千鈞)이나 될 만큼 무겁다. 1균은 30근이다.
907)ᄒᆡ심ᄒ매 뇽이 잇고 산이 놉흐매 됴흔 옥이 이시니, ᄌᆞ슌의 긔질과 뎡부인 명졀노써 싱휵
    ᄒ매 엇디 그 범샹하리잇고? ᄌᆞ슌이 비록 텬균뎡심이나, ᄎᆞᄋᆞ를 본즉 봄눈이 볏츨 만남 ᄀᆞᆺ
    트리니, 아등이 하[한]가로온 듕 희롱을 일우과라.…(국립도서관본 『뉴효공션힝녹』利<권지
    삼>:1쪽5-10행, *밑줄·문장부호 교주자)
908)모회ᄌᆞ푀(母懷子哺) : 어머니가 자식을 품에 안고 젖을 먹여 기름.
909)언고긔화(言高氣和) : 말은 그 뜻이 높고 기운은 화평함.

시니 주슌형으로 뻐 이 말을 바드미 가(可)치 아니ᄒᆞ이다."

승상이 잠쇼부답(暫笑不答)910)ᄒᆞ더라.

뉴상셰 심별(心病)이 자로 발ᄒᆞ고 벼슬의 ᄯᅳᆺ이 업ᄉᆞᄂ ᆫ 셩상의 권위(眷慰)ᄒᆞ시므로 일시의 물너나지 못ᄒᆞ여 경소의 머무른 지 일긔(一朞)911) 지닌미 텬【60】ᄌᆡ 슈됴(手詔)912)로 브르시미 주즈시니 미양(每樣) 그 《거취(去就)∥디취(志趣)》를 일우지 못 ᄒᆞᆯ가 슬허ᄒᆞ여 비록 긔운이 나은 ᄯᅢ나 시친(侍親)913) 여가(餘暇)의ᄂ ᆫ 문을 둣고 손을 샤(辭)ᄒᆞ야 직님(職任)을 다ᄉᆞ리지 아니코 소봉(疏封)을 올녀 ᄒᆡ골(骸骨) 빌기를 마지 아닌ᄃᆡ, 샹이 듯지 아니시니 일노 더옥 울읍(鬱邑)ᄒᆞ여 ᄒᆞ더니, 일일은 처음으로 슉부 유 예부(禮部)의 쳥ᄒᆞ믈 만나 갓다가 도라오더니, 압ᄒᆡ 홀연 벽제(辟除) 쇼ᄅᆡ 은은ᄒᆞ 여 《은긔∥우긔(羽蓋)914)》 붓치이ᄂᆫ 곳ᄃᆡ 뎡승샹이 오ᄂᆞᆫ지라. 좁은 길의 피ᄒᆞᆯ 곳이 업고, ᄃᆡ신을 보고 틱만(怠慢)치 못ᄒᆞ여 하거(下車)ᄒᆞ여 길ᄒᆡ 잠간 셧더니, 밋【61】 뎡공의 슈ᄅᆡ 니르러 믄득 뉴상셔의 위원 줄 알고 눈을 드러 샹셔를 보니, 흰 관ᄃᆡ(官 帶)와 사모(紗帽)915) 아ᄅᆡ 쇼면월빙(素面月氷)916)이 진실노 진승상(晉丞相)917)의 얼굴 을 가져시며, 두샤인(杜舍人)918)의 풍치를 겸ᄒᆞ여시니, ᄉᆡ로이 반갑고 ᄉᆞ랑ᄒᆞ여 혐원 (嫌怨)을 다 잇고, 좌우로 ᄒᆞ여금 슈ᄅᆡ를 머무르○○[게 하]고 샹셔 다려 니르ᄃᆡ,

"십년 니별 후 금일 노즁(路中)의 상봉ᄒᆞ미 ᄌᆞ슌이 엇지 구졍(舊情)을 잇고 노부를 아지 못ᄒᆞᄂ뇨?

샹셔 ᄃᆡ왈,

"노즁 쳬면이 규모(規模)를 닐치 아닐 거시니, 원컨ᄃᆡ 거마를 두로혀실진ᄃᆡ 타일 상 부【62】의 나ᅀᆞ가 합하의 교회(敎誨)를 밧들니이다."

공이 웃고 슈ᄅᆡ의 ᄂᆞ려 손○[을] 잡○[고] 왈,

"노부를 졀치(切齒)ᄒᆞ다 ᄒᆞ거니와 노부난 구구(區區)ᄒᆞᆫ 늙은이 되믈 면치 못ᄒᆞ니, ᄌᆞ슌은 노부의 구구ᄒᆞ믈 홀노 더러이 녀기려니와 ᄯᅩᄒᆞᆫ 너모 미몰ᄒᆞᆫ가 ᄒᆞ노라."

샹셰 일시(一時)919) 미몰ᄒᆞᆫ 샤식(辭色)을 두미 가치 아녀 안셔(安舒)이 손샤(遜辭)

---

910)잠쇼부답(暫笑不答) : 잠깐 웃음을 보일 뿐 대답하지 않음.

911)일긔(一朞) : 어떠한 일이 일어난 지 꼭 한 해가 지난 그날. 한 돌. 일주년.

912)슈됴(手詔) : 제왕이 손수 쓴 조서.

913)시친(侍親) : 어버이를 곁에서 모심.

914)우긔(羽蓋) : 예전에, 녹색의 새털로 된, 왕후(王侯)의 수레를 덮던 덮개. 또는 그 수레.

915)사모(紗帽) : 고려 말기에서 조선 시대에 걸쳐 벼슬아치들이 관복을 입을 때에 쓰던 모자. 검은 사(紗)로 만들었는데 지금은 흔히 전통 혼례식에서 신랑이 쓴다. 늑오사모(烏紗帽).

916)쇼면월빙(素面月氷) : 달처럼 희고 얼음처럼 맑은 얼굴. *소면(素面): 화장하지 않은 얼굴. =맨얼굴·본얼굴.

917)진승상(晉丞相) : 중국 서진(西晉)의 미남자 반악(潘岳). 자는 안인(安仁). 승상을 지냈고 미 남자의 대명사로 쓰인다.

918)두샤인(杜舍人) : 중국 만당(晚唐)때 시인 두목지(杜牧之). 중서사인(中書舍人)에 올랐고, 중 국의 대표적 미남자로 꼽힌다.

919)일시(一時) : ((주로 '일시에' 꼴로 쓰여)) 같은 때.

왈,

"놉흔 교명(敎命)을 당당이 잇지 아○[니]리니, 원컨디 합하는 노상의셔 위의를 닐치 말으쇼셔."

공이 참아 떠나지 못하여 흔가지로 힝하믈 쳥하니, 상세 샤양 왈,

"합히 우의 계시니 몸이 감이 슈릭【63】의 오르지 못하ᄂ이다."

맛춤니 길가의셔 공을 샤양하니, 공이 홀 일 업셔 샤마(駟馬)920)를 두루혀거늘, 상셰 쏘흔 슈릭의 올나 협[협]노(狹路)로 조츠 집의 도라오니, 뉴공이 샐니 블너 왈,

"앗가 강싱이 와 니르디 뎡시 무사이 상부의 니르러 부녜 상봉하고 쏘 아지(兒子)이셔 아름다오미 관옥(冠玉)921) ᄀᆺ트니, 이는 너의 골육이라. 엇지 츠즈미 더디리오. 니 앗가 사름을 보내여 글노뻐 현부를 위로하고 쇼아를 다려오라 하엿노라."

싱이 차경차희(且驚且喜)922)하여[니], 깃거하믄 즈식이 아름답다 하미오, 놀나믄 부친이 밧비 불을가 녀【64】기미라. 쏘흔 말을 아니터니, 이웃고 뎡시 난향으로 하여금 글을 엄구(嚴舅)긔 올녀 샤은하고 아즈를 보니엿는지라.

공이 난향을 불너 보니 오히려 이고(尼姑)의 모양이라. 그 시녀를 본 즉 그 쥬인의 거동을 가이 알지라. 심하(心下)의 차악하믈 이긔지 못하여 뎡시의 평부(平否)와 이왕(已往) 뉴리분쥬(流離奔走)하던 곡졀을 뭇고, 눈물을 흘녀 챳탄(嗟歎)하고, 소ᄋ를 나하여 보니 완연이 상셔와 다름이 업ᄂ지라. 공이 크게 사랑하여 무릅히 안치고 왈,

"네 능히 나를 알쇼냐?"

기이 답 왈,

"쇼ᄋ는 세상 아란 지 오【65】셰(五歲)예 어미 연돠로 아비 얼골을 모로고, 비금 쥬쉬(飛禽走獸)923) 다 일홈이 이시디 즈뫼(慈母) 고집하여 일홈을 짓지 아니니 무명지ᄋ(無名之兒)로 인륜(人倫)의 츙슈(充數)치 못하니 엇지 대인을 알니잇ᄀ만은 난향을 ᄯᅡ라 니리 올 젹의 어미 이르디, '네 조(祖)와 뷔(父) 져 곳의 계시니 맛당이 의심 말고 나ᄋ가라 홀 식, 니리 와 뵈옵건디, 대인은 츈취 놉흐시니, 아니 조부시잇ᄀ?"

공이 쳥파(聽罷)의 긔특이 녀겨 칭찬 왈,

"ᄎ이 이 갓치 영민(穎敏)하니 진실노 오가(吾家)의 쳔니귀(千里駒)924)라. 빅경 등의 밋츨 비 아니라. 금일붓터 네 일홈을 '우셩'이라【66】하노라."

그 아히 기리 졀하고 샤례하거늘 공이 더옥 긔특이 녀겨 빈혼 글을 무른 즉 임의 쇼학 논어를 통하엿ᄂ지라. 공이 혹이(惑愛)하고, 쥬시 가의셔 쓰다드마 어엿부믈 칭

---

920)ᄉ마(駟馬) : 네 필의 말. 또는 네 필의 말이 ᄭᅳ는 수레.

921)관옥(冠玉) : 관(冠)의 앞을 꾸미는 옥을 가리키는 말로 '남자의 아름다운 얼굴'을 비유한 말.

922)차경차희(且驚且喜) : 한편으로 놀라면서 한편으로 기뻐함.

923)비금쥬쉬(飛禽走獸) : 날 짐승과 길짐승을 통틀어 이르는 말.

924)쳔니귀(千里駒) : =천리마(千里馬). 뛰어나게 잘난 자손을 칭찬하여 이르는 말.

찬ᄒᆞᄂᆞ 말이,

"다 뎡시 어질무로 ᄌᆞ식을 이 갓치 두니, 엇지 텬의(天意) 아니리오."

공이 그러이 녀겨 더욱 밧비 보고ᄌᆞ ᄒᆞ며, 시ᄋᆞ로 《흑ᄉᆞ∥상셔》를 브르니, 면젼의 니르니[미], 공이 가라쳐 왈,

"졔 곳 네 아비이니 녜(禮)ᄒᆞ여 뵈라."

우셩이 셜니 졀ᄒᆞ여 왈,

"히이 명되 긔구ᄒᆞ여 지금 야야의 얼골을 아지 못ᄒᆞ니, 금일 뵈오미 죽어도 흔이 업도쇼【67】이다. 어미 비록 득죄ᄒᆞ나 히아ᄂᆞᆫ 득죄ᄒᆞ미 업스니 ᄌᆞ식 항열(行列)의 두시믈 바라ᄂᆞ이다."

언필(言畢)의 눈물이 무슈ᄒᆞ여 머리를 드지 못ᄒᆞ니, 상셰 의외에 이 거조를 ○○○[만나매] 챠악(嗟愕)ᄒᆞ여, 임의 뎡부인 쇼싱인 쥴을 알고 그 영풍셩치(英風盛彩)를 긔이히 녀기며, ○[그] 쳑비(慽悲)ᄒᆞᆫ 말과 슬허ᄒᆞᄂᆞᆫ 얼골을 보미, 인효(仁孝)ᄒᆞᆫ 군지(君子) 홀노 ᄌᆞ이지졍(慈愛之情)이 비련(悲憐)치 아니리오.

부지(父子) 처음으로 되ᄒᆞ미 어리[린] 아히 늣기ᄂᆞᆫ 졍이 능히 엄부의 구든 ᄆᆞ음을 요동(搖動)ᄒᆞ니, 뉴싱이 녕형(英形)ᄒᆞᆫ 미우(眉宇) ᄉᆞ이의ᄂᆞᆫ 슬픈 긔운이 안기 ᄀᆞᆺ고, 일빵 봉안(鳳眼)【68】의ᄂᆞᆫ 누쉬 비삿치 어리여 옥면(玉面)의 도화훈식(桃花暈色)925)이 동(動)ᄒᆞ여 묵연(默然) 반향(半晑)의 다시 슈졍(修正) 안식(顔色)ᄒᆞ고 눈물 쎠러지믈 당ᄒᆞ여, 쥬시를 도라보아 왈,

"이 엇진 아히잇고?"

쥬시 상셩의 긔식을 보고 미쇼 왈,

"상공이 아지 못ᄒᆞ실진딕, 상공의 ᄆᆞ음ᄃᆞ려 무르미 가ᄒᆞ니이다."

싱이 잠쇼ᄒᆞ고 답지 아니ᄒᆞ니, 뉴공이 일댱(一場)을 베퍼 부ᄌᆞ의 졍을 미즈라 ᄒᆞ딕, 싱이 눗빗츨 곳쳐 지비 왈,

"뎡시의 죄 쾌히 용샤(容赦)치 못ᄒᆞ나, ᄎᆞ아(此兒)ᄂᆞᆫ 히아의 골육이니 머무러 부ᄌᆞ의 졍을 니으미 원(願)이라. 대인 셩은이 니럿툿 ᄒᆞ시니, 삼가 엄【69】교(嚴敎)를 밧들니이다."

인ᄒᆞ여 우셩을 나ᄋᆞ○[오]라 ᄒᆞ여, 손잡ᄋᆞ 싱월싱시를 무르니, 응딕(應對) 믈 흐르ᄂᆞᆫ듯 흐ᄌᆞ라. ≤○○[상셰] 심ᄒᆞ(心下)의 흠이(欽愛)ᄒᆞ미 무궁ᄒᆞ딕, 처음 샤식(辭色)을 슬프게 ᄒᆞ여 뵈믈 뉘웃쳐, 《ᄒᆞᄂᆞᆫ 거동 ᄒᆞ여∥다시 ᄉᆞ랑ᄒᆞᄂᆞᆫ 말을 아냐》, 범연이 말을 뭇고 빅경 등을 블너 셔로 글아쳐 알게 ᄒᆞ고, 인ᄒᆞ여 머무르다.≥926)

---

925)도화훈식(桃花暈色) : 복숭아꽃처럼 붉은 빛의 기운. *훈색(暈色): 광물의 내부나 표면에서 볼 수 있는, 선이 분명하지 아니하고 보일 듯 말 듯 희미하고 엷은 무지개 같은 빛깔. =운색(暈色)

926)샹셰 심하의 흠이ᄒᆞ미 더욱 무거오딕, 처엄 ᄉᆞ식의 슬픈 빗 나타내믈 뉘웃ᄂᆞᆫ디라. 다시 ᄉᆞ랑ᄒᆞᄂᆞᆫ 말을 아냐, 범연이 말을 뭇고 빅경 등을 블너 ᄀᆞᄅᆞ쳐 서로 알게 하며 인ᄒᆞ여 머므러

난향이 날이 져믈미 가지 못ᄒ여 ᄎ야를 쥬시 방의셔 지닐 시, 쥬시 무궁ᄒ 졍셩과 난향의 쳔단고초(千端苦楚)927)를 셜파ᄒ여 동방(東方)이 붉아[앗]ᄂ 줄 ᄭᆡ닷지 못ᄒ더라.

명일 쳥신(淸晨)928)의 뉴상셰 부친긔 문안ᄒ고 셔당의 도라【70】와 의관을 벗지 아니○[코] 안셕(案席)의 지혓더니, 심ᄉᆡ(心事) 심이 곤뇌(困惱)ᄒ여 두어 되 피를 토ᄒ니, 빅경 등은 잠을 깁히 드러시되 우셩이 ᄭᆡ여 옷슬 입고 ᄒ 가의 안ᄌ셔 부친의 각별 흔연ᄒ 빗츨 보지 못ᄒ더니, ᄯᅩ 토혈ᄒ믈 보고 급히 그르슬 나오며 손을 붓드러 놀나ᄂ 샤ᄉᆡᆨ과 나죽이 문후(問候)ᄒᄂ 말슴이 노셩(老成)ᄒ 군ᄌ로 다름이 업ᄉ니, 상셰 어엿부미 녹ᄂ 듯하고 ᄉᆞ랑ᄒ미 십솟 듯ᄒ니, 인ᄒ여 손잡고 굴오되,

"닌 녈노 더부러 부ᄌ의 일홈이 이시나, 만난 지 두 날이 못ᄒ여 너 유ᄋᆡ(幼兒) 무삼 ᄯᅳᆺ으로 닌 병을【71】이딕도록 놀나ᄂᄂ뇨?"

우셩이 믄득 츄연 타누(墮淚) 왈,

"부ᄌᄂ 텬륜이라. 엇지 보지 아니므로ᄡᅥ 졍셩이 업스며 갓가이 뫼시미 졍셩이 더ᄒ리잇가? 히ᄋᆡ(孩兒) 슈치(雖稚)929)나 인륜딕의(人倫大義)를 아옵ᄂ니, 대인이 엇지 ᄌ식을 믹바드시ᄂ닛가930)?"

상셰 화련(豁然) 장탄(長歎) ○[왈],

"ᄒ롭931) 미야지932) 틱산(泰山)을 넘ᄭᅱ니 오문의 경ᄉᆡ오, 조상의 젹덕(積德)이라. 네 맛ᄎᆷᄂᆡ 금을 더욱 《관련‖단련(鍛鍊)》ᄒ고 옥을 더욱 다듬아 쳥숑(靑松) ᄀᆞ치 묽은 힝실을 빗ᄂᆡ여, 팀폐(沈廢)ᄒ 아뷔 누명(陋名)을 효측(效則)지 말나."

인ᄒ여 기리 탄ᄒ미 긔운이 심이 불평ᄒ여 늦도록【72】안셕을 의지ᄒ여 니러ᄂᆞ지 아니터니, 난향이 창밧긔 니르러 우셩을 쳥ᄒ여 ᄒᆞᆫ가지로 도라가믈 니르니, 상셰 짐줏 잡은 손을 노흐니, 셩이 즐겨 니러나지 아니코 난향다려 왈,

"대인의 긔운이 불안ᄒ싯니, ᄯᅥ나미 가치 아닐 ᄲᅮᆫ 아니라, 작일 조뷔 아조 잇시라 ᄒ시니, 너ᄂ 이 ᄯᅳᆺ으로 모친긔 알외라."

한딕, 향이 지류(遲留)ᄒ거늘, 상셰 공ᄌ다려 왈,

"네 어미 죄 즁ᄒ니 네 맛당이 빅어(伯魚)933)를 효측ᄒ고 다시 져 곳을 ᄉᆡᆼ각지 말

두니, …(국립도서관본 『뉴효공션힝녹』利<권지삼>:10쪽2-6행, *밑줄・문장부호 교주자)
927)쳔단고초(千端苦楚) : 온갖 고난.
928)쳥신(淸晨) : 맑은 첫새벽.
929)슈치(雖稚) : '비록 어리나'의 한문 투 표현.
930)믹밧다 : 살피다. 의중을 떠보다. 시험(試驗)하다.
931)ᄒ롭 : ᄒ롯. 하루.
932)미야지 : 망아지. 말의 새끼.
933)빅어(伯魚) : 공자(孔子)의 아들. 성은 공(孔). 이름은 리(鯉). 백어(伯魚)는 그의 자(字)다. 부친이 19세 때 송나라 여인 기관씨(丌官氏)에게 장가들어 이듬해인 20세 때 그를 낳았으나, 부모가 화목하지 못하여 난지 3년 만에 이혼을 하여 아버지 공자(孔子)를 따라 살았다. 공자에게 시(詩)를 배웠고, 송(宋)나라 휘종(徽宗) 8년(1102) 사수후(泗水侯)에 추봉되었다.

나. 만닐 즈모의 졍을 긋기 어렵고 날 보기 슬을진딘 금일 도라가 어미를 위로ᄒᆞ고, ○[이]【73】두 일을 갈히여 힝ᄒᆞ딘, 어즈러이 왕닌홀 쯧을 두지 말나.”

공직 아연(啞然)이 유체(流涕) 왈,

“어미 이젼의 죄를 지엇다 ᄒᆞ나, 조뷔 임의 샤(赦)ᄒᆞ여 브르미 계시고, 슈졀(守節) 신고(辛苦)ᄒᆞ시믄 쳔신(天神)이 감동ᄒᆞ리니, 야애 엇지 용샤치 아니시니잇ᄀᆞ? 히이 쳐음으로 부지 만나 죽을지언졍 가히 쩌나지 못홀 거시오, 춤아 즈모의 졋 먹이신 졍을 긋지 못홀지라. 모친이 만닐 빅어 모즈 ᄀᆞᆺ톨진딘, 쇼직 빅어를 효측ᄒᆞ려니와, 모친의 ᄆᆞᆰ은 졀은 빅옥을 둣톨진니, 엇진 고로 즈식이 되여 박명(薄命)ᄒᆞ믈 슬허ᄒᆞ지 아니코 도로혀 ᄇ【74】리기를 타연이 ᄒᆞ리잇가?”

샹셰 졍식 왈,

“쇼ᄋᆞ의 교혜능변(巧慧能變)934)이 여류(如流)ᄒᆞ믈 닌 즈못 깃거 아니ᄒᆞᄂᆞ니, 슘가 잡말을 긋치라.”

인ᄒᆞ여 눈을 드러 보니 난향이 즁계하(中階下)의 셧ᄂᆞ지라. 졍셩딘미(正聲大罵) 왈,

“닌 즈쇼로 흔짱 동지(童子) 압희 잇고, 흔ᄂᆞ 녀든도 당아릭 니르지 못ᄒᆞ거늘 산인이고(山人尼姑)의 무리 감이 당하(堂下)의셔 닌 동지(動止)를 슬피리오.”

좌우로 향을 구축(驅逐)ᄒᆞ여 닌치니, 우셩이 이 거동을 보고 감이 말을 못ᄒᆞ고, 다만 머리를 슉여 눈물이 좌셕의 쩌러지거늘, 샹셰 폐목이언와(閉目而偃臥)935)ᄒᆞ여 죵시 용납홀 긔식○[이] 업더니,【75】날이 진반(進飯)홀 쩌 다다르미, 강잉ᄒᆞ여 니러나 뉴공의 됴반을 슬피고 인ᄒᆞ여 시식(侍食)936)ᄒᆞ거늘, 우셩이 또 빅경 등을 조츠 공의 겻히셔 식반(食飯)ᄒᆞ나, 음식이 목의 ᄂᆞ리지 아니니, 샹셰 쇼아의 져 ᄀᆞᆺ치 샹심(傷心)ᄒᆞ믈 불쾌ᄒᆞ여 음식의 마시 업셔 ᄒᆞ더라.

뉴공이 우셩을 무인(撫愛)ᄒᆞ여 일시 쩌나지 못ᄒᆞ게 ᄒᆞ니, 샹셰 비록 감격ᄒᆞ나 부친의 너모 편익(偏愛)ᄒᆞ믈 깃거 아냐 빅경 등의 죵ᄉᆞ를 앗슬가 두려ᄒᆞ니, 딘강 뉴공은 홍을 승젹(承嫡)937)ᄒᆞᆫ 위(位)를 주어시나, 당시ᄒᆞ여ᄂᆞᆫ 샹셔의게 인ᄂᆞᆫ 쥴을 아라 다【76】시 곳치미 업ᄉᆞ니, 샹셔의 쥬의ᄂᆞᆫ 폐댱(廢長)ᄒᆞ미 큰 변(變)이니, 부친이 죵족을 모와 다시 션영(先塋)의 고ᄒᆞ미 업슨 젼의ᄂᆞᆫ ᄉᆞ당의 뵈지 못홀 쥴 아라 오히려 기인을 즈쳐ᄒᆞ나, 이 긔식을 만닐 공이 안즉 불시의 죵족을 모와 죠션의 고홀 쥴 알고 젼후 거죄 고이ᄒᆞ믈 붓그리고, 몸의 딜병이 잇고 즈식이 업ᄉᆞ니, 죵ᄉᆞ를 졍키 원치 아냐, 빅경 형뎨 즈라기를 기다려 빅명으로 홍의 죵ᄉᆞ(宗嗣)를 닛게 하고, 빅경으로 즈

---

*본문에서 유연이 아들 유우성에게 ‘백어를 효측하라’ 한 것은, 부모가 이혼하여 따로 살게 되면, 자식은 아버지를 따라 살아야 한다는 것을 말한 것이다.

934)교혜능변(巧慧能變) : 말을 교묘하고 번지르르하게 잘하나 실속이 없음.

935)폐목이언와(閉目而偃臥) : 눈을 감고 편안히 누움.

936)시식(侍食) : =시반(侍飯). 웃어른을 모시고 음식을 먹음.

937)승적(承嫡) : 첩에게서 난 서자가 적자로 됨. 여기서는 ‘적장자(嫡長子)의 계통을 이어받음’ 을 뜻한다.

긔 신후(身後)⁹³⁸⁾를 닛고즈 ᄒ더니, ○[의]외에 우셩을 어더 긔딜이 이럿툿 비범(非凡)【77】ᄒ니, 녹녹(碌碌)히 골몰(汨沒)ᄒ여 부모를 영양(榮養)치 못홀 위인이 아니라. 맛ᄎᆷᄂᆡ 본심(本心)을 일우기 어려온지라. 심즁의 넘녜(念慮) 무궁ᄒ여 노히지 아니터라.

이젹의 난향이 상셔의 ᄂᆡ치를 닙어 {상}상부의 도라가 승상과 뎡시를 듸ᄒ여 슈말(首末)을 ᄌᆞ시 젼ᄒ니, 부인이 기리 탄식 왈,

"오ᄋᆞ(吾兒) 부ᄌᆞ의 도를 니루미 인륜의 혼(恨)이 업ᄉᆞ니, 무스일 득죄흔 어미를 싱각ᄒ리오."

승상이 기리 혼ᄒ여 굴오듸,

"ᄌᆞ슌이 임의 그 ᄌᆞ식을 ᄉᆞ랑홀진듸 녀아ᄂᆞ 무슴 죄로 ᄎᆞᄌᆞ미 업ᄉᆞ리오. 죽일 노즁【78】의셔 만나미, 말이 겸공(謙恭)ᄒ고 긔운이 온화(溫和)ᄒ여 젼혀 노식이 업거ᄂᆞᆯ, ᄆᆞᄋᆞᆷ을 프런ᄂᆞᆫ가⁹³⁹⁾ ᄒ엿더니, 일댱(一場) 가작(假作)ᄒ미로다."

뎡시 묵연 부답이러라.

우셩이 뉴가의 이션지 두어 달이 되미, 심니예 쟈모(慈母)를 싱각ᄒ여 밍[ᄆᆡ]양(每樣) 사룸 업ᄉᆞᆫ 듸 니른즉, 눈믈이 긋칠 ᄊᆡ 업ᄉᆞ니, 쥬시 이 거동을 보고 크게 어엿비 녀겨 공의게 뎡시 다려오믈 쳥ᄒ니, 공이 즉시 우셩을 블너 위로ᄒ고, 상셰로 ᄒ여금 뎡시를 다려오라 ᄒ니, 상셰 가(可)치 아니므로 고ᄒ듸, 공이 듸미(大罵) 왈,

"네의 ᄉᆞ오납기로써 나【79】의 쳔금지손(千金之孫)으로 ᄒ여금 심ᄉᆞ(心思) 상(傷)키 쉽오니, 너ᄂᆞᆫ 셰속(世俗) 시비(是非)를 이르나, 내 불관(不關)이 녀기거○[니]와, 우셩은 날노 인ᄒ여 어미를 그려 병이 나게 ᄒ여시니, 엇지 네 말을 용납ᄒ리오. 네 만닐 뎡시를 보기 슬을진듸 아모듸나 ○[나]가라."

드듸여 글을 지○[어] 뎡공긔 샤례(謝禮)ᄒ고 뎡시를 은근이 위로ᄒ여 쳥ᄒ[홀]ᄉᆡ, 금거옥뉸(金車玉輪)⁹⁴⁰⁾으로써 마ᄌᆞ러 보ᄂᆡ니, 상셰 부친의 노ᄒ믈 보고 말을 못ᄒ여, 믄득 니러 셔당의 가 시동으로 ᄒ여금,

"우셩을 부르라."

하더라.【80】

---

938)신후(身後) : =사후(死後). 죽고 난 이후.
939)프런ᄂᆞᆫ가 : '플엇ᄂᆞ가'의 연철표기. 풀었는가.
940)금거옥뉸(金車玉輪) : 몸체를 금으로 꾸미고 바퀴를 은으로 장식한 화려한 수레.

뉴효공션힝녹 권지팔

각셜, 이쩌 벽졔소뤼 은은ᄒ니 녜부샹셔 뉴졍셰 니르러 뉴공으로 말솜ᄒ고, 샹셰 부젼(父前)의 나ᄋ가 시좌(侍坐)ᄒ니, 한훤(寒暄)을 프ᄒ 후, 녜부(禮部) 공의 겻ᄒ 여러 아ᄒ 이시믈 보고, ᄯ 우셩을 보고 뒤경 왈,

"이 엇던 아ᄒ닛가?"

공 왈,

"뎡시의 ᄌ식이라."

ᄒ뒤, 녜뷔 더옥 놀나 칭찬ᄒ여 왈,

"≤뎡샹국의 ᄌ□[덕](才德)이 뎡시의게 흘녀 쳥졀슉덕(淸節淑德)이 고금의 녀싀(女士) 되○[기]를 ᄉ양치 안홀 비오, ᄌ슌의 어질미 슉녀의 호구(好逑) 되여 이졔 싱육(生育)ᄒ 비 이 ᄀᆺ치 비샹(非常)ᄒ【1】니, 벅벅이 문셩공 □[진]텬지녕(在天之靈)이 도으샤 뉴문의 《긜인∥긔린》을 ᄂ녀 죵ᄉ(宗史)를 빗ᄂ시미로다≥941). 슈일 젼 쇼뎨 녜부의 부졀업슨 문셔를 피람(披覽)ᄒ다가 형의 폐쟝(廢長)ᄒᄂ 글을 보니, 실노 골경신ᄒ(骨驚身駭)ᄒ지라. 져 글을 업시치 아니ᄒ고 ᄌ슌이 엇지 셰샹의 힝ᄒ리오. 이졔 ᄎᄋ를 보니 더옥 ᄌ슌의 위(位)를 존(尊)ᄒ미 쉽오니, 형의 존의(尊意)은 엇지 코져 ᄒ야 지금 동졍(動靜)이 업ᄂ잇가?"

뉴공이 츄연(惆然) 괴참(愧慙) 왈,

"≤우형이 당년(當年)의 일을 그릇ᄒ여 댱(長)을 폐ᄒ무로붓터 이졔 니르히【2】 취샤(取捨)를 졍치 못ᄒ니, 뉘웃츤 비 젹지 아니ᄒ뒤, 친쳑의 이를 ᄂᆺ치 업고, 연이 본뒤 나의 쟝ᄌ(長子)니, ᄶᆺᄶᆺᄒ 《거스로 졍ᄒ뒤∥거시 스스로 뎡ᄒ 고뒤 》 이실 거시니, 다른 곡졀(曲切)이 업슬가 ᄒ엿더니,≥942) 현뎨(賢弟)의 말을 드르니, 죵족을 모화 이

---

941)뎡샹국의 셩ᄒ <u>ᄌ덕이</u> 뎡시의게 흘녀뎡졀슉덕이 고금의 녀ᄉ <u>되기를</u> ᄉ양치 아닐 거시오, ᄌ슌의 어질미 요됴슉녀 호귀 되어, 이졔 싱육ᄒ 배 이 ᄀ티 비샹ᄒ니, 벅벅이 문셩공 <u>진텬지녕이</u> 도으샤 뉴문의 <u>그린을</u> 내여 죵ᄉ를 빗내시미라. …(국립도서관본 『뉴효공션힝녹』利<권지삼>:19쪽2-8행, *밑줄·문장부호 교주자)

942)우형이 당년의 일을 그릇ᄒ여 쟝을 폐ᄒ므로브터 이졔 니르히 취샤를 졍치 못ᄒ니, 뉘웃는 ᄊ디 젹은 배 아니라. 친쳑의게 니를 ᄂᆺ치 업고, 연이 본뒤 나의 쟝지라. <u>덧덧ᄒ 거시 스스로 뎡ᄒ 고뒤 이실 거시니,</u> 다른 곡졀이 업슬가 ᄒ엿더니, …(국립도서관본 『뉴효공션힝녹』利<권지삼>:20쪽1-6행, *밑줄·문장부호 교주자)

말을 니르고 녜부 문셔를 곳쳐 졍탈(定奪)943)ᄒ미 올토다.”

녜뷔 졍식 왈,

“형이 엇지 혀아리기를 그릇ᄒᄂ뇨? 이 엇지 딕변이 아니며, ᄌ슌이 엇진 사름고? ≤형이 ○○○[스당의] ᄌ슌의 죄를 고흔 츅문이 오히려 분벽(粉壁)의 잇고, 나라히 고흔 문셔가 녜부의 잇시니, ᄌ슌이 일딕(一代) 《튱신∥듕신(重臣)》【3】으로 몸이 스림의 괴슈(魁首) 되엿ᄂᄃᄃᆞ, 무삼 ᄂ출 드러 사름을 보리오. 이졔 형의 홀 바ᄂ 조상의 [ᄋᆔ] 츅문을 ○○[다시] 《비러∥고ᄒᆞ야》 셕○[일](昔日) 참소를 《드러∥듯고》 일을 그릇ᄒᆞ믈 《ᄉ례∥샤죄(謝罪)》ᄒᆞ고, 종족의○[게]도 이 ᄀᆞ치 흔신 후, 소봉(疏封)을 올녀 젼후ᄉ(前後事)를 주(奏)ᄒᆞ여, 녜부 문셔와 ᄉ묘(四廟)944) 《문벽∥분벽》의 삭인 츅문(祝文)을 불지르고, 뎡시 무죄ᄒᆞ니 다시 다려와 부뷔 완취(完聚)945)케 ᄒᆞ면, 이 일댱가경(一場嘉慶)이니, 엇지 지류(遲留)ᄒᆞ여 ᄂ쳐(難處)《ᄒᆞ미 이시리오∥케 ᄒᆞ리오》.”

공이 크게 ᄭᆡ다라 《동연이∥졸연이》 손을 쏨내여 좌를 셔나 왈≥946),

“현뎨의 붉히 ᄀᆞ라침【4】 곳 아니면 우형이 대ᄉ를 그릇ᄒᆞ리랏다. 식부ᄂ 마즈러 가시니 만닐 올진ᄃᆡ 명일 종족을 모도리라.”

상셰 이 경상을 보ᄆᆡ 안식이 다른 줄 ᄭᆡᄃᆞ지 못ᄒᆞ여 피셕 왈,

“슉뷔 소딜을 박ᄃᆡᄒᆞ시미 이ᄃᆡ도록 심ᄒᆞ시며, 쇼딜을 만닐 어엿비 녀기실진ᄃᆡ, 다시 이 망극흔 경식(景色)을 보지 아니케 ᄒᆞ샤, 죄인의 몸이 일 업시 죵신(終身)케 ᄒᆞ시미 셩덕이어늘, 대인 셩총(聖聰)을 어즈러이시니, 쇼딜이 출하리 죽을지언졍 쥼임을 밧들어 션조를 욕지 못ᄒᆞ리로소이다.”

녜뷔 졍【5】식(正色) 칙 왈,

“현딜이 ᄉ리(事理)를 알녀든, 엇지 이 갓치 조협(躁狹)흔 아녀ᄌ의 쇼견을 닐너 일시 《듕명∥듕망(重望)》을 져ᄇᆞ리ᄂᄂ뇨? 이졔 네 몸이 흔ᄀ곳 형의 봉ᄉ(奉祀)를 주(主)홀 사름이 아녀 대종(大宗)을 녕(領)홀 비니, ᄌ현이 만고 죄인으로 북히의 침몰(沈沒)ᄒᆞ니, 비록 싱환(生還)ᄒᆞ나 다시 인류의 참예치 못홀 거시오, 자식이 이시나 아비 연

---

943)졍탈(定奪) : ①임금의 재결(裁決). ②신하들이 올린 논의나 계책 가운데 임금이 가부를 결정하여 그 가운데 한 가지만 택하던 일.

944)ᄉ묘(四廟) : 고조부모, 증조부모, 조부모, 부모 등 4대 조상의 신위를 모신 사당.

945)완취(完聚) : 흩어진 가족이 모두 한곳에 함께 모여서 삶.

946)“형이 스당의 ᄌ슌의 죄를 고흔 츅문이 오히려 분벽의 잇고, 나라히 고흔 문셰 녜부 가온대 금초여시니, ᄌ슌이 일딕 듕신으로 스림의 고슈 되여, 이 문셔를 업시티 아니코 엇디 ᄂ출 드러 사름 볼 ᄡᆞ디 이시리오. 이졔 형의 ᄒᄂ 바ᄂ 조샹의 다시 베퍼, 젼일 참소를 듯고 그릇ᄒᆞ믈 샤죄ᄒᆞ시고, 종족의게 이 ᄀᆞ티 흔 후, 소봉을 올녀 젼후 참소를 듯고 그릇ᄒᆞ믈 주ᄒᆞ샤, 녜부 문셔와 ᄉ묘 분벽의 사긴 튱문을 아오로 불지른 후, 뎡시 무죄ᄒᆞ믈 ᄯᅩ흔 고ᄒᆞ야, 다시 다려와 부뷔 완취케 ᄒᆞ면, 이 일댱 과경이니, 엇디 지류ᄒᆞ여 ᄂ쳐ᄒᆞ미리오.” 뉴공이 크게 ᄭᆡ돌아 졸연이 폴을 쏨내여 좌를 셔나, 주춤거려 왈, …(국립도서관본 『뉴효공션힝녹』 利<권지삼>:20쪽11행-21쪽11행, *밑줄·문장부호 교주자)

좨(緣坐)947) 이시니, 능히 종스(宗嗣)룰 현뎡(顯定)치 못홀 거시니, 이졔 션조의 의지
ᄒ실 빅 젼혀 네게 이셔, 비록 이젼 불힝(不幸)흔 말을 드르나 추시룰 당ᄒ여 씨다르
미 계시고, ≤군【6】뷔(君父) 너룰 위ᄒ여 ○○○○○○[신원ᄒ시미] 발분망식(發憤
忘食)948) ᄒ시니, 《너의 온‖예의 졀효ᄂ 힝실이》 젼후(前後)의 《상ᄒ온‖샹인(傷
仁)949)흔》 거시 업고, 묽은 효의와 놉흔 튱졀이 금옥쥭빅(金玉竹柏)950)의 비기리니,
≥951) 맛당이 격은 혐의(嫌疑)룰 ᄇ리고 부명(父命)을 슌종ᄒ여 조션(祖先)을 붓들미
올커ᄂ, 엇지 부유(腐儒)의 틱(態)룰 ᄒ리오. 이졔 고집히 스양흔 즉 이ᄂ 젼일 형을
원망홈 갓트니, 닉 그윽이 현딜(賢姪)을 위ᄒ여 취(取)치 아닌노라.”

상셰 밋쳐 딕답지 못ᄒ여셔, 공이 노(怒)ᄒ고 좌우로 ᄒ여금 상셔룰 셔당으로 보닉
여 왈,

“다시 어즈러온 말을 말나.”

ᄒ고,

“나의 부른 후 명(命)을 좃츠라.”

상셰 홀일 업○[셔] 믈너나와 크게 탄 왈,【7】

“닉 진실노 ᄯ을 닐우지 못ᄒ니, 젼후의 무슴 사름이 되엿ᄂ뇨? 오날 우셩의 연고
로 닉 《신병‖심병》을 다시 일운지라. 이 ᄀ튼 즈식ᄒ여 무어시 쓰리오.”

드듸여 공즈룰 불너 면젼의 니르니, 상셰 댱츳 칙ᄒ고자 ᄒ더니, 긔운이 몬져 거스
려 피 토ᄒ기룰 시죽ᄒ니, 복바쳐 쏜히 고이미, 평지(平地)의 젹쳔(赤川)이 되ᄂ지라.

좌위(左右) 실식(失色)ᄒ고 복시(服侍)ᄒᄂ 동즈(童子)와 빅경 등이 황황분쥬(遑遑奔
走)ᄒ여 급히 뉴공긔 고ᄒ니, 공이 딕경ᄒ여 네부로 더부러 이에 니르○○[러 보]니
신식(神色)이 찬지 갓ᄒ여 《졍심‖졍신》을 슈습지 못ᄒ여 혼졀(昏絶)ᄒ엿거ᄂ,【8】
공이 급히 약으로 구ᄒ니, 반향 후 계우 인스룰 출혀 부친의 《완후‖구완(救完)》ᄒ
믈 보고, 강작(强作)ᄒ여 흠신이좌(欠身而坐)952)여ᄂ, 공이 집슈(執手) 뉴쳬(流涕) 왈,

“노뷔 당년의 널노ᄒ여금 궁텬(窮天)의 《원악‖원억》ᄒ믈 깃쳐거니와, 이졔 다시
신원(伸冤)ᄒ미 네게 무슴 불평ᄒ미 잇관딕 이럿툿 과도흔 거조룰 ᄒ여, 노부로 ᄒ여
금 혼빅이 비월(飛越)○[케] ᄒ니, 이 엇지 너의 도리리오. 복댱(復長)ᄒ미 문호의 딕
시(大事)요, 뎡시의 무죄ᄒ미 명빅ᄒ고, 승상의 일시 모히ᄒ미 분히ᄒ나 졔 임의 그릇

947)연좌(緣坐) : 부자(父子), 형제(兄弟), 숙질(叔姪)의 죄로 무고하게 처벌을 당하는 일.
948)발분망식(發憤忘食) : 끼니까지도 잊을 정도로 어떤 일에 열중하여 노력함.
949)샹인(傷仁) : 어진 덕을 해침.
950)금옥쥭빅(金玉竹柏) : 금·옥·대나무·잣나무를 함께 이른 말. 금·옥은 고결함을 죽·백
은 청절(淸節)을 상징한다.
951)군뷔 너를 위ᄒ야 신원ᄒ시미 발분망식ᄒ시니, 예의 졀효ᄂ 힝실이 젼후의 샹인흔 거시 업
슬 쑨 아냐, 겸ᄒ여 믈근 효의와 놉흔 즁졀이 금옥과 듁빅 ᄀ트니, …(국립도서관본 『뉴효
공션힝녹』 利<권지삼>:23쪽4-8행, *밑줄·문장부호 교주자)
952)흠신이좌(欠身而坐) : 몸을 굽혀 공경하는 예를 표하고 자리에 앉음.

ㅎ믈 칭샤(稱謝)953)ㅎ니, 피츠 견과(前過)을 ㅂ리고 구교(舊交)의 친ㅎ믈 닐윌 거시오, 우【9】셩을 보미 더욱 어미를 ㅂ리지 못홀 형셰어늘, 이졔 고집히 병을 닐위여 죽기를 바야니, 뭇춤니 너의 관(棺)을 비겨 우는 늙은이 되지[기]○○○[를 면치] 못홀지라. 빅슈여싱(白首餘生)954)이 눌노 더부러 의지ㅎ리오."

셜푸의 실셩뉴쳬(失性流涕)ㅎ니, 샹셰 면관돈슈(免冠頓首)955)ㅎ고 죄를 쳥ㅎ미, 쏘ㅎ 쳬읍ㅎ여 몸 둘 곳이 업셔 ㅎ니, 녜뷔 ᄃ삼 부즈를 위로ㅎ고 인(因)ㅎ여 탄왈,

"이거시 뉘탓시리오. 당년의 형이 친쇼원현(親小遠賢)956)ㅎ여 거죄 이 지경의 이시니, 즈슌은 부형의 회과(悔過)ㅎ는 안면(顔面)을 도라보와 ᄆ음을 강잉(强仍)ㅎ라. 이 일이 뭇춤니 굿○[치]지【10】못홀 거시니 용녀(用慮)ㅎ여 부졀업스니, 엇지 깁히 싱각지 아니 ㅎᄂ뇨?"

샹셰 돈슈 왈,

"슉부는 {희}아957)의 죄로뻐 빅경이 죵ᄉ(宗嗣)를 밧드지 못ㅎ리라 ㅎ시니, 고슈(瞽瞍)의 즈(子) 슌(舜)이 이시니, 냥딜(兩姪)의 어질미 엇지 즈현의 연좌(緣坐)를 쓰며, 쏘 무슴 연고로뻐 뎡관의게 머리를 슉여 손ᄉ(遜辭)ㅎ리오. 대인이 뎡녀의 죄를 샤ㅎ여 브르시나, 져 부녜 반다시 녯 말을 일ᄏ라 조금도 요동ㅎ미 업고, 헛된 글로뻐 샤례ㅎ여 대인의 명을 밧줍지 아니리니, 그 욕되미 극ㅎ거늘, 대인이 슬피지 아니시ᄂ니잇ᄀ?"

녜뷔 왈,

"한셜(閑說)을 날회고 명【11】일 종족을 모돌 거시니, 현딜은 과도히 심녀(心慮)치 말나."

인ㅎ여 뉴공으로 더부러 셔헌(書軒)의 도라가니 과연 뎡시 다리러갓던 노미(奴馬) 일봉 글을 올니거늘 공이 ᄶᅧ혀 보니, ㅎ엿시되,

"쳔식부(賤息婦) 뎡시는 돈슈빅빅(頓首百拜)ㅎ여 엄구대인(嚴舅大人) 안젼의 글을 밧드옵ᄂ니, 쇼쳡이 당년(當年)의 큰 죄를 존구(尊舅)긔 지어 맛당이 버히미 나ᄋ갈 거시어늘, 셩덕을 닙ᄉ와 목슘을 술와 아비 집의 도라오니, 여앙(餘殃)이 미진(未盡)ㅎ여 도로의 뉴락(流落)ㅎ미 잇더니, 이 텬힝(天幸)으로 부녀상봉(父女相逢)ㅎ고 엄구의 은덕○[이]ᄂ리【12】셔 쇼쳡의 죄를 샤(赦)ㅎ여 부르시미 계시니, 당당이 문하의 나ᄋ가 명교(明敎)를 봉힝(奉行)ㅎ염즉 ㅎ되, 몸이 니고(尼姑)의 무리의 츙슈ㅎ여 범인의 모양이 아니니, 엇지 감이 셩문(聖門)의 유풍(遺風)을 어즈러이며, 군즈의 가즁의 거ㅎ리잇가? 하믈며 가엄(家嚴)의 젼도(顚倒)ㅎ 말슴이 존의(尊意)을 촉휘(觸諱)ㅎ여시니,

---

953)칭샤(稱謝) : 사죄하는 뜻을 표현함.
954)빅슈여싱(白首餘生) : 늙은이의 남은 삶.
955)면관돈슈(免冠頓首) : 관을 벗고 이마가 땅에 닿도록 머리를 조아림.
956)친쇼원현(親小遠賢) : 간사한 사람을 가까이 하고 어진 사람을 멀리 함.
957)아 : 아우. 동생.

이 다 쇼쳡의 죄라. 어늬 면목으로 안젼의 뵈오리잇가? 이런 고로 감이 은명(恩命)을 슈[슉]샤(肅謝) 치 못ᄒ오니, 조희958)를 님(臨)ᄒ미 불승황공(不勝惶恐)ᄒ여 쳥죄ᄒᄂ니이다."

ᄒ엿더라.

뉴공이 녜부로 셔로 보고 왈,

"식부의 샤양(辭讓)ᄒ【13】ᄂ 말이 사리의 간졀ᄒ야 조금도 원틔(怨懟)959)ᄒᆫ 비업스니, 명일 다시 쳥ᄒ미 올타."

ᄒ더라.

이 젹의 우셩이 부친의 거동을 보고 놀나고 두려 감이 갓가이 뫼시지 못ᄒ더니, ≤이날 어두우미 셕반(夕飯)○…결락 8자…○[홀 쌔로딕 샹셰 셕식]을 나오지 아니코, 혼혼(昏昏)ᄒ여 볘기의 누어 ᄉ미로 ᄂᆺ츨 가리왓시니, 심니(心裏)의 착급ᄒᆷ믈 이긔지 못ᄒ여 압히 나ᅀᅡ가 ᄂ즉이 문후ᄒ고 인ᄒ여 셕반을 고흔 딕, 샹셰 딕답지 아니커늘, 공직 심즁의 겁(怯)○○○[ᄒ야 싱각]ᄒ딕, 야애 그딕도록 ○○[토혈(吐血)]ᄒ시고 요동(搖動)치 아니시니, 엄홀(奄忽)ᄒ시미 잇ᄂ가 ᄒ여, ᄲᆯ니 귀을 기우려 드ᄅ니 슘【14】쇼릭 업ᄂ지라≥960). 크게 놀나 부친의 손을 만져보니 차기 어름 갓튼지라. 더욱 경황ᄒ여 오히려 나이 어린 고로 두려오미 잇셔 만신(滿身)의 ᄯᆞᆷ이 흐르ᄂ 줄을 잇고 늣겨, ᄂᄂ 눈물이 비오ᄃᆺᄒ되, 샹셰 심식 조치 아녀 쇼릭를 아니코 누어더니, 쇼ᅌᆞ의 이 갓치 슬허ᄒ며 두려ᄒᆷ믈 보고 심니의 가련ᄒᆷ믈 이긔지 못ᄒ나, 본딕 심홰(心火) 즁(重)ᄒ지라. 도로혀 뮈온 ᄆᆞ음이 니러나 오릭도록 말을 아니타가 믄득 ᄭᅮ지져 왈,

"널노ᄒ여 늬 병이 침칙[젹](沈積)961)ᄒ니 졍이 블효(不孝)를 겨[결]을치 못ᄒ거늘, 엇지 이리 어즈러○[이] 구【15】러 늬 심병(心病)을 도도ᄂ다? 네 ᄲᆯ니 조부긔 근시(近侍)ᄒ고 부르미 업거든 네 이곳의 오지 말나."

드듸여 동ᄌ로 ᄒ여금 우셩을 미러 늬치라 ᄒ고 문을 다드니, 공직 눈믈○[을] 흘니고 믈너 딕셔헌의 니르러 조부를 뵈미, 공이 긔식을 보고 {공이} 빅경을 불너 연고(緣故)를 뭇고, 우셩을 위로ᄒ여 왈,

"네 아비 실셩ᄒ여 크게 젼과 다르니 네 맛당이 안심ᄒ여 늬 곗희 이시라. 요ᄉᆞ이 지나면 조용히 기유ᄒ여 편이 지늬게 ᄒ리라."

---

958)조희 : 종이.

959)원틔(怨懟) : =원망(怨望). 못마땅하게 여기어 탓하거나 불평을 품고 미워함.

960)날이 져므러 <u>셕반홀 쌔로딕 샹셰 셕식을 나오디 아니코,</u> 혼혼ᄒ여 벼개에 누어 ᄉ매로 ᄂᆺ츨 가리와시니, 심니의 착급ᄒᆷ믈 이긔디 못ᄒ야 압히 나ᅀᅡ가 ᄂ즈기 문후ᄒ고 인ᄒ여 셕반을 고흔 대, 샹셰 답디 아니커늘, 공직 심듕의 <u>겁ᄒ야 싱각ᄒ딕, 야애 그딕도록 토혈ᄒ시고 요동티 아니시니, 엄홀ᄒ미 잇ᄂ가, 귀를 기우려 드ᄅ니, 숨소릭 업ᄂ디라.</u> …(국립도서관본 『뉴효공션힝녹』利<권지삼>:30쪽1행-9행, *밑줄·문장부호 교주자)

961)침젹(沈積) : 사물 속에 가라앉아 쌓임.

공지 비샤 ᄒ더라.

명일 쳥신(淸晨)의 뉴공이 거ᄆ를 갓쵸고 봉셔를 닷가 뎡시를 ᄶᅩ 쳥【16】ᄒ니, 뎡시 존구의 두 번 부르미 관곡(款曲)ᄒᆷ믈 보고, 감이 믈너 잇지 못홀 형셰라. 녯날 츌화 밧던 경쇠을 싱각고 ᄶᆞᆷ은 머리로 ᄡᅥ 사름을 디홀 ᄯᅳᆺ이 업스니 참아 힝치 못ᄒᆞ여 주져ᄒᆞ더니, 뉴가 창뒤 일봉셔찰(一封書札)을 올니니, 이 우셩의 밀셔(密書)라. 샤의(辭意) ᄌᆞ셔ᄒᆞ여 부친의 경쇠과 조부의 졍셩으로 쳥ᄒᆞᄂᆞᆫ ᄯᅳᆺ을 고ᄒᆞ엿ᄂᆞᆫ지라.

부인이 이에 글을 가지고 야야와 샤형(舍兄)으로 더부러 상의(相議)ᄒᆞ니, 승상이 탄복 왈,

"≤ᄌᆞ슌이 ᄆᆞᆺ춤ᄂᆡ 쳐ᄌᆞ의 졍을 긋고 부형의 《톄후∥톄위(體威)962)》를 존즁(尊重)코ᄌᆞ ᄒᆞ니, 닉 엇지 고집ᄒᆞ여 져의 ○○○○○[와뎐풍문(訛傳風聞)의] 익미(曖昧)ᄒᆞᆫ 일【17】을 일시 분앙(憤怏)ᄒᆞ기로, 억탁(臆度)ᄒᆞᆫ 허물을 샤례(私禮)963)치 아니 ᄒᆞ리오.≥964) 뉴뇌(劉老) 씨다라 너를 쳥ᄒᆞ고 ᄌᆞ슌이 여ᄎᆞ 거졀ᄒᆞᆷ믄 다 곡졀이 이시니, 닉 이졔 너를 다려가 뉴노를 보와 견과(前過)를 치샤(致謝)965)ᄒᆞ고 ᄌᆞ슌을 키유(開諭)ᄒᆞ리라."

뎡시 탄식 왈,

"쇼녜 셰상의 ᄂᆞᆺᄎᆞᆯ 드지 못홀 붓그러오미 잇고, 인인(人人)이 다 구가 츌화(黜禍) 바드미 예ᄉᆞ(例事)나, 쇼녀ᄂᆞᆫ 참혹ᄒᆞᆫ 경광(景光)을 지닉여시니, ᄒᆞ면목(何面目)으로 다시 엄구(嚴舅) 안젼(眼前)의 나ᅀᅡ가리오. ᄒᆞᆷ믈며 상셰 난향을 구축(驅逐)ᄒᆞ고 ᄶᅮ짓든 셜해(說話), 쇼녀의 승(僧)되여시믈 비우(譬寓)ᄒᆞ여966) 군ᄌᆞ의 빅필(配匹) 되지 못홀 쥴을 붉히 니른 빈니, 급히 싱각【18】지 아니코 나ᅀᅡ갓다가 다시 닉치미 이시면 엇지 참괴(慙愧)치 아니리잇고?"

승상 왈,

"닉 ᅌᆞ히 ᄒᆞ나흘 알고 둘을 모로ᄂᆞᆫ ᄯᅩ다. 너의 승니(僧尼)의 모양이 기리 궁진ᄒᆞ여 ᄌᆞ슌으로ᄡᅥ 수졀(守節)ᄒᆞᆫ 연괴(緣故)라. 졔 엇지 일노 혐의(嫌疑)ᄒᆞ리오. 젼일이 비록 히연(駭然)ᄒᆞ나 졔 뉘웃쳐 지삼 《샤폐∥샤죄(謝罪)》ᄒᆞ고 쳥ᄒᆞ니, 네 도리의 믈너 잇지 못홀 거시오, 닉 ᄶᅩ 져 부ᄌᆞ를 보아 조토록 ᄒᆞ리니, ᄌᆞ슌이 ○[닉] 뉘웃ᄂᆞᆫ 말을 드

---

962)톄위(體威) : '체면(體面)'과 '위의(威儀)'를 함께 이른 말로, 남을 대하기에 떳떳한 얼굴과 위엄(威嚴).

963)샤례(私禮) : 비공식적으로 사사로이 차리는 인사. 여기서는 '사인(私人) 간에 사사로이 차리는 '인사치례의 말' 정도의 뜻.

964)ᄌᆞ슌의 어딜미 ᄆᆞᆺ춤ᄂᆡ 쳐ᄌᆞ의 졍을 긋고 부형의 톄위를 존듕콰져 ᄒᆞ니, 내 엇디 스ᄉᆞ로 뎌의 와뎐풍문의 익미ᄒᆞᆫ 일을 일시의 분완ᄒᆞ기로ᄡᅥ, 억탁ᄒᆞᆫ 허물을 샤례티 아니리오. …(국립도서관본 『뉴효공션힝녹』 利<권지삼>:33쪽1-5행, *밑줄·문장부호 교주자)

965)치샤(致謝) : 고맙고 감사하다는 뜻을 표시함. *여기서는 '사죄(謝罪)의 뜻을 표시함'의 뜻으로 쓰였다. '謝'에는 '사죄하다' '용서를 빌다'의 뜻이 있다.

966)비우(譬寓/比寓)ᄒᆞ다 : 빗대다. ①곧바로 말하지 아니하고 빙 둘러서 말하다. ②사실과 다르게 비뚜름하게 말하다.

른 즉 구타여 보기 슬여 아니리라."

드두여 뎡시로 더부러 뉴부의 니르니, 뉴공이 디경ᄒ여 급히 관복(官服)을 갓쵸고 문 밧긔 나와 승상을 마【19】ᄌ미 승상이 하거(下車)ᄒ여 당의 니르러{ᄂ}는, 좌우를 물니고, 유공을 향ᄒ여 공슈(拱手)967) 비례(拜禮) 왈,

"관이 당년의 젹은 혐의로 명공을 모히ᄒ니, 이졔 싱각ᄒ니 붓그리며 황공ᄒ미 여산약ᄒ(如山若海)968)라. 금일 셔로 보미 구교(舊交)의 친ᄒ 얼골이 문득 반가오미 유동(流動)ᄒ니, ᄯ흔 용셔(容恕)ᄒ믈 쳥ᄒᄂ 무음이 갈망ᄒ기의 밋쳣시니, 명공이 능히 관의 죄를 샤(赦)ᄒ고 다시 인친(姻親)969)의 조흐믈 시롭게 ᄒ시리잇가?"

뉴공이 승상을 황망이 붓드러 상좌의 안치고 피셕 돈슈 왈,

"만싱(晚生)이 무상ᄒ여 골육의 변(變)을 일위혀고, 현슉ᄒ 식【20】부(息婦)를 ᄒ여금 춤혹(慘酷)히 구박ᄒ니, 도금(到今)ᄒ여 싱각ᄒ 즉 침괴(慚愧)ᄒ미 시론지라. 엇지 감이 상국의 노ᄒ시믈 탄ᄒ리오. 금일 거모(車馬)를 굴ᄒ샤 셩(盛)이 위ᄌ(慰藉)ᄒ시믈 닙으니, 블승황감(不勝惶感)ᄒ여이다."

승상이 손샤(遜辭)ᄒ고 다시 니로디,

"관이 지식이 우몽(愚蒙)ᄒ여 녀ᄋ로 ᄒ여금 도로의 뉴락(流落)○[케] ᄒ니, 부녜 셔로 ᄉ싱(死生)을 지음970)ᄒ여거늘 ᄌ슌의 인덕으로 그 거쳐를 아라 부녜상봉(父女相逢)ᄒ니, 디은(大恩)○[을] 명골(銘骨)ᄒ더니, 이제 지삼 쇼녀를 브르미 계실 시, 쇼녜 감이 틱만치 못홀지라. 먹던 거슬 배앗고 밧비 문하의 니르러【21】쳐치를 《기다리린즘∥기다림》 즉ᄒ디, 의혹ᄒᄂ 바ᄂ 관의 연좌(緣坐) 쇼녀의 밋쳐, 명공이 비록 용샤ᄒ나 ᄌ슌이 대의ᄅ[로] 거졀ᄒ 즉, 녀지 구가(舅家)의 의탁홀 기리 긋쳐지ᄂ 고로 호의(狐疑)ᄒ여 나오지 못ᄒ고, ᄯ흔 셰상 얼굴이 되지 못ᄒ여시니, 군ᄌ의 건즐(巾櫛)971)을 밧들기 외람ᄒ지라. ᄌ슌이 더욱 원치 아닐가 두려ᄒ거늘, 관이 기유(開諭)ᄒ여 다려왓거니와, 다만 ᄌ슌의 ᄯᄉ을 아지 못ᄒ니, 명공은 ᄌ슌을 불너 당면(當面)ᄒ여 그 쥬의○[를] 무르시면, 관이 ᄯ흔 춤쳥(參聽)코ᄌ ᄒᄂ이다."

뉴공이 흔연 샤례 왈,

"식부【22】의 변형(變形)ᄒ믄 뉴문을 위ᄒ여 슈졀ᄒ 연괴니, 엇지 일노써 혐의ᄒ리오. 돈ᄋ(豚兒) 만싱을 인ᄒ여 비록 고집ᄒ나 ᄯ흔 《문식∥무식(無識)》ᄒ 무리 아니니, 식부 고졀을 엇지 감응치 아니 ᄒ리오. 다만 작일 토혈을 만히 ᄒ고 밤이 지ᄂ

---

967)공슈(拱手) : 절을 하거나 웃어른을 모실 때, 두 손을 앞으로 모아 포개어 잡음. 또는 그런 자세. 남자는 왼손을 오른손 위에 놓고, 여자는 오른손을 왼손 위에 놓는다. 흉사(凶事)가 있을 때에는 반대로 한다.

968)여산약ᄒ(如山若海) : 산 같이 높고 바다 같이 넓음.

969)인친(姻親) : =사돈. 혼인으로 맺어진 관계. 또는 혼인 관계로 척분(戚分)이 있는 사람.

970)지음 : 즈음. 일이 어찌 될 무렵.

971)건즐(巾櫛) : ①수건과 빗을 아울러 이르는 말. ②낯을 씻고 머리를 빗는 일. *전통시대에 여성이 일상생활에서 남편의 시중을 드는 일을 말한다.

딘 자리를 써나지 못호니 존젼의 뵈지 못홀가 호느이다."

승상이 가탁(假託)인가 의심호여 왈,

"관이 니의 니르믄 견혀 주슌을 보고즈 호미니, 병이 침면(沈眠)혼 즉 맛당이 누은 곳의 가 볼 거시니, 관을 외인(外人)으로 아라 톄면(體面)을 추리미 쇼대(疏待)호미라."

공 왈,

"존명(尊命)이 비록 이 굿투나 돈아의 병이 현혼(眩昏)호여【23】능히 니지 못홀 거시니, 졔 병쇼(病所)의 가 보시미 원(願)이로소이다."

승상이 기연(介然)이 응낙호고 니러나미 공이 좃추가고즈 호거늘, 승상 왈,

"귀쳬(貴體)를 번거롭게 호미 가치 아니니, 관이 스스로 가셔 주슌을 조용히 보고즈 호느이다."

공이 좃추 하당(下堂)호여 보닌 후, 좌위(左右) 뎡부인 왓스믈 알왼딘,

"아직 쥬시로 졉딘호여 닉당(內堂)의 안둔(安屯)호라. 조용히 보미 늦지 아니타."

호니, 뎡시의 뎡972)이 안흐로 든 딘, 쥬시 신을 벗고 나와 손잡고 눈물 흘녀 혼가지로 당의 올나 녜를 뭇추미, 쥬시 다시 쳬읍(涕泣) 왈,

"부인의 당년 곤익과 츌【24】화(黜禍)의 망극혼 경식을 쳡이 능히 붓드지 못호니, 부인긔 죄를 만히 어든지라. 금일 보오미 참괴(慚愧)호믈 이긔지 못홀 쇼이다."

뎡부인이 기리 탄식 왈,

"쳡의 죄악이 틱듕(泰重)호여 셰상의 고이혼 경식을 굿초 격고 이졔 산인(山人)의 모양으로 존문(尊門)의 니르니, 인싱이 질긘 줄 알니로쇼이다."

냥인이 반기고 슬허호미 가업더라.

이 쩌 뎡공이 상셔의 병쇼의 드러가니, 동지 급히 고혼딘, 상셰 좌우로 호여금 관복(官服)을 가져오라 호더니, 승상이 손조973) 문을 여는지라. 상셰 마지 못호여 금금(錦衾)을 믈니치고 평복(平服)【25】으로 승상을 마주 좌의 안치고, 쯰를 그르고 관을 어로만져 좌의 나으가니, 동지 조용호고 온화호미 양츈(陽春) 굿투여 진퇴 가죽혼지라. 승상이 슈연히 눗빗출 곳치고 니로딘,

"복이 격년(隔年)974) 죄과(罪過)를 츄회(追悔)호여 금일 녕존대인 문하의 가셔 지기를 힝호니, 녕존(令尊)의 관셔(寬恕)호는 덕을 닙은지라. 당돌이 현셔(賢婿)를 추주믄 구일(舊日) 은익(恩愛)를 싱각호여 노부(老父)의 젼도(顚倒)호믈 칙(責)지 아닐가 브라노라."

상셰 사례 왈,

"합하(閤下)의 명(命)이 여추(如此)호시니, ≤일즉 우리 등이 션군(先君)의 지은(至

---

972)뎡 : 공주나 옹주가 타던 가마. 전(轉)하여 양반댁 여인들이 타던 가마를 지칭함.
973)손조 : 손수. 남의 힘을 빌리지 아니하고 제 손으로 직접.
974)격년(隔年) : 사람 사이의 관계에서 한 해 이상 서로 통하지 않고 지냄.

恩)을 밧즈왓시니, 엇지 시의(猜疑)ᄒ미 【26】 이시리잇고? 혼가지로 셩상을 돕ᄉ와 종샤(宗社)를 평안ᄒ게 ᄒ미 원이니, 닙으로 《ᄉ혐(私嫌)》을 일ᄏ라[롤] 비 아니오, 부형(父兄)을 모히(謀害)혼 원쉬○○○[이시니], ᄆᆞ옴의[을] ○[펴] 가이 샤실(私室)의 《화우∥셜화(說話)》홀 비 아니니, 티샤(太師)의 ᄆᆞᆰ[ᄇᆰ]으시무로 거의 복(僕)의 ᄆᆞ옴을 아르시리니,≥975) 셜ᄑᆞ(說破)976)키를 원치 아니 ᄒᄂ이다.”

공이 흔연이 웃고 기유(開諭) 왈,

“피ᄎ 고집ᄒ도다. 노부의 당년 일은 념복칭샤(斂服稱謝)977)ᄒᄂ니, 기리 유감(遺憾)홀 비 아니라. 현셔(賢壻)의 니른 바, ○○○[셩상의] 혼가○[지]로 지우(知遇)ᄒ신 동녈(同列)노, ᄉ혐(私嫌)을 ᄉᆡᆼ각지 아니미 올ᄒ니, 엇지 셜ᄑᆞ(說破)치 아니미 이시리오.”

상셰 뎡즁(廷中) 【27】 톄면(體面)을 도라보고, 즈긔 션실기도(先失其道)978) 혼 비 이시무로 강잉(强仍)ᄒ여 승상을 ᄃᆡᄒ나, 심니(心裏)의 미온(未穩)ᄒᄆᆞᆯ 이긔지 못ᄒ여 묵연졍ᄉᆡᆨ(默然正色)ᄒᄃᆡ, 공이 다시 니ᄅᆞᄃᆡ,

“현셰 노부를 한(恨)ᄒ미 깁흐나, 녀ᄋ(女兒)의 고졀(高節)과 우셩의 비범ᄒᄆᆞᆯ 뉴렴(留念)혼 즉, 구흔(舊恨)을 졔긔치 아넘죽 ᄒ니, 너모 니러ᄒ여 외친[친]닉쇼(外親內疏)혼가 ᄒᄂ니, 녀익 셰속 얼골○[이] 못 되엿고, 노부(老父)의 연좨(緣坐) 이셔 나ᄋ오미 당돌ᄒ나, 녕공(令公)의 명이 셰 슌(順)○[이] 이로미 가치 아닐 ᄉᆡ, 혼가지로 거ᄂ려 니에 이르니, 현셰 능히 녕존ᄃᆡ인(令尊大人)의 명을 슌슈(順守)ᄒ여 쇼녀 【28】 를 용납홀소냐?”

샹셰 몸을 굽펴 안셔히 ᄃᆡ 왈,

“합ᄉᄂᆞᆫ 당ᄃᆡ(當代) 명상(名相)으로 사히(四海)의 셩명이 가득ᄒ시니 아비와 쳐즈 경즁(輕重)을 알오시거ᄂᆞᆯ, 오날 복이 무례ᄒᄆᆞᆯ 용샤(容赦)ᄒ셤죽 ᄒᄂ이다.”

언필의 동즈로 우셩을 불으라 ᄒ니, 공지 젼도(顚倒)이 면젼의 니르ᄆᆡ, 뉴샹셰 일당[단](一端) 화긔(和氣){을} 봉안(鳳眼)의 표표(表表)ᄒ여, 흐르ᄂᆞᆫ 빗ᄎ로 승상과 우셩을 보아 양구(良久)히 말○[을] 아니 ᄒ더니, 좌우로 공즈를 잡아 당의 ᄂᆞ리오라 ᄒ야, 쇼리를 졍히 ᄒ여 니ᄅᆞᄃᆡ,

“네 어미 닉게 속현(續絃)ᄒᄆᆞ로붓터 칠거(七去)를 범ᄒ니, 대인이 구츅(驅逐)홀 ᄯᅳᆺ

---

975)일즉 우리 등이 션뎨의 지은을 밧즈와시니 엇디 셔로 싀의ᄒ미 이시리잇고? 혼가디로 셩상을 돕ᄉ와 종샤를 평안이 ᄒ미 원이라. 엇디 <u>닙으로 ᄉ혐을 일ᄏᆞᆯ 거시 아니오</u>, 부형을 모해혼 원쉬니, <u>마음을 가히 ᄉ실의 셔화홀 비 아니니, 태ᄉ의 ᄇᆞᆯ그시므로</u> 거의 복의 ᄆᆞ음을 아ᄅᆞ시리니, 셜파ᄒᄆᆞᆯ 원티 아니 ᄒᄂ이다. …(국립도서관본 『뉴효공션힝녹』 利<권지삼>:41쪽3-11행, *밑줄・문장부호 교주자)

976)셜ᄑᆞ(說破) : ①어떤 내용을 듣는 사람이 납득하도록 분명하게 드러내어 말함. ②상대편의 이론을 완전히 깨뜨려 뒤엎음.

977)념복칭샤(斂服稱謝) : 옷을 가다듬고 사죄(謝罪)함.

978)션실기도(先失其道) : 어떤 일을 하면서 자신이 먼저 도리에 맞지 않는 일을 함. 또는 자신이 먼저 잘못을 저지름.

【29】이 계시고, 닉 또흔 분(憤)히흐믈 이긔지 못흐여 과도흔 거조를 닐워시나, 녀즈의 도린 즉 엇지 엄구(嚴舅)와 가부(家夫)를 죽을 곳의 《치살‖모함(謀陷)》흐미 이시리오. 임의 나를 비반홀 의스를 니를[르]혀고 기가(改嫁)홀 뜻이 이시나, 닉 졍이 곡졀을 모로고 됴쥬(潮州)셔 거두엇더니, 이졔 젼일 《즉일‖즉언(作言)》흐던 말을 드르미 딕면(對面)치 못홀지라. 틱시 임의 츳즈 도라오시미, 힝혀 엄친이 아(我)의 불초흔 죄를 샤(赦)흐시나, 념(念)원즉 임의 기가(改嫁)홀 뜻이 잇눈 츌뷔(黜婦)오, 엄구와 지아비 히(害)흔 죄인이니, 닉 비록 무상흐여 츳즈미 이【30】실지라도, 사룸의 넘치 이시면 낫출 드러 이의 오지 못흐리니, 대인 셩덕의 비록 죄를 샤흐여 부르시나, 닉 네 어미 거절흐미 발분망식(發憤忘食)흐니, 다시 스싱의 알옴○[이] 업고, 흐믈며 이졔 너도 부즈지도(父子之道)를 즁이 녀기거든 어미를 싣코, 졋먹인 졍을 즁히 녀기거든 나를 긋츠라. ○○○○○[닉 이미 이를] 흔 번 이르미 잇거든, 닉 말이 네게 취신(取信)치 못흐여, 뎡네 이졔 닉 집의 니러럿다 흐니, 인즈(人子) 되어 강상 죄인(綱常罪人)979)의 계집을 졔어(制御)치 못흐고, 션빅 되어 말이 취즁(取重)흐믈 엇지 못흐니, 이눈 슈신(修身)을 붉히 못흐미라. 그 누【31】를 흔(恨)흐리오. ○○○○[슈연(雖然)이나] 너를 가닉(家內)의 두면 모즈(母子)의 작변이 오문을 망흔 후 그칠 거시니, 부즈지졍을 용납지 못홀지라. 셜니 어미를 다리고 도라가 다시 ○○○[닉 귀예] 모지란 말을 들니지[게] 말나."

인흐야 좌우를 꾸지져 미러 닉치니, 공직 크게 울고 셔당(書堂) 문으로 나오가미, 뎡공이 ○[이] 광경을 보고 심즁의 딕로(大怒)흐여 이에 말을 아니타가 졍식고 왈,

"노부의 당년 일이 허망흐기의 이시나, 기실(其實)은 즈슌의 집 일이 션실기도(先失其道)흐무로 비로숫거눌, 금일 노부○[의] 사죄(謝罪)를 드로딕, 당면(當面)흐여 곤욕(困辱)흐미 잇[이] ㄱ튼니, 그【32】딕 만닐 미셰(微細)흔 쇼년의 일인즉 부박(浮薄)흐믈 용셔 흐려니와, 이졔 공의 신상(身上)의 듕쟉(重爵)이 이셔 됴졍 쳬면으로 의논흐여도 노부를 멸딕(蔑待)흐미 가치 아니흐니, 그 셔로 보미 눛치 업고, 동심(同心)흐여 션군(先君)의 지우(知遇)를 갑눈 도리 아니니, 즈슌이 엇지 셩졍(性情)의 우일(優逸)980) 흐미 이럿틋 흐뇨?. 우셩은 즈(子)981)의 지(子)라. 츌납(出納)을 노부의 연좌(緣坐)로 흐미 가쇼(可笑)오, 뎡녀는 즈의 쳬(妻)라. 노부로 인흐여 ㅂ리미 이 또흔 심흔지라. 감동흐미 업스니 다려가 종신(終身)을 닉 집의셔 흐염즉 흐딕, 문을 ㅂ라눈 과부의 모양이니, 흔심흐미 '딘평(陳平)의 쳬(妻) 다숫 번 기가(改嫁)'982)흔【33】딕,

---

979)강상죄인(綱常罪人) : 사람이 마땅히 지켜야 할 도리인 삼강(三綱)과 오상(五常)을 범한 큰 죄인, 곧 인륜범죄(人倫犯罪)를 지은 죄인을 이른다. 여기서 오상(五常)은 오륜(五倫)을 달리 이른 말.

980)우일(優逸) : =안일(安逸). 근심이나 걱정이 없이 태평함.

981)즈(子) : 문어체에서, '그대'를 이르는 이인칭대명사.

982)딘평(陳平)의 쳬(妻) 다숫 번 기가(改嫁) : 중국 전한(前漢) 혜제(惠帝) 때의 좌승상(左丞相) 진평(陳平)의 아내 장씨(張氏)가 다섯 번이나 개가(改嫁)한 일. 장씨는 부잣집 딸이었으나 박

평(平)이 허물치 아녀시니, 츌ᄒ리 어진 군즈를 ○○[어더] 기덕(改籍)고즈 ᄒ나, 녀의 죽기로 듯지 아니니, 임의 그듸로 더부러 구원(舊怨)을 픗[플]지 못ᄒ면, 의연이 원슈(怨讐) 되엿ᄂᆞ지라. 녀의 노부의 말○[을] 듯지 아니니, 노부를 긋고 ᄌᆞ슌을 좃ᄎ미라. 엇지 늬집의 두리오. 모즈의 싱ᄉᆞ거쳐(生死去處)를 늬 알 빈 아니니, ᄌᆞ슌이 늬 연좌를 저의게 쓰고즈 ᄒ거든, 그 뜻을 두로혀 노부의 말을 듯고, ᄌᆞ슌을 긋친 후 늬집의 보늬고, 그러치 아니면 싱심도 나를 압두(壓頭)ᄒ여 네 집 죄인으로뼈 늬 집의 보늬지 못ᄒ리라.”

상셰 피셕(避席) 듸왈(對曰),

“합하의 명이 【34】 니럿툿 ᄒ시니, 곡졀을 닷토미 부졀업슨지라. 엇지 호지(胡地)의셔 셩현의 말ᄉᆞᆷ○[을] 간[강](講)홈과 다르리오. 원컨듸 퇴ᄉᆞ는 쇼싱의 당돌ᄒ믈 샤(赦)ᄒ쇼셔.”

인ᄒ여 기리 읍양(揖讓) 손샤(遜辭)ᄒ고 단졍이 안ᄌ 말의 뜻이 업ᄉ니, 승상이 크게 흔(恨)ᄒ고, 무류(無聊)ᄒ여 니러ᄂᆞ니, 상셰 공경(恭敬) 비별(拜別)ᄒ고 침쇼로 드러가니, 이 ᄯᅥ 우셩이 부친의 늬치믈 닙어 문밧긔 잇다가 승상의 나오믈 보고, 수릐 아릐셔 졀ᄒ듸, 승상이 참연ᄒ여 ᄂᆞᆺ출 ᄉᆞ믜○[로] 가리오고 니르듸,

“네 모즈의 ᄉᆞ싱은 네 아비○[긔] 이시니, 거취(去就)를 노부의게 번득이지【35】 말고 죽어도 예셔 죽고 발뒤축을 도로혀지 말나.”

셜파○[의] ᄉᆞ믜를 두로혀니, 공지 뉴쳬(流涕)ᄒ고 감이 븨지 못ᄒ고, 협문으로 좃ᄎ 모친을 ᄎᆞᄌ 보고, 이 셜화를 ᄌᆞ초 고ᄒ듸, 부인이 불변안식(不變顔色)ᄒ고 왈,

“쇼이 셰ᄉᆞ를 격[경]녁(經歷)지 못ᄒ엿ᄂᆞᆫ 고로 오날늘 거조(擧措)를 듸변(大變)으로 아라 창황(蒼黃)ᄒ나, 우리 모즈의 신셰 긔구(崎嶇)ᄒ므로 금일지ᄉᆞ(今日之事) 고이ᄒ리오. 슈연(雖然)이나 아비는 하늘이니, 하늘을 ᄇᆞ리고 어듸로 가리오. 늬치면 문 밧긔셔 《민ᄌ∥민쳔(旻天)》의 울음984)이 가(可)ᄒ고, 나의 이에 이르문 엄구의 명이 이시니, 조용히 븨와 교명(敎命)을【36】 듯ᄌᆞ온 후, 흔 번 죽어 맛당ᄒ지라. 엇지 경황(驚惶)ᄒ미 이시리오.”

공지 모친의 말ᄉᆞᆷ을 듯고 더욱 심히 불평ᄒ여 븟들고 슬피 우니, 부인이 난향을 도라보와 왈,

“희이 늬 ᄆᆞᄋᆞᆷ을 어즈러이니 네 맛당이 븟드러 문밧긔 머무러 졔 엄친(嚴親)의 명(命)을 슌(順)케 ᄒ라.”

복하여 다섯 번이나 시집을 갔지만, 그때마다 남편이 갑자기 죽어 아무도 그녀에게 장가들려 하지 않았다. 당시 가난한 총각이었던 진평이 그녀를 아내로 맞아, 부(富)를 얻고 출세하여 벼슬이 상국(相國)에 이르렀다.

983)호지(胡地) : 오랑캐 땅.

984)민쳔(旻天)의 울음 : 하늘을 부르짖어 욺. 옛날 순임금이 부모의 사랑을 얻지 못하여 하늘을 부르짖어 울었던 고사를 이른 말. *민쳔(旻天); 하늘을 신격화한 데서 나온 말로, '어진 하늘'을 이르는 말.

셜푸의 ○○○[고요히] 위좌(危坐)○○[ㅎ니], 쥬시 이 경식을 보고 급히 뉴공긔 슈말(首末)을 고ㅎ되, 공이 바야흐로 승상이 상셰을 보고 도라오거던 흔가지로 뎡시를 보고즈 ㅎ더니, 이 말을 듯고 딕경ㅎ여 셔동을 블너 상셔의 거취를 무르니, 동지 딕왈,

"승상이 도라 가시고 상셔의【37】말을 ㄱ초 고ㅎ되, 공이 딕로 왈,

"○[너] 여러 번니르되 죵시 곳치미 업고 딕신을 곤욕ㅎ고 무죄흔 쳐즈를 구박ㅎ이, 만닐 다스리지 아닌 즉 이 고집을 졔어키 어렵도다."

ㅎ여 드드여 시노(侍奴)를 명ㅎ여 상셔을 잡아오라 ㅎ니, 상셰 부친의 노ㅎ시믈 보고 샐니 의딕을 벗고 계하(階下)의 쑬미, 공이 딕미 왈,

"네 불튱불효(不忠不孝)를 아는다?"

상셰 지비 왈,

"금일 지교(指敎)를 듯줍지 아냐시나 뎡관을 비쳑ㅎ미 션군의 지우(知遇)를 갑수오미 아니오, 뎡녀를 거졀ㅎ미 대인○○[의 쓧]을 슌수(順受)ㅎ미 아닌 줄 어이 모로잇고?"

공이 우미(又罵)985) 왈,【38】

"네 임의 알진딕 엇지 촉범ㅎ미 이 ㄱ트뇨?"

상셰 복지(伏地) 왈,

"쇼지 뎡관으로 격원(隔怨)986)을 프지 못흔 연고는 야야를 히(害)흔 원슈라. 수원(私怨)을 깁히 미즈 스실의셔 됴흔 낫츨 나타니지 못ㅎ믄, 싱아(生我)ㅎ신 호텬대은(昊天大恩)을 갑흘 비오, 됴당(朝堂) 일은 흔가지로 ㅎ여, 올흔 일을 찬(贊)ㅎ고 그른 일을 붓드러, 화복(禍福)을 일쳬로 ㅎ여, 임군을 돕스오미 션군의 지우를 갑흐미라. 엇지 냥젼(兩全)홀 일을 브리이오. 뎡관의 혐극(嫌隙)을 프지 못홀진딕 근본은 뎡녜라. 대인의 명이 게시나 뎡관이 우리{딕} 모히(謀害)흔 한(恨)을 가이 흔 번 욕ㅎ믈[믄] 마지 못 홀지니, 싱각지 못ㅎ시느니잇가?"【39】

공이 익노(益怒) 왈(曰),

"우셩은 무슴 죄로 구축(驅逐)ㅎ뇨?"

상셰 딕 왈,

"우셩은 유이(幼兒)라. 무죄ㅎ니이다."

공이 고셩(高聲) 왈,

"그러면 엇지 구축ㅎ뇨?"

상셰 다시 졀ㅎ여 왈,

"져는 비록 죄 업스나, 졔 어미 죄○[가] 유ᄋ의게 밋츠미니이다."

---

985) 우미(又罵) : 또 꾸짖음.
986) 격원(隔怨) : 둘 이상의 사람 또는 집단 사이를 가로막고 있는 원망.

공이 더욱 노ᄒᆞ여 시노(侍奴)를 ᄭᅮ지져 상셰로[를] 큰 미로 치라 ᄒᆞᄂᆞ지라.. 상셰
부친의 노ᄒᆞᄆᆞᆯ 보고 ᄌᆞ긔 긔운을 혀아리니, 병신(病身)이 능히 당치 못ᄒᆞᆯ지라. 고두
(叩頭) 쳥죄 왈,

"ᄒᆡ이(孩兒) ○[죄] 진실노 듕ᄒᆞ오나, 원컨ᄃᆡ 대인(大人)ᄂᆞᆫ 불초ᄋᆞ(不肖兒)의 고체
(固滯)ᄒᆞᆫ 셩품을 용샤ᄒᆞ쇼셔."

공이 상셔의 복죄(服罪)ᄒᆞᄆᆞᆯ 듯고 ᄭᅮ지져 왈,

"너 ᄀᆞᆺ튼 ᄌᆞ식은 사라 ᄡᆞᆯᄃᆡ 업【40】ᄉᆞ니, ᄲᆞᆯ니 죽이고ᄌᆞ ᄒᆞᄂᆞ니, 엇지 용샤ᄒᆞᆯ 니
이시리오."

드ᄃᆡ여 치기를 시작ᄒᆞ여 십여당(十餘杖)의 니르ᄃᆡ, 미마다 고찰(考察)ᄒᆞ니, 상셰 다
시 말을 아니ᄒᆞ고 업ᄃᆡ여 칙(責)을 바드니, 이 ᄶᅥ 부듕(府中) ᄂᆡ외 진동ᄒᆞᄂᆞᆫ지라. 뎡부
인이 이 쇼식을 듯고 엄구(嚴舅)의 표려(慓戾)ᄒᆞᆫ 셩뇌(盛怒) ᄌᆞ긔를 위ᄒᆞ며, 뎡공의 일
노 비로슨지라. 상셔의 병신(病身)이 두려오미 잇고, 뎌 무식ᄒᆞᆫ 엄구의 노긔(怒氣) 혜
아림이 업슬 줄 알고, 일시 듕칙(重責)ᄒᆞᄆᆞᆯ 보니, 그 환(患)을 ᄌᆞ긔 아닌 즉 프지 못ᄒᆞᆯ
지라.

이에 ᄲᆞᆯ니 외당의 니르러 계하의셔 뉴공긔 돈슈(頓首) 왈,

"쳔쳡(賤妾)의 연고로써 상셰 칙을 밧【41】ᄌᆞ오니, 쳡이 비록 존구(尊舅)의 셩은으
로 이의 니르러시나, 지은 죄 틱산(泰山) ᄀᆞᆺ거늘, 다시 가부(家夫)로 듕칙을 밧게 ᄒᆞ
고, 어늬 면목으로 엄하(嚴下)의 뵈오리오."

인ᄒᆞ여 긔연(慨然)ᄒᆞᄆᆞᆯ 마지 아니 ᄒᆞ니, 공이 졍이 극ᄒᆞᆫ 셩을 이긔지 못ᄒᆞ여 홀 ᄎᆞ
의 싱각지 아닌 며ᄂᆞ리 익걸ᄒᆞᄆᆞᆯ 보고 아 아람다온 긔딜과 ᄲᅢ혀난 풍치 십년이 거의로
ᄃᆡ, 시로이 홍옥(紅玉) ○[이] 초츈(初春)을 머무러 빗업슨 옷과 ᄭᅡᆨ은 머리○[가] 셰속
모양이 아니로ᄃᆡ, 온화ᄒᆞ고 죵용ᄒᆞᆫ 동지(動止)○[의] 유화(柔和)ᄒᆞᄆᆞᆯ 일치 아녀시니,
공이 ᄒᆞᆫ 번 보미 반기며 놀나며, 크게 잔잉이 녀겨 급히 쥬시로 ᄒᆞ여금【42】 붓드러
올니라 ᄒᆞ니, 부인이 고두(叩頭) 왈,

"상셰 죄듕(罪中)의 이시니, 쳔쳡○[이] 엇지 감이 당듕(堂中)의 오로리잇고?"

공이 특별이 상셔을 샤(赦)ᄒᆞ여 왈,

"식부(息婦0의 ᄂᆞᆾᄎᆞᆯ 보와 샤ᄒᆞᄂᆞ니, ᄲᆞᆯ니 당의 올나 내 명을 좃ᄎᆞ라."

이 ᄶᅥ 상셰 미 긋히 상(傷)ᄒᆞ여 피 ᄲᅱ여 오ᄉᆞ 가득ᄒᆞᆫ지라. 블변안식(不變顔色)고 안
셔(安舒)이 ᄇᆡ샤(拜謝)ᄒᆞ고[여] 슈명(受命)ᄒᆞ고, 늘호여 당의 올나 시좌(侍坐)ᄒᆞ니, 긔
운이 젼일(全一)ᄒᆞ고 샤긔(辭氣) 온화ᄒᆞ여 고요히 명을 기다리니, 공이 비록 ᄌᆞ식이나
이 ᄀᆞᆺ치 깁고 어려움○[을] 보고 도로혀 긔탄(忌憚)ᄒᆞ미 이셔, 다만 뎡시를 위로 왈,

"노뷔 무상(無狀)ᄒᆞ여 당년의 현부로 ᄒᆞ여금 참【43】혹히 구박ᄒᆞ나 참괴ᄒᆞ미 ᄂᆞᆾ
둘 곳이 업순지라. 이졔 ᄒᆡ아의 고집ᄒᆞ미 이럿틋 ᄒᆞ니, 이ᄂᆞᆫ 다 노부로 말미아모미라.
현부를 보니 엇지 참괴치 아니리오. 현뷔 무신(無信)ᄒᆞᆫ 구가를 흔(恨)치 아냐, 도로(道
路)의 쳔신만고(千辛萬苦)를 지니고 단발위리(斷髮爲尼)987)ᄒᆞ기의 밋쳐시ᄃᆡ, 우리 부

주를 원치 아니ᄒ고, 우셩을 아름다이 굴아쳐 부ᄌ지도(父子之道)를 알게 ᄒ니, 니 비록 무식ᄒ나 감동ᄒ미 업ᄉ리오. 추이(此兒) 빅단(百端)으로 현부를 구박ᄒ나 광망(狂妄)ᄒ믈 한(恨)치 말고, 우셩을 거ᄂ려 노부를 셤기며, 조션봉샤(祖先奉祀)를 공경ᄒ며, 나의 의탁(依託)을 져ᄇ리지 말【44】나.”

셜파(說罷)의 우셩을 불너 손잡고, 상셔를 도라보아 왈,

“신싱(申生)988)은 디효(大孝)라. 일즉 니로디, ‘군(君)이 희제(奚齊)989) 곳 아니면 음식의 마시 업고, 좌왜(坐臥) 편ᄒ믈 엇지 못ᄒ니, 니 출히 죽을지언정 희제(奚齊)를 업시치 못ᄒ리라’ ᄒ니, 네 능히 우셩 모ᄌ를 안둔(安屯)ᄒ여 날노 뼈 봉양을 편이 밧게 ᄒ랴 ᄒᄂ냐?”

상세 부친의 이 ᄀᆺ티시믈 보고, ᄯᅩ흔 뎡공을 노(怒)ᄒ미나, 뎡신(鄭氏) 즉 무죄ᄒ여 항녀(伉儷)990)의 졍이 즁ᄒ거늘, 텬니긔린(千里騏驎)991)을 두어시나 짐짓 뎡공을 욕ᄒ노라 모ᄌ를 구축ᄒᄂ 뜻○[을] 뵈더니, 부친의 칙(責)을 만나미, 부인의 이걸ᄒ미 ᄌ긔 쇼【45】견(所見)의도 미쳐 못 싱각 ᄒᆯ 일을 힝ᄒ야, 온화흔 쇼리와 슬픈 말ᄉᆷ이 엄부(嚴父)의 노(怒)를 풀고 ᄌ긔의 미몰ᄒ믈 흔(恨)ᄒ미 업ᄉ니, 기리 디긔(知己)를 감격ᄒ나, 흔갈ᄀᆺ치 눈을 드지 아니터니, 부명(父名)을 니어 업디여 왈,

“신싱(申生)의 효는 국파신망(國破身亡)992)ᄒᄂ 회(孝)니 원치 아니 ᄒ거니와, 대인 셩덕이 이 ᄀᆺ티시니 져 모ᄌ(母子)를 머무르미 무어시 어려오리잇가? 슴가 봉힝ᄒ리이다.”

뉴공이 깃거 다시 뎡시를 위로 왈,

“현부는 돈ᄋ(豚兒)를 의심 말고 니실(內室)의 안둔ᄒ여 우리 부ᄌ 이왕(已往)의 뎐도(顚倒)ᄒ믈 허물치 말나.”

---

987)단발위리(斷髮爲尼) : 여자가 머리를 깎고 비구니가 됨.

988)신싱(申生) : 중국 춘추시대 진(晉)나라 헌공(獻公)의 태자(太子). 헌공의 애첩 여희(驪姬)의 모함을 받고 자결했다. 곧, 헌공의 애첩(愛妾)인 여희(驪姬)가 자기의 아들 해제(亥齊)로 헌공의 뒤를 잇게 하려고 헌공에게 신생을 모함한 것인데, 신생이 이를 알면서도 음모를 밝히면 여희가 죽음을 당하여 늙은 헌공이 상심할까 봐 밝히지 않고 죽음을 받아들인 것이다. 그러나 후세의 평가는 아비를 불의에 빠뜨렸으니 효가 되지 못한다고 하여, 단지 공(恭)이라는 시호를 받았는데(《禮記 檀弓上》에 나온다), 이에 대해 맹자는 그가 불효한 것이 아니라 효성스런 사람이었는데 참소와 억울한 누명을 썼던 것이라고 하였다 (《서명(西銘)》에 인용되어 있다).

989)희제(奚齊) : 중국 춘추시대 진(晉)나라 헌공(獻公)의 태자(太子). 기원전665-651. 헌공의 애첩 여희(驪姬)의 소생. 생모 여희의 모해로 태자 신생(申生)이 자결한 뒤 태자가 되어 헌공 사후 왕위를 계승하였으나, 즉위 전에 그의 이복형 혜공(惠公, 이름 姬夷吾, 재위:650-637)의 추대세력인 이극에게 암살당했다.

990)항녀(伉儷) : 남편과 아내로 이루어진 짝.

991)텬니긔린(千里騏驎) : =천리마(千里馬). 하루에 천 리를 달릴 수 있을 정도로 좋은 말. 뛰어나게 잘난 자손을 칭찬하여 이르는 말로 쓰인다. 기린(騏驎); 천리마(千里馬)의 일종.

992)국파신망(國破身亡) : 몸이 죽고 나라가 망함. 신생의

인ᄒᆞ여 상셔【46】《로뼈∥의게》

"○[뎡]당(正堂)을 소쇄(掃灑)ᄒᆞ고 현부를 머무르게 ᄒᆞ라."

ᄒᆞ니, 상셰 ᄃᆡ왈,

"방샤(房舍)를 쓰기993)를[ᄂᆞᆫ] 비비(婢輩)의 소임이라. 엇지 쇼지 산인(山人)의 거쳐(居處)를 간예(干預)ᄒᆞ리잇가?"

≤공이 크게 ○○○[칙(責)ᄒᆞ고] 지촉ᄒᆞ니, 상셰 묵연(默然) 비샤(拜謝)ᄒᆞ고 퇴ᄒᆞᆯ 시, 우셩이 샐니 신을 밧드러 셤기니, 상셰 부젼(父前)이미 말을 아니코 노목(怒目)으로 냥구히 보다가 곡난(曲欄) 뒤흐로 나ᄀᆞ니, 공지 무류코 슬프믈 머금고 믈너나니, 뎡시 져 긔식을 보고 다만 뉴공긔 비샤(拜謝)ᄒᆞ야 두어 번 쳥죄를 뭇고, 믈너 ○[ᄂᆡ]당(內堂)의 와 감이 졍당의 오르지 못ᄒᆞ여 거젹을 ᄭᆞᆯ고 나즌 집의셔 ○○○[쳐ᄒᆞ여], 상셔의 명을【47】드른 후 거취를 졍코ᄌᆞ ᄒᆞ니,≥994) 쥬시 지삼 당의 오르믈 권ᄒᆞᄃᆡ, 부인이 탄 왈,

"가부(家夫)ᄂᆞᆫ 쇼텬(所天)이라. 그 허(許)ᄒᆞᆫ 말이 쳡의게 명(命)치 아냐시니, 엇지 감이 졍당의 오르며, 석고ᄃᆡ명(席藁待命)995)을 아니치 못ᄒᆞ리니, ≤셔ᄅᆡ 비록 나를 어엿비 여기시나 능히 ○○[쳡의] 화(禍)를 프지 못ᄒᆞ리니, 가엄(家嚴)이 ○○[쳡을] 브리시미 군ᄌᆞ를 노ᄒᆞ시미오, 군지 ᄂᆡ치시미[면] 죽을 ᄯᆞ름이라.≥996) ᄎᆞ마 다시 친졍의 도라가 누명(陋名)을 엇지 아니리라."

쥬시 임의 승상《의게∥이》상셰○○[ᄃᆞ려] '녀익 긔가(改嫁)ᄒᆞᆯ ᄯᅳᆺ이 잇거든 보ᄂᆡ라.' ᄒᆞ던 말을 드럿ᄂᆞᆫ 고로, 뎡시 친졍의 아니 가믈 씌다라, 역시 눈물○[을]【48】흘녀 상셔의 미몰ᄒᆞ믈 ᄭᅮ짓더라.

ᄎᆞ일 황혼의 상셰 혼뎡(昏定)ᄒᆞ고 ᄌᆞ딜을 거ᄂᆞ려 말솜ᄒᆞ며 화긔(和氣) ᄌᆞ약(自若)ᄒᆞ여 시좌(侍坐)ᄒᆞ여시니, 공이 심이(深愛)ᄒᆞ나 그 말을 슌(順)이 듯지 아니믈 즘즛 노(怒)ᄒᆞ여 ᄉᆞ식이 흔연치 아니니, 상셰 감이 믈너나지 못ᄒᆞ더니, 밤이 깁흐미 공이 상(牀)의 언와(偃臥)ᄒᆞ여 왈,

"금일 죵족을 모흘 거시로ᄃᆡ 널노뼈 어지러워 모호지 못ᄒᆞ○○[여시]니, 명일 ᄃᆡ회

---

993)쓰다 : =쓸다. 쓸다. 비로 쓰레기 따위를 밀어내거나 한데 모아서 버리다.

994)공이 대칙ᄒᆞ니, 샹계 묵연 비샤ᄒᆞ고 퇴ᄒᆞᆯ 시, 우셩이 샐니 신을 밧드러 셤기매, 샹셰 부젼이라 말을 아니코, 노목으로 냥구히 보다가 곡난 뒤흐로 나가니, 무류코 슬허 눈물을 머금고 슬허 나가니, 뎡시 뎌 부ᄌᆞ의 긔식을 보고 다만 뉴공끠 샤죄ᄒᆞ야 두어 됴 쳥죄ᄒᆞᆫ 후, 너당의 드러가 감히 뎡당의 오르디 아냐, 거젹을 ᄭᆞᆯ고 ᄂᆞᆺ즌 집의 쳐ᄒᆞ여, 샹셔의 명을 드른 후 거취를 뎡코져 ᄒᆞ니, …(국립도서관본 『뉴효공션힝녹』 利〈권지삼〉:59쪽10행-60쪽5행, *밑줄·문장부호 교주자)

995)석고ᄃᆡ명(席藁待命) : 거적을 깔고 엎드려서 임금 또는 웃어른의 처분이나 명령을 기다리던 일.

996)셔ᄅᆡ 비록 날을 에엿비 너기시나 능히 쳡의 화를 프디 못ᄒᆞ리니, 가친이 쳡을 브리미 군ᄌᆞ를 노ᄒᆞ시미니, 군지 ᄂᆡ칠딘대 죽을 ᄯᆞ름이라. …(국립도서관본 『뉴효공션힝녹』 利〈권지삼〉:60쪽9-12행, *밑줄·문장부호 교주자)

(大會)홀지라. 네 죵시 슌슌(順順)홀997) 뜻이 업수[ᄂ]냐?"

상셰 머리를 슉이고 오릭도록 말을 아니니, 공이 즐왈(叱曰),

"네 나히 삼십○[이] 머지 앗[아]냣고 작위 경상(卿相)의【49】이셔, 인수 닷그미 아비 셤기기의 족(足)지 못ᄒ여, 닉 말을 듸치 못ᄒ나냐?"

상셰 ᄭ러 고왈(告曰),

"대인의 명을 밧ᄌ올 밧 감이 다른 뜻이 업순 연고로 무르시믈 의혹ᄒ여 응디 더딘지라. 불민(不敏)ᄒᆞᆷ믈 쳥죄ᄒᆞᄂᆞ이다."

공이 듯고 이윽이 말을 아니ᄒ거늘, 상셰 죵용이 간왈(諫曰),

"ᄒᆡ이 그윽이 싱각ᄒ건디, 부ᄌᆞᄂᆞ 죵용혼[ᄒ]디 합(合)ᄒ미 웃듬이라. 젼일 대인이 비록 폐댱(廢長)ᄒ시미 일시 과도(過度)ᄒ나, 임의 폐쟝ᄒ여 셰월이 오릭○○○[디 아냐셔] 다시 운이[위](云謂)ᄒ미 젼도(顚倒)ᄒ거늘998), 뭇ᄎᆞᆷᄂᆡ 고치지 아니시니, ᄌᆞ식이 되어 겨[거]역(拒逆)ᄒ미 슌회(順孝) 아니오, 슌죵혼 즉 아히【50】본 뜻을 일흐니, 오직 읍혈○[홀] ᄯ롬이로쇼이다. 슈연(雖然)이나 ᄒᆡ이 ᄉᆞ당의 뵈오미 복식이 다른지라. 션군(先君)의 삼년(三年)999)이 몸의 이시니, 신ᄌᆞ(臣子) 감이 최마(衰麻)1000)를 벗고 금복(錦服)1001)을 닙지 못홀 거시오, 몸의 병이 이시니 ᄉᆞ현(辭見)1002)홀 기리 업ᄉᆞᆫ지라. 이 일을 힝ᄒ여도 날호여 홀디니, 무어시 밧부리오. ᄒᆞ믈며 뎡녀로ᄡᅥ ᄉᆞ당(祠堂)의 현알(見謁)코ᄌᆞ ᄒ시니, 오직 션됴ᄂᆞᆫ 엇더 ᄒ시[신] ○○○[유죵(儒宗)이] 관디 니고(尼姑)의 무리로 ᄒ여금 감이 춍뷔(冢婦)라 칭ᄒ여 신위(神位)의 나아가○○[게 ᄒ]리잇가? 이 더옥 ᄒᆡ이 ᄭᅥ리ᄂᆞᆫ 비라. 디인이 구타여 용납고ᄌᆞ ᄒ시[신]즉, 뎌의인【51】형(人形) 되기를 기다려 일의 ᄎᆞ셔(次序)를 일치 아닐 거시니, 이 ᄒᆡ아의 지셩(至誠) 쇼원(所願)이로소이다. 우셩이 비록 영민(穎敏)ᄒ나 너무 발호(跋扈)ᄒ여 공슌(恭順)혼 품이 젹으니, 만일 엄히 굴아치○[지] 아닌 즉 함위텬하경박ᄌᆞ(咸謂天下輕薄子)1003)○[ᄅᆞ] ᄒ리니, 맛당이 ᄉᆞ랑을 쥰졀이 ᄒ실 비오, ᄯᅩ 큰 그르시 아니니, 일 업시 문한(門漢)1004)으로 소임케 ᄒ시고, ≪ᄯᅩ 빅경 빅명의 춍혜(聰慧)ᄒ미 졔 아비게 ᄂᆞ리지 아나나, ○○○[빅명은] 너모 슈발(秀拔)ᄒ니 구든 품딜이 아니로디, 빅경은 관후인자(寬厚仁慈)ᄒ여 쇼ᄌᆞ○[의] 쇼교이(所嬌兒)1005)니, ᄆᆞ음의 흠이(欽愛)ᄒ미 오

---

997)슌슌(順順)ᄒ다 : 순수(順受)하다. 순순이 받아들이다. 순순히 따르다.

998)젼도(顚倒)ᄒ다 : 어떤 상태가 앞뒤가 뒤집히고 바뀌어, 혼란스러우며 한결같지 않다.

999)삼년(三年) : =삼년상(三年喪). 부모나 임금의 상을 당해 삼 년 동안 거상하는 일.

1000)최마(衰麻) : 부모, 조부모, 증조부모, 고조부모의 상중에 자손들이 입는 상복(喪服). 거친 삼베로 짓는다.

1001)금복(錦服) : 비단으로 지은 옷.

1002)ᄉᆞ현(辭見) : 임금을 알현하여 하직 인사를 올리는 일.

1003)함위텬하경박ᄌᆞ(咸謂天下輕薄子) : 모두가 다 세상에 다시없는 경박한 사람이라 일컬을 것임.

1004)문한(門漢) : 집안의 한 사내[남자].

1005)쇼교이(所嬌兒) : 사랑하는 아이.

린지라. 맛당이 히아의 ᄌ식을 삼아 우셩의 독【52】신(獨身)을 션(善)케 ᄒ고자 ᄒᄂ니, 대인은 지삼 샹양(商量)ᄒ샤 지원(至願)을 조ᄎ쇼셔.”

공이 샹셔의 혈셩(血誠)을 보고 ᄌ못 감동ᄒ여 왈,

“네 ᄯᅳᆺ이 이럿툿 ᄒ니, 엇지 감동치 아니리오. ᄉ당의 고ᄒ기ᄂ 날회려니와 ○…결락9 자…○[뎡시의 졍시 가련ᄒ니] 모로미 위로ᄒ여 안둔ᄒ게 ᄒ라. 지어(至於) 계후(繼後) 일은 ᄌ식이 업ᄉ면 부득이 홀 일이니 엇지 우셩 ᄀᆺ튼 긔ᄌ(奇子)를 두고 다시 빅경을 싱각ᄒ리오.”

샹셰 복디(伏地) 왈,

“빅경이 크게 인후(仁厚)ᄒ여 죵ᄉ(宗嗣)를 죡히 밧드럼죽 ᄒ니, ᄌ현의 ᄌ식이 곳 히아의 ᄌ식이라. 엇지 피ᄎ(彼此)○[가] 이시리요. 아히 이졔[에] 부ᄌ의 【53】 졍을 미ᄌᆫ 지 오릭니 대인이 만닐 허치 아니신죽, ○○○[한 일도] ᄇ라미 업도소이다. ≥1006)”

공이 위로 왈,

“아 알운 벗뷰자 어나나 죠용히 네 말을 조ᄎ리니, 심녀를 허비치 말나.”

샹셰 디희 왈,

“부ᄌ디륜(父子大倫)이 밧부지 아니면 무어시 밧부리잇가? 명일 녜부의 문셔를 옴겨 완졍(完定)ᄒ여지이다.”

공이 뎜두(點頭)ᄒ니 샹셰 깃거 잇튼날 글을 민다라 빅경을 ᄌ긔 아달노 졍ᄒᄂ 문셔를 옴기민, 맛초와 뉴샹셰 잇지 아닌지라. 좌우 시랑(侍郎)1007)이 인(印)을 맛쳐 보니니, 샹셰 일이 슌ᄒᄆᆯ 더욱 깃거, 즉일 이 문셔를 가지고 디셔헌의 【54】 니르러 부친긔 뵈여 완졍ᄒᄆᆯ 알외고 우셩과 빅경을 불너 면젼의 니르니, 빅경을 경게 왈,

“네 아비 북히(北海)의 이셔 싱환(生還)홀 기리 업ᄉ니, 텬지 만닐 어엿비 녀겨 사(赦)ᄒ실가 ᄇ라ᄂ니, 빅명은 너의 부모 신후(身後)를 가음열 거시오, 너ᄂ 공도(公道)로 이셔 셩졍이 닉 ᄯᅳᆺ과 ᄀᆺᄒ니 부ᄌ의 의를 미ᄌᆫ 졍을 더욱 두터이 ᄒᄂ니, 맛당이 날노뻐 아비로 셤겨 죵신토록 져ᄇ리지 말나.”

빅경이 ᄌ비(再拜) 슈명(受命)ᄒ민, 샹셰 우셩을 명ᄒ여 니르딘,

“닉 신샹의 병이 이셔 다시 ᄌ식을 ᄇ라지 못ᄒ고, 네 심히 고단(孤單)ᄒ지라. 빅경

<hr>

1006)오직 빅명은 총혜 제 아비게 ᄂ리디 아니나 너모 슈발ᄒ니 구든 품딜이 아니로딘, 오직 빅경이 인ᄌ관후ᄒ여 쇼ᄌᄌ지 속소이니 ᄆᆞᄋᆷ의 흠이ᄒ연지 오릭니…(중략)…네 ᄡᅵ지 여ᄎᄒ니 엇디 둇디 아니리오. ᄉ당의 고ᄒ기ᄂ 날회려니와 뎡시의 졍시 가련ᄒ니 모로미 안둔케 ᄒ라. …(중략)… 히이 임의 부ᄌ의 졍을 미쟌지 오라니 대인이 만일 이러치 아니신죽 ᄒ 일도 위로홀 일이 업도소이다. …(국립도셔관본 『뉴효공션힝녹』 利<권지삼>:64쪽1행-65쪽6행, *밑줄·문장부호 교주자)

1006)오직 빅명은 총혜 제 아비게 ᄂ리디 아니나 너모 슈발ᄒ니 구든 품딜이 아니로딘, 오직 빅경이 인ᄌ관후ᄒ여 쇼ᄌᄌ지 속소이니 ᄆᆞᄋᆷ의 흠이ᄒ연지 오릭니…(중략)…네 ᄡᅵ지 여ᄎᄒ니 엇디 둇디 아니리오. ᄉ당의 고ᄒ기ᄂ 날회려니와 뎡시의 졍시 가련ᄒ니 모로미 안둔케 ᄒ라. …(중략)… 히이 임의 부ᄌ의 졍을 미쟌지 오라니 대인이 만일 이러치 아니신죽 ᄒ 일도 위로홀 일이 업도소이다. …(국립도셔관본 『뉴효공션힝녹』 利<권지삼>:64쪽1행-65쪽6행, *밑줄·문장부호 교주자)

1007)시랑(侍郎) : 옛 중국의 벼슬 이름. 진나라와 한나라 때에는 낭중령(郎中令)의 속관(屬官)으로 궁문을 지키는 일을 맡아보았고, 당나라 때에는 중서성과 문하성의 실질적 장관이었으며, 그 이후에는 육부의 차관이었다.

을【55】나의 양주를 졍ᄒᆞᄂᆞ니, 네 맛당이 골육의 졍과 형졔의 의(義)를 다ᄒᆞ여 부ᄅᆡ
ᄒᆞᆫ가지 아니믈 혐의(嫌疑)치 말나.”

우셩이 비샤 왈,

“슘가 명교(命敎)를 ᄆᆞᄋᆞᆷ의 삭이리이다.”

드ᄃᆡ여 빅경의게 두 번 졀ᄒᆞ여 왈,

“젼일은 죵형(從兄)이나 금일은 빅시(伯氏)의 존(尊)ᄒᆞ미 이시니, 쇼뎨 감이 엇기를
가로지 못ᄒᆞ리니, 원컨딕 쇼뎨의 허물을 ᄀᆞᆯ아쳐 골육의 졍을 후히 ᄒᆞ쇼셔.”

빅경이 탄 왈,

“현뎨ᄂᆞᆫ 모로ᄂᆞᆫ 말 말나. 우리 다 동치유ᄋᆞ(同齒幼兒)1008)로 부ᄅᆡ 멀니 계시니 쥬
야 망운(望雲)ᄒᆞᄂᆞᆫ 눈물 ᄲᅮᆫ이어ᄂᆞᆯ 엇지 오날ᄂᆞᆯ 대인의 거두어 아ᄃᆞᆯ 삼으실 쥴【56】
알니오. 현뎨의 춍명ᄌᆡ질(聰明才質)이 나의 바랄 빅 아니니 췩을 ᄶᅵ고 네게 뭇고즈 ᄒᆞ
ᄂᆞ니, 엇지 ᄀᆞᆯ아치미 이시리오.”

상셰 흔연 쇼왈,

“형뎨 ᄉᆞ이ᄂᆞᆫ 겸양이 업ᄂᆞ니 셔로 그른 곳을 닐너 허믈을 곳치고 ᄆᆞᄋᆞᆷ을 여러 ᄉᆞ랑
을 두터히 ᄒᆞ라.”

양이(養兒) 다 샤례ᄒᆞ더라.

상셰 빅경○[을] 계후(繼後)ᄒᆞᆷ믄 젼두(前頭)를 기리 혜아리미라. 뉴공은 곡졀을 모
로고 즁무쇼쥬(中無所主)1009)ᄒᆞᆫ 사ᄅᆞᆷ이라. 허락기를 용이(容易)히 ᄒᆞ야 우셩을 바리니
엇지 앗갑지 아니리오. 상셰 이후 빅경 형졔와 우셩을 ᄉᆞ랑ᄒᆞ고 가라치미 간격이 업
ᄉᆞ니, ᄌᆞ딜과 양주를 분간치 못【57】ᄒᆞ고 뉴녜부(劉禮部) 등 모든 죵족(宗族)이 일변
의논이 어즈러올가 ᄒᆞ여 이런 말을 아니니, 친쳑이 다 모로더라.

일일은 즁당(中堂)의셔 삼ᄌᆞ(三子)를 ᄃᆞ리고 시ᄉᆞ(時事)를 강논ᄒᆞ더니, 빅경이 믄득
안ᄉᆡᆨ을 변ᄒᆞ고 ᄭᅮ러 고 왈,

“ᄒᆡ이(孩兒)1010) 슈일 젼 조모의 부르시믈 니버 뇌당의 드러가미 모부인긔 뵈옵고
ᄌᆞ ᄒᆞ디, ○[모부인]이 틴인 샤명(赦命)이 업ᄉᆞᄆᆞ로 죄인으로 ᄌᆞ쳐ᄒᆞ여 하영당의셔 거
젹을 실고 ᄶᅵ를 버혀 ○○○○○[벼기를 삼고] 사ᄅᆞᆷ을 닐졀 보지 아니ᄒᆞ니, 감이 현
알치 못ᄒᆞ고 도라온지라. 원컨딕 야야ᄂᆞᆫ 셩덕을 드리오샤 모부인을 편이 ᄒᆞ시면, ᄒᆡ이
ᄯᅩᄒᆞᆫ 친【58】싱부모로 일ᄏᆞᆯ고 그리ᄂᆞᆫ 졍ᄉᆞ로ᄡᅥ 기리 대야(大爺)와 모친(母親)긔 ᄆᆞ
ᄋᆞᆷ을 의탁ᄒᆞ고, 우셩의 잔잉ᄒᆞᆫ 심ᄉᆞ를 위로홀가 ᄇᆞ라ᄂᆞ이다.”

언흘(言訖)의 누쉬(淚水) 연락ᄒᆞ니, 상셰 크게 어지리 녀겨 위로 왈,

“오아(吾兒)의 인효(仁孝)ᄒᆞ미 여ᄎᆞᄒᆞ니, 닉 지인(知人)ᄒᆞ믈 그릇○[ᄒᆞ]지 아냣도다.
네 이제 뎡시로ᄡᅥ 모ᄌᆞ의 졍을 베플고즈 ᄒᆞ니, 임의 ᄌᆞ식이 된 즉 엇지 우셩과 다ᄅᆞ

1008)동치유ᄋᆞ(同齒幼兒) : 같은 나이 또래의 어린 아이들.
1009)즁무쇼쥬(中無所主) : 마음속에 일정한 줏대가 없음.
1010)ᄒᆡ이(孩兒) : ①=어린아이. ②자식이 부모에게 자신을 가리켜 이르는 일인칭 대명사.

리오. 우셩이 몬져 가 계후(繼後)흔 일을 니르고, 네 맛당이 ᄌ식 녜(禮)로 왕녀ᄒ여 맛ᄎᄆ니 졍을 온젼케 ᄒ라."

빅경이 비샤ᄒ고, 우셩은 가마니 모친을 ᄎᄌ나 상셔긔ᄂ 감이 ᄉ식(辭色)지【59】못ᄒ더니, ≤이 말을 듯고 크게 깃거 형뎨 《영락ᄒ여 믈너가 ‖ 믈너 하영당의 니르러 부인끠 뵐ᄉᆡ, 우셩이 몬져 드러가》빅경으로 부친이 양ᄌ(養子) 삼으믈 고ᄒ고 현셩(現成)1011)ᄒ랴, 부명(父命)을 이어 왓시믈 ᄌᆞ초 고ᄒ니, 부인이 《일영삼탄‖일셩암탄(一聲暗歎)1012)》ᄒ고 머리를 두로혀 빅경을 보니, 경이 ᄲᆞ니 ᄉ비(四拜)ᄒ고 믈너 셔 감이 안디 못ᄒ거ᄂᆞᆯ, 부인이 나ᄋ오라 ᄒ여 겻히 안치고 그 일홈과 나ᄒᆞᆯ 무르니, 방년(方年)1013)이 팔셰(八歲)라 ᄒ거ᄂᆞᆯ, 어린 아ᄒᆡ 부모 ᄯ려나믈 어엿비 여기며, 용모긔딜(容貌氣質)이 온후ᄒ믈 ᄉ랑ᄒ여, 손○[을] 잡고 타루(墮淚)○○[ᄒ여] 참연(慘然)○[이] 왈,≥1014)

"네 싱모의 현슉ᄒ미 너의게 ᄂ려신즉 나의 박【60】명(薄命)흔 신후(身後)를 우셩 ○○[보다] 몬져 너를 의탁ᄒ리니, 네 ᄯᅩᆫ 졍셩을 닷가, 닉 너를 ᄂᆞᆺ치 아니믈 혐의(嫌疑)치 말나."

경이 크게 감격ᄒ여 비샤ᄒ고 조용히 뫼셧다가 믈너 상셔긔 뵈온딕, 상셰 부인의게 인졍 업ᄉ믈 아나, 오히려 부인의 됴혐(躁嫌)1015)이 잇던가 무러 왈,

"네 어미 너다려 무어시라 ᄒ던요?"

경이 딕 왈,

"ᄌ모의 말ᄉᆞ미 여ᄎᆞᄒ샤 아ᄒᆡ ᄉ랑ᄒ시미 지셩(至誠)의○[셔] 발ᄒ시니, 엇지 다른 ᄉ식이 이시리잇가?"

상셰 심즁○[의] 탄(歎)ᄒ여 잠간 웃고 말을 아니터라.

이후ᄂᆞ 두 아ᄒᆡ 모친긔 문안ᄒ여 흔갈갓치 졍셩【61】을 일위니, ○○○○[뎡부인이] 경의 효우ᄒ믈 긔특이 녀기고, 셩의개 층등ᄒ미 업셔 혈심으로 ᄉ랑ᄒ고, 조금도 그 부모의 혐원(嫌怨)을 싱각지 아니니, 경이 ᄯᅩᆫ 싱부모 아닌 줄 ᄭᅢ닷지 못ᄒ더라.

뉴공과 쥬시 부인의 어질믈 칭찬ᄒ여 사ᄅᆞᆷ을 맛난즉 믄득 이 말노ᄡᅥ ᄌᆞ랑ᄒ니, 월여의 니르러ᄂ 종족이 다 알고 크게 놀나, 뉴공 부ᄌ를 권ᄒ여 폐양(廢養)1016)ᄒ기를

1011)현셩(現成) : =현셩(見成). ①사당에 나아가 신위 앞에 절하여 예를 표하는 일 ②『불교』 선원에서, 사실이 현재 이루어져 있거나 또는 지금 있는 그대로임을 이르는 말..

1012)일셩암탄(一聲暗歎) : 한번 소리 내어 가만히 탄식함.

1013)방년(方年) : 현재 나이. 올해 나이.

1014)ᄎ언을 듯고 크게 깃거 형뎨 <u>믈너 하영당의 니르러 부인끠 뵐ᄉᆡ, 우셩이 몬져 드러가 빅 경을 부친이 양ᄌ 숨으믈 션셩ᄒ려 부명으로 니르러시믈 알외니, 부인이 일셩암탄ᄒ고 머리 를 두로혀 경을 보니,</u> 경이 ᄉ비ᄒ고 셔셔 감히 안디 못ᄒ거ᄂᆞᆯ, 붗인이 나아오라 ᄒ여 겨틱 안치고 나ᄒ를 나흘 뭇고 일홈을 믄지 ᄒ니, 방년이 팔셰라 ᄒ거ᄂᆞᆯ, <u>그 어린 아ᄒᆡ 부모 ᄯ려나믈 에엿비 넉여 그 용모긔질이 온후ᄒ믈 ᄉ랑ᄒ여, 그 손을 잡고 참연이 타루ᄒ여 왈,</u> …(국립 도서관본 『뉴효공션힝녹』利<권지삼>:70쪽3-13행, *밑줄·문장부호 교주자)

1015)됴혐(躁嫌) : 마음이 조급하고 싫어하는 구석이 있음

지쵹ᄒ니, 공은 그러이 녀기는 빗치 잇거늘, 샹셰 종족을 디ᄒ여 크게 훨[헐]ᄲᅧ려, 부 ᄌᆞ의 친(親)ᄒ믈 타인의 용납홀 곳이 아니라 ᄒ듸, 뉴녜부 ○[뉴]퇴샹 등이 【62】 닷 토와 니ᄅᆞ듸,

"됴션(祖先)○[을] 욕먹인 사름의 ᄌᆞ식으로 종ᄉᆞ(宗嗣)를 밧드지 못ᄒ리라."

ᄒ듸, 샹셰 졍셩듸언(正聲大言)1017) 왈(曰),

"ᄌᆞ현이 군부(君父)긔 득죄ᄒ여시나 빅경인즉 늬 아돌이 되여시니, 군샹(君上)이 엇 지 ᄌᆞ현의 연좌(連坐)로 빅경의 효우(孝友)ᄒ믈 용납지 아니시리오. 늬 발셔 부ᄌᆞ(父 子)의 의(義)를 미ᄌᆞ시니 ᄉᆞᆼ(死生)의 가(可)이 ᄆᆞ음을 밧고지 못홀지라. 졔슉형뎨(諸 叔兄弟) 비록 나라의 고홀지라도 우리 부ᄌᆞ는 움즈기지 못ᄒ리라."

ᄒ듸, 졔인(諸人)이 홀일업셔 파(罷)ᄒ니, 이후 문즁(門中)이 감이 말ᄒ리 업더라.

이ᄯᅦ 뎡승샹이 뉴샹셔 【63】 의 곤욕ᄒ믈 밧고 도라가므로붓터 우셩 모ᄌᆞ를 거졀ᄒ 고 나죵을 보려 ᄒ더니, 드르니 샹셰 홍의 아돌노 계후(繼後)ᄒ다 ᄒ거늘, 심하의 듸 로 왈,

"이는 반다시 녀ᄋᆞ와 손ᄋᆞ를 ᄇᆞ리미라."

ᄒ여 글노ᄡᅥ 뎡시를 부르니, 부인이 회셔 왈,

"ᄉᆞᆼ을 이 문하(門下)의셔 맛칠지니 엇지 구츅(驅逐)ᄒᆫ 비 어시 귀령(歸寧)ᄒ리잇 가?"

공이 눈믈을 흘니고 글노ᄡᅥ 강한님 박튀우 등을 뵈고 탄식ᄒ믈 마지 아니 ᄒ니, 졔 인이 승샹의 쥬졉1018)되믈 우으며, 뎡부인 신샹(身上)을 참혹이 녀겨, 샹셔를 본즉 고 【64】 금을 비우(譬寓)ᄒ고 기유(開諭)ᄒᆫ는 말이 연속ᄒ니, 도로혀 유명ᄒ여 만셩(萬 姓)이 모로리 업더라.

샹셰 셩품이 고요ᄒ믈 조히 녀기는지라. 부부의 일을 이ᄀᆞᆺ치 나타늬여 쇽구(俗 口)1019)의 시비(是非)를 삼으니, 더옥 뎡공을 짓거 아냐, 늬당의 쥬시를 보러 드러가 나 ᄒᆞᆫ번도 하영○[당]의 발ᄌᆞ최○[를] 두루혀미 업고, 말이 부인긔 밋치미 업스니, 쥬 시 일일은 샹셔를 디ᄒ여 부인의 슬픈 경식(景色)과 괴로은 졍회(情懷)를 닐너, 눈믈 을 흘니며 목이 메여 샹셔의 무졍(無情)ᄒ믈 ᄭᅮ지ᄌᆞ니, 샹셰 샤례 왈,

"셔모(庶母)의 셩은이 뎡녀 【65】 의게 밋ᄎᆞᆷ 다 ᄌᆞ(子)1020)를 ᄉᆞ랑ᄒ시므로 밋ᄎᆞ 미라. 엇지 감동치 아니리오. 다만 엄명을 슌슈(順受)ᄒ여 가늬(家內)의 두미오, 다른 ᄯᅳᆺ이 아니라. 졔 엇지 고집ᄒ미 이럿틋 ᄒ리오. 나ᄋᆞ가 뭇지 아니믈 칙ᄒ시나 늬 임의 유림(儒林)의 츙슈(充數)ᄒ여 산인(山人)의 모양을 ᄒᆫ 녀ᄌᆞ를 부부로 일ᄏᆞ라 샹디ᄒ미

1016)폐양(廢養) : =파양(罷養)·파계(罷繼). 양자 관계의 인연을 끊음.
1017)졍셩듸언(正聲大言) : 엄정하고 큰 소리로 말함.
1018)쥬졉 : 주접. 궁상(窮狀)맞음. 옷차림이나 몸치레가 초라하고 너절한 것.
1019)쇽구(俗口) : 세상 사람들의 말.
1020)ᄌᆞ(子) : 아들인 '자신'을 일컬은 말. '아들' 또는 '저'를 뜻하는 말.

가치 아니니, 져○[의] 두발이 ㅈ라고 힝실[신](行身)이 셰상 얼골이 된 후, 녜(禮)로
셔로 보기 늣지 아니 ㅎ니, 셔모도 닉 뜻을 아르실지라. 써곰1021) 의심치 말으쇼셔."

쥬시 텽파(聽罷)의 암희(暗喜)ㅎ여 이 말노써 부인긔 고ㅎ고 거취를 녜스로이 ㅎ라
【66】ㅎ디, 부인이 탄식 부답ㅎ여 뭇춤닉 곳치지 아니니, 공이 ㅈ로 더[드]러와 위
로ㅎ고, 옷슬 ㄱ초와 권ㅎ며 뎡당의 드러가 가스를 술피라 ㅎ디, 부인이 온슌이 샤은
ㅎ고 거젹즈리와 쯰벼기를 아스나, 즐겨 뎡실(正室)의 드지 아니코 가스(家事)의 참예
(參預)치 아니며, 치의(彩衣)를 닙지 아니ㅎ여 하영당 방 즁의 이셔 종일토록 문을 닷
고 사룸을 보지 아니ㅎ니, 난향이 쥬야(晝夜) 쪄나지 아니코, 쥬시와 삼공지 왕닉 ㅎ
나, 가닉 비복(婢僕)은 부이[인] 얼굴을 보지 못ㅎ더라.

니러구러 일년이 지나믹, 머리 다 길고 용뫼 여상(如常)ㅎ디, 스스【67】로 붓그러
[려] 거울을 보지 아니 ㅎ고, 일양 벼기의 브려 셰상을 아지 못ㅎ는지라. 샹셰 공즈의
말을 좃ㅊ 비록 부인이 이럿틋 ㅎ믈 드러시나, 역시 셰상 물욕(物慾)의 뜻이 쇼연(消
然)ㅎ여 만시 무심ㅎ니, 구타여 측은ㅎ믈 모로고, 다만 유감(遺憾)ㅎ미 업셔, 얼골이
예스로와 인형(人形)이 되고, 션뎨(先帝)의 삼년이 지나 최복(衰服)을 벗고 ○○[난
후] 부뷔 서로 볼 거시라 ㅎ여, 처음 뎡심(定心)이 이러ㅎ미, 젹연(寂然)이 고치미 업
고, 송연(悚然)이 다른 뜻지 업셔 아모 일을 드러도 드를 만ㅎ는지라. 사룸이 다 츙
[측]양(測量)치 못ㅎ더라.

ᄎ년 츈(春)의 군신(君臣)【68】이 디회(大會)ㅎ여 션뎨 삼년을 지닉고, 일시의 홍
포(紅袍)1022)와 오ᄉ(烏紗)1023)로써 반열(班列)을 가초디, 뉴샹셰 홀노 즁인(衆人)으로
더브러 고[곡]읍(哭泣)의 참예(參禮)ㅎ여 익통(哀慟)ᄒᆞᆫ 후, 병(病)1024)을 붓들여 집으
로 도라가니 빅관(百官)이 쏘혼 그 병들믈 알고 딘하(進賀)의 참예 아니믈 뭇지 아니
ㅎ더라.

뉴공이 젼일 샹셔의 말을 싱각ㅎ고 션뎨 삼년이 임의 지닉시며 뎡시 두발(頭髮)이
자라 여상(如常)ㅎ믈 듯고, 밧비 종족을 모와 ᄉᆞ묘(祠廟)의 고ㅎ려 홀 ᄉᆞ, 샹셰 시러금
할 일 업셔 ᄉᆞ양홀 말○[을] 닉지 못ㅎ고, 근심이 미우(眉宇)의 잠겨시니, 공이 긔식
을 알고 힝혀 님시(臨時)ㅎ【69】여 무슴 변이 이실가 ㅎ여 이늘 아침의 하령(下令)
ㅎ디,

"오늘 디ᄉᆞ(大事) 이시니 일을 뭇츤 후 됴반을 나오고 그러치 안인 젼은 식반을 나
오지 말나."

1021)써곰 : '써'의 힘줌말. 써: 써. '그것을 가지고', '그것으로 인하여'의 뜻을 지닌 접속 부사.
　　한문의 '以'에 해당하는 말로 문어체에서 주로 쓴다.
1022)홍포(紅袍) : 조선 시대에, 삼품 이상의 벼슬아치가 입던 붉은색의 예복이나 도포.
1023)오ᄉ(烏紗) : =오사모(烏紗帽). 고려 말기에서 조선 시대에 걸쳐 벼슬아치들이 관복을 입
　　을 때에 쓰던 모자. 검은 사(紗)로 만들었는데 지금은 흔히 전통 혼례식에서 신랑이 쓴다.
1024)병(病) : 병든 몸

흔디, 상셰 놀나 싱각흐디,

"이 반다시 닉 명(命)을 밧줍지 아닐가 의심흐시미라. 일이 이의 니른 후 닉 엇지 亽양흐리오마는 디인이 날을 아지 못흐시니 만일 일이 맛촌 후 진식흐신 즉 날이 겨믈기의 밋치니리, 셩체(聖體) 엇지 편흐시리오."

흐고 나으가 됴반을 쳥흐니 공이 더옥 의심흐여 듯지 아니터니, 날이 느즌 후 뉴시 종족이 모도니, 뉴공이 마즈 젼일(前日) 그릇흔【70】믈 니르고, 복댱(復長)흐믈 니르니, 졔인의 쇼견이 여츌일구(如出一口)1025)흐여 상셔의 인효(仁孝)를 일큣고 맛당흐믈 칭하(稱賀)흐니, 공이 디희(大喜)흐여 즉시 좌우로 흐여금 상셔를 불너 친히 손을 잡고 당의 오르니, 상셰 감이 티만치 못흐여 향안(香案) 앏히 나으가 업디미, 뉴티상이 축문을 닑어 신령긔 고흐미 상셰 심시(心思) 불호(不好)흐미 층[측]양(測量)업스디, 부친의 무류흐시믈 싱각흐여 불변안식(不變顔色)이러니, 임의 축문을 맞고 위(位)를 존(尊)흔 후 다시 금포옥디(錦袍玉帶)와 어화옷(御花-)1026)스로써 영위(靈位)예 현알(見謁)흐여 등과(登科)1027)흐여 뵈는 녜(禮)를 맞고, 축(祝)을【71】고쳐 상셰 급졔흐여 현알흐믈 고한 후, 밋 녯 폐댱흔 문셔와 젼일(前日) 홍을 승젹(承嫡)흔 졔문을 불지르고, 좌를 졍흐미, 뎡시의 현알을 지쵹흐니, 시비(侍婢) 봉관(封冠)1028) 젹의(翟衣)1029)와 두 줄 픠옥(佩玉)이며 화옥디(花玉帶)1030)로써 일품명부(一品命婦)의 관복(冠服)을 깃쵸와 뎡부인긔 나으가 기복(改服)흐고 亽당(祠堂)의 오르믈 고흔디, 부인이 귀먹으며 말 못흐는 사름 갓트여 응답흐미 업스니, 쥬시 나으가 굴오디,

"오날 디례(大禮)를 가이 더디지 못홀 거시니, 부인이 엇지흐여 고집흐시느뇨?"

부인이 날호여 왈,

"즈시 아지 못흐는 쏘다. 쳡은 뉴문(劉門)【72】의 득죄(得罪)흔 계집이라. 디인이 셩덕(盛德)을 느리오샤 불너 가니의 두시나, 쇼텬(所天)의 사(赦)흐시는 말이 업스니, 셩명(姓名)이 시쳡(侍妾) 항열(行列)을 브라지 못흐거늘, 엇지 명부(命婦)1031)의 복식(服色)으로 亽묘(祠廟)의 올나 상셔와 엇기를 가로리오. 죽으믄 亽양치 아니려니와 츠

1025)여츌일구(如出一口) : 한 입에서 나오는 것처럼 여러 사람의 말이 같음을 이르는 말. 늑 이구동성(異口同聲)

1026)어화옷(御花-) : 어화청삼(御花靑衫)을 말함. 곧 어사화(御賜花)를 꽂은 오사모(烏紗帽)를 쓰고 푸른 색 도포를 입은 과거 급제자의 차림. *어사화(御賜花); 조선 시대에, 문무과에 급제한 사람에게 임금이 하사하던 종이꽃.

1027)등과(登科) : 과거에 급제하던 일. =등제(登第).

1028)봉관(封冠) : 예전에 조정으로부터 봉작을 받아 내명부(內命婦)에 등록된 부녀자들이 머리에 쓰던 화관(花冠). *화관(花冠): 예전에 부녀자들이 예복에 갖추어 쓰는 관모(冠帽). 주옥금패(珠玉金貝) 등 각종 보석으로 화려하게 치장하였다.

1029)젹의(翟衣) : 옛날 왕비가 입던 옷으로 붉은 비단 바탕에 꿩을 수놓은 옷을 말한다.

1030)화옥디(花玉帶) : 꽃 모양의 장식을 붙인 옥으로 만든 띠.

1031)명부(命婦) : 봉작(封爵)을 받은 부인을 통틀어 이르는 말. 내명부와 외명부의 구별이 있었다

언(此言)은 난종(難從)1032)이라.”

셜포의 벼기의 ᄇ리여 다시 말이 업스니, 쥬시 홀 일 업셔 ᄠᅳᆺ을 모든 ᄃᆡ 고ᄒᆞ니, 공이 착급(着急)ᄒᆞ여 상셔를 ᄭᅮ지져 왈,

“이ᄂᆞᆫ 네 용납지 아니 ᄒᆞ기로 이럿툿 ᄒᆞ니, 오날 ᄃᆡ회(大會)예 녜(禮)를 폐치 못ᄒᆞ리니 셜니 나ᄋᆞ가 현부를 ᄀᆡ유(開諭)ᄒᆞ여 니러나게 ᄒᆞ라.”【73】

뉴녜뷔(劉禮部) 왈,

“ᄌᆞ슌이 그르다. ≤뎡부인 슉덕고졀(淑德高節)이 고금의 ᄒᆞ나이라. 《뎡시∥뎡공이》 상쇼ᄒᆞᆷ은 일시지분(一時之憤)으로 ᄭᅮ짓ᄂᆞᆫ 셜홰라. ᄯᅩᄒᆞᆫ 됴당(朝堂)의 나ᄋᆞ가미 업스니, 이ᄂᆞᆫ 속셜(俗說)의 ‘옥화[하](玉瑕)○[의] ᄉᆞ람’1033)이오, ᄎᆞ시(此時)ᄒᆞ여ᄂᆞᆫ 졔 기과츄회(改過追悔)1034)ᄒᆞ여 ᄌᆞ복칭사(自服稱謝)1035)ᄒᆞ니, 네 집도 ᄯᅩᄒᆞᆫ 허물이 업지 아녀 션실기도(先失其道)1036)ᄒᆞᆫ ᄇᆡ 이시니,≥1037) 셔로 구원(舊怨)을 뉘웃쳐 교도(交道)를 니루리니, 엇지 고집ᄒᆞ미 잇[이]ᄭᅮᆺᄒᆞ며, 뎡시의게 상국의 연쳬 밋ᄎᆞ미 원통치 아니리오. 날이 느졋고 부인이 고집ᄒᆞ니, 네 셜니 가 《녜를 ᄀᆞ초게 ᄒᆞ라 ᄀᆡ유ᄒᆞ여라∥ᄀᆡ유ᄒᆞ여 녜를 ᄀᆞ초게 ᄒᆞ라》.”

상셰 ᄃᆡ왈,

“졔 유죄무죄간(有罪無罪間)【74】쇼딜이 져로 ᄃᆡᄒᆞ여 거졀ᄒᆞᄂᆞᆫ 말을 닉지 아녀시니 엇지 날노ᄡᅥ 의심ᄒᆞ리잇가? 슈연(雖然)이나 존명(尊命)이 근권(懇勸)ᄒᆞ시니 ᄒᆞᆫ 번 브르미 무어시 어려오리잇가?”

드ᄃᆡ여 뎡시긔 젼어(傳語) 왈,

“부인이 졀(節)을 직희여 도라오니 복(僕)이 감동치 아닌 ᄇᆡ 아니로ᄃᆡ, 일이 경즁(輕重)이 이셔 부부의 의(義)를 긋고져 ᄒᆞ더니, 엄교(嚴敎1038)) 슌슌(諄諄)ᄒᆞ샤 지셩으로 부인의 죄를 샤(赦)ᄒᆞ시니, ᄂᆡ ᄯᅩᄒᆞᆫ 명을 밧ᄌᆞ와 부인을 가닉의 머무르니, 임의 봉명(奉命)ᄒᆞ여 용샤(容赦)ᄒᆞᄂᆞᆫ ᄠᅳᆺ이어늘, 엇지 구ᄐᆡ여 셜화(說話)ᄒᆞᆫ 후에야 샤ᄒᆞ시믈 알니오. 금일 가문을 ᄃᆡ회ᄒᆞ미 젼혀 우【75】리 부부의 ᄉᆞ단(事端)이라. 일이 슬흐무로 긋치지 못ᄒᆞ리니, 셜니 옷슬 고쳐 나ᄋᆞ와 존명을 밧들미 부인의 도리라.”

1032)난종(難從) : 명령 따위를 따르기 어려움.

1033)옥하(玉瑕)의 ᄉᆞ람 : ‘옥(玉)에 티’처럼 아주 작은 허물이 있는 사람. 즉 나무랄 데 없이 훌륭한 인품을 가진 사람이지만, 한편으로는 아주 작은 흠결도 있는 사람.

1034)기과츄회(改過追悔) : 지난 잘못을 뉘우치고 고침.

1035)ᄌᆞ복칭사(自服稱謝) : 죄를 자백하고 사죄(謝罪)함.

1036)션실기도(先失其道) : 어떤 일을 하면서 자신이 먼저 도리에 맞지 않는 일을 함. 또는 자신이 먼저 잘못을 저지름.

1037)뎡부인 슉덕고졀이 고금의 ᄒᆞ나ᄒᆡ니, <u>엇디 뎡공 소초ᄅᆞᆯ 혐의홀 ᄇᆡ리오. 일시 분격으로 ᄭᅮ지즌 셜홰라.</u> ᄯᅩᄒᆞᆫ 됴뎡의 나타나미 업ᄉᆞᆫ디라. <u>이ᄂᆞᆫ 속셜노 옥하 ᄉᆞ람이오,</u> 당ᄎᆞ시 ᄒᆞ야ᄂᆞᆫ 기과츄회ᄒᆞ야 ᄌᆞ복칭샤ᄒᆞ니, ᄯᅩ 네 집 허믈이 업디 아냐 션실기도ᄒᆞ미 이시니, …(국립도서관본 『뉴효공션힝녹』 利<권지삼>:81쪽10행-82쪽3행, *밑줄·문장부호 교주자)

1038)엄교(嚴敎 : 부친의 명령(命令).

흔티, 시비 연락(連絡)ᄒ여 가니, 좌우 종족이 긔소(皆笑) 왈,

"뉘 니르티, ᄌ슌의 말 드무다 ᄒ며, 뉘 니르티 ᄌ슌이 쇼졸(疏拙)타 ᄒ더뇨? 화려ᄒ 담쇠 원부(怨婦)의 구든 쯧을 감동케 ᄒ니, 뎡부인 기복(改服)ᄒ미 시긱(時刻)을 넘지 아니 ᄒ리로다."

상셰 잠간 웃고 말을 아니 ᄒ더니, 이윽고 시녜 도라○[와] 고ᄒ티,

"부인이 묵연(默然) 잠와(潛臥)ᄒ여 티답지 아니시니 엇지 ᄒ리잇고?"

상셰 임의 부인이 오지 아닐 쥴 아는지라. 부친과 녜부【76】의 젼ᄒ무로 면강(面强)ᄒ여 쳥ᄒ여시나, 진졍이 아니니, 뎡시 엇지 그 쯧을 모로리오.

이ᄴᅵ 즁빈(衆賓)○[이] 챡급(着急)ᄒ여 상셔로 션쳐ᄒ라 지쵹ᄒ고, 뉴공이 더욱 좌(坐)를 졍치 못ᄒ야 쵸됴(焦燥)ᄒ니, 상셰 ᄉ당의 ᄂ려 뎡시 누은 곳의 니르러 서로 보미, 도로혀 무안ᄒ티, 강잉ᄒ여 왈,

"싱이 부인을 보니 늣치 업고 부인이 싱을 보미 쾌흔 비 업스니, 지는 셜화를 다 ᄇ리고 금일 경식을 대인이 크게 후회ᄒ시는 날이라. 아등이 엇지 감이 티만ᄒ리오마는 티인의 쯧이 힝ᄒ여 밧줍지 아닐○[가] 용녀(用慮)ᄒ샤 날이 셔녁히【77】기우티 됴반을 나오지 아니시니 ᄒ 일 업셔 그 쯧을 밧ᄌ와 위(位)를 뎡ᄒ엿거늘, 부인은 엇던 사ᄅᆷ이완티 홀노 티인 셩톄를 넘녀치 아녀 티연이 존티(尊大)흔 쳬ᄒᄂ냐?"

셜파의 시비로 ᄒ여금 예복을 나오라 ᄒ니, 부인이 상셔의 이ᄀᆺ치 지쵹ᄒ믈 보고 ᄉ셰 마지 못ᄒ 쥴 혜아려, 소두(蕭頭)를 어로만져 봉관(封冠)을 삽(揷)ᄒ고, 녜복을 입고, ᄉ당으로 향ᄒᆯ 시, 상셰 비록 대의로 부인을 핍박ᄒ여 녜복을 나오나 슌이 좃출가 밋지 아녓더니, 이ᄀᆺ치 한말도 아니코 죵용ᄒ믈 보미, 그 텬셩이 유슌(柔順)ᄒ믈 긔특이 녀겨【78】ᄌ가의 미몰ᄒ미 인졍의 못ᄒᆯ 일이니, 녀ᄌ의 ᄆᆞ음의 미온(未穩)ᄒ미 업지 아닐 비로티, ᄉ긔 온화ᄒ고 희로(喜怒)를 나타ᄂ지 아니니, 심하의 경복(敬服)ᄒ믈 마지 아녀, 츄파(秋波)를 드러 그 얼골을 보니, 별후(別後) 뉵칠년의 쳔신만고(千辛萬苦)ᄒ여시티, 몱은 광치(光彩) 쇄락흔 용안이 조금도 쇠(衰)ᄒ미 업셔, 팔치(八彩)1039) 미우(眉宇)의 슈식(羞色)이 은영(隱映)ᄒ미, 티양이 아춤 《이슬∥안개》의 ᄲᆺ엿는 듯, 헛튼 녹발(綠髮)이 귀밋츨 더퍼시니, 빅옥(白玉)의 난쵸(蘭草) 빗겻는 듯, 엇지 속셰 홍분(紅粉)1040)의 미식(美色)으로 더부러 밋츨 비리오.

쥬시 이예 옷슬 밧드러 부인을 닙히고 상셔를 도라보【79】아 웃고 왈,

"금일 부인이 치복(彩服)과 화관(花冠)1041)을 □[가]ᄒ미, 월용션치[티](月容仙態)1042)○[와] 홍옥초츈(紅玉初春)1043)의 쇼져 ᄀᆺ투니, 싱각건티 부인의 신고(辛苦)ᄒ

1039)팔치(八彩) : 눈에서 나는 광채. '팔채(八彩)'는 팔(八)자 모양의 '화장한 눈썹에서 나는 광채'를 뜻하는 말로, '눈빛'을 달리 표현한 말이다.

1040)홍분(紅粉) : ①연지와 분을 아울러 이르는 말. ② =화장(化粧)

1041)화관(花冠) : 칠보로 꾸민 여자의 관. 예장(禮裝)할 때에 쓴다. 늑화관족두리

1042)월용션티(月容仙態) : 달처럼 아름다운 얼굴과 선녀처럼 고운 자태.

샤믄 상공긔 더으시딕, 엇지 쇠(衰)ᄒ시미 업고, 상공의 풍모ᄂᆞ 져럿툿 □□[환형(幻形)ᄒ여 면쉭(面色)이 혈졈(血點)이 업셔 뵈옵기의 엄엄(奄奄)ᄒ시니1044), 부뷔 딕ᄒ미 녯날 상젹(相敵)ᄒ시던 풍취 쇼삭(蕭索)ᄒ여 계시니이다."

상셰 머리를 슈겨 그윽이 웃고 몬져 도라오니, 공이 급히 문왈(問曰),

"현뷔 요동(搖動)ᄒ미 업더냐?"

상셰 딕왈,

"시방 녜복(禮服)을 ᄀ초와 댱ᄎᆞᆺ 현영(現影)ᄒ려1045) ᄒ더이다."

좌우 졔인이 다 깃거ᄒ더라.【80】

1043)홍옥초츈(紅玉初春) : 홍옥처럼 고운 혈색과 초봄처럼 싱그러운 피부.
1044)엄엄(奄奄)ᄒ다 : 숨이 곧 끊어지려 하거나 매우 약한 상태에 있다.
1045)현영(現影)ᄒ다 : 그림자를 드러내다. 모습을 드러내다.

차셜 좌우 졔인이 다 깃거ᄒ고, 녜뷔 쇼왈,

"ᄌ슌의 교혜능변(巧慧能辯)1047)이 뎡부인○[의] 구든 ᄆᆞ음을 도로혀니 널노 가히 뉵국(六國)1048)의 종약쟝(縱約長)1049)을 사맘즉 ᄒ도다."

뉴태샹이 쇼이듸왈,

"ᄌ슌이 말 잘ᄒ미 아냐 부인의 유약홈인가 ᄒᆞ니, 젹연이 뭇디 아냣다가 급작도이 니릇혀 내니, 소딜로써 의논ᄒᆞᆫ죽 부인이 ᄌ슌을 본죽, 분히이 흉격의 ᄊᆞ혀 갓ᄀ이 오믈 기ᄃ려 ᄒᆞᆫ번 박ᄎ면, 져 병골이 《표풍차경 ‖ 포풍착영(捕風捉影)1050)》 ᄀᄐ리니 엇디 ᄡᅵ이여 니러날 니 이시리오."

좌듕이 대소ᄒ고, 샹셰【1】 미쇼 왈,

"슉여 형이 부인ᄉᆡ 여러 번 박ᄎᆞ이믈 바닷쏘다. 쇼뎨ᄂᆞᆫ 부부의 존비(尊卑)를 군신의 비ᄒᆞ니 엇디 감히 녀ᄌ의 희노(喜怒)를 ○[닉] 눈의 뵈리오."

1046)규장각본 <권지9>의 첫장부터 낙장이 되어 있어, <권지8> 마지막 문장의 끝 문장 '좌우 졔인이 다 깃거ᄒ더라'로부터 <권지9>의 첫장 시작문장 첫 단어 '거역지···'앞 까지를, 국립 도서관본 『뉴효공션힝녹』利<권지삼>:87쪽7행 '좌우 졔인이 다 깃거ᄒ고' − 90쪽9행 '금일 부형의 녕을'까지 의 해당 내용을 옮겨 낙장을 복원하였다. 그 글자수는 총 942자 이고, 규장각본 1쪽의 글자 수가 대략 195자 안팎인 점을 고려하여 교주자가 임의로 이를 4쪽(1쪽 230자, 2쪽 238자, 3쪽 238자, 4쪽 236자) 으로 구분하여 전사하였다. 권 표제와 화두사('차셜'), 전권(前卷)의 마지막 문장을 반복하는 첫 문장의 관행('좌우 졔인이 다 깃거ᄒ고') 등은 교주자가 관행을 따라 첨가하였다.

1047)교혜능변(巧慧能辯) : 교묘하고 능란한 말솜씨.

1048)뉵국(六國) : 중국 전국 시대의 제후국(諸侯國) 가운데 진(秦)나라를 제외한 여섯 나라. 곧 당시 소진(蘇秦)의 합종책(合從策)에 가담하여 진(秦)나라에 맞섰던 연(燕)·제(齊)·초(楚)·조(趙)·위(魏)·한(韓) 나라를 이른다. *소진(蘇秦): 중국 전국 시대의 유세가(遊說家). 진(秦)에 대항하여 산둥(山東)의 6국인 연(燕), 조(趙), 한(韓), 위(魏), 제(齊), 초(楚)의 합종(合從)을 설득하여 성공했다

1049)종약쟝(從約長) : 중국 전국시대에 연(燕)·제(齊)·초(楚)·조(趙)·위(魏)·한(韓) 등 육국(六國)이 강국(強國)인 진(秦)나라에 대항하기 위해 가담했던 합종책의 책임자를 일컫는 말. 당시 유세가(遊說家) 소진(蘇秦)이 6국의 제후들을 설득하여 협정을 맺고 합종책을 성공시켜 종약쟝(縱約長)과 6국의 정승을 겸직하여 이 합종책을 수행하였다, 따라서 종약쟝(從約長)은 소진(蘇秦)을 이르는 말로 쓰이기도 한다.

1050)포풍착영(捕風捉影) : 바람을 잡고 그림자를 붙든다는 뜻으로, 믿음직하지 않고 허황한 언행을 이르는 말

태상이 답(答) 쇼왈(笑曰),

"우형은 금슬(琴瑟)이 창화(唱和)ᄒ니 박ᄎ일 일도 업고 박ᄎ인 위란(危難)이 업거니와 ᄌ슌이 졔가(齊家)ᄒ물 이 ᄀᆞ티 쟈랑ᄒ나, 이 흔ᄀᆞᆺ 너의 어질미 아냐 뎡부인 힝ᄉᆡ(行事) 어질고 유슌ᄒᆞ므로 네 위엄이 힝ᄒᆞᄂᆞ니 모ᄅᆞ미 착흔 쳬 말나."

상셰 함쇼(含笑) 브답(不答)이러라.

이윽고 뎡시 시녀로 더부러 ᄉᆞ묘(祠廟)의 나아가니, 졔인이 다 슈졍안ᄉᆡᆨ(修正顔色)ᄒᆞ고, 네뷔 폴흘 미러 당(堂)의【2】 오ᄅᆞ매, 다시 압히 나아가 읍양(揖讓)ᄒᆞ야 빅셕(拜席)의 오ᄅᆞ라 ᄒᆞ니, 부인이 마디 못ᄒᆞ야 향안(香案) 압히 업댄 듸, 다시 튝(祝)을 나와 조상(祖上) 신녕(神靈)ᄭᅴ 고홀 ᄉᆡ, 부인이 니러 ᄉᆞ비(四拜) 현알ᄒᆞ매, 네뷔 상셔를 도라보와 왈,

"금일 듸녜(大禮)를 ᄌᆞ슌이 엇디 폐ᄒᆞᄂᆞ뇨?"

상셰 부득이 부인과 흔가디로 향을 쏘ᄌᆞ며 잔을 뎐(傳)홀 ᄉᆡ, 부인이 술을 준수(遵守)이[1051] 부으며 작(爵)을 영위예 밧들미 흔글ᄀᆞ치 규모(規模)를 착난(錯亂)치 아니니, 수빅 종족이 다 흠탄 왈,

"이 진짓 ᄌᆞ슌의 호귀(好逑)라. 부뷔 엇디 마쟝(魔障)이 만ᄒᆞ물 흔치 아니리오"

ᄒᆞ더라.【3】

부뷔 현알(見謁)을 뭇고, ᄯᅩ 종손을 《뵐∥뵈ᄋᆞᆸ게 홀》ᄉᆡ, 졔뉴(諸劉) ᄂᆞᆺ출 븕혀 우셩을 현알ᄒᆞ미 올타 ○○[흔 듸], 상셰 ᄌᆡ삼 기유(開諭)ᄒᆞ야 ○[빅]경을 불너 오술 곳쳐 현알○[케] ᄒᆞ고, 튝문을 스스로 지어 신녕ᄭᅴ 고흔대, 모든 종족이 다 불쾌ᄒᆞ여 허여디니, 샹셰 뉴녜부 슉딜을 쳥뉴ᄒᆞ여 대셔헌의 모드매, 부친ᄭᅴ 됴식(朝食)을 올니고, 쥬반(酒飯)을 나와 졔긱을 권흔 후, 기리 탄식고 눈물을 ᄂᆞ리와 골오듸,

"내 본듸 불쵸ᄒᆞ야 《츳문∥대종(大宗)》을 밧드디 못홀 거시오, 신샹○[의] 질괴(疾故) 이시니 션셰(先世) 졔ᄉᆞ를 ᄌᆞ현의게 의탁고져 ᄒᆞ나, 이졔 글너지[시]니 금일 부형의 녕(令)을【4】] 거역지 못ᄒᆞ여 이 거조(擧措)를 일위나, 싱각건듸 ᄌᆞ현이 졀식(絶塞)의 ᄉᆞ싱존망(死生存亡)을 아지 못ᄒᆞ고, 경경(耿耿)흔 고ᄌᆞ(孤子) 이인(二人)이 계유 유하(乳下)를 면하여 힝혀 엄친(嚴親)긔 뫼셔시니, ≤ᄯᅩ흔 부모○[를] 이별흔 □□□□□□ □[졍시](情事) 참혹ᄒᆞ니 닉] 거두어 교훈ᄒᆞ여 슉딜(叔姪)의 졍이 화(化)ᄒᆞ여 부ᄌᆞ○○[지의](父子之義)를 □□[믿ᄌᆞ]미 밋ᄎ니, □□[굿트]여 유의흔 일이 아니로듸, ᄯᅩ흔 부ᄌᆞ 된 후는 ○○[졍을] 굿ᄎ며 의를 할(割)치 못홀지라≥[1052]. ᄌᆞ현의 ᄌᆞ

1051)준수(遵守)이 : 준수(遵守)하여. 전례나 규칙, 명령 따위를 그대로 지켜서. *준수(遵守): 전례나 규칙, 명령 따위를 그대로 좇아서 지킴

1052)ᄯᅩ흔 부모를 니별흔 졍시 참혹ᄒᆞ니, 내 거두어 교훈ᄒᆞ여 슉딜의 졍이 화ᄒᆞ여 부ᄌᆞ지의를 믿ᄌᆞ매 미ᄎ니 이 구트여 유의흔 일이 아니로듸, ᄯᅩ흔 부지된 후는 졍을 가히 그ᄎ며 의를 가히 허디디 못홀다. …(국립도서관본 『뉴효공션힝녹』利<권지삼>:90쪽13행-91쪽4행, *밑줄·문장부호 교주자)

식이 곳 니 ㅈ식이오, 니 ㅈ식이 곳 ㅈ현의 ㅈ식이니, 동긔슉딜간(同氣叔姪間)의 친쇼(親疏)를 분변홀 것이 아니오, 흐믈며 빅경이 불현○[흔] 즉 공도(公道)를 젼쥬(專主)호여 대종을 맛【5】져 션셰를 욕지 아니미 가(可)커니와, 경의 위인이 공검인효(恭儉仁孝)호여 크게 덕이 잇고, 쏘 나히 우셩의 몬져니, 추례를 가이 밧고지 못홀지라. 열위 존명이 이 갓투여 고집지 아니셤즉 ᄒ니이다. 금일 종ㅈ종손(宗子宗孫)이 완졍(完定)호여 나의 부지 감이 모쳠(冒添)호고 뎡녀의 졀이[을] 문인이 감동호고, 대인이 용샤호셔 종부(宗婦)를 삼으시니, 그 부형의 죄 잇시나 소딜이 쏘흔 됴강(糟糠)[1053]의 간고와 엄친의 기유ᄒ신 줌흔 거슬 ᄇ리지 못홀 거시미 추후 상종(相從)호여 부부의 도를 이루려 호옵ᄂ니 열위(列位) 존명(尊命)을 감이 쳥ᄒᄂ이다."

네부【6】 등이 다 그 어질고 졍딕호믈 항복ᄒ야 위로 왈,

"ㅈ슌의 쯧이 여ᄎ호니, 빅경이 비록 어지지 못ᄒ나 그 셩덕을 봉힝치 아니며 더욱 경이 졔 아비와 다르니, 모로미 아니로딕 아비 연좨 잇□[셔] 션셰를 빗닉지 못홀가 두리더니, 현딜이 지셩으로 니리 ᄒ니 기리 감동ᄒᄂ니, 이후는 난언(亂言)을 그치리라. ᄒ믈며 뎡부인 졀힝은 뉴문의 여경(餘慶)이니 이 ᄀ툰 녀ㅈ를 종부(宗婦)를 졍ᄒ니 크게 쾌흔 빈니, 현딜의 고집 두로혀미[믈] 우리 더욱 깃거 ᄒ고, 우셩을 더욱 가셕(可惜)ᄒᄂ니, 엇지 다른 쯧이 이시리오."

상【7】 셰 피셕(避席) 샤례ᄒ더라.

셕양의 긱이 도라가니, 뉴공이 상셔다려 왈,

"오날늘 닉 젼과(前過)를 다 고치고, 너의 부부를 존ᄒ미[믜] 죽어도 흔(恨)이 업스되, 당초 싱각키를 그릇호여 우셩을 폐ᄒ미 깁히 뉘웃나니, 도시 일○[이] 젼도(顚倒)ᄒ미 노부의 허물이라. 깃분 가온딕 흠ᄉ(欠事)로다."

상셰 지삼 그러치 아니믈 풀어 알외고, 빅경을 ○[칭]찬호여 조금도 뉘웃는 쯧이 업더라.

공이 우셩을 불너 어로만져 ᄉ랑ᄒ며 다시금 인다라 ᄒ고, 뎡부인을 쳥호여 상셔와 좌(坐)를 흔가지로 호여 두긋기고 ᄉ랑ᄒ미 비홀딕 업셔,【8】 상셔의 손을 잡고 도로혀 쳐창(悽愴)호여 눈믈을 흘녀 왈,

"노뷔 너의 부부를 희(戲)지엇더니, 금일 파경(破鏡)이 완합(完合)ᄒ니, 현부는 노부의 젼일을 싱각지 말고 기리 오ᄋ(吾兒)의 영화를 누리며, 오졸(汚拙)흔 노뷔 블명(不明)흔 일을 ᄒ여시나 ᄆ음을 쓰지 말고 부뷔화목(夫婦和睦)호여 옛날 셔로 격(隔)ᄒ엿던 거슬 플어ᄇ리라. 네 비록 병이 깁흐나 ᄆ음을 됴리호면 착[차]복(差復)기 쉬올 거시로딕, 흔갈가치 신ᄉ[식](神色)이 소복(蘇復)지 못ᄒ고 토혈을 그치지 아니ᄒ니, 엇지 《아심∥안심》ᄒ믈 널니 싱각ᄒ여 평상(平常)이 못ᄒᄂ뇨? 현뷔 청졀(淸節) 딕덕(大

1053)됴강(糟糠) : =조강지쳐(糟糠之妻). 지게미와 쌀겨로 끼니를 이을 때의 아내라는 뜻으로, 몹시 가난하고 천할 때에 고생을 함께 겪어 온 아내를 이르는 말. ≪후한서≫의 <송홍젼(宋弘傳)>에 나온다.

德)이 문【9】호의 디힝(大幸)이니, 네 맛당이 공경ᄒᆞ여 몸이 맛도록 쇠(衰)치 말나."

인ᄒᆞ여 녯날 참쇼(讒訴)의 고혹(蠱惑)ᄒᆞ여 박디ᄒᆞ던 일을 싱각고 감창ᄒᆞ믈 이긔니 못ᄒᆞ니, 상셰 화셩유어(和聲柔語)로 그 ᄆᆞ음을 기유(開諭)ᄒᆞ고 감격ᄒᆞ믈 이긔지 못ᄒᆞ여, 부뷔 다 눈물을 흘니고 ᄌᆡ빈슈명(再拜受命)ᄒᆞ더라.

공이 금쥰(金樽)의 향온(香醞)을 만작(滿酌)ᄒᆞ여 상셔를 쥬어 왈,

"금일 부ᄌᆞ 화목ᄒᆞᄂᆞᆫ 하상(賀觴)이 업지 못ᄒᆞᆯ 거시니, 네 모로미 ᄉᆞ양말나. 상셰 병 들무로붓터 슐을 먹지 아니터니 인ᄒᆞ여 국상 삼년의 잔을 잡지 아냣다가, 부친의 이 ᄀᆞᆺ투믈 보미 블승(不勝) 감창(感愴)【10】ᄒᆞ여 잔을 바다 먹은 후 돈슈 쳬읍 왈,

"ᄃᆡ인이 쳔일 쇼ᄌᆞ를 경계ᄒᆞ신 말숨이 계신지라. 이 거시 다 히ᄋᆞ의 불초ᄒᆞᆫ 연괴어 늘, 엇지 뉘웃치시미 이 ᄀᆞᆺ투시니잇가? 부ᄌᆞ 일톄니 화ᄒᆞ며 회치 못ᄒᆞᆯ 비 아니니 원 ᄃᆡ인은 슬ᄒᆞ 무이 ᄒᆞ시믈 녯 일을 싱각지 말으셔야 히ᄋᆞ 또ᄒᆞᆫ 기리 평안ᄒᆞᆯ가 ᄒᆞᄂᆞ이다."

공이 그 손○[을] 잡고 잔을 나와 상셔로 ᄒᆞᆫ가지로 ᄒᆞᆫ잔을 부어 왈,

"현부의 ᄃᆡ덕을 노뷔 실노 아지 못ᄒᆞ고, 참혹히 구박ᄒᆞ미 잇더니, 이졔 ᄒᆞᆫ 당의 모 드니 구식(舅息)이 샹화(相和)ᄒᆞᆷ과 부부의 완취(完聚)ᄒᆞᄂᆞᆫ 잔을 마지【11】못ᄒᆞ리니, 현부ᄂᆞᆫ 노부의 지심(至心)을 막지 말나."

부인이 진실노 일작(一爵) 불음(不飮)이라. 셜니 붓드러 아니 먹지 못ᄒᆞ여 쥬져ᄒᆞᄂᆞᆫ ᄉᆞ식이 잇거늘, 공이 지삼 권ᄒᆞᄃᆡ, 홀일업셔 잔을 거후르미, 공이 환희ᄒᆞ여 왈,

"금일 노부의 ᄆᆞ음이 심이 즐겁고 또ᄒᆞᆫ 슬픈지라. 너의 부뷔 또ᄒᆞᆫ 슐을 부어 나의 회포(懷抱)를 위로ᄒᆞ라."

상셰 응셩ᄒᆞ여 니러나 슐을 부어 년ᄒᆞ여 ᄉᆞ오빈의 밋치니, 공이 슌(順)마다 상셔를 권ᄒᆞᄂᆞᆫ지라. 상셰 슐의 ᄯᅳᆺ이 업시ᄃᆡ 부친의 깃거○○○[ᄒᆞ시믈] 보니, 평싱 한이 업셔 또ᄒᆞᆫ 주시ᄂᆞᆫ ᄃᆡ로 먹으니 반취(半醉)ᄒᆞ미【12】 니르러 옥모셩안(玉貌星眼)[1054]의 불 근 빗치 돌돌ᄒᆞ야 풍신이 더옥 ᄉᆞ로오니, 공이 크게 깃거 쥬시를 ○[불]너 상셔를 갈 아쳐 왈,

"금일 아히 슐을 먹으미 취식(醉色)이 흔흔(欣欣)ᄒᆞ야 병식(病色)이 아조 업고 긔뷔 [뷔](肌膚) 윤틱ᄒᆞ여 뵈니, 네 맛당이 호쥬(壺酒)를 ᄃᆡ령ᄒᆞ여 날마다 일쥰(一樽) 식 먹 여 병식을 업게 ᄒᆞ라."

쥬시 명을 듯고 인ᄒᆞ여 눈을 드러 상셔를 보니, 빅셜(白雪)이[의] 무무담담(無無湛湛)[1055]하던 빛이 영영(永永) 없셔 부용(芙蓉)의 고은 빗츨 씌엿고, 긔운이 올나시니,

---

1054)옥모셩안(玉貌星眼) : 옥같이 아름다운 얼굴과 별처럼 빛나는 눈.

1055)무무담담(無無湛湛) : 맑고 맑음. 매우 맑음. 무무(無無)는 '없는 곳이 없다'는 의미의 이 중부정 표현으로 '강한 긍정'을 나타낸다. *<국립도서관본: 뉴효공션힝녹』 利 권지삼:97쪽12 행>과 <나손본:유효공현힝녹 권디오 41쪽6행>에는 이 부분 '빅셜의 무무담담ᄒᆞ던 비치'를 각각 '빅셜 무감하던 비치', '빅셜의 무감ᄒᆞ던 빗치'로 표현해놓고 있다. 여기서 '무감'을 '無

안뫼(顔貌) ᄌ못 풍영(豐盈)ᄒ지라. 아름답고 두굿거오믈1056) 이긔지 못ᄒ여 뎡부인을 도라보니 【13】《셩인∥셩안(星眼)》이 ᄂ죽ᄒ고 옥협(玉頰)1057)의 춰ᄉᆡᆨ(醉色)이 연연(蜒然)ᄒ지라1058).

낭소(朗笑) 왈,

"상공의 춰ᄒ시믄 올커니와 부인의 춰ᄒ여시믄 엇지뇨? 존젼(尊前)의 불안ᄒ실진니 믈너가 쉬시믈 허락ᄒ쇼셔"

공이 웃고 붓드러 뎡당(正堂)으로 보니고 상셔를 다리고 슉소의 드러가 추야을 지닐 시, 부ᄌ의 유유(愉愉)ᄒ 졍이 인륜의 지극ᄒ니, 상셰 감은ᄒ고 늣겨 평ᄉᆡᆼ 유흔(遺恨)이 업셔 ᄒ더라.

명일 상셰 ᄂ당의 드러가 쥬시를 보니, 쥬시 옥반(玉盤)의 안쥬를 담고 금쥰(金樽)의 호쥬(壺酒)를 나와 상셔를 권ᄒ니, 상셰 ᄉ양 왈,

"작일(昨日) 슉춰미셩(宿醉未醒)1059) 【14】ᄒ여시니, 슐의 마시 업ᄂ이다."

쥬시 ᄃᆡ왈,

"노ᄋᆡ 상공을 일호(一壺) 식 진작(進爵)케 ᄒ여 계시니 엇지 ᄉ양ᄒ시 ᄂ니잇가?"

ᄉᆡᆼ이 강잉ᄒ여 두어 잔을 먹고 홀연 감창(感愴)ᄒ여 쳔연이 ᄂᆞᆺ빗출 변ᄒ거늘 쥬시 연고를 무른ᄃᆡ, 답지 아니코 이러나, 이에 거름을 두로혀 부인의 잇는 곳을 무르니, 쥬시 웃고 상셔를 잇그러 졍침(正寢)의 니르니, 이 ᄶᅥ 부인이 구가의 도라온지 ᄒᆡ 지나ᄃᆡ 상셔의 고문(顧問)ᄒᆞ미 업고, 작일 불의에 상셔를 상ᄃᆡᄒ여 직촉ᄒᆞᆫ 말이 잇시나 일호(一毫) 은근ᄒ 빗치 업스니, ᄆᆞ음의 상셰 졍의(情誼)를 그치ᄆ【15】로 아라 ᄉ식(辭色)의 ᄇᆡ지 아니ᄂ, 날이 늣도록 문을 여지 아녀, 상셕(床席)의 비겨더니, 쳔만 ᄉᆡᆼ각지 아닌 상셔의 쇼ᄅᆡ 창외의 잇고, 쥬시 희악[학](戲謔)이 ᄌ약ᄒ니, 심즁의 경혹ᄒ여 당ᄎᆞᆺ 니러나고ᄌᆞ ᄒ더니, 볼셔 쥬시와 상셰 문의 드러와 부인의 오히려 니지 아녀시믈 보고, 상셰 쳬[쳑]연(慽然)이 안ᄉᆡᆨ을 곳치고 이에 밧그로 나ᄋ가니, 쥬시 부인을 ᄃᆡᄒ여 소왈,

"상공이 젼일은 온후ᄒ고 화평ᄒ샤 일단(一團) 화기(和氣) 츈풍을 만남 ᄀᆞᆺ더니, 근ᄅᆡ 심이 가츌(苛察)ᄒ시니, 엇지 고이치 아니리오. 반다시 부인의 쇼셰(梳洗) 아냐시믈 미편(未便)ᄒ여 나가【16】신가 시버이다."

부인이 죵용이 ᄃᆡ 왈,

"몸의 병이 잇○[고] 죄인의 쳐쇼(處所) 고요키로 쇼일ᄒ니, 엇지 군ᄌ긔 춰[츄]졸

減(줄지 않음)'으로 해석하면 '백설의 줄지 않은 본래 그대로의 빛' 곧 '맑은 빛'이 되어 본 주석과 비슷한 표현이 된다.

1056)두굿겁다 : 자랑스럽다. 대견스럽다. 기뻐하다

1057)옥협(玉頰) : 미인의 볼.

1058)연연(蜒然)ᄒ다 : 완연(宛然)하다. 눈에 보이는 것처럼 아주 뚜렷하다.

1059)슉춰미셩(宿醉未醒) : 전날 술에 취한 기운이 아직 깨지 않음.

(醜拙)1060)이 업스리오."

셜파의 안식이 ㅈ약ᄒᆞ여 다시 머리를 벼기의 더져 니러날 쯧이 업스니, 쥬시 그 ᄆᆞ
옴이 불평ᄒᆞᆷ믈 알고 이에 물너와 상셔를 ᄎᆞᆺᄌᆞ 부인의 말을 젼ᄒᆞ니, 상셰 우셩을 블너
왈,

"니 쳐엄의 뎡공의 일을 흔(恨)ᄒᆞ여 네 모친을 거졀코ᄌᆞ ᄒᆞ더니, 대인의 명을 밧ᄌᆞ
와 가뇌의 두언지 오릭고, 쏘 작ㅇ[일] ᄉᆞ묘(祠廟)의 현셩(現成)1061)ᄒᆞ여 명위(名位)
막되ᄒᆞ거늘, 이졔 ᄉᆞ셰(事勢) 완졍(完定)흔 후에 네 어미 오히려 어【17】즐어온 머리
와 근심ᄒᆞᄂᆞᆫ 눗ᄎᆞ로 상뇨(床褥)의 쩌나지 아니 ᄒᆞ며, 날을 보되 요동ᄒᆞᆷ이 업고, 사ᄅᆞᆷ
을 되ᄒᆞ여 죄인으로 일ᄏᆞ라믈 마지 아니니, 아지못게라! 니 죽으미 잇ᄂᆞ냐? 죽으미 업
시되 이 거조를 ᄒᆞ믄, 네 어미 그윽흔 의지ᄒᆞᆯ 곳이 ㅇㅇ[이셔] 이럿툿 ᄒᆞᆷ이라. 니 아
히ᄂᆞᆫ 이 말노 에 모친ㅇ[긔] 젼ᄒᆞ여 ᄆᆞ옴을 너모 님타(任惰)치 말고, 날노ᄡᅥ 가부(家
夫)로 알진되 져럿툿 흔 거조를 긋치게 ᄒᆞᆯ지어다."

공ᄌᆡ 쳥파의 머리를 두다려 눈물울 흘녀 굴오되,

"아히 긔ㅇ[구](崎嶇)흔 명도(命途)로 지금 사라 이런 거조와 망극흔 말ᄉᆞᆷ을 오날늘
다시 듯ᄌᆞ【18】오니, 죽지 아니미 흔(恨)이로소이다. 외조(外祖)의 일이 그르시나,
ㅇ…결락 16자…ㅇ[ᄌᆞ모의 졀읜(節義)즉 금셕의 ᄉᆞ못츨 거시어늘], 엇지 참아 되인이
싱각지 아니시고 흔갈가치 욕ᄒᆞ시믈 긋치지 아니시ᄂᆞ니잇가? ᄌᆞ모의 《변화∥번화(繁
華)》치 못ᄒᆞᆯ 경식(景色)을[은] 되인이 ㅇㅇ[미양] 문호 죄인으로 밀위셔 흔번도 유어
(柔語)로 되졉ᄒᆞ시미 업고, 구츅(驅逐)ᄒᆞᄂᆞᆫ 말만 ᄒᆞ시다가, 작일 《번연이∥범연(凡然)
이》샤명(赦命)을 젼ᄒᆞ시고, 일즉 조강(糟糠)의 간고(艱苦)와 셩덕(性德)의 어질믈 싱
각지 아니샤 쳔흔 비쳡(婢妾) ᄀᆞᆺ치 ᄒᆞ시며, 조금도 슈렴(收斂)치 아니시니, ᄌᆞ뫼 무ᄉᆞᆷ
ᄆᆞ옴으로 거취(去就) 여상(如常)ᄒᆞ시리{니}잇가?"

ㅇㅇ[상셰] 크게 긔특이 녀겨ㅇㅇㅇㅇㅇㅇㅇㅇㅇㅇ[에엿브미 일층이 더ᄒᆞ되] 짐즛
졀칙ᄒᆞ여 믈니치니, 공ᄌᆡ 드러와 식음【19】을 폐ᄒᆞ고 눈물을 흘니니 부인이 십분 고
이히 녀겨 연고를 무른되, 되답지 《아닌되∥아니니》, 난향이 갈오되,

"《쇼시(小厮)1062)∥쇼비(小婢)1063)》 앗가 드르니 상공이 공ᄌᆞ를 여ᄎᆞ여ᄎᆞ 칙ᄒᆞ시
다 ᄒᆞ더니, 공ᄌᆡ 반다시 그 연고를 슬허ᄒᆞ시ᄂᆞᆫ가 ᄒᆞᄂᆞ이다."

부인이 기리 탄ᄒᆞ고, 공ᄌᆞ를 도라보아 왈,

"이난 다 네 어미 박명(薄命)이오, 네 팔ᄌᆞ(八字)니 상셔의 그르미 아니라. ᄌᆞ식이
되어 《어미∥아비》 말을 듯고 식음을 폐ᄒᆞ여 곡읍ᄒᆞ미 효(孝)아니라. {효ᄌᆞ의 지극

1060)츄졸(醜拙) : 추접(醜-)하고 졸렬함.
1061)현셩(現成) : =현성(見成). ①사당에 나아가 신위 앞에 절하여 예를 표하는 일 ②『불교』
　　선원에서, 사실이 현재 이루어져 있거나 또는 지금 있는 그대로임을 이르는 말..
1062)쇼시(小厮) : 중국어 간접차용어. 사환, 사동, 머슴애
1063)쇼비(小婢) : 계집종이 상전을 상대하여 자기를 낮추어 이르던 일인칭 대명사.

흔 도리 아니니} 히ᄋ는 모로미 아비 셤기는 도리 네 엄친을 효측(效則)흔 즉, 비록 쳐ᄌ의게 매몰ᄒ나, 듸효(大孝)는 일치 아니ᄒ리라."

공【20】지 울고 왈,

"히이 셰상 아란 지 칠년이라. 일즉 ᄒ로도 ᄆ옴이 즐겁지 아니코 시시로 대인 엄괴(嚴敎) 모친긔 밋츨 ᄶ는 사라시미 흔이라. 엇지 참아 안안(晏晏)ᄒ리잇고?"

부인이 악연(愕然)이1064) 눈물○[을] ᄂ리오고 말을 아니터라. 슈일 후 뉴공이 드러와 부인을 지삼 위로ᄒ며 상셔를 불너 죵용이 말ᄉᆞᆷᄒ며 반일이 지ᄂ는 후 공이 나{ᄋ}가니, 상셰 공을 뫼셔 흔가지로 나갈 ᄉᆡ, 공이 쇼왈,

"금일노븟터 현부의 쳐쇼의 이셔 구졍(舊情)을 닐위라."

드듸여 쥬시로 ᄒ여금 '상셔의 ᄶᆡ와 부인의 ᄶᆡ를 미즈라' ᄒ고, 왈,

"오이 모로미 ᄶᆡ를 그르지 말고【21】 슉쇼로 드러가라."

ᄒ고, 셜파(說罷)의 듸쇼ᄒ고 나가니, 쥬시 또 ᄶᆡ를 든든이 미고 나가며 크게 우ᄉ니, 상셰 부친의 희롱ᄒ시믈 보니, 감이 셔모 잡은 거슬 썰치○[지] 못ᄒ여 완이(莞爾)1065)이 쇼(笑)ᄒ고, 셩안(星眼)이 ᄂ즉ᄒ고[여] 믹믹히 거름을 옴기지 아니코, 부인은 착급(着急)ᄒ여 민망(憫惘)ᄒ미 가업ᄉ나, 경도(輕度)이 셔돌미 가소로와옥면의 은연이 블근 비출 ᄶᆡ여 단졍이 셧더니, 공이 나ᄋ가고 쥬시 또 도라가미 부인이 날호여 ᄶᆡ을 그르듸 밧비 셔도지 아니코 쳔연이 손을 음즈겨 그른 후, 거름을 두로혀니 년뵈(蓮步)1066) 죵용ᄒ고 그【22】 ○…낙장 2쪽 482자1067)…○[림재 묘연(杳然)혼디라. 샹셰 그 안셔(安舒)ᄒ믈 보고 긔특히 넉여 외당의 나왓더니, 날이 황혼의 니르니 부친ᄭᅴ 혼뎡ᄒ고 인ᄒ여 뫼시매, 공이 혈셩(血誠)으로 기유ᄒ야 뎡시 후대(厚待)ᄒ믈 권흔대, 샹셔 지비 후 셔당의 나와 우셩 형데를 편히 자라 ᄒ고, 쵹(燭)을 잡히고 슈은각의 니르니, 이ᄶᆡ 부인이 비회(悲懷) 측냥 업셔 나의(羅衣)를 슈습디 아니코 명쵹(明燭)을 듸ᄒ엿더니, 샹셔의 드러오믈 보고 ᄯᅩ흔 놀나고 불열(不悅)ᄒ야 ᄒ듸, 마디 못ᄒ여 니러 마즌대, 샹셰 좌를 뎡ᄒ고 소리를 졍히 ᄒ야 ᄀᆞᆯ오듸,

"싱이 본듸【23】 부인으로 더부러 화락(和樂)을 엇디 못ᄒ고 믄득 싱의 급흔 셩을 만나 부인을 구축(驅逐)ᄒ니 이제 서로 보매 ᄂᆞᆾ치 업ᄉ듸, 힝혀 우리 대인의 호텬지덕(昊天之德)1068)을 베프셔 부인을 샤(赦)ᄒ시니, 싱이 ᄯᅩ흔 엄명을 밧ᄌᆞ와 다시 부부의

1064)악연(愕然)이 : 악연(愕然)히. 몹시 놀라 졍신이 아찔하여.
1065)완이(莞爾) : 빙그레 웃는 모양.
1066)년뵈(蓮步) : 금련보(金蓮步). 미인의 졍숙하고 아름다운 걸음걸이를 비유적으로 이르는 말.
1067)규장각본 <권지9>의 23쪽-24쪽 1장이 낙장 되어 있어, 22쪽 마지막 문장의 끝 글자 '죵용ᄒ고 그'로부터 25쪽의 시작문장 첫 글자 '인의…'앞 까지를, 국립도서관본 『뉴효공션힝녹』 利<권지삼>:105쪽10행 '림재 묘연흔디라' - 107쪽6행 물색과 부'까지의 해당 내용을 옮겨 낙장을 복원하였다. 그 글자수는 총 482자 이고, 교주자가 임의로 이를 2쪽(23쪽 240 자, 24쪽 242자) 으로 구분하여 전사하였다.
1068)호텬지덕(昊天之德) : 하늘 같이 넓고 큰 덕.

뉸(倫)을 ㄱ초려 ㅎ나, '션뎨(先帝) 삼년(三年)'1069)을 디내디 못ㅎ얏ᄂ니라. 신ᄌ(臣子) 감히 쳐ᄌ를 뉴련(留連)치 못홀 거시므로 쥬졔(躊躇)홀 ᄉ이 슈년이 디낫거니와, 싱의 ᄆᄋᆷ 풀미 오라거늘, 부인이 무슨 ᄯᄌ로 져 경식(景色)을 ㅎᄂ뇨? 슈일뎐(數日前) 돈ᄋ(豚兒)ᄃ려 니른 말이 잇더니, 뎐치 아니터냐? 방듕 물식과 부]【24】인의 거동이 크게 군ᄌ를 되ㅎ염즉 지 아니 ㅎ니, 아지못게라! 뎡문 풍속이냐? 이단(異端)의 힝실이냐? 부인은 붉히 ᄀ라치라."

부인이 묵연(默然) 양구(良久)의 안식을 삑삑이 ㅎ여 왈,

"쳡이 불초(不肖)ᄒᆞᆫ 지[자]질(資質)노 셩문(聖門)의 속현(續絃)ㅎ므로붓터 비록 단지1070)의 뵈 ᄲᆞᆺᄂᆞᆫ 지죄 업ᄉ니[나] 졀(節)을 직희여 죽을 ᄆᄋᆷ이 잇고, 녀종(女宗)1071)의 소고(小姑) 경계(警戒)ᄒᆞᆫ 글이 업ᄉ나 군과[가](君家) 대인(大人)긔 불효(不孝)ㅎ미 업ᄉ되, 명되(命途) 긔구ㅎ여 셰상의 업ᄂᆞᆫ 경식으로 친당(親堂)의 도라가니, 진퇴(進退)의 ᄂᆺ치 업셔 일신 신셰를 혼(恨)ㅎ니, 어늬 결을의 군의 부ᄌ(父子)를 혼(恨)【25】ㅎ리오. 슈연이나, 부모의 년좌(緣坐) ᄌ식의게 밋ᄎ미[미] 고이치 아니니 웃ᄂᆞᆫ ᄂᆺᄎ로 칙(責)을 바드려니와, 쏘흔 이리 도라오미 녕대인(令大人)의 관셔(寬恕)ㅎ신 대은을 닙ᄉ오나, 군의 죄 붉히미 발분망식(發憤忘食)ㅎ기의 잇다ㅎ니, 쳡 ᄀᆺᄐᆫ 연작(燕雀)1072)이 엇지 명공(明公)1073)의 홍곡지심(鴻鵠之心)1074)을 알니잇가? 존구(尊舅)의 샤(赦)ㅎ시난 며느리 되나, 지아비 바리ᄂᆞᆫ 계집이 되니, 무슴 ᄆᄋᆷ으로 ᄌ쳐죄인(自處罪人)1075)아니며, 지어(至於) 이단(異端)의 말은 군이 여러번 빅쳑ㅎ나, 이 쳡의 즐겨 힝ᄒᆞᆫ 비 아니니, 폭빅(暴白)ㅎ미 더욱 부졀 업ᄉ니 군의 붉으므로 ᄋ녀자의 블【26】명(不明) 옹졸(壅拙)ㅎ믈 거의 관셔ㅎ염즉 ㅎ도다."

상셰 쳥파의 슈[슉]연(肅然)이 ᄂᆺ빗츨 고치고 샤례 왈,

"소싱이 ᄌ(子)의 간고와 ᄆᄋᆷ을 아지 못ㅎ{고 모로}ᄂᆞᆫ 거시 《아니‖아니라》. 쏘흔 며나리 니치ᄂᆞᆫ 곳과 ᄯᆯ의 츌화(黜禍) 보ᄂᆞᆫ 집이 만흐되, 우리집과 다못 뎡공의 요란홈 ᄀᆞᄐᆞ니ᄂᆞᆫ 업ᄉ니, 싱이 엇지 노홉지 아니리오. 모든 친위(親友) 싱을 본즉 잔잉(孱仍) 박힝(薄行)ᄒᆞᆫ 뉴는 ᄭᅮ짓고 부형의 엄쾌 댱칙의 다ᄃᆞ르되 부인이 홀노 안셔히

1069)션뎨(先帝) 삼년(三年) : 선황제(先皇帝)의 삼년국상(三年國喪).
1070)단지 : 미상(未詳). 일생 베를 짜며 남편을 위해 수절하였던 인물인 듯. *<국립도서관본>
    은 '난지'로 필사되어 있는데, 또한 <열녀전> 등에서 기사를 찾지 못했다.
1071)녀종(女宗) : 중국 춘추시대 송(宋) 나라 포소(鮑蘇)의 처(妻). 남편이 위(衛)나라에 가 3
    년 동안 벼슬을 하면서 외처(外妻=첩)를 두었는데, 이를 질투하지 않고 남편과 시어머니를
    잘 섬겼다. ≪삼강행실열녀도(三綱行實烈女圖)≫ '여종지례(女宗知禮)'조에 나온다.
1072)연작(燕雀) : ①제비와 참새를 아울러 이르는 말. ②도량이 좁은 사람을 비유적으로 이르
    는 말.
1073)명공(明公) : 듣는 이가 높은 벼슬아치일 때, 그 사람을 높여 이르던 이인칭 대명사
1074)홍곡지심(鴻鵠之心) : 큰 기러기와 고니의 마음이라는 뜻으로 포부가 원대하고 큰 인물의
    마음을 비유적으로 이르는 말.
1075)ᄌ쳐죄인(自處罪人) : 스스로 자신을 죄인(罪人)으로 여겨 그렇게 처신함.

이셔 싱의 무졍ᄒᆞᆷᄋᆞᆯ 니르지 아니니 비록 토목간댱(土木肝腸)이나 엇지 감동치 아니리오. 부명(父命)을 밧ᄌᆞ【27】와 부인의 지긔[우](知遇)를 갑흘 ᄯᅳᆺ이 잇ᄂᆞ니, 부인은 기리 안심ᄒᆞ여 지느 일을 싱각지 말나.”

부인이 념용(斂容) 손샤(遜辭)ᄒᆞ거늘, 상셰 우 왈,

“히ᄋᆞ(孩兒) 우셩이 말이 너모 여류(如流)ᄒᆞ고 영긔(英氣)너모 발월(拔越)ᄒᆞ여 《풍뉴(風流)의 쇽ᄒᆞᆫ 낭(郎) ‖ 풍류랑(風流郎)》이오, 도학{의}군ᄌᆡ(道學君子)○[의] 먼지라. 그 침듕공검(沈重恭儉)ᄒᆞᆷᄋᆞᆫ 빅경의 인물이 어지니, 닉 심이 흠ᄋᆡ(欽愛)ᄒᆞ여 댱(長)을 칙봉(冊封)ᄒᆞᄆᆡ 죡인이 나를 니로ᄃᆡ ‘비인졍(非人情)이라 ᄒᆞ며, ᄯᅩ ᄃᆡ인이 우셩을 과ᄋᆡ(過愛)ᄒᆞ야 집히 뉘웃는 ᄯᅳᆺ이 계시니, 부인이 ᄯᅩᄒᆞᆫ 인졍을 싱각고 제 아비 연좌를 머무러 어리[린] 아ᄒᆡ게 밋칠진【28】ᄃᆡ, 크게 잔잉ᄒᆞᆫ지라. 모로미 닉외롤 ᄀᆞ치ᄒᆞ여 ᄌᆞ식 ᄃᆡ졉ᄒᆞ기를 피ᄎᆞ(彼此) 업시 홀지어다.”

부인이 졍ᄉᆡᆨ(正色) 목도(目睹)ᄒᆞ여 반향(半晑)이 지나ᄃᆡ 말이 업ᄂᆞᆫ지라. 상셰 왈,

“싱이 말을 닉미 부인긔 촉휘(觸諱)ᄒᆞᆫ 빅 아니어든 엇지 온ᄉᆡᆨ(慍色)으로 답지 아니ᄒᆞᄂᆞ뇨?”

부인이 답왈,

“공의 명(命)이 계시니 쳡은 홀노 봉힝홀 ᄯᆞ룸이라. 엇지 ᄉᆞᄉᆞ(私私) 쇼견(所見)이 이시리잇가? 상공이 아비 년좌를 ᄌᆞ식의게 쓰기를 조히 녀기시ᄆᆡ 쳡도 효측홀가 녀기시나, 슉슉(叔叔)의 허믈이 엇지 빅경의게 밋츨이잇고?”

상셰 잠쇼(暫笑) 부답(不答)이러라.【29】

야심(夜深)ᄒᆞ니, 부뷔 상뇨(床褥)의 나ᅌᆞ가 녯 일을 싱각고 비환(悲患)이 교집(交集)ᄒᆞ여 ᄌᆞᆷ을 일우지 못ᄒᆞ더니, 닭이 울ᄆᆡ 상셰 부친긔 신셩(晨省)ᄒᆞ고 인ᄒᆞ여 외당의 나오니, 우셩 빅경 등이 발셔 쇼셰ᄒᆞ고 글 닑기를 낭낭이 ᄒᆞᄂᆞᆫ지라.

상셰 두굿기고 ᄉᆞ랑ᄒᆞ여 붉기를 기다려 삼ᄌᆞ(三子)를 다리고 슈운각의 니르러 부인으로 더부러 졔ᄌᆞ의 지조를 니르고, 고금을 강논ᄒᆞ여 그 지취(志趣)를 드를ᄉᆡ, 빅명의 영오(穎悟) 단아(端雅)ᄒᆞᄆᆡ 부풍모ᄌᆞ(父風母慈)ᄒᆞ여 진짓 풍뉴혹ᄉᆞ(風流學士)오, 빅경의[은] 츙후(忠厚) 관묵(寬黙)ᄒᆞᄆᆡ 일월졍긔(日月精氣)를 가져 옥【30】슈(玉樹) ᄀᆞᄐᆞᆫ 풍치와 츄월(秋月) 갓튼 얼골이 곤산보옥(崑山寶玉)[1076]이며 녀슈(麗水)[1077] 진금(眞金) ᄀᆞᄐᆞ여 능소능대(能小能大)ᄒᆞ여, 지으면 군ᄌᆞ의 지극ᄒᆞᄆᆡ오, 노ᄒᆞ면 일셰의 풍뉴랑이라.

상셰 빅명의 강논(講論)의 다ᄃᆞ라는 미우(眉宇)의 우음을 먹음어 기리고, 우셩의게

1076) 곤산보옥(崑山寶玉) : 곤륜산(崑崙山)에서 나는 옥. *곤륜산(崑崙山) : 중국 전설상의 높은 산. 중국의 서쪽에 있으며, 옥(玉)이 난다고 한다. 전국(戰國) 시대 말기부터는 서왕모(西王母)가 살며 불사(不死)의 물이 흐른다고 믿어졌다.

1077) 녀슈(麗水) : 중국 양자강(揚子江) 상류인 운남성(雲南省)의 금사강(金砂江)을 이름. <천자문> '금생여수(金生麗水)'에서 말한 금(金)의 산지(産地)로 유명하다.

밋쳐는 안식이 더욱 엄졍ᄒ여 졍듸(正大) 침묵(沈默)ᄒ므로뻐 경계ᄒ고 ᄀᆞ라치니, 삼
지 슈명이퇴(受命而退)ᄒᆞᆯ 식, 상셰 부인다려 왈,

"나의 삼ᄌᆡ(三子) 타일 다 큰 그르시 되려니와, ᄯᅩᄒᆞᆫ 빅경의 덕을 밋지 못ᄒ리니,
그듸ᄂᆞᆫ 경을 어엿비 녀기라."

부【31】인이 기리 탄식고 강잉ᄒ여 이에 옷슬 갈고 방즁을 수소(修掃)ᄒ고, 상셔
의 ᄯᅳᆺ을 조출 ᄯᆞ름이러라. 상셰 ᄯᅩᄒᆞᆫ 부인의 덕을 감동ᄒ여 ᄎᆞ후 부뷔 회로를 요동ᄒ
미 업고 금슬우지(琴瑟友之)1078)의 낙이 지극ᄒ니, 가ᄂᆡ인(家內人)이 다 깃거ᄒ고, 뉴
공 밧들기를 지효(至孝)로 ᄒ니, 우셩의 영힝ᄒ미 츙양업고 뉴공과 쥬시 깃거 상셔 부
부를 본 즉 녯말을 니르고 혹탄(或嘆)ᄒ여 셰월을 보ᄂᆡ더라.

뎡승상이 뉴싱을 흔(恨)ᄒ여 셔로 음신을 긋쳐더니, 녀ᄋᆡ의 득의ᄒᆞ믈 듯고 크게 깃
거 이에 다시 뉴부의 니르러 공을 보고【32】상셰 보기를 쳥ᄒᆞᆫ듸, 상셰 맛춤 부인 침
쇼의 잇더니, 승상의 왓시믈 알고 반다시 드러오리라 ᄒ여, 불열(不悅)ᄒ여 ᄉᆞ미를 썰
치고 니러나니, 부인이 긔식을 보고 무안(無顔)ᄒ여 ᄒ더니, 이윽고 뎡공이 뉴공을 다
리고 드러오거늘, 뎡시 홀노 당하(堂下)○[의] ᄂᆞ려 냥존부(兩尊父)를 마즈니, 승상이
녀ᄋᆡ의 화풍셩모(和風盛貌)를 시로이 ᄉᆞ랑ᄒ여 그 손을 잡고 당의 올나 흔연 쇼왈,

"쩌는 지 삼연의 네 니고(尼姑)의 모양을 ᄇᆞ리고 녯 얼굴이 되어시니 노부의 두굿
겨 ᄒᆞ미 즁ᄒ도다."

부인이 온화이 반기는 비ᄎᆞ로 야야의게 비【33】알(拜謁)ᄒ고 존구(尊舅)를 뫼시니,
뉴공이 ᄯᅩᄒᆞᆫ 상셰의 간 곳을 뭇ᄂᆞᆫ지라. 뎡시 피셕(避席) 디왈,

"군ᄌᆡ(君子) 예 잇다가 ᄀᆞᆺ 나가시니 아모듸 잇는 쥴 아지 못ᄒᆞᄂᆞ이다."

승상이 쇼왈(笑曰),

"이 반다시 나를 피(避)ᄒ미로다."

공이 샤왈(謝曰)

"ᄎᆞᄋᆡ(此兒) 엇지 상국(相國)을 피ᄒ리오. 반다시 현셩(現成)1079)코자 나ᄋᆞ갓다가 어
긋나미 잇도소이다."

시비로 상셔를 ᄎᆞ즈니 상셰 바야흐로 쥬시 방의셔 담쇼ᄒ다가 부명(父命)이 급ᄒᄆᆞᆯ
듯고 훌일업셔 의관을 졍히 ᄒ고 츄이진(趨而進)1080)이어늘, 공이 고셩(高聲) 왈,

"상국이 하림(下臨)ᄒ여 계시듸 오ᄋᆡ(吾兒) 엇지 현알(見謁)ᄒ미 더듸뇨?

상셰【34】부친의 《문안∥무안(無顔)》 홈을 싱각고 한셔를(閑說-) 베프지 아녀 안
셔(安舒)히 빅ᄉᆞ(拜謝) 왈,

1078)금슬우지(琴瑟友之): '거문고와 비파를 타며 서로 사귄다'는 뜻으로 『시경』<국풍> '관
　저(關雎)'편에 나오는 시구.
1079)현셩(現成): 늑현신(現身). 다른 사람에게 자신을 보임. 흔히, 아랫사람이 윗사람에게 예
　를 갖추어 자신을 보이는 일을 이른다.
1080)츄이진(趨而進): 빠른 걸음으로 성큼성큼 나아옴.

"불민(不敏)ᄒ여 밋○○[쳐 아]지 못ᄒ도소이다."

승상이 쇼왈,

"ᄌ슌의 뎡ᄃᆡ(正大)홈으로써 노부의 부녀 ᄃᆡ졉의 이르러ᄂᆞᆫ 궤휼(詭譎)이 여ᄎᆞ(如此)ᄒ니, 입신힝되(立身行道)1081) 여러 가지 아니리요."

상셰 부답ᄒ고 공슌이 ᄇᆡ례(拜禮)ᄒᆫ 후, 부친의 겻ᄒᆡ 시립(侍立)ᄒ엿거늘,

공이 안ᄌ라 ᄒ니, 말셕의 춤예ᄒ여 ᄆᆡ시니, 미우의 화열ᄒᆫ 긔운이 츈풍의 쵸목을 롱(弄)홈 갓고, 온듕ᄒᆫ 톄도(體道)ᄂᆞᆫ 신샹의 완젼ᄒ여 풍영(豐盈)ᄒᆫ 옥면(玉面)과 헌하[아](軒雅)1082)ᄒᆫ 풍신(風神)이 진짓 쳔하를 기우릴 ᄯᆞ름이라.

승상이 ᄉᆡ로이 흠이ᄒ여 ᄌ리를 쩌나 손을 잡고 ᄉ죄(謝罪) 왈,

"노부【35】의 과도ᄒᆫ 허물이 현셔의게 용납지 못ᄒᄂᆞ 힝혀 친옹의 관셔홈이 잇ᄉ니 금일 능히 구한(舊恨)을 프러 노부의 망녕되믈 칙(責)지 아닐쇼냐?"

샹셔 피셕 ᄇᆡᄉ 왈,

"합하의 명(命)이 이 ᄀᆞᆺᄐ시니, 쇼ᄉᆡᆼ이 므슴 ᄉ름이완ᄃᆡ 홀노 감수홈이 업스리잇고?"

유공이 면관(免冠) 쳥죄(請罪) 왈,

"만ᄉᆡᆼ(晩生)이 슈신(修身) 교ᄌ(敎子)를 다 폐ᄒ여 합히(閤下) 돈아(豚兒)의게 죄를 일ᄏᆞ르시니 이ᄂᆞᆫ 다 만ᄉᆡᆼ의 허물이로쇼이다."

승상이 공을 붓드러 긋치게 ᄒ고, 샹셔ᄂᆞᆫ 부친의 말숨을 밧ᄌ옵고 황공ᄒ여 업ᄃᆡ여 이지 아니터니, 믄득 셩어ᄉ와 풍상셔 니르시믈 알왼ᄃᆡ,

승상이 ᄃᆡ열 왈,【36】

"이공(二公)은 너의 듁마친위(竹馬親友)1083)니 쥬인이 혐의치 아니시면 이에 쳥ᄒ여 녀ᄋ와 ᄒᆞᆫ가지로 보고ᄌ ᄒᄂᆞ이다."

뉴공이 흔연이 좃ᄎ 이인을 쳥홀 ᄉᆡ, 샹셰 니러 이인을 맛고ᄌ ᄒ더니, 동ᄌᆡ(童子) 보왈(報曰),

"강한림과 박ᄐᆡ우 이위(二位) 노얘 상셔긔 통명(通名)ᄒ신다"

흔ᄃᆡ, 승상이 홀연 우어 왈,

"이인은 ᄌ슌의 지긔(知己)요, 노부의 ᄉ랑ᄒᄂᆞᆫ ᄇᆡ라. 브르미 무방ᄒ도다."

뉴공이 ᄯᅩᄒ 올히 녀겨 ᄉ인을 ᄂᆡ당으로 부른ᄃᆡ, 뎡부인이 민망ᄒ여 피코ᄌ ᄒ나 승상과 뉴공이 권유ᄒ니 감이 피치 못ᄒ더니, ᄉ인이 당의 니르러 승상을 보고 졀ᄒᆡ 녜를 뭇고 【37】 뉴공으로 더부러 예필(禮畢) 좌졍(坐定) 후, 상셰 ᄯᅩᄒ 공경ᄒ여 좌

<hr/>

1081)입신힝되(立身行道) : 출세하여 높은 지위에 오르거나 명망가가 되어 그에 합당한 처신을 해나감.
1082)헌아(軒雅) : 용모가 훤칠하고 의젓하여 아름답다.
1083)듁마친위(竹馬親友) : 대말을 타고 놀던 벗이라는 뜻으로, 어릴 때부터 같이 놀며 자란 벗. ≒죽마고우·죽마교우·죽마구우·죽마지우

를 스양ㅎ고 서로 흔훤(寒暄) 필(畢)의 뉴공이 쇼 왈,

"열위 형은 골육 ㄳ튼지라. 금일 우리 인친(姻親)이 모다 즐길 시, 식부 뎡시를 쏘 혼 피(避)치 말나[게] ㅎ니니, 모로미 서로 보아 통가지의(通家之義)1084)를 두터히 ㅎ 라."

스인이 놀나 스양코즈 홀적의 발셔 픠옥(佩玉) 쇼릭 졍연ㅎ야 슈댱(繡帳)을 들고 금 병(錦屏) 스이로 일위 부인이 봉관(封冠)을 슈겨 단졍이 셧는지라. 졔인이 황망이 이 러 녜빅(禮拜)ㅎ미, 부인이 돗긔 느려 답녜ㅎ고 좌를 일우니, 졔인(諸人)이 범연흔 여 지면 눈을 드러 보지 아닐 거시로딕,【38】일셰 유명흔 환란을 지닌 사룸이니 즈연 무심이 아니보와, 각각 투목(偸目)으로 술피니 그 고ㅇ며 곱지 아니믄 의논치 말고, 쳔연흔 덕셩이 눗 우의 어릭여 묽은 광휘(光輝)와 긔이흔 픔질(稟質)이 동일지익(冬日 之愛)1085) ㄳ튼지라.

다 탄복ㅎ믈 이긔지 못ㅎ야 승상긔 고왈,

"우리 등이 상국으로 더부러 어려셔 스괴여 늙기의 니르러시딕, 일즉 이런 셩녀(聖 女)를 두신 쥴 아지못ㅎ엿도소이다. 녕녀의 고졀슉덕(高節淑德)은 상국의 상소지을 격 과 기복(改服) 뉴리(流離)ㅎ여 환란을 지닌 후, 《조건은∥들어》 아란지 오릭거니와, 금일 풍모를 보건딕 결연이【39】셩덕의 이럿틋흔 광휘 이시니, 즈슌이 아닌 즉 딘복 (鎭服)홀 사룸이 업스리니, 이졔 부부 완취(完聚) 여구(如舊)ㅎ미, 녯날 쇼싱의 말을 싱각ㅎ시ᄂᆞ니잇가?"

승상이 밋쳐 딕답지 못ㅎ여셔 셩어시 쇼왈,

"그 쩍 뎡승상 합하의 셩흔 노긔(怒氣) 호소[수]풍열(虎鬚風烈)1086) 갓튀여 만싱이 지삼 긔유ㅎ니, 인졍(人情)을 젼쥬(專主)흔다 우사시더니, 져젹 즈슌의 고집을 보시미 만싱의 말이 유리(有利)턴 가[쥴] 아르시니잇가?"

승상이 크게 웃고, 뉴공을 딕ㅎ여 왈,

"당년 셜화를 히비(賅備)히 베프딕 ,그 쩍 실노 오날늘을 싱각지 못흔 고로 풍형의 니른 바, '옥인군ᄌᆞ(玉人君子) 금【40】거옥윤(金車玉輪)으로 녕녀(令女)를 마ᄌᆞ라.' 니 라면 만구응송[슌](萬口應順)ㅎ리라 ㅎ고, 셩형이 니르딕, 효ᄌᆞ의 쳐ᄌᆞ(妻子) 엄구를 히흔 근본이 되면, 비록 져 부지 씨다르나 즈슌이 용납지 아니리라 ㅎ미, 관이 실노 닉도이 드러더니 도금(到今)ㅎ여 이형(二兄)의 말이 신긔히 마ᄌᆞ니, 항복ㅎᄂᆞᆫ지라. 흔 번 이형○[을] 쳥ㅎ여 샤죄코즈 ㅎ더니, 만힝으로 이의 모드니, ᄯᅩ흔 이형의게 즈슌의 고집○[을] 두로혀믈 쳥코즈 ㅎᄂᆞ니, 친옹이 ᄯᅩ흔 즈슌을 긔유홀지어다."

공이 ᄯᅩ흔 흔연(欣然) 샤샤(謝辭)ㅎ고, 셩·풍 이인과 강박 이싱이 다 우스며 눈 【41】으로뻐 상셔를 보니, 안식이 ᄌᆞ약ㅎ여 요동ㅎ미 업더라.

1084)통가지의(通家之義) : 절친한 친구 사이에 친척처럼 내외를 트고 지내는 정의(情誼).
1085)동일지익(冬日之愛) : 겨울 햇살의 다사로움.
1086)호슈풍녈(虎鬚風烈) : 호랑이의 거친 수염과 태풍의 세찬 바람.

뉴공이 쥬반(酒飯)을 나와 졔긱을 딕졉ㅎ며 조용히 말숨ㅎ야 셩·풍 냥인이 뎡부인 덕힝을 칭찬ㅎ야 춤이 말을 듯ㅎ여 녯날 승상이 상쇼(上疏) 지을 젹 읍간(泣諫)ㅎ여 말숨의 누누(縷縷)ㅎ미 이 도혹군즈 ス튼 쥴을 베프니, 뉴공이 눈물○[을] 흘리고, 참괴ㅎ믈 씌여 승상긔 칭샤ㅎ기를 마지 아니터니, 또 박싱이 양쥬셔 힝댱(行裝)을 츠려 촉으로 힝ㅎ니, 힝싴(行事) 열일(烈日)1087)ㅎ여 ᄋ녀(兒女)의 졸(拙)ᄒᆫ 틱(態)를 아니턴 일을 니르고, 낭즁(囊中)으로셔 ᄒᆫ댱 글을 ᄂᆡ여【42】뉴샹셔를 주어 왈,

"형이 젹거(謫居)ᄒᆞᆯ 씩의 공치(公差) 히홀 쯧이 잇다 ᄒᆞ여 쇼뎨의게 구급(救急)○○[을 쳥]ᄒᆞᆫ 셔출(書札)이 형의 친필이 아니어늘, 그 씩 졈즁(店中)의셔 무르니, '본향 뎡시랑의 아들이 딕셔(代書)ᄒᆞᆯ엿다' ᄒᆞ거늘 고지 드럿더니, 그 후 말을 드르니 이 본딕 뎡부인 시녜라 ᄒᆞ니, 쇼뎨 믹양 그 셔찰(書札) 일편의 두 쥴기 쵸셔(草書) 츌군(出群)ᄒᆞ여 풍낙《옥양∥오강》(楓落吳江)1088)으로 상칭(相稱)ᄒᆞ믈 공경ᄒᆞ고 항복ᄒᆞ야 감이 업시치 안엿더니, 쇼뎨의게 오릭 머무르미 불가ᄒᆞ야 형의게 도라 보닉노라."

상셰 미쇼 왈,

"박형은 근후(謹厚)ᄒᆞᆫ 셩품이로다. 엇지 니럿툿 다ᄉᆞ(多事)이 총명【43】ᄒᆞ뇨?"

드드여 글을 바다 ᄉᆞ믹의 너터라.

강한림이 모든 딕 고왈,

"밍광(孟光)1089)이 냥홍(梁鴻)1090)의 미쳔(微賤)ᄒᆞ믈 넘히 아니 녀겨 홍이 사룸의 집 쳠하(檐下)를 비러 머무로딕 '상을 놉히 들며'1091), 구쳔(句踐)1092)은 이군위신(以君爲臣)1093)ᄒᆞ여 '셕실(石室)의 욕(辱)'1094)을 바드딕 밥 먹으믹 부인이 돗ㄱ의 ᄶᆞ러시

1087)열일(烈日) : 여름에 뜨겁게 내리쬐는 태양이란 뜻으로 '세찬 기세'를 비유적으로 이르는 말

1088)풍낙오강(楓落吳江) : 중국 당나라 때 시인 최신명(崔信明)의 시의 한 구절인 '풍락오강냉(楓落吳江冷: 단풍잎 지니 오강이 차갑구나)'을 말한다. 이 시구를 당시 시인 정세익(鄭世益)이 '그 묘사가 빼어나다'고 높이 평가하였던 말을 인용한 표현이다. 《新唐書 卷201 文藝列傳 崔信明》조에 나온다.

1089)밍광(孟光) : 후한 때 사람 양홍(梁鴻)의 처. 추녀였으나 남편의 뜻을 잘 섬겨 현처로 이름이 알려졌고, 고사 거안제미(擧案齊眉)로 유명하다.

1090)냥홍(梁鴻) : 중국 후한(後漢) 때의 은사(隱士). 처 맹광(孟光)의 고사(故事) '거안제미(擧案齊眉)'로 유명하다.

1091)상을 놉히 들며 : 맹광(孟光)의 거안제미(擧案齊眉)를 말함. *거안제미(擧案齊眉): 밥상을 눈썹과 가지런하도록 공손히 들어 남편 앞에 가지고 간다는 뜻으로, 남편을 깍듯이 공경함을 이르는 말. 늑제미(齊眉).

1092)구쳔(句踐) : 중국 춘추 시대 월(越)나라의 왕(?~B.C.465). 오(吳)나라의 왕 합려와 싸워 이겼으나, 그의 아들 부차에게 대패하여 회계산(會稽山)에서 항복하였다. 그 뒤 기원전 473년에 범려(范蠡)의 도움으로 오(吳)나라를 멸망시켰다. 재위 기간은 기원전 496~465년이다.

1093)이군위신(以君爲臣) : 임금이 신하가 됨. *여기서는 월왕 구천(句踐)이 회계산(會稽山)에서 오왕 부차(夫差)에게 포위되어 항복하고 오왕의 신하가 된 것을 말한다.

1094)셕실(石室)의 욕(辱) : 월왕 구천이 오왕 부차에게 항복한 뒤, 포로가 되어 석실에 갇혀 마부노릇을 한 치욕을 이른 말.

니, 그 씨의 또 이런 지 이시리오마는, ᄌ슌의 젹소(謫所)의셔 슬피니, 진실노 밍광○
[의] 졔미(齊眉)는 냥홍의 즁듸하므로써 혐의(嫌疑) 업서 공경ᄒ믈 닐위미오, 월왕(越
王)의 부인이 ᄯ흔 니러 ᄒ거니와, 뎡부인은 ᄌ슌의 미몰ᄒ미 인졍이 아니로듸 ᄒ
【44】갈ᄀᆺ치 유슌(柔順)키를 주(主)ᄒ여 녜(禮)예 프러지미 업고, 결단ᄒ여 그 셩덕
이 낫지1095) 아니 ᄒ여, ᄌ슌의 우희 잇ᄂᆞᆫ지라. 진실노 뉴노션ᄉᆡᆼ(劉老先生)의 큰 영홰
(榮華)요, ᄌ슌의 만복(萬福)이어늘, 홀노 그 마장(魔障)이 만흐니, 이ᄂᆞᆫ 듕니(仲
尼)1096) '진치(陳蔡)의 굿기심'1097)과 쥬공(周公)1098)의 동관지액(東關之厄)1099)으로
샹칭(相稱)ᄒ리이다."

뉴샹셰 홀연 졍ᄉᆞᆨ(正色) 묵연(默然)이요, 승샹이 손샤(遜辭)ᄒ여 감당치 못ᄒ믈 일ᄏᆞᆺ
더라.

뎡부인이 모든 말이 다 졍(靜)흔 후, 좌(坐)를 써나 염용(斂容)ᄒ고 박티우를 향ᄒ여
비샤(拜謝) 왈(曰),

"쇼쳡이 당년의 양쥬셔 진퇴를 졍치 못ᄒ던 ᄎᆞ의, 티우의 셩덕을 닙ᄉᆞ와 친졍(親庭)
셔출(書札)을 엇고, 다시【45】힝쟝(行狀)을 허비ᄒ샤 강두(江頭)의 와 젼송(餞送)ᄒ시
니, 지극흔 의긔와 놉흔 덕을 가히 ᄡᅥ의 삭일지라. 금일 듸ᄒ여 ᄉᆞ로신1100) 은혜를 샤
례ᄒᄂᆞ이다."

티위 황망이 돗긔1101) ᄂᆞ려 지비 왈,

1095)낫지 : '낮다'의 옛 표기. *낮다: 품위, 능력, 품질 따위가 바라는 기준보다 못하거나 보통
정도에 미치지 못하는 상태에 있다.
1096)듕니(仲尼) : 공자의 자(字). *공자(孔子); 이름 구(丘). 자(字) 중니(仲尼). 유가(儒家)를 처
음 세운 춘추시대(春秋時代)의 사상가. 학자(B.C.551~B.C.479). 노나라 사람으로 여러 나라
를 두루 돌아다니면서 인(仁)을 정치와 윤리의 이상으로 하는 도덕주의를 설파하여 덕치 정
치를 강조하였다. 만년에는 교육에 전념하여 3,000여 명의 제자를 길러 내고, ≪시경≫ ≪
서경≫ ≪주역≫ 《예기》《춘추》 등의 중국 고전을 정리하였다. 제자들이 엮은 ≪논어≫에
그의 언행과 사상이 잘 나타나 있다.
1097)진치(陳蔡)의 굿기심 : 공자(孔子)가 초(楚)나라 소왕(昭王)의 초빙을 받고 초나라로 가던
중 진(陳)나라와 채(蔡)나라의 접경지역에서 진・채의 군사들에게 포위된 채, 양식이 떨어져
7일 동안을 굶으며 고난을 겪었던 고사를 이른 것. 이를 진채지액(陳蔡之厄)이라 한다.
1098)쥬공(周公) : 중국 주나라의 정치가. 문왕의 아들로 성은 희(姬). 이름은 단(旦). 형인 무왕
을 도와 은나라를 멸하였고, 주나라의 기초를 튼튼히 하였다. 예악 제도(禮樂制度)를 정비하
였으며, ≪주례(周禮)≫를 지었다고 알려져 있다.
1099)동관지액(東關之厄) : =동관지참(東關之讒). 주공이 어린 조카 성왕(成王)을 섭정하자, 주
공의 형 관숙(管叔)과 아우 채숙(蔡叔)이 주공이 장차 어린 조카를 해할 것이라는 유언비어
를 퍼트려 모해하자, 2년 간 나라 동쪽[=동관(東關)]으로 피해 있던 일을 말한다. 『서경』
<周書>에 나온다. 그러나 사마천의 『사기』<魯周公世家>에서는 이 시기에 주공은 동쪽에
피해 있는 것이 아니라, 관숙・채숙과 은나라 왕족 무강(武庚) 등이 합세하여 반란을 일으
켜, 2년 동안 군사를 이끌고 동정(東征)에 나서 이들을 토벌함으로써, 주나라를 안정시켜 반
석 위에 올려놓고 있다.
1100)ᄉᆞ로다 : 살리다. 생명을 지니고 있도록 하다
1101)돗긔 : 돗. 돗자리. 자리.

"쇼싱이 부인 쳥덕과 존슉(尊叔)의 부탁흔 일을 싱각ᄒᆞ여 비록 도로(道路)의 힝장(行裝)을 보틔오미 이시나, 샤공을 굴히지 못ᄒᆞ여 부인을 낭픽(狼狽)ᄒᆞ시게 ᄒᆞ니, 죄 깁고 큰지라. 엇지 셩(盛)히 위자(慰藉)ᄒᆞ시믈 당ᄒᆞ리잇가?"

인ᄒᆞ여 승상과 뉴공의게 상셔 부부의 간고(艱苦) 험난(險難) 의[즁] 효의 졀힝이 더옥 빗ᄂᆞᆷᄋᆞᆯ ᄌᆞ랑ᄒᆞ여 종일토록 담쇼ᄒᆞ더리.

날이 【46】 져믄 후 서로 도라갈 시 상셰 승상과 셩·풍 이공을 뫼셔 문밧긔 나가 ᄇᆡ별(拜別)ᄒᆞ니, 셩어시 취즁의 그 녀셔(女壻)를 싱각고 눈물을 먹음어 왈,

"≤녯날 ᄌᆞ(子)1102)의 형뎨 풍신(風神) ○…결락 22자…○[이 방불ᄒᆞ나 그ᄃᆡ는 풍영(豐盈)키ᄅᆞᆯ 취(取)ᄒᆞ엿고, 아셔(我壻)는 표일(飄逸)키]ᄅᆞᆯ 쥬(主)ᄒᆞ엿더니, 금일 ᄌᆞ(子)의 긔뷔(肌膚) 쵸체(憔悴)ᄒᆞᄆᆞᆯ 보니, 믄득 《환연‖완연(完然)》이 ᄌᆞ현을 《츄회‖방불(彷彿)》○[케] ᄒᆞᄂᆞ니, 쳥컨ᄃᆡ 그ᄃᆡ는 《긔우로‖거울》 보기를 ᄌᆞ로 힘쓸지어다.≥1103)"

상셰 셩공이 홍의 부부를 싱각ᄒᆞ여 ᄌᆞ긔다려 님금긔 주(奏)ᄒᆞ여 풀고자 ᄒᆞᄆᆡᆫ 줄 알고, 다만 깁히 감오(感悟)ᄒᆞ여 왈,

"근슈교의(謹受敎矣)1104)리니, 감이 잠긱(暫刻)1105)을 니ᄌᆞ리잇가?"

셩공이 츄연(惆然) 탄왈,

"나의 밋ᄂᆞᆫ ᄇᆞᄂᆞᆫ ᄌᆞ슌의 텬춍이 【47】 등흔(等閑)치 아니코, 흔 말을 늬미 시인(時人)이 다 취즁(取重)1106)ᄒᆞᄆᆡ 잇ᄂᆞᆫ 고로, 그윽이 슈족(手足)의 졍을 싱각홀가 ᄒᆞᄆᆞ니, 군이 진실노 ᄌᆞ현을 구코ᄌᆞ 홀진ᄃᆡ, 상국으로 합녁(合力)ᄒᆞ면 노히기 여반댱(如反掌)1107)이라."

상셰 ᄃᆡ왈,

"싱이 병으로써 환향(還鄉) 삼년의 됴회(朝會)ᄒᆞᄆᆡ 흔 슌(旬)이나 힝공(行公)ᄒᆞᄆᆡ 업고, ᄯᅩ 국법을 폐치 못홀 거시니, 동긔(同氣)의 박졍(薄情)ᄒᆞᄆᆡ 아냐, 그 법을 졍(正)히 ᄒᆞᄆᆡ라. 쇼싱이 발분망식(發憤忘食)ᄒᆞᄆᆡ ᄌᆞ현의게 홀노 젹으미 아니라, 노션싱은 고이히 녀기지 말으쇼셔."

셩공이 아연 답왈,

"만일 이 ᄀᆞᆺ트면 ᄌᆞ현의 죄 즁ᄒᆞᄆᆡ 용셔치 못 【48】 ᄒᆞ리니, 공이 ᄯᅩ흔 한을 ᄑᆞ지

1102)ᄌᆞ(子) : 문어체에서, '그대'를 이르는 이인칭대명사.
1103)녯날 군의 형뎨 풍신이 방불ᄒᆞ나, 그ᄃᆡ는 풍영키ᄅᆞᆯ 취ᄒᆞ엿고 아셔는 표일키ᄅᆞᆯ 쥬ᄒᆞ엿더니, 금일 군의 긔뷔 쵸췌ᄒᆞᄆᆞ로써 믄득 ᄌᆞ현으로 늬도티 아니니, 원컨대 그ᄃᆡ는 거울 보기를 ᄌᆞ로ᄒᆞ야 힘쓰고 힘쓸디어다. …(국립도서관본 『뉴효공션힝녹』利<권지삼>:125쪽5-10행, *밑줄·문장부호 교주자)
1104)근슈교의(謹受敎矣) : '삼가 가르침을 받들겠습니다.'의 뜻.
1105)잠긱(暫刻) : =잠간(暫間)·잠깐·잠시. 얼마 되지 않는 매우 짧은 동안.
1106)취즁(取重) : 매우 두터운 명성과 인망(人望)을 얻음.
1107)여반댱(如反掌) : 손바닥을 뒤집는 것 같다는 뜻으로, 일이 매우 쉬움을 이르는 말

아닛ᄂᆞᆫ다? 슈연(雖然)이나 우슌(虞舜)1108)이 상(象)1109)의 죄를 샤(赦)ᄒᆞ샤 우[유]비 (有庳)1110)의 봉(封)ᄒᆞ시니, 공이 엇지 즁화(重華)1111)의 셩덕(聖德)을 츄모(追慕)치 아닛ᄂᆞ뇨?"

≤상셰 완《히이‖이히》(莞爾-)1112) 쇼왈.

"노션싱은 박고통금(博古通今)1113)ᄒᆞᄂᆞᆫ 군ᄌᆞ로셔, ○○[엇지] 의논이 이에 밋츠시ᄂᆞ 니잇고? 《차인‖차언(此言)》이 《삼싱의‖쇼싱이》 아히1114) 허믈노뼈 유감(遺憾)ᄒᆞ 여 ᄉᆞ혐(私嫌)으로 공ᄉᆞ(公事)의[를] 비러 아을 구치 아니 ᄒᆞᄂᆞᆫ가 아르시니, 그윽이 브뎨(不悌)1115)ᄒᆞ믈 붓그러 ᄒᆞᄂᆞ이다.≥1116) 인지부ᄌᆞ형뎨(人之父子兄弟)1117)ᄂᆞᆫ 방외 인(方外人)이 알 비 아니로ᄃᆡ, 노션싱은 일가지분(一家之分)1118)이 이시니, ᄯᅩᄒᆞᆫ 은휘 (隱諱)치 아니ᄒᆞ읍{ᄒᆞ}ᄂᆞ니, ᄌᆞ현이 《비로소‖비록》 실조(失措)ᄒᆞ나, 일시【49】의 서로 일너 칙(責)홀 ᄯᅡ름이오, 인졍이 기리 품을 비 아니니, 쇼싱이 엇지 골육의○ [게] 마음을 달니 ᄒᆞ리잇고만[마]ᄂᆞᆫ, ᄌᆞ현의 죄 지음이 당간(黨姦)의{게} 이셔, 틱후 (太后)를 모히ᄒᆞ며 틱자(太子)를 폐ᄒᆞ던 일홈이어[며], 니럿툿 ᄒᆞᆫ 여러 조건이 이시니, 군상(君上)의 통흔(痛恨)ᄒᆞ시미 구슈(仇讐)로 치부(置簿)ᄒᆞ시ᄂᆞᆫ 비오, 국법(國法)인즉 삼족홰(三族禍)1119) 잇실 거시로ᄃᆡ, 힝혀 우리 폐히 고금의 쒸여나신 셩덕으로 국[죽] 기를 샤(赦)ᄒᆞ시니, 젼가(全家) 편안ᄒᆞ게 ᄒᆞ신디라. 맛당이 군덕(君德)을 폐부(肺腑)의 삭일 ᄊᆞ이라. 가이 슈족(手足)1120)의 졍(情)만 싱각ᄒᆞ고 군신(君臣)의 ᄃᆡ의(大義)를 닛 겨 님군으로【50】ᄒᆞ여금 틱후(太后) 모히ᄒᆞᆫ 무리를 《용히이‖용이(容易)히》 샤(赦)

1108) 우슌(虞舜) : 순(舜)임금. 고대 중국의 전설상의 임금. 성은 우(虞)·유우(有虞). 이름은 즁 화(重華). 요의 뒤를 이어 천하를 잘 다스려 태평 시대를 이루었다.

1109) 상(象) : 순 임금의 이복동생으로, 어머니와 짜고 의붓아버지 고수(瞽瞍)를 꾀어 순 임금 을 죽이기 위해 모해했던 인물

1110) 유비(有庳) : 순(舜) 임금의 이복동생 상(象)의 봉지(封地). 상이 평소에 순을 죽이려 갖은 모략을 일삼았으나, 순은 동생을 너그럽게 대하였고 나중에 유비 땅에 봉(封)해 주기까지 하 였다. 《孟子 萬章上》에 나온다.

1111) 즁화(重華) : 순(舜) 임금의 이름.

1112) 완이히(莞爾-) : 빙그레 웃는 모양.

1113) 박고통금(博古通今) : 고금(古今)을 널리 통하여 앎.

1114) 아히 : 아우. 동생. =아. 아이

1115) 브뎨(不悌) : 형제간에 화목하지 못함.

1116) 샹셰 완이히 쇼왈, 노션싱은 박고통금ᄒᆞ시ᄂᆞᆫ 군ᄌᆞ로ᄃᆡ 의논이 이에 미츠시ᄂᆞ니잇고? 츠언 이 쇼싱이 아오의 허믈을 유감ᄒᆞ야 ᄉᆞ혐으로써 공ᄉᆞ를 비러 아을 구치 아닛ᄂᆞᆫ가 녁이시니, 그윽이 부뎨ᄒᆞ믈 붓그리 ᄂᆞ이다. …(국립도서관본 『뉴효공션횡녹』利<권지삼>:127쪽2-7 행, *밑줄·문장부호 교주자)

1117) 인지부ᄌᆞ형뎨(人之父子兄弟) : 사람들의 부자·형제 사이.

1118) 일가지분(一家之分) : 일가의 정분(情分).

1119) 삼족홰(三族禍) : 삼족지화(三族之禍). 죄(罪)를 지은 본인과 그 가족 그리고 부계(父系)· 모계(母系)·처계(妻系)의 모든 친족이 다 참벌(斬伐)을 받는 형벌.

1120) 슈족(手足) : 형제를 달리 이른 말.

ᄒ샤, 실톄(失體)ᄒ시ᄂᆞ 곳의 잇게 ᄒ며, 유ᄉᆞ(有司)로 ᄒ여금 나라 정령(政令)을 어즈러이게 ᄒ리오. 이 쩌로 일너ᄂᆞ 쇼싱이 흔ᄌᆞ 기구(開口)치 아닐 ᄲᆞᆫ아니라, 타인이 ᄌᆞ현을 구코ᄌᆞᄒᆞ나, 우리 부지 단연히 요동치 아니러니, 셰월이 오릭면 져 왕쥰 등 무리를 샤(赦)ᄒ시ᄂᆞ 날은 닉 아이[1121] 도라오ᄂᆞ 날이 될 거시니, 부ᄌᆞ형뎨 흔 당의 모든즉, 구텬(九泉)○[의] 유혼(遺恨)이 젹을가 기리 젼도(前途)를 바라ᄂᆞ니, 노션싱은 기리 지긔(知機)ᄒ쇼셔."

셜파의 샤ᄉᆞᆨ이 심이 강긔(慷慨)ᄒᆞ고 긔운이 화평ᄒ여 사름으로 ᄒ여금 ᄌᆞ【51】연이 흠모ᄒᆞᄆ를 ᄭᆡ닷지 못ᄒ○○[게 하]ᄂᆞ라. 셩공이 빈샤(拜謝) 왈,

"공은 진짓 졍딕흔 군지라. 우리 등이 탄복ᄒᆞ고 《겸양 ‖ 경앙(景仰)》ᄒ야 치잡기[1122]를 원ᄒᆞᄂᆞ니, 엇지 감이 통가지질(通家之姪)[1123]노 딕졉ᄒ리오. 공이[의] 어질미 이럿툿ᄒᆞ딕, ᄌᆞ현의 닉외(內外) ᄀᆞᆺ지 아니미 텬디 현격(懸隔)ᄒ니, 닉 실노 슉야(夙夜)의 골돌ᄒ던 비라. 엇지 북ᄒᆡ(北海)를 념(念)ᄒ리오. 쇠년(衰年)의 녀ᄋᆞ를 영별(永別)ᄒᆞ고 능히 부ᄌᆞ의 정을 긋치지 못ᄒ여 ᄉᆞ려(思慮)를 혜아리지 아엿더니, 명교(明敎)를 드르니 ᄭᅮᆷ이 ᄭᆡᆫ듯ᄒ지라. 공경ᄒ여 ᄆᆞᄋᆞᆷ의 삭이리라."

상셰 ᄯᅩᄒᆞ 홍의 말【52】의 밋쳐ᄂᆞ 눈믈○[을] 흘녀 슬허ᄒᆞ고, 이다라 반양[향](半晑) 후 왈,

"아이 죄(罪) 아니라. 쇼싱의 허믈이라. 됴졍 일은 국운의 달녀시니, 엇지 홀노 ᄌᆞ현ᄋᆞᆯ 용납지 아니리오만은 형셰 이럿툿 ᄒ니, 셰상의 샤라 블힝흔 문견(聞見)을 참쳥(參聽)ᄒ니, 더옥 한(恨)이로딕, 셩쥬(聖主)의 지우(知遇)와 학발가친(鶴髮家親)을 ᄎᆞ마 ○[져]바리지 못ᄒ여 번화흔 셰상의 참예ᄒ나, 엇지 스스로 붓그럽지 아니리잇고?"

셩공이 크게 감격ᄒ여 위로ᄒᆞ고 도라가니, 상셰 드러가 부친긔 뫼셔더니, 뉴공이 뎡승상이 염복(斂服)[1124] 쳥죄ᄒᆞᄆ를 일ᄏᆞ라, 상셔○○[드려]【53】{와} '은원(隱怨)치 말나'ᄒ니, 상셰 이셩(怡聲)○○[으로] 딕왈,

"졔 님의 뉘웃치니 ᄒᆡ이(孩兒) 구ᄐᆞ여 ᄑᆞ지 아니미 이시리잇고? 졔 ᄎᆞᄌᆞ면 됴히 보고, ᄎᆞᆽ지 아니면 긋칠 ᄯᆞᄅᆞᆷ이오, 공ᄉᆞᆨ(公事) 아니면 상부(相府)의 추쥬(趨走)ᄒᆞᆯ 연괴 업슬 ᄯᆞᄅᆞᆷ이니이다."

공이 지삼 그러치 아니믈 닐너, 가 회샤(回謝)ᄒ라 흔딕,

"상셰 슈명(受命)ᄒ야 믈너와 부인을 딕ᄒ여 화셩유어(和聲柔語)로 말삼ᄒ여, ᄯᅩᄒᆞ 뎡공의 회샤를 부친이 권ᄒ시니, 갈 ᄯᅳᆺ을 니르고 회포를 열믹, 부인이 긔운을 나ᄌᆞ기

1121) 아이 : 아우. 동생.
1122) 치잡다 : 채를 잡다. 주도적인 역할을 하거나 주도권을 잡고 조종하다. *채; 가마, 들것, 목도 따위의 앞뒤로 양옆에 대서 메거나 들게 되어 있는 긴 나무 막대기.
1123) 통가지질(通家之姪) : 인척(姻戚) 집안의 조카. *통가(通家) : ①=인척(姻戚) ②대대로 서로 친하게 사귀어 오는 집안.
1124) 염복(斂服) : 윗사람을 뵐 때 옷을 가다듬어 단정히 하는 일.

ᄒ여 슌슌(順順) 응ᄃᆡ(應對)ᄒᆞᆯ ᄉᆡ, 믄득 아미(蛾眉)의 쳠ᄉᆡᆨ(慙色)을 ᄯᅴ여 닐오ᄃᆡ, 쇼쳡이【54】ᄒᆞᆫ 간졀ᄒᆞᆫ 회푀 이시ᄃᆡ 감히 알외지 못ᄒᆞ더니, 싱각건ᄃᆡ 인ᄉᆡᆼ이 아ᄎᆞᆷ 이슬 ᄀᆞᆺᄐᆞ니, 셰월○[을] 쳔연(遷延)치 못ᄒᆞ야 ○[고]ᄒᆞᄂᆞ니, 가ᄒᆞ며 가치 아니믈 췌품ᄒᆞᄂᆞ니이다.”

상셰 왈,

“부인의 쳥ᄒᆞᄂᆞᆫ 비 결단코 인졍 밧기 아니라. 엇지 좃지 아니리오. 부인이 피셕(避席) ᄉᆞ례 왈,

“쳡이 긔구(崎嶇) 험난(險難)을 지닉미 좌우의 친권(親眷) 시녜(侍女) 무슈ᄒᆞᄃᆡ, 난시(亂時)를 당ᄒᆞ여 쳡 ᄇᆞ리기를 힝노(行路)[1125] ᄀᆞᆺ치 너기거ᄂᆞᆯ, 힝혀 난향이 쳡의 심ᄉᆞ를 알며, 쳡의 아득ᄒᆞᆫ 시졀의 길을 열어 ᄀᆞᄅᆞ쳐, 희미ᄒᆞᆫ 거슬 ᄇᆞᆰ히고 기우러【55】진 거슬 붓드러, 오ᄉᆞᆯ 미고 손을 잇그러 ᄉᆞᄉᆡᆼ의 셔로 ᄯᅥ나지 못ᄒᆞ고, 길흉의 ᄆᆞᄋᆞᆷ을 변치 아녀, 맛ᄎᆞᆷ내 쳡이 만ᄉᆞ여ᄉᆡᆼ(萬死餘生)으로 오날놀 다시 이에 잇게 ᄒᆞ니, 이ᄂᆞᆫ 다 난향의 덕이라. 날 나으시ᄂᆞᆫ 부모요 날 ᄉᆞᆯ오시ᄂᆞᆫ 난향이라. ≤쳡이 분골(粉骨)[1126]ᄒᆞ여도 갑흘 기리 어려온지라. 다만 《그 츙을 ᄲᅢ혀닉여 쳥의에 표ᄒᆞᆫ즉‖그 츙을 표ᄒᆞ여 쳥의(靑衣)예 ᄲᅢ혀닌 즉》 뎌의 흔(恨)이 잇지 아닐 거시로ᄃᆡ, 아녀의 문견(聞見)이 고루(固陋)ᄒᆞ고, 의ᄉᆞ(意思) 쳔박(淺薄)ᄒᆞ여 슈은복[보]덕(受恩報德)[1127]ᄒᆞᆯ 바를 능(能)이 쾌(快)이 못ᄒᆞ니,≥[1128] 이졔 헤아리면 졀노 ᄒᆞ여곰 금빅(金帛)을 주어 싱계를【56】편이[케] ᄒᆞ믄, 불과 양낭(養娘)[1129] 유모(乳母)의 공 갑흠과 ᄒᆞᆫ가지니, 그 츙셩을 만(萬)의 ᄒᆞ나토 칭(稱)치 못ᄒᆞᆯ지라. 어린 쇼견의 싱각건ᄃᆡ, 향이 나이 졈고 ᄯᅩ 쳡을 좃ᄎᆞ 분찬(奔竄)ᄒᆞ기로, 일즉 표유(漂流)ᄒᆞ미 잇ᄂᆞᆫ지라. ᄒᆞ믈며 ᄌᆞ품(資稟)이 슈미(秀美)ᄒᆞ고, 온공양션(溫恭良善)ᄒᆞᆫ 상공이 닉기[1130] 보신 빅라. 감이 당돌ᄒᆞ나 군ᄌᆞ의 좌(坐)의 뫼셔 금ᄎᆡ지열(金釵之列)[1131]의 용납ᄒᆞ신 즉 거의 그 은덕을 갑흐미오, ᄯᅩᄒᆞᆫ 반ᄉᆡᆼ(半生) 주인을 위ᄒᆞ여 만고험난(萬苦險難)을 격던 보람이 이셔 하품(下品)의 쳔(賤)ᄒᆞᆫ 거슬 면ᄒᆞ여, 쳡을 종신토록 ᄯᅥ나지 아니리니, 이ᄂᆞᆫ 지[진]졍(眞正) 쇼원이라. 원컨ᄃᆡ 싱【57】각ᄒᆞ쇼셔.”

상셰 쳥파의 흔연 쇼왈,

1125)힝노(行路) : 행로인(行路人). 길 가는 사람.
1126)분골(粉骨) : 분골쇄신(粉骨碎身)의 줄임말. 뼈를 가루로 만들고 몸을 부순다는 뜻으로, 정성으로 노력함을 이르는 말. 또는 그렇게 하여 뼈가 가루가 되고 몸이 부서짐.
1127)슈은보덕(受恩報德) : 은혜를 입고 그 은덕을 갚음.
1128)쳡이 분골ᄒᆞ여도 다 갑디 못ᄒᆞᆯ디라. 다만 그 튱의ᄅᆞᆯ 표코져 ᄒᆞ여 쳥의예 ᄲᅢ여낸즉, 뎌의 덩슉ᄌᆞ의 흔이 깁디 아니ᄒᆞᆯ 거시로ᄃᆡ, 아녀의 문견이 고로ᄒᆞ고, 의ᄉᆞ 쳔단ᄒᆞ여 슈은보덕ᄒᆞᆯ 바의 쾌치 못ᄒᆞ니, …(국립도서관본 『뉴효공션힝녹』利<권지삼>:132쪽12행-133쪽3행, *밑줄·문장부호 교주자)
1129)양낭(養娘) : 여자 종. 주로 혼인한 여종을 일컫는다.
1130)닉기 : ‘익히’의 옛 표기. *익히: 어떤 일을 여러 번 해 보아서 서투르지 않게
1131)금ᄎᆡ지열(金釵之列) : 첩(妾)의 반열. *금ᄎᆡ(金釵) : ①금비녀. ②첩(妾)을 달리 이르는 말.

"부인의 쇼회(所懷)를 드르니, 어렵지 아니딕, 닉 평싱 녀식(女色)의 쯧이 업셔 흔 안히는 가커니와 기여(其餘)는 불관(不關)흔지라. 엇지 잡뉴(雜類)를 두리오. 쏘흔 우리 부뷔 십년 환란을 지닉고 모드미, 부인이 비록 쾌흐나, 닉 ᄆ음은 희쳡(姬妾)을 모도와 금슬(琴瑟)의 낙(樂)을 난(亂)홀 쯧이 돈연(頓然)흐니, 어지리 ᄀ릭치믈 봉힝(奉行)치 못흐거니와 달니 쳐치흐여 부인의 쯧을 위로(慰勞)흐리라."

부인이 손샤(遜辭)흐고 다시 간쳥흔 즉, 상세 우음을 머금고 댱닉(帳裏)의 나가 은졍이 위곡(委曲)홀 ᄯ롬이오, 기구(開口)치 아니흔【58】니, 부인이 난향의 은혜를 갑지 못홀가 근심흐여 침식(寢食)이 편치 아녀 흐더니, 이쩌 강형쉬 직취(再娶)를 아니코, 흔ᄀᆞᆺ 어진 쳡을 구흐여 ᄌ녀를 맛지고ᄌ 흐거늘 상세 문지(聞知)흐고, 드듸여 강어ᄉ를 딕흐여 난향의 말을 니르니, 어시 딕희(大喜) 왈,

"이는 닉 익이1132) 본 빅라. 엇지 ᄉ양흐리오."

상세 쏘 깃거 부인다려 니른딕, 부인이 딕희흐야 즉시 쳔금(千金)으로 ᄌ장(資裝)1133)을 ᄀᆞᆺ초고 길일을 틱흐여 난향을 강가(-家)의 보닐 시, 어시 본딕 그 츙셩과 어질믈 아라 탄복흐는지라. 가장 춍익(寵愛)흐고, 향이 쏘흔 젹실(嫡室) ᄌ녀를 ᄉ랑흐고 공경흐며【59】가ᄉ를 션치흐니, 기리는 쇼릭 ᄌᄌ(藉藉)흐고 듕궤(中饋)1134)를 감당흐여 영귀(榮貴)흐미 부인의 디지 아니흐니, 강가 부즁(府中)이 져〇[마]다 쇼부인(小婦人)이라 칭흐고, 츌닙(出入)흐기의 ᄲᆡᄲᆞᆫ 시비와 금옥(金玉)을 쑴인 교ᄌ(轎子) 혁혁(赫赫)흐니, 미□[양](每樣) 뉴부의 니르러 뎡부인긔 뵈오미 부인이 도로혀 노주(奴主)의 도(道)로써 보지 아냐, 브르기를 강유인(-孺人)1135)이라 흐니, 일노써 우셩 등과 복쳡(僕妾)이 강유인이라 브르더라.

향〇[이] 일싱 부귀흐여 ᄌ녀를 갓초 두고 텬연(天年)〇[을] 션종(善終)흐니, 뎡부인의 덕을 갑흐미 극진흐고 져의 츙셩을 하늘이 보응(報應)흐미러라.

이젹의 상【60】셰 승상의 두 번 ᄉ죄흐믈 드른 후, 그 문의 흔 번 나ᄋ가, 부명(父命)으로 회샤(回謝)흐고, ᄇ야흐로 뎡가의 ᄀ 이공ᄌ와 계부인의 영젼(靈前)의 됴상(弔喪)흐는 쯧을 니르니, 승상이 깃거흐고, 뎡공지 붕우(朋友)의 도(道)를 일워 ᄇ야흐로 인친(姻親)의 의(義)를 펴, ≤상세 큰 연괴 아니면 상부의 가지 아니니, 뎡공이 고산 ᄀᆞᆺ튼 의긔〇〇〇[이시나] 뉴상셔긔는 긔탄(忌憚)흐고 공근(恭謹)흐니, 일시 사름이 아람〇[이] 되고, 상셔의 사름되미 유화(柔和)〇…결락 8자…〇[흐딕 강흔 거슬 졔어]흐미 이럿툿 흐더라≥1136).

1132) 익이 : '익히'의 옛 표기. =니기.
1133) ᄌ장(資裝) : 시집갈 때 가지고 가는 혼수.
1134) 듕궤(中饋) : 안살림 가운데 음식에 관한 일을 책임 맡은 여자. 늑주궤(主饋).
1135) 유인(孺人) : ①첩을 높여 부르는 말. ②조선 시대에, 구품 문무관의 아내에게 주던 외명부(外命婦)의 품계. ③생전에 벼슬하지 못한 사람의 아내의 신주나 명정(銘旌)에 쓰던 존칭.
1136) 상세 큰 연괴 잇디 아니면 상부의 가디 아니니, <u>뎡공이 ᄌ연 고산 ᄀᆞᆺ튼 의긔 뉴상셔의게는 긔탄흐고 공슌흐니, 일시 사름이 다 미담이 되고, 샹셔의 사름되오미 유화흐딕, 강흔 거</u>

≤이쩌 홍치텬지(弘治天子)[1137] 등극ᄒ시므로붓터 검박(儉朴)기를 슝상ᄒ시고, {욕심을 볽히샤} 궁즁 후비의 오시 금【61】슈(錦繡)를 더으지 아니○○[게 ᄒ]시니, 아람다온 덕과 볽은 졍ᄉ(政事) 요슌(堯舜)의 비홀지라.≥[1138] ᄒ믈며 뎡승상이 션졔(先帝) 지우(知遇)ᄒ신 딕신으로 님군을 도옵ᄉ오미, 일제(一齊)를 우근(憂勤)[1139]ᄒ미 '일반(一飯)의 삼토포(三吐哺)ᄒ고 일목(一沐)의 삼악발(三握髮)'[1140]ᄒ야, 텬하 션비를 딕졉ᄒ니, 평싱 졍ᄉ 흐갈갓치 빗ᄂ고 치홰(治化) 날노 시로오나, 다만 셩심(聖心)이 죵일토록 쾌치 못ᄒ샤 마츰니 쇼렬(昭烈)[1141]의 관장(關張)[1142]을 두고 와룡(臥龍)[1143]을 싱각ᄒ샤 삼고초려(三顧草廬)[1144]ᄒ시믈 싱각ᄒ시니, 비록 뎡공 ᄀᆺ튼 양상(良相)이 이시나 뉴상셔의 지덕과 츙효을 닛지 못ᄒ시니, 져의 쯧은 셰상의 걸니지[1145] 아【62】니믈 이르시고, 병이 하리지[1146] 못ᄒ믈 보와[아] 계시나, 능히 ᄇ리지 못ᄒ샤, 종시(終是)[1147] 벼슬을 ᄀ라쥬지 아니시고, 슈죠(手詔)로 브르시미 ᄌᄌ시니, 이러ᄒ ≪셰

슬 졔어ᄒ미 이러틋 ᄒ더라. …(국립도서관본 『뉴효공션힝녹』 利<권지삼>:136쪽12행-137쪽1행, *밑줄·문장부호 교주자)

1137)홍치텬지(弘治天子) : 홍치제(弘治帝). 효종황제(孝宗皇帝). 1470.7.30.-1505.6.8.) 중국 명나라의 제9대 황제(재위 : 1487-1505년). 휘 우탱(祐樘). 연호 홍치(弘治). 묘호 효종(孝宗). 태아시 부황의 후궁 만귀비(萬貴妃)에 의해 독살될 위기를 겪고 태어나, 5세 때 모후 효목황후(孝穆皇后)가 만귀비에게 독살당하는 참변을 겪었다. 즉위 후 대명률(大明律)·대명회전(大明會典)을 개정하고, 유건(劉健)·이동양(李東陽)·마문승(馬文升)·구준(丘濬) 등의 유능한 인재들을 등용하여 제도정비와 개혁정치를 시행하였다. 또 경연(經筵)을 개설하고 금의위(錦衣衛)를 효과적으로 관리하는 한편 토지제도를 합리적으로 개선하여, 명나라 중흥제(中興帝)로 평가받는다.

1138)이재 홍치황뎨 즉위ᄒ시므로브터 검박을 슝상ᄒ시고 궁듕 후비의 오시 금슈로 더으디 아니시니아룸다온 덕과 볽은 졍ᄉ 요슌의 비홀디라. …(국립도서관본 『뉴효공션힝녹』 利<권지삼>:137쪽1행-4행, *밑줄·문장부호 교주자)

1139)우근(憂勤) : 위정자가 국가의 재난을 근심하여 정무(政務)를 부지런히 살핌.

1140)일반(一飯)의 삼토포(三吐哺)ᄒ고 일목(一沐)의 삼악발(三握髮)ᄒ야 : 중국 주(周)나라 주공(周公)이 어진 선비를 얻기 위해, 밥 한 끼 먹는 동안 세 번이나 입 안에 든 밥을 뱉고 나와 손님을 맞고, 한 번 목욕하는데 세 번이나 감던 머리를 쥐고 나와 손님을 맞았던 고사.

1141)쇼렬(昭烈) : 중국 삼국시대 촉한의 제1대 황제 유비(劉備 : 161~223)의 시호. 자는 현덕(玄德). 황건적을 쳐서 공을 세우고, 후에 제갈량의 도움을 받아 오나라의 손권과 함께 조조의 대군을 적벽(赤壁)에서 격파하였다. 후한이 망하자 스스로 제위에 오르고 성도(成都)를 도읍으로 삼았다. 재위 기간은 221~223년이다.

1142)관장(關張) : 중국 삼국시대 촉한의 장수 관우(關羽)와 장비(張飛)를 함께 이른 말. 유비(劉備)와 결의형제를 맺고, 제갈량(諸葛亮)과 함께 유비를 도와 촉한(蜀漢)을 건국하였다.

1143)와룡(臥龍) : 중국 삼국시대 촉한의 정치가 제갈량(諸葛亮 : 181-234)의 별호(別號). 자 공명(孔明). 시호 충무(忠武). 뛰어난 군사 전략가로, 유비를 도와 오(吳)나라와 연합하여 조조(曹操)의 위(魏)나라 를 대파하고 파촉(巴蜀)을 얻어 촉한을 세웠다.

1144)삼고초려(三顧草廬) : 인재를 맞아들이기 위하여 참을성 있게 노력함. 중국 삼국 시대에, 촉한의 유비가 남양(南陽)에 은거하고 있던 제갈량의 초옥으로 세 번이나 찾아갔다는 데서 유래한다. 늑초려삼고.(草廬三顧).

1145)걸니다 : 걸리다. 얽매이다.

1146)하리다 : (병이) 낫다.

되∥셰지(歲載)1148)》 삼년(三年)의 니르니, 상이 져의 지기(志槪) 견고흐믈 아르시는고○[로] 죵시 츌사(出仕)치 아닐가 《공법∥공겁(恐怯)1149)》흐샤, 미양 군신을 디흐시미 말숨이 ᄌᆞ슌의게 밋쳐는 혹 그 《얼믈∥어질믈》 니르시고, 오릭보지 못흐믈 일쿠라샤 눙뉘(龍淚)1150) 어의(御衣)예 써러○[지]미 여러 번이오, 그 지화(才華)를 칭(稱)흐신즉 안쇠이 묵연(默然) 져샹(沮喪)흐샤 탄식고 ᄉᆞ모흐시미 실노 발분망식(發憤忘食)흐기의 계시니, 빅뇨(百寮) 상의 말숨과 거동을 보는는 감격지 아니리【63】업셔, 뉴상셔의 심ᄉᆞ(心事)를 아는 ᄌᆞ는 군은(君恩)을 가바야이 못홀 거시니, 비록 지취(志趣)를 일흐나 셩군(聖君)을 만나 기리 요슌지도(堯舜之道)로 군상(君上)을 돕고, 딕졀(直節)노 쳐신(處身)치 못흐야 일편되 쇼회(所懷)를 《츙복∥츄복(推服)》지 못흐○[리]라 흐고, 상셔를 모로는 ᄌᆞ는 바로 빈군(背君) 무식(無識)○[흔] 필뷔(匹夫)라, 죄 맛당이 즁(重)흐되 텬지 셩덕(聖德)으로써 죄를 더으지 아니시니, ᄌᆞ못 《국녜∥국톄(國體)》의 불가타 흐는 의논이 셩힝(盛行)흐니, 뉴공이 쥬야 상셔의 힝공(行公)흐믈 권유흐고, 친붕족당(親朋族黨)이 더욱 기유(開諭)흐니, 상셰 군상의 디우(知遇)와 부명(父命)의 간졀흐믈 벙으리왓지1151) 못흐야 일일은 샤명(使命)을 좃ᄎᆞ 대궐노 드러가니, 텬【64】지 젼뎐(殿前)의셔 아춤 소셰(梳洗)를 맛고 친이 향을 피오고, 산(算)1152)을 뉘여 상셔의 오며 아니오믈 졈복(占卜)ᄒᆞ시더니, 뉘시 보왈,

"퇴흐ᄉ 뉴연이 오문(午門)1153) 밧긔셔 명을 기다리ᄂᆞ이다."

상이 과망(過望) 되희(大喜)흐샤, 밧비 명쵸(命招)흐시니, 상셰 추이진주(趨而進走)1154)흐야 단[단]지(丹墀)1155)의 니르러 사빅(四拜) 슉샤(肅謝)흐니, 상이 연(連)흐여 불너 니르샤되,

"션싱이 병즁(病中) 강[각]녁(脚力)을 피로케 말고 ᄲᆞᆯ니 뎐(殿)의 올나 딤을 위로흐라."

《싱이∥상셔》 명을 니어 젼뎐(殿前)의 니르미, 상이 쳥흐야 좌하(座下)의 심곡(心曲)으로써 명흐시고, 흐므시 반가오며 타연이 깃부시니, 도로혀 취감(醉感)흐샤 상셔의 손을 잡고 ᄉᆞ미【65】를 닛그러 갓가이 안ᄌᆞ라 흐시니, 상셰 더욱 사은(謝恩)흐고 좌(坐)를 잠간 나오미, 뎨(帝) 좌를 나오샤 됴복(朝服)과 눙푀(龍袍) 셔로 연(連)흐여시

1147)죵시(終是) : 끝내.
1148)셰지(歲載) : 셰월(歲月). 햇수. 해(지구가 태양을 한 바퀴 도는 동안. 1년,12달,365일).
1149)공겁(恐怯) : 두려워하고 겁을 냄.
1150)눙뉘(龍淚) : 용(龍)의 눈물.
1151)벙으리왓다 : 막다. 맞서 버티다. 대적(對敵)하다. 거스르다. 반대하다. 거절(拒絶)하다. =벙으리왇다.
1152)산(算) : =산(算)가지. 「민속」점술에서, 괘(卦)를 나타내기 위하여 쓰는 도구. 네모 기둥 꼴로 된 여섯 개의 나무로, 각각에 음양을 표시한 네 면이 있다. 늑산목(算木).
1153) 오문(午門) : =남문(南門).
1154)추이진주(趨而進走) : =추부(趨走). 윗사람 앞에 나아갈 때에 허리를 굽히고 빨리 걸음.
1155)단지(丹墀) : 붉은 칠을 하거나 화려하게 꾸민 마룻바닥. 임금이 좌정한 자리를 뜻한다.

니, 상셔[이] 상셔를 보니 풍연[영](豐盈)흔 얼골이 녯눌 풍치 시로왓시니, 비록 삼스분(三四分) 병식(病色)이 이시나 혈긔(血氣) 져머시미1156), 긔뷔(肌膚) 더욱 건근(健勄)1157) 흐엿느지라. 녕형(靈形)흔 미우(眉宇)의는 치식(彩色)이 어릐여 강산의 빗는 거슬 모도앗고, 블근 닙과 〇[옥(玉)]《각근∥ᄀᆺᄐᆫ》 귀밋치 졀디미인(絶代美人)의 용화(容華)를 겸흐여, 오사금포(烏紗錦袍)1158)의 엄듕한 긔위(氣威)〇[눈] 츄상(秋霜)의 씩씩홈과 동일(冬日)의 ᄉᆞ랑홈미[이] ᄀᆺ초 빗혀나니, 비록 ᄉᆞ희지부(四海之富)1159)와 텬ᄌᆞ지귀(天子之貴)로도, 흔【66】번 보시미 만승(萬乘)의 존(尊)흐미 흔 터럭 ᄀᆺ고, 흠모 경디흐믈 극진이 흐시니 엇지 군신(君臣)의 톄(體)를 싱각흐리오. 이에 굴오샤디,

"션싱의 병(病)이 일양(一樣) 침면(沈湎)흐믈 문지(聞之)흐니, 딤의 ᄆᆞ옴이 쥬야 방심(放心)치 못흐더니, 금일 인디(引對)1160)예 옛 얼골을 시로이 보니, 이는 조종(祖宗)1161) 지텬지녕(在天之靈)이 도으샤 사직을 븟들게 흐시니, 딤이 오날붓터 잠자기와 밥먹기롤 편이 흐리로다."

인흐여 산통(算筒)1162)을 가라쳐 왈,

"션싱을 쳥흐고 득실(得失)을 졈(占)흐더니, 그 괘를 밋쳐 엇지 못흐여셔 션싱이 니르니 드듸여 폐(廢)흔지라. 우리 군신지심(君臣之心)으로【67】뻐 엇지 취샤(趣舍)1163)의 이ᄀᆺ치 곡졀이 만흐뇨? 션싱은 딤이[의] 박덕(薄德)흔 졍ᄉᆞ를 술펴[펴] 황고(皇考)의 뉴됴(遺詔)를 싱각흐여 딤의 녹(錄)을 믈니치지 말나."

인흐여 츄연(惆然)이 농누(龍淚)를 느리오시니, 상셰 거동을 보미, 흔 번 죽기는 쉬오려니와 능히 벼슬 ᄇᆞ리기는 어려운지라. 졍심(定心)을 크게 허러 ᄇᆞ리게 되니, 심니의 ᄌᆞ츠(咨嗟)홀 ᄯᆞ롬이오, 군은(君恩)을 감격흐여 돈슈(頓首) 톄읍(涕泣) 왈,

"신이 구병(久病)이 침칙[젹](沈積)흐여 칠팔년을 신고(辛苦)흐디, 쇼복(蘇復)흐믈 엇지 못흐니 미양 군은(君恩)을 져ᄇᆞ릴가 흐더니, 근간은 츠도(差度)의 이시디, 지덕(才德)이 쇼활(疎豁)흐고 혹식(學識)이 쳔【68】박(淺薄)흐여 셩디(聖代)의 유익흐미 업슬지니, 믈너〇[나] 뎐샤(田舍)의셔 병을 고치고, 쳔년(天年)을 죵신(終身)코ᄌᆞ 흐옵더니, 군은(君恩)이 쇼신의게 긋지 아니셔 금일 뎐폐(殿陛)의 됴회(朝會)흐미 신을 권연(眷戀)흐시고, 샹감(傷感)흐시미 이의 밋ᄎᆞ시니, 신의 죄 맛당이 만번 죽엄즉 흔지

1156)져므다 : 젊다. 나이가 한창 때에 있다.
1157)건근(健勄) : 튼튼하고 힘이 셈.
1158)오사금포(烏紗錦袍) : 조선시대 관원들의 관복차림으로, 오사(烏紗)는 머리에 쓰던 '검은 사(紗)로 만든 모자'를, 금포(錦袍)는 겉옷으로 입던 비단으로 지은 도포(道袍)를 말한다.
1159)ᄉᆞ희지부(四海之富) : 온 세상의 모든 부(富). *사해 : '사방의 바다' 또는 '온 세상'을 뜻하는 말
1160)인디(引對) : 임금이 자문하기 위해 신하를 불러 접견함.
1161)조종(祖宗) : ①시조가 되는 조상. ②임금의 조상 ③가장 근본적이며 주요한 것을 비유적으로 이르는 말.
1162)산통(算筒) : 점쟁이가 점을 칠 때 쓰는, 산가지를 넣은 통. ≒계산통(計算筒)·수통(數筒)
1163) 취샤(趣舍) : 나아감과 머무름.

라. 엇지 감이 됴항(朝行)의 튱슈(充數)ᄒ리잇ᄀ?"

상이 붓드러 평신(平身)케 ᄒ시고 위로 왈,

"션싱의 놉흔 뜻을 ᄀ초와 딤을 도은즉 국가의 만힝(萬幸)이라. 엇지 쳥죄(請罪)ᄒ미 이시리오. 뎡틱ᄉᄂ는 됴졍 딕신이라. 국졍이 틱평ᄒ나, 년(然)이나 션싱의 발간뎍복(發奸摘伏)1164)이 신명(神明) ᄀᆺᄐ니의ᄂ 밋지 못ᄒ리니【69】셔로 붓드러 딤을 도와 허물○[을] 규졍(糾正)ᄒ믈 ᄇ라노라."

상셰 고두 샤은 왈,

"신이 불튱ᄒ나 션뎨의 지우(知遇)와 폐하의 셩덕을 갑고ᄌ 흡ᄂ니, 엇지 일호나 넛ᄉ오리잇고? 다만 신상의 딜병(疾病)이 잇고 흑식이 미쳔ᄒ니 국가의 죵시(終時)《ᄒ실‖홀》리 업슬지라. 믈너○[나] 향곡(鄕谷)의 이셔 셩딕(聖代) 빅셩되기를[가] 신의 졍심(定心)이러니, 금일 셩괴(聖敎) 늉즁(隆重)ᄒ시미 이럿틋 ᄒ니, 비록 지취(旨趣)를 일ᄒ나 군덕(君德)을 가ᄇ야이 못홀 거시니, 삼가 '간뇌(肝腦)를 ᄯᅵ히 ᄇ려'1165) 폐하 황은(皇恩)을 만분의 일이나 갑ᄉ오리이다."

상이 만심(滿心) 환희ᄒ샤 무릅흘 ᄉ리시고1166)【70】 손을 ᄶ자, 칭샤(稱謝) 왈,

"딤의 박(薄)ᄒᆫ 직덕(才德)으로 황고(皇考)의 셩은(聖恩)을 납ᄉ와 딕위(大位)를 니음으로브터 《흑업‖긍긍업업(兢兢業業)1167)》ᄒ여[나] 능히 졍ᄉ(政事)를 닛지 못ᄒ딕, 그 ᄉ위(師儒)1168) 업ᄉ니, 션싱 싱각기를 얼골 ᄃᄉ리기의 거울 ᄀᆺ치 녀겨시딕, 감이 일위지1169) 못ᄒ더니, 금일 '긔산(箕山)의 졀(節)'1170)○[을] 《ᄂᄐ쵸와‖ᄀᄐ쵸와》 직셜(稷契)1171)의 일을 ᄒ고져 홀지니, 딤이 비록 요슌(堯舜)의 덕이 업ᄉ나, 기리 군신(君臣)이 ᄆᆞ음을 ᄒᆫ가지로 ᄒ야 틱평을 안락고ᄌ ᄒᄂ니 엇지 오날 ᄀᆺᄐ 날을 허숑ᄒ리오."

ᄒ여, 텬안(天顏)의 희긔(喜氣) 무로녹아 츈풍이 동(動)ᄒ니, 빅뇨(百寮)를 모화 탑(榻)을 고치고, 좌(坐)를 졍ᄒᆫ 후, 니【71】시(內侍)를 명ᄒ야 상방진찬(尙房珍饌)1172)

1164) 발간뎍복(發奸摘伏) : 숨겨져 있는 일과 정당하지 못한 일들을 밝혀냄.

1165) 간뇌(肝腦)를 ᄯᅵ히 ᄇ려 : =간뇌도지(肝腦塗地). 간(肝)과 뇌(腦)가 땅에 널려 있다는 뜻으로, 나라를 위하여 목숨을 돌보지 않고 애를 씀을 이르는 말.

1166) ᄉ리다 : 사리다. 가지런히 가다듬다.

1167) 긍긍업업(兢兢業業) : 항상 조심하여 삼감. 또는 그런 모양.

1168) 사유(師儒) : ①남에게 사표(師表)가 될만한 유학자(儒學者), ②성균관(成均館)의 장관인 대사성(大司成)을 일컫는 말.

1169) 일위다 : 이르게 하다.

1170) 긔산(箕山)의 졀(節) : 고대 중국의 은자 소부(巢父)와 허유(許由)의 고절(高節)을 이른 말. *긔산(箕山): 중국 하남성(河南省)에 있는 산. 고대 중국의 은자 소부(巢父)와 허유(許由)가 요(堯) 임금으로부터 왕위 선위 제안을 뿌리치고, 이 산에 숨어 은거했다는 고사로 유명한 산이다.

1171) 직셜(稷契) : 순(舜) 임금 때의 명신(名臣). 순임금을 도와 이상적인 왕도정치를 실현하기 위해 힘썼다.

1172) 상방진찬(尙房珍饌) : 궁중의 상방에서 마련한 진귀하고 맛좋은 음식. *상방(尙房); 궁중

과 교방풍뉴(教坊風流)1173)를 명ㅎ시니, 이윽고 팔진셩찬(八珍盛饌)과 교방풍류를 나
오니, 산히지물(山海之物)이 아니 가즌 거시 업스니, 이 진실노 텬ㅈ의 부귀 아니면
엇지 이럿툿 ㅎ리오.

교방악공 누백여인(累百餘人)이 모다 균텬광악(鈞天廣樂)1174) 을 졔주(齊奏)ㅎ니, 북
쇼릭 녕쇼(靈宵)를 흔들고 노릭쇼릭 봉궐(鳳闕)의 스뭇춧거늘, 구층쇄옥탑(九層鎖玉
榻)1175)의 좌(座)를 졍ㅎ시믹, 만됴(滿朝) 작차(爵次)를 동셔(東西)로 분(分)ㅎ여 뫼셔,
샤쥬(賜酒) 두어 슌(順)의 니르니, 텬지 군○[신](群臣)다려 일너 갈오샤딕,

"딤이 위에 이시므로붓터 이경(二卿)의 도으믈 힘 닙어 거의 큰 허믈을 면홀가 ㅂ
라【72】딕, 오직 니부(吏部) 션싱은 비록 군신○[간](君臣間)이나 실노 관포(管鮑)의
사괴미1176) 딤의게 잇고, 또 쇼혹이 관ㅈ(管子)1177)의 위 되염즉 ㅎ딕, 병으로써 오릭
치샤(致仕)ㅎ니, 딤이 일야(日夜) 우려ㅎ더니, 금일 병이 나하 됴회(朝會)ㅎ믹 스직(社
稷)의 만힝(萬幸)이라. 실노 연셕을 베퍼 경하ㅎ니, 졔경(諸卿)이 또흔 진취(盡醉)ㅎ야
딤의 ㅁ음을 위로ㅎ라."

만됴(滿朝) 쇼릭를 ㄴ즈기 {ㅎ}ㅎ야 산호(山呼)1178)를 불너 셩덕을 칭송ㅎ니, 상이
또 명틴스○[와] 뉴녜부를 브르샤 친이 옥비(玉杯)의 향온(香醞)을 부어 권ㅎ시고, 각
별이 위로ㅎ시니 이인이 돈슈(頓首) 스은(謝恩)이러라.

종일 진환(盡歡)ㅎ다가 셕양의 니르니, 【73】상셰 연ㅎ여 십여 빅(杯)를 먹으니,
ㅈ못 진취(盡醉)흔지라. 옥산(玉山)1179)이 ㅈ도(自倒)1180)코ㅈ ㅎ여, 츌반(出班) 주(奏)
ㅎ여 텬은을 칭샤(稱謝)ㅎ고 퇴(退)홀싁, 상이 닉시를 명ㅎ여 붓드러 보닉시니, 상셰
집의 도라와 부친긔 뵈고 궐즁ㅅ(闕中事)를 고ㅎ니, 뉴공이 또흔 군은(君恩)을 감은(感

의 각종 음식, 의복, 기물(器物)을 관리하던 곳. '상의원(尙衣院)'이라고도 한다.

1173)교방풍뉴(敎坊風流) : 임금 앞에서 아뢰던 궁중음악. *교방(敎坊); 조선 시대에, 장악원의
좌방(左坊)과 우방(右坊)을 아울러 이르던 말. 좌방은 아악(雅樂)을, 우방은 속악(俗樂)을 맡
았다.

1174)균텬광악(鈞天廣樂) : 하늘에 닿을 정도로 큰 음악소리.

1175)구층쇄옥탑(九層鎖玉榻) : 옥사슬로 장식한 아홉 계단의 옥좌(玉座)

1176)관포(管鮑)의 사귐 : =관포지교(管鮑之交). 관중(管仲)과 포숙(鮑叔)의 사귐이란 뜻으로,
우정이 아주 돈독한 친구 관계를 이르는 말.

1177)관ㅈ(管子) : 관중(管仲)을 달리 이른 말. 중국 춘추 시대 제나라의 재상(?~B.C.645). 이
름은 이오(夷吾). 환공(桓公)을 도와 군사력의 강화, 상공업의 육성을 통하여 부국강병을 꾀
하였으며, 환공을 중원(中原)의 패자(霸者)로 만들었다. 포숙아(鮑叔牙)와의 우정으로 유명하
며, 이들의 우정을 관포지교라고 이른다. 저서에 ≪관자(管子)≫가 있다.

1178)산호(山呼) : =산호만셰(山呼萬歲). 나라의 중요 의식에서 신하들이 임금의 만수무강을 축
원하여 두 손을 치켜들고 만세를 부르던 일. 중국 한나라 무제가 숭산(嵩山)에서 제사 지낼
때 신민(臣民)들이 만세를 삼창(三唱)한 데서 유래한다.

1179)옥산(玉山) : 외모와 풍채가 뛰어난 사람을 비유적으로 이르는 말. *여기서는 '유상서'를
이른 말이다.

1180)ㅈ도(自倒) : 저절로 넘어짐. *여기서는 유상서가 취하여 저절로 넘어질 지경에 이른 것
을 표현한 것.

恩)ᄒ야 부ᄌᆡ(父子) 셔로 눈물○[을] 흘녀 죽음으로써 군은을 갑흘 뜻이 잇더라.

이러구러 ᄉ오년이 지ᄂᆞ니, 가즁(家中)이 번셩ᄒ고 부귀 환혁(煥赫)ᄒ딕, 샹셰 즐기ᄂᆞᆫ 가온ᄃᆡ 우우(憂憂)이 블쾌ᄒ야 홍을 싱각ᄒᄂᆞᆫ지라. 뎡시 괴식을 보고 감격ᄒ며 흠탄(欽歎)ᄒ여 친당의 근친(覲親) 가【74】셔 승샹긔 샹셔의 졍유(情由)를 알외니, 승샹이 ᄎᆞ탄 왈,

"ᄌᆞ슌은 딕현(大賢)이라. 그 동싱이 만고(萬古) 죄인이 되어 몸이 희외의 유리(遊離)ᄒ니 엇지 공후의 부귀를 ᄉᆞ모ᄒ리오. 실노 신명(神明)이 이실 ᄲᅮᆫ 아니라 벼슬을 괴로이 츄샤(推辭)ᄒ여 이졔 니르히 됴회(朝會)의 게을은 거슨 홍의 연괴랏다. 슈연(雖然)이나 ᄌᆞ슌의 닙의셔 ᄒᆞᆫ 말이 난즉 군샹이 반다시 좃츨 거시니, 엇지 흠원(含怨)ᄒ며 우우(憂虞)ᄒᆞᆫ 근심이 이시리오."

부인 왈,

"희이 일죽 군ᄌᆞ의 믈을 듯지 못ᄒ여시니 ᄌᆞ시 아지 못ᄒ나 의심컨딕 뉴싱의 팀즁(沈重)ᄒ미, ○○○○○[뉴싱의 죄가] 일시 용샤(容赦)치 못홀 거신 고【75】□[로] 인졍(人情)으로 국법을 폐치 못ᄒ민가 ᄒᄂᆞ이다."

공이 탄 왈,

"녀ᄋ의 말이 올타. 져 간당(奸黨) 뉵칠 인이 만시(萬氏)의 간모(奸謀)를 도으미 이시나. 괴슈(魁首) 아니오, ᄯᅩ 졍셰(政勢)의 닛글녀 딕죄(大罪)ᄅᆞᆯ 범ᄒ미 이셔 몸이 텬이(天涯)의 □□[뉴락(流落)]ᄒ미 거의 십년이 되엿ᄂᆞᆫ지라. ᄒᆞ여곰 그 죄를 용사ᄒ고 각각 그 본향(本鄉)으로 도라가 나문 나흘¹¹⁸¹⁾ 맛게¹¹⁸²⁾ ᄒ미 도시(都是) 황은이라. 홍이 비록 간악ᄒ고 무샹(無狀)ᄒ나 ᄌᆞ슌의 ᄂᆞᆾ츨 보아 텬지 샤ᄒ실 거시니, 왕쥰 등○[을] 아오로 구ᄒ여 나라 셩덕(聖德)을 펴게 ᄒ리라."

≤부인이 깃거 ○○○○[ᄒ야 부녜] 원슈(怨讐)를 닛고 셔로 의논ᄒ여, 홍을《밋쳐 구치 못홀‖구(救)키를 못 미칠》【76】 듯 ᄒᆞᆷ, 뉴샹셔의 《효의‖효뎨(孝悌)》를 감동(感動)ᄒ미라.≥¹¹⁸³⁾

○○[일이] 공교《히‖ᄒ여》 텬지 틱ᄌᆞ를 칙봉(冊封)ᄒ신 후, 딕샤텬하(大赦天下)¹¹⁸⁴⁾ ᄒ실 시, 만됴(滿朝) 다 춤예(參預) ᄒ엿더니, 승샹 뎡○[공]이 주 왈,

"국기 이럿툿 경ᄉ로 ᄉᆞ회(四海)○[예] 반샤(頒赦)ᄒ시니, 아지 못ᄒ오나 왕쥰 뉴홍 등 당간(黨奸)의 무리 ᄯᅩᄒᆞᆫ 샤(赦)를 닙습게 ᄒ리잇가?"

샹이 갈오샤딕,

1181)나흘 : 나이를. *나히; 나이
1182)맛다 : 마치다.
1183)부인이 ᄯᅩᄒᆞᆫ 깃거 <u>ᄒ야 부녜</u> 원슈를 닛고 서로 의논ᄒ미, 홍을 <u>구키의 못 미출 듯ᄒ믄,</u> 상셔의 효뎨를 감동ᄒᄂᆞᆫ <u>무딕로</u> 비로섯더라.…(국립도서관본 『뉴효공션힝녹』 利<권지 삼>:149쪽10-13행, *밑줄·문장부호 교주자)
1184)딕샤텬하(大赦天下) : 온 나라에 대대적으로 사면령(赦免令)을 내림.

"고인이 운(云)ᄒ디, '스쟈(赦者)는 어진 사름의 블힝(不幸)이라'1185) ᄒ니, 딤이 깁히 경계ᄒ더니, 금일 종사(宗社)○[의] 디경(大慶)으로 반샤ᄒ나, 당간(黨姦) 등의 밋츨 비 아니라."

≤공이 지비 주왈,

"명교(明敎) ᄌ못 맛당ᄒ시나, 다만 당간의 괴슈(魁首)를 버혓고, 져의 뉘 십년을 닉치여 쳔신만【77】□□□□[괴(千辛萬苦) 죡히 그] 죄를 □□□□□□□□[쇽(贖)홀디니 원컨디 폐]하는 은샤(恩赦)를 흔가지로 ᄒ샤, 텬디(天地) 호싱지덕(好生之德)을 나리오시면 이젹(夷狄) ᄀᆺ튼 무리라도 감은ᄒ미 이시리이다."

상이 그윽이 웃고, 상셔를 도라보시니, 뉴상셰 스모(紗帽)□□[를 숙]여 ᄎᆞᆷ아 눈을 드지 못ᄒᆞᄂᆞᆫ지라. 상이 양구(良久)의 그 긔식을 술피시고 탄(歎)ᄒ샤, 승상다려 니르샤디,

"당간을 샤치 아니미 가ᄒ디, 상국의 주ᄉᆡ(奏辭) 나라 셩덕을 펴고ᄌ ᄒ시니, 특은(特恩)으로 샤ᄒᆞ야 각각 본향으로 도라오게 ᄒ라."

승상이 비샤ᄒ고 믈너나미, 상셰 비록 깃거ᄒ나, 국법이 히티(解怠)ᄒᆞ믈 두려ᄒ며, □[됴]회를【78】파ᄒᆞᆫ 후 부즁(府中)의 니르러 부□[친]을 □□□□[뵈옵고, 왈]

"□[뎡]공이 당간을 구ᄒᆞ미 도시 ᄌᆞ현을 구ᄒᆞ미오, □□□[텬지 반]샤ᄒᆞ시믄 히으로 말ᄆᆡ아ᄆᆞᆷ이니, 군은(君恩)이 망극ᄒ나 이후의 난쳐(難處)ᄒᆞᆫ 일이 만흘지라. 디인이 맛당이 표(表)를 올녀 ᄌᆞ현의 죄을 일ᄏᆞ라, 국법의 가(可)이 샤치 못ᄒ리라 ᄒ신 즉. 우흐로 디인긔 셩덕이 잇고 아릭로 시인(時人)의 감오(感悟)ᄒ미 깁허 다시 닷토ᄂᆞ니 굿출 거시니, 원컨디 쇽쳥(速請)1186)ᄒ쇼셔."

공이 셕연(釋然) 돈오(頓悟)□□[ᄒᆞ여], 명일 □□[표를] 올녀 홍의 죄 샤(赦)치 못홀 쥴노 □[근]ᄒᆞᆫ디, 상이 표를 보시고,

"□□[뉘 뉴]졍경을 □□□□□□[듕무소쥬(中無所主)ᄒᆞ다]【79】□…마멸 1행19자…□[ᄒᆞ더뇨? 공ᄉᆞ(公事)로뻐 법을 셰오미, 고목(古木)이 울울(鬱鬱)ᄒ고] 금셕(金石)을 ᄶᆞ리ᄂᆞᆫ 듯ᄒᆞ여], 뉴션싱의 아비 되미 붓그럽지 아니토다."]

드ᄃᆞ여 됴셔ᄒᆞ여 위로 ᄒᆞ시고 ᄯᅩᄒᆞᆫ 상셔를 불너 니로샤디,

"딤□[이] □[홍]의 죄를 □□□□[경이(輕易)히 녀]기미 아니로디, 션됴의 춍우(寵遇)ᄒ신 비오, ᄯᅩ 션싱의 효우(孝友)을 감동ᄒᆞ야 용샤(容赦)ᄒᆞᄂᆞ니, 기리 안심ᄒ□[여] 부모형뎨 ᄒᆞᆫ 당의 모다 젼일을 ᄇ□□[리고] 화목키를 힘뻐 션싱의 덕힝을 더옥 빗닐지어다."

상셰 불승감은(不勝感恩)ᄒᆞ여 돈슈(頓首) 톄읍(涕泣)ᄒᆞ여[고] 황공숑뉼(惶恐悚慄)□

1185)스쟈(赦者)는 어진 사름의 블힝(不幸)이라 : 사면(赦免)은 소인에겐 다행스런 일이고 군자에겐 불행한 일이다(赦者, 小人之幸, 君子之不幸.) 《자치통감(資治通鑑)》 권192에서 따온 말.
1186)쇽쳥(速請) : 속히 청함.

□[ᄒ여] 빅빅샤은(百拜謝恩)ᄒ고, 퇴(退)ᄒ여 도라오ᄂ니라.≥1187)【80】

1187)공이 직비 주왈, "명괴 ᄌ못 맛당ᄒ나, 다만 고슈를 버혓고 여슈 십년을 내치여 쳔신만괴
족히 그 죄를 속홀디니, 원컨대 폐하ᄂ 은샤를 ᄂ리오시면, 텬디부모의 호ᄉ힝지덕을 뎌 ᄌᄎᄒ
므리라도 감은ᄒ미 이시리이다," 샹이 그윽이 우으시며 도라 뉴연을 보시니, 삼오룰 수기고
감히 눈을 드디 아니ᄂ디라. 냥구히 긔식을 슬피시고 기리 탄ᄒ여 닐너 굴오샤듸, "당간을
샤ᄒ미 가티 아니ᄒᄃ, 샹국의 주시 나라흘 셩덕을 펴고져 ᄒ미니, 특은으로 반샤ᄒ야 각각
본향으로 도라오게 ᄒ라." 승샹이 빗샤ᄒ고 믈너나매, 뉴샹셰 깃거 ᄒ나, 국법이 희틔ᄒᄆᄅ
두려, 됴회를 파ᄒ 후 부듕의 니ᄅ러 부친ᄭ 고왈, "뎡공이 당간을 구ᄒ미 도시 ᄌ현을 구ᄒ
미오, 텬직 반샤ᄒ시믄 희으로 비로ᄉ 배니, 그윽이 망극ᄒ나, 이후의 난쳐ᄒ 일이 만홀디
라. 대인이 맛당이 표를 올녀 ᄌ현의 죄를 일ᄏ고, 국법이 가히 샤치 못ᄒ리라 ᄒ신즉, 우ᄒ
로 대인ᄭ 셩덕이 잇고, 아래로 시인의 감오ᄒ미 이셔, 다시 ᄃ토ᄂ 재 그츨디니, 원컨대 슈
쳑ᄒ쇼셔." 공이 ᄭ드라 명일 글을 지어 귀향을 풀미 가티 아닌 줄 간ᄒ대, 샹이 표를 보
시고 근시ᄃ려 ᄀᄅ샤듸, "뉘 뉴경경을 듕모소려타 ᄒ더뇨? 공ᄉ로ᄡ 법을 되오미 고목이
울고 금셕을 ᄯ림 ᄀᄐ여 뉴션싱의 아비 되오미 붓그럽디 아니토다." 드틔여 됴셔ᄒ여 위루
ᄒ시고, 샹셔를 명툐ᄒ샤 니ᄅ샤듸, "딤이 홍의 죄를 경이 넉이미 아니로듸, 션뎨 툥우ᄒ시
던 배오, ᄯ 션싱의 효우를 감동ᄒ여 뇽샤 ᄒᄂ니, 기리 안심ᄒ여 부ᄌ형뎨 ᄒ 당의 모다 젼
일을 ᄇ리고 화목기를 심뻐 션싱의 덕힝을 더욱 빗낼디어다." 샹셰 불승감은ᄒ고 돈슈톄읍
ᄒ야 빅빅샤은ᄒ고 퇴ᄒ여 도라오니, ⋯(국립도셔관본 『뉴효공션힝녹』 利<권지삼>:150쪽7
행-152쪽14행, *문장부호 교주자)

뉴효공션힝녹 권지십

□[차]셜 ≪이씨의 도{당}찰원(都察院)1188)이 ○○○○[상소ᄒ여] 당간(黨姦) □□[노키1189)]를 간(諫)ᄒ려 {상소ᄒ려} 부즁(府中)의 모닷더니, 이 소식을 듯고 셔로 □□□ □□□[니로디 샹툥(上寵)이] 홀노 뉴상셔긔 이 ᄀᆺᄐ여, 뉴졍경의 상소를 듯지 아니시니, 우리 속졀업시 □…마멸 35자…□[문묵(文墨)1190)을 허비홀 ᄯ름이라. 또ᄒ 뉴공의 격졀(激切)ᄒ 소ᄉ(疏辭)를 탄복ᄒ여 ᄉ셔인(士庶人)이 서로 일ᄏᄅ니], 뉴상셔의 ᄒ□[시] 만□[견](萬全)ᄒ미 이럿툿 ᄒ여 셩식(聲色)을 요동치 아녀, 십ᄉ도당(十三都堂)1191)의 의논을 막고, 십년 침폐(沈廢)ᄒ여 셰상의 ᄇ리엿든 부친으로 ᄒ【1】여금, 명셩(名聲)을 일워 일셰의 칭찬ᄒᄂᆫ 사름이 되게 ᄒ며, 자긔 스스로 시비(是非) 업셔 편ᄒ 곳의 나Ი가니, 그윽ᄒ 효의(孝義)를 신명이 감동홀디언졍, 방인(傍人)이 아지 못홀□[디]라. 엇지 □[쳔]고의 □[현]인군ᄌ(賢人君子) 아니리오.

이씨 뎡부인이 구가(舅家)□□□□[의 도라가] 뉴공긔 뵈고, 홍의 환쇄(還刷)ᄒ믈 □□[셜파(說破)]ᄒ고 상셔로 더브러 셔로 보니, 상셰 부인다려 샤례 왈,

"복(僕)이 부인의 □[일]을 아란지 오리나,≥1192) 우리 집이 실노 부인을 져ᄇ렷거

1188)도찰원(都察院) : ①중국 명나라·청나라 때에, 벼슬아치의 비위를 규탄하고 지방 행정을 감찰하는 일을 맡아보던 관아. 홍무제가 어사대를 개편하여 설치하였다. ②조선 후기에, 의정부에 속하여 벼슬아치의 잘잘못을 살피는 일을 맡아보던 관아. 고종 31년(1894)에 설치하였다가 이듬해에 없앴다

1189)노호다 : 놓다. 놓아주다. 억압받던 상태에 있던 것을 자유로운 상태가 되도록 풀어 주다. *노호기> 노키

1190)문묵(文墨) : 시문을 짓거나 서화를 그리는 일. 또는 문장과 서화.

1191)십ᄉ도당(十三都堂) : 십삼도찰원(十三都察院). 전국 13개 성(省)마다 있는 도찰원.

1192)이씨 도찰원이 상소ᄒ여 당간 노키를 간ᄒ려 부듕의 모다더니, 이 쇼식을 듯고 모다 니ᄅ디, "샹툥이 홀노 뉴샹셔의 비경ᄒ여 뉴졍경의 상소를 듯디 아니시니, 우리 속졀업시 문묵을 허비홀 ᄯ름이라. 또ᄒ 뉴공의 격졀ᄒ 소ᄉ를 탄복ᄒ여 ᄉ셔인이 서로 일ᄏᄅ니, 뉴샹셔의 만견ᄒ 싱시 이럿툿 ᄒ여 셩식을 요동치 아냐셔 십삼도찰원의 의논을 막고, 십년 침폐ᄒ야 셰샹을 ᄇ렷던 부친으로 ᄒ여곰 명망을 일워 일시 칭찬ᄒᄂᆫ 사름이 되게 ᄒ고, ᄌ긔 스스로 시비 업슨 고디 도라가 그 그윽ᄒ 효의 신녕이 감동홀디언졍 방외인이 아디 못ᄒ더라. 엇디 쳔고의 현인군ᄌ 아니리오. 이째 뎡시 구가의 도라가 뉴공의 뵈고 홍의 환새ᄒᄆᆯ 치하ᄒ 후 샹셔로 더브러 서로 보니, 상셰 좌우를 믈니치고 샤례 왈, "복이 부인을 아란디 오라나, …
(국립도서관본 『뉴효공션힝녹』 利<권지삼>:153쪽1행-154쪽4행, *문장부호 교주자)

늘 그듸 ᄌ현을 녕존(令尊)긔 힘뼈 고(告)ᄒ여 부모형뎨○[를] ᄒ 당(堂)의 못게 ᄒ니, 이 셩심(誠心)은 고금의 드문지라. 복이 불승(不勝) 【2】 감격(感激)ᄒ여 ᄉ싱(死生)의 기리 닛지 못ᄒ리니, 다시 청ᄒᄂ 바ᄂ 부인의 어질므로뼈 죡히 슬피[필] 비여니와, ᄌ현이 도라오믜 부인이 나의 슬피지 못ᄒᄂ 곳을 븟드러, 형뎨 화락ᄒᄆ 그듸게 잇ᄂ니, 삼가 틱만(怠慢)치 말나."

부인이 상셰 홍을 구ᄒᆫ 쥴 아라보믈 보고 감이 긔(欺)이지 못ᄒ여, 온슌이 칭샤 왈,

"□□[슉슉(叔叔)]이 ᄒᆡ외(海外)예 뉴락(流落)ᄒ연지 여러 ᄒᆡ라. 혹발□□[죤구(鶴髮尊舅)]긔 불회 비경(非輕)ᄒ고 군의 그림지 쳐량ᄒ니, 인비토목(人非土木)1193)《인들‖으로》, 감발(感發)ᄒ야 요동ᄒ미 업ᄉ리오 마ᄂ, 규즁(閨中) 쇼견이 의향ᄒ여 졀1194)이 업더니, 가친(家親)의 주ᄉᆡ(奏辭) 셩상의 뜻의 맛당이 【3】 녀기샤 은명이 ᄂ리시니, 엇지 호발(毫髮)이나 쳡의 힘이리오. 금일 군ᄌ의 말슴을 드르니 황괴(惶愧)ᄒᆞᄆ 이긔지 못ᄒ고, 지어(只於) 형뎨 화목ᄒ실 일관(一關)은 감이 쳡의 간예ᄒᆯ ○[ᄂ]리 아니로듸, ᄒᆡᆼ시 쳐음이 잇고 나죵이 업□[ᄉ]든 후ᄒ 호발이□□[ᄅ도] 녯말을 일ᄏᆞ라, 슉슉의 무안ᄒ시믈 드를가 기리 당부ᄒ시니, 쳡이 비록 불초ᄒ나 엇지 금일 말ᄊᆞᆷ을 ᄒᆞᆫ갓 씌여ᄲᆞᆯ1195) ᄲᆞᆫ이리오. 당당이 군ᄌ의 효우를 져ᄇᆞ리지 《아니리오‖아니리이다》."

상셰 부인의 이럿톳ᄒ 셩심(聖心)을 보고 감격ᄒ여 ᄒᆞᄆ 이긔지 못ᄒ여, 눈물을 흘니고 샤례 【4】 왈,

"고인이 관포(管鮑)의 디긔(知己)을 일ᄏᆞ라듸 우리 냥인의 지ᄂᆞ지 못ᄒ리니, 부인의 셩심슉덕을 싱이 몸을 ᄆᆞᆺᄎᆞ나 능히 잇지 못ᄒ리로다. 상명이 비록 ᄂ리시나 북ᄒᆡ(北海) 왕뇌ᄒ기 머러 일년이나 지날 거시오, 빅명이 십오의 셰상 인ᄉᆞ를 아지 못ᄒ니, 이제 졔 아비 비록 《못 미쳐 왓시나‖미쳐 오지 못해도》 듸인 게시므로 쥬댱(主掌)ᄒ○[리]니, 혼인 ᄒ기의 거의 셔의치 아니나, 차혼(此婚)을 대비(對備)ᄒ듸 ᄌ현의 허믈이 유ᄌ(幼子)의 미쳐, ᄆᆞᄎᆞᆷᄂᆡ 고문거족(高門巨族)의셔 슈응(酬應)치 아니리니, 작일(昨日) 빅틱상 광슌이 셰상 의논을 ᄭ리디 아니코 오직 빅명의 아름다오믈 과 【5】 이ᄒ여 틱일ᄒ여 셩혼키를 허락ᄒ니, 엇지 깃부지 아니리오. 졔 아비 은명(恩命)을 닙ᄉᆞ와 죄인 되기를 면ᄒ엿고, 집의 맛 아희요 듸인긔ᄂ 손ᄋ 혼인이 쳐음이니, 부인은 범ᄉᆞ를 쥰비ᄒ여 빅양(百輛)1196)으로 마ᄌᆞ오게 ᄒ라."

1193) 인비토목(人非土木) : '사람은 흙이나 나무처럼 감정이 없는 무정물이 아니다'는 말로, 사람은 생각을 하고 감정을 표현하는 존재라는 뜻을 드러낸 말.

1194) 졀 : 결. '겨를'의 준말. 전라방언.

1195) 씌여ᄲᆞᆯ : '띄+어+잇[있]+을'[띠고있을]의 형태. *띄다 : 띠다. 용무나, 직책, 사명 따위를 지니다.

1196) 빅양(百輛) : '백대의 수레'라는 뜻으로, 『시경(詩經)』 「소남(召南)」편, <작소(鵲巢)>시의 '우귀(于歸) 백량(百輛)'에서 유래한 말이다. 즉 옛날 중국의 제후가(諸侯家)에서 혼례를 치를 때, 신랑이 수레 백량에 달하는 많은 요객(繞客)들을 거느려 신부집에 가서, 신부을 신랑집으로 맞아와 혼례를 올렸는데, 이 시는 이처럼 혼례가 수레 백량이 운집할 만큼 성대하게 치러진 것을 노래하고 있다

부인이 흔연(欣然) 응딕ᄒ더라.

명일 빅틱샹이 퇴일ᄒ믈 보○[ᄒ]니, 혼긔 슈십일을 격(隔)ᄒ○[엿]ᄂ지○[라]. 샹셰 크게 두굿겨 드러와 공긔 고 왈,

"딜♀의 쟝셩ᄒᄆᆫ 일가의 경ᄉᆡ라. 빅공은 현명○[ᄒᆫ] 군ᄌᆡ니 그 ᄌᆡ식이 어질 거시니, ᄌᆡ현이 비록 도라와 신부를 보나 혼가(婚家)를 ᄂᆞᆺ비 녀기지 아닐가 ○○[ᄒ여], 완졍(完定)ᄒ여ᄂᆞ니이다."【6】

공이 쇼왈,

"ᄒᆡ♀ᄂᆞᆫ 우은 말 말나. 홍이 텬하 죄인으로 인뉸(人倫)의 참예치 못ᄒᆞᆯ 거시어늘, 힝혀 풍증들니[닌] 빅광쇽이(白狂俗耳)[와] 혼인을 ᄒᆞ나 엇지 ᄂᆞᆺ바ᄒᆞᆯ 니 이시리오. 졔게 극히 과망(過望)ᄒ니, 무ᄉᆞ 일 ᄂᆞᆺ부며 ᄂᆞᆺ부지 아니○○[ᄐ ᄒ]리오."

샹셰 무류(無聊)ᄒ여 ᄉᆞ례ᄒ며, 탄식고 물너나더라.

이러구러 길일(吉日)이 다ᄃᆞ라니 딕례(大禮)를 갓쵸와 신부를 마ᄌᆞ오니, 빅쇼졔 미뫼(美貌) 단아(端雅)ᄒ고 긔질이 졀셰ᄒ니, 뉴공과 샹셰 깃거ᄒ고 부인이 ᄯᅩᄒᆫ 깃거 ᄉᆞ랑ᄒ미 친 부○[모]로 다르미 업ᄂᆞᆫ지라. 종죡(宗族)과 닌니(隣里) 다 감탄ᄒ믈 마지 아니ᄒ더라.

쇼졔 인ᄒ여 머무러 샹셔 부【7】쳐(夫妻) 셤기기를 구고(舅姑) ᄀᆞᆺ치 ᄒ고, 뉴공긔 신혼셩뎡(晨昏省定)이 게으르미 업셔, 일용(日用) 진퇴(進退) 동졍(動靜)을 다 뎡부인긔 취품(就稟)ᄒ여 감이 호발(毫髮)도 ᄌᆞ힝ᄒ미 업ᄉᆞ니, 부인이 ᄉᆞ랑ᄒ믈 친녀 ᄀᆞᆺ치 ᄒ여 좌와(坐臥)의 슈응(酬應)ᄒ여 슈죡(手足)을 숨으니, 빅○[명]이 심이 깃거 부부간 진즁(鎭重)ᄒ미[고], 빅부모 셩덕을 더욱 감격ᄒ여 졍의(情誼) 실노 관슉(寬肅)ᄒ더라.

샹셰 님의 빅명을 셩인(成姻)ᄒ미 빅경의 혼인을 너비 둣볼 ᄉᆡ, 빅경은 비록 홍의 친지나 샹셔의 ᄌᆞ식이 되어 젼뎡(前程)의 막힐 거시 업ᄂᆞᆫ지라. 샹셰 혼번[반]졔비(婚班儕輩)를 피ᄒ여 규즁슉【8】녀(閨中淑女)를 구ᄒ여 ○[며]ᄂᆞ리 삼기를 원ᄒ니, 모든 친위(親友) 악연(愕然)ᄒ여 문견을 《뎡Ⅱ뎐(傳)》ᄒ여, 시랑 됴보ᄂᆞᆫ 다[당]시 니부시랑이니, 직죄 긔츌(奇出)터니, 필녀(畢女)의 힝ᄉᆡ(行事) 당딕의 슉녜라. 위매(爲媒)ᄒᆞᆫᄂ지라.

샹셰 허혼(許婚)ᄒ고 퇴일ᄒ여 셩녜ᄒ니, 됴쇼졔 아름답고 어질미 진짓 경의 빅위

1197)빅광쇽이(白狂俗耳) : '미치광이'와 '말귀를 못 알아듣는 사람'을 함께 이르는 말.

1198)신혼셩뎡(晨昏省定) : 신셩(晨省)과 혼졍(昏定). 곧 밤에는 부모의 잠자리를 보아 드리고 이른 아침에는 부모의 밤새 안부를 묻는다는 뜻으로, 부모를 잘 섬기고 효성을 다함을 이르는 말.

1199)셩인(成姻) : =셩혼(成婚). 혼인이 이루어짐. 또는 혼인을 함.

1200)혼반졔비(婚班儕輩) : 서로 혼인을 맺을만한 양반 가문의 동배(同輩)들. *혼반(婚班) : 서로 혼인을 맺을 만한 양반의 지체.

1201)위매(爲媒) : 즁매(仲媒)함.

(配偶)라. 상셰 스랑ᄒ고 듕이 녀겨 일즉 슉묵(肅默)ᄒᆫ 얼골의 츈풍을 니르혀니, 쥬시 미양 빅경 부부 편이(偏愛)ᄒᆷ믈 일편되다 웃더라.

이쩌 우셩이 십이셰라. 표치풍치(標致風采)1202)와 문장지홰(文章才華) 니젹션(李謫仙)1203) 두목지(杜牧之)1204)의 풍치(風采)을 아올나 셰상의 비(比)ᄒ리 업스니, 뉴공이 혹이(惑愛)ᄒ고 일기(一家) 흠탄(欽歎)【9】ᄒ나, 상셰 홀노 깃거 아냐 미양 엄히 가라치고 집히 잡죄고, 희학언소(戲謔言笑)의 방즈(放恣)ᄒᆫ 빅 이셔는 츄호(秋毫)을 용샤(容赦)치 아냐 왈,

"네 만닐 마음을 잡은 즉 '두계량[량](杜季良)1205)의 청탁(淸濁)의 무소실(無所失)ᄒᆷ ᄀᆺᄐ여 넘지지 못ᄒ려니와 불연즉 텬하함위경박지(天下陷謂輕薄者)1206) 되리니'1207), 너 일싱 병중우한[환](病中憂患)으로 일기 골혈(骨血)이 너 ᄲᆞᆫ이어늘, 네 만닐 슈신힝도(修身行道)를 붉히 못ᄒ야 방탕픠려(放蕩悖戾)ᄒᆫ 즉 싱뎐(生前)의 졍(情)을 긋출 비오, 스후(死後)의 능이 눈을 감지 못ᄒ리로다."

ᄒ니, 공지 크게 황공(惶恐)ᄒ여 기리 《슬왈∥슬퍼ᄒ며》 튱텬지긔(衝天志氣)를 장축(藏縮)ᄒ○[고], 머리를 구펴 독셔(讀書) 현【10】송(絃誦)1208) 시셔(詩書) ᄒ기의 즈심(滋甚)ᄒ미, 혈믹(穴脈)이 관통(貫通)ᄒ고, 《물니∥문리》밀출(文理密察)ᄒ여1209)

1202)표치풍치(標致風采) : 얼굴과 외모의 아름다움

1203)니젹션(李謫仙) : 니빅(李白). 중국 당나라 때의 시인. 701~762. 자는 태백(太白). 호는 청련거사(靑蓮居士). 칠언 절구에 특히 뛰어났으며, 이별과 자연을 제재로 한 작품을 많이 남겼다. 현종과 양귀비의 모란연(牧丹宴)에서 취중에 <청평조(淸平調)> 3수를 지은 이야기가 유명하다. 시성(詩聖) 두보(杜甫)에 대하여 시선(詩仙)으로 칭하여진다. 시문집에 ≪이태백시집≫ 30권이 있다.

1204)두목지(杜牧之) : 803~852. 이름은 두목(杜牧). 당나라 만당(晚唐)때 시인. 미남자로, 두보(杜甫)에 상대하여 '소두(小杜)'라 칭하며, 두보와 함께 '이두(二杜)'로 일컬어지기도 한다.

1205)두계량(杜季良) : 두보(杜保). 중국 후한(後漢) 때 인물. 계량(季良)은 자(字). 호협(豪俠)하고 의리를 중히 여긴 인물로 이름이 높았다. 그에 대해 후한(後漢)의 복파장군(伏波將軍) 마원(馬援)은 자기 조카들에게 "두계량을 제대로 본받지 못하면 천하의 경박한 사내가 되고 말 것이니, 이른바 범을 그리다가 그리지 못하고 개를 그려놓고 만 것과 같은 것이다(效季良不得, 陷爲天下輕薄子, 所謂畫虎不成反類狗者也.《後漢書 馬援列傳》)고 말한 바 있다.

1206)텬하함위경박지(天下陷爲輕薄者) ; 천하의 경박자가 되고 만다.

1207)두계량(杜季良)의 청탁(淸濁)의 무소실(無所失)ᄒᆷ ᄀᆺᄐ여 넘지지 못ᄒ려니와 불연즉(不然則) 텬하함위경박지(天下陷爲輕薄者) 되리니 : 《소학(小學)》〈가언(嘉言)편〉의 "두계량이 호협하고 의를 좋아하여 남의 근심을 걱정하고 남의 즐거움을 즐거워하여 맑고 탁한 것에 잃는 바가 없었다(杜季良豪俠好義 憂人之憂 樂人之樂 淸濁無所失)"라고 한 기사가 있는데, 후한(後漢)의 복파장군(伏波將軍) 마원(馬援)이 조카 마엄(馬嚴) 등에게 '이 두계량을 본받으려다 제대로 본받지 못하면 천하에 경박한 자가 될 것이다(效季良不得, 陷爲天下輕薄子《後漢書 馬援列傳》)고 한 말을 덧붙인 말.

1208)현송(絃誦) : ①거문고를 타면서 시를 읊음. ②부지런히 학문을 닦고 교양을 쌓음을 비유적으로 이르는 말.

1209)문리밀출(文理密察)ᄒ여 : 문리밀찰(文理密察)을 갖추어. *문리밀찰(文理密察): 문장과 조리와 상세함과 명변(明辨; 분명한 판단)을 함께 이른 말. 《중용장구》 제31장의 "오직 천하의 지극한 성인이라야 … 문장과 조리와 상세함과 명변을 갖추어 충분히 잘 분별할 수가

침엄(沈嚴)1210)흔 긔위(氣威)1211)며 일월 ㄱ튼 풍광(風光)1212)이 만고(萬古의 하나히
라. 일시(一時)1213) ○[스]태위(士大夫) 흠익(欽愛)ㅎ여 흔 번 그 일홈을 드르민 불원
쳔니(不遠千里)ㅎ야 츄복(推服)1214)ㅎ는지라.

상셰 공주의 긔상이 발호(勃豪)ㅎ믈 두려ㅎ는 고로, 깁히 녀허 방외(方外)의 니지
아니 ㅎ듸, 지상(宰相)의 집이 주연 아느니 만코, ㅎ믈며 상셰 일싱 딜환듕(疾患中)의
이셔 주데 줍시를 시약(侍藥)의 쩌나지 못ㅎ니, 명스(名士) 지상(宰相)이 상셔를 보라
오는 지 ㅎ로도 긋치미 업스니, 뉘 우셩을 못 보○[미] 이시리오.

보는 니는 긔 외모풍신(外貌風神)을 과익(過愛)ㅎ여 지닉보1215) 리 업셔【11】 주연
이 지조와 인물을 아는지라. 구타여 주랑닉미 업스듸 셩명(姓名)이 텬하의 진동ㅎ니,
만됴경상(滿朝卿相)1216)이 옥녀(玉女)1217) 두니1218)는 구혼(求婚)ㅎ리 구름 ㄱ고, 안
긔 집피1219) 듯ㅎ니, 도로혀 번극(煩劇)ㅎ니[여], 상셰 구혼(求婚)ㅎ기를 원치 아녀 흔
갈갓치 밀막으니, 뉴공이 쇼왈,

"네 일이 우읍도다. 빅명 형뎨는 인시(人士) 미거ㅎ고 지죄 이지 못ㅎ여시듸, 분심
갈망(憤心渴望)1220)ㅎ야 구구(區區)히 구혼ㅎ더니, 이졔 셩ᄋ의 밋쳐는 지쵹은 니르도
말고, 빅힝이 완연이 노뉴(老類)1221)의 밋쳐시듸, 흔갓 연쇼(年少)ㅎ믈 일ᄏ라 려러틋
셩(盛)이 구ㅎ는 집들의[을] 빗싀1222) 갈히지 아니니, 엇지 쳐음과 나죵【12】이 ㄱ
디 아니뇨?"

상셰 듸왈,

"셰상이 다 츄셰(趨勢)ㅎ기로 폐풍(弊風)이 되엿기로 명의 혼인은 드믈이 구ㅎ기로
히이 스스로 조동(早動)ㅎ려 ㅎ미오, 셩ᄋ는 외뫼 슉셩(夙成)ㅎ나 년소(年少) 미거(未
學)흔 즁 또 부지(不才) 방탕(放蕩)ㅎ니 경의 단일(端一)흠과 불모(不侔)ㅎ지라. 장츅

있다(唯天下至聖 … 文理密察 足以有別也)"는 구절에 나오는 말로, 그 주(註)를 보면, 문리밀
찰(文理密察)의 문(文)은 문장, 이(理)는 조리, 밀(密)은 상세(詳細), 찰(察)은 명변(明辨)을
각각 뜻한다.
1210)침엄(沈嚴) : 침중(沈重)하고 엄격(嚴格)함. 즉, 조용하고 정중하며 엄하고 철저함.
1211)긔위(氣威) : 기상(氣像)과 위엄(威嚴).
1212)풍광(風光) : ①=경치(景致) ②사람의 용모와 품격.
1213)일시(一時) : 일시대(一時代). 한 시대.
1214)츄복(推服) : 따라서 높이 받들고 복종함.
1215)지닉보다 : 지내보다. 주의하지 아니하고 건성으로 흘려 보다. 또는 주의하지 아니하고
건성으로 보고 지나치다. 또는 주의 하여 보지 않고 지나치다.
1216)만됴경상(滿朝卿相) : 온 조정의 백관(百官)과 육경(六卿) 삼상(三相). 곧 온 조정의 모든
조신(朝臣)들과 육조판서, 영의정·좌의정·우의정을 함께 이른 말.
1217)옥녀(玉女) : 남의 딸을 아름답게 이르는 말.
1218)두니 : '둔 이'의 연철표기.
1219)집피다 : 지피다. 아궁이나 화덕 따위에 땔나무를 넣어 불을 붙이다.
1220)분심갈망(憤心渴望) : 성난 마음처럼 급하고 목마른 사람처럼 간절히 바람.
1221)노뉴(老類) : 노성(老成)한 사람의 부류. 나이가 많은 사람의 부류(部類). 노인부류.
1222)빗싀다 : 비싸게 굴다. 다른 사람의 요구에 쉽게 응하지 아니하고 도도하게 행동하다.

(藏縮)1223)호고 니십셰(二十世) 지는 후 닙쟝(入丈)호면, 나히 츠고 혜[혬]이 《기러∥
김허》 거의 진심(盡心)호미[미] 이시려니와, 만일 죠혼(早婚)호면 거취(去就)를 손의
노코, 히이(孩兒) 국수로 분망호여 슬피지 못흔 죽, 셩이 크게 외입(外入)호여 고치기
어려운[울] 고로, 혼인을 늣초는 연괴(緣故)니, 엇지 다른 뜻이 이시리잇고?"

공이 쇼왈,

"히이 고집【13】호도다. 네 나히 삼십이 되엿고 신상질괴(身上疾苦) 잇시니, 굿츰
닉 댱슈(長壽)홀 골격이 아니요, 노뷔 오슌(五旬)이 지느시니 셔산낙일(西山落日) マ트
엿거늘, 우셩의 취쳐(娶妻)를 이십을 기다리니, 팔년 스이 인시 글너, 닉 몬져 죽으면
구텬(九泉)의 눈을 감지 못홀 거시오, 닉 혹 댱슈호면 그 쩌 신지 이시나, 네 쏘 완연
(完然)치 못호면 평싱의 흔 즈식을 완취(完聚) 못흔 유흔이 엇더 흐리오. 이제 밧비
혼례를 굿초와 슬하(膝下) 영화를 보미 맛당호니, 엇지 우셩 굿튼 즈식을 낫바○○[호
여] 이 말을 호미 이시리오."

상셰 깁히 감오(感悟)호여 드드여 틱흑스 니졔【14】현의 쇼녀와 졍혼(定婚), 틱일
호여 셩녜(成禮)홀 시, 우셩이 빅양(百輛)1224)으로 니쇼져를 마즈오니, 쇼져의 《화안
월빙∥화환월빈(花鬟月鬢)1225)》이 '양셩(陽城) 화[하]치(下蔡)'1226)를 미혹(迷惑)케
호는 즈식(姿色)이 이시니, 미우(眉宇) 스이의는 덕괴(德氣) 어릐엿고, 양안(兩眼)의는
문치(文彩) 빗최여 셰상의 쒸여는 긔딜이 만일 우셩의 풍치 곳 아니면, 더부러 되뎍
(對敵)호리 업슬지라.

1223)장축(藏縮) : 몸을 움츠려 감춤.
1224)빅양(百輛) : '백대의 수레'라는 뜻으로, 『시경(詩經)』 「소남(召南)」편, <작소(鵲巢)>시
　　의 '우귀(于歸) 백량(百輛)'에서 유래한 말이다. 즉 옛날 중국의 제후가(諸侯家)에서 혼례를
　　치를 때, 신랑이 수레 백량에 달하는 많은 요객(繞客)들을 거느려 신부집에 가서, 신부를 신
　　랑집으로 맞아와 혼례를 올렸는데, 이 시는 이처럼 혼례가 수레 백량이 운집할 만큼 성대하
　　게 치러진 것을 노래하고 있다.
1225)화환월빈(花鬟月鬢) : 꽃처럼 달처럼 아름다운 머리모습. 또는 꽃처럼 아름답고 달처럼
　　둥근 머리모습. *여기서 환(鬟)은 '쪽찐머리'를, 빈(鬢)은 '귀밑머리'를 각각 가리키는 한자어
　　다, 그러나 이 한자어들이 쓰이고 있는 실상을 보면 '화환월빈(花鬟月鬢)' '운환무빈(雲鬟霧
　　鬢: 구름처럼 안개처럼 아름다운 머리모습)' '녹빈운환(綠鬢雲鬟: 구름처럼 아름답고 윤기나
　　는 검은 머리)' 등의 사자성어가 보여주는 것처럼 '쪽찐머리'와 '귀밑머리'가 다 같이 머리카
　　락의 집합체인 '머리'를 나타내고 있을 뿐, 각각 '쪽찐머리' '귀밑머리'로서의 변별적 의미를
　　보여주고 있지 않다. 굳이 이를 구분지어 말한다면, '귀밑머리(鬢)'는 얼굴의 '뺨에서 귀 사
　　이에 난 머리털'로, 여성의 경우, '쪽찐머리(鬟)'의 일부를 이루고, 남성의 경우, '상투머리(椎
　　髻추계)'의 일부를 이룬다. *쪽찐머리(鬟환): 여성의 머리모양의 하나. '쪽머리'라고도 한다.
　　앞머리 중앙에 가르마를 타고 양쪽으로 빗어 뒤를 묶고, 또 이를 길게 한 줄로 땋아서 쪽댕
　　기로 끝을 묶은 뒤, 다시 이를 머리 뒤쪽으로 틀어 비녀를 꽂은 머리 모양. *상투머리(推髻
　　추계): 머리카락을 모두 올려 빗어 정수리 위에서 틀어 감아 맨 머리 모양.
1226)양셩(陽城) 하치(下蔡) : 지명. 중국 전국시대 초나라의 귀족들의 봉지(封地)로, 당대 초나
　　라 시인 송옥(宋玉)의 부(賦) <등도자호색부(登徒子好色賦>에 등장하는 지명. 그 부(賦)에
　　"언연일소(嫣然一笑) : 가인이 방긋 한번 웃으니 // 혹양셩 미하치(惑陽城 迷下蔡): 양성이
　　넋을 잃고 하채가 정신을 잃네"라고 한 구절이 나온다.

뉴공이 디희과망(大喜過望)ㅎ고, 구괴(舅姑) 흔연(欣然)ㅎ여 빈긱(賓客)의 치하를 조금도 亽양치 아니니, 뉴티상이 환연(歡然)이 웃고 왈,

"금일 우셩의 부부의 츌뉴(出類) 초셰(超世)ㅎ믈 알니로다. 즈슌의 손슌(遜順)홈과 부인의 겸공(謙恭)ㅎ시므로 빈긱의 치【15】하(致賀)를 면면(面面) 응슈(應酬)ㅎ야, 호발(毫髮)도 亽양치 아니니, 이 쏘흔 회한(稀罕)흔 경亽로다."

샹셔와 부인이 다 웃더라.

니쇼졔 구가의 머무러 구고를 셩효로 셤기기[고]{와} 존당을 밧드러 일마다 부인의 명을 조츠 그림지 쓰로닷 ㅎ니, 구괴 亽랑ㅎ믈 됴ㆍ빅 양부(兩婦)의 지지 아니코, 싱이 공경ㅎ고 즁딕(重待)ㅎ되, 다만 나이 어려 년보(年譜) 십셰○[라]. 샹셰 《명ㅇ는ㅣ빅명은》 십오셰로되, 신뷔 동년싱이라 듯고, 조혼(早婚)인 쥴 의심ㅎ되 만나기 어려온 혼인이라 셩녜(成禮)ㅎ고, 빅경은 십亽셰에 됴시를 취ㅎ되 신뷔 일년 아릭 되니, 어리믈【16】근심ㅎ여 혼인을 늣츄고즈 ㅎ나, 져 집이 지촉ㅎ기로 혼인ㅎ나, ᄆᆞ음의 블쾌ㅎ여 부부를 각각 두어 십오셰 츤 후 동쳐(同處)코즈 ㅎ니, 빅경은 돈후(敦厚) 단묵(端默)흔 군즈로 쏘 녜를 즁이 녀기는지라. 부명을 바다 흔번 亽亽로이 모도미 업亽니, 독셔당의 샹셔를 뫼셔 잇고, 됴셕셩졍(朝夕省定)1227)의 쇼져를 만나미 잇시나, 타연이 힝노(行路) ᄀᆞ티 보아 조금도 은이(恩愛)ㅎ며 방탕ㅎ미 업亽니, 샹셰 이지즁지(愛之重之)ㅎ미 극ㅎ더니, 이 쩍 우셩의 혼인을 마지 못ㅎ여 비록 ㅎ여시나, 공즈의 거동이 십이셰 아동 ᄀᆞ지 아니ㅎ여 언건(偃蹇)흔 장부【17】ᄀᆞᆺ트나, 오히려 나히 어렷고, 《연연흔 약딜노 신부는 더욱ㅣ신부는 더욱 연연흔 약딜노》○…결락 11자…○ [쏘치 봉오리 치 피지 못ㅎ고] 버들이 치 프르지 못홈 ᄀᆞᆺ트니, 샹셰 부인을 당부ㅎ여 신부를 협실의 두고 싱을 경계ㅎ되,

"셩왕(聖王)의 법의 십셰의 어린 녀즈를 셩혼ㅎ란 말이 업亽되, 딕인 명을 밧즈와 이 혼인을 ㅎ미 져 집이 쏘흔 져 ᄀᆞᆺ튼 유치(幼齒)1228) 녀즈를 츌가(出嫁)ㅎ니, 닉 ᄆᆞ음이 죵일토록 평안치 아니ㅎᄂᆞ니, 네 맛당이 빅경으로 더부러 거취(去就)를 여젼(如前)이 ㅎ고, 나이 츠기를 기다려 부뷔 일실(一室)의 모들지어다."

싱이 아연(俄然)ㅎ되 亽식(辭色)지 못ㅎ고 물너난 후, 다시 신부를 보【18】지 못ㅎ니, 《의여ㅣ의연(依然)》이 초딕(楚臺)1229)의 션녀(仙女)를 몽즁(夢中)의 봄 갓치 녀겨 미양 됴셕셩졍(朝夕省定)의 쇼져를 투목(偸目)ㅎ여 심亽(心思) 다 도라 가시니, 부인이 졍딕(正大)이 경계ㅎ여 기유(開諭)ㅎ고, 샹셰 그윽이 슬펴 그 위인이 빅경과 다

1227)됴셕셩졍(朝夕省定) : =신혼셩졍(晨昏省定). 이른 아침에는 부모님의 밤새 안부를 여쭙고 밤에는 부모님의 잠자리를 보아 드린다는 뜻으로, 부모를 잘 섬기고 효성을 다함을 이르는 말.

1228)유치(幼齒) : 어린 나이. =유년(幼年)

1229)초딕(楚臺) : 중국 초(楚)나라 양왕(襄王)이 무산(巫山)에서 신녀(神女)를 만나 운우(雲雨)의 정을 나누는 꿈을 꾸었다는 누대. 양대(陽臺)라고도 부른다.

르믈 통흔(痛恨)ᄒ여 어린 아히 식욕이 과동(過動)ᄒ여 방탕ᄒᄆᆯ 믜이 여겨 싱을 본즉 아무 격도 화평○[이] 말ᄒ지 아니코, 일마다 엄히 ᄒ니, 싱이 야야(爺爺) 긔식을 알고 크게 두려 ᄆᆞᆷ을 딘즁(鎭重)ᄒ미 만터라.

ᄎ년 츈(春)의 나라의셔 셜과(設科)ᄒ여 인ᄌᆞ를 ᄲᅡᆫ실 ᄉᆡ, 뉴공이 졔손을 관광(觀光)ᄒ라 ᄒ니, 상셰 간 왈,

"빅명 등이【19】비록 ᄌᆡ혹(才學)이 낙방(落榜)ᄒᆞᆯ ᄂᆡ 업시나, 졔 아비 ᄒᆡ외(海外)의 뉴리(流離)ᄒ여 ᄉᆞ싱존망(死生存亡)을 아지 못ᄒ니, 그 ᄌᆞ식이 《십년∥닙신》 양명(立身揚名)이 ᄶᆞᆨ를 엇지 못ᄒ엿고, ᄒᄆᆞᆯ며 은ᄉᆞ(恩赦) 나리시나, 신원(伸冤)치 못ᄒ엿거늘 부형이 됴격(阻隔)1230○○[ᄒ여] 됴졍(朝廷)○[의] 죄(罪)를 벗지 못ᄒ엿ᄂᆞ딘, 그 자식이 닙됴(入朝)치 못ᄒᆞᆯ 거시니, 이졔 쇼ᄋᆞ빈(小兒輩)를 등과케 ᄒ미 가치 아니코, 도로혀 허다 시비(是非)를 드를가 ᄒ나이다."

공(公) 왈,

"○○[네 말]이 심합(甚合)ᄒ니, 이아(二兒)의 관광ᄒ기를 긋치고, 우셩을 드려 보내라."

상셰 ○○[대왈(對曰)]

"셩은 나히 어리고 방약무인(傍若無人)ᄒ니, 만닐 쳥운(靑雲)1231의 ᄶᅵ인 즉, 크게 셩졍(性情)이 그릇 될 거시니, 나이 ᄎᆞ믈 기다려【20】뵈게 ᄒᄉᆞ이다."

뉴공이 노왈(怒曰),

"네 일이 가쇼(可笑)로다. ᄌᆞ식이 용녈ᄒᆞᆯ지라도 그 아비 되ᄂᆞᆫ 지 허물을 감쵸미 올커늘, 이졔 우셩의 ᄌᆡ화(才華)ᄂᆞᆫ 니르지 말고, 빅힝(百行)이 과인(過人)ᄒ고 쳐ᄉᆡ(處事) 단묵(端默)ᄒ미 도혹의 군지라도 더으지 못ᄒᆞᆯ 거시어든, 미양 방탕ᄌᆞ(放蕩子)로 밀위여 나모라니 엇지 편벽(偏僻) 되지 아니리오. 빅경의 용졸(庸拙)ᄒᄆᆞᆯ ᄉᆞ랑ᄒ여 힝혀 우셩이 몬져 등과(登科)ᄒ면, 빅경이 더욱 긔운(氣運)을 《아닐∥아일》가 막으미어니와, 어늬 ᄌᆞ손이 닙신ᄒ여 션셰를 현달치 못ᄒ리오. 잡말 긋치고 과가[거](科擧) 보게 ᄒ라."

상셰 그 가(可)치 아니믈 고흔딘, 공이 크게 노(怒)ᄒ여 불슌ᄒᄆᆯ ᄭᅮ【21】지즈니, 상셰 ᄒᆞᆯ일 업셔 물너와 미우를 ᄶᅵᆼ긔고 근심ᄒ여 반향이 지ᄂᆞ되 말을 아니니, 부인이 그 연고을 아지 못하여 의혹ᄒ더니, 믄득 삼ᄌᆞ삼뷔(三子三婦) 연(連)ᄒ여 드러와 좌우로 뫼실 ᄉᆡ, 졔쇼년이 상셔○[의] 긔식이 평일과 다르믈 보고 다 졍신을 낫초와 뫼시되, 우셩이 홀노 ᄆᆞ음이 니쇼쳐 얼골의 이셔, 밋쳐 부친의 긔식을 술피지 못ᄒ고 두 눈이 니시의게 ᄶᅩ와시니, 상셰 보기를 양구(良久)히 ᄒ다가 《우연∥위연(喟然)》 탄왈,

"닉 진실노 ᄌᆞ현과 ᄀᆞᆺ지 못ᄒ고 부인이 셩슈(成嫂)의 밋지 못ᄒ여 이졔 ᄌᆞ식의 현

1230)됴격(阻隔) : 막혀서 서로 통하지 못함.
1231)쳥운(靑雲) : '푸른 빛깔의 구름'이란 말로, 높은 지위나 벼슬을 비유적으로 이르는 말

불최(賢不肖) 여추(如此)ᄒ니, 금일 빅경의 단즁(端重)【22】홈과 우셩의 방즈ᄒ미 텬양(天壤)1232)이 가리여시니, 엇지 불힝치 아니며, 빅경을 계후(繼後)ᄒ미 ᄯᅩ 엇지 다힝치 아니리오. 이졔 딕인이 네[너]의 과거보기를 지쵹ᄒ시니, 명일의 너의 헛된 ᄌ죠를 가져 득의(得意)ᄒ면 그 긔운을 돕고 ᄯᅳᆺ을 길너 반다시 나의 병을 도도와 나를 죽인 후 긋치리니, 너는 닉 손의 노흔 ᄌ식이라. 부ᄌ의 조용ᄒᆫ 졍을 합코ᄌ ᄒ나, 나의 셩품과 닉도ᄒ니1233), 이 엇지 골돌ᄒ여 ᄆᆞ음의 상감(傷感)ᄒ믈 춤을[으]리오."

셜파의 크게 뼉뼉ᄒ여 ○○○[상풍(霜風)의] 눈이 ᄂᆞ리ᄂᆞᆫ 듯ᄒ니, 뎡부인이 동용치경(動容致敬)1234)ᄒ고【23】공ᄌ 딕황(大惶)ᄒ여 관(冠)을 슉이고 손으로 ᄯᅡ흘 집흐며 말이 업스니, 쥬시 쇼왈,

"상공의 노ᄉᆡᆨ(怒色)의 공ᄌ 평안치 아니케 ᄒᆞᆫ 노야()老爺의 우히로다. 뎌 공ᄌ의 옥(玉) ᄀᆞ튼 얼골과 아리ᄯᅡ온 화긔로 사ᄅᆞᆷ을 딕ᄒ시면, 비록 근심을 품은 지라도 ᄌᆞ연 우음이 되거든 상공은 엇진 고로 블인졍(不人情)ᄒ시니잇고? 문품(門品)1235)을 ᄇᆞ리지 못ᄒ미니잇가?"

상셰 졍식(正色)ᄒ더니, 이윽고 잠쇼(暫笑) 왈,

"셔모 단엄ᄒ샤 너른 일이 업더니 ,엇지 금일 말슴이 이에 밋ᄎ시니잇ᄀᆞ?"

쥬시 쇼이딕왈(笑而對曰),

"첩의 말이 방즈ᄒᆫ 《ᄌᆕ‖것》이 아니라【24】상공이 스스로 그 말을 취실(取實)1236)ᄒᆞᄂᆞ이다."

상셰 함소(含笑) 부답(不答)이러라.

이윽고 상셰 나ᇰ가ᄆᆡ, 우셩 형뎨 ᄶᅥ러져 모친긔 말슴ᄒᆞᆯ ᄉᆡ, 부인이 눈물을 머금고 빅경다려 왈,

"닉 팔ᄌᆞ(八字) 무상(無狀)ᄒ여 쳔신만고(千辛萬苦)를 지닉고, 다만 우셩만 두어 이졔 동지(動止)와 힝ᄉᆡ(行事) 네 야야의 증염(憎念)ᄒᆞᄂᆞᆫ ᄌ식이 되엿시니, 이 뼈금 닉 죽어도 눈을 감지 못ᄒᆞᆯ ᄇᆡ라. 네 만일 슈죡(手足)의 졍이 잇거든 딕관(大觀)1237)은 비록 상공이 다ᄉᆞ려[리]셔도 소소ᄒᆫ 일은 네 당당이 《죵요리‖죵요로이》 ᄀᆞ라쳐, 뎌 아히로 ᄒᆞ여금 졔 딕인긔 득죄ᄒᆫ ᄌ식 되기를 면케 ᄒ죽, 닉 엇지【25】홀노 널노뼈 ○[모]ᄌ의 ○[졍] ᄲᅮᆫ이리오. 실노 구텬(九泉) 타일의 결초보은(結草報恩)1238)ᄒ미 이

1232)텬양(天壤) : 하늘과 땅.
1233)닉도ᄒ다 : 매우 다르다. 판이(判異)하다.
1234)동용치경(動容致敬) : 몸가짐을 바르게 가다듬어 공경함을 다함.
1235)문품(門品) : 한 집안 사람들의 품성.
1236)취실(取實) : 사실로 받아들임.
1237)딕관(大觀) : 크고 넓게 전체를 내다봄. 또는 그런 관찰.
1238)결초보은(結草報恩) : 죽은 뒤에라도 은혜를 잊지 않고 갚음을 이르는 말. 중국 춘추 시대에, 진나라의 위과(魏顆)가 아버지가 세상을 떠난 후에 서모를 개가시켜 순사(殉死)하지 않게 하였더니, 그 뒤 싸움터에서 그 서모 아버지의 혼이 적군의 앞길에 풀을 묶어 적을 넘어뜨려 위과가 공을 세울 수 있도록 하였다는 고사에서 유래한다.

시리라."

빅경이 계상지비(稽顙再拜)1239) 왈,

"현광의 위인은 히아의 밋칠 비 아니로딕 그 긔상을 졔어(制御)하시노라 엄쥰(嚴峻)
ᄒ시나, 틱틱(太太) 엇지 과려(過慮)ᄒ시ᄂ이잇고? 다만 ᄌ교(慈敎)의 히아(孩兒)로ᄡᅥ
현광○[을] 굴ᄋ치기로ᄡᅥ 일ᄏ라샤 결초보은을 비기시니, 이 진실노 히아의 ᄇ라ᄂᆫ
비 아니로소이다."

부인의 일시(一時) 일은 빈ᄂᆞᆫ 본딕 빅경의 돈후(敦厚)ᄒᆞᄆᆞᆯ 상셰 신익(信愛) ᄒᆞᄂᆞᆫ 고
로, 우셩을 가라쳐 동용진퇴(動容進退)1240)를 일쳬(一體)로 ᄒᆞ과ᄌ ᄒᆞᄂᆞᆫ ᄯᅳᆺ이로딕, 말
이 밋쳐 마듸를 【26】 ᄭᅵ치지 못ᄒᆞ여, 도로혀 빅경은 쇼이(疏異)1241)ᄒᆞᄆᆞ로 이 말이
잇ᄂᆞᆫ가 드ᄅᆞ[른]다.

부인이 긔식을 보고 안셔이 우어 왈,

"히익 나를 아지 못ᄒᆞᄆᆞ로다. 닉 엇지 너를 낫비 녀기ᄂᆞᆫ 말이리오. 회푀(懷抱) 여ᄎᆞ
ᄒᆞᆫ 고로 말ᄒᆞᆫ 비라."

경이 ᄭᅵ다라 타연이 ᄉᆞ례 왈,

"불쵸(不肖)ᄒᆞᄆᆞ 이 ᄀᆞᆺᄐᆞ니 엇지 ᄌ교(慈敎)를 승당(承當)ᄒᆞ리잇고? 현광이 이
졔1242) 직좌(在坐)ᄒᆞ고, 모친이 직상(在上)ᄒᆞ시고[며] 《졔뷔‖졔쉬(弟嫂)1243)》 직위
[좌](在坐)ᄒᆞᆫ 곳의 베플디니, 아의 긔상이 농회(龍虎) 풍운(風雲)의 셰(勢) 어듬 ᄀᆞᆺᄐᆞ
여 능히 쟝츅(藏縮)ᄒᆞᆯ 기리 업거늘, ᄯᅩ 계유 슈렴ᄒᆞᄂᆞᆫ 비 야야(爺爺) 안젼(顔前)이로
딕, 취틱(醜態)를 미양 일으혀니, ᄒᆞᆯ[ᄒᆞ]믈며 히 【27】 아(孩兒)의 앏히리잇가? 과도ᄒᆞᆫ
거죄(擧措) 일변(一邊) 이시면 ᄒᆞᆫ 번 기유ᄒᆞᆫ죽 ᄇᆞ람이 귀예 지남 갓치 녀겨, 죵요로이
규정(糾正)ᄒᆞᄆᆞ 긋쳐ᄂᆞᆫ지라. 실노 히아를 동포지형(同胞之兄)1244)으로 알진딕, 감이 이
갓치 못ᄒᆞᆯ 거시니, 그윽이 붓그릴 ᄯᆞ름이로소이다."

부인이 졈두 왈,

"이 심히 십분 닉 ᄆᆞ음의 합ᄒᆞ니, 우셩은 부명(父名)과 형교(兄敎)1245)를 아지 못ᄒᆞ
ᄂᆞᆫ 사ᄅᆞᆷ이니, 텬하 죄인이라. 하면목(何面目)으로 닙어셰상(立於世上)ᄒᆞ리오."

우셩이 번연(翻然) 변ᄉᆡᆨ(變色)ᄒᆞ고 피셕(避席) 청죄(請罪) 왈,

"히익(孩兒) 인ᄌ(人子) 되어 블쵸ᄒᆞᄆᆞ 부모의 격분(激奮)ᄒᆞ시미 되고, 인뎨(人弟)되
여 블공(不恭){ᄒᆞ} 【28】 ᄒᆞᄆᆞ 샤형(舍兄)의 미온(未穩)ᄒᆞᄆᆞ 되니, 오륜(五倫)의 그 둘

1239)계상지비(稽顙再拜) : 이마가 땅에 닿도록 몸을 굽혀 두 번 절함. 흔히 한문 투의 편지글
　　에서 상제(喪制)가 상대편에 대한 경의를 표하기 위하여 편지 첫머리에 쓴다. 늑계상.
1240)동용진퇴(動容進退) : 몸가짐을 바르게 가다듬고 나아가고 물러나고 함.
1241)쇼이(疏異) : 서로 친함이 없고 다름.
1242)이졔 : 바로 이때. 지나간 때와 단절된 느낌을 준다.
1243)졔쉬(弟嫂) ; 아우와 제수(弟嫂)를 함께 이른 말.
1244)동포지형(同胞之兄) : 한 부모에게서 태어난 형.
1245)형교(兄敎) : 형의 가르침. 또는 그 지시.

을 일헛는지라. 진실노 득죄ᄒ미 크거니와, 니시 슈미(秀美)ᄒ므로써 '셩인(聖人)도 하쥐(河洲)의 구ᄒ는 비'1246)오. 영웅의 장뷔라도 심혈(心血)을 기우릴 거시어늘, ᄒ믈며 시쇽(時俗) 쇼남이(小男兒)니잇가? 일홈이 부뷔라 ᄒ나, 일시 갓가이 모들 적이 업스니, ᄆ음이 ᄌ연 방하(放下)치 못ᄒ믄, ᄯ혼 셩인군지(聖人君子)라도 능히 마지 못ᄒ 비어늘, 되인이 혼갓 슬피지 아니시믄 니르도 말고, 모친의 ᄌ샹(仔詳)ᄒ시무로써 소ᄌ 아르시믈[믄] 붉은 거울을 비최지 아녀셔 심곡(心曲)을 ᄉ못츠실 비오,【29】샤형의 졍ᄉ(情私)는 더옥 히ᄋ와 혼 가지어늘, 혼 갓 되인(大人)의 칙(責)을 두려 아름다오믈 ᄌ부(自負)ᄒ여 고담되언(高談大言)으로 히ᄋ를 졀칙ᄒ니, 이 엇지 닉외 가죽혼 군지리오. 형댱(兄丈)은 쇼뎨(小弟)를 되ᄒ여 밍셰ᄒ쇼셔. 진실노 수수(嫂嫂)의 얼골이 행로인(行路人) 갓치 무심《ᄒ녀∥ᄒ더》니잇가?"

부인이 변쉭(變色) 왈,

"네 요ᄉ이 힝실 녜도곤 더ᄒ니, 젼혀 아부(我婦0의 연괴(緣故)랏다! 이 갓튼 음황(淫荒)혼 필뷔 뉴시 쳥덕을 더러이고 부형의게 욕을 씨칠 ᄯ름이니, 너 ᄀᆺ튼 거슨 ᄉ라 불관(不關)ᄒ니 죽으미 혼(恨)이 업도다."

빅경이 온화히 프러 왈,【30】

"≤고인이 님의 엄부(嚴父)와 ᄌ모(慈母)를 일ᄏ라니, 엄혼 곳되[이]는 가(可)이 ᄆ음을 슈렴(收斂)ᄒ고, ᄉ랑ᄒ온 ○○[곳이는] ᄆ음을《펴는 되는 ᄌ뫼되니∥펴리니》, 샤뎨(舍弟)의 소회 알외미 깁히 ᄌ이(慈愛)를 미든 비니≥1247), 엇지 이되도록 ᄒ시리잇고?"

인(因)ᄒ야 안쉭(顔色)을 졍히 ᄒ고 도라 우셩다려 왈,

"우형(愚兄)이 ᄌ부ᄒ미 아니오, 홀노 현뎨 ᄆ음을 그르다 ᄒ미 아니로되, 일이 법도의 어긔미 명이 엄군(嚴君)긔로셔 발(發)ᄒ여 ᄉ세(事勢) 녜(禮)의 합ᄒ미 겨시니, 인직 되어 슌(順)치 아닐 것가? 엄명과 예법이 ᄶᄶ시 뎡ᄒ되 이신즉, ᄆ음의 스스로 올흔 쥴을 모【31】르지 아닐 거시오. 임의 안즉 엇지 짐즛 그른 일을 범ᄒ리오. 네 비록 나를 조희(嘲戲)ᄒ나 닉 ᄆ음은 호발(毫髮)도 가히 그러치 아니니, 부명을 두리미라. 네 이졔 졍(情)이 구름 ᄀᆺ고 의ᄉ 비룡(飛龍) ᄀᆺ트나 몸이 임의 군부(君父)의 아릭 이시니, 엇지 감이 긔운을 님타(任惰)ᄒ리오. 니르는 말이 님의 비록 쾌ᄒ나 힝실의 유익ᄒ미 업고, 긔운이 댱부(丈夫) 되기 비록 조흐나 부형은 용납지 아니리니, 우

1246)셩인(聖人)도 하쥐(河洲)의 구ᄒ는 비 : 여기서 성인은 중국 주(周)나라 문왕(文王)을, 하쥬(河洲)는 『시경』<관저(關雎)>장의 "관관저구 재하지주 요조숙녀 군자호구(關關雎鳩 在河之洲 窈窕淑女 君子好逑: 꾸우꾸우 물수리 모래톱에 있네, 정숙한 아가씨 군자의 좋은 짝이네)" 구(句)의 물 가운데에 있는 모래톱을 이르는 말로, 본문의 '하주의 구하는 바' 숙녀는 곧 문왕의 비(妃)인 태사(太姒)를 말한다.

1247)고인이 임의 엄부 ᄌ모를 일ᄏ라, <u>엄혼 고되는 가히 ᄆ음을 슈렴ᄒ고, ᄉ랑ᄒ온 곳은 ᄆ음을 펴리니,</u> 샤뎨의 소회를 알외미 깁히 ᄌ이를 미든 배라. …(국립도서관본 『뉴효공션힝녹』 利<권지삼>:177쪽2-5행, *밑줄·문장부호 교주자)

형은 그윽이 현뎨를 위호야 취(取)치 아니 호노라."

우셩이 동용(動容) 칭샤(稱謝) 왈,

"샤즁(舍中)의 엄부(嚴父) 엄형(嚴兄)이 계시니, 쇼졔 비록 방탕호나 거의 큰 죄 【32】의 싸지지 아니 홀지라. 금일 명교(明教)을 씌1248)의 뼈 모음을 경계(警戒)호리이다."

빅경이 또흔 깃거 모음을 위로호고 모부인을 뫼셔 조용히 말솜호다가 셕양(夕陽)의 홋터지다.

명일 뉴상셰 텬즈를 뫼셔 반녈의 잇더니, 황얘(皇爺) 님의 인지를 쓰실시, 우셩이 의의히 고등(高等)호미, 호명호믈 인호여 옥계하(玉階下)의 츄진(趨進)호미, 우흐로 텬즈와 아릐로 각신(閣臣)1249)이 쳔셕(千席)이하의 니르히 그 얼골을 흠이(欽愛)호며, 그 나흘 놀나〇[고] 직조를 의심호여 슈만여인(數萬餘人)이 흔갈갓치 놋빗츨 고치고 혀를 쌘지오고, 군신상히(君臣上下) 목도(目睹)호니, 뉴【33】상셰 이 광경을 보고 자식 잘 아흐믈 스스로 깃거치 아니코 크게 편안치 아냐, 춘 쏨이 됴복의 스뭇츠니, 그 공근호미 이럿툿 호더라.

이윽고 두 사람을 불너 셰 《실니Ⅱ신니(新來)1250)》를 어화(御花)1251)를 주실 시, 상이 쟝원을 뎐(殿)의 올녀 스쥬(賜酒)호시니, 빗난 쳥삼(青衫)1252)과 고은 얼골의 계화(桂花)를 수겨시니, 풍치 표일(飄逸)혼지라. 상셰를 불너 상이 치하 왈,

"틱조 황뎨 션싱의 증조(曾祖)를 일ヲ라샤 이 진짓 뉴긔(劉基)1253) 집 아히(兒孩)라 호시니, 그 츙졀이 틱조 말솜을 져버리지 아녀더니, 금일 유우셩의 츙을 보니, 진실노 션싱의 아히라. 맛당이 왕【34】좌지직(王佐之材)1254)로 국가를 도오리니, 엇지 흔 곳 경의 경경(耿耿)혼 고졀(高節) 쓰룸이리오. 상셰 복지 주왈,

"신이 용녈(庸劣)호여 나라 녹(祿)만 허비호고 흔 일도 셩덕(聖德)의 유익호미 업거놀, 이졔 황구치이(黃口稚兒)1255) 감이 헛된 문필을 밋어 금방(金榜)1256)을 더러이나,

---

1248)씌 : 찌지(-紙). 특별히 기억할 만한 것을 표하기 위하여 글을 써서 붙이는 좁은 종이쪽지

1249)각신(閣臣) : 조선 후기에 둔 규장각의 벼슬아치.

1250)신니(新來) : 과거에 새로 급제한 사람.

1251)어화(御花) : 어사화(御賜花). 조선 시대에, 문무과에 급제한 사람에게 임금이 하사하던 종이꽃.

1252)쳥삼(青衫) : 조선시대에 임금이 과거급제자에게 내리던 푸른색 도포

1253)뉴긔(劉基) : 1311-1375년. 자는 백온(伯溫). 시호는 문성(文成). 절강성(浙江省) 온주(溫州) 문성현(文成縣) 남전(南田) 출신으로, 그의 출신지 문성이 후에 청전(青田)으로 개명되어, 유청전(劉青田)으로 칭해지기도 한다. 명 태조의 군사(軍師)로서 건국에 큰 공을 세워 개국공신에 올랐고 성의백(誠意伯)에 봉작되었다. 또 경사(經史)와 시문(詩文)에 능통하여 『옥리자(郁離子)』 10권, 『복부집(覆瓿集)』 24권, 『사청집(寫情集)』 4권, 『이미공집(犁眉公集)』 5권 등의 저서를 남겼다.

1254)왕좌지직(王佐之材) : 임금을 도와서 나라의 큰일을 할 만한 인물(人物).

1255)황구치이(黃口稚兒) : 늑황구유아(黃口幼兒)·황구쇼이(黃口小兒). 젖내 나는 어린아이라

이 쩌금 신의 족흔 줄을 아지 못ᄒ고 부귀를 탐ᄒ미 폐하의 특은(特恩)○[과] 존츙 [츙](尊寵)ᄒ시믈 져ᄇ려 불츙(不忠)ᄒ미 큰지라. 감이 셩지(聖旨)를 승당(承當)ᄒ리잇 가?"

텬지 그 겸퇴(謙退)ᄒ믈 포장(褒獎)ᄒ샤 우셩으로 한님편수(翰林編修)를 ᄒ이샤 어 ᄉ퇴우를 겸ᄒ시니, 상셰 괴로이 ᄉ양ᄒ고 우셩이 ᄯ흔 나【35】히 어리믈 진주(陳 奏)ᄒ니, 상이 그 직언(直言)을 막지 못ᄒ샤 슈년 말미를 허(許)ᄒ시다.

이에 파됴(罷朝)ᄒ미 우셩이 부친을 뫼셔 궐문을 나오니, 허다흔 추종(追從)과 텬 [쳥]동ᄲ기(靑童雙個)1257며 교방풍류(敎坊風流)1258를 갓초와 신릭(新來)를 옹위(擁 衛)ᄒ고, 뒤히 상셰 젹거ᄉ마(翟車駟馬)1259로 쳥나산(靑羅傘)1260을 밧치고 누빅(累 百) 아역(衙役)1261을 거ᄂ려 본부를 향ᄒ니, 셩(盛)흔 위의(威儀)와 부ᄌ(父子)의 풍 신지화(風神才華)1262를 뉘 아니 감탄ᄒ《며‖리오》. 관지(觀者) 칙칙칭찬(嘖嘖稱 讚)1263 왈,

"텬상신션(天上神仙)이오 인셰영쥰(人世英俊)이○[니], 만고(萬古)의 쳐음이라."

일쿳더라.

뉴부의 니르러 상셰 몬져 부젼(父前)의 고(告)ᄒ고, 싱이 나ᄋ가 비알(拜謁)ᄒ니, 공 이 딕희(大喜) 쾌【36】락(快樂)ᄒ여, 밧비 손을 잡고 등을 두다려 영ᄌ긔손(英子奇 孫)1264이라 일ᄏ라, 상셔 ᄃ려 왈,

"네 비록 고집(固執)ᄒ나, 오늘 경ᄉ(慶事) 엇더ᄒ뇨?"

상셰 열친(悅親)ᄒ믈 ᄯ흔 깃거 흔연(欣然) 비샤 왈,

"이ᄂ 딕인 셩덕(盛德)이로소이다."

공이 딕소(大笑)ᄒ고, 즉시 싱을 닛그러 ᄉ묘(祠廟)의 현셩(現成)1265홀 ᄉ, 상셰 친 이 글○[을] 베퍼 경ᄉ(慶事)를 고ᄒ고, 쇼져를 블너 명부(命婦)1266의 복식을 ᄀ초와

는 뜻으로, 철없이 미숙한 사람을 낮잡아 이르는 말.
1256)금방(金榜) : 과거에 급제한 사람의 이름을 써서 거리에 붙이던 글. ≒과방(科榜).
1257)쳥동ᄲ기(靑童雙個) : 푸른 옷을 입은 두 명의 화동(花童).
1258)교방풍류(敎坊風流) : 교방 음악. *교방(敎坊) : 조선 시대에, 장악원의 좌방(左坊)과 우방 (右坊)을 아울러 이르던 말. 좌방은 아악(雅樂)을, 우방은 속악(俗樂)을 맡았다. *풍류(風流) : 대풍류, 줄풍류 따위의 관악 합주나 소편성의 관현악을 일상적으로 이르는 말.
1259)젹거ᄉ마(翟車駟馬) : 꿩의 깃으로 꾸민, 네필의 말이 끄는 수레.
1260)쳥나산(靑羅傘) : 고위 관리가 행차할 때 의장(儀裝)을 위해 받쳐 드는, 푸른 비단을 씌워 만든 양산(陽傘).
1261)아역(衙役) : =아노(衙奴). 수령이 지방 관아에서 사사롭게 부리던 사내종. 또는 사대부가 에서 주인이 사사롭게 부리던 사내종.
1262))풍신지홰(風神才華) : 풍채와 재주. 사람의 겉으로 드러나 보이는 모습과 타고난 재주.
1263)칙칙칭찬(嘖嘖稱讚) ; 여러 사람들이 큰소리로 떠들썩하게 칭찬함.
1264)영ᄌ긔손(英子奇孫) : 뛰어난 아들이자 기이한 손자라는 말.
1265)현셩(現成) : ≒현신(現身). 다른 사람에게 자신을 보임. 흔히, 아랫사람이 윗사람에게 예 를 갖추어 자신을 보이는 일을 이른다.

부뷔 빵으로 잔을 밧드러 빅알(拜謁)ᄒᄆᆡ, ᄎ례로 《뎡∥경》부인 신위의 밋ᄎᄆᆡ, 상셰 눈물이 몬져 옷기신 사못ᄎ니, 긔운이 흉격(胸膈)의 막혀 계유 물너 난간 밧긔 나오니, 빅경【37】이 야야의 경식을 보고 황망(慌忙)이 강탕(薑湯)1267)을 밧드러 나오니, 상셰 마시기를 다ᄒ고 잠간 진졍ᄒ여 ᄒᆞᆫ가지로 ᄉ묘의 ᄂᆞ리니, 뉴공이 거ᄂᆞ려 닉당의 드러와, 부인이며 쥬시, 쇼년녀ᄌ들을 거ᄂᆞ려 경ᄉ를 자랑홀 ᄉᆡ, 우셩이 옥면셩모(玉面星眸)1268)의 두 쥴 금화(金花)1269)를 슈기고 ᄎᆡ봉양익(彩鳳兩翼)1270)의 녹금쳥삼(綠錦靑衫)1271)을 닙고, 헌아(軒雅)ᄒᆞᆫ 풍신(風神)은 옥슈(玉樹)1272) 바람을 님(臨)ᄒᆞᆷ ᄀᆞᆺ고, 풍영(豐盈)ᄒᆞᆫ 용ᄐᆡ(容態)ᄂᆞᆫ ᄎ월(秋月)이 듕텬(中天)의 밝ᄋᆞᆫᄂ 듯ᄒ니, 뎡부인이 ᄒᆞᆫ 번 바라보며 두굿거온 ᄆᆞ음이 ᄂᆞᆺ 우희 어릐니, 돈연(頓然)이 화협셩모(花頰星眸)1273)【38】의 우으믈 먹음으니, 뉴공이 크게 웃고 ○[왈],

"현부의 흔연(欣然)ᄒᆞᆷ믈 평싱 쳐음 보니 노뷔 더옥 《경∥셩》ᄋᆞ의 경ᄉ를 깃거ᄒᆞᄂᆞ니, ᄲᆞᆯ니 아부를 블너 부뷔 빵으로 닉게 진죽ᄒ라."

우셩이 명을 이어 잔을 들ᄆᆡ, 공이 우슈(右手)로 쇼져 잔을 밧고 좌슈(左手)의 싱의 손을 잡고 우연(偶然)이 쳑연(慽然) 왈,

"부인이 너의 부부 이 ᄀᆞ튼 긔이ᄒᆞ믈 보ᄃᆡ 엇지 한 말도 업더뇨? 싱젼의 인ᄌᄒᄆᆡ 극ᄒᄃᆡ ᄉ후(死後) 너 갓튼 ᄌ손을 보나 아ᄅᄆᆡ 업ᄉ니, 엇지 속졀 업디 아니리오."

도라, 상셔다려 왈,

"네 칠셰의 어미를 일허 이졔 발셔【39】삼십년이 거의니 능히 그 얼골을 싱각홀소냐?" 상셰 참연(慘然) ᄃᆡ왈,

"이목(耳目)의 머무러시니 감이 니즈리잇가?"

공 왈,

"너ᄂᆞᆫ 식[싱]각 ᄒᆞ나 홍은 더욱 어려[려]시니 엇지 알미 이시리오."

상셰 왈,

"ᄌ현은 총명ᄒᆞᄆᆡ ᄉ오셰 젹 일○[을] 싱각ᄒ니, ᄒᆞ믈며 ᄌ안(慈眼)을 여희여시니 엇지 《긔록∥긔억(記憶)》지 못ᄒ리잇고?"

공이 우(又) 왈,

1266)명부(命婦) : 봉작(封爵)을 받은 부인을 통틀어 이르는 말. 내명부와 외명부의 구별이 있었다.

1267)강탕(薑湯) : 생강을 넣고 달인 탕약

1268)옥면셩모(玉面星眸) : =옥안셩모(玉顔星眸). 옥처럼 맑은 얼굴과 별처럼 빛나는 눈동자.

1269)금화(金花) : =어사화(御賜花). 예전에 임금이 과거급제자에게 하사하는 종이로 만든 계화(桂花: 계수나무 꽃)의 색깔이 노란색이었기 때문에 붙여진 이름.

1270)ᄎᆡ봉양익(彩鳳兩翼) : 봉황의 날개처럼 아름다운 두 어깨.

1271)녹금쳥삼(綠錦靑衫) : 푸른색 비단으로 지은 청삼(靑衫). *청삼(靑衫): 예전에 과거급제자에게 임금이 내리던 푸른색 도포.

1272)옥수(玉樹) : 옥처럼 아름다운 나무.

1273)화협셩모(花頰星眸) ; 꽃처럼 아름다운 두 뺨과 별처럼 빛나는 두 눈.

"현부와 우성이 아나냐?"

상셰 오열(嗚咽)ᄒ여 딕답지 못ᄒ고, 뎡부인이 믄득 화긔(和氣) 변ᄒ여 양슈(兩手)로 ᄯᅡ흘 집허 ᄯᅥ러지ᄂᆞᆫ 눈물이 종횡(縱橫)ᄒ여 비 ᄀᆞᆺ투니, 공이 취흥이 극ᄒ야 도로혀 셩효의 ᄌᆞ부(子婦)를 상도(傷悼)【40】ᄒ게 ᄒ고, 스스로 ᄯᅩᄒᆞᆫ 일쟝(一場)을 우니, 노망(老妄)ᄒ미 이럿틋 ᄒ지라.

이ᄯᅥ 만됴빅관이 외당의 모다 신릭(新來)를 부르며 뉴공과 상셰긔 명쳡(名帖)을 드리○[더]니, 홀○[연] 닉당(內堂)의셔 우리 ᄀᆞᆺᄐᆞᆫ 곡셩이 이시믈 듯고 의아ᄒᆞᆷ을 마지 아니니, 빅명 등이 드러와 상셔긔 ᄉᆞ연을 알외니, 상셰 ᄲᆞᆯ니 부젼(父前)의 주왈,

"밧긔 존긱(尊客)이 만이 모닷다 ᄒ니, 맛당이 셔로 딕졉(待接)[1274]ᄒ염즉 ᄒ니이다."

공이 즉시 울음을 긋치고 ᄒᆞᆫ가지로 외당의 나와 빈긱(賓客)을 마자 좌졍(坐定)ᄒ고, 모든 딕 ᄉᆞ샤(謝辭)ᄒ고 싱을 닉여 신릭의 쇼임을 시겨 희롱홀 시, 만좨(滿座) 즐겨【41】ᄒ고 뉴공의 쾌락ᄒᆞᆫ 거동을 츙[측]양(測量)치 못ᄒᆞ딕, 홀노 상셰 종일토록 승흔[은]화긔(承顏和氣)[1275] 업셔 공의 즐겨ᄒᆞᄂᆞᆫ 거동과 닉도ᄒ니, 강어서 그 ᄯᅳᆺ을 알고 망모(亡母) 싱각ᄒᆞᄂᆞᆫ 셩효를 알고 그 영화를 근심ᄒᆞᄂᆞᆫ ᄯᅳᆺ을 항복ᄒ나, 기여(其餘) 빅관(百官)은 아니 의심ᄒ리 업더라.

니각노와 빅[박]튀상과 됴시랑의 무리 ᄒᆞᆫ갈ᄀᆞᆺ치 상셔다려 왈,

"녕낭(令郞)의 금일 경ᄉᆞᄂᆞᆫ 쳔고(千古)의 쳐음이니, 비록 길히 지○[나]ᄂᆞᆫ 쟤(者)라도 혀를 드리오고[1276] 거름을 멈츄워 흠탄(欽歎)《ᄒ미∥ᄒ기에》 심혈(心血)을 기우리거늘, 션싱은 {맛당이} 싱텰(生鐵)을 단연(鍛鍊)ᄒ미 아니어【42】늘, 부ᄌᆞ의 졍으로뻐 호발(毫髮)도 희긔(喜氣) 업ᄉᆞ니 엇지 즁빈(衆賓)이 고이히 녀기믈 밧지 아니리오. 이 아니 겸퇴(謙退)ᄒᆞᄂᆞᆫ 근심이 이셔 이럿틋 과도(過度)ᄒ시ᄂᆞ잇가?"

상셰 쳥파의 완○[이](莞爾)[1277]히 쇼왈(笑曰),

"혹싱이 비록 무심ᄒ나 금일 ᄋᆞᄌᆞ의 텬은 닙ᄉᆞ오믈 외람ᄒᆞᆫ 가온딕 엇지 두굿겨 아니리오마ᄂᆞᆫ, 경ᄉᆞ를 당ᄒ여 집의 이친(二親)이 가즉지 못ᄒ고, 십여셰 쇼이 텬은을 듕이 닙ᄉᆞ오니, 쟝ᄎᆞᆺ 무슴 직덕(才德)으로 국가를 돕ᄉᆞ오리오. 혹싱이 본딕 쇼졸(疏拙)ᄒᆞᆫ딕, ᄌᆞ식 가라치기를 폐ᄒ여 돈이 빅온 거시 업ᄉᆞ오니, 닙됴(入朝)ᄒ미 붓그럽○[고]두【43】려ᄒ[우]나, 이 무슴 주의 잇셔 졔형이 우리 부ᄌᆞ를 의심ᄒ리오."

뎡상국이 우셩을 불너 손잡고 니극노다려 왈,

"그딕ᄂᆞᆫ ᄌᆞ슌을 인졍으로 칙망치 말나. 지극히 미묘ᄒᆞᆫ 것도 니 밧긔ᄂᆞᆫ 일이 업ᄉᆞ니,

1274)딕졉(待接) : ①마땅한 예로써 대함. ②음식을 차려 접대함.

1275)승안화긔(承顏和氣) : 웃어른을 대하는 화(和)한 기색.

1276)드리오다 : 드리우다. 천이나 줄 따위가 한쪽이 위에 고정된 채로 아래로 늘어지다. 또는 그렇게 되게 하다.

1277)완이(莞爾) : 빙그레 웃는 모양.

주슌은 홀노 니 빗긔 사롬이라. 아히 득의(得意)ᄒ므로도 일호(一毫)도 두굿겨 아니코, 다만 일즉 닙신(立身)ᄒ니, 인믈이 샹(傷)ᄒᆯ가 이증(愛憎)이 니러 더욱 두굿겨 아니ᄒ 는 쥴 모로는다."

니혹시 소이ᄃᆡ왈(笑而對曰)

"이 ᄀᆞᆺᄐᆫ 즉 뉴션싱이 ᄌᆞ이지졍(慈愛之情)이 과도(過度)ᄒᆫ 연괴(緣故)로쇼이다. 냥위 (兩位) 노ᄃᆡ인(老大人)은 됴부(祖父)의 졍이시고, 만싱은 빙【44】악(聘岳)의 모쳠(冒 添)ᄒ야 ᄒᆞᆫ ᄀᆞᆺ 닙신을 깃거ᄒ고, 뉴션싱은 홀노 울울(鬱鬱)이 젼도(前途)를 넘녀ᄒ니, 이는 진졍쇼발(眞正所發)이라, 엇지 니 밧긔 사롬이라 ᄒ시나니잇고?"

승샹과 샹셰 다 웃더라.

니날 니혹시 우셩의 풍도와 영화를 시로이 흠이(欽愛)ᄒ여 두 눈이 싀의게 쩌날 쥴 을 모로니, 좌간의 강어시 웃고 왈,

"니션싱이 셔랑의 경ᄉ(慶事)를 두굿겨 ᄒ시나 장원의 위인이 규듕(閨中)의 슈의(守 義)ᄒᆞᆯ 남지 아니니, 위고금달(位高禁闥)1278)ᄒ미 녕녀는 '빅두(白頭)의 탄(歎)'1279)이 이실가 ᄒ노라."

니공이 답쇼왈(答笑曰),

"이 역시 남ᄋ의 호시라. 엇지 ᄋ【45】녀(我女)의 투긔(妬忌)로뻐, 여ᄎ 쾌ᄉ를 두 굿겨 아니리오."

만좨 졍셩(正聲)1280) 긔쇼(皆笑)러라.

낙극진취(樂極盡醉)1281)ᄒᆞᆯ 시, 뇌당의 뎡부인이 친히 족당(族黨)을 모화 년가(緣 家)1282) 부인니를 쳥ᄒ야 셜연(設宴)ᄒ고 '희ᄌ(戲子)1283)의 노름'을 관광ᄒ여 즐기니, 빈ᄀᆡᆨ(賓客)이 부인의 셜부화ᄐᆡ(雪膚花態)1284)를 흠탄(欽歎)ᄒ미 층[측]냥(測量) 업고, 니쇼졔의 션연텬품(嬋姸天稟)1285)과 장원(壯元)의 풍도를 ○○○○[칭찬ᄒ미 쏘ᄒᆫ] 칭

1278)위고금달(位高禁闥) : 궁중에서 지위가 높음. 금달(禁闥); 궐내에서 임금이 평소에 거처하 는 궁전의 앞문

1279)빅두(白頭)의 탄(歎) : '백두시(白頭詩)를 읊는 탄식(歎息)'이라는 말로, 중국 전한(前漢) 때 사마상여(司馬相如)의 처 탁문군(卓文君)이 남편이 무릉(茂陵) 사람의 딸을 첩으로 맞으 려 하자 <백두음(白頭吟)>이라는 시를 읊어 남편의 변심을 한탄한 것을 말한다. 그 노래에 "한마음 가진 사람을 만나서 머리가 희게 세도록 서로 떠나지 않기를 원했었네(願得一心人 白頭不相離)" 라는 구절이 있다. *탁문군(卓文君) : 한(漢)나라 부호 탁왕손의 딸로 과부로 있다가 사마상여(司馬相如)와 사랑에 빠져 재혼하였으나, 나중에 상여(相如)가 무릉인(茂陵 人)의 딸을 첩으로 삼으려 하자 <백두음(白頭吟)>이란 시를 읊어 이를 단념케 했다는 고사 가 전한다.

1280)졍셩(正聲) : 큰 소리. 바른 소리.

1281)낙극진취(樂極盡醉) : 즐거움이 최고조에 이르고 취기가 오를 대로 오름.

1282)년가(緣家) : 혼인 관계로 척분(戚分)이 있는 집안. =인친가(姻親家)·사돈가(査頓家).

1283)희ᄌ(戲子) : 중국어간접차용어. 연희(演戲)하는 사람. 광대(廣大). 재인(才人). *희ᄌ(戲子) 노름: 희자놀이. 잡극이나 중국의 전통극·지방극 따위의 공연.

1284)셜부화ᄐᆡ(雪膚花態) : 눈처럼 흰 살결과 꽃처럼 고운 맵시.

[측]냥(測量) 《하리오‖업더라》.

이날 명창 수십여인이 모다 풍악을 밧들고 장원의 딕무(對舞)ᄒ기를 요구ᄒ더니, 과연 기즁(其中) 명기 찬향·월션 두 미인의 '년이 칠팔(七八)을 거듭ᄒ고'1286), 지죄 츌인(出人)ᄒ니, 싱이 ᄌ못 유의(留意)ᄒ믈 마【46】지 아냐, 셕양(夕陽)의 졔노션싱(諸老先生)의 명으로 ᄌ퇵(自擇)1287)ᄒ여 딕무ᄒ엿더니, 파연(罷宴)ᄒ기를 님(臨)ᄒ야 싱이 눈으로써 뜻을 보ᄂ니, 이창(二娼)이 발셔 알아보고 도라가지 아냐, 이에 머무럿더니 날이 어두엇ᄂᄂ지라. 공이 딕취(大醉)ᄒ여 침소의 붓들여 드러가니, 상셰 감이 써나지 못ᄒ여 편편(便便)이1288) 누으시게 ᄒ고, 부친 계틱셔 ᄯᅩᄒᆫ ᄌᄃᄋᆞ니, 이 졍이 이창(二娼)이 장원으로 연분(緣分)이 이시미라.

ᄎ일의 싱이 이인(二人)을 닛그러 외당의셔 밤을 지ᄂ니, 년이(戀愛)ᄒᄆᆡ 깁흔지라. 동방이 긔명(旣明)ᄒᄃᆡ 능히 잠을 ᄭᅵ지 못ᄒ엿더니, 상셰 부친【47】긔운을 뭇ᄌᆞᆸ고 니러 나와 난두(欄頭)의 비회(徘徊)ᄒᄆᆡ, 이ᄯᅥ 미월(微月)이 셔줌(西岑)1289)의 걸엿고, 효셩(曉星)이 동방(東方)의 빗최엿더라.

빅명 형뎨 나와 신셩(晨省)ᄒ거늘, 상셰 문왈,

"우셩이 어ᄃᆡ 잇ᄂ요?"

빅경 왈,

"작야(昨夜)의 시침(侍寢)ᄒ믈 니르고 이에 온지라. 딕인이 엇지 그 잇ᄂ 곳을 아지 못ᄒ시ᄂ니잇고?"

상셰 쳥파(聽罷)의 묘믹(苗脈)이 잇ᄂ 줄 알고 동ᄌ(童子)로 ᄒ여금 우셩을 ᄎᄌᆞ니, ᄂᆡ외(內外)로 어드ᄃᆡ ᄀᆞᆫ 곳이 업ᄂ지라. 상셰 이ᄌ(二子)로 외당을 보라 ᄒ니, 《싱‖이인》이 안빈각의 니르러 난간의 오르지 못ᄒ여셔 보니, 장원이 이녀로 병와(竝臥)ᄒ여 줌【48】을 깁히 드럿거늘, 이인이 딕경ᄒ야 ᄲᆞᆯ니 드러와 상셔긔 고ᄒᆞᆫᄃᆡ, 상셰 어히 업셔 이ᄌᄅᆞᆯ 명(命)ᄒᄃᆡ,

"이 말을 닉 알믈 우셩의게 뎐치 말나. 닉 당당이 셰셰히 다ᄉ려 불초ᄌᄅᆞᆯ 용납디 아니리라."

졍언간의 뉴공이 듯고 상셔를 ᄭᅮ지ᄃᆡ[져] ○[왈],

"셩ᄋᆞᄂ 인즁영걸(人中英傑)이라. 엇지 ᄒᆞᆫ 녀ᄌᆞ로 늙을 긔상이{이시}리오. 창쳡(娼妾)을 ᄀᆞᆺ초미 남아의 쾌ᄉᆡ(快事)어늘, 무ᄉᆞᆷ 연고로 ᄯᅩ 이리 조로고져1290) ᄒᄂ뇨? 슌

1285)션연텬품(嬋姸天稟) ; 하늘로부터 타고난 곱고 예쁜 자질(資質).

1286)년이 칠팔(七八)을 거듭ᄒ고 : 나이가 칠(七)과 팔(八)을 거듭한 수, 곧 칠칠(七七: 14)·팔팔(八八: 16)슬이 되고.

1287)ᄌ퇵(自擇) : 스스로 선택함. 또는 자신이 선택함.

1288)편편(便便)이 : 편편(便便)히. 아무 불편 없이 편안하게. *편편(便便)하다: 아무 불편 없이 편안하다.

1289)셔줌(西岑) : 서쪽 산의 봉우리.

1290)조로다 : 조르다. 다른 사람에게 차지고 끈덕지게 무엇을 자꾸 요구하다.

효(順孝)흔 아히 네 손의 드러 보치이니 ᄆᆞᆷ이 편치 못ᄒᆞ거늘, 엇지 ○[쏘] 빅경 등이 허믈○[을] 여어1291) ○[젼(傳)]하ᄂᆞ뇨? 빅명의 용심1292)이 졔 아비 ᄀᆞᄐᆞ【49】여 우셩을 더 ᄉᆞ랑홀 가 싀심이 잇ᄂᆞᆫ 고로 흔단(釁端)을 일위니, ○○[이후] 빅명 형뎨ᄂᆞᆫ 닉 눈의 뵈지 못ᄒᆞ리라."

빅명은 조부 말ᄉᆞᆷ을 듯고 안싴을 변ᄒᆞ고, 빅경이 안셔히 나ᄋᆞ가 샤죄 왈,

"쇼손(小孫)이 엇지 우셩의 흔단을 일위리잇가 마ᄂᆞᆫ, 호일(豪逸)흔 아히 이런 일을 엄금(嚴禁)치 아니ᄒᆞ면, 셩졍(性情)이 외입(外入)기 쉬운 고로 야야긔 알외미니, 조부ᄂᆞᆫ 고이히녀기지 마르쇼셔."

뉴공이 경의 슌효를 보고 웃고 니로디,

"네 아비 심홰(心火)이셔 우셩을 일편도이 뮈워ᄒᆞ니, 네 모로미 그 허믈을 더러 보호홀지라. ᄎᆞ후나 닉 말을 닛지 말나."【50】

경이 ᄉᆞ례ᄒᆞ더라.

상셰 부친 칙을 듯고 싱각ᄒᆞ디,

"셩의 위인이 되인 ᄌᆞ이(慈愛)ᄒᆞ시므로 더옥 방ᄌᆞᄒᆞ니, 크게 썩지르지 아니면 외닙(外入)ᄒᆞ미 ᄌᆞ현의 우히라."

ᄒᆞ고, 아직 빅명 등의 낫츨 보아 흔 말도 아니코 평명(平明)의 우셩을 보아, 어디 갓던가 뭇도 아니니, 싱이 젼혀 아지 못ᄒᆞ더니, 니러구러 두어 달이 지ᄂᆞ니, 장원이 이창을 침혹(沈惑)ᄒᆞ여 ○○[나즌] 됴히 지닉고 밤인즉 모다 즐기니, 가닉인(家內人)이 모르리 업고, 부인이 깁히 근심ᄒᆞ여 상셔긔 고왈,

"우셩의 이럿툿 ᄒᆞ미 ᄋᆞ부의게 졍을 펴지 못ᄒᆞ여 창녀를[로] 위로 ᄒᆞ미라.【51】 상공은 권도(權道)를 뼈 ᄯᅳᆺ을 고쳐 《부ᄌᆞǁᄌᆞ부(子婦)1293)》를 못게 ᄒᆞ시면, 셩의 방탕홈도 업고 창녀의 무리○[도] 스스로 허여지리라."

상셰 졍싴(正色)고 눈을 드러 부인을 보다가, 냥구(良久)ᄒᆞ미 졀칙(切責)○[ᄒᆞ]고 왈,

"그디 엇지 ᄋᆞ부(我婦) 되졉《을ǁᄒᆞ미》 이 지경의 《니르ǁ잇》ᄂᆞ뇨? 셩의 음황(淫荒)ᄒᆞ므로뼈 아부의 좌(座)를 비기미 욕되거늘, 이졔 창녀 취졍(醜情)을 ᄋᆞ부의게 옴기과ᄌᆞ ᄒᆞ니, 부인 말ᄉᆞᆷ이 단닐(端一)치 《못흔지라ǁ못ᄒᆞ도다》."

부인이 실언(失言)ᄒᆞᆷ을 씨다라 칭사ᄒᆞ더라.

장원이 야야의 긔싴이 젼여 화평(和平)ᄒᆞ니, 이창(二娼)의 닐을 모로ᄂᆞᆫ가 깃거ᄒᆞ고, ≤ᄌᆞ연 ᄆᆞᆷ이 방ᄌᆞᄒᆞ여,○…결락14자…○[니시의 죵뎍(蹤迹)을 ᄎᆞ뎌 못기를 쇠ᄒᆞ니], 니쇼져【52】ᄂᆞᆫ 원닉 셩딜(性質)이 쳥고(淸高)ᄒᆞ고≥1294), 위인이 단엄ᄒᆞ여 건곤(乾坤)

1291)여으다 : 엿보다. 잘 드러나지 아니하는 행동이나 생각을 알아내려고 살피다.

1292)용심 : 남을 시기하는 심술궂은 마음.

1293)ᄌᆞ부(子婦) : 자(子; 아들)와 부(婦; 며느리)를 함께 이른 말.

의 슈츌(秀出)흔 졍긔를 홀노 씌여시니, 엇지 엄구(嚴舅)의 명(命)이 업시 저 방○[탕]
흔 가부(家夫)를 졍욕을 베풀게 흐리오. 그윽이 그 위인을 괴로이 녀겨 슈습(收拾)흐
는 가온디, 닝엄(冷嚴)흐믈 더어, 장원이 계유 틈을 타 쇼져의 주최를 쏠와 혹 의상을
즙으며 손을 닛그러 쥬취봉관(珠翠封冠)1295)의 봉치(鳳釵)1296) 기우러지나, 별노 눈을
흔 번 거듧 떠 보미 업고, 의상이 뮈여지기의 밋추나 흔 번 머리를 두로혀 언어흐기
를 허치 아니니, 제 졍(情)과 닉도흐믈 흔(恨)흐더니, 일일은 【53】부인이 두 며느리
를 거느려 뉴공긔 아춤 문안○[을] 흐미, 공이 긴 셜화를 베퍼 날이 늣기의 니르니,
마춤 니시는 풍한(風寒)의 상(傷)흐야 침쇼의 됴리(調理)흐므로 문안의 춤예치 못흐니,
장원이 니당이 븨엿시믈 보고 급히 협실(夾室)의 가 쇼져를 위력으로 핍박흐니, 쇼졔
싱각건디, '일자(一者)는 구고(舅姑)의게 위령(違令)흔 죄 잇고, 이즈(二子)는 즈가(自
家) 고결(高潔)흐미[미] 규벽(窺壁)1297)흐는 힝실과 다르미 업다.' 흐여, 죽기로써 물
니치니, 싱이 낭인(郞人)1298) 능멸흐믈 졍식(正色)○○[흐여] 졀칙(切責)흔 즉, 쇼졔
몸을 나즈기 흐야 말씀을 들을 ᄯᅮ름이니, 싱이 졍히 【54】유셰(誘說)홀 젹의 부인이
드러오니, 싱이 황망(慌忙)이 나와 ○○○[마즈디], 쇼져 뮈어흐믈[미] 쎄의 박혀, 부
디 곤욕(困辱)흔 후의 긋치려 흐니, 부인이 싱의 긔식(氣色)을 보고 깁히 넘녀흐야, 좌
위 젹뇨(寂寥)흔 《즉ǁ써》○[의] 싱을 블너 경계 왈,

"오ᄋ(吾兒) 님의 엄부(嚴父)의게 득죄흐여 졍의(情誼)를 긋쳐시디, 니럿툿 튼연(泰
然)흐니, 니 원컨디 슈이 죽어 너의 밋친 거동과 상공의 미몰흔 치칙(治責)이 니르믈
듯지 말고즈 흐노라."

싱이 놀나 왈,

"히이 작죄(作罪)흐미 업거놀, 모친이 엇지 니럿툿 흐시ᄂᆞ니잇고?"

부인이 탄왈,

"오ᄋ 약흔 어미를 속이나 두리건디 엄부(嚴父)【55】의 녈녈(烈烈)흔 위엄(威嚴)의
감쵸지 못홀 거시오, 또흔 녈노써 ᄋ부의 쳥년(靑年) 빅[박]명(薄命)을 깁히 흐여
《원낭ǁ원앙(鴛鴦)》의 ᄡᅡᆼ뉴(雙遊)홀 긔약(期約)이 늣ᄌ니, 네 만닐 ᄋ부(我婦)로 못
고즈 흐거든 네 주최를 방즈히 말나."

공지 더욱 놀나 왈,

1294)즈연 ᄆᆞ음이 방즈흐야, <u>니시의 죵덕을 추뎌 못기를 쇠흐니</u>, 원니 니시는 셩질이 쳥고흐
　고, …(국립도서관본 『뉴효공션힝녹』 利<권지삼>:195쪽1-3행, *밀줄・문장부호 교주자)
1295)쥬취봉관(珠翠封冠) : 진주(眞珠)・비취(翡翠) 따위 로 화려하게 장식한 봉관(封冠). *봉관
　(封冠): 예전에 조정으로부터 봉작을 받아 내명부(內命婦)에 등록된 부녀자들이 머리에 쓰던
　화관(花冠). 예복에 갖추어 쓰는 관모(冠帽)로 주옥금패(珠玉金貝) 등 각종 보석으로 화려하
　게 치장하였다.
1296)봉치(鳳釵) : 봉황을 새겨 만든 비녀.
1297)규벽(窺壁) : 벽에 구멍을 뚫고 침입함.
1298)낭인(郞人) : 신랑. 남편.

"히아(孩兒)의 《득죄ᄒ믈∥작죄(作罪)흔 비》○○○[업거늘], 도로혀 니시와 상니(相離)○○[ᄒ라] ᄒᄆᆫ 무슴 연괴이[니]잇고?"

부인이 드ᄃᆞ여 니창(二娼)의 일노 졀칙ᄒ고 샹셔의 아로시믈 니르고, 조용히 기유(開諭)ᄒ여 왈,

"늬 아히 나이 어려 셰ᄉᆞ(世事)를 격역(經歷)지 못ᄒ여 힝신(行身)의 현우(賢愚)를 갈히여 잡지 못ᄒ나, 목금(目今)의 네 부친을 본바든 즉, 엇지 군ᄌᆞ의 도(道)를 엇지 【56】 못ᄒ며, 션비 힝실의 븟그러올 비리오. 금일 너를 ᄃᆡ힝여 모ᄌᆞ(母子)의 친(親)ᄒᆞ므로써 무어시 혐의(嫌疑)로온 비 잇셔 니르지 아니리오. 당년(當年)의 네 부친이 날노 더브러 쇼년(少年) 결발(結髮)노 은의(恩愛) 오륜(五倫)의 듕흔 거ᄉᆞᆯ 일치 아닛고, 늬 비록 박명ᄒ나 ᄯᅩᄒᆞᆫ ᄋᆞ부의게 비기미 하등(下等)이 아니로ᄃᆡ, 네 부친이 힝노(行路) ᄀᆞᆺ치 여기믄 이 다른 거시 아니라. ᄃᆡ인의 ᄯᅳᆺ을 엇지 못ᄒ신 젼(前)은 그 근심(根心)을 미녀(美女)와 부귀(富貴)로 요동치 아니미라. 금일의 네 비록 ᄋᆞ부의게 졍(情)이 잇고 이창의게 침혹○○○○○○[ᄒ미 업다 흔들], 부친의 미온(未穩)ᄒ미 깁흔 쥴 【57】을 보면, 어ᄂᆞ 결을의 녀ᄋᆡᆨ의 ᄯᅳᆺ이 도라가리오. 네 야야(爺爺)의[와] 《조뵈∥조뷔(祖父)》 엇던 사름만 녀기ᄂᆞᆫ다? 일이 맛츰늬 ᄀᆞᆺ치 이시[신] 후 ᄀᆞᆺ칠디니, 네 종시 조심ᄒ미 업손 즉, 늬 ᄯᅩᄒᆞᆫ 츌부(出婦) 되기를 면치 못ᄒ리라."

싱이 악연(愕然)ᄒ여 ᄉᆞ죄(謝罪)ᄒ고, 물너와 싱각ᄒ니,

"원늬 니시 나히 져그나 셩질이 슉셩(夙成)ᄒ니 엇지 부부의 졍을 과도이 슈습ᄒ리오마ᄂᆞᆫ 녀ᄌᆞ의 편협흔 ᄆᆞᄋᆞᆷ의[을] ᄃᆡ인이 져럿툿 도도시니, 《교쟝∥교긍(驕矜)》흔 의시 니러나 나를 더러이 녀기니, 부친 셰를 씌고 크게 ᄆᆞᄋᆞᆷ을 님타(任惰)ᄒ야 ᄉᆞ 【58】 ᄉᆞ로 득의ᄒ미 고산(高山) ᄀᆞᆺ튼{엿시}나, ○[나] 뉴현광이 ᄉᆞ히(四海)를 안공(眼空)ᄒ고 거셰(擧世)를 혼일(混一)ᄒᄂᆞᆫ 장부로셔 엇지 규즁(閨中) 삼쳑지녀(三尺之女)를 압두(壓頭)치 못ᄒ고 도로혀 능멸(凌蔑)ᄒ믈 바드리오."

차후 이창을 물니치고 니시 춋난 ᄉᆞ긔(辭氣)를 진졍(鎭靜)ᄒ니, 부인이 심히 깃거ᄒ더라.

이ᄶᅦ 뎡공지 학힝(學行)과 ᄌᆡ예(才藝) 그 부친긔 ᄂᆞ리지 아니○[ᄒ]되 나히 늣도록 갑과(甲科)의 ᄲᅢ히지 못ᄒ고, 부인 심시 오ᄌᆞ삼녀(五子三女)를 나흐니, 승샹이 그

1299) 결발(結髮) : 예젼에, 관례를 할 때 상투를 틀거나 쪽을 찌던 일. '셩년(成年)' 또는 '혼인'을 달리 이르는 말로 쓰인다.

1300) 힝노(行路) : =힝노인(行路人). 오다가다 길에서 만난 사람이라는 뜻으로, 아무 상관이 없는 사람을 이르는 말.

1301) 근심(根心) : =심근(心根). 근본이 되는 마음. 마음씨.

1302) 안공(眼空)ᄒ다 : 안즁(眼中)에 없다. 어떤 것을 안즁(眼中)에 두지 않을 만큼 포부가 크다.

1303) 삼쳑지녀(三尺之女) : 키가 석 자 정도밖에 되지 않는 어린 여자아이. 철없는 어린 여자아이를 이르는 말.

1304) 갑과(甲科) : 조선 시대에, 과거 합격자를 성적에 따라 나누던 세 등급 가운데 첫째 등급.

츳즈를 이공즈의 후스(後嗣)를 닛게 ᄒ니, 비록 독즈(獨子)의 쟝옥(璋玉)1305)이 션션 (詵詵)1306)ᄒ믈 두굿기나, 닙신(立身)의 기리 늦겨 뎡【59】시 명풍(名風)이 츄락(墜 落)홀가 슬허ᄒ더니, 이 ᄋᆡ의 공지 효렴(孝廉)1307)의 ᄲᅢ혀[히]여, 한림흑스를 ᄒᄋᆡ니 이 믄득 범연ᄒᆞ 급졔와 비기지 못홀지라. 됴야(朝野) 공경ᄒ고 텬지 예우(禮遇)ᄒ샤 명망이 날노 더으니, 승샹이 크게 깃거 주녀를 모도와 경하홀 시, 뎡부인이 ᄯᅩᄒᆞ 귀령 (歸寧)ᄒ고 샹셔는 문현[연]각(文淵閣)1308)의 닙번(入番)ᄒ니, 싱이 모친을 뫼셔 와가 의 가 연츠(宴遮)의 참예(參預)ᄒ니, 만좌 졔긱이 흠모ᄒᆞᄆᆞᆯ 마지 아냐 탄복(歎服) 왈,

"뉴션싱의 싱흔 빈즉, 엇지 이러치 아니리오."

싀로이 칭찬ᄒ고 부인이 됴시【60】니시 냥 쇼져를 다리고 ᄒᆞ 가지로 참연(參宴)ᄒ 여 승샹긔 헌슈(獻壽)ᄒ니, 부인의 봉관(封冠) 옥픽(玉佩)1309) 쳔연(天然)이 《기양∥ 깅장(鏗鏘)1310)》ᄒ고, 셩모옥틱(聖貌玉態)1311) 태양이 듕텬의 됴요(照耀)ᄒᆞᆫ 듯, 츈츄 (春秋) 삼십이 지ᄂᆞ시ᄃᆡ 묽은 광휘(光輝)와 단엄(端嚴)ᄒᆞᆫ 동용졀치(動容節次)1312) 위의 (威儀)에 ᄀᆞ족ᄒ고, 니쇼져의 화안월풍(花顔月風)1313)이 비길 곳이 업스니, 만좌홍샹 (滿座紅裳)이 탈식(奪色)ᄒ고, 인인(人人)이 부인의 복이 즁(重)ᄒᆞᄆᆞᆯ 일ᄏᆞᆺ고, 즈부(子 婦)의 츌진(出塵)1314)ᄒᆞᄆᆞᆯ 치하ᄒ여, 그 혁연(赫然)ᄒᆞᆫ 부귀와 긔이(奇異)ᄒᆞᆫ 풍치(風彩) 를 우러러 부러○[워] 《ᄒ리∥ᄒᆞᄂᆞᆫ 이》 무슈(無數)ᄒ니, 승샹이 녯 일을 싱각고, 당 시(當時)ᄒ여 복녹(福祿)이 구젼(俱全)ᄒ【61】믈 보니, 일변(一邊) 슬프고 두굿겨 부 인과 우셩 부부를 불너 잔을 각별이 밧고, 한림과 심시를 명ᄒ여 슐을 부어 날이 맛 도록 즐기다가 파(罷)하니, 부인은 인ᄒ여 머믈고 공즈와 냥부(兩婦)를 보ᄂᆡ니, ○○

정원은 세 명으로, 일 등인 장원랑(壯元郎)은 종6품, 이 등인 방안(榜眼)과 삼 등인 탐화랑 (探花郎)은 각각 정7품의 품계를 받았다. *여기서는 문과(文科)를 이르는 말로 쓰엿다.

1305)쟝옥(璋玉) : '아들'을 달리 이르는 말. 농장지경(弄璋之慶: 아들을 낳은 경사)에서 유래하 였다.

1306)션션(詵詵) : 수가 많은 모양.

1307)효렴(孝廉) : 효렴과(孝廉科). 중국 한(漢)나라 때 거행하던 과거시험의 일종. 효행이 있고 청렴결백(淸廉潔白)한 자로 전국 각지로부터 추천하게 하여 책문(策問)을 시험하여 뽑아 썼 는데, 이 과거제도는 양한(兩漢) 시대뿐만 아니라, 당(唐)・송(宋) 이후에도 가끔 시행되었다. 청대에는 이것을 효렴방정과(孝廉方正科)라 하였다. 《한서(漢書) 무제기(武帝紀)》, 《후한 서(後漢書) 백관지(百官志)》등에 보인다.

1308)문연각(文淵閣); 중국 명나라・청나라 때에, 북경에 있던 궁중 장서(藏書)의 전각(殿閣). 청나라 때 자금성의 동남쪽에 재건하여 ≪사고전서≫ ≪도서집성(圖書集成)≫ 따위를 두었 다.

1309)옥픽(玉佩) : 옥으로 만든 패물.

1310)깅장(鏗鏘) : 금・옥 등이 부딪쳐 나는 소리. 또는 악기 소리가 큰 것을 형용한 말이다. 주로 음악이나 시문(詩文)의 웅장한 지취(志趣)를 표현할 때 쓴다.

1311)셩모옥틱(聖貌玉態) : 성스러운 용모와 옥처럼 아름다운 자태(姿態)

1312)동용졀치(動容節次) : 행동과 차림새 및 그 순서와 방법.

1313)화안월풍(花顔月風) : 꽃처럼 아름다운 얼굴과 달처럼 고운 풍모.

1314)츌진(出塵) : =출세(出世). 세속을 벗어남. 세상에서 가장 뛰어남.

[싱이] 셕를 묘(妙)이 어든지라.

문득 이 날붓터 병을 일큿고 두문불츌(杜門不出)ᄒ니, 뉴공이 문병혼딕, 싱이 고왈,

"모친이 귀령(歸寧)ᄒ시미 쇼손(小孫)이 유병(有病)ᄒ니, 진실노 약물(藥物)이 셔의 [어](齟齬)ᄒ미 만혼지라. '가유실(家有室)이나 불여뮈[뫼](不如母)'1315)니이다."

공왈,

"니시 연쇼ᄒ나 네 가모(家母) 된지 히 지낫거늘 엇지 네 병침(病寢)을【62】돌보지 아니리오."

시녀를 블너 쇼져를 나오라 ᄒ여 왈,

"셩이 유병(有病)ᄒ니 맛당이 닉실의 평안이 안즛지 못홀 거시니 금일노붓터 침변(枕邊)의 이셔 완호1316)ᄒ라."

쇼제 감이 말을 못ᄒ고 지비 슈명(受命)ᄒ더라.

공이 시녀를 불너 쇼져와 혼가지로 구병(救病)ᄒ라 ᄒ고, 니러 나ᄋ가니, 쇼제 민망ᄒ나 존명을 틱만치 못홀지라. 난간의 나와 약을 긔결ᄒ고1317) 창밧긔 안졋더니, 싱이 져의 낙낙(諾諾)1318)ᄒ믈 보고 추야(此夜)의 쇼져를 쳥ᄒ여 금장(錦帳) 속의 드리고 온언(-言)1319)으로 달닉미, 미인의 긔운이 더욱 쥰졀(峻截)【63】ᄒ니, 발뵈지1320) 못ᄒ여 좌우로 쵹을 밝히고 외당의 이창(二娼)을 블너 드러오니, 싱이 시녀로 ᄒ여금 쇼져의 침금을 닉여오라 ᄒ여 이창을 쇼져 즈리의 닛그러 나ᄋ가 좌우로 협와(挾臥)1321)ᄒ여 왈,

"낭지(娘子), 뉴싱의 은이(恩愛)를 모르니 이ᄂ 부부의 운우(雲雨)1322)를 모르미라. 싱이 시험ᄒ여 이녀로 즐기고 이어 즈(子)의게 밋츠리니, 당돌ᄒ믈 고이히 녀기지 말고 보라."

ᄒ니, 쇼제 무상(無狀)이 여겨 나ᄋ가려 ᄒ니, 싱이 닝쇼(冷笑)ᄒ고 기리 원비(猿臂)1323)를 늘히여 쇼져의 손을 잡고 머무르니, 피치(彼此) 더욱 갓가온지라. 쇼【64】제 홀일업셔 다만 졍신을 슈쇄(收刷)1324)ᄒ고, 눈을 드지 아니 ᄒ나, 이창이 음난(淫

1315)가유실(家有室)이나 불여모(不如母)라 : 집에 부인은 있으나 어미는 없다는 말.

1316)완호 : 아픈 사람을 간호함. 고유어 '구완'과 한자어 '간호(看護)'가 합해진 말. *국립국어원 『표준국어대사전』은 '구완'을 한자어 '구환(救患)'이 변한 말로 그 어원을 밝혀놓고 있다.

1317)긔결ᄒ다 : 명령하다. 지시하다. 시키다. 부탁하다.

1318)낙낙(諾諾) : 남의 말을 잘 받들어 따름.

1319)온언(-言) : 온갖 말.

1320)발뵈다 : '발보이다'의 준말. 의도 본색 따위를 남에게 드러내 보이다.

1321)협와(挾臥) : 곁에 끼고 누움.

1322)운우(雲雨) : =운우지정(雲雨之情). 구름 또는 비와 나누는 정이라는 뜻으로, 남녀의 정교(情交)를 이르는 말. 중국 초나라의 회왕(懷王)이 꿈속에서 어떤 부인과 잠자리를 같이했는데, 그 부인이 떠나면서 자기는 아침에는 구름이 되고 저녁에는 비가 되어 양대(陽臺) 아래에 있겠다고 했다는 고사에서 유래한다.

1323)원비(猿臂) : 원숭이의 팔이라는 뜻으로, 길고 힘이 있어 활쏘기에 좋은 팔을 이르는 말

亂)ᄒᆞ미 긔탄(忌憚) 업고, 싱의 방ᄌᆞᄒᆞ믈[믄] 더옥 《충양∥층가(層加)》ᄒᆞ여 닐을 말이 업셔, 쇼져를 곤(困)이[케] ᄒᆞᄂᆞᆫ지라. 쇼졔 블승(不勝) 흔심홀 ᄯᆞ룸이러라.

밤이 깁흔 후, 싱이 이창을 닉여 {닉여} 보닉고, 다시 쇼져를 핍근(逼近)ᄒᆞ려 ᄒᆞ니, 쇼졔 그, 더러운 형상을 목도(目睹)ᄒᆞ미, 엇지 이녀의 머문 침금(寢衾)의 나ᄋᆞ가 이ᄀᆞᆺ튼 거조(擧措)를 감심(甘心)ᄒᆞ리오. 죽기로 믈니치니, 싱이 크게 노ᄒᆞ여 쳘여의(鐵如意)로 어즈러이 치고 쓰어 난간 아릭 나리치니, 긔졀(氣絶)【65】ᄒᆞ여 인ᄉᆞ를 아지 못ᄒᆞᄂᆞᆫ지라. 도로 안아다가 ᄌᆞ긔 침쇼의 누이고 구안[완]ᄒᆞ니, 싀비 계유 정신을 출여 흔을 머금고 붓그리믈 씌여 의상을 졍돈홀ᄉᆡ, 싱이 그 싴틱(色態) 용광(容光)을 보며[미], 광증(狂症) 가온딕 더욱 연익(憐愛)ᄒᆞ여 그 옥슈를 잡고 팔을 샏혀 쥬표(朱標)[1325]를 보니, 님의 흔젹이 업ᄂᆞᆫ지라.

웃고 니르딕,

"부인이 엄슉ᄒᆞ고 뎡열(貞烈)ᄒᆞ믈 ᄌᆞ님(自任)ᄒᆞ여 딕인이 나의 이녀 어드믈 노ᄒᆞ샤 부인긔 가뷔(家夫)라 ᄒᆞ미 더럽듯 ᄒᆞ시니, 그딕 이 말슴을 깁히 밋더, 당시의 치례(采禮)[1326] 밧드[으]믈 몽니(夢裏)의도 싱각지 아【66】니코, 날노뻐 악질(惡疾)을 씐 츄인(醜人)으로 아라, 흔번 낫빗츨 나초와 말ᄒᆞ미 업고, 녀뎍 협실(夾室)의셔 친코ᄌᆞ ᄒᆞ되, 긔운을 썰쳐 믈니치믈 바람의[이] 낙엽○○○[을 늘림] 갓치ᄒᆞ고, 추야(此夜)의 금댱(錦帳) 속의셔 온언으로 달내되, 더욱 쥰졀ᄒᆞ더니, 엇지 이녀의 머무ᄂᆞᆫ[던] 침금(寢衾)의셔 싱의 핍박ᄒᆞᄂᆞᆫ 곤욕을 바다 쥬푀(朱標) 흔젹이 업ᄂᆞ뇨? 녀ᄌᆞ의게 지아비 ᄀᆞᆺ튼 거시 업거늘, 그딕 가부(家夫) 알미 엄구(嚴舅) 후(後)의 잇시니, 금일 딕인이 그딕를 홀노 늙히고ᄌᆞ ᄒᆞ시던 일과 그딕 교우[오](驕傲)ᄒᆞ던 의싴 어딕로 갓ᄂᆞ뇨? 나의 셜분(雪憤)ᄒᆞ미 쾌흔 줄【67】 알고 방ᄌᆞ치 말나."

쇼졔 본딕 싱과 말ᄒᆞ미 업ᄂᆞᆫ지라. 참연(慙然) 부답(不答)ᄒᆞ고 믈너나더니, 어즐ᄒᆞ여 업더지니 다시 벽을 의지ᄒᆞ여 문 밧긔 나와, 유모의게 붓들여 닉당의 들어가 흔번 눗츨 ᄲᅡ고 누으미 니지 못ᄒᆞ니, 유푀 가이업시[1327]여겨 쇼졔를 보니, 두손이 다 상ᄒᆞ여 피육(皮肉)이 써러졋고 머리 씌여져 운환(雲鬟)[1328]이 쓷기며 만신(滿身)을 움ᄌᆞ기지

1324)슈쇄(收刷) : =수습(收拾). 어지러운 마음이나 사태 따위를 거두어 바로잡음.
1325)쥬표(朱標) : 앵혈. 중국의 '수궁사(守宮砂)'를 한국고소설에서 창작적으로 변용하여 쓴 서사도구의 하나. 도마뱀의 피에 주사(朱砂)를 섞어 만든 것으로, 이것을 팔에 한번 찍어 놓으면 성관계를 맺기 전까지는 절대로 없어지지 않는다는 속설 때문에, 고소설에서 여성의 동정(童貞)이나 신분(身分)의 표지(標識) 또는 남녀의 순결 확인, 부부의 합궁여부 판단 등의 사건 서사에 다양하게 활용되고 있다. 앵혈·주표(朱標)·비홍(臂紅)·홍점(紅點)·주점(朱點)·앵홍·앵점 등 여러 다른 말로도 쓰이고 있다.
1326)치례(采禮) : 납폐(納幣). 혼인할 때에, 사주단자의 교환이 끝난 후, 정혼이 이루어진 증거로 신랑 집에서 신부 집으로 예물을 보내는 일. 또는 그 예물을 말함. 보통 푸른 비단과 붉은 비단을 혼서(婚書)와 함께 함에 넣어 신부 집으로 보낸다.
1327)가이업다 : 가엾다. 가련(可憐)하다. 마음이 아플 만큼 안 되고 처연하다.
1328)운환(雲鬟) : '구름 같은 쪽찐 머리'라는 뜻으로, 여자의 탐스럽고 아름다운 쪽 찐 머리를

못ᄒᄂᆫ지라. 눈물○[을] 흘여 호읍(號泣)ᄒ니, 쇼졔 비로소 닙을 여러 왈,

"어미ᄂᆫ 번요(煩擾)이 구지 말나. 니 이졔 이 욕(辱)을 보고, 죽을 ᄯᅳᆺ이 급ᄒ나, ᄯᅩ흔 지【68】 아븨 일이니, 엇지 ᄒ리오. 비록 음힝(淫行)ᄒ야 닉게 만단(萬端) 욕(辱)이 이시나, ᄆᆞ음이 비옥(翡玉) ᄀᆞᆮ트니 엇지 스스로 죽어 편협(偏狹)ᄒ리오."

셜파(說罷)의 기리 탄식ᄒ고 식음(食飮)을 나오지 못ᄒ더라.

추야의 빅경 ○[등]이 긔식(氣色)을 알고, 어이업시 녀겨 아른 쳬 아니코, 다만 흔 가지로 누운 곳의 구병(救病)ᄒ믈 일ᄏᆞᆺ고 밤을 지니더니, ≤싱이 신졍(新情)이 미흡ᄒ여 명일 ᄎᆞ병(差病)ᄒ믈 일ᄏᆞᆺ고, 니러나 ○…결락27자…○[조부ᄭᅴ 신셩ᄒ니, 공이 수이 ᄒ리믈 듸열ᄒ여 더욱 ᄉᆞ랑ᄒ더라. 셩이] 니당의 드러가니, 됴·빅 냥 쇼졔 듕당(中堂)의셔 투호(投壺) 치다가 싱을 보고 그윽○[이] 우으며 피ᄒ니≥1329), 쥬시 졍식ᄒ고 싱다려 왈,

"방ᄌᆞ흔 쇼랑【69】이 부명(父命)을 두리지 아니코, 광픽(狂悖)흔 거죄 이딕○[도]록 심ᄒ요?"

싱이 쇼왈,

"됴모(祖母)ᄂᆞᆫ 칙(責)지 말오쇼셔. 취쳐(娶妻)ᄒ여[연]지 두 ᄒᆡ의 안히 얼골을 모르다가 그윽흔 밤의 겻히 두어시니, 엇지 노남ᄌᆞ(魯男子)1330)의 고집ᄒ미 이시리오. 장뷔 식을 ᄉᆞ모ᄒ미, 상여(相如)1331)의 문군(文君)1332) 어드믄 그 과거(寡居)ᄒ믈 허믈

─────────────

이른 말.

1329) 싱이 신졍이 미흡ᄒ야 명일 ᄎᆞ병ᄒ믈 일ᄏᆞᆺ고, <u>니러나 조부ᄭᅴ 신셩ᄒ니, 공이 수이 ᄒ리믈 듸열ᄒ여 더욱 ᄉᆞ랑ᄒ더라. 셩이 믈너 니당의 드러가니, 됴빅 냥쇼졔 듕당의 잇다가 셩을 보고 그윽이 우스며 피ᄒ니,</u> …(국립도서관본 『뉴효공션힝녹』 貞 <권지사>:7쪽13-8쪽4행, * 밑줄·문장부호 교주자)

1330) 노남ᄌᆞ(魯男子): 노(魯) 나라의 남자. 곧 행실이 아주 바른 남자, 또는 여색을 좋아하지 않는 남자를 가리킨다. 노나라에 홀로 사는 사람이 있었는데, 이웃 과부도 홀로 살고 있었다. 밤에 폭풍우로 과부의 집이 무너져, 과부가 이 남자의 집에 와서 의탁을 하고자 하니, 남자가 받아들이지 않았다. 과부가 말하기를 "그대는 왜 유하혜(柳下惠)가 했던 것처럼 아니 하는가? 유하혜는 미처 성문에 들어가지 못한 여자를 품어 주었는데도 사람들이 문란하다고 하지 않았다."라고 하니, 남자가 말하기를 "유하혜는 할 수 있는 일이었지만 나는 할 수가 없다. 나는 나의 불가함으로써 유하혜의 가함을 배우고자 한다." 하였다. 《공자가어》 권2 〈호생(好生)〉에 나온다.

1331) 상여(相如): 사마상여(司馬相如). 중국 전한(前漢)의 문인(B.C.179-117). 자는 장경(長卿). 그의 사부(辭賦)는 한(漢)·위(魏)·육조(六朝) 문인의 모범이 되었다. 작품에 〈자허지부(子虛之賦)〉 따위가 있다. 무제의 비(妃)인 진아교(陳阿嬌)가 장문궁(長門宮)에 유폐되어 있을 때, 그녀가 다시 무제의 총애를 얻기 위해, 자신의 처지를 형상화한 노래를 지어 무제의 마음을 돌이키게 해 달라는 청을 받고, 〈장문부(長門賦)〉라는 시를 지어준 일로 유명하다.

1332) 문군(文君): 탁문군(卓文君). 한나라 때의 부호 탁왕손의 딸로 어릴 때부터 재용(才容)이 뛰어났다. 문군이 과부가 되어 친정에 와 있을 때, 사마상여가 거문고를 타며 음률을 좋아하는 문군의 마음을 돋우자, 문군은 상여의 거문고 소리에 반해 밤중에 집을 빠져나가 상여의 집에 가서 그의 아내가 되었다. 후에 상여(相如)가 무릉인(茂陵人)의 딸을 첩으로 삼으려 하

치 아녓거눌, ᄒᆞ물며 뉵녜(六禮)1333)로 마즌 쳐지(妻子)리잇가?"

쥬시 홀 말 업셔 웃고 왈,

"낭군의 말은 쾌(快)커니와 져 니쇼졔 년쇼아(年少兒)로 지극ᄒᆞᆫ 약질이어눌, 낭군이 싱각아냐 핍박ᄒᆞ니, 임의 신상의 병이 되엿ᄂᆞᆫ지라.【70】눛출 벗고 여지 아니커눌 붓그려 그런가 ᄒᆞ야 위로ᄒᆞ고 그 얼골을 보니, 머리 씌여져 피 엉긔엿고 면뫼(面貌) 상(傷)ᄒᆞ여 프르고 불거시니, 상공이 져 거동을 보시면 엇덜가 시부니잇ᄀᆞ? 상공이 츈취(春秋) 졍셩(鼎盛)1334)ᄒᆞ고, 가뇌(家內)의 분면홍장(粉面紅粧)1335)이 슈풀 ᄀᆞᆺᄐᆞ여시며, 옥관(玉關)1336) 여졍(旅程)의 고초(苦楚)와 십년독쳐(十年獨處)의 한(恨)이 이시되, 맛춤뇌 ᄒᆞᆫᄂᆞᆺ 희쳡(姬妾)이 업ᄉᆞᆷ 공ᄌᆞ의 보ᄂᆞᆫ 빅라. 상공의 풍되(風度) 공ᄌᆞ 우히오, 긔상(氣像)의 쵸월(超越)ᄒᆞᆷ미 공ᄌᆞ의 《발알∥바랄》 빅 아니오, 위인의 위즁(威重)ᄒᆞᆷ미 공지 만ᄉᆞ쳔싱(萬死天生)1337)ᄒᆞ여도 만불급(萬不及)1338) 이로딕, 삼【71】부인(三夫人)과 금츠십이쥬(金釵十二珠)1339)를 ᄀᆞᆺ초지 아니시믄 이르도 말고, 평싱(平生) 결발(結髮)1340)ᄒᆞᆫ 그딕 모부인긔도 딕졉이 녜(禮) 밧기 ○○[권되(權道)] 업거눌, 낭군이 구싱유츄(口生乳臭)1341) 업지 아녀셔, 희쳡(姬妾)을 다 ᄀᆞᆺ쵸고, 뎡실(正室)을 장욕(杖辱)1342)ᄒᆞ여 병신(病身)을 밍그니, 노인(老人)이 쳥시(聽視)1343)ᄒᆞ여[기] ᄒᆞᆫ심ᄒᆞᆫ지라. 공지 무ᄉᆞᆷ 념치(廉恥)로 긔운을 부리ᄂᆞ뇨?"

싱이 쥬시의 졀칙을 듯고 불승참괴(不勝慙愧)ᄒᆞ여, ᄉᆞ례(謝禮)ᄒᆞ고 또ᄒᆞᆫ 니시의 과상(過傷)ᄒᆞ다 ᄒᆞ믈 놀나 싱각ᄒᆞ되,

"뇌 조용히 기유튼 못ᄒᆞ여거니와, 엇지 그리 상ᄒᆞ여던고?"

의심ᄒᆞ여 살니 협실(夾室)의 니르니, 쇼졔【72】심이 붓그리고 괴로오나 경부(敬

자 문군이 <백두음(白頭吟)>이란 시를 읊어 이를 단념케 한 고사가 전하기도 한다.

1333)뉵녜(六禮) : 우리나라 전통혼례의 여섯 가지 의례. 납채(納采), 문명(問名), 납길(納吉), 납폐(納幣), 청기(請期), 친영(親迎)을 이른다..

1334)졍셩(鼎盛) : 한창 나이라서 혈기가 매우 왕성함.

1335)분면홍장(粉面紅粧) : 얼굴에 하얀 분을 바르고 붉은 연지를 찍어 화장함. 또는 화장한 미인을 비유적으로 이르는 말.

1336)옥관(玉關) : 옥문관(玉門關). 중국의 감숙성(甘肅省) 돈황(敦煌)에 있는 관문(關門)으로, 지리적으로 중국의 서쪽 변방에 위치해 있어, '변방 지역으로 나가는 길목' 또는 '변방 지역', '유배지' 등을 비유하는 말로 쓰인다.

1337)만ᄉᆞ쳔싱(萬死天生) : 만 번을 죽고 천 번을 새로 태어남.

1338)만불급(萬不及) : 전혀 어떤 수준이나 정도에 미치지 못함

1339)금츠십이쥬(金釵十二珠) : =십이금차(十二金釵). 12명의 첩(妾). *금차(金釵) : '금비녀'를 뜻하는 말로 첩(妾)을 달리 이르는 말. 형차(荊釵)·형포(荊布)·조강(糟糠) 등으로 정실부인을 이르는 것과 비슷한 조어법이다.

1340)결발(結髮) : ①'본처'를 달리 이르는 말. ②'혼인'을 비유적으로 이르는 말

1341)구싱유츄(口生乳臭) : =구상유취(口尙乳臭). 입에서 아직 젖내가 난다는 뜻으로, 말이나 행동이 유치함을 이르는 말.

1342)장욕(杖辱) : =구욕(驅辱)·당욕(撞辱) 때리고 욕함.

1343)쳥시(聽視) : 듣고 봄.

夫)ᄒᄂᆞᆫ 도리의 맛당이 누어 ᄃᆡ졉ᄒᆞᆯ 비 아닌 고로, 강잉ᄒᆞ야 덥흔 거슬 제치고 니러 안ᄌᆞ니, 옥면의 녹발이 어즈럽고 아릿닷[다]온 틱도와 긔이ᄒᆞᆫ 광치 암실의 븕으니, 싱이 아득히 넉슬 일○[코] 쵸현[연](愀然)이 흠ᄋᆡ(欽愛)ᄒᆞ여 다만 그 상쳐를 보니 과연 듕ᄒᆞᆫ지라. 싱이 심하의 뉘웃쳐 그 옥슈를 잡아 회포를 니르고져 ᄒᆞ니, 좌우 손이 다 피육(皮肉)이 뮈여져1344) 셩ᄒᆞᆫ 곳이 업ᄂᆞᆫ지라. 스스로 싱각ᄒᆞ매, '뎌의 골육(骨肉)이 댱(長)치1345) 못ᄒᆞ고 긔뷔(肌膚) 응지(凝脂) ᄀᆞ트니 이럿툿 상(傷)ᄒᆞ【73】여시니', ᄌᆞ탄 왈,

"이 졍이 사ᄅᆞᆷ의 니른 바 지극히 조흔 거슨 더럽기 슈이1346) ᄒᆞ고 지극히 귀ᄒᆞᆫ 거슨 완젼(完全)치 못ᄒᆞ다 ᄒᆞ니, 쇼져를 니르민져! ≤그ᄃᆡ 져 ᄀᆞ튼 긔질노 경궁(卿宮)1347)의 싱장(生長)ᄒᆞ여 상문(相門)의 드러와 영복(榮福)이 극ᄒᆞᆯ 거시어ᄂᆞᆯ, 싱 갓튼 광부(狂夫)를 맛나니 그 신셰 그릇되고 일○…결락24자…○[신의 흠딜(欠疾)을 일위니 엇디 애ᄃᆞᆲ디 아니리오. 슈연(雖然)이나 그ᄃᆡᄂᆞᆫ] 싱의 허물을 긔회(介懷)○[치] 말고 관심ᄒᆞ여 병회(病懷)를 됴셥(調攝)ᄒᆞᆯ지어다≥1348)"

쇼졔 공경ᄒᆞ여 드를 ᄯᆞ름이오, 눈을 드지 아니니 그 엄슉ᄒᆞᆫ 긔상을 흠모ᄒᆞ여 머무러 심ᄉᆞ를 니르고져 ᄒᆞ더니, 믄득 보ᄒᆞᄃᆡ 각뇌 츌번ᄒᆞ여 계샤 현묘(見廟)【74】ᄒᆞ랴 ᄒᆞ시니, 원문(垣門)을 열나 ᄒᆞ거ᄂᆞᆯ, 싱이 놀나 급히 나오니, 상셰 이날 텬지 승총(承寵)ᄒᆞ믈 닙어 승상(丞相) 쵸공(楚公)을 봉(封)ᄒᆞ샤 경긔[거](輕車)1349) 일승(一乘)과 황나(黃羅)1350) 이긔[궤](二櫃)1351)와 금졀옥보[부](金節玉斧)1352)를 쥬샤 틱ᄉᆞ(太師)를 빅(拜)ᄒᆞ시니, 셰번 글을 올녀 ᄉᆞ양ᄒᆞ야 죵시 ᄯᅳᆺ을 엇지 못ᄒᆞ고, 브득이 ᄉᆞ은(謝恩)ᄒᆞ고 집의 도라오니, 이지(二子) 다 마ᄌᆞᄃᆡ 홀노 우셩은 보디 못ᄒᆞᆯᄂᆞ니, ᄉᆞ당(祠堂)의 오를 시, 길ᄒᆡ셔 마됴쳐 년망이 녜ᄒᆞ니, 승상이 도라보고 현묘ᄒᆞᆫ 후 셔당○[의] 도라와, 됴복(朝服)을 벗고 위좌(危坐)ᄒᆞ니, 빅경 등이 졔슐(製述))을 가져와 그 《냥댱‖단

1344)뮈다 : 믜다. 찢다. 찢어지다.
1345)쟝(長)ᄒ다 : 자라다. 생물이 생장하거나 성숙하여지다.
1346)슈이 : 쉬이. 어렵거나 힘들지 아니하게.
1347)경궁(卿宮) : 경대부(卿大夫)의 집. *경대부(卿大夫): 높은 관직에 있는 벼슬아치를 이르던 말. 경과 대부로 대표된다.
1348)그ᄃᆡ 져 ᄀᆞ흔 긔딜노 경궁의 싱댱ᄒᆞ야 샹문의 드러오니, 영복이 극ᄒᆞᆯ 거시어ᄂᆞᆯ 믄득 싱ᄀᆞᆺ흔 광부를 만나니, 그 신셰 그릇되고 일신의 흠딜을 일위니, 엇디 애ᄃᆞᆲ디 아니리오. 슈연이나 낭ᄌᆞᄂᆞᆫ 싱의 어물을 개회티 말고 관심ᄒᆞ여, 병회롤 됴셥ᄒᆞ쇼셔.…(국립도서관본 『뉴효공션힝녹』貞 <권지사>:11쪽11행-12쪽3행, *밑줄·문장부호 교주자)
1349)경거(輕車) : 빨리 달리는 가벼운 수레.
1350)황나(黃羅) : 누런 색깔의 비단.
1351)이궤(二櫃) : 두 궤짝. *궤(櫃): 물건을 넣도록 나무로 네모나게 만든 그릇. 물건을 이것에 담아 그 분량을 세는 단위로도 쓰인다.
1352)금졀옥보[부](金節玉斧) : 쇠로 만든 절(節)과 옥으로 만든 부월(斧鉞). 절은 수기(手旗)와 같이 만들었고, 부월은 도끼와 같이 만들었는데, 임금이 이를 고위 관리에게 내려 신표로 삼던 물건.

댱(短長)1353)》을 흔갈갓티 ᄀ라친 후,【75】이윽이 안ᄌ시디 각별 말이 업스니, 졔ᄌ
(諸子) ᄯ흔 숑연(悚然)이 되엿더라.

　이윽고 승상이 닉당의 드러가니 쥬시와 됴・빅 양인이 뵈디 홀노 니시를 보지 못ᄒ
니, 승상이 그 연고를 무른디, 쥬시 쇼왈,

　"상공은 슈일(數日) 만의 만인지상(萬人之上)1354)이 되시고, 니쇼졔는 슈일 병이 즁
ᄒ니, 이락(哀樂)○[이] 상반(相反)ᄒ시니이다."

　승상이 경왈(驚曰),

　"ᄋ뷔 무슴 병이 잇ᄂ뇨?"

　쥬시 함쇼부답(含笑不答)ᄒᆫ 디,

　승상이 우셩다려,

　"네 모친이 도라왓ᄂ냐?"

　싱이 졍히 쥬시를 눈 쥬다가 부친 말슴을 아라듯지 못ᄒ고 머뭇기니, 이 ᄢ 빅경
{등}이 좌의 업손지라.【76】빅명이 디 왈,

　"빅뫼 뎡공이 미양(微恙)이 계시기로 도라오지 아냐 계시니이다."

　승상이 우셩의 경쉭(景色)을 익이 ○○[슬퍼] 무슴 일이 잇ᄂ 쥴을 알되, 말을 아니
ᄒ고 드러가 니시 병을 무르니, 쇼졔 엄구(嚴舅)의 친림(親臨)ᄒ시믈 황괴(惶愧)ᄒ여
니러 맛고ᄌ ᄒᄆᆡ[디], 믄득 현혼(眩昏)ᄒ야 업더지니, 승상이 뎌의 병셰 비경(非輕)ᄒ
믈 보고 놀나, 붓드러 안ᄌ라 ᄒ고 병종(病種)을 무르니, 쇼졔 다만 풍한(風寒)의 쵹상
(觸傷)ᄒ믈 고ᄒᄂᆫ지라.

　승상 왈,

　"네 신쉭(身色)이 환탈(換奪)ᄒ고 긔븨(肌膚) 상ᄒ여 수일 사이의 다른 사룸이 되어
시니, 독병(毒病)1355)이 아니면 니러치 아닐지라.【77】셜니 손을 니라. 진믹(診脈)ᄒ
여 질요(診療)ᄒ리라."

　쇼졔 손 니기를 극히 어려워 ᄒᄂ 거동이여늘, 승상은 다만 공경ᄒᄂ 거동인가 ᄒ
여 지극○[히] 어엿비 여겨, 그 증셰를 우려ᄒ여 친이 손을 잡아 믹을 볼 식, 믄득 놀
나 왈,

　"ᄋ부의 손이 엇지 니럿툿 상(傷)ᄒ엿ᄂ뇨?"

　쇼졔 붓그러옴○[을] ᄢ여 답지 못ᄒ더니, 승상이 쇼졔의 운환(雲鬟) 스이의 피 엉
긔여시믈 더욱 고이히 여겨 무슴 묘믹(苗脈)이 잇ᄂ 쥴 알고, ᄯ 진믹홀 식, 쥬푀(朱
標)1356) 업스믈 ᄢ다라 싱을 층[측]냥(測量) 업시 {업시}녀기되, 다만 그 상ᄒᆫ 년고

1353)단댱(短長) : 단점과 장점.
1354)만인지상(萬人之上) : 일인지하 만인지상(一人之下 萬人之上) 곧, 한 임금의 아래이자 모
　든 사서인(士庶人)의 위 지위에 있는 '승상(丞相)'을 뜻한다.
1355)독병(毒病) : 매우 위독(危篤)한 병.
1356)쥬표(朱標) : 앵혈. 중국의 '수궁사(守宮砂)'를 한국고소설에서 창작적으로 변용하여 쓴 서

(緣故)는 아지 못ᄒ더라.【78】

'조심ᄒ여 됴리ᄒ라.' 니르고, 나오며 보니 우셩의 신식이 맛춤니 편안치 못ᄒ지라. 심하(心下)의 통흔(痛恨)ᄒ여 금창약(金瘡藥)1357)과 탕약(湯藥)을 쇼져긔 보닉며 빅빅 믁믁1358)ᄒ니, 졔ᄌ졔뷔(諸子諸婦) 숑뉼(悚慄)ᄒ여 물너나믹, 조용히 쥬시다려 니르딕,

"닉 실노 부ᄌ(父子)의 졍(情)이 우셩의게 박흔 거시 아니로딕, 그 긔운을 춤고 슈ᄒ힝흔 즉 군ᄌ의 졍도(正道)를 어들가 ᄒ야, 각별 《엄히∥엄칙(嚴飭)》ᄒ더니, 이졔 ᄋ부의 나이 겨유 십셰 진[지]난 유익(幼兒)어늘 니공의 사치흠과 딕인의 밧바 ᄒ시무로 피ᄎ의 조혼(早婚)ᄒ여 션왕(先王)의 법졔를 넘으미 ᄌ못 블【79】가흔 고로 두어 히 각쳐(各處)ᄒ과ᄌ ᄒ는 말이 잇더니, 셩익 조심ᄒ믄 니로도 말고, 창녀를 스스로이 권연(眷戀)ᄒ다 ᄒ니, 그 힝실이 통흔(痛恨)ᄒ여, 니시를 집피 녀어 졔 뜻을 깁히 막은 후, 방ᄌ(放恣)ᄒ믈 크게 걱[꺽]지르고ᄌ ᄒ더니, 이졔 ᄋ뷔 병이 즁ᄒ고 《삼쳬∥창쳬(瘡處)》 고이ᄒ니, 부인이 뭇춤 잇지 아닌 빅라. 닉 실노 아지 못ᄒ니, 셔뫼 만닐 그 곡졀을 은휘(隱諱)ᄒ여 일시 돈ᄋ의 《완명∥안면(顏面)》을 《기렴∥괘념(掛念)》ᄒ실진딕, 이 실노 돈ᄋ를 ᄉ랑치 아니미오, 《셩∥연》을 져ᄇ리미 젹지 아니이다."

쥬시 얼골을 고치고 딕왈,

"상공이 이딕○[도]록 【80】아니시나 노쳡(老妾)이 엇지 쇼랑(少郎)의 허물을 두덥허1359) 그 진취(進就)ᄒ올 길을 막으리잇가? 과연 상공과 부인이 나가신 후 낭군이 탁병(託病)ᄒ고 노야긔 여ᄎ여ᄎ 고ᄒ니, 노애 쇼져로 구병(救病)ᄒ라 ᄒ시니, 낭군이 승계(乘計)ᄒ여 핍박ᄒ니, 쇼졔 녜의 가치 아니무로 밀막으니, 낭군이 평일(平日) 그 닝졍ᄒ던 일과 그 썩 □□[고집]○[ᄒ]던 일을 노(怒)ᄒ여 이충(二娼)을 불너드려 쇼져의 자리의셔 친(親)

ᄒ고, 쇼졔 나오려 ᄒ니 잡아 노치 아니코 그 형○[식](形色)을 다 뵈고, 이어 쇼져를 핍박코ᄌ ᄒ니, 쇼졔 슌(順)치 아닛는 고로【81】곤욕(困辱)ᄒ노라 치고 박츠미 인ᄉ를 모로는지라. 힘으로 핍박ᄒ니 뎌 쳔금약질(千金弱質)1360)이 면치 못ᄒ고, ○○○[낭군의] 손 가운딕 드러 흔갓 져러툿 상□□[ᄒ여]시니, 이□[창](二娼)의 □□[방ᄌ]ᄒ미 더욱 무상ᄒ지라. 실노 용샤(容赦) 말오쇼셔."

ᄒ니, 승상이 쳥파(聽罷)의 ○○○○[어히업셔] 웃더라.【82】

사도구의 하나. 도마뱀의 피에 주사(朱砂)를 섞어 만든 것으로, 이것을 팔에 한번 찍어 놓으면 성관계를 맺기 전까지는 절대로 없어지지 않는다는 속설 때문에, 고소설에서 여성의 동정(童貞)이나 신분(身分)의 표지(標識) 또는 남녀의 순결 확인, 부부의 합궁여부 판단 등의 사건 서사에 다양하게 활용되고 있다. 앵혈·주표(朱標)·비홍(臂紅)·홍점(紅點)·주점(朱點)·앵홍·앵점 등 여러 다른 말로도 쓰이고 있다.

1357)금창약(金瘡藥) : =금창산(金瘡散). 한의학에서 칼, 창, 화살 따위로 생긴 상처에 바르는 약. 석회를 나무나 풀의 줄기와 잎에 섞어 이겨서 만든다.

1358)빅빅믁믁 : 씩씩하고 묵묵(默默)함.

1359)두덥다 : =뒤덮다·둣덮다. 편들어 감싸주다. 두둔하다. 비호(庇護)하다.

1360)쳔금약질(千金弱質) : 천금처럼 귀하게만 자라 몸이 허약한 체질임.

뉴효공션힝녹 권십일

□[화]셜(話說), 승샹이 쳥파의 웃고 왈,

"인인(人人)이 취쳐(娶妻)흔 즉 금□[슬]의 화합ᄒ미 샹시오, 쳐쳡을 갓초미 고이치 아니ᄂ, 엇지 우셩은 인셰의 듯지 못흔 거죄 이 ᄀᄐ뇨? 츠이 군부ᄅᆯ 모로고 녜도ᄅᆯ 멀니ᄒ며 덕을 염(厭)히 여기며, 일싱 식욕의 ᄆ옴이 이시니, 십삼셰 소이 볼셔 이희(二姬)ᄅᆯ 두어 경샹(景狀)이 여츠ᄒ니, 젼두(前頭)ᄅᆯ 가히 알지라. 오문(吾門)을 망ᄒ리ᄂ 우셩인져!"

셜푸의 양츈(陽春) ᄀᄐᆫ 거동이 삭풍(朔風) ᄀᄐ여, 이에 이러ᄂ미, 쥬시 놀나 {왈}, '년【1】쇼아(年少兒)□[의] 일을 과도이 칙디 말믈' 지삼 당부ᄒ더라.

승샹이 외당(外堂)의 나와 시노(侍奴)ᄅᆯ 명ᄒ여 안빈각 이챵을 수탐(搜探)ᄒ여 잡아 오니, 승샹이 큰 미로 형쟝(刑杖)을 더으고 아역으로 ᄒ여곰 이녀의 일홈을 교방(教坊)의 쎠히고 ≤각각 원디(遠地)의 닉○○[보닉]라 흔 후, 좌우ᄅᆯ 물니치고 심복시노(心腹侍奴) 수인(數人)으로 ᄒ여금 셔당 문을 닷고, 공ᄌᄅᆯ 잡아 ᄂ리오니, 빅경 등이 송구(悚懼)ᄒ여 넉술 일코 싱은 발셔 죄ᄅᆯ 알고 복디(伏地) 쳥□□□[죄ᄒ니], 승샹이 시노ᄅᆯ 불너 산쟝(散杖)1361)을 잡으라 ᄒ고≥1362), 이에 눈물을 흘녀 싱다려 니로디,

"닉 본디 군【2】신은 엄ᄒ고 부ᄌᄂ 조용ᄒ믈 귀히 녀기더니, 이졔 네 일을 보니 불가사문어타인(不可使聞於他人)1363)이라. 닉 블힝(不幸)ᄒ여 몸이 □[폐]하의 졍승이라. 도로혀 픽덕(悖德)의 ᄌ식을 졔어치 못ᄒ고 엇지 나라흘 다ᄉ리리오. 금일 너ᄅᆯ 치미 너ᄅᆯ ᄯ ᄉ랑ᄒ미오, 너희[의] 쟝칙(杖責)의 곤(困)ᄒ미 닉 슬히 알프믈 모로미 아니라. 춤아 ᄌ식을 져ᄇ리지 못ᄒᄂ[미]니, 네 이 미ᄅᆯ 맛고 기심(改心) 《쳥션‖쳔션(遷善)》흔 즉, 부ᄌ 쳐음 ᄀᆮᄐᆯ 거시오, 기회(改悔)치 아니면 금일이 영결(永訣)이니, 네 ᄯᅩ흔 나의 일을 거의 짐작ᄒ리라."

1361)산쟝(散杖) : 죄인을 신문할 때, 위엄을 보여 협박하기 위해서 많은 형장(刑杖)이나 태장(笞杖)을 눈앞에 벌여 내어놓던 일.

1362)각각 원디의 내친 후 좌우를 물니티고, 심복시노 수인으로 ᄒ여곰 셔당 문을 닷고 공ᄌᄅᆯ 잡아 ᄂ리오니, 빅경 등이 듕계예셔 송구ᄒ믈 이긔디 못ᄒ고 싱은 볼셔 ᄌ긔 죄를 아ᄂ디라. 복디 쳥죄 ᄲᆫ이러라. 승샹이 산댱을 잡으라 ᄒ고, …(국립도서관본 『뉴효공션힝녹』 貞〈권지사〉:19쪽7-12행, *밑줄·문장부호 교주자)

1363)불가사문어타인(不可使聞於他人) : 남이 알게 할 수 없음. 또는 남이 알까 두려움.

셜파의 시노를 꾸지져 틱쟝(笞杖)을 엄히 ᄒ니, 승상이 삼십여년 니르히【3】블쾌ᄒ 빗츨 비복의게도 뵈지 아냐더니, 금일 이 ᄀᆞᆺ치 노긔 엄쥰(嚴峻)ᄒᆞᆷ믈 보고, 시녀 블승젼률(不勝戰慄)ᄒᆞ여 감히 인졍을 두지 못ᄒ니, 임의 수십쟝(數十杖)의 니르니 셩혈(腥血)이 ᄯᆞ히 가득ᄒ니, 빅경 등이 감이 말을 못ᄒᆞ여 머뭇기고, 싱이 ᄯᅩ흔 졔 일○[이] 무샹(無狀)흔 줄 아ᄂᆞᆫ지라. 야야(爺爺)의 분긔(憤氣) 격발(激發)ᄒᆞᆷ믈 보고 죽은 다시 업다여 쇼릭를 아니ᄒ니, 임의 오십쟝(五十杖)의 밋ᄎᆞᆷ미 싱이 비록 긔질(氣質)이 슉셩(夙成)ᄒᆞ나, 나이 어린지라. 긔운을 슈습지 못ᄒᆞ고 가족이 터져 술이 샹ᄒ니, 노복이 ᄎᆞᆷ아 미를 더으지 못ᄒᆞ되 승샹의【4】노긔(怒氣) 졈졈 더ᄒᆞ고 격분ᄒᆞᄂᆞᆫ 스ᄉᆡᆨ(辭色)이 긋치[츨] 누루지1364) 못ᄒᆞᄂᆞᆫ지라.

빅경이 홀일업셔 ᄲᆞᆯ니 조부긔 드러가 고ᄒᆞᆫ딕, 공이 딕경ᄒᆞ여 급히 니르러 이 경샹을 보고 멀니셔 승샹을 ᄭᅮ지즈니, 승샹이 부친의 오시믈 보고 밧비 당의 ᄂᆞ려 마즐ᄉᆡ, 싱을 붓드러 일흐혀며 승샹을 딕ᄎᆡᆨ(大責) 왈,

"너 당년의 너를 그릇 증념(憎念)ᄒᆞ미 ᄉᆞ히(四海)의 퍼지고 죄를 명교(名敎)1365)의 어더시나, 일즉 이런 형벌○[은] ᄒᆞ지 아냣ᄂᆞ니, ᄎᆞ이 강보을 계유 면흔 아히○[라]. 비록 아모 허물이 이신들 엇지 ᄎᆞᆷ아 이 지경의 니르리오. 사름의[이] 부뫼 ᄉᆞ랑【5】ᄒᆞ면 견마(犬馬)라도 공경ᄒᆞ거늘, 너 이졔 우셩의 츌인(出人)ᄒᆞᆷ믈 이즁(愛重)ᄒᆞ니, 네 믄득 나를 믜워 우셩을 치ᄂᆞᆫ 작시라."

인ᄒᆞ여 싱의 손을 잡고 타루(墮淚) 왈,

"네 죄 안[아]녀 나의 부지 화(和)치 못흔 연괴로다. 너 어린 아히 무슴 죄 이시리오. 말노조ᄎᆞ 눈물이 빅슈(白鬚)의 ᄉᆞ못ᄎᆞ니 승샹이 면관(免冠) 돈슈(頓首) 왈,

"딕인이 엇디 니런 말슴을 ᄒᆞ시ᄂᆞ니잇고? 우셩의 죄 여ᄎᆞ여ᄎᆞᄒᆞ온 고로 엄칙(嚴飭)ᄒᆞ여 ᄆᆞᄋᆞᆷ을 고치과즈 ᄒᆞ미어늘, 인즈(人子)의 ᄎᆞᆷ아 듯○[지] 못홀 말슴을 ᄒᆞ시니, 히아(孩兒)의 죄 만ᄉᆡ(萬事)라도 속(贖)지 못ᄒ○[리]이다."

공이 노ᄒᆞ여 답디 아니코【6】싱을 다리고 셔헌(書軒)으로 가거늘 승샹이 공을 뫼셔 가니, 공이 승샹을 도라가라 ᄒᆞ거늘, 승샹이 셔셔 주왈,

"우셩의 병쇼(病所) 엇지 이곳이 맛당ᄒᆞ리잇고? 셔당으로 보ᄂᆡ여 됴리(調理)ᄒᆞ라 ᄒᆞ쇼셔."

싱이 야야의 긔ᄉᆡᆨ이 조금도 풀니지 아냐시믈 보고, 더욱 두려 조부를 의지ᄒᆞ여 니러나지 아니코, 공이 ᄯᅩ흔 듯지 아니ᄒᆞᄂᆞᆫ지라. 승샹이 믈너와 필연(筆硯)을 나와 부인긔 졀의(絶義)ᄒᆞᄆᆞ로써 글을 지어 보ᄂᆡ니, 빅경이 딕경ᄒᆞ여 머리를 두다려 간흔 딕,

"다만 우셩을 칙ᄒᆞ미니, 너는 방심(放心)홀지어다."

경이 그 ᄯᅳᆺ을 알고 닷토지【7】아니 ᄒᆞ더라.

1364)누루다 : 누르다. 어떤 행동이나 감정이 따위가 일어나거나 실행되지 않도록 억제하다

1365)명교(名敎) : ①사람이 마땅히 지켜야 할 바를 가르침. 또는 그런 가르침. ②'유교(儒敎)'를 달리 이르는 말.

츠일(此日)의 승상이 혼졍(昏定)ᄒ고 우셩의 이시믈 통히(痛恨)1366)ᄒ나, 공의 안젼(顔前)이라 ᄉ쇡(辭色)을 못ᄒ고, 믈너 셔실(書室)의셔 뎐뎐(輾轉)ᄒ여 ᄌ디 못ᄒ고, 명됴(明朝)의 녯 병이 복발(復發)ᄒ여 상셕(床席)의 위돈(危頓)ᄒ니, 가ᄂᆡ인(家內人)이 다 근심{이}ᄒ고, 텬지 념녀ᄒ샤 어의(御醫)로 간병ᄒ시니, 이 곳 심화병(心火病)으로 《비로소∥비롯ᄒ여》 쇽병(-病)1367)이 발하여 증셰 위듕(危重)ᄒ지라. 약의 촌회(寸效) 업ᄉ니, 텬지 크게 우려ᄒ샤 친히 약을 지어 어젼(御殿)의셔 다려 보ᄂᆡ시며, 유지(有旨)1368) 왈,

"이 곳 딤의 다ᄉ리[린] 바 명약(名藥)이니, 션싱은 음약(飮藥)ᄒ고 삼가 됴병(調病)ᄒ여 딤을 위로ᄒ라."

ᄒ시니, 승상이 군【8】은을 감격ᄒ야 약을 먹으며 긔운이 잠간 나으나 마ᄎᆞᆷᄂᆡ 혼침(昏沈)ᄒ니, 빅경이 부친 긔쉭을 보고 우셩다려 왈,

"네 이졔 듕댱(重杖)을 닙고 언연이 조부긔 근시(近侍)ᄒ야 ᄃᆡ인 ᄉ명(赦命)을 기다리지 아니니 두리건ᄃᆡ 일의 올치 아닌가 ᄒ노라. 또 ᄃᆡ인이 셩품이 불평ᄒ신 즉 미안ᄒᆫ 사ᄅᆞᆷ을 보지 아니시거늘, 일일의 ᄉ오슌(四五順) 문안ᄒᆞᆯ 젹마다 너ᄅᆞᆯ 보시니, 긔운 쓰시미 반다시 계실디니, 네 엇지 아지 못ᄒ고 이 병환을 일위시게 ᄒᆞᄂᆇ?"

싱이 크게 ᄭᅵ다라 드듸여 공(公)긔 됴리(調理)ᄒᆞᆯ믈 고ᄒ고, 믈너 안빈각의 나가니, 빅경이 드러 승상긔 술【9】오ᄃᆡ,

"우셩이 외당(外堂)의 믈너이셔 병이 듕ᄒ니, 의약을 다ᄉ리고ᄌ ᄒᆞᄃᆡ, 번거로온 ᄃᆞᆺᄒᆞ오니 엇지 ᄒᆞ리잇고?"

승상 왈,

"셩이 엇지 안빈각의 가뇨?"

경 왈,

"셩이 당초 엄명을 듯ᄉ왓ᄂᆞᆫ지라. 비록 조부의 과익(過愛)ᄒᆞ시므로 셔헌(書軒)의 슈일을 머무나 엇지 오ᄅᆡ 잇ᄉ리잇고? 황공ᄒ여 믈너 나ᄋ가다 ᄒᆞ이다."

승상 왈,

"블초ᄌ(不肖子)ᄅᆞᆯ 술와 쓸ᄃᆡ 업ᄉᄃᆡ, ᄃᆡ인이 과렴(過念)ᄒᆞ시니 약이나 다ᄉ리미 무방ᄒᆞ도다."

경이 ᄉ례ᄒ더라.

십여일을 지ᄂᆡ미 승상이 잠간 츠되(差度) 이시ᄃᆡ 오히려 ᄌ리를 ᄯᅥ나지 못ᄒ고, 우셩의 병○[이] 슈이 하려1369)니【10】러ᄂᆞ니, 뉴공이 크게 깃거 ᄒ더라.

<hr>

1366)통히(痛恨) : 몹시 분통하고 마음이 편치 않음.
1367)쇽병(-病) : 속병. ①몸속의 병을 통틀어 이르는 말. ②'홧병'이나 '위장병'을 일상적으로 이르는 말
1368)유지(有旨) : 승정원의 담당 승지를 통하여 전달되는 왕명서(王命書). 늑교지(敎旨)·전지(傳旨).

싱이 부친 병쇼의 나으가 감이 드러가디 못ᄒ고 창밧긔 셧더니, 승상이 이써 빅경의게 붓들녀 니러 안줏다가 문 밧긔 사름의 ᄌ최 잇거늘,

"엇던 사름인다?"

직삼 무르미, 싱이 두려 넌즈시 디왈,

"불초으(不肖兒)로 소이다."

승상이 발연(勃然) 디로 왈,

"불쵸진 뉴시 명풍(名風)1370)을 츄락ᄒ여 눈상(倫常)의 죄를 범ᄒ고 엇지 감이 불으미 업시 이에 니르러 나를 거슬코즈1371) ᄒ나뇨? 만일 ᄃᆡ인 명이 업슨즉, 결연이 족젹(足跡)을 두디 아닐 거시로ᄃᆡ, 존명(尊命)을 인ᄒ여 머무○[ᄅ]나, 늬 눈의 얼골과 ○○[귀예] 소ᄅᆡ를 들니며 뵈지 【11】 못ᄒ리라."

셜푸의 크게 두어 쇼ᄅᆡᄒ고 짜히 구러지니, 모다 급히 구ᄒ야 반향(半晑)의 인ᄉ를 출히니, 병이 다시 발ᄒᆞ지라. 싱이 감이 머무지 못ᄒ여 외당의 나와 뉘웃{지}침○[과] 슬프믈 이긔지 못ᄒ여 스스로 죽고즈 ᄒ다가, 또 싱각ᄒᆞᄃᆡ, ᄃᆡ인이 긔과(改過)키를 허ᄒ시니, 깁히 슈졸(守拙)1372)ᄒ야 ᄆᆞ음을 고치면 엇지 용샤(容赦)1373)치 아니리오. 맛당이 모친긔 뵈옵고 이 일을 의논ᄒ리라."

ᄒ고, 뎡부의 니르니, 이 씨 뎡부인이 승상의 글을 보고 싱을 가업시1374) 녀기며, 니쇼져 유병(有病)ᄒ믈 근심ᄒ더니, 이윽고 드르니 승상의 병이 위듕(危重)타 ᄒ【12】ᄂᆞᆫ지라. 반다시 긔운으로조ᄎᆞᆺ ᄂᆞᆫ 줄 알고 ᄌᆞ식 잘 못나흐믈 ᄌᆞ칙ᄒ여 몸을 츌부(黜婦)로 ᄌᆞ쳐(自處)ᄒ니, 뎡공이 쇼왈,

"네 나히 쇠키의 니르ᄃᆡ 고집이 업디 아니ᄒ도다. ᄌᆞ슌이 우셩을 칙ᄒ노라 즘즛 이ᄀᆞ치 ᄒ거늘 엇지 믄득 진짓 일을 삼아 뎌럿틋 과도ᄒ뇨?"

부인이 ᄃᆡ왈,

"가군(家君)의 힝시 희롱된 일이 업고, 아들을 치고 안히를 너치미, 이 젹은 일이 아니니 엇지 가부의 명을 가ᄇᆞ야이 ᄒ리잇고? 더옥 거지(擧止) 《여츠∥여상(如常)》ᄒᆞᆫ 즉, 능히 우셩의 ᄆᆞ음을 최찰(摧折)케 못ᄒ리니, 가군(家君)의 혜아리미 이미 ᄌᆞ못 원녜(遠慮) 《잇ᄂᆞᆫ디【13】라∥잇ᄂᆞ니이다》."

뎡공이 차탄ᄒ믈 마지 아니 ᄒ더라.

믄득 우셩의 니르러시믈 보ᄒᆞᄃᆡ, 부인이 깁히 드러 셩을 보지 아니ᄒ고 글노뻐 칙ᄒ니, 긔□[셔]의 왈,

1369)ᄒ리다 : (병이) 낫다.
1370)명풍(名風) : 이름난 가풍(家風).
1371)거슬다 : 거스르다의 옛말. 남의 마음을 언짢게 하거나 기분을 상하게 하다.
1372)슈졸(守拙) : 자기 분수를 지켜 조촐히 지냄.
1373)용샤(容赦) : 용서하여 놓아줌.
1374)가업다 : 가없다. 끝이 없다. 도리나 인륜 따위의 한계를 벗어나다.

"셕의 '문모(文母)1375)는 틱교(胎教)'1376) 후시고 '밍모(孟母)1377)는 삼쳔디교(三遷之敎)'1378)후시니, 니 비록 이셩(二聖)의 덕을 효측(效則)지 못후나, 일즉 셩현의 글노 뻐 너를 경계후여 아롬다이 셩인(成人)후믈 브릭더니, 창텬이 도오샤 부즈 부뷔 완젼후여, 엄군(嚴君)의 졍디(正大)후시미 너를 구라치기의 진심후여, 우리 두 사롬의 브라는 비 흔 덤 골육이 너 뿐이어늘, 네 이졔 픠려(悖戾) 무상(無狀)후여 가쟝(家長)의 명(命)【14】업시 창녀를 작쳡(作妾)후여 드려오고, 졍실을 곤욕후야 부모의 말을 흔 터럭 ㄳ치 너기니, 니 이졔 네 연고로 듕년(中年)의 츌뷔(出婦) 되고, 엄친이 슉병(宿病)이 복발후야 증셰 위극(危極)후니, 이는 부모를 다 스지의 보니는 즈식이라. 하면목(何面目)으로 닙어텬일지해(立於天日之下)1379)리오. 모지(母子) 흔 번 영결(永訣)후미 업지 아닐 거시로디, 니 춤아 네 얼골을 다시 보기를 싱각디 못후야 흔 쟝 글노 뻐 영결(永訣)후느니, 감이 셔로 차즈 니 므음을 어즈러지 말나."

하○[엿]더라.

싱이 견파(見罷)의 크게 슬허후고 도라《오며∥와》, 식음【15】을 젼폐후고 번뇌 후믈 마지 아니 후니, 날이 오릭미 신식(身色)이 환탈(換脫)후고 즈리를 쩌나지 못후더라. 승상이 달 나마1380) 신고후여 차복(差復)후니 뉴공이 크게 깃거 왈,

"너는 하려시디 우셩은 도로 신음(呻吟)후니 어린 아히 집히 상훌가 후노라."

승상이 화평이 위로후고 빅경 등을 명후여 '셩의 병을 보라' 후니, 이공지 외당의 나와 셩을 보고 승상의 명을 젼후니, 싱이 부친의 츠복후시믈 깃거 후더라.

빅경이 츠야을 흔가지로 지니며 슬피니 밤의 흔줌1381)을 자지 못후고 댱탄우우(長歎憂虞)1382)후야 심녀(心慮) 듕후니, 빅【16】경이 그 뜻을 알고 어엿비 녀겨 위로 왈,

---

1375)문모(文母) : 중국 주(周)나라 문왕(文王)의 어머니 태임(太任)를 이르는 말. *태임(太任): 중국 지(摯)나라 임씨(任氏)의 둘째 딸로, 주(周)나라 왕계(王季)에게 시집가 문왕(文王)을 낳았다.

1376)문모(文母) 틱교(胎教) : 문왕의 어머니 태임(太任)의 태교(胎敎)를 말한다. 그 내용은 "태임이 문왕을 잉태해서 눈으로는 나쁜 빛을 보지 않고, 귀로는 음란한 소리를 듣지 않고, 입으로는 오만한 말을 하지 않았더니, 문왕을 낳으매 총명하고 슬기로워서, 태임이 한 가지를 가르치면 백 가지를 알았다(及其娠文王, 目不視惡色, 耳不聽淫聲, 口不出敖言. 生文王而明聖, 太任敎之以一而識百)."는 것이다. 《소학(小學) 계고(稽古)편》에 나온다.

1377)밍모(孟母) : 맹자의 어머니. 아들의 교육을 위하여 세 번이나 이사를 하고 베틀의 베를 끊어 보여 현모(賢母)의 귀감으로 불린다.

1378)삼쳔디교(三遷之敎) : 맹자의 어머니가 아들을 가르치기 위하여 세 번이나 이사한 일을 이르는 말.

1379)닙어텬일지해(立於天日之下) : 하늘의 햇볕아래 섬

1380)나마 : =남짓. 크기, 수효, 부피 따위가 어느 한도에 차고 조금 남는 정도임을 나타내는 말.

1381)흔줌 : 잠시 자는 잠.

1382)댱탄우우(長歎憂虞) : 길게 탄식하며 근심하고 걱정함.

"우리 부뢰 불화(不和)ᄒ시나, 오래 지나면 ᄌ연 화(和)《홀ᄉ시오ᄅ 힝실 거시오》, 니쉬 유병(有病)ᄒ나 딕인이 니공으로 더부러 의약을 극진이 ᄒ시니, 슈일재[쌔] ᄎ되(差度) 잇ᄂᆞᆫ지라. 모로미 심녀를 허비치 말나. 다만 니쉬 너의 죄 닙으믈 황괴(惶愧)ᄒ야 만히 실셥(失攝)ᄒᆞᆫ 고로 텸상(添傷)ᄒ여 ᄒᆞ로 셰번 엄홀(奄忽)ᄒ미 이시니, 딕인이 너를 더욱 통흔(痛恨)ᄒ시더니, ᄎ되 이신 후ᄂᆞᆫ 수쉬(嫂嫂) 니로딕, '군ᄌᄀᆡ 샤명(赦命)이 업ᄉ니 닉 역시 죄듕(罪中)의 닛노라' ᄒ고 종일토록 문을 닷고 사ᄅᆞᆷ을 보지 아니시니, 그 힝ᄉ 아름○[다]오미 엇【17】지 너의 바랄 비리오."

싱이 쳥파의 십분 흠탄(欽歎)ᄒᄂᆞ ᄯᅩ흔 노(怒)ᄒ여 왈,

"○[졔] 심히 고집기로 말믜야마 쇼졔의 허믈이 니러나니, 이졔 변란○○○[이 ᄎ경(此境)]의 밋ᄎ미 도시(都是) 뎌의 죄라. 만ᄂᆞᆫ 즉 '칼을 묵거 ○○[쥬고]'1383) 그 아름다오믈 치하(致賀)ᄒ리이다."

빅경이 어히 업셔 망영(妄靈)되다 칙(責)ᄒ더라.

오륙일이 지ᄂᆞ딕, 싱의 병이 졈졈 듕(重)ᄒ니, 빅경이 온가지로 기유(開諭)ᄒ나, 승상의 샤명(赦命)이 업ᄉ니 심신이 맛ᄎᆞᆷ닉 편치 못ᄒ여 엄졀(奄絶)홀 지경의 니르니, 빅경이 황○[망]이 승상긔 고ᄒᆞ딕, 승상이 ○○[다만] '약○[믈]을 삼가 ○○○[다ᄉ리]라' 니를 ᄯᆞᄅᆞᆷ이오, ᄒᆞᆫ번 움【18】ᄌ겨 친히 볼 긔약이 업ᄂᆞᆫ지라.

경이 눈믈○[을] 흘니고 쵹급(着急)ᄒ믈 이긔지 못ᄒ야 조부긔 고왈,

"현광이 죄 즁ᄒ나 딕인이 너무 칙ᄒ샤 이졔 어린 ᄋᆞ히 근심이 위딜(爲疾)1384)ᄒ기의 이시나 용샤치 아니시니, 조뷔 만일 《면졀ᄅ면견(面前)》ᄒ야 권유ᄒ신 즉, 딕인이 비록 승슌(承順)ᄒ시나 슉병이 발홀가 두리옵ᄂᆞ니, 조뷔 다만 현광을 기유ᄒ시고, ᄯᅩ 니슈로 ᄒ여금 그 병침(病寢)의 이셔 흔 ᄉ렴(思念)이나 덜면 엇지 다힝치 아니리잇고?"

공이 올희 녀겨 즉시 ○○○○○○[싱의 누은 고딕 가] 싱을 위로 왈,

"네 아비 심긔 즁흔 고로 닉 아직 기유치 못ᄒ거니와, 죠【19】용이 풀어 니른 즉 엇지 닉말을 듯지 아니리오. 너ᄂᆞᆫ 병심을 됴리(調理)ᄒ여 나의 쳐치를 기다리라."

싱이 ᄉ왈(謝曰),

"쇼손이 불효흔 허믈이 큰지라. 야야의 다ᄉ리시미 맛당ᄒ니 엇지 감이 원(怨)ᄒ리잇고? 다만 ᄌ뫼 일싱 쳥졀(淸節)○[과] 셩덕(盛德)으로ᄡᅥ 쳔신만고를 지닉여 칠팔년 평안ᄒ믈 어더더니, 이졔 나이 쇠(衰)키의 니르러 위ᄎᆞ(位次) 승상 뎡비의 거(居)ᄒ엿거늘, 쇼손의 연고로 츌뷔(出婦) 되니, 쇼손이 비록 무상ᄒ나 오히려 인ᄌ(人子)여늘, 무슴 ᄆᆞᄋᆞᆷ으로 슬프고 뉘웃치미 죽기를 원(願)치 아니리잇고?"

셜파(說罷)의 읍【20】쳬여우(泣涕如雨)1385)ᄒ니, 공이 크게 어엿비 여겨 지삼 위로

1383) 칼을 묵거 쥬다 : '칼을 싸서 준다'는 말로, 자진(自盡)할 것을 재촉 또는 강요하는 것을 말한다.

1384) 위딜(爲疾) : 병을 이룸. 병이 듦.

ᄒ고 이에 드러가 니쇼져를 불너 면젼의 다드라니, 공이 졍식 왈,

"ᄋᆞ뷔 근니의 병을 일큿고 구고(舅姑)의 《긔환‖딜환(疾患)》과 가쟝(家長)의 우락(憂樂)을 난호미 업셔 고각(高閣)의 안연(晏然)ᄒᆞᆫ믄 엇지뇨?"

쇼졔 오히려 창쳬(瘡處) 낫[치]지 아냣더니, 존당의 엄졍(嚴正)ᄒᆞᆷ믈 보고 두려 복지(伏地) 쳥죄(請罪)ᄒᆞᆫ딕, 공왈,

"우셩은 나의 ᄋᆡ손(愛孫이라. 《너‖네》 엄구(嚴舅) 되엿ᄂᆞᆫ 지 ○○[임의] 졀졔치 못ᄒᆞ거든[늘] ᄒᆞ믈며 네 엇지 경만(輕慢)ᄒᆞ리오. 샐니 나가 병침(病寢)을 슬펴 게을니 말지어다."

쇼졔 샤죄(謝罪)ᄒᆞ고 퇴ᄒᆞ여 쥬시를 보와【21】왈,

"군지 병이 게시니 쳡이 엇지 물너 이시리오마ᄂᆞᆫ 쳔흔 병을 족히 일큿랄 빅 아니로딕, 다만 흔 번 엄구긔 취품ᄒᆞ여 허치 아니시니 ᄌᆞᆼᄒᆡᆼ치 못ᄒᆞ미러니, 존명(尊命)이 게시니 이제 다시 취품(就稟)코ᄌᆞ ᄒᆞ되 스스로 ᄒᆞ미 당돌홀가ᄒᆞᄂᆞ이다."

쥬시 위로ᄒᆞ고 승상긔 고ᄒᆞ니, 승상이 쇼왈,

"대인이 우셩 스랑ᄒᆞ시미 이 ᄀᆞᆺᄐᆞ샤 졔 죄를 《으지‖아지》 못ᄒᆞ시고 도로혀 ᄋᆞ부의 탓만 녀기시니 홀일 업손지라. 명을 틔만치 못홀 거시니, 나ᄋᆞ가 구병(救病)ᄒᆞ라 ᄒᆞ쇼셔. 슈연이나 텸약(-弱)[1386]ᄒᆞ기 심ᄒᆞ고, ᄯᅩ 창쳬 완합(完合)[1387] 지 못【22】ᄒᆞ여시니, 텸상(添傷)홀가 두리온지라. ᄒᆞ믈며 신병(身病) 가온딕 져를 만나, 졔 죄를 ᄋᆞ부의게 밀워 광픾흔 거죄 잇시리니, 니 맛당이 빅경으로 졔어케 ᄒᆞ리 《라‖이다》."

쥬시 역시 웃고, 승상의 허(許)ᄒᆞᆷ믈 젼ᄒᆞ니, 쇼졔 강병(强病)[1388]ᄒᆞ여 안빈각의 니르니, 빅경이 마ᄌᆞ 왈,

"현쉬(賢嫂) 니르시니, 쇼싱은 밧그로 의약(醫藥)[1389]을 ᄒᆞ고, 수수(嫂嫂)ᄂᆞᆫ 안흐로 병인을 와[완]호(-護)[1390]ᄒᆞ쇼셔."

쇼졔 감이 ᄉᆞ양치 못ᄒᆞ여 방즁의 드러가 댱 밧긔 셧더니, 귀를 기우려 드르니 싱이 혼미(昏迷)흔 가온딕 심[신]음(呻吟)을 괴로이 ᄒᆞᄂᆞᆫ 쇼릭 긋치지 아니코, 잇다감 탄식ᄒᆞ【23】여 늣기니, 쇼졔 그 힝ᄉᆞ를 불복(不服)ᄒᆞ나 의린(義理) 즉 쇼쳔(所天)의 즁(重)ᄒᆞᆷ이 이시니, 금일 위팅ᄒᆞᆷ믈 안도(眼睹)[1391]ᄒᆞ야 인ᄌᆞ(仁慈)흔 ᄆᆞᆷ의 엇지 경동(驚動)치 아니리오.

담(膽)을 크게 ᄒᆞ고 슈괴(羞愧)ᄒᆞᆷ믈 ᄎᆞᆷ아 댱(帳)을 들고 드러가 보니, 싱이 혼미듕(昏迷中) 인젹이 이시믈 보고, 니신 줄은 쳔만(千萬) 의외(意外)라. 다만 시동(侍童)의

1385)읍쳬여우(泣涕如雨) : 눈물을 비오듯 흘리며 슬피 욺.
1386)텸약(-弱)ᄒᆞ다 : 첨약(-약)하다. 사람의 기품이 여리고 약하다
1387)완합(完合) : 상처 따위가 완전히 아묾.
1388)강병(强病) : 억지로 병든 몸을 움직임.
1389)의약(醫藥) : 병을 치료하고 약을 씀.
1390)완호(-護) : 아픈 사람을 구완하고 보살핌.
1391)안도(眼睹) : =목도(目睹)·목격(目擊). 눈으로 직접 봄.

무린가 ᄒ여 눈을 감고 쇼릭를 계유 ᄒ여 ᄎ(茶)를 구ᄒ니, 쇼졔 져의 모로믈 보고 나ᄋ가믈 어려이 녀기디, 마지 못ᄒ여 ᄎ를 들고 상(牀)가의 나ᄋ가니, 싱이 눈을 드러 본즉 니시라. 놀납고 분노(憤怒)ᄒ여 발연(勃然) 작식(作色)ᄒ고,【24】ᄎ 그릇스로 쇼 져를 향ᄒ여 치니, 옥ᄉ발이 슌슌(散散)이 바아지니, 물이 쇼져의 몸{의} 우희 흐르는 지라.

쇼졔 안식을 ᄌ약히 ᄒ여 그릇과 물을 업시ᄒ고 물너 상(牀)머리의 셧더니, 싱이 셩을 참지 못ᄒ여 믄득 일더나1392), 그 머리를 풀쳐 손의 감아 바람1393)의 부디잇고 물 너 안겨 보니, 쇼졔 날호여 두발(頭髮)을 거두고 ᄉ식(辭色)이 젼일(全一)ᄒ지라. 빅경 의 쇼릭 갓가이 들니니 쇼릭ᄒ여 ᄯ우지[짓]지 못ᄒ고, 모진 셩이 불이듯 ᄒ여, 좌우를 도라보아 칼을 어더 쇼져를 찌르고ᄌ ᄒ나, 맛초와 촌【25】쳘(寸鐵)이 업ᄉ니, 다시 쇼져를 긋어다가1394) 상 우히 업지르고 쥬머괴로 치며 발노 박ᄎ니, 쇼졔 그 거동을 흉히 녀겨 종용이 싱의 잡은 거슬 풀고 몸을 ᄲᅢ혀 상 아릭 느리니, 싱이 닙쇽의셔 [로]1395) 욕ᄒ디,

"고약ᄒᆫ 요괴엿1396) 계집이 나가지 아니코 엇지 닉 눈의 뵈는다?"

쇼졔 져슈(低首) 부답(不答)ᄒ니, 싱이 온 가지로 즐욕(叱辱)ᄒ더니, 빅경이 발셔 승상 명으로 창 밧긔셔 동졍(動靜)을 슬피고, 가마니 부친 션견(先見)1397)을 항복(降服) ᄒ고 싱을 가업시1398) 녀겨 ᄒᆫ 번 쇼릭ᄒ고 지게를 녀니, 싱이 놀나 말을 긋치고 니 시 니러 맛거늘, 경이【26】투목(偸目)으로 니시를 보니, 안뫼(顔貌) ᄌ약ᄒ고 동지(動止) 안셔(安舒)ᄒ며, 싱을 본즉 미우(眉宇)의 노긔 어리여 호흡이 쳔촉(喘促)ᄒ며, 능 히 평상의 누엇지 못ᄒ니, 경이 졍식(正色) 칙왈,

"샤뎨(舍弟) 금일 볫 허믈○[을] 고치지 아니코 광픽(狂悖)ᄒ미 이 갓ᄐ뇨?"

싱일[이] 묵묵(默默)이어늘, 경이 ᄯᅩ 칙(責)ᄒ디,

"네 연고로 모부인이 친뎡의 도라○[가] 계시니 완취(完聚)ᄒᆯ 긔약이 너[네] 기과 (改過)ᄒᄂᆫ 날이 될지라. 네 맛당이 ᄆᆞ음을 고치고 ᄯᅳᆺ을 잡아 쳔션(遷善)1399)ᄒ미 일 취월장(日就月將1400))ᄒᆯ 거시어늘, 가지록 괴거(怪擧)를 ᄒ니 금일 슈슈(嫂嫂)의 니르 시미 ᄒ나흔 존명(尊命)을 위ᄒ미오, 둘은 부【27】덕을 완젼○○○○[케 ᄒ기 위]ᄒ 미라. 딕인이 날노뻐 너의 이 ᄀᆞᄐᆫ 동졍을 슬펴 그 기과(改過)ᄒ미 잇ᄂᆫ가 알나[랴]

1392)일더나다 : 벌떡 일어나다. 눕거나 앉아 있다가 조금 큰 동작으로 갑자기 일어나다.
1393)바람 : '바람벽(--壁)'의 준말. *바람벽: 방이나 칸살의 옆을 둘러막은 둘레의 벽.
1394)긋으다 : 끌다. 끌어당기다.
1395)입쇽으로 : 입속말로.
1396)엿 : 관형격조사 '의'.
1397)션견(先見) : 어떤 일이 일어나기 전에 미리 앞을 내다보고 앎.
1398)가업다 : 가없다. 끝이 없다. 도리나 인륜 따위의 한계를 벗어나다.
1399)쳔션(遷善) : 나쁜 짓을 고쳐 착하게 됨. 늑개과쳔션(改過遷善).
1400)일취월장(日就月將) : 나날이 다달이 자라거나 발전함.

ᄒ시니, 너의 이 거죄 가(可)ᄒ냐? 가(可)치 아니냐? 고(告)ᄒ랴? 고(告)치 아냠즉 ᄒ냐?"

싱이 급히 씨다라 눈물○[을] 흘니고 칭샤(稱謝) 왈,

"쇼졔 병이 이에 니르미 근본이 니시 죄여ᄂᆯ, ᄒᆫ 번 쇼졔를 향ᄒ여 청죄ᄒ미 업고, ᄒᆫ ᄯ 신듕(愼重)ᄒ믈 ᄌ부(自負)ᄒ여 닙을 봉ᄒ여 벙어리 되고 몸이 목인(木人)이 되어, 쇼데로ᄡᅥ 원슈 ᄀᆞᆺ치 녀기미 광심(狂心)이 발ᄒ엿더니, 형댱(兄丈)의 경계 올흔지라. 엇지 두 번 그릇ᄒ리잇고?"

경이 직삼 위로ᄒ고 ᄯ 니시를 향【28】ᄒ여 병인(病人)의 ᄯᅳᆺ을 밧과자[1401] ᄒᄂᆫ지라. 쇼졔 슈괴(羞愧)ᄒ믈 씌여 비샤(拜謝)ᄒ더라.

싱이 ᄎ후 노(怒)를 플고 ᄆᆞ음을 ○[펴] 됴리ᄒ니, 쇼졔 ᄯᅩᄒᆫ 구병《을∥ᄒ디》 졍셩○[을]ᄃᆞᆺ더이 ᄒ고 진퇴(進退) 《쥬변∥쥬션(周旋)》의 녜졀이 ᄀᆞ죽ᄒ니 {ᄒ니}, 싱이 당초 뎌의 미모를 흠이(欽愛)ᄒ고 닝낙(冷落)ᄒ믈 교만ᄒᄆᆞ로 밀위엿더니, 일실(一室)의 쳐ᄒ여 오릭 그 위인을 보니, 《졍도∥셩도(性度)》의 유한(有閑)ᄒᆫ 힝시(行事)와 단일(端一)[1402]ᄒ미 《하류∥하쥬(河洲)[1403]》의 잇지 아니뒤 관져시(關雎詩)[1404]를 지엄[음]즉 ᄒ고, 용안(容顔)의 슈려홈과 힝ᄉ(行事)의 영오(穎悟)ᄒᄆᆞ로ᄡᅥ 총명ᄒᆫ 직덕(才德)이 일마다 졍뒤ᄒ고 벅벅ᄒ니 ᄒᆞᆯ믈며 일덤 간댱이 싱텰(生鐵)○[을] 단【29】연(鍛鍊)홈 ᄀᆞᆺ튼지라. 여러 밤이 지ᄂᆞ뒤 ᄒ[ᄒᆞᆫ] 번 기우려 조을미 업고 좌를 고치미 업스니, 싱이 크게 공경ᄒ고 듕(重)이 여겨 젼일(前日) ᄒᆫ 어린 녀ᄌ로 아라 곤욕ᄒ믈 츰괴ᄒ여 ᄒ더라.

슈십 일이 지ᄂᆞ니 싱의 병이 차경(差境)의 잇ᄂᆞᆫ지라. 잠간 괴로오믈 니져 바야흐로 니시와 문답홀 ᄉᆡ, 쇼졔 답언이 업ᄂᆞᆫ지라. 일일은 싱이 졍식(正色)고 니로뒤,

"나 뉴현광이 그뒤로 결발(結髮)ᄒ연지 두히 디ᄂᆞᆺ고, 부모의 명으로 ᄡᅡᆼ뉴(雙遊)치 못ᄒ엿ᄂᆞᆫ지라. 부인의 슈습(收拾)ᄒ미 샹시(常事)여니와, 슈연(雖然)이나 부녜(婦女) 지아비 뒤졉ᄒᄂᆞᆫ 도리【30】 뭇ᄎᆞ뉘 뭇ᄂᆞᆫ 말을 응치 아닐 연괴(緣故) 업스니, 그 쥬의(主意) 무ᄉᆞᆷ ᄯᅳᆺ지뇨?"

쇼졔 뎌의 노(怒)ᄒ여 무르믈 보고 강잉(强仍)ᄒ여 참연(慙然) 답왈,

"쳡이 불쵸ᄒᆫ 직질(才質)노 군ᄌ의 건즐(巾櫛)을 소임ᄒ니 산계비질(山鷄卑質)[1405]

1401) 밧과자 : 받고자. '-과자'는 어떤 행동을 할 의도나 욕망을 가지고 있음을 나타내는 연결 어미 '고저'의 옛말.

1402) 단일(端一) : =단일성장(單一誠莊) : 단정하고 한결같으며 성실하고 엄숙함.

1403) 하쥬(河洲) : '모래톱'이라는 뜻으로 '군자의 좋은 짝인 요조숙녀'가 사는 곳을 이른 말. 『시경』, 「주남(周南)」, <관저(關雎)> 시에 "꾸우꾸우 물수리 모래톱에 있네. 요조숙녀는 군자의 좋은 짝.(關關雎鳩, 在河之洲. 窈窕淑女, 君子好逑)"이라는 구절에서 유래하였다.

1404) 관져시(關雎詩) : 『시경』 <국풍> '대아'편에 있는 시(詩)의 제명(題名)으로, 중국 주(周)나라 문왕(文王)과 그의 비(妃)인 태사(太姒) 부부의 사랑을 노래한 시.

1405) 산계비질(山鷄卑質) : 꿩처럼 자질이 비천함. *산계(山鷄); 꿩.

이 봉황의 가(可)치 아니ᄒ고, ᄒ물며 년긔 유츙(幼沖)ᄒ여 셰ᄉ를 아지 못ᄒ니 엇지 죄 어드미 져그리오, 금일 칙(責)ᄒ시무로 조ᄎ 허물을 고치고ᄌ ᄒ나, 밋지 못ᄒᆯ가 ᄒᄂ이다."

싱이 뎌의 말삼이 쳥원(淸遠)ᄒ고 틔되 단엄ᄒᄆᆯ 보니, 더욱 긔이히 녀겨 흔연이 위로ᄒ고 ᄋᆡ듕(愛重)ᄒ미 비길 ᄃᆡ 업ᄉ나, 감이 ᄉᄆᆡ를 잇그러 좌를 갓가【31】이 못ᄒᆞᆷ믄 쇼져의 졍ᄃᆡ(正大)ᄒᄆᆯ 공경ᄒ미라.

니러구러 ᄉ오삭이 지ᄂᆞ니, 승상이 싱이[의] 병이 ᄎ복ᄒᄆᆯ 심이 깃거 ᄒ고, 쇼져를 불너 드려오나 싱을 용샤(容赦)치 아니니, 뉴공이 ᄯᅩ한 승상을 근심ᄒᄂᆞᆫ 고로 비록 권유ᄒᄂᆞᆫ 일이 업ᄉ나, 그윽이 편안치 아냐 ᄒᄂᆞᆫ지라.

승상이 부친 긔식을 보고 스스로 슌(順)치 못ᄒᄆᆯ 붓그려 공의게 쳥죄(請罪)ᄒ고 우셩을 샤(赦)ᄒ며 부인을 쳥ᄒ야 도라오라 ᄒ니, 공이 크게 깃거 친이 졍부의 가 부인을 ᄃ려올 ᄉᆡ, 승상과 ᄒᆞᆫ가지로 가믈 니르니, 승상이 ᄃᆡ왈,

"뎡시 도라오미【32】 ᄃᆡ인 명으로 젼ᄒ여 빅경 등이 솔귀(率歸)ᄒ미 가(可)ᄒ니, 엇지 ᄒᆡ이(孩兒) 친이 가며, ᄃᆡ인이 더욱 왕굴(枉屈)ᄒ시리잇가?"

공이 쇼왈,

"ᄂᆡ 뎡공을 보고 현부를 권귀(勸歸)ᄒ미 무슴 ᄒᆡ로오미 잇시며, 네 부형의 치[뒤]를 조ᄎ 년만(年晚)ᄒᆞᆫ 어룬을 보미 녜의 가(可)치 아니미 업ᄉ니, 모로미 고집지 말나."

셜파의 거마를 출혀 ᄒᆞᆫ가지로 가믈 니르니, 승상이 마지 못ᄒ야 공을 뫼셔 갈 ᄉᆡ, 빅경 등이 ᄯᆞᆯ와 뎡부의 니르니, 뎡공이 마자 드려 한훤(寒喧) 필의 뉴공이 부인을 볼 ᄉᆡ, 공이 반기고 깃거 왈,

"우셩이 방ᄌ(放恣)ᄒ니 제 아비 과도히 다스리고, 그 벌【33】이 현부의게 밋ᄎ니 노뷔 ᄆᆡ양 긔탄(憾歎)ᄒ되 돈이 고집ᄒ니 ᄒᆡ혹(解惑)기를 기다리더니, 이졔 셔로 보니 심히 늘근○○[이의] 회포를 위로ᄒ리로다."

부인이 피셕(避席) ᄉ죄(謝罪) 왈,

"쇼쳡의 죄악이 우셩의게 밋쳐 광패흔{ᄒᆞᆫ} 허물이 만흔지라. 감이 안젼의 나ᄋᆞ가지 못ᄒ고 셩졍(省定)[1406]을 오ᄅᆡ 폐ᄒ니 황공ᄒᄆᆯ 이긔지 못ᄒ거이다."

뎡공이 쇼왈,

"공의 집 풍속과 ᄌᆞ슌의 쳐ᄌ ᄃᆡ졉이 셰속(世俗)으로 다른지라. 녀ᄋᆡ 세 번 츌뷔 되니 노부는 도로혀 우움이 나거ᄂᆞᆯ, 녀ᄋᆞᄂᆞᆫ 오히려 근심ᄒ니 그 구ᄎ(苟且)ᄒ미 틱심ᄒᆞᆫ지라. 녀ᄌ 되【34】미 엇지 어렵지 아니리오."

뉴공이 ᄃᆡ쇼ᄒ고, 승상도 잠간 웃더라.

쥬찬(酒饌)○[을] 드려 은근ᄒ기를 다ᄒ고 셕양의 뉴공이 부인을 지쵹ᄒ여 도라올

[1406]셩졍(省定) : 신성(晨省)과 혼졍(昏定). 곧 밤에는 부모의 잠자리를 보아 드리고 이른 아침에는 부모의 밤새 안부를 묻는다는 뜻으로, 부모를 잘 섬기고 효성을 다함을 이르는 말.

시, 부인이 부젼(父前)의 하직ᄒ고 당의 ᄂ리니, 빅경 등이 좌우로 뫼셔 쥬렴(朱簾)1407)을 들고 들기를 쳥ᄒ니, 이ᄶ 승상이 부인 호송(護送)ᄒᄂ 거동이[을] 극ᄒ 곡경(曲境)으로 아라, 몬져 가고ᄌ ᄒ나, 부친이 좌(坐)를 파치 아냣ᄂ지라. 감이 ᄊ녀지 못ᄒ고 날이 ᄂᄌ믈 지삼 고ᄒ여 슐위예 오ᄅ믈 쳥《ᄒ나‖ᄒ대》, 뉴공이〇〇〇〇〇 [기의(其意)를 알고] 뎡공을 눈 쥬어 우으며, 믄득 부인을 몬져 뎡1408)의 들나 〇〇 [ᄒ고] 조ᄎ 이러나 슐【35】위를 잡고 부인의 《쥬게‖수레》 힝ᄒ믈 기다리니, 승상이 공의 슐위ᄶ1409)를 붓드러 오르믈 기다려 ᄯ흔 ᄌ긔 마(馬)를 타고ᄌ ᄒ되, 이ᄶ 뉴공{의} 부ᄌ〇[의] 하리(下吏)〇〇[들이] 구름 못ᄃ ᄒ야 승상이 슐위 ᄀ의 셧시믈 보고 국궁(鞠躬) 복디(伏地)ᄒ엿ᄂ디, 쳥홍양산(靑紅陽傘)1410)이 표동(表動)ᄒ고, 금거옥눈(金車玉輪)이 졍졔(整齊)ᄒ여 치의홍상(彩衣紅裳)이 슈풀 갓치 버러 부인을 옹위(擁衛)ᄒ고, 구슬뎡과 진쥬발이 힛빗히 ᄇ이니, 그 거록ᄒ 위의 산악(山嶽) 갓고, 공과 승상이 호송ᄒᄂ 영화를 보니, 뎡공이[의] 두굿겨 홈과 부인의 당년 일을 싱각건디, 인시(人事) 뉸회(輪廻)ᄒ믈 감회(感懷)【36】ᄒ미 비길 ᄃ 업더라.

뉴부의 도라오니 쥬시 삼쇼져로 마자 반겨ᄒ며 우셩의 말을 젼ᄒ여 일댱을 웃더니, 부인이 니쇼져를 나오라 ᄒ여, 겻히 안치고 반기고 ᄉ랑ᄒ야 말ᄉᄒ며 웃고 왈,

"약질이 밋친 지아븨 구병ᄒ기의 괴로오미 만흘 거시어늘 엇지 얼골은 더옥 눈틱ᄒ뇨? 너의 부부의 병이 가바얍지 안믈 드르니 으즈는 졔 죄어니와, 으부의 약질을 깁히 근심ᄒ더니, 금일 서로 보니 영힝ᄒ믈 이긔지 못ᄒ리로다."

쇼졔 졍금(整襟) 지ᄇ(再拜)ᄒ야 셩덕(聖德)을 샤례(謝禮)ᄒ고 싱각던 회포를【37】나ᄌ기 고ᄒ니, 옥셩화음(玉聲和音)이 더옥 긔특ᄒ미 부인이[의] 극이(極愛) 비길ᄃ 업더라. 우셩이 오히려 감히 드러오지 못ᄒ엿ᄂ지라. 뉴공이 좌우로 싱을 블너 위로홀ᄉ, 부뫼 다 좌의 이시디 눈을 드러 보지 아니코, ᄒᆞᆫ 말도 아니니 싱이 황공ᄒ여 감이 오릭 잇지 못ᄒ야 믈너나 셔당의 도라오다.

ᄎᆞ야의 승상이 부인으로 〇〇〇[모드미] 다만 우셩의 힝ᄉ를 골돌ᄒ며 으부(兒婦)의 졍덕ᄒ믈 닐너 서로 탄식ᄒ나, 부인이 조금도 구츅(驅逐)ᄒ야 졀신(絶信)ᄒ 스연을 《디긔‖뎌긔》ᄒ미 업고, 승상 ᄯ흔 다른 ᄉ식(辭色)이 업셔 화평ᄒ여 말ᄉᆷ【38】ᄒ미, 평셕(平昔) ᄀᆞᆺᄒ지라. 쥬시 보니, 승상의 부부 잇ᄂ 곳이 북극텬문(北極天文)1411)

1407)쥬렴(朱簾) : 구슬 따위를 꿰어 만든 발. 늑구슬발
1408)뎡 : 가마. 예전에 공주나 옹주가 타던 가마.
1409)슐위ᄶ : 수레바퀴.
1410)쳥홍양산(靑紅陽傘) : 의장으로 쓰던 푸른 빛과 붉은 빛의 양산들. *양산(陽傘): 햇볕을 가리기 위하여 쓰는 우산 모양의 큰 물건.
1411)북극텬문(北極天文) : 북극성과 북두칠성의 두 별자리를 우주의 중심축에 위치시킨 천문도(天文圖). 이 천문도는 하늘을 구천(九天; 중앙과 8방)으로 나누고 그 중앙에 북두성과 북두칠성이 위치한 균천(鈞天)을 두고 있다. 이 균천을 달리 천궁(天宮) 또는 자미궁(紫微宮)이라 하는데 이곳에 천제가 살고 있다고 하며, 이를 구천궁궐(九天宮闕; 아홉 개의 하늘로 둘러싸여 있는 궁궐)이라 한다, 또 황제 또는 왕의 궁궐을 지을 때, 이 천문도를 본떠 각 전각

과 일월힝도(日月行道) 1412)ᄀ튼지라. 그윽ᄒᆞᆫ 암실(暗室) 가온ᄃᆡ 더욱 졍졔(整齊)ᄒᆞᄆᆞᆯ 아ᄃᆡ, 부인이 무죄히 츌화ᄅᆞᆯ 바닷던지라. 이졔 모드니 무슴 셜홰 이셔 승샹이 부인○[을] 긔유ᄒᆞ미 이실가 ᄒᆞ야 두어 츙환을 드리고 슈운각 난간의 이셔 이윽이 탐관(探觀)ᄒᆞ며[ᄃᆡ] 양인의 ᄉᆞ긔 화평ᄒᆞ야[고] 녜ᄉᆞ로와 샹시(常時)와 ᄃᆞ른 빗치 업고, 조금도 지ᄂᆞᆫ 말을 거들미 업셔, 촉을 멸ᄒᆞ고 ᄌᆞ리의 나ᄋᆞ가, ᄯᅩᄒᆞᆫ 공경ᄒᆞ고 진즁ᄒᆞᆫ 졍이 퇴산 ᄀᆞᆺᄒᆞᆯ ᄯᅳᄅᆞᆷ이오, ○○[다른] 셜홰 업ᄂᆞᆫ지라. 그 단즁(端重)ᄒᆞᆫ 【39】 셩졍(性情)이 다른 사ᄅᆞᆷ과 다ᄅᆞᆷ을 보니[고], 탄식ᄒᆞᄆᆞᆯ 마지 아니 ᄒᆞ더라.

명죠(明朝)의 우셩이 부모긔 문안ᄒᆞ니, 승샹이 본 톄 아니코 외헌으로 나ᄋᆞ가고, 부인은 금금(錦衾)으로 낫출 덥고 자는 듯ᄒᆞ니, 빅경 형졔 니어 문안ᄒᆞ미 부인이 머리를 드러 화열(和悅)ᄒᆞᆫ 말ᄉᆞᆷ이 안면(顔面)의 넘지니, 싱이 츔괴ᄒᆞ고 슬허 눈물○[을] 흘니고 머리○[롤] 두드려 왈,

"ᄒᆡ이 비록 무상(無狀)ᄒᆞ나 부뫼 니러ᄐᆞᆺ 칙ᄒᆞ시니 엇지 붓그러온 쥴을 모로리잇고? ᄎᆞ후 기과ᄌᆞ칙(改過自責)ᄒᆞ리니, 원컨ᄃᆡ 용샤(容赦)ᄒᆞ쇼셔."

인ᄒᆞ여 부인 무릅히 업드여 이걸(哀乞)ᄒᆞ니 ᄌᆞ모의 ᄆᆞ음이 엇지 【40】 ᄎᆞᆷ아 미몰ᄒᆞ리오. ᄯᅩᄒᆞᆫ 용뫼 쵸췌ᄒᆞ야 병셰 깁흐믈 보니 ᄌᆞ연 어엿부미 쇼샤나 임이 그 손을 잡고 눈물○[을] 흘려 탄식 경계 왈,

"오날ᄂᆞᆯ 모지(母子) 셔로 보와 텬륜(天倫)의 졍이 즁ᄒᆞ므로 쎠 깁히 칙지 아나나, 엇지 한심치 아니리오. 네 이졔 나이 숨외(三五)1413) ᄎᆞ지 못ᄒᆞ여 인신 《엄의Ⅱ어믜》 무릅 베기를 면치 못ᄒᆞ엿거늘 무사일노 식욕○[을] 조동(早動)ᄒᆞ야 듕댱(重杖)을 닙고 부젼의 용납지 못ᄒᆞ뇨? 니 ᄯᅩᄒᆞᆫ 싱젼의 얼골 보기를 싱각지 아니터니, ᄆᆞ음이 약ᄒᆞᆫ 연고로 모ᄌᆞ의 졍을 펴니, 녯 사ᄅᆞᆷ을 싱각ᄒᆞᆫ즉, 엇지 ᄎᆞᆷ안(慙顔)치 아니리오."

싱이 돈슈 샤죄 【41】 ᄒᆞ야 다만 기과(改過)ᄒᆞᄆᆞᆯ 일ᄏᆞᆺ더라.

승샹이 우셩의 동지(動止)를 보니 일졍○○[일동](一靜一動)이 다 숨가고 두려ᄒᆞ야 젼혀 이젼 방ᄌᆞᄒᆞ미 업ᄉᆞᆫ지라. 크게 ᄆᆞ음을 곳치는 쥴 아ᄃᆡ, 다만 본졍이 쟝활(壯活)ᄒᆞ니, 위엄의 구속(拘束)ᄒᆞ나 ᄆᆞᆺ춤내 당졍치 못ᄒᆞᆯ가 의심ᄒᆞ야 죵시 낫빗출 들며 닙을 열미 업더니, 일일은 샹셔 강형쉬 셔출노 구ᄒᆞ는 거시 잇ᄂᆞᆫ지라.

승샹이 마ᄎᆞᆷ 폴 앏흔 증이 잇ᄂᆞᆫ 고로 답셔ᄅᆞᆯ 친이 못ᄒᆞ고, 우셩이 압히 이시ᄃᆡ 마ᄎᆞᆷᄂᆡ ᄃᆡ셔(代書)ᄒᆞ라 명치 아니니, 싱이 스스로 농연(龍硯) 봉필(鳳筆)을 밧드러 ᄃᆡ작ᄒᆞᄆᆞᆯ 쳥ᄒᆞᆫᄃᆡ, 승샹이 그 영민(穎敏)ᄒᆞᆫ 【42】 믈 의려(疑慮)ᄒᆞ나, ᄌᆞ긔 용샤(容赦)ᄒᆞ미 업시 방ᄌᆞᄒᆞᄆᆞᆯ 미온(未穩)ᄒᆞ야 졍식(正色) 부답(不答)ᄒᆞ니, 싱이 무류이퇴(無聊而退)1414)러니, 이날 져녁의 승샹이 뉴공긔 문안ᄒᆞᆫᄃᆡ, 공 왈,

들을 배치함으로써, 황궁이나 왕궁을 달리 구중궁궐(九重宮闕)이라 일컫기도 한다.
1412)일월힝도(日月行道) : 태양과 달이 일정한 법칙성을 갖고 운행하는 일.
1413)숨외(三五) : 15살을 이르는 말.
1414)무류이퇴(無聊而退) : 부끄럽고 열없어 물러나옴.

"노뷔 위연(偶然)이 셜믜졍을 보니 믜실(梅實)이 닉어 아름다온지라. 네 본다?"

승상 왈,

"히이(孩兒) 망연(茫然)이 싱각지 못ㅎ엿더니, 한 번 유완(遊玩)ㅎ스이다."

드듸여 삼즈를 드리고 원즁(園中)의 드러가 믜실을 보니, 과연 여름이 무셩(茂盛)ㅎ엿눈지라. ≤노[눕]흔 가지○[의] 닉은 쉬[뉘] 잇거눌, 승상이 뎡즈(亭子)의 안즈 눌시(律詩)를 짓고 졔즈로 츠운(次韻)ㅎ라 ㅎ며, ○[쏘] 빅경으로 믜실을 쏘오라 ㅎ니, 경이 킈 즈리[라]지 못ㅎ○○○○○○○[여 능히 쩍디 못ㅎ]고, 우셩은 신댱이 빅경의 【43】게 더을 쌘 아녀 풀이 무릎히[흘] 지○[나]눈지라. 경이 쓰지 못ㅎ믈 보고, 나으가 흔 번 느리혀 잡아 믜실 가지를 것그믜, 쌍슈로 밧드러 부친긔 드리니≥1415), 승상이 믄득 변싴고 안으로 드러가니, 싱이 눈믈을 머금고 말을 아니 ㅎ더라.

슈일 후 승상이 내당의 드러가 쥬시로 말숨ㅎ 시, 쥬시 싱의 뉘웃츠믈 니르고 용샤ㅎ라 쳥ㅎ니, 승상 왈,

"우셩은 어미를 알고 아비를 모로니 오랑키 뉴(類)라. 셔모는 그 다이1416) 말을 말으쇼셔."

쥬시 웃고 왈,

"슴공즈의 셩효는 인즁(人中)의 쌘혀느니 엇지 홀노 부인긔 쌘이리오."

승상 왈,

"≤져 불쵸이 졔 어미 닌치【44】믈 슬허홀지언졍 나의 져 익다라 병 일위믄 관겨이 아니 녀기느니, 셔모는 져 놈의 심졍을 모로시느이다. ㅎ믈며 닉 본딕 심병이 잇기로, 고요이 《이다감∥잇다가도》 우셩의[을]○○[보며] 쇼릭를 드르면, 믄득 놀납고 바로보지[기] 《아니커니와∥아니쏘오니》 ᄆ음을 고치고즈 ㅎ여도 능히 못ㅎ니, 싱닉(生來)의 증염지직(憎念之子) 되리니≥1417), 부지 불화(不和)ㅎ여 긋치리로쇼이다."

쥬시 놀나 션언(善言)으로 기유ㅎ더니, 싱이 드러오다가 이 말을 드르믜 기리 한숨짓고, 모부인 방즁의 니르러 보니, 니[이]슈(二嫂)와 니쇼졔 다 모닷더라.

싱이 좌의 나으가믜 부인이 싱의 긔식이 츄연ㅎ믈 보고 문 왈,

"닉 아히【45】 신상의 불평(不平)흔 일이 잇눈요?"

1415)눕흔 가지의 닉은 뉘 잇거눌 승샹이 뎡즈의 안자 눌시롤 짓고 뎨즈로 츠운ㅎ라 ㅎ고, 쏘 빅경으로 믜실을 짜오라 ㅎ니, 경이 킈 즈라디 못ㅎ여 능히 격디 못ㅎ고, 우셩이 신댱이 더을 쌘 아냐 풀 길믜 무릅히 디난디라. 경의 짜지 못ㅎ믈 보고, 나아가 흔 번 풀을 느리혀 믜실 가디를 것그믜, 쌍로로 밧드러 부친쯰 드리믜, …(국립도서관본 『뉴효공션힝녹』 貞 <권지사>:54쪽6행-14행, *밑줄·문장부호 교주자)

1416)-다이 : '-답게, -처럼, -같이' 등의 뜻을 더하는 접미사.

1417)뎌 불쵸이 제 어미 내치믈 슬허홀디언뎡, 내 져 애돌아 병 닐위믈 관겨이 아니 넉이느니, 셔모는 뎌놈의 심뎡을 모르시느이다. 내 본대 심병이 이셔 고요히 잇다가, 우셩을 보며 소릭 곳 드르면 믄득 놀납고 바로보기 아니쏘오니, 마음을 고치고져 ㅎ나 능히 못ㅎ니, 싱닉예 증염지 되리니…(국립도서관본 『뉴효공션힝녹』 貞 <권지사>:55쪽9행-56쪽1행, *밑줄·문장부호 교주자)

싱 왈,

"몸이 심히 곤(困)ᄒ여 병이 날 듯ᄒ이다."

인ᄒ여 신식이 츤지 ᄀ즈ᄒ여 반향(半晑)이 지나믹 홀연 부인긔 고 왈,

"히이 블효ᄒ미 커 블회(不孝) 비경(非輕)ᄒ지라. 집의 어진 형이 이시니 됴셕감지(朝夕甘旨)와 신후죵ᄉ(身後從祀)ᄂ 쇼즈 일인의 잇지 아니ᄒ니, 원컨딕 즈안을 하직ᄒ고 머리를 싹가 텬하의 운뉴(雲遊)ᄒ야 부즈의 뉸(倫)과 부부의 낙(樂)을 긋출여 ᄒ옵ᄂ니, 모친은 블효즈를 싱각ᄒ샤 심신을 상히(傷害)오지 말으쇼셔."

셜푸의 쳐연(悽然)이 니러나 부인긔 직비(再拜)ᄒ야 하직고 번신(翻身)ᄒ여 나가ᄂ지라.

부인이 딕경(大驚)ᄒ여 급피 니러나 그 옷【46】ᄉ을 잡고 연고를 무르려 ᄒ니, 싱의 거름이 쌘른지라. 발셔 쓸을 지나니, 부인이 착급ᄒ야 시녀로 빅경 등을 불너 이 ᄉ연을 니르니, 이 공지 크게 놀나 급히 나와 ᄯ로니, 즁문(中門) 슈교(水橋) 우히 가 만나, 빅경이 싱을 붓들고 방셩디곡ᄒ며 잡고 노치 아니니, ᄯ흔 싱이 톄읍홀 ᄯ롬이오, '밍셰ᄒ여 집의 도라가 야야긔 뵈올 낫치 업스니, 산간의 뎡쳐 업시 나가렷노라.' ᄒᄂ지라.

빅경이 통곡 왈,

"딕인 셩덕이 네 ᄆᆞ음을 가두듬게 ᄒ시미어늘 네 만닐 슈졸(守拙)ᄒ여 허믈을 고칠 쥴은 아지 못ᄒ고 이럿틋 홀진딕, 대인【47】의 병셰 복발(復發)ᄒ실 거시오, 모부인 졍시 엇더ᄒ시리오. 닉 출하리 널노 더브러 다리 아릭 써러져 죽을지언졍, 너를 노코 헛도이 도라가 부모 참상(慘傷)ᄒ시믈 보지 못ᄒ리로다."

싱이 감동ᄒ여 ᄒᆞ가지로 부즁의 《니르러는‖니르니》 부인이 싱의 오믈 크게 깃거 싱을 블너 션언(善言)으로 기유ᄒ니, 싱이 다만 울고 말을 아니 ᄒ더라.

승상이 쇼식을 듯고 댱탄(長歎) 왈,

"뉴시 명풍(名風)이 이 아희로 말미암아 츄락(墜落)ᄒ니 엇지 즈현의 허믈이 크리오. 댱ᄎᆞ 사룸을 딕홀 낫치 업스니 요란히 츳지 말나."

ᄒ더니, 싱의 왓시믈 듯고 이에 면젼(面前)의【48】쑬니고 슈죄(數罪)ᄒ미, 개개히 《셩현‖셩언현어(聖言賢語)1418)》이[러]라. 싱이 황연(晃然) 각지(覺知)ᄒ여 낫츨 숙이고 감이 일언을 딕치 못ᄒ니, 승상이 시노를 블너 싱을 칠십여 댱(杖)을 즁히 치니, 셩혈이 좌우의 가득ᄒ고 싱이 긔졀ᄒ니, 바야흐로 샤(赦)ᄒ고, 즈긔 슉소의 붓드러 드려 친이 약을 다ᄉᆞ려 구ᄒ니, 빅경이 감탄ᄒ믈 마지 아니터라.

싱이 ᄎᆞ일 황혼(黃昏)의 계유 인ᄉᆞ를 ᄎᆞ려 눈을 드러 보니, 촉불 그림자의 승상이 이즈(二子)로 더부러 상샹(床上)의 비겨 즈긔 숀을 잡고 믹을 보거늘, 싱이 놀나고 의심ᄒ여 몸을 움작이니, 승상이 빅경다려,

---

1418)셩언현어(聖言賢語) : 이전 셩인 현자의 말씀

"셩이 인스를 추리니 약【49】을 나오고 너희 등도 편히 쉬라."

ᄒ니, 싱이 감격ᄒ고 슬허 눈물○[을] 흘니고 약을 먹은 후 벼기의 ᄇ려시니, 승상이 심하○[의] 잔잉이 녀겨 잇다감 머리도 집흐며 손을 어로만져 밤이 맛도록 잠을 일우지 못ᄒ니, 싱이 《약∥야야(爺爺)》 긔식(氣色)을 보니[고], 스스로 사오나○[오]믈 ᄭᅵ다라 허믈○[을] ᄌᆞ칙(自責)ᄒ여 댱챵(杖瘡)이 비록 즁ᄒ나, 부친 긔식이 화평ᄒ고 냥형(兩兄)이 좌우로 구호ᄒ며, 모부인이 쇼져로 더부러 나와 병을 보니, 젼일 안빈각의 《젹만∥젹막(寂寞)》ᄒ미 비기지 못ᄒᆯ지라. ᄌᆞ연 위회(慰懷) 되어 병셰 날노 향ᄎᆞ(向差)ᄒ니, 일기 다 깃거 ᄒ더라.

좌우 ᄉ【50】룸이 다 업슨 ᄣᅢ에, 홀노 탄식고 져의 그른 일을 뉘웃쳐 쳑연이 눈물○[을] 흘니더니, 승상이 드러와 보고 문 왈,

"희이 ᄉᆞ식이 예와 ᄃᆞᄅᆞ니 신상이 블평ᄒ미냐? 부형의 경계ᄒ미 괴로옴이냐?"

싱이 동용○[이] 샤죄 왈,

"희이 셰상의 나무로붓터 ᄌᆞ모의 틱교와 야야의 엄훈을 져ᄇ려 광픽ᄒᆞᆫ 죄를 셩문의 어더 몸이 부형의 안젼의 죄를 닙으니, 허믈이 크고 벌이 경ᄒᆞᆫ지라. 엇지 감이 ᄒ ᄒᆞ리잇고? 다만 젼과(前過)를 《아지 못ᄒ미∥고요히 싱각ᄒᆞᄆᆡ》 ᄌᆞ춤(自慙)ᄒ고 후회(後悔)ᄒ여 슬허ᄒ더니, 대인의 명이 니럿ᄐᆺ ᄒ시니, 불승황공(不勝惶恐)ᄒ여이다."

승상【51】이 기리 침음(沈吟)ᄒ고 반향이나 말을 아니터니, ᄯᅩᄒᆫ 쇼릭를 졍(正)히ᄒ여 경계 왈,

"네 임의 뉘웃ᄎ미 이시니, 뇌 비로소 너를 ᄌᆞ식이라 심곡(心曲)으로 ᄡᅥ 니ᄅᆞᄂᆞ니, 너의 소힝이 참아 인ᄌᆞ(人子) 인신(人臣)이 아니니, 뇌 네 아비되여 어느 면목으로 셰상의 셔리오. 네 허믈을 ᄭᅢ다를 진딕 이○[ᄂᆞᆫ] 셩인의 허ᄒ신 빅니, 뇌 ᄯᅩᄒᆫ 관샤(寬赦)ᄒ야 금일노붓터 부지 쳐음 ᄀᆞᆺ트리라."

싱이 계상(稽顙) 샤은(謝恩)ᄒ야 감은ᄒ믈 이긔지 못ᄒ더라.

일삭(一朔)이 지ᄂᆞᆫ 후 싱이 쾌ᄎᆞᄒ여 니러나고 부지 화목ᄒ여 가뇌 평안ᄒ니, 이 다 승상의 ᄌᆞ식 ᄀᆞᄅᆞ치미 졍도(正道)로 ᄡᅥ 다스리【52】고, 은혜로ᄡᅥ 합ᄒ야 일편 된 위엄으로 협박ᄒ미 업슨 고로, 우셩 ᄀᆞᆺ튼 긔운을 최츌(摧折)[1419]ᄒ야 《단ᄉᆞ∥단셔(端緒)》를 민달고 닷ᄂᆞᆫ 범 ᄀᆞᆺ튼 셩경을 고쳐 조심ᄒ고 삼가ᄂᆞᆫ 스름이 되게 ᄒ야 완(頑)ᄒᆫ 아비와 강(强)ᄒᆫ 아들이 졍도의 도라가니, 엇지 쳔고(千古)의 현인되기를 사양ᄒ리오.

명년 츈의 승상이 빅경으로ᄡᅥ 도화당의 쳐ᄒ여 됴시로 못게 ᄒ고, 우셩으로ᄡᅥ 부용당의 쳐ᄒ여 니시로 흔딕 잇게 ᄒ니, 빅경은 셩녜(成禮)ᄒᆫ 후 부뷔 모드미 쳐음이라. 금슬이 진즁ᄒ고 긔식이 화평ᄒᆞᆫ지라. 뎡부인이 탄복(歎服) 힝희(幸喜)ᄒ여 승상긔 고

1419)최츌(摧擦) : =최졀(摧折)·최좌(摧挫)·좌졀(挫折). 마음이나 기운이 꺾임. 또는 위축(萎縮)됨.

왈,

"경이 비록【53】단즁(端重)ᄒ나 쇼년의 미쳐(美妻)를 취(娶)ᄒ여 일퇵(一宅)의 이시되, 흔 번 유희(有意)ᄒ미 업셔 힝노인(行路人) ᄀᆞᆺ치 녀기니, 쳡이 실노 근심ᄒ더니, 합근(合巹)1420)ᄒ미 상공 명으로 조ᄎᆞ 발ᄒ야 쳐소롤 흔가지로 깃드리미, 금슬화합(琴瑟和合)이 만분 득의ᄒ야, ᄯᅩ 부박(浮薄)흔 거죄 잇지 아니니, 이 진실노 군ᄌᆞ유풍(君子遺風)이라. 엇지 아름답지 아니리오."

승상이 쇼왈,

"경이 셩인(成人)이라. 부인이 아름답다 ᄒ미 오히려 늦도다."

"셩우는 엇더ᄒ뇨?"

부인이 쇼이ᄃᆡ왈(笑而對曰),

"젼일은 그러ᄒ나, 기과흔 후는 그러치 아니ᄒ고 부뷔 부용당의 이션지 오릭되, 제 ᄆᆞᄋᆞᆷ의 빅경의 일을 붓그리는가, 년일【54】셔당의셔 자고 니시를 ᄎᆞᆺ지 아니니, ᄯᅩ흔 어엿분지라. 엇지 상공은 민양 녯말을 ᄒ시ᄂᆞ니잇고?"

승상이 잠소(暫笑) 부답(不答)이러라.

우셩이 과연 빅경이 부명을 직희여 어즈러오미 업다가, 됴시 나이 ᄎᆞ고 부뫼 쳐쇼(處所)를 뎡ᄒ여 법다이 츌닙(出入)ᄒ믈 보고, ᄌᆞ긔 환란(幻亂)1421)이 분주(奔走)ᄒ야 비례로 《규합∥구합(媾合)1422)》ᄒ며 가니 살난(散亂)ᄒ여 변란이 니러나믈 비겨 싱각ᄒ니, 시로이 춤괴ᄒ고 스스로 뉘웃쳐 부형만 못흔 쥴을 ᄭᆡ다라, 울울이 셔당의 이셔 셔칙(書冊)만 쇼일ᄒ고 니시를 ᄎᆞᆺ지 아냐[난]지 두어 달이러니, 승상이 그 거동을 보고 좌위 고요흔 쩍의 됴용【55】히 경계 왈,

"임의 뉘웃친 후는 허물을 다시 아닐 ᄯᆞ롬이라. 엇지 쳐ᄌᆞ(妻子)를 쇼ᄃᆡ(疏待)ᄒ미 가(可)ᄒ리오."

ᄒ니, 싱이 비샤슈명(拜謝受命)ᄒ고 ᄎᆞ후 니시를 ᄎᆞᄌᆞ 은이 비록 즁ᄒ나, 졍ᄃᆡ(正大)ᄒ며 씩씩ᄒ야 조금도 부박(浮薄)흔 거죄(擧措) 업고, 부모긔 혼졍신셩(昏定晨省)흔 후는 종일토록 외당(外堂)의셔 승상과 조부긔 신임ᄒ고, 시셔(詩書)를 일삼아 관긴(關緊)흔 ᄉᆞ시(事事) 아니면 부용당(芙蓉堂)의 나아가지 아니ᄒ고, 일삭(一朔)의 망일(望日)1423)은 조부와 야야긔 시침(侍寢)ᄒ고, ᄉᆞ침(私寢)의 가는 날이라도 부모롤 뫼셔

1420)합근(合巹) : 혼례 때에 신랑, 신부가 술잔을 세 번 교환하면서 끝잔은 한 개의 박을 둘로 나눈 잔으로 하는 것을 말하는데, 이는 신랑·신부가 한 몸이 된 것을 상징적으로 선포하는 의례이다. 고소설에서 대부분의 혼례는 12살 안팎에 조혼을 하는데, 이때 부모는 신랑 신부가 지나치게 어린 나이임을 고려하여 혼례를 치른 후 한두 해 정도를 각거하게 한 후, 한방에 들게 하는데, 이때에도 '둘로 나뉘었던 바가지가 다시 하나로 합한다는 뜻'으로 '합근(合巹)'이라는 말을 쓴다.
1421)환란(幻亂) : 무엇에 홀린 것처럼 종잡을 수 없이 어지러움.
1422)구합(媾合) : 남녀가 육체적 관계를 맺음.
1423)망일(望日) : 음력 보름날. *여기서는 보름 곧 15일을 뜻한다.

부뫼 ᄌ리의 누으신 후 나와, 소져를 상ᄃᆡᄒᆞ야 미위(眉宇) 묵묵(默默)ᄒᆞ여 브졀업순 말은 아【56】니〇[ᄒᆞ]니, 쇼졔 ᄯᅩ흔 젼일과 다름을 보고 경ᄃᆡᄒᆞ믈 즁빈(重賓)1424) ᄀᆞ치ᄒᆞ여 부부 냥인이 존경ᄒᆞᄂᆞ 쥬긱(主客) ᄀᆞᆺ투니, ᄒᆞ믈며 싱의 풍신이 씩씩ᄒᆞ고 준졀ᄒᆞ야 뇽호(龍虎)의 긔습(氣習)이이시니, 밋 ᄆᆞ음을 다듬고 허믈을 고치미, 위의 묵묵ᄒᆞ야 가ᄂᆡ(家內) 상하인(上下人)이 다 두리고 긔탄(忌憚)ᄒᆞ여, 다시 풍뉴호탕(風流豪宕)ᄒᆞ던 일을 감이 니르리 업고, 싱이 ᄯᅳᆺ을 온화(溫和)히 ᄒᆞ나 셩질이 셰츠고 엄ᄒᆞᄆᆞ로, 비복의 무리 감이 우러러 그 얼골을 보지 못ᄒᆞ니, 승상이 싱의 위인이 젼후 두 사ᄅᆞᆷ인 쥴을 보고, 다시 념녀(念慮)치 아냐 잇다감 그 힝ᄉᆞ의 침뎡(沈正)1425)ᄒᆞᆫ 일을 보면, 우음〇[을] 먹【57】음어 두굿기니, 뎡부인이 바야흐로 평싱 한(恨)이 업셔 화됴월셕(花朝月夕)의 풍물(風物)을 ᄃᆡᄒᆞ야 녯말을 니ᄅᆞ고, 혹 우으며 혹 슬허ᄒᆞ니, 승상이 부인의 유흔(遺恨)이 업ᄉᆞ믈 보니, ᄯᅩ흔 가ᄂᆡ의 이셔 관인ᄒᆞ고 화평ᄒᆞ여 어가(御駕)ᄒᆞ미 브드러오믈 쥬ᄒᆞ되, 녜되(禮道) 됴금도 프러지미 업ᄉᆞ니, 이 졍이 안ᄌᆞ(顏子)1426)의 츈풍화긔(春風和氣)와 뎡ᄌᆞ(程子)1427)의 풍화(豊和)ᄒᆞ시므로 흡ᄉᆞᄒᆞ더라.

우셩의 나이 십오셰 되니 급졔ᄒᆞ연지 삼년이 된다라. 됴뎡이 츄텬(推薦)ᄒᆞ여 한님혹ᄉᆞ룰 ᄒᆞ이니, 마지 못ᄒᆞ여 직임의 나가미, 지화(才華) 덕망(德望)이 승상의 풍치를 ᄯᅡ로니, 상춍(上寵)이【58】극(極)ᄒᆞ고 빅뇨(百寮) ᄉᆞ랑ᄒᆞ여, 됴뎡의 ᄒᆞ낫 옥면혹ᄉᆞ(玉面學士)오[로], 셩명이 일셰를 기우리니, 승상이 셩만(盛滿)ᄒᆞ믈 더욱 두리더라.

일일은 승상이 삼ᄌᆞ의 문〇[안]ᄒᆞᄂᆞ ᄡᅵ〇〇〇〇[의 빅경 등]를[을] 보고, 홀연 탄왈,

"북ᄒᆡ(北海)의 ᄉᆞ명(使命)이 ᄂᆞ련지 삼년이 되어시디 쇼식이 졀연(絶緣)ᄒᆞ니, 나의 '기러기 ᄎᆞ례'1428)ᄂᆞ 하시(何時)의 ᄀᆞ죽ᄒᆞ믈 보리오."

빅경 등이 피셕(避席) 타루 왈,

"쇼지 니친(離親)ᄒᆞ연 지 십년이 지ᄂᆞᄂᆞᆫ지라. 비록 ᄃᆡ인의 무이(撫愛)ᄒᆞ시믈 닙ᄉᆞ오나, 부모의 얼골이 텬이 밧긔 잇ᄉᆞ오니, 이졔 샤명이 ᄂᆞ련지 오ᄅᆡ디 쇼식이 업ᄉᆞᆷ 큰

1424)즁빈(重賓) : =존객(尊客). 높고 귀한 손님.
1425)침뎡(沈正) : 침착하고 정대함.
1426)안ᄌᆞ(顏子) : 중국 춘추 시대의 유학자 안회(顏回)를 높여 이르는 말. *안회: (B.C.521~490). 자는 자연(子淵). 공자의 수제자로 학덕이 뛰어났다.
1427)뎡ᄌᆞ(程子) : 중국 송나라의 유학자 정호(程顥)와 정이(程頤) 형제를 높여 이르는 말. 늑 이정자(二程子). *정호(程顥): 중국 북송의 유학자(1032~1085). 자는 백순(伯淳). 호는 명도(明道). 아우 이(頤)와 함께 이정자(二程子)로 불리며, 도덕설을 주장하여 우주의 본성과 사람의 성(性)이 본래 동일하다고 보았다. 저서에 ≪정성서(定性書)≫, ≪식인편(識仁篇)≫ 따위가 있다. *정이(程頤): 중국 북송의 유학자(1033~1107). 자는 정숙(正叔). 호는 이천(伊川). 최초로 이기(理氣)의 철학을 내세우고 유교 도덕에 철학적 기초를 부여하여, 형인 정호(程顥)와 함께 이정자(二程子)라고 불린다. 저서에 ≪이천선생문집≫, 공저인 ≪이정전서(二程全書)≫가 있다.
1428)기러기 ᄎᆞ례 : '안항(雁行)'을 번역한 말. '안항'은 '기러기의 행렬'이란 뜻으로 '형제'를 달리 이르는 말 또는 남의 형제를 높여 이르는 말로 쓰인다.

연괴(緣故)잇습는지라. 원컨딕 거마(車馬)를 어더【59】형뎨 북히의 《노라ǁ나가》,
ᄎᄌ 부모의 얼골을 보기를 원ᄒᄂ이다.”

승상이 츄연 왈,

“너의 나이 졈고 도뢰 졀원(絶遠)ᄒ니 ᄎᆷ아 보닉지 못ᄒ엿더니, 이제 댱셩ᄒ엿고,
ᄯ흔 인ᄌ○[의] 졍니의 맛당이 니럿듯 훌지라. 거마를 ᄎ려 힝ᄒ라.”

ᄒ니, 이ᄌᆡ(二子) 샤례ᄒ더니, 가인(家人)이 급보(急報)ᄒ딕,

“북히 힝ᄎᆞ(行差) 교외(郊外)의 와 계시다. 션셩이 니럿ᄂᆞ이다.”

승상과 삼ᄌᆡ 딕경딕희(大驚大喜)ᄒ여 연망(連忙)이 셔헌의 니르니, 공이 문 왈,

“니 아ᄒᆡ 무슴 깃분 일이 잇관딕 희ᄉᆡᆨ(喜色)이 여ᄎᆞᄒ뇨?”

승상이 딕 왈,

“ᄌᄒ연이 ᄉᆡᆼ환(生還)ᄒ여 무ᄉᆞ이 교외예 왓다 ᄒ니 대인이 힝【60】ᄒ시리잇ᄀᆞ?”

공이 ᄎᆞ경ᄎᆞ탄(且驚且歎) 왈,

“도라오니 비록 깃부나 ᄉᆞ리(事理)의 가이 근심 되도다. 셔로 보기의 낫치 업ᄉᆞ니
엇지 나ᄋᆞ가 마ᄌᆞ리오”

승상이 ᄎᆞ악(嗟愕) 왈,

“대인이 엇지 니런 말ᄉᆞᆷ을 ᄒ시ᄂᆞ니잇고? ᄌᄒ현이 녯날 나이 졈어 간인(奸人)의 쇼
기미 이시나, 골육(骨肉)을 기리 치부(置簿)홀 빅 아니어늘, 믄득 용샤치 아니미 이에
밋ᄎᆞ시니잇고?”

공이 타루(墮淚) 부동(不動)ᄒ니, 승상이 공의 회감(懷感)ᄒᆷ을 보고 화평이 위로ᄒ고
믈너, 삼ᄌᆞ로 더브러 교외의 나가 볼 ᄉᆡ, 말을 타믹 ᄉᆡᆼ각지 아닌 공ᄉᆞ(公使) 니르러
우셩을 쳥ᄒ니, 한님은 옥당(玉堂)[1429]으로 나가고 빅경 등은 승상을【61】뫼셔 문밧
긔 나가니라.

이 ᄶᆡ 홍이 《계북ǁ북히(北海)》의 안치(安置)ᄒᄆᆞ로븟터 본쥬 틴슈 니히(以下) 심
히 박딕(薄待)ᄒ니, 의지홀 곳이 업ᄉᆞᆫ지라. 간고(艱苦)ᄒ고 욕되미 극(極)ᄒ야 쥬야(晝
夜) 오랑키로 더브러 사괴여 냥식을 비러 ᄌᆞᄉᆡᆼ(資生)ᄒ고, 셩시 손조[1430] 들나믈[1431]
을 키고 믈을 기러 ᄌᆞᄉᆡᆼᄒᄆᆡ, 홍이 이런 경ᄉᆡᆨ을 보고 일야(日夜) 쵸조(焦燥)ᄒ야 경ᄉᆞ
(京師) 쇼식이 졀원(絶遠)ᄒᆷ을 골돌ᄒ여 ᄒ더니, 세월이 ᄌᆞ로 밧고여 얼프시 십일 츈
추(春秋)를 지닌지라.

이에 텬샤(天赦)를 만나 고토(故土)의 도라오믹 일노(一路) 풍경이 의구(依舊)ᄒ나
[니]. 회푀(懷抱) 더옥 상감(傷感)ᄒ야, 흔갓 부인으로 더브러 녯일을 니르며【62】
뎍쇼(謫所) 고쵸를 ᄎᆞ탄(嗟歎)ᄒ고, 촌촌(寸寸) 젼진(前進)ᄒ여 발힝흔 지 일년 만의

1429)옥당(玉堂) : 조선 시대 홍문관의 별칭. 삼사(三司) 가운데 하나로 궁중의 경서, 문서 따위
　　를 관리하고 임금의 자문에 응하는 일을 맡아보던 관아(官衙).

1430)손조 : 손수. 몸소. 남의 힘을 빌리지 아니하고 제 손으로 직접.

1431)들나물 : 들에서 나는 나물.

뎨도(帝都)의 니르니, 문밧긔 햐쳐(下處)1432)를 어더 잠간 쉬더니, 이윽고 승상이 이 공즈로 더브러 니르러 셔로 보딕, 형뎨 십년 별후(別後) 이락(哀樂)이 쇼양불모(宵壤不侔)1433)ᄒ지라. 형의 위풍(威風)은 녜도곤 더어, 뇽인(龍麟)1434)의 긔습(氣習)이 잇고, 홍의 영치(英彩)는 ᄉ[ᄉ]막(沙漠) 히외(海外)의 신고(辛苦)ᄒ여 비록 머리 털이 이시나 이 완연ᄒᆫ 오랑킈 형상이 되엿ᄂᆞ지라.

승상이 ᄒᆞᆫ 번 보미 ᄎ악(嗟愕)ᄒᆞᆷᄋᆞᆯ 이긔지 못ᄒᆞ여 홍을 븟드러 방셩딕곡(放聲大哭)ᄒᆞ니, 빙경 등이 ᄒᆞᆫ가지로 통곡ᄒᆞ미, 홍이 비록 사오나오나 이�를 당ᄒᆞ야 엇지 감상(感傷)ᄒᆞᆷᄋᆞᆯ ᄎᆞᆷ【63】으리오. 부ᄌ형뎨(父子兄弟) 일댱(一場)을 크게 운 후, 슬프믈 뎡(整)ᄒᆞ고 별회(別懷)를 니를 시, 냥ᄌ(兩子)의 셩인(成姻)ᄒᆞᆷ과 부친의 평안ᄒᆞᆫ 쇼식을 듯고, 깃부믈 이긔지 못ᄒᆞ야 이ᄌ(二子)의 손〇[을] 잡고, 승상긔 샤례(謝禮) 왈,

"쇼제 무상ᄒᆞ야 군부(君父)긔 득죄(得罪)ᄒᆞ니, 힝혀 쇠잔ᄒᆞᆫ 명(命)을 이어 졀역(絶域)의 니치니, 다시 싱환할 긔약이 업ᄉ더니, 셩은이 망극ᄒᆞ고 형댱의 은혜로 고향의 도라{오}와 부ᄌ 셔로 보니, 이 셩덕을 엇지 측양(測量)ᄒᆞ리잇고?"

승상이 눈물을 거두고 기리 탄식 왈,

"샤뎨(舍弟) 엇지 이 말을 ᄒᆞᄂᆞ뇨? 너와 ᄂᆡ 다만 ᄒᆞᆫ 빵 기러기로 ᄒᆞᆫ 당(堂)의 엇게를 갈와 학발(鶴髮) 노친을 봉양【64】치 못ᄒᆞ니, 텬하의 죄인이라. 국은(國恩)이 망극ᄒᆞ사 이졔 아이 싱환(生還)ᄒᆞ니, ᄎᆞ후 ᄒᆞᆫ 당 가온딕셔 오륜(五倫)1435)이 가족ᄒᆞ야, 평싱 〇〇[품은] ᄡᅳ[ᄠᅳᆺ]을 펴리니, ᄯᅩ 무슴 ᄒᆞᆫ(恨)이 이셔 쳥죄홀 비 이시리오. 우형의 브졔(不悌)ᄒᆞ미, ᄒᆞᆫ낫 너를 국법의 거리ᄢᅥ 구치 못ᄒᆞ여 십년 풍상(風霜)을 격게ᄒᆞ니, 이졔 도라오미 〇〇[엇디] 나의 덕이며, 너의 칭덕(稱德)ᄒᆞ미 우형의 참괴(慙愧)ᄒᆞ믈 더으지 아니리오. 냥질이 어리나 텬ᄌᆡ(天才) 영오(穎悟)ᄒᆞ니, 문호(門戶)의 딕경(大慶)이라. 우형이 병이 만코 긔츌(己出)이 희소(稀少)ᄒᆞ니, ᄎᆞ질(次姪)의 튱후(忠厚)ᄒᆞ믈 ᄉᆞ랑ᄒᆞ여 나의 후(後)를 이엇더니, 이졔 다 셩혼(成婚)ᄒᆞ여 ᄋᆞ부(我婦) 이인(二人)의 [이] 슉녀의 뇨됴(窈窕)ᄒᆞ미 이시니, 【65】 샤뎨(舍弟)의 복이라."

홍이 쳥파의 회샤(回謝)ᄒᆞ믈 마지 아니ᄒᆞ고, 셩부인이 녀ᄋᆞ로 더브러 나와 셔로 볼 시, 빙경 등이 반기고 슬허홈과 부인의 한 업손 눈물이 강슈(江水)를 보틸 ᄯᆞᄅᆞᆷ이더라. 승상이 피셕(避席)ᄒᆞ여 위로 왈,

"현슈(賢嫂)의 셩덕으로뻐 히외에 뉴락ᄒᆞ시믄 다 가운(家運)의 블힝ᄒᆞ미라. 금일 무ᄉᆞ이 모드니 복이 불승희힝(不勝喜幸)ᄒᆞ여이다. 슈연이나 질녀의 향염(香艶)이 비록 호가(胡家)1436)의셔 ᄌᆞ라시나, 이럿툿 현미(賢美)ᄒᆞ니 ᄎᆞ는 다 수수(嫂嫂)의 덕퇴이 크

1432)햐쳐(下處) : 사처. 손님이 길을 가다가 묵음. 또는 묵고 있는 그 집
1433)양블모(宵壤不侔) : 하늘과 땅처럼 큰 차이가 있음.
1434)뇽인(龍麟) : 용(龍)과 기린(麟)을 함께 이른 말.
1435)오륜(五倫) : 유학에서, 사람이 지켜야 할 다섯 가지 도리. 부자유친(父子有親), 군신유의(君臣有義), 부부유별(夫婦有別), 장유유서(長幼有序), 붕우유신(朋友有信)을 이른다.

미로 소이다.”

셩시 념용(斂容) 체읍(涕泣) 왈,

“쳡이 불힝ㅎ여 쳔신만고(千辛萬苦)를 지니고 도라오미, 존당이 반셕(盤石) ♢트시고【66】이ᄌᆞ(二子)의 스룸 되미 여ᄎᆞ(如此)ㅎ오니, 스무여한(死無餘恨)이라. 슉슉(叔叔)의 셩의(誠意)는 빅골난망(白骨難忘)1437)이로쇼이다.”

이윽고 셩어시 니르러 녀셔(女壻)를 보고 각각 반기고 슬허ㅎ며 별회를 조용히 베플미, 홍이 닉심의 승상이 빅경○[을] 계후(繼后)ㅎ미 반다시 져를 폐(廢)ㅎ고 댱(長)을 복(復)ㅎ미, 비로소 ᄌᆞ긔 ᄆᆞ음을 위로ㅎ는 쥴 알고 감동ㅎ나, 마ᄎᆞ내 본습(本習)이 업지 못ㅎ야 일단 앙앙(怏怏)ㅎᆫ 뜻이 이시나, 형셰 홀 일이 업고, ᄯᅩ 셩어ᄉᆞ의 츄존(推尊)ㅎ는 말을 드르니, 임의 작위 지상(宰相)의 잇는지라. 것ᄎᆞ로 공근(恭謹)ㅎ야 낫타니지 못ㅎ더니, 날이 져믈미 ᄒᆞᆫ가지로 부즁의 도라올 ᄉᆡ, 승상이 몬져 당의 나리미, 상【67】부(相府) 아역(衙役)과 치거사마(彩車駟馬)1438)로쎠 나오고, 냥산(陽傘) 졀월(節鉞)이 시위(侍衛)ㅎ여 옹위(擁衛)ㅎ고 벽뎨(辟除)1439) 쇼ᄅᆡ 얼프시 디로를 지ᄂᆞ고, 우기(羽蓋)1440) 부치이는 곳의 ○○○[거셩(車聲)이] 닌닌1441)ㅎ여 여셧 말이 닷기를 ᄲᆡᆯ니ㅎ니, 눈을 두로혈 ᄉᆞ이의 스오 리(里)는 닷는지라. 홍이 악연(愕然)이 신ᄉᆡᆨ(神色)이 흙 ♢트니, 셩어시 것히셔 져 긔ᄉᆡᆨ(氣色)을 보고 믄득 탄식고, 승상의 덕틱을 칭예(稱譽)ㅎ야 빅경 형뎨를 양휵(養慉)ㅎ야 밋 복댱(復長)ㅎ기의 님ㅎ여 혈심(血心)으로 츄ᄉᆞ(推辭)1442)타가 못ㅎ여, 위를 뎡ㅎ미 밋쳐는 빅경으로쎠 계후(繼後)ㅎᆷ을 니르니, 젼후 셜홰 십쑨[분](十分) 쥰졀(峻節)ㅎᄃᆡ, 홍이 감탄ㅎ고 후회ㅎ여 셩공긔 ᄉᆞ【68】샤(謝辭)ㅎ고, 이ᄌᆞ로 더부러 오더니, 즁노(中路)의 니르러 ᄇᆞ라보니, 홍냥산(紅陽傘)이 표동(表動)1443)ㅎ고, 쳥춍미(靑驄馬)1444) 우는 곳의 일위 쇼년이 츄종(騶從) 수십여인을 거ᄂᆞ려 오다가, 승상의 거마(車馬)를 보고 길ᄀᆞ의 ᄂᆞ려 셧더니, 먼니 홍의 일힝○[이] 오믈 보고 하리(下吏)로쎠 무러 알미, 나와 말머리의셔 지ᄇᆡ 왈,

“계뷔(季父)1445) 풍상(風霜)의 괴로○[오]믈 겻그시되 쇼딜이 유튱(幼沖)ㅎ여 등ᄇᆡ

1436)호가(胡家) : 오랑캐 곧 야만인이 사는 집.

1437)빅골난망(白骨難忘) : 죽어서 백골이 되어도 잊을 수 없다는 뜻으로, 남에게 큰 은덕을 입었을 때 고마움의 뜻으로 이르는 말

1438)치거사마(彩車駟馬) : 네 필의 말이 끄는 화려하게 잘 꾸민 수레.

1439)벽졔(辟除) : 지위가 높은 사람이 행차할 때, 구종(驅從) 별배(別陪)가 잡인의 통행을 금하던 일.

1440)우기(羽蓋) : 예전에, 왕(王)이나 공후(公侯)의 수레를 덮던 녹색의 새털로 된 덮개. 또는 그 수레. 늑우개지륜(羽蓋之輪)

1441)닌닌 : 수레바퀴가 삐거덕 거리며 굴러감. 또는 그 소리.

1442)츄ᄉᆞ(推辭) : 물러나며 사양함.

1443)표동(表動) : 물체가 겉으로 뚜렷하게 드러나 움직임.

1444)쳥춍마(靑驄馬) : 털이 흰 백마(白馬)로, 갈기와 꼬리부분이 파르스름한 빛을 띠고 있다.

1445)계뷔(季父) : 아버지의 막내아우.

(登拜)ᄒᆞᄆᆞᆯ 일헛더니, 금일 무ᄉᆞ이 환귀(還歸)ᄒᆞ시미 족히 하졍(下情)1446)을 위로ᄒᆞ리로쇼이다."

홍이 놀나 왈,

"쇼년은 엇던 사ᄅᆞᆷ고?"

빅경이 뒤히 잇셔 고 왈,

"이ᄂᆞᆫ 우셩이니, 빅부의 ᄌᆞ(子)로셔 ᄉᆞ괴(事故) 이셔 ᄒᆞᆫ가지로 오지 못【69】ᄒᆞ엿더니, 이졔 뵈ᄂᆞ이다."

홍이 디경 왈,

"딜ᄋᆞ(姪兒) 이럿틋 ᄒᆞ되 닌 아지 못ᄒᆞ도다. 네 나이 메치나1447) ᄒᆞ뇨?"

한님이 디 왈,

"십오 셰로쇼이다."

홍이 그 풍신(風神) 위의(威儀)를 보니, 진실노 셰상의 비ᄒᆞ리 업ᄂᆞᆫ지라. 빅명의 단아홈과 빅경의 돈후ᄒᆞ미 뎌의 ○···결략9자···○[게 젼혀 미츨 빅 아니라]. 농호(龍虎) ᄀᆞᆺᄐᆞᆫ 얼골은 빅년일지(白蓮一支) 츈풍(春風)의 움즉이고, 묽은 눈ᄶᅵ1448)ᄂᆞᆫ 싯별과 가을 물결이 셔로 빗최ᄂᆞᆫ 둣ᄒᆞ고, 븕은 《닙과‖닙슐의》 흰 이의[ᄂᆞᆫ] 빅옥(白玉)을 교[죠]탁(彫琢)ᄒᆞᆫ 듯ᄒᆞ고, 쇄락(灑落)ᄒᆞᆫ 풍신과 신긔ᄒᆞᆫ 농안(容顏)이 빅승셜(白勝雪)1449)이오, 경국지식(傾國之色)이라. 오사(烏紗)1450) 아릭 뇨됴(窈窕)ᄒᆞᆫ 귀밋과 홍포금대(紅袍金帶)1451) 가온디 쥰슈ᄒᆞᆫ 골격은 틱을【70】진인(太乙眞人)1452)이 샹텬(上天)의 됴회(朝會)홈 ᄀᆞᆺᄐᆞᆫ지라.

뎌 ᄀᆞᆺᄐᆞᆫ 아ᄅᆞᆷ○[다]오믈 보고, 빅경이 비록 아ᄅᆞᆷ○[다]오나 품격(品格)이 닉도커ᄂᆞᆯ, 댱ᄌᆞ로 명(命)ᄒᆞ미 실노 ᄌᆞ긔로 혜아려도 ᄎᆞᆷ아 못ᄒᆞᆯ 일을 타연(泰然)이 힝ᄒᆞ미, 화우(和友)ᄒᆞᄆᆞ로 비로스믈 씨다라, 바야흐로 승상의 덕을 감은(感恩)ᄒᆞ고 ᄆᆞ음의 ᄆᆡ친 거시 플니더라.

부즁의 도라와 뉴공긔 뵈기를 쳥ᄒᆞ니, 공이 보지 아니려 ᄒᆞ거ᄂᆞᆯ, 승상이 면관돈슈(免冠頓首)ᄒᆞ여 읍간(泣諫)ᄒᆞ니, 공이 감동ᄒᆞ야 홍을 블너 볼ᄉᆡ, 공이 뎌의 변형(變形)ᄒᆞ여시믈 보고, 상연(傷然)이 눈물을 ᄂᆞ리오고, 냥구(良久) 후(後) 왈,

"불초ᄌᆞ(不肖子) 기과(改過)ᄒᆞ미 잇ᄂᆞᆫ냐?"

1446)하졍(下情) : 어른에게 대하여, 자기 심정이나 뜻을 겸손하게 이르는 말.

1447)메치나 : '몇이나'의 고어표기.

1448)눈ᄶᅵ : 눈찌. 쏘아보거나 흘겨보는 눈길.

1449)빅승셜(白勝雪) : 하얗기가 백설보다 더 하얗다.

1450)오사(烏紗) : 오사모(烏紗帽). 관복을 입을 때 머리에 쓰던 검은 사(紗)로 만든 모자.

1451)홍포금대(紅袍金帶) : 조선시대 관원들이 공복으로 입던, 붉은 색 도포와 이 도포에 두르던 금으로 장식한 띠.

1452)태을진인(太乙眞人) : 태을성(太乙星)을 주관하는 천신(天神)으로, 도교에서 받든다는 가장 높은 신(神).

홍이 통곡【71】왈,

"히이(孩兒) 비록 무상(無狀)ᄒ나 엇지 ᄌ최홀 줄을 모로리잇고? 금일 대인긔 뵈오니 죽어○[도] 흔(恨)이 업ᄉ이다."

공이 탄(嘆)ᄒ여 경계(警戒)ᄒ더니, 셩시 당하(堂下)의 비례ᄒᄆᆡ 밋쳐는 흔연이 반겨 당의 올니고 위로ᄒ며, 손녀를 불너 겻히 안치고 홍 다려 니르되,

"십년 ᄉ이의 너의 모양이 북역1453) 오라키 되기를 면치 못하여시되, 네 안히와 ᄯᆞᆯ은 용모와 긔질이 흔갈가치 변하미 업셔, 즁국 풍속을 일치 아냐시니, 이는 사ᄅᆞᆷ의 ᄆᆞ음이 졍(淨)흔 즉 밧긔 졍(淨)ᄒ고, ᄆᆞ음이 사오나오면 밧기 부졍(不淨)ᄒ여, 이풍(異風)에 무[물]들미 쉬【72】온지라. 일노붓터 긔과(改過)ᄒ여 네 형의 어질믈 츄복(推服)흔 즉, ᄂᆡ 죽어도 눈울 감고, 네 ᄯᅩ 다시 즁국 인물이 되리니, 이 져근 깃분 일이 아니랴."

홍이 눈물이 십솟듯 ᄒ여, 다만 사죄 ᄲᅮᆫ이요, 빅경 등이 심이 편안치 아냐 ᄒ거늘, 공이 ᄌᆞ여(子女)의 낫출 보와 다시 칙지 아니코 위로(慰勞) ᄒ더라.

승상이 셩시와 홍으로 더브러 ᄂᆡ당의 드러가 쥬시로 셔로 볼 식, 피ᄎᆞ 눈물을 흘녀 밋쳐 말을 못ᄒ여셔, 믄득 슈운각 ᄉ창(紗窓)을 반기(半開)ᄒ고, 향풍(香風)이 온갓 쇼ᄅᆡ를 젼ᄒ더니, 일위 부인이 머리의 구봉관(九鳳冠)1454)을 쓰고 몸의 ᄌᆞ금【73】의(紫錦衣)1455)를 닙고 월나상(越羅裳)1456)을 미야, 일쳑(一尺) 셰요(細腰)의 년보(蓮步)1457)를 옴겨 쳔연(天然)이 나오니, 쇄락흔 풍치와 윤틱흔 광염(光艶)이 틱양이 즁텬(中天)의 오르고 명월이 부상(扶桑)의 《호요∥됴회(朝會)》흔 듯ᄒ니, 계젼(階前)의 빅홰(百花) 붓그러워 가지를 숙이고, 쥬옥(珠玉)이[의] 빗난 거시 지위자약(地位自若)1458)○[흔] ᄀᆞᆺ튼지라.

1453)북역 : 북녘. 북쪽.

1454)구봉관(九鳳冠) : 아홉 마리의 봉황 장식을 붙여 만든 봉관(鳳冠). *봉관(鳳冠): 중국에서 조정으로부터 봉작(封爵)을 받은 명부(命婦)가 쓰던 관모(官帽). ≪영조실록≫ 영조23년 1747.7.29. 조에 민응수(閔應洙)가 "북경에 갔을 적에 구봉관(九鳳冠)과 오봉관(五鳳冠)을 보았는데, 붉은 자개와 순금(純金)으로 되어 있어 극도로 사치하고 화려하였다"고 아뢴 기록이 나온다. 또 김윤식(金允植)의 ≪운양속집(雲養續集)4권/정부인김해김씨묘갈명(貞夫人金海金氏墓碣銘)≫에 융희3년(1909) 순종황제가 창원 마산포에 순행하여 김해김씨를 불러 보았는데, 이때 김해김씨가 봉관(鳳冠; 봉황관)과 하피(霞帔:새우무늬치마) 차림으로 순종황제를 알현한 기록이 보인다. 이를 보면 조선에서도 봉관을 착용하였음을 알 수 있다.

1455)ᄌᆞ금의(紫錦衣) : 자줏빛 비단 저고리.

1456)월나상(越羅裳) : 중국 고대 월(越)나라가 있었던 절강(浙江) 지역에서 생산된 비단으로 지은 치마. *월(越)나라: 중국 춘추 시대에 절강(浙江) 지방에 있던 나라. 회계(會稽)에 도읍하였으며 기원전 5세기 초기 구천(句踐) 때에 오나라를 멸하여 세력을 떨치고 기원전 334년 초나라에 망하였다.

1457)년보(蓮步) : 금련보(金蓮步). 미인의 정숙하고 아름다운 걸음걸이를 비유적으로 이르는 말.

1458)지위자약(地位自若) : 본래 그 지위에 있었던 것처럼 침착하다.

홍이 흔 번 보미 십분 의아(疑訝)ᄒ여 냥구히 보니, 잇[이] 곳 다른 사름이 아냐 당년의 춤소(讒訴)ᄒ여 구츅(驅逐)흔 뎡부인이라. 딕경(大驚) 춤괴(慙愧)ᄒ여 신식(神色)이 여토(如土)ᄒ니, 부인이 져 긔식을 보고 더욱 안식을 화평이 ᄒ여, 녜(禮)를 ᄆᆞᆺ고 도라오믈 치하(致賀)홀 시, 언담(言談)이 다 손슌(遜順)ᄒ고 겸공(謙恭)ᄒ여 셩【74】부인의 손을 잡고 눈물○[을] 쑤려 반기며 깃거 ᄒᄂᆡ[미] 조금도 녯 일을 싱각지 아니 ᄒᄂᆞᆫ지라.

홍이 심니(心裏)에 비록 감격ᄒ나, ᄯᅩᄒ 보건ᄃᆡ 부인의 비무(比無)[1459]흔 용광이 녯 날의 빅비 더ᄒᆞ미 잇고, 의관(衣冠)과 풍치(風采) 환혁(煥赫)ᄒ엿거ᄂᆞᆯ, 셩시를 보니 흔 조각 아담흔 거시 변치 아냐시나 용광(容光)이 쵸쵸(草草)ᄒ고 기뷔[뷔](肌膚) 소삭(消索)ᄒ여 만분 밋지 못홀 거시오, 져른 금군(錦裙)과 긴 갈포(葛布) 단삼(單衫)을 닙어 촌농쟈(村農者)[1460]의 부인 맵시를 면치 못ᄒ여시니, 더욱 이달고 붓그려 ᄒ더라.

이ᄯᅥ 쥬시 일댱(一場) 슬프믈 진졍ᄒ고 이로ᄃᆡ,

"ᄎᆞ(次) 샹공이 도라오시미 일가의【75】큰 경시오, ᄒᆞ믈며 삼위 쇼져ᄂᆞᆫ 더욱 즁(重)ᄒ거ᄂᆞᆯ 엇지 나와 뵈지 아닌ᄂᆞ니잇가?"

뎡부인이 잠쇼(暫笑) 왈,

"녜(禮) 즁(重)흔 고로 가바야이 나오지 못ᄒ니, 잠간 쉬셔든 현부 등의 비현(拜見)ᄒ기를 명(命)ᄒ사이다."

인ᄒ여 셩부인다려 왈,

"부인이 십년 고초를 지ᄂᆡ시나 빅명 형데 져 ᄀᆞ치 긔이ᄒ고 식뷔 셰상의 쒸여ᄂᆞ니, 복되미 극흔지라. 쳡이 그으기 브러ᄒᆞᄂᆞ이다. 빅경은 ᄂᆡ ᄋᆞ히 되연지 팔년의 친싱의 지ᄂᆞ니 슬하의 영화를 볼 젹 마다 부인의 셩덕을 엇지 이즈리오."

셩시 샤례 ᄒ고, 홍이 피셕 쳥죄 왈,

"당년의 쇼【76】싱이 현슈(賢嫂)긔 죄 어드미 크더니, 이졔 이럿툿 덕ᄒᆡᆼ을 드리워 부모 업슨 아히ᄃᆞ를 어엿비 여기샤 셩취(成娶)ᄒ미 가형(家兄)의 홀노 어질미 아니라, 현슈의 덕튁이 더욱 크신지라. 복이 감은ᄒ고 춤괴ᄒ믈 이긔지 못홀소이다."

부인이 동용(動容) 칭샤 왈,

"엇지 감이 니르시ᄂᆞᆫ 바를 당ᄒ리잇가? 쳔쳡의 운쉬(運數) 긔괴(奇怪)ᄒ미오, 사름의 허믈이 아니라. 슉슉(叔叔)의 말ᄉᆞᆷ을 듯ᄌᆞ오니, 불승황감(不勝惶感)ᄒ여이다."

드듸여 포진(鋪陳)[1461]을 고치고 쥬반(酒飯)을 나온 후, 됴빅 냥인을 불너 신부○[의] 녜(禮)로 구고(舅姑)를 뵈《오니∥게 ᄒ니》, 홍과 셩시 깃부믈 이긔지 못ᄒ더라.

승샹이【77】니소져를 불너 나오며[미] ᄀᆞ라쳐 왈,

"ᄎᆞᄂᆞᆫ 우셩의 쳬(妻)니 맛당이 녜로 수수(嫂嫂)와 샤데(舍弟)를 보라."

1459)비무(比無) : 비할 데가 없음
1460)촌농자(村農者) : 시골 농사꾼.
1461)포진(鋪陳) : 잔치 따위를 할 때에 앉을 자리를 마련하고 방석, 요, 돗자리 따위를 깖

쇼졔 수명(受命)ᄒ고 홍의 부부를 향ᄒ여 지비ᄒᄆᆡ 봉관(封冠)이 영농ᄒ고 픠옥이 은영(隱映)ᄒᆫ ᄃᆡ 옥골셜뷔(玉骨雪膚) 분벽(粉壁)1462)의 조요(照耀)ᄒ니, 홍이 그 풍광(風光) 아틱(雅態)를 보고, 승상부부를 보와 치하ᄒᄆᆞᆯ 마지 아니터라.

날이 져믈ᄆᆡ 승상으로 더브러 셔헌의 나와 공(公)긔 시침ᄒᆞᆯ ᄉᆡ, 삼공지 ᄒᆞᆫ가지로 뫼셔 ᄌᆞ니, 승상○[의] 평싱 유흔(遺恨)이 풀어져, 다만 미우의 희긔(喜氣) 영농(玲瓏)ᄒ여 츈양(春陽) ᄀᆞᆺ튼지라. 공과 삼지(三子) 감탄ᄒ고 홍이 ᄯᅩᄒᆞᆫ 탄돌(嘆咄)1463)ᄒᆞᆯ ᄉᆞ괴(事故) 업고, 일마다 감격【78】ᄒᆞᆫ[ᄒᆞᆯ] 조각이니, 마음을 노하 이십년 허믈을 프러 바리고, 죵용히 졍회(情懷)를 닐너 날이 박는 즐을 ᄭᅵ닷지 못ᄒ더라.

≤츠후 홍이 영셜각의 ○○[이셔] 부인으로 ○…결락15자…○[자부의 효양을 밧고, 뉴공과 승상으로] 텬뉸의 졍을 베퍼 기리 평안ᄒ나≥1464), 됴졍의 다시 쓰일 일이 업고, 낫츨 드러 친쳑이라도 볼 의ᄉᆡ 업셔 죵일토록 가ᄂᆡ의셔 셰월을 보ᄂᆡ고, 승상은 텬지 녜우(禮遇)ᄒ시는 디신으로 은영(恩榮)의 호셩(豪盛)ᄒᆞᆷ이 빅뇨(百寮)의 웃듬이오, 사희(四海) 앙망ᄒ여 됴당(朝堂) 텬쥐(天柱)1465) 되어시니, ᄒ믈며 우셩이 소년 아망(雅望)이 ᄉᆞ린(四隣)1466)의 진동ᄒ여 '금슈(錦繡) 우ᄒᆡ 곳'1467) ᄀᆞᆺ트니, 인리향당(隣里鄕黨)1468)과 친권죡【79】속(親眷族屬)1469)이 져 부ᄌᆞ를 츄존(推尊)ᄒ니, 엇지 홍의 부ᄌᆞ를 도라 보리오. 힝혀 빅경이 녜를 즁(重)이 ᄒ고 몸을 삼가무로ᄡᅥ 승상이 츄지(推之)1470)ᄒ여, 가즁(家中)의 장지(長子) 되니, 인심이 잠간 도라보는 빅 이시나, 비복은 하류(下流)의 식견(識見)이라. 셰를 ᄯᅩᄂᆞᆫ 고로 일편 도이 빅명 등과 홍의 부부를 능답(陵踏)1471)ᄒ니, 뎡부인이 이 거동을 알고 ᄀᆞ만니 빅경 다려 무러 왈,

"비복의 경식이 여ᄎᆞ여ᄎᆞᄒ니 엇진 연괴(緣故)뇨?"

경이 미쇼 왈,

1462)분벽(粉壁) : 하얗게 꾸민 벽.
1463)탄돌(嘆咄) : =돌탄(咄嘆). 혀를 차며 탄식함.
1464)츠후 홍이 <u>영셜각의 이셔 ᄌᆞ부의 효양을 밧고, 뉴공과 승상으로 텬뉸의</u> 졍을 베퍼 기리 평안ᄒ나, …(국립도서관본 『뉴효공션힝녹』貞 <권지사>:85쪽7-10행, *밑줄·문장부호 교주자)
1465)텬쥐(天柱) : 『역사』동헌의 복판을 버티는 기둥을 달리 이르는 말. 천심(天心)이 이 기둥을 통하여, 수령이 백성을 다스리는 것을 들여다보고 있다고 하여 이렇게 이른다. *여기서는 '조당(朝堂)'이 무너지지 않도록 괴고 있는 기둥'이라는 뜻으로, 조정의 '정신적 지주(支柱)가 되는 인물'을 비유적으로 표현한 말.
1466)ᄉᆞ린(四隣) : 사방의 사람들
1467)금슈(錦繡) 우ᄒᆡ 곳 : '금상첨화(錦上添花)'를 번역한 말. 비단 위에 꽃을 더한다는 뜻으로, 좋은 일 위에 또 좋은 일이 더하여짐을 비유적으로 이르는 말이다.
1468)인리향당(隣里鄕黨) : 이웃 동네의 모든 사람들.
1469)친권족속(親眷族屬) : 같은 문중이나 계통에 속하는 가깝고 먼 모든 겨레붙이를 통틀어 이르는 말.
1470)츄지(推之) : 높이 천거함. *여기서는 유현이 백경을 종손(宗孫)으로 추대한 것을 말한다.
1471)능답(陵踏) : =능멸(陵蔑). 업신여기어 깔봄.

"젼일은 야야 쇼ᄌ 삼인을 ᄒᆞᆫ가지로 무휼(撫恤)ᄒᆞ시고, 이졔즉 형뎨 영셜각의 왕ᄂᆡ ᄒᆞ여 대야(大爺)긔 시좌(侍坐)ᄒᆞ미 여젼(如前)치 못【80】ᄒᆞ므로, 쳔인의 식견(識見)의 갈나나미1472) 잇ᄂᆞᆫ〇[가] ᄒᆞ여 믄득 이 ᄀᆞᆺ튼 거죄(擧措) 이시니, 싱뷔(生父) 아르시면 불안이 녀기시리니, 〇〇〇[부친긔] 고ᄒᆞ고 다ᄉᆞ리사이다."

≤부인이 크게 깃거ᄒᆞ더라.

□□□□[츠일 고요] 하믈 □[타] 빅경이 승상긔 □□[비복]의 무례(無禮)ᄒᆞᆷ믈 고ᄒᆞ니, 승상이 그 ᄯᅳᆺ을 알고 경의 등을 어로만져 칭이(稱愛) 왈,

"노셩(老成)ᄒᆞ고 효우(孝友)ᄒᆞᆫ 아ᄒᆡ로다. 깁피 심복ᄒᆞᄂᆞ니 엇지 날다려 니르리오. 네 맛당이 잘 늘[늘1473)]〇[을] 잡아 네 부형을 고로고로 뫼실지어다."

〇〇[경이] 감격ᄒᆞ야 샤례ᄒᆞ고, 승샹〇[의] ᄯᅳᆺ이 가권(家權)을 졔게 보ᄂᆡ여, 두 아비 셤기〇[기]를 가죽이 공경ᄒᆞ고, 〇〇〇〇〇[위권의 쏠녀] 인심이 쏘흔 굴【81】복게 □□[홀디]언졍, 능히 니르며 ᄭᅮ지져 요□[란]ᄒᆞ〇[여] 싱부의 무안(無顔)ᄒᆞᆷ믈 도돌가1474) 두려ᄒᆞᆷ믈 알고, 감이 샤양치 못ᄒᆞ여 다만 명(命)을 밧더라.≥1475)【82】

1472)갈나나다 : 갈라내다. 합쳐 있는 것을 각각 따로 떼어 내다.
1473)늘 : 날줄. 위선(緯線). 여기서는 '기준선(基準線)'을 뜻하는 말.
1474)도도다 : 돋우다. 정도를 더 높이다
1475)부인이 깃거 ᄒᆞ더라. 츠일 고요ᄒᆞᆷ믈 타 경이 승샹의 노복의 무례ᄒᆞᆷ믈 고ᄒᆞ니, 승상이 그 ᄯᅳᆺ을 알고 경의 등을 어로만져 칭이 왈, "노셩ᄒᆞ고 효우ᄒᆞᆫ 아ᄒᆡ로다. 깁히 심복ᄒᆞᄂᆞ니, 엇디 날ᄃᆞ려 닐오리오. 네 맛당이 즐 늘 잡아 너의 부형을 고로고로 뫼실디어다." 경이 감격ᄒᆞ야 샤례ᄒᆞ고, 승샹 ᄯᅳᆺ이 가권을 졔게 보내여 두 아비 셤기기 ᄀᆞ득이 공경ᄒᆞᆷ믈 닐위고, 위권의 쏠녀 인심이 쏘흔 굴복의 홀디언졍, 능히 ᄭᅮ디져 닐너 거죄 요란ᄒᆞ고, 홍의 무안ᄒᆞᆷ믈 도돌가 두리믈 알고, 감히 ᄉᆞ양치 못ᄒᆞ야 다만 녕을 바다 가ᄂᆡ를 술펴 냥부모 셤기믈… (국립도서관본 『뉴효공션힝녹』 貞 〈권지사〉:87쪽4행-88쪽3행, *밑줄·문장부호 교주자)

뉴효공션힝녹 권지십이죵

어시에 빅경이 가니롤 슬펴 냥부모 셤기믈 흔갈굿치 흐니, 홍이 빅경의 위권(威權)이 이 굿트믈 보고 크게 깃거 더욱 옛 일을 뉘웃고 승상의 {이} 동긔지졍(同氣之情)1476)을 바야흐로 온젼이 흐니, 공이 깃거흐고 승상이 평싱지원(平生至願)을 일웟는지라.

화됴월셕(花朝月夕)의 시쥬(詩酒)롤 일삼아 관스여가(官事餘暇)의 잠시롤 써나지 아니흐니, 홍이 승상이 됴당(朝堂)의 나가 늦도록 도라오지 아닌죽, 식음을 나오지 아니코 문밧긔 나와 기다려 셔로 마즈 희학(戱謔)흐여 나지면1477) 흔 상(床)의셔 밥 먹고, 밤【1】이면 탑(榻)을 □□□[흔ᄀ지]로 흐더니, 일일은 홍이 주리롤 도라보아 탄 왈,

"형뎨 양[광]금장침(廣衾長枕)1478)○[의] 휴수졉슬(携手接膝)1479)흐여 힐지항지(頡之頏之)1480)라 흐니, 오날늘 침상을 보미, 형뎨 젹으믈 가이 탄흐염죽 흐도다."

승상이 희동안식(喜動顔色)1481)흐고 홀연 슬허 왈,

"츠언(此言)이 심션(甚善)흐다1482). 수연(雖然)이느 나와 네 죵신토록 이 즐거오믈 면치 아닌 즉 엇지 고인을 블워 흐리오."

□[홍]이 쵸창(悄悵)흐믈 마지 아니니, 뒤강 뉘웃는 므옴이 밍동(萌動)흐미 되더라.

뎡부인이 셩시로 더부러 니당의셔 범스(凡事)의 극진흐미 승상과 흔가지러니, 일일은 됴시 식상(食床)을 밧드러 두 존고【2】긔 나오미, 셩부인은 {뒤} 양션(良善)흐고 영민(穎敏)흔지라. 빅경의 밧들미 주못 승상 뜻인 줄 알고, 주못 안심치 아냐 흐더니, 밋 식상이 니르미 눈을 드러보니 뎡부인 상의 노치 아닌 진미(珍味) 두어 가지○[가] 잇는지라. 문득 안식을 고치고 빅경을 블너 왈,

"져져는 부즁의 츙뷔(冢婦)1483)시고 쏘 가뫼(家母)1484)시니 니 비록 춤남(僭濫)히

1476)동긔지졍(同氣之情) : 친형제·남매 사이의 정(情).
1477)나지면 : '낮이면'의 연철표기.
1478)광금장침(廣衾長枕) : 넓은 이불과 긴 베개.
1479)휴수졉슬(携手接膝) : 손을 잡고 무릎을 맞대어.
1480)힐지항지(頡之頏之) : 힐항(頡頏). 새가 날면서 오르락 내리락 하는 모양. 형제가 서로 장난치며 올라타고 내려뜨리고 하며 노는 모양.
1481)희동안식(喜動顔色) : : 기쁜 빛이 얼굴에 드러남.
1482)심션(甚善)흐다 : 매우 선(善)하다.
1483)츙뷔(冢婦) : 정실(正室) 맏아들의 아내. 특히, 망부(亡父)를 계승한 맏아들이 대를 이을

형뎨로 칭ᄒᆞᄂᆞ, 실노뻐 엇지 비겨 좌롤 가죽이 못ᄒᆞᄂᆞ 비어ᄂᆞᆯ, 힝여 너의 용열(庸劣)ᄒᆞᆷ믈 과히 아르샤 명영(螟蛉)1485)의 의(義)롤 지어시ᄂᆞ 엇지 감지(甘旨)롤 ᄌᆞ임(自任)ᄒᆞ여 나의 부부로뻐 승상부부와 ᄀᆞᆺ치 밧드러 외람ᄒᆞᆫ 줄을 아지 못ᄒᆞ고, 도로혀 부인긔 나【3】오지 못ᄒᆞᆫ 진찬으로뻐 늬게 더으니, 네 도리 이갓튼냐?"

빅경이 놀나 왈

"ᄒᆡ이(孩兒)의 쇼힝이 불민(不敏)ᄒᆞ나 부뫼 어늬1486) 다르와, 지어(至於) 찬품의 층등(層等)ᄒᆞ미 이실 거시라 모친이 니럿ᄃᆞᆺ 칙(責)ᄒᆞ시ᄂᆞ니잇고?"

셩시 진미롤 갈아쳐 왈,

"이 뻐곰1487) 늬 너을 칙ᄒᆞ미라."

경이 ᄯᅩᄒᆞᆫ 놀나 왈,

"이ᄂᆞᆫ ᄒᆡ이 아지 못ᄒᆞᆫ 비라."

ᄒᆞᆫ딕, 뎡부인이 날호여 왈,

"ᄂᆡ 아히ᄂᆞᆫ 놀ᄂᆞ지 말고, 부인은 고이히 녀기지 말으소셔. 빅경의 효우ᄒᆞ믄 우리 부쳬(夫妻) 신후(身後)로뻐 미든 비니, 엇지 호발(毫髮)닌들 의심쩌온 일이 이시리오. 부모의 졍니ᄂᆞᆫ ᄒᆞᆫ가지나 딕읜(大義) 즉 〇[니] 부인도곤 즁ᄒᆞ니,【4】졔 엇지 층등ᄒᆞ리오. 이 음식은 셕양의 친졍《긔쓰∥의셔》 왓거ᄂᆞᆯ, ᄋᆞ부(我婦)롤 주어 부인긔 드리라 ᄒᆞ엿ᄂᆞ이다."

셩시와 빅경이 바야흐로 씨다라 셩부인이 웃고 칭소ᄒᆞ더라.

홍이 도라온지 일년의 승상이 밧글 진졍(鎭靜)ᄒᆞ고 부인이 안을 다ᄉᆞ려 졍(靜){하}ᄒᆞ며, 빅경이 됴시로 더브러 죵요로이 ᄉᆞ위 부모롤 셤기니, 가ᄂᆡ 화평ᄒᆞ여 거문고 곡죄(曲調) 조화(調和)ᄒᆞ고 픠옥(佩玉) 소리 묵연(默然)ᄒᆞ니, 규문(閨門)이 말가 화(和)ᄒᆞᆫ 긔운이 츈양(春陽) ᄀᆞᆺ더라.

명년 츈의 빅명이 급뎨ᄒᆞ여 한님 셔길ᄉᆞ의 ᄲᅢᆫ히니, 틱흑ᄉᆞ 양졍휘 상소ᄒᆞ여 왈,

"빅명은 간신(奸臣) 뉴홍의【5】ᄌᆞ라. 엇지 감히 됴신(朝臣) 항녈의 춤슈ᄒᆞ여 지치(至治)롤 어즈러리잇고? 맛당이 파츌(罷黜)ᄒᆞ여 일홈을 업시ᄒᆞ여지이다."

상이 비답(批答)ᄒᆞ시되,

"셩뎨명왕(聖帝明王)의 용인(用人)ᄒᆞ미 다 그 사ᄅᆞᆷ을 갈히니 엇지 부형의 연좌(緣坐)롤 쓰리오. ᄒᆞᆯ믈며 홍이 녁뉼(逆律)을 범ᄒᆞ여시나, 그 ᄌᆞ식인즉 무죄ᄒᆞ고 빅명의 지죄 경뉸(經綸)ᄒᆞ기의 이시니 딤이 즁히 녀기ᄂᆞᆫ 비라."

아들 없이 죽었을 때의 그 아내를 이른다. =종부(宗婦).
1484)가뫼(家母) : ①남에게 자기 어머니를 이르는 말. ②한 집안의 주부.
1485)명영(螟蛉) : ①빛깔이 푸른 나비와 나방의 애벌레. 몸빛은 녹색이다. ②나나니가 명령(螟蛉)을 업어 기른다는 뜻으로, 타성(他姓)에서 맞아들인 양자(養子)를 이르는 말.
1486)어늬 : 어느. 어찌.
1487)뻐곰 : 써. '그것을 가지고', '그것으로 인하여'의 뜻을 지닌 접속 부사. 한문의 '以'에 해당하는 말로 문어체에서 주로 쓴다.

ᄒᆞ신ᄃᆡ, 혹ᄉᆞ 냥예 상소 왈,

"역신 뉴홍이 틱후을 모히ᄒᆞ고 폐하ᄅᆞᆯ 위틱케 ᄒᆞ여 깁히 션뎨 셩춍(聖聰)을 가리엿ᄂᆞᆫ지라. 말이 날늬고 지죄 셜나 필하(筆下)의 풍운이 니러나고 의ᄉᆞ 다둣ᄂᆞᆫᄃᆡ 귀신이 우ᄂᆞᆫ 둣【6】ᄒᆞ야, 우흐로 텬ᄌᆞ와 아리로 만됴ᄅᆞᆯ 혹(惑)게 한 연괴라. 지금 셩상이 빅명의 지조ᄅᆞᆯ 일ᄏᆞᆯ라시니 신이 블승ᄒᆞᆫ심(不勝寒心)ᄒᆞ여 한츌쳠빅(汗出沾背)1488)ᄒᆞ여 [믈], ᄭᆡ닷지 못ᄒᆞᆷ믄 실노 그 아비ᄅᆞᆯ 달마ᄂᆞᆫ가 의심ᄒᆞᄂᆞ니, 원컨ᄃᆡ 셩상은 그 셩명을 됴뎡의 업시ᄒᆞ여 신뇨(臣僚)ᄅᆞᆯ 평안케 ᄒᆞ쇼셔."

냥(兩) 각신(閣臣)이 연ᄒᆞ여 상소ᄅᆞᆯ 올니니, 빅명이 벼슬을 바리고 집의 도라오니, 승상이 탄왈,

"닉 본ᄃᆡ 너의 《과가∥과거》 보기ᄅᆞᆯ 금ᄒᆞ믄 이런 일이 이실가 두리ᄃᆡ 부친이 여러 번 칙(責)ᄒᆞ시고 네 아비ᄂᆞᆫ 져리 바라니 말니지 못ᄒᆞ엿더니, 오날 이 거죄 발ᄒᆞ미 뉘웃치【7】나 밋지 못ᄒᆞ리로다."

빅경이 니럿틋 어즈러오믈 보고 그윽이 슬허ᄒᆞ고 붓그려, 부득이 일홈을 셰워 싱부(生父)의 누덕을 《ᄡᅵ고∥씻고》 냥부(養父)의 지우(至愚)ᄒᆞ믈 갑흐려 골돌ᄒᆞ미, 사친[친]경장(事親敬長)ᄒᆞ여[며] 시셔경젼(詩書經典)으로ᄡᅥ ᄆᆞ음을 삭여 도학(道學)으로 쳐신(處身)ᄒᆞ미 진션진미(盡善盡美)ᄒᆞ니, 인니향당(隣里鄕黨)이 탄복ᄒᆞ여 어진 일홈이 ᄉᆞ쳐(四處)의 들니더라.

승상이 빅명이 파츌(罷黜)ᄒᆞ므로붓터 ᄯᅩᄒᆞᆫ 됴뎡의 나ᄋᆞ가믈 붓그려 칭병부됴(稱病不朝)1489)러니, 일일은 틱[틱]학ᄉᆞ(太學士) 양공이 졍ᄉᆞᄅᆞᆯ 의논ᄒᆞ려 이에 니르니, 본ᄃᆡ 칠각노(七閣老) 뉵승상(六丞相)이[의] 웃듬이미 아모【8】 일이라도 무른 후 주달(奏達)ᄒᆞᄂᆞᆫ지라. 금일 니르러 승상긔 공ᄉᆞ(公事)ᄅᆞᆯ 의논ᄒᆞᄂᆞᆫ지라, 승상이 져의 쳥직(淸直)ᄒᆞ믈 공경ᄒᆞ고 ᄉᆞ랑ᄒᆞ나, 오직 빅명 논힉이 틱심(太甚)ᄒᆞ믈 춤괴(慙愧)ᄒᆞ여,

"병이 깁고 졍신이 혼모(昏暮)홀 ᄲᅮᆫ이 아니라, 죄인의 친권(親眷)이 엇지 졔공(諸公)의 용납ᄒᆞ믈 닙어 국ᄉᆞ을 의논ᄒᆞ리오."

ᄒᆞ고, 기리 츄ᄉᆞ(推辭)ᄒᆞᄂᆞᆫ지라.

양공이 ᄉᆞ샤(謝辭) 왈,

"션싱은 국가 듕신이어늘 엇지 이 말슴을 ᄒᆞ시ᄂᆞ뇨? 유하혜(柳下惠)1490)의 어질미

1488)한츌쳠빅(汗出沾背) : 몹시 부끄럽거나 무서워서 흐르는 땀이 등을 적심.

1489)칭병부됴(稱病不朝) : 병을 이유로 조정에 나가지 아니 함.

1490)유하혜(柳下惠) : 중국 춘추시대 노(魯) 나라의 명재상(名宰相). 본명은 전금(展禽). 유하(柳下)는 전금이 살던 곳의 지명, 혜(惠)는 시호이다. 그가 출타하였다가 돌아오던 중 밤에 곽문(郭門) 밖에서 자게 되었는데, 어떤 여자 한 사람도 와서 같이 자게 되었다. 마침 한겨울이라 그는 그 여자가 얼어 죽을까 염려하여 자기의 품에다 앉히고 옷으로 덮어 새벽까지 이르렀지만 음행을 하지 않았다는 고사(故事)가 전한다. 맹자(孟子)는 그를 '더러운 임금을 섬기는 일도 부끄럽게 여기지 않을 만큼 화해와 조화의 기질을 가진 성인'이라 하였다. 그러나 그도 천하의 대도(大盜)였던 자신의 아우 도척(盜跖)을 교화하지는 못했다 한다.

도쳑(盜跖)1491)을 가라치지 못ᄒᆞ고, 부즈(夫子)의 딕셩(大聖)으로 하혜(下惠)를 벗ᄒᆞ시니, 《금금∥고금(古今)》의 엇지 동ᄉᆡᆼ의 연좌로 직임을 바【9】리《이오∥미 이시리잇가》? 젼일 영질(令姪)을 논획(論劾)ᄒᆞ엿더니 션ᄉᆡᆼ이 글노뻐 혐의 ᄒᆞ시니잇가?"

승샹이 샤례 왈,

"복이 비록 무샹ᄒᆞ나 엇지 졔공의 셩의(誠意)를 아지 못ᄒᆞ여 ᄉᆞ혐(私嫌)을 공논(公論)의 두리오. ᄒᆞ물며 《ᄉᆞ쳐∥ᄉᆞ체(事體)》로 니른 즉, 아비 됴졍 죄쉬니 ᄌᆞ식의 닙신이 가치 아니ᄃᆡ, 질이 다만 공돌ᄒᆞᄂᆞᆫ 빅 잇셔 츙졀노뻐 일홈을 현달ᄒᆞ여 졔 아비 누명을 씨[씻]고ᄌᆞ 발분(發奮)ᄒᆞ니 복(僕)이 ᄎᆞ마 말니지 못ᄒᆞ엿더니, 졔공의 논획(論劾)○[이] 쥰졀ᄒᆞ니, 부형이 되어 ᄌᆞ질을 ᄀᆞ라치지 못ᄒᆞᄆᆞᆯ 춤괴(慙愧)ᄒᆞ여라."

양공이 칭샤 왈,

"션ᄉᆡᆼ의 말ᄉᆞᆷ이 이 ᄀᆞᆺ트시니【10】만ᄉᆡᆼ(晚生)이 ᄯᅩᄒᆞᆫ 과도ᄒᆞᄆᆞᆯ 붓그려 ᄒᆞᄂᆞ이다."

졍언간(停言間)의 빅경이 드러와 승상긔 뉴퇴상 셔간을 드리고 말을 젼ᄒᆞᆯ 시, 양공이 눈○[을] 드러 보니, 의관이 단졍ᄒᆞ여 조화 날 듯ᄒᆞ고 진퇴 죵용ᄒᆞ여 진실노 군ᄌᆞ의 풍이 늠연ᄒᆞ니, 양공이 딕경 왈,

"이 엇던 사ᄅᆞᆷ이니잇고?"

승샹이 딕왈,

"이 졍히 빅명의 아이니 망[만]ᄉᆡᆼ(晚生)이 거두어 ᄌᆞ식을 삼앗ᄂᆞ이다."

양공이 졈두 왈,

"젼일 만ᄉᆡᆼ 등이 익이 드른 빅라. 비로소 일홈 아릭 헛된 션빅 업ᄉᆞᄆᆞᆯ 알니로쇼이다. 쇼년의 나이 몃치나 ᄒᆞ뇨?"

승샹이 답 왈,

"십구셰라."

양공이 칭찬ᄒᆞᄆᆞᆯ 마지【11】아녀 왈,

"녕낭 현광이 농호()龍虎의 습(習)과 황각(黃閣)1492)의 틀이 이셔, 타일 현달ᄒᆞ미 셩[션]ᄉᆡᆼ의 아릭 잇지 아닐지라. 우리 무리 미양(每樣) 탄복ᄒᆞ더니, 이졔 ᄎᆞ랑(此郎)을 보니 문질(文質)이 빈빈(彬彬)ᄒᆞ여, 진짓 금옥 ᄀᆞᆺ튼 군ᄌᆞ니, 퇴각(台閣)1493)의 복이 크믈 가히 알니로쇼이다."

1491)도쳑(盜跖) : 중국 춘추 시대의 큰 도적. 현인 유하혜(柳下惠)의 아우로, 9,000여명의 도적 떼를 거느리고 천하를 횡행하며 약탈을 자행하였다고 한다. 몹시 악한 사람을 비유적으로 이르는 말로 쓰인다.
1492)황각(黃閣) : =의정부(議政府). 조선 시대에 둔, 행정부의 최고 기관. 정종 2년(1400)에 둔 것으로, 영의정·좌의정·우의정이 있어 이들의 합의에 따라 국가 정책을 결정하였으며, 아래에 육조(六曹)를 두어 국가 행정을 집행하도록 하였다. 명종 때에 비변사가 설치되면서 그 권한을 빼앗겨 유명무실하여졌으나 대원군 때에 비변사를 없애면서 권한을 되찾았다. * 여기서는 의정부의 수장(首長)인 '영의정'을 대신 나타낸 말로 쓰였다. '영의정'의 중국관직명은 '승상(丞相)' 또는 '재상(宰相)'이다.
1493)퇴각(台閣) : =의정부(議政府)·황각(黃閣)

인호여 빅경을 머무러 말솜호민, 싱이 블평호나 승상이 흔연 관졉(款接)호여 서로 뫼셔 말솜호라 명호니, 마지 못호여 슌슈(順受)호고 블감앙시(不敢仰視)호여 져두(低頭) 단좨(端坐)러라.

언담(言談)이 간략호여 크게 단엄(端嚴)호니, 양공이 크게 긔특이 녀겨 싱각호딕,

"츠인이 그 아비를 담지 아냐시니 쳔고(千古)의 《듬은∥드믄》 위인이로다. 닉 【12】당당이 됴졍의 쳔거호여 인진롤 일치 아니리라."

호고 도라가 모든 동녈(同列)노 더부러 빅경을 칭찬호여, 일홈이 됴야(朝野)의 나타느니, 양혹시 상쇼호여 빅명의 젼졍(前程)을 풀고 인호여 빅경을 쳔거호니, 텬지 특지(特旨)로 빅경을 태ᄌ쇼ᄉ(太子少師)를 호이시니, 경이 상쇼호여 ᄉ양호민, 문녜(文慮)1494) 근졀호고, 의시 쳐완(悽惋)호여 기리 아뷔 죄를 븟그리며 ᄌ긔 직죄 업스믈 일ᄏᆞ라 쯧이 위곡(委曲)호니, 상이 됴셔로 위로호시고 츌ᄉ(出仕)를 직쵹호시딕, 죵시 나지 아니니, ᄉ린(四隣)이 츄앙호여 일셰의 유명호더라.

《빅명이 부친의 젹막호믈 이긔지 못호여∥홍이 가셰(家勢) 젹막하믈 이긔지 못호여 빅명의》《츄존∥츌사(出仕)》호믈 날노 직쵹【13】호니, 명이 ᄯᅩ혼 경의 거졀이 업손 고로, 승상 교훈을 밧지 아니 호고, 위연(威然)이 벼슬의 나ᄋᆞ가니, 됴졍이 승상의 낫츨 보아, 다시 거론호는 일이 업스나, 혼 바린 문ᄉ(文士)로 의논의 춤예(參預)치 못호니, 빅경과 승상이 기리 이다라 호나, ᄯᅩ혼 여러 번 니르지 못호믄 홍의 ᄆᆞ음이 환욕(宦慾)의 쯧이 구더 히혹(解惑)지 아닐 줄 알미러라.

하오월(夏五月)의 승상이 딕연(大宴)을 베퍼 뉴공긔 헌슈(獻壽)홀 시, 만됴빈긱(滿朝賓客)이 다 모드니, 오샤ᄌ푀(烏紗紫袍)1495) 일식(日色)을 ᄀᆞ리오더라. 빈쥬(賓主) 좌졍호민 승상이 몬져 슬을 부어 부친긔 진헌(進獻)홀 시, 몸의 ○[홍]금망룡포(紅錦蟒龍袍)1496)를 닙고 머리의 【14】통쳔ᄌ금관(通天紫金冠)1497)을 쓰고 허리의 양지빅옥씌(兩枝白玉帶)1498)를 씌엿시니, 의연이 금ᄀᆞ마괴1499) 운리(雲裏)의 빗쵀는 듯호거늘, 좌우의 픽옥(佩玉) 쇼릭 쟁쟁호니, 셰상의 비홀 딕 업고, 츅슈가(祝壽歌) 일곡(一曲)을

1494)문녜(文慮) : 글에 담겨 있는 염려.

1495)오샤ᄌ푀(烏紗紫袍) : 조선시대 관원들이 관복을 입을 때, 머리에 쓰던 검은 사(紗)로 만든 관모(冠帽)와 겉옷으로 입던 자색(紫色) 도포(道袍)를 말한다.

1496)홍]금망룡포(紅錦蟒龍袍) : : 붉은 빛의 비단으로 지은 임금의 시무복(視務服). 가슴과 등과 어깨에 용의 무늬를 수놓았다. 서열에 따라 용과 용의 발톱 숫자가 달랐다. 국왕은 5조룡(五爪龍), 세자는 4조룡, 왕세손은 3조룡이었다. 곤룡포(袞龍袍)를 망룡포(蟒龍袍)라고도 한다.

1497)통쳔ᄌ금관(通天紫金冠) : 통천관(通天冠) 형식으로 제작한 자줏빛금관. *통천관(通天冠) : 황제가 정무(政務)를 보거나 조칙을 내릴 때 쓰던 관. 검은 깁으로 만들었는데 앞뒤에 각각 열두 솔기가 있고 옥잠과 옥영을 갖추었다

1498)양지빅옥씌(兩枝白玉帶) : 임금이나 관리의 공복(公服)에 두르던 백옥으로 장식한 띠. 양 끝에 가닥이 나 있어 매게 되어있다.

1499)금ᄀᆞ마괴 : =금오(金烏). '해'를 달리 이르는 말. 태양 속에 세 개의 발을 가진 금까마귀가 있다는 전설에서 유래하였다.

뭇츠미 쇄락흔 셩음이 오음뉵률(五音六律)을 화(和)호는지라.

좌위 다 흡연이 칭찬호여 춤이 말을 듯호더라.

삼잔수[슌]비(三盞巡杯)를 뭇고 좌셕의 퇴립(退立)호니, 강산슈긔와 츄파봉안(秋波 鳳眼)의 취싴(醉色)이 도도호여 옥안(玉顔)이[의] 녕농(玲瓏)호니, 흔업손 풍광이 비교 홀 거시 업스니, 상하인이 다 톄면을 닛고 울어러 졍혼(精魂)○[을] 사라 보닉더니, 승샹이 좌우를 도라보와 츄연(惆然)【15】탄식고 좌즁의 고왈(告曰),

"불초(不肖) 뎨(弟) 싱환(生還)호연지 히 진(盡)호여시딕, 죄악이 관영(貫盈)1500)흔 지라. 감이 친쳑(親戚) 향당(鄉黨)의도 뵈지 못호엿더니, 금일 노친(老親)의 회갑일(回 甲日)에 존빈(尊賓)이 지상(在上)호시니, 당돌이 나○[아]오지 못호고, 뭇춤닉 녜(禮) 를 폐치 못호여, 만싱(晩生)을 이어 흔 준을 붓고즈 호는지라. 열위(列位)○[는] 능히 용납호시리잇가?"

졔인(諸人)이 일시의 답 왈,

"금일은 쥬인의 즐기는 날이니 우리 등은 쥬찬을 먹을 쓰룸이라. 엇지 존공 주뎨를 써리이[리]오."

승샹이 칭샤호고 좌우를 명호여 홍을 부르니, 나와 좌즁(座中)의 빅샤(拜辭)호고 인 호여【16】슈상(壽觴)1501)을 밧들어 헌작(獻酌)홀 식, 몸이 죄인이라 감이 직상(宰相) 의 관면(冠冕)을 못호여 갈건포의(葛巾布衣)1502)로뻐 쌍수로 옥비를 드리니, 츄러흔 뵈옷 스이의 몱은 골격이 더욱 쇼사느니, 빅벽(白璧)이 니토(泥土)의 뭇치고, 명월(明 月)이 운니(雲裏)의 싸임 굿튼지라.

좌위 그으기 경아(驚訝)호더니, 밋 가스를 불너 츅슈(祝壽)호미 밋쳐는 긔이흔 청음 (淸音)이 쇄락(灑落)호여 곳치 웃고, 연작(燕雀)이 춤츄는디라. 졔긱이 격졀탄지(擊節 歎之)1503) 왈,

"상국지직(相國之才)는 쳔연(天然)이 만믈노 더부러 봄 긔운이 피엿거니와, 이 지조 는 건곤(乾坤)의 쒸여느 《돈연∥표연(飄然)》○[히] 고거(高擧)1504)호는 무리 굿튼 지라. 엇지 긔특지 아니리오.【17】칭찬호믈 마지 아니호더니, 홍이 녜(禮)를 파(罷)호 미 드러가고즈 흔디, 승상 뎡틱시 져의 죄악을 히연(駭然)호는 본디 지조를 스랑호고, 쏘흔 졈은 나1505)의 침폐(沈廢)호믈 어엿비 녀기는 즁, 오릭 보지 아냐다가 셔로 보 니, 풍신직화(風神才華) 즈연이 므음을 기우리니, 일단 관후(寬厚)흔 셩되(性度) 녯날 혐원(嫌怨)을 바리고 은근이 나오라 호여, 그 손을 잡고 위로 왈,

---

1500)관영(貫盈) : '돈꿰미에 돈이 가득 차다'는 말로, '가득 참'을 뜻한다.
1501)슈상(壽觴) : 장수(長壽)를 축하는 잔치에서 오래 살기를 빌며 올리는 술잔,
1502)갈건포의(葛巾布衣) : 갈포(葛布)로 만든 두건을 쓰고 베옷을 입은 차림.
1503)격절탄지(擊節歎之) : 무릎을 손으로 치면서 칭찬함
1504)고거(高擧) : 고산선계(高山仙界)와 같은 높은 곳에서 고상(高爽)하게 노닒음.
1505)나 : 나이.

"별후 이십년의 금일 상봉ᄒ니 쯧에 혜오되, 계북(薊北)1506) 사막(沙漠)의 션풍(仙風)이 쇠(衰)홀가 ᄒ엿더니, 도ᄎ지도(到此之睹)1507)의 월안션풍(月顔仙風)이 감(減)치 아냐시문 니르도 말고, 운몽(雲夢)1508)의 가염[음]여른1509) 문장이 오히려 예도곤 더 【18】 어시니, 노뷔(老父) 탄복ᄒᆞ믈 이긔지 못ᄒ리로다."

홍이 공슈비샤(拱手拜謝) 왈,

"쇼싱이[은] 국가 죄쉬(罪囚)라. 셩은을 닙ᄉ와 고향의 도라오나, 엇지 졔션싱 좌하(座下)○[의] 뵈오리오만은, 가친의 연ᄎ(宴遮)로ᄡᅥ 이졔 당돌이 현알(見謁)ᄒ시믈 닙ᄉ오니, 불승황괴(不勝惶愧) ᄒ여이다."

셜파의 빅ᄐ위 등이 다 됴흔 낫ᄎ로 반기ᄂ 쯧을 젼ᄒ고, 뉴녜부(禮部) ᄐ샹(太常) 등도 ᄯᅩ흔 쳐음으로 보ᄂ지라. 각별 존문(尊問)을 니르니, 홍이 면면(面面) 응되(應對)ᄒ여 답언(答言)이 여류(如流)ᄒ니, 강형쉬 그윽이 싱각ᄒ되,

"ᄎ인이 여ᄎ(如此)ᄒ니 암(暗)흔 아비와 혼(混)흔 님군을 속이지 못ᄒ리오.【19】 즁인(衆人)이 됴마경(照魔鏡)1510)이 업셔 져를 아지 못ᄒ거니와, 만닐 묽은 군ᄌ로 져를 의논흔 즉 '닙의 ᄭᅮᆯ을 머금고 비예 칼홀 너허'1511) 언변이 교혜(巧慧)1512)ᄒ고, 직흑(才學)○[이] 슈발(秀拔)ᄒ여 진짓 쵀경(蔡京)1513) 왕완[안]셕(王安石)1514)의 무리라. 엇지 ᄌ슌의 셩덕현힝(盛德賢行)이 크고 너른 군ᄌ의 《비기지 아니리오∥비기리오》."

ᄒ여 빅안(白眼1515))으로 홍을 양구(良久)히 보다가 믄득 완이(莞爾)히 함쇼(含笑)ᄒ

1506)계북(薊北) : 중국 계주(薊州) 북쪽지역. 계주(薊州)의 행정구역은 오늘날 하북성 천진직할시(天津直轄市) 계현(薊縣)이다. *작품에서 유홍은 오늘날 광동성에 있는 조주(潮州로 유배되었는데, 위 본문에서 정태사는 하북성 계주 북족 사막에 유배되었던 것으로 말하고 있어 서사의 혼란을 노정(露呈)하고 있다.

1507)도ᄎ지도(到此之睹) : 이곳에 와서 직접 봄.

1508)운몽(雲夢) : 중국 초(楚)나라 지역에 있는 사방이 900리나 되는 큰 호수로, 동정호(洞庭湖) 남쪽 부분이 이에 해당한다. 한(漢)나라 사마상여(司馬相如)의 〈상림부(上林賦)〉에, "이 운몽(雲夢) 같은 호수 8·9개를 다 들이마셔도 가슴속에 조금의 거리낌도 없다"고 한 데서, 크고 넓고 웅대한 기상이나 포부, 문장 등에 대한 비유로 쓰인다

1509)가음열다 : 재산이 넉넉하고 많다. 부유(富裕)하다.

1510)됴마경(照魔鏡) : 마귀의 본성을 비추어서 그의 참된 형상을 드러내 보인다는 신통한 거울. ≒조요경(照妖鏡).

1511)닙의 ᄭᅮᆯ을 머금고 비예 칼홀 너허 : 구밀복검(口蜜腹劍)을 번역한 말. 입에는 꿀을 머금고 뱃속에는 칼을 숨기고 있다는 뜻으로, 말로는 친한 척하면서 속으로는 해칠 생각이 있음을 이르는 말.

1512)교혜(巧慧) : 교묘하고도 슬기로움.

1513)쵀경(蔡京) : 채경(蔡京). 중국 북송 말기의 정치가·서예가(1047~1126). 자는 원장(元長). 휘종(徽宗) 때 재상이 되어 왕안석의 신법을 부활하고 보수파를 탄압하였다. 뒤에 금나라의 침입을 초래하여, 육적(六賊)의 한 사람으로 몰려 실각하였다.

1514)왕안석(王安石) : 중국 북송의 정치가·학자(1021~1086). 자는 개보(介甫). 호는 반산(半山). 부국강병을 위한 신법(新法)을 제정하여 실시하였다. 당송 팔대가의 한 사람이기도 하다. 저서에 ≪주관신의(周官信義)≫, ≪임천집≫이 있다.

1515)빅안(白眼 : '눈알의 흰자위'를 가리키는 말로, 나쁘게 여기거나 업신여겨서 흘겨보는 눈

여 니러나고즈 ᄒᆞᄂᆞᆫ지라. 승상이 그 손을 잡아 권뉴(勸誘) 왈,

"강형의 피ᄒᆞ미 즁ᄒᆞ나 ᄯᅩᄒᆞᆫ 쇼졔의 안면을 도라보와 잠간 지류(遲留)ᄒᆞ라."

강상셰 쇼왈,

"형슈ᄂᆞᆫ 외닉(外內)1516)ᄒᆞᆯ 줄을 모르니, 승상이 ᄌᆞ긔지【20】심(自己之心)으로 나를 긔롱(譏弄)ᄒᆞᄂᆞᆫ도다."

홍이 져 말노조ᄎᆞ 강형쉰 줄 알고 팔을 드러 향ᄒᆞ여 사샤(謝辭) 왈,

"강션싱의 ᄃᆡ명(大名)을 드런지 오릭더니, 금일 진짓 면목(面目)을 뵈올 줄을 ᄯᅳᆺᄒᆞ지 아니[나]이다."

형쉬 ᄯᅩᄒᆞᆫ 칭샤 왈,

"하관(下官)이 션싱으로 일면지분(一面之分)이 이시ᄃᆡ, 셰시 머흐러 교도를 펴지 못ᄒᆞ더니, 금일은 하일(何日)이관ᄃᆡ 둇글 이어 ᄀᆞ라치믈 드르니 불승감ᄉᆞᄒᆞ여이다."

박틔위 눈으로 강상셔를 보와 쇼이문왈(笑而問曰),

"강형이 ᄌᆞ현을 언제 보앗더뇨?"

강상셰 답 왈,

"보완지 십여년 밧기니 형은 아지 못ᄒᆞ리라."

홍이 비【21】록 총명ᄒᆞ나 쳔만 의외라. ᄭᆡ닷지 못ᄒᆞ고 다만 ᄉᆞ레 왈,

"죄인이 졍신이 혼미ᄒᆞ여 망연(茫然)이 아지 못ᄒᆞ니 션싱을 어닉 ᄶᅵ 만나미 잇더뇨?"

형쉬 답 왈,

"만싱이 션싱을 보와시ᄃᆡ 션싱은 만싱을 보지 아냐시니 모르시미 고이치 아니이다. 젼일 승상 형이 됴쥬 원찬시의 《향쳐∥햐쳐(下處)》를 만싱의 집 겻히 잡아 친귀(親舊) 위별(爲別)1517)ᄒᆞ다 ᄒᆞ기로 만싱이 화원의셔 부졀업시 《발ᄋᆞ∥바릭》 보더니, 션싱이 공칙(公差)로 더부러 총님(叢林) 즁의 와 말ᄉᆞᆷ 홀 졔, 익이 드른 비라. ᄆᆡ양 위풍을 흠앙ᄒᆞ더니이다."

셜파의 만좌【22】졔인이 다 홍을 보ᄂᆞᆫ지라. 홍이 비록 담이 말만ᄒᆞ나1518) 엇지 능히 ᄉᆞ식이 타연ᄒᆞ리오. 번연(翻然) 역식(易色)ᄒᆞ여 긔운이 프러지고 면식이 여토(如土)ᄒᆞ여 말을 아니터라.

믄득 이러 하직고 드러가니, 형쉬 다만 미미히 웃ᄂᆞᆫ지라. 틱학ᄉᆞ 양공이 승상의 불평ᄒᆞ여 ᄒᆞᆷ믈 보고 크게 웃고, 쥬인을 위로 왈,

"금일 강상셔의 말이 ○○[비록] 직(直)ᄒᆞ다[나], ○○○○○○[ᄯᅩᄒᆞᆫ 담박(淡泊)ᄒᆞ도다]. ᄌᆞ현이 비록 유죄ᄒᆞ나 긔과ᄒᆞ미 이시니, 엇지 용샤치 아니리오."

을 이른다.

1516)외닉(外內) : =내외(內外). 껄끄러운 관계에 있는 사람들 사이에 서로 얼굴을 마주 대하지 않고 피함.

1517)위별(爲別) : 작별(作別)함.

1518)말만ᄒᆞ다 : 말[馬]만큼 크다.

ㅎ더라.

뎡티시 ○○○○○○[불상이 너겨 쏘훈] 올타ㅎ고 ○…결락20자…○[빅태샹 됴시랑 등이 인친의 졍으로 다 구ㅎ눈디라.] 형쉬 기연(慨然)이 상을 믈니치고 셜쳐 니러 ○[ㄴ]가니, 승상이 븟드지 아니 ㅎ더라.

빅명【23】 등이 무안(無顏)ㅎ믈 이긔지 못ㅎ여 붓그러오믈 춤아 조부긔 헌슈(獻壽)홀시, 우셩의게 밋츠미 벼슬이 니부상셔의 잇눈지라. 일품 됴복을 닙고 옥비를 나오니, 샏혀난 풍치 승상으로 눈부눈지(難父難子)1519)라. 쇄락(灑落)흔 풍치 표표(表表)이 《한상신션‖학우신션(鶴羽神仙)1520)》 ᄀᆞᆺ트니, 좌즁이 흠앙(欽仰)ㅎ고 승상을 뵈올 젹마다 졍신을 슈렴ㅎ고 의관을 졍히 ㅎ더니, 니부의 신치(身彩)를 딕ㅎ여 상활(爽闊)흔 담논을 《드를진딕‖드르니》, 만고슈회(萬古愁懷)1521)○[가] 다 스라져 그 닙을 우러러 어린 사롬 되믈 씨닷지 못ㅎ더니,

"금일 신긔흔 가ᄉᆞ를 드르니 밍호【24】연(孟浩然)1522) 후의 흔 스롬인 쥴 가히 알니로다."

승상이 손샤(遜辭)ㅎ고 니뷔 샤례ㅎ더라.

이쎄 홍이 장(帳) 안ㅎ로 드러가셔 여어보니, 만좌(滿座) 공경(公卿)이 승상 츄복(推服)ㅎ믈 칠십지(七十子)1523) 듕니(仲尼)1524) 셤김 ᄀᆞᆺ치 ㅎ고, 우셩의 긔상과 풍되 지상의 어그러온 위의 흡연이 승상을 모습(模襲)ㅎ엿눈지라. 빅경 등의 얼골과 지죄 인류의 샏혀나되 사롬이 다 그 션악(善惡)을 눈의 머무르지 아니코, 승상은 농인(龍鱗)1525)의 공복(公服)으로 슈상(首上)의 거ㅎ여 일좌를 총졔(總制)홈과 즈긔 강상죄인(綱常罪人)으로 갈포(葛布) 옷슬 닙어 구구히 잔을 밧드러 《치우쳣다가‖기우리다가》 형【25】 슈의게 좃치여 댱(帳)틈으로셔 관광ㅎ믈 싱각ㅎ니, 엇지 인닯지 아니리오.

스스로 싱각건딕, 즈긔 얼골이 본딕 미여관옥(美如冠玉)1526)이오, 풍신이 츈슈(春水) ᄀᆞᆺ고, 지죄 댱하(帳下)1527)의 근원을 가졋시며 벼슬이 병부상셔 퇴흑ᄉᆞ○[로] 닙각디신

1519) 눈부눈지(難父難子) : 누구를 아버지라 하고 누구를 아들이라 하기 어렵다는 뜻으로, 부자의 재능이 비슷하여 낫고 못함을 정하기 어려움을 이르는 말.

1520) 학우신션(鶴羽神仙) : 학의 날개처럼 가볍고 하얀 옷을 입은 신선

1521) 만고슈회(萬古愁懷) : 아주 오랜 세월 동안 마음 속에 품어온 근심

1522) 밍호연(孟浩然) : 중국 당나라의 시인(689~740). 벼슬에 나아가지 않고 녹문산(鹿門山)에 숨어 시를 즐겼으며, 특히 오언시에 뛰어났다. 작품에 시집 ≪맹호연집≫이 있다

1523) 칠십지(七十子) : 공자의 제자 3000명 가운데 육예(六藝; 예禮, 악樂, 사射, 어御, 서書, 수數)에 통달한 사람 72현(賢)을 이르는 말.

1524) 듕니(仲尼) : 공자(孔子). 중국 춘추 시대의 사상가·학자(B.C.551~B.C.479). 이름은 구(丘). 자는 중니(仲尼). 노나라 사람으로 여러 나라를 두루 돌아다니면서 인(仁)을 정치와 윤리의 이상으로 하는 도덕주의를 설파하여 덕치 정치를 강조하였다. 만년에는 교육에 전념하여 3,000여 명의 제자를 길러 내고, ≪시경≫과 ≪서경≫ 등의 중국 고전을 정리하였다. 제자들이 엮은 ≪논어≫에 그의 언행과 사상이 잘 나타나 있다

1525) 농인(龍鱗) : 용의 비늘..

1526) 미여관옥(美如冠玉) : 아름답기가 관옥(冠玉; 관을 꾸미는 옥)과 같음.

(入閣大臣)1528)이어늘 이 궃치 구구(區區)ᄒ고 셰상의 바리이문 아비를 속이고 형을 히ᄒ며 님군을 긔망ᄒ고 국모를 폐훈 됴건으로 몸이 형벌의 남은 인싱이 되어, 힝혀 셩텬지 그 목슘을 샤(赦)ᄒ시고, 어진 형이 그 우이를 상히오지 아니나 무궁훈 죄악이 일신의 억믜이여 용납훌 곳이 【26】 업ᄉ니, 훈 빅명으로 의지를 삼아 쥬육(酒肉)을 먹으나 셰상은 금슈(禽獸)로 볼지라. 더욱 젹앙(積殃)이 흘너 우셩의 혁혁훔과 빅명의 구챠ᄒ믈 좌중이 분변(分辨)ᄒ야, 뒤졉ᄒ미 죤빈(尊賓)과 쳔비(賤卑)와 궃튼지라.

격분(激忿) 강기(慷慨)ᄒ여 눈물○[을] 흘니고 드러가니 뇌연(內宴)이 바야히라. 잠간 발1529)틈으로 뇌각(內閣)을 보니 뎡부인이 구층화관(九層花冠)을 가ᄒ고 홍금젹의(紅錦翟衣)1530)에 픠옥(佩玉)이 낭낭ᄒ야 ᄌ부를 거ᄂ려 친쳑 부녀와 쇼년 녀ᄌ를 뒤졉ᄒ미 몸이 상부(相府)의 잇셔 좌중이 주벽(主壁)을 ᄉ양ᄒ고, 니쇼졔 옥용화풍(玉容華風)의 일픔(一品) 명부(命婦)의 녜복을 갓초와 【27】 좌상의 안ᄌ시니, 져 고식(姑媳)의 면모(面貌) 상광(祥光)이 일월의 빗출 아삿고, 놉흔 위의(威儀) 인인이 츄앙ᄒ거늘, 셩시ᄂ 담담(淡淡)훈 쳥의(青衣)와 녹나상(綠羅裳)으로 비시기1531) 훈 좌(座)를 어덧고, 됴·빅 이쇼졔 니쇼져의게 비ᄒ미 명월과 반듸 궃ᄒ여 그 호호(浩浩)훈 형셰를 ᄯ로지 못홀디라.

홍이 악연 탄식ᄒ고 침쇼의 도라와 날이 ᄆ도록 어린다시 누어 쳬뤼(涕淚) 만면(滿面)훌 ᄯ름이러라.

죵일 진환(盡歡)ᄒ고 셕양의 빈긱이 흣터지미, 승상이 부친의 취침ᄒ믈 보고 붓드러 침소의 드리고, ᄌ긔 ᄯ훈 슐긔운이 이셔 난간의 나와 홀노 누엇더니, 문득 홍 【28】 이 니르러 눈물을 흘니고, 뎌의 졍ᄉ를 심셰히 베퍼 쳥죄(請罪)ᄒ미, ᄯ 형슈의 공교히 알믈 신긔히 너기ᄂ지라.

승상이 홍의 기과(改過)ᄒ믈 크게 깃거 니러 안ᄌ 손을 잡고 쾌락히 위로ᄒ며 빅경을 도라보아 왈,

"뇌 젼일 금낭(錦囊)과 옥잠(玉簪)으로써 너를 맛졋더니, 가져오라."

경은 아모런 줄 모르고 즉시 가져오니, 승상이 두 보비를 홍을 주고 공쳐의게 어든 말을 베퍼 니르니, 홍이 눈물이 싀얌 솟듯ᄒ여 죄를 쳥훈딕, 승상이 위로(慰勞) 권면(勸勉)ᄒ여 각각 젼일 품은 회포를 니르니, 빅경 등이 시좌(侍坐)ᄒ여 냥 【29】 대인의 션악을 춤쳥(參聽)ᄒ미, 흠탄(欽歎)ᄒ미 교집(交集)ᄒ며, 우셩도 젼일 이런 일을 듸강드럿시나, 부모의 단엄ᄒ미 쇼년 후싱(後生)이 녯말을 드러 화긔(和氣)을 상히(傷害)을

1527)댱하(帳下) : =막하(幕下). 장군(將軍)에 대한 경칭.

1528)닙각디신(入閣大臣) : 내각(內閣)의 일원이 되는 고위 관료.

1529)발 : 가늘고 긴 대를 줄로 엮거나, 줄 따위를 여러 개 나란히 늘어뜨려 만든 물건. 주로 무엇을 가리는 데 쓴다.

1530)홍금젹의(紅錦翟衣) : 붉은 비단으로 만든 예복. 적의(翟衣)는 나라의 중요한 의식 때 왕비가 입던 예복을 가리키는 말로 붉은 비단에 청색의 꿩을 수놓아 만들었다.

1531)비시기 : 비스듬히.

가 일졀 니르지 아니ᄒ니, 그 두미곡졀(頭尾曲折)1532)을 아지 못ᄒ더니, 금야(今夜)의 홍의 말노조ᄎ 승상의 디답을 드러 젼후슈미(前後首尾)1533)ᄅᆞᆯ 씌치미 비록[로]소 감분(感憤)1534)ᄒᆞᆯ믈 이긔지 못ᄒ디, 홍이 님의 뉘읏고, ᄯᅩ 빅경의 낫츨 보미 스식의 ᄂᆞ타니지 아니나, 홍이 우셩을 본 즉 더욱 춤괴(慙愧)ᄒ여 감히 계부(季父)의 소임을 못ᄒ니, 상셰(尙書) 심하의 블쾌ᄒᆞᆯ믈 둘지언졍【30】ᄌ질의 쇼임을 극진이 ᄒᆞᄂᆞᆫ지라.

뎡부인이 기피 슬피고 아롬다이 녀기며, 승상이 그 ᄂᆡ외(內外) 잇시믈 여러 번 경계ᄒᆞ디, 다만 슌슌(順順)1535)ᄒ 스식(辭色)으로 슈명(受命)ᄒᆞᆯ ᄯᆞ롬이오, ᄒ 번 홍의 잇ᄂᆞᆫ 곳의 나아가 종용이 말숨이 업ᄉᆞ디, 당면(當面)ᄒ 즉 화긔 츈풍 ᄀᆞᄐᆞ니, 그 유심(有心)ᄒᆞ미 이럿틋 ᄒ더라.

ᄎ후ᄂᆞᆫ 가ᄂᆡ 더욱 화목ᄒ여 ᄒ 졈 흠이 업고, 승상의 힝ᄉᆞ(行事) 날노 슉연(肅然)ᄒ여, 졔가(齊家)ᄒᆞ미 관후(寬厚)ᄒ 덕이 ᄭᅮ지람이 견마(犬馬)의도 잇지 아니디, 향ᄃᆞᆼ(鄕黨)이며 비복의 공경ᄒ고 두려ᄒ며 그 귀즁ᄒᆞ미, 관지[직]여상(觀者如常)1536)ᄒ고, 식읍(食邑)1537)이 삼만【31】호(三萬戶)요, 당고슈인(堂高數仞)1538)이라. 식젼방댱(食前方丈)1539)과 시쳡(侍妾)이 누빅인(累百人)이며, 흔번 밥 지은즉 다삿 솟 우히 북이 세 번 울니ᄂᆞᆫ 위의(威儀)로디, 됴복(朝服)을 버ᄉ 즉 버들 그늘에 흔가이 누어 거문고를 희롱ᄒ며, ᄒ 짱 동ᄌ(童子)로 ᄉᆞ후(伺候)ᄒ니 쳔연ᄒ 도덕과 옥 ᄀᆞ튼 힝실이 단연(端然)ᄒ여 곳다온 일홈이 ᄉᆞᄒᆡ(四海)의 빗쵀니, 일시 ᄉᆞ티위(士大夫) 칙을 ᄯᅴ고 문하의 나ᄋᆞ와 시를 강논ᄒ여 셤기ᄂᆞᆫ 지 무수ᄒ니, 엇지 소소ᄒ 명공(名公)의 비기리오.

일일은 승상이 ᄂᆡ당의셔 조용히 담화ᄒᆞᆯ ᄉᆡ, 믄득 됴·빅·니 삼쇼졔 드러와 시좌(侍坐)ᄒ니 외관이【32】졍졔단아(整齊端雅)1540)ᄒ지라. 승상이 크게 두굿겨 부인다려 왈,

"셰 며ᄂᆞ리ᄂᆞᆫ 녀즁군ᄌ(女中君子)1541)라. 본젹마다 긔이ᄒᆞ믈 춤지 못ᄒ리로다."

부인이 잠쇼(潛笑)ᄒ더니, 쥬시 니르러 승상 부부의 희식(喜色)을 보고 연고를 무른디, 승상이 ᄌ부의 특이ᄒᆞ믈 ᄌᆞ랑ᄒ니, 쥬시 디쇼 왈,

"상공이 평싱 온화ᄒ신 가온디 춤 되시미 금셕(金石) ᄀᆞᄐᆞ샤 부졀업슨 말숨과 희히

1532)두미곡졀(頭尾曲折) : 처음부터 끝에 이르기까지의 순조롭지 아니하게 얽힌 이런저런 복잡한 사정이나 까닭.
1533)젼후슈미(前後首尾) : 일의 앞과 뒤와 시작과 끝을 모두 이르는 말.
1534)감분(感憤) : 마음속 깊이 분함을 느낌.
1535)슌슌(順順) : 성질이나 태도가 매우 고분고분하고 온순함.
1536)관직여상(觀者如常) : 보는 이들이 저마다 일정하여 변함이 없음.
1537)식읍(食邑) : =식봉(食封). 고대 중국에서, 왕족, 공신, 대신들에게 공로에 대한 특별 보상으로 주는 영지(領地). 그 지역 조세를 받아 먹게 하였고, 봉작과 함께 대대로 상속되었다.
1538)당고슈인(堂高數仞) : =고대광실(高大廣室). 집의 높이가 여러 길이 된다는 뜻으로, 아주 크고 넓게 잘 지은 집을 말한다.
1539)식젼방댱(食前方丈) : 사방 열 자의 상에 잘 차린 음식이란 뜻으로, 호화롭게 많이 차린 음식을 이르는 말
1540)졍졔단아(整齊端雅) : 격식에 맞게 차려입고 매무시를 바르게 하여, 단정하고 아담함.
1541)녀즁군ᄌ(女中君子) : 여성 가운데서 행실이 점잖고 어질며 덕과 학식이 높은 사람.

(戲謔) 업더니, 이졔 삼쇼져를 ᄌ약(自若)히 칭찬ᄒ시니, 우리 부인의 텬셩 덕도(德度)와 용ᄌ(容姿)로뻐 삼쇼져긔 비견(比見)ᄒᆫ 즉 홍일(紅日)이 부상(扶桑)1542)의 오르ᄆᆡ 모든 셩신(星辰)이 ᄌ최【33】 감촘 ᄀᆺ거늘 상공이 부인 풍도(風度)를 이십년을 뒤ᄒᆞ시ᄆᆡ, ᄒᆞᆫ번 찬조ᄒ미 업스믄 니르도 말고, 며ᄂᆞ리 ᄉᆞ랑이 과도ᄒ시도소이다."

승상이 쇼왈,

"셔ᄆᆡ ᄂᆡ 말슴을 비쇼(誹笑)ᄒ시니 엇지 우읍지 아니리오. 시랑(豺狼)도 자식을 ᄉᆞ랑ᄒᆞ거든 ᄂᆡ 엇지 삼부의 뇨조(窈窕)ᄒᆞᄆᆞᆯ 범연이 뒤졉ᄒ리오."

쥬시 웃고 왈,

"상공이 져리 니르시나 부인의 츌즁ᄒᆞ시ᄆᆡ 녀즁군ᄌᆞ오, 노야(老爺)의 일ᄏᆞ리시ᄆᆡ, '승상의 냥뷔(兩婦) 나의 춍부(冢婦)1543)만 ᄀᆺ지 못ᄒᆞ다' ᄒᆞ시니, 엇지 승상 말슴을 취신ᄒ리오."

승상이 웃고 부인다려 왈,

"야야(爺爺)와[의] 부인 알으시【34】미 무슴 덕(德)과 능(能)이 잇ᄂᆞ뇨?"

부인이 공슈 왈,

"존당 셩의(聖意)를 즁히 봇ᄌᆞ와 삼가고 가다듬을 ᄯᆞ름이라. 엇지 자부(自負)ᄒᆞᆯ ᄯᆺ이 이시리잇고?"

승상이 화연(和然)이 우어1544) 눈으로뻐 부인을 볼 ᄯᆞ름이러니, 홀연 우셩 형뎨 드러와 뵈고 시좌ᄒᆞ미 미려ᄒ 옥모풍치 신션 ᄀᆺᄐ나, 승상이 단엄ᄒ 스식과 졍뒤ᄒ 말슴이 고산퇴악(高山泰岳) ᄀᆺᄐ여 조금도 가챠ᄒᆞᄂᆞ 빗치 업손지라.

삼지 긔운을 ᄂᆞ초와 감이 훤화(喧譁)를 못ᄒᆞ니, 부인이 온화ᄒ 안식으로 말슴ᄒᆞ고 승상긔 고ᄒᆞ딘,

"상공이 삼부를 특이(特愛)ᄒ시고 삼ᄌᆞᄂᆞ 엄히 ᄒᆞ시나, 쳡은 삼ᄌᆞ를 보ᄆᆡ【35】 심즁의 긔이ᄒᆞ미 상공의 삼부 ᄉᆞ랑ᄒᆞ시ᄂᆞ 마음도곤 더으도소이다."

승상이 쇼왈,

"두 사름이 각각 ᄌᆞ부(子婦)를 편지어 ᄉᆞ랑ᄒᆞ니, 공변(公辨)되지 아니미 심ᄒᆞ도다. 그러나 부인의 셩되 맛당이 ᄋᆞ부를 친이ᄒᆞᆯ 거시어늘 ᄋᆞᄌᆞ를 편이(偏愛)ᄒᆞ니 엇지 고이치 아니리오."

부인 왈,

"편이ᄒᆞ미 아니라 빅경은 명영(螟蛉)1545)이어늘 지셩딘회(至誠大孝) 친ᄌᆞ의 지나고,

1542)부상(扶桑) : 해가 뜨는 동쪽 바다.
1543)춍부(冢婦) :①종부(宗婦). ②정실(正室) 맏아들의 아내. 특히, 망부(亡父)를 계승한 맏아들이 대를 이을 아들 없이 죽었을 때의 그 아내를 이른다
1544)우으다 : 웃다. 비웃다.
1545)명영(螟蛉) : 나나니가 명령(螟蛉)을 업어 기른다는 뜻으로, 타성(他姓)에서 맞아들인 양자(養子)를 이르는 말. 늑명사(螟嗣).

우성은 환난의 상보(相保)ᄒ여 이제 닙신(立身)ᄒ여 지상이 되엿고, 빅명은 질이어늘 슌슌ᄒ 졍셩이 쳡으로써 셩부인과 다르미 업ᄉ니 그 감격홈과 귀즁ᄒᆫ 무음이 잇ᄂᆫ 고로 져희를 【36】 본즉 ᄉ랑ᄒ오며 그 지어쳐ᄌᆞ(至於妻子)[1546]ᄂᆫ 져희긔 ᄯ로인 사름이라. 엇지 심상(尋常)○[의] 이오(愛惡)ᄒᄂᆫ 지 각별ᄒ리오마ᄂᆫ, 근본이 삼오의게 잇ᄂᆫ 고로, 근본을 읏듬 삼고 말둉(末終)을 후의 홀지라. 이 밧긔 인졍이 아니니이다.”

승상이 쳥파의 말이 업셔 ᄌᆞ부를 도라보와 왈,

“고집ᄒᆫ《시엄의‖시어믜》 의논을 ᄋᆞ부ᄂᆞᆫ 맛당이 유의ᄒ여 모로미 션딕(善待)ᄒ고, 다만 나를 밋들지어다.”

부인이 쇼왈,

“상공이 비록 ᄋᆞ부를 과이ᄒ시나 ᄋᆞ부ᄂᆞᆫ 죵요로이 너기믄 쳡을 몬져 밋[미]드리이다.”

승상이 딕쇼ᄒ더라.

빅경 등이 그 아븨 무상ᄒ믈 ᄌᆞ시 드른 후, 빅경은 【37】 니르도 말고, 빅명이 승상 부부의 져의 딕졉ᄒ믈 블승감격(不勝感激)ᄒ더니, 이졔 뎌의 부부로써 우셩과 혼가지로 의논ᄒ야 조금도 간격이 업ᄉ믈 보미 격졀(激切) 감탄(感歎)ᄒ여 눈믈을 흘니고, 니러 샤례 왈,

“쇼ᄌᆞ 등이 만번 죽어도 빅부모의 셩덕을 갑습지 못ᄒᆯ소이다.”

승상이 쇼왈,

“너 아히ᄂᆞᆫ 오원(迂遠)ᄒ다. 엇지 나의 너 ᄉ랑ᄒ미 너의 치ᄉᆞ를 바드리오. 이 골육의 ᄌᆞ연ᄒ 텬리(天理)라. 너 말이 날노써 네 아비와 달니 혜아리므로 이 말이 잇ᄂᆞ야?”

명이 환연(歡然)ᄒ여 다시 말을 못ᄒ더라.

≤빅명이 일ᄌᆞ일녀를 두엇고, 빅경은 이지 잇고, 우셩【38】이 삼지 이시딕 긔긔히 쥰미(俊美)ᄒ니, 승상이 어로만져 ᄉ랑ᄒ미 간격이 업셔[고], ○…결락29자…○[명의 누의 녕낭을 승상이 너비 구혼ᄒ야 가의태우(嘉義大夫) 두셩의 며ᄂᆞ리를 삼아], 샹시 부인으로 더브러 녕낭을 어엿비 너기미 친녀 ᄀᆞ치 ᄒ니, 사름이 그 덕음(德蔭)을 감탄ᄒ더라.≥[1547]

이 쩌 텬ᄌᆞ 승상 녜딕(禮待) ᄒ시미 날노 더으고, 우셩 ᄉ랑ᄒ시미 승상긔 디지 아니ᄒ시니, 싱이 더옥 조심ᄒ고 졍딕ᄒ 인물과 츌즁ᄒ 풍모로 ᄉ됴(事朝) ᄉ친(事親)의 튱회(忠孝) 냥젼(兩全)ᄒ니, 거가(居家)의 인후(仁厚)ᄒ미 《증션‖ᄌᆞ슌》 션싱[1548]의

[1546]지어쳐ᄌᆞ(至於妻子) : 처와 자식들.

[1547]ᄎ시 빅명의게 이ᄌᆞ일녜오, 빅경은 이지 잇고, 우셩은 삼ᄌᆞ이녜 이시니, 다 개개히 쥰미ᄒ야 형산빅옥이니, 각각 부모의 풍치를 모습ᄒ엿ᄂᆞ디라. 승상이 어른ᄆᆞᆫ며 ᄉ랑ᄒ미 간격이 업고, 명의 누의 녕낭을 승상이 너비 구혼ᄒ야 가위[의]태우 두셩의 며ᄂᆞ리를 삼아, 샹시 부인으로 더브러 에엿비 너기미 친녀의 다ᄅᆞ미 업ᄉ니, 사름이 그 덕음을 감탄ᄒ더라. … (국립도서관본 『뉴효공션힝녹』 貞 <권지ᄉᆞ>:122쪽5행-14행, *밑줄·문장부호 교주자)

[1548]《증션‖ᄌᆞ슌》 션싱 : 위 본문의 '증션션싱'은 <국립도서관본>에는 '증션싱'으로 표기 되

덕을 이어 온화ᄒ미 밧글 둘너시나 안으로 단연(端然)ᄒ여 관대(寬大)○[ᄒ] 쟝자(長者)의 풍(風)이 이시니, 이 진실노 당셰(當世) 명ᄉ(名士) 아니○[리]오.

츌쟝닙샹(出將入相)ᄒ여 얼골은 긔린【39】각(麒麟閣)1549)의 그리고 무비(武備)ᄂ 능연각(凌煙閣)1550)의 올나 샹좌(上座)ᄅ 거ᄒ 거시오, 문덕은 셰샹을 거ᄒ르ᄋᆞ고, 지략은 거셰(擧世)ᄅ 혼일(混一)ᄒ 영웅으로 ᄉ민(士民)이 츄죤(推尊)ᄒ고 샹춍(上寵)이 극ᄒ시니, 십팔쳥츈이 지ᄂ지 못ᄒ여 쟉위 불셔 병부춍ᄌ[지](兵部總裁)와 녜부샹셔(禮部尚書)ᄅ 겸ᄒ니 묘연(妙年) 앙망(仰望)이 됴졍을 흔들지라. 부모의 두굿기며 뉴공이 편혹(偏惑)히 ᄉ랑ᄒ미 빅명 등으로 ᄒ여금 감이 우러러 보지 못ᄒ게 ᄒᄂ 고로, 조부ᄅ 기유ᄒ여 화목기ᄅ 힘쓰고, 빅명을 ᄀᄅ쳐 어진 일홈을 엇게 ᄒ야 됴ᄉ(朝事)의 평안이 든니게 두호ᄒ니, 승샹이 심【40】히 아름다이 녀겨 샹셔ᄅ 본 즉 두굿기ᄆ 마지 아니ᄒ니, 쥬시 웃고 왈,

"샹공이 샹셔ᄅ 증념지ᄌ(憎念之子) 되리라 ᄒ더니시니, 이졔 두굿기시ᄆ 엇지뇨?"

승샹이 쇼왈,

"네 만닐 그 거죠(擧措)ᄅ ᄒ야 다스리지 아닌 즉 우셩이 엇지 오날놀이 이시리오."

홍이 연고ᄅ 무러 알고 우셔 왈,

"질ᄋ(姪兒)의 활달ᄒ미 형댱의 밍녈홈 곳 아니려면 진실노 졔어(制御)키 어렵닷다! 다만 그런 셩품이 이졔 엇지 이ᄃ도록 변ᄒ엿ᄂ요? 사ᄅ으로 ᄒ여금 아지 못ᄒ리로다."

이ᄯ 샹셰 시좌(侍坐)ᄒ여 부친과 슉뷔 녯 말ᄒ믈 듯고 일변(一邊) 함쇼(含笑)ᄒ고 일변(一邊) 춤괴(慙愧)ᄒ여【41】ᄒ더니, 일빵 봉안(鳳眼)○[을] ᄯ 홍을 빗기 보ᄆ, 쳔빅(千百) 가지 능답멸시(陵踏蔑視)1551)ᄒᄂ ᄉ식이 낫우히 어리여 스스로 멸시ᄒᄆ ᄯ닷지 못ᄒᄃ, 부친이 우히 계시니 ᄒ 말도 못ᄒ○○○○[고 물너나]니, 《다인∥타인》은 무심ᄒ거ᄂ 홀노 빅경이 그 긔식을 알고 추일 샹셔로 더브러 셔당의셔 좌위 고요ᄒᄆ 타 이에 졍식고 니로ᄃ,

"우형이 ᄒ 말이 이시니 아지못게라! 현뎨ᄂ 용납홀쇼냐?"

샹셰 왈,

"형댱의 교명(敎命)이시면 쇼뎨 엇지 봉힝치 아니리잇고?"

경이 답왈,

"불연(不然)ᄒ다. 우형은 ᄒ 죄인의 ᄌ식이라. 힝혀 부친의 디우(知遇)ᄅ 닙ᄉ와 널

어 있다. 문맥상 인명을 제시한 것으로 보이지만, 등장인물 가운데 '증선선생'이나 '증선생'
은 나오지 않아 위 인물이 누구인지 밝힐 길이 없다. 여기서는 일단 유우성의 부친인 승상
유연을 말한 것으로 보고 그의 자(子) '자슌'으로 교정해 둔다.
1549)긔린각(麒麟閣) : 중국 한나라의 무제가 장안의 궁중에 세운 전각. 선제 때 곽광 외 공신
    11명의 초상을 그려 각상(閣上)에 걸었다고 한다.
1550)능연각(凌煙閣) : 당(唐)나라 태종(太宗)이 24명의 공신(功臣)의 얼굴을 그려 걸어 두었던
    전각(殿閣). 후에 공신을 표창하는 전각이란 뜻으로 쓰임.
1551)능답멸시(陵踏蔑視) : 업신여기어 깔봄.

노 더부【42】형뎨 되나, 나는 흔시(寒士)오, 현뎨는 부모 젹덕(積德)으로 이제 영총(榮寵)과 부귀(富貴) 환혁(煥赫)ᄒ니, 쳥운(靑雲)1552) 빅운(白雲)1553)이 길이 다른지라. 엇지 늬 말을 거두어 쓸 비 이시리오."

상셰 딕경 왈,

"형댱(兄丈)이 엇진 연고로 이런 말솜을 ᄒ시나니잇고?"

경이 기리 침음(沈吟) 양구(良久)의 브야흐로 니로딕,

"당년의 두 대인의 ○○[상힐(相詰)]ᄒ시던 거조는 실노 가운의 블힝흔 비라. 이제 다시 녯 일을 뉘웃치시며 대야의 셩덕이 젼후의 효우(孝友)를 상히(傷害)오미 업스니, 우리 등이 블힝홀 ᄯ롬이라. 엇지 ᄉᆞᆺ(私私) 쇼견이 이시리오. 현뎨로 니른 즉 불호(不好)흔 ᄯᅳᆺ이 이시미 인졍의 상ᄉᆞ(常事)【43】어니와, 그윽이 싱각ᄒ니 사룸이 뉘 허물이 업스리오마는 고치미 귀ᄒ니, 허물을 고치는 ᄌᆞ는 셩인(聖人)이 허ᄒ신 비니, 싱부(生父)의 기과(改過)ᄒ신 덕이 엇지 홀노 현뎨의 용납지 아닐 줄 알니오. ○○○[셕샹의] 현뎨 한 번 싱부를 흘그어 뵈옵는 눈이 크게 ᄌᆞ질의 도(道)를 일흘 ᄲᅮᆫ 아니라, 우형으로 몸 둘 곳이 업게 ᄒ니, 닉 현뎨를 노ᄒ야 ᄒ미 아니라, 실노 현뎨의 형 되엿기로 붓그려 ᄒᆞᄂᆞ니, 이 엇지 대인 셩덕 혈심(血心)을 상히오는 일이 아니리오."

셜파의 눈믈이 흘너 가슴을 젹시니, 상셰 딕참(大慙)ᄒ여 면관(免冠) 샤죄 왈,

"쇼졔 실노 나【44】히 졈고 인식 방ᄌᆞᄒ야 형의게 죄 《어두미∥어드미》 만흔지라. 눗 둘 곳이 업ᄉᆞ이다."

경이 붓드러 곳치고 탄식 왈,

"닉 엇지 현뎨를 그르게 녀기리오. 다만 ᄌᆞ식이 되엿는 지 편안치 못흔 비라."

상셰 심히 뉘웃쳐 ᄎᆞ후 십쌴 치경(致敬)ᄒ여 삼가더라.

승상이 홍으로 일실(一室)의 거(居)ᄒ여 형제 흔 몸 갓튀여 지닉고, 샹셰 ○○[ᄯᅩᄒᆞᆫ] 빅경으로 더부러 극진이 션딕(善待)ᄒ나, 유광(有光) 《이∥ᄒᆞ미》 ᄌᆞ연 승상긔 잇고, 무식(無色)ᄒ미 홍의게 이시니, 비ᄒ여 가히 텬디를 닐넘즉 흔지라. 죵족이 칭쾌(稱快)치 아니리 업더라.

이히 승상 뎡공이 기셰(棄世)ᄒ니, 텬직 슬허ᄒ샤 녜로 장(葬)ᄒ시고, 시호를 의녈(義烈)이라 ᄒ【45】시니, 상장(喪葬)의 거룩ᄒ미 왕후(王侯)1554)와 다름이 업스니, 텬히 뎡공의 명복(冥福)이 가즈믈 항복ᄒ고 ᄌᆞ녀 망극ᄒ믄 비길 딕 업더라.

ᄯᅩ 승상이 기리 슬허ᄒ고 앗겨 상장(喪葬)에 반자지의(半子之義)1555)를 극진이 ᄒ더라.

1552)쳥운(靑雲) : '푸른 빛깔의 구름'이란 뜻으로, 높은 지위나 벼슬 따위를 추구하는 세속적 삶을 비유적으로 이르는 말.
1553)빅운(白雲) : '색깔이 흰 구름'이란 뜻으로, 속세를 떠나 부나 명예와 같은 현실적인 이익을 추구하는 마음으로부터 벗어난 탈속적 삶을 비유적으로 이르는 말.
1554)왕후(王侯) : 왕과 제후(諸侯)를 함께 이른 말.
1555)반자지의(半子之義) : 사위로서의 도리. *반자(半子): 반자식(半子息)이란 뜻으로 사위를 달리 이르는 말.

홍이 도라온 후 오륙년의 더욱 쾌락ᄒ여 북당의 엄친이 강건ᄒ시고 슬하의 ᄌ손이 가득ᄒ여 일일 연낙이 빅년을 그음ᄒ나 쇼시의 민텬의 슬프믈 픔어 젹상흔 병이 ᄆᆞᆺ춤ᄂᆡ 죵신지질(終身之疾)이 되엇더니, '믈셩이쇠(物盛而衰)는 고기변이[애](固其變也)'1556)라. 뉴공이 홀연 득병ᄒ여 이히 십월의 망(亡)ᄒ니, 승상과 홍이 호텬지통(昊天之痛)1557) 【46】을 이긔지 못ᄒ여 ᄒ고, 뎡부인이 셩시로 더부러 봉ᄉᆞ(奉祀)ᄒ며 이통ᄒ미 녜의 지나니, 장녜ᄅᆞᆯ 지니며 상이 치졔ᄒ시고, 즁ᄉᆞ로 조상ᄒ시다.

승상이 부친 병즁(病中)으로○○[브터] 상ᄉᆞ(喪事)의 니르히 슬허ᄒ미 녜도의 지나고, 쇼렴[렴](小殮)1558) 되렴[렴](大殮)1559)의 ᄆᆞᆺ가ᄌᆞ미 잇더니, 이의 《영장∥염장(殮葬)》ᄒ고 집의 도라와 녯 병이 겸발ᄒ여 흔 번 누으미, 니지 못ᄒ고 날노 침즁ᄒ니, ᄌᆞ녜 경황ᄒ고 국개 근심ᄒ여 텬지 틔의를 보니여 치료ᄒ되, 병이 임의 고황(膏肓)1560)의 침노ᄒ고 이통ᄒ미 임의 ᄲᅧ의 박히니, 비록 편작(扁鵲)1561)의 신긔로오미이시나 엇지 능히 만(萬)의 일(一)이나 도로혀리오. 【47】

십여일이 지나미, 장찻 엄졀(奄絶)ᄒ기의 밋ᄎᆞ니, 승상이 스스로 ᄉᆞ지 못ᄒᆞᆯ 줄 알고 이에 긔운을 진뎡ᄒ야 빅경을 불너 왈,

"너의 평일 힝ᄉᆞ로ᄡᅥ 나의 신후(身後)를 이역(以易)1562)지 말나."

도라1563) 우셩다려 왈,

"오ᄂᆞᆯ 븟터 빅경 알기를 날노 알ᄋᆞ 경이 나의 지우(知遇)를 갑프미 네 ᄯᅩ흔 경의 덕을 도울 지어다."

이 두어 말을 이ᄌ(二子)긔 깃치고 다른 셜화 업ᄉᆞ문 이인의 어질믈 붉키 알미러라.

홍을 나오여 손을 잡○[고] 닐너 왈,

"아등이 긔구(崎嶇)ᄒ미 심흔 고로 ᄌᆞ모ᄅᆞᆯ 조실(早失)ᄒ고 ᄯᅩ 엄친을 여히니 지통 가온 디 ○○[형뎨] 《상봉∥상보(相保)》ᄒ여 안과(安過)ᄒ미 올【48】커ᄂᆞᆯ, 이졔 우형(愚兄)이 죄악이 틔심(太甚)ᄒ여 삼상(三喪)1564)을 맛지 못ᄒ고 텬명이 진ᄒ니, 현뎨

1556)믈셩이쇠(物盛而衰) 고기변야(固其變也) : 사물이 성(盛)하면 쇠(衰)하기 마련인데, 그 까닭은 진실로 모든 사물은 항상 변화하고 있기 때문이다. 사마천(司馬遷)의 사기(史記) 십이 제후연표(十二諸侯年表) 서문(序文)에 나오는 말이다.
1557)호텬지통(昊天之痛) : 하늘처럼 크고 가없는 슬픔.
1558)쇼렴(小殮) : 상례에서 운명한 다음 날, 시신에 수의를 갈아입히고 이불로 싸는 일.
1559)대렴(大殮) : 상례에서 소렴을 한 다음 날, 입관을 위해 소렴한 시신을 베로 감싸서 묶고 매듭을 짓는 일.
1560)고황(膏肓) : 심장과 횡격막의 사이. 고는 심장의 아랫부분이고, 황은 횡격막의 윗부분으로, 이 사이에 병이 생기면 낫기 어렵다고 한다.
1561)편작(扁鵲) : 중국 전국 시대의 의사. 성은 진(秦). 이름은 월인(越人). 임상 경험을 바탕으로 치료하였다. 장상군(長桑君)으로부터 의술을 배워 환자의 오장을 투시하는 경지에까지 이르렀다고 전한다.
1562)이역(以易) : 바꾸다.
1563)도라 : 도로. 향하던 쪽에서 되돌아서.
1564)삼상(三喪) : =삼년상(三年喪). 부모의 상을 당해 삼 년 동안 거상(居喪)하는 일.

의 외로오믈 슬허ᄒ노라.”

홍이 방셩딗곡(放聲大哭) 왈,

“쇼졔 고독ᄒᆫ 일신이 형댱을 여희니 댱ᄎᆺ 의뢰ᄒᆯ 빗 업ᄂᆫ지라. 오릭지 아냐 형댱의 뒤ᄒᆯ ᄯ로리라.”

승상이 기리 탄식ᄒ더니, 쥬시 셩부인과 모든 쇼부ᄅᆯ 거ᄂ려 나오믹, 승상이 쥬시ᄅᆯ 보고 니로딗,

“셔뫼 부쥼(府中)의 《엄미∥어미》 되션지 삼십여년이라. 혹양(慉養)ᄒ신 딗은(大恩)이 호텬망극(昊天罔極)1565)이어ᄂᆯ , 불초ᄒ여 공양(供養)치 못ᄒ고 뭇ᄎᆷᄂᆡ 슬하의 참쳑(慘慽)1566)을 깃치니 구텬【49】타일(九泉他日)1567)의 뵈올 ᄂᆞᆾ치 업도 소이다. 연이나 즈현이 무양(無恙)ᄒ고 슘지 이시니 위로ᄒ야 안향(安享)ᄒ시고 날노뻐 과상(過傷)치 말으소셔.”

쥬시 가슴을 두다려 긔운이 막히믹 좌위 붓드러 닉여가다.

상셰 모부인이 나오와 뵈오믈 고ᄒ니, 승상이,

“녜(禮)ᄂᆫ 인륜딗졀(人倫大節)이라. 엇지 서로 보미 이시리오.”

상셰 모부인긔 고ᄒᆫ 딗, 부인이 실셩통곡(失性慟哭) 왈,

“승상의 녜법(禮法)이 비록 즁ᄒ나 엇지 가부(家夫) 죽ᄂᆫ 얼굴을 ᄒᆫ 번 보아 영결(永訣)치 아니리오.”

ᄉᆞᆯ니 병침(病寢)의 니르러 바로 상(床)가의 니르니, 승상이 부인의 드러오【50】믈 보고 븟들녀 니러 안ᄌ, 진졍ᄒ여 왈,

“부인이 니르러시니 ᄒᆫ 말을 베퍼 니별ᄒ미 무방ᄒ도다. 우리 부뷔 쇼시의 잠간 굿기나 졍의(情誼)ᄅᆯ 상힉(傷害)온 빗 업고 부인이 괴로이 익(厄)을 만나딗 원망치 아니ᄆᆞᆫ 나의 효의(孝義)ᄅᆯ 알미오, 젹소(謫所)의셔 산간(山間) 아ᄉ(餓死)ᄒ기ᄅᆯ 구ᄒ고, 나의 잇ᄂᆫ 곳을 ᄎᆺ지 아니ᄆᆞᆫ 나의 형셰 어려오믈 알미오, 도라오미 ᄒᆫ 집의 삼년을 쳐ᄒ여 셔로 보지 아니ᄒ딗 부인이 날노뻐 박졍(薄情)타 아니ᄆᆞᆫ 나의 녜ᄅᆯ 즁(重)이 녀기믈 알미라. 녜날 ‘관포(管鮑)와[의] ᄉ괴미’1568) 부인과 혹ᄉᆼ의게【51】이시니, 비록 니르지 아니나 심복(心服)ᄒ미오, 금일 지긔졍분(知己情分)1569)○[을] 긋ᄎ니 비록 늣거오나 만ᄉᆞ 유흔(有限)ᄒ니 엇지 셜셜(屑屑)1570)이 슬허ᄒ리오.”

부인이 염용(斂容)ᄒ고 단좌(端坐) 딗왈,

1565)호텬망극(昊天罔極) : 어버이의 은혜가 넓고 큰 하늘과 같이 다함이 없음을 이르는 말. 주로 부모의 제사에서 축문(祝文)에 쓰는 말이다.

1566)참쳑(慘慽) : 자손이 부모나 조부모보다 먼저 죽는 일.

1567)구텬타일(九泉他日) : 죽어 저승에 간 때.

1568)관포(管鮑)의 ᄉ굄 : =관포지교(管鮑之交). 관중(管仲)과 포숙(鮑叔)의 사귐이란 뜻으로, 우정이 아주 돈독한 친구 관계를 이르는 말.

1569)지긔졍분(知己情分) : 자기의 속마음을 참되게 알아주는 친구의 진정한 정.

1570)셜셜(屑屑) : 자잘함. 구구함.

"명공(明公)이 쳡을 알미 이에 이시니 쳡이 무슴 덕으로 당ᄒ리오. 연이나 지긔(知己)로 뻐 허(許)ᄒ시니 공의 뒤흘 조출 ᄌᄂ 쳡이라. 십년 곤익(困厄)과 십년 영낙(榮樂)이 츈몽 ᄀᆺᄐᄆ 니르도 말고, 명공의 셩덕(聖德)으로 슈(壽)를 누리지 못ᄒ고 효로ᄡᅥ 복을 밧지 못ᄒᄆ 쳡의 죄악이 틔즁(泰重)ᄒ 연괴(緣故)라. 엇지 죄인이 이니리잇고?"

승상이 거수(擧手) 칭샤(稱謝)ᄒ고 상셰【52】를 명ᄒ여 부인을 뫼셔 드러가라 ᄒ니, 부인이 승상의 쳑비(慽悲)ᄒ 빗치 업ᄉᄆ믈 보고 ᄯᅩ한 타연(泰然)이 안으로 드러가더라.

이쪅 쳐남 뎡상셔와 박틱우 강상셔 뉴녜부〇[며] 일반 죵둑(宗族) 졔위(諸位) 니르니,

"쇼졔 금일 디하(地下)의 도라가니, 졔형의 셩을 갑지 못〇[ᄒ] ᄲᅵᆫ 아니라 국가(國家)를 져바리니 유흔(遺恨)이 젹지 아니토다."

강형슈와 박상귀 감격ᄒ 거ᄉᆯ 각별이 칭샤ᄒ고 뉴녜부와 틱상의게 말을 ᄒᄃᆡ,

"슉부와 형이 쇼질을 비록 ᄉ랑ᄒ시나, ᄌ현을 용납지 아니시니 실노 원울(冤鬱)ᄒ 미 깁흔지라. 원컨듸 슉부ᄂ 쇼【53】딜(小姪)이 죽은 후 유언을 닛지 말ᄋ셔, ᄌ현을 묘듕(廟中)의 용납ᄒ쇼셔."

녜뷔 손을 잡고 타루 왈,

"호텬이 엇지 《춤이‖ᄎ마》 현질노 ᄒ여금 이에 니르게 ᄒᄂ뇨? 기친 바 유언은 현딜〇[이] 과히 녀념(慮念)ᄒ미라. ᄌ현이 ᄉ죄를 짓고 도로혀 화당(華堂)의 안거(安居)ᄒ니 임의 족ᄒ지라. 엇지 친쳑으로 왕ᄂ니ᄒ며 ᄉ당(祠堂)의 졀ᄒ 후 쾌ᄒ리오."

승상이 녜부의 ᄶ[뜻]이 아니 드를 쥴 알고, 홍다려 왈,

"힘 ᄡᅳ고 힘 ᄡᅳ며 삼가고 삼갈지어다. 우형이 잇지 아니ᄒ니 친쳑의 박딕(薄待)를 한(恨)치 말나."

ᄯᅩ 상셔다려 왈,

"네 아비를 닛지 아닐진듸 계【54】부의 외로오믈 두호(斗護)ᄒ여, 나의 ᄯᅳᆺ을 져바리지 말나."

셜파의 믄득 혼졀(昏絶)ᄒ니, 졔인이 텬ᄌ긔 알왼듸, 상이 딕경ᄒ샤 난여(鸞輿)[1571]를 갓쵸샤 급히 상부(相府)의 힝ᄒ시니, 신히 조ᄎ니 두어 사룸이라. 급히 힝ᄒ미 풍우 ᄀᆺ더라.

바로 승상 누은 상(床)ᄀ의 니르샤 승샹의 손을 잡고 년ᄒ여 불너 ᄀᆞᄅ샤듸,

"션싱이 엇지 딤의 왓시믈 모로ᄂ뇨? 가히 ᄒ 말노ᄡᅥ 평셕(平昔)의 은의(恩誼)를 베플나."

승상이 눈을 드러 상을 보고 머리 조와 쥬왈,

"신의 단튱(丹忠)은 폐히 빗최시고 폐하의 셩은(聖恩)은 신의 ᄲᅧ의 삭엿ᄂ지라. 신이 이졔【55】블힝ᄒ여 단명(端明)ᄒ니, 셩은을 만분지일(萬分之一)을 갑ᄉᆸ지 못ᄒ고

1571)난여(鸞輿) : 임금이 거둥할 때 타고 다니던 가마. 지붕에 붉은 칠을 하고 황금으로 장식 하였으며, 둥근기둥 네 개로 작은 집을 지어 올려놓고 사방에 붉은 난간을 달았다.

국스룰 흔 일도 다스려 편이 못흐니 이 뻐금1572) 신이 폐하룰 져브리미 젹지 아닌지라. 죽어도 눈을 감지 못흐리로소이다."

상이 블승톄읍(不勝涕泣)흐샤 뇽뉘(龍淚) 어의(御衣)를 젹시니, 좌우 제신이 춤아 보지 못흐더라.

상이 다시 문 왈,

"션싱의 이직(二子) 이시니 뉘 가이 션싱의 쇼님[임](所任)을 흐염즉 흐뇨?"

승상이 디 왈,

"댱즈 빅경은 졍딕흐나 쁫이 임하(林下)의 이시니 그 지취(旨趣)룰 일위게 흐시고, 우셩은 임의 단계(丹階)1573)의 신임흐여지 오릳지라. 셩상이 붉히 알르실【56】거시니, 신이 엇지 구셜(口說)을 허비흐리잇고? 슈연(雖然)이나 우셩의 위인○[이] 퇴강(太强)흐니 폐히 만닐 신을 닛지 아니실진디, 듕권(重權)으로뻐 임치 말으셔 즈손으로뻐 보젼케 흐시미 셩은(聖恩)이니이다."

상이 フ라샤디,

"션싱의 말솜을 당당이 폐부(肺腑)의 삭이리니, 션싱은 관심(寬心)흐라."

드듸여 환궁흐실 시,

"승상이 붓들녀 네 번 졀흐여 군신이 기리 니별흐미 냥졍(兩情)이 의의(依依)1574)흐니, 상이 눈물을 흘니시고, 손을 드러 フ르샤디,

"뎌 창텬(蒼天)이 나를 돕지 아니샤 션싱을 아사시니, 딤이 눌노 더브러 조종(祖宗) 텬하(天下)룰 다스리리오."

승상이 디【57】답지 못흐고 엄연(奄然)이 상의 누의미 명(命)이 진(盡)흐니, 상이 방셩딕곡(放聲大哭)1575)흐신디, 시신(侍臣)이 날이 늣즈믈 직슘 진쥬(進奏)흐니, 난여(鑾輿)룰 두로혀시다.

상부의셔 거가(擧家) 문을 나시미 곡셩이 하늘의 스뭇츠니, 댱안 스셔인(士庶人)이 놀나고 슬허흐여 텰시(撤市)흐고 상부의 니르러 브르지져 우더라. 촉한(蜀漢)1576) 젹 제갈공명(諸葛孔明)1577)의 죽으미 아니면 당시졀(唐時節) 위승상(魏丞相)1578)의 승사

1572) 뻐금 : 써. '그것을 가지고', '그것으로 인하여'의 뜻을 지닌 접속 부사. 한문의 '以'에 해당하는 말로 문어체에서 주로 쓴다.
1573) 단계(丹階) : 황제의 어탑(御榻) 아래에 있는 계단.
1574) 의의(依依) : 헤어지기가 서운함.
1575) 방셩딕곡(放聲大哭) : =대성통곡(大聲痛哭). 큰 소리로 몹시 슬프게 곡을 함.
1576) 촉한(蜀漢) : 중국 삼국 시대 221년에 유비(劉備)가 세운 나라. 사천(四川)·운남(雲南)·귀주(貴州) 북부 및 한중(漢中) 지역을 차지하였으며, 263년에 위나라에 멸망하였다. 늑촉(蜀
1577) 제갈공명(諸葛孔明) : 제갈량(諸葛亮). 181~234. 중국 삼국 시대 촉한의 정치가. 자(字)는 공명(孔明). 시호는 충무(忠武). 뛰어난 군사 전략가로, 유비를 도와 오(吳)나라와 연합하여 조조(曹操)의 위(魏)나라 군사를 대파하고 파촉(巴蜀)을 얻어 촉한을 세웠다. 유비가 죽은 후에 무향후(武鄕侯)로서 남방의 만족(蠻族)을 정벌하고, 위나라 사마의와 대전 중에 병사하였다
1578) 위승상(魏丞相) : 위징(魏徵). 580~643. 중국 당나라 초기의 공신(功臣)·학자. 자는 현성

(喪事)로 홉스히니, 슬프다 하늘이 어진 사룸을 앗기시니 만승(萬乘)의 위엄이나 능히 텬도(天道)룰 도로혀리오.

초상(初喪)을 두스리미, 상이 친이 졈검ᄒ시고 옷슬 버셔 넘습(殮襲)[1579]의 《보ᄂ ‖ ᄂ녀ᄒ》시니, 군신이 간 왈,

"뇽쳬(龍體)의 닙으시던【58】거시 흉구(凶具)[1580]의 드리미 즈못 가치 아니니 상신(相臣)[1581]의 영험(靈驗)이 이실진ᄃ, 엇지 외람ᄒ야 아니리잇고?"

샹왈,

"뉴션ᄉ은 딤의 ᄉ우(師友)오, 종ᄉ(宗社)의 쥬셕(柱石)이라. 국기 블힝ᄒ여 단명ᄒ니, 이ᄂ 하늘이 딤을 죽이시미라. 엇지 그 《송즁 ‖ 승즁(喪中)》의 친집(親執)지 아니며 옷슬 버셔 가ᄂ 길히 젼별(餞別)치 아니리오."

인ᄒ여 크게 슬허ᄒ시니, 군신이 감챵(感愴)치 아니리 업더라.

이젹의 뎡부인이 승상〇[의] 망(亡)ᄒ무로붓터 유유담담(悠悠淡淡)[1582]ᄒ야, 넉 일흔 사룸이 되여 곡읍(哭泣)도 아니터니, 밋 닙관(入棺)을 볼시, 틴즈와 뎨왕〇…결락 20자…〇[즈며 각신이 구룸 ᄀ치 모다 입관졔구(入棺諸具)를 보매 태지] 흰 옥ᄃ(玉帶)와 흰 옷 《ᄉ ‖ ᄉ로써》 관(棺) 머리의셔 범ᄉ(凡事)를 지휘ᄒ시니, 즁【59】ᄉ(中使) 길히 이엇ᄂ지라. 〇〇〇[이 졍히] 사ᄌ(死者) 감은(感恩)ᄒ고 싱ᄌ(生者) 슬프믈 잇즐 《관경 ‖ 광경(光景)》이라. 하믈며 빅뇨 등이 복상(服喪)ᄒ며, 홍이 셩부인으로 더브러 극골지통(刻骨之痛)이 방인(傍人)을 늣기게 ᄒ니, 뎡부인이 ᄒ 번 웃고 쥬시룰 도라보와 왈,

"승상이 과연 단명(短命)ᄒ미 올코, ᄯ오ᄒ 박명(薄命){ᄒ}ᄒ미 올토다. 안연(顏淵)[1583]의 어질미 삼십의 도를 일우〇[지] 못ᄒ여셔 죽고, 부즈(夫子)[1584]의 셩덕으로 텰환텬하(轍環天下)[1585]ᄒ샤 도로의 늙으시니 그 셩쟈(聖者) 복을 밧지 못ᄒ고, 텬지

(玄成). 현무문의 변(變) 이후, 태종을 섬겨 간의대부 등의 요직을 역임하였고, 후에 재상으로 중용되었다. 굽힐 줄 모르는 직간으로 황제 태종을 보필한 것으로 유명하다. ≪양서≫, ≪진서≫, ≪북제서≫, ≪주서≫, ≪수서≫의 편찬에 관여하였다

1579)염습(殮襲) : 상례(喪禮)에서 시신을 씻긴 뒤 수의(壽衣)를 갈아입히고 염포(殮布)로 묶는 일.

1580)흉구(凶具) : 초상이 났을 때 쓰는 도구. 그릇이나 상여 따위를 말한다

1581)상신(相臣) : =상국(相國). 영의정, 좌의정, 우의정을 통틀어 이르는 말. *여기서는 승상(丞相) 유연을 말함.

1582)유유담담(悠悠淡淡) : 움직임이 여유가 있고 느리며, 마음이 차분하고 평온함.

1583)안연(顏淵) : 안회(顏回). 자(字) 연(淵). 공자의 제자. 십철(十哲) 가운데 한 사람. 공자가 가장 신임하였던 제자이며, 공자보다 30세 연소(年少)하나 공자보다 먼저 32세의 젊은 나이로 죽었다. 학문과 덕이 특히 높아서 공자도 그를 가리켜 학문을 좋아하는 사람이라고 칭송하였고, 또 가난한 생활을 이겨내고 도(道)를 즐긴 것을 칭찬하였다.

1584)부자(夫子) : 공부자(孔夫子). 공자의 높임말.

1585)텰환텬하(轍環天下) : 수레를 타고 천하를 돌아다닌다는 뜻으로, 교화(敎化)를 위하여 세상을 돌아다님을 이르는 말. 공자가 교화를 위하여 중국 천하를 돌아다닌 데서 유래한다.

(天子) 슈를 누리지 못ᄒ미 이 ᄀᆞᆺ튼지라. 금일 질ᄋᆞ 부부의 복상(服喪)○[을] 일쳬로 홈과 슉슉(叔叔)의 지통(至痛)ᄒ심과 장【60】안(長安)1586) ᄉ셔인(士庶人)이 고비지상(考妣之喪)1587) ᄀᆞᆺ치 슬허ᄒ믈 듯고 보건듸 엇지 승상의 죽으미 하늘○○[의 ᄯᅳᆺ]이 아니리오. 쳡이 명완(命頑)ᄒ여 승상의 후의 이시믈 흔(恨)ᄒ더니 이졔 싱각ᄒ니 잔쳔(殘喘)을 머무러 승상의 덕을[이] 신후(身後)의 더옥 빗나믈 보니, 죽으미 엇지 쾌치 아니리오."

드다[디]여 빅경을 불너 기리 말ᄒ여 가로듸,

"ᄉ싱(死生)이 유명(有命)이오, 부귀지텬(富貴在天)이라. 늬 본듸 만ᄉ여싱(萬死餘生)으로 네 부친의 알아 되졉ᄒ믈 힘닙어 십○[칠]년을 안과(安過)ᄒ니, 추싱(此生)이 족(足)ᄒ지라. 오날 죽으미 엇지 뉘웃븟[브]리오. 경ᄋᆞ는 명녕(螟蛉)의 ᄋᆞ희로듸 본듸 되효의 ᄯᅳᆺ이 잇고 ᄋᆞ뷔 현【61】텰ᄒ니, 졔ᄉ(祭祀)를 욕(辱)지 아닐지라. 늬 근심치 아니코, 셩이 ᄯᅩ흔 노를 쳔(遷)치 아니는 덕이 이시니 ᄒ믈며 ᄋᆞ부(兒婦)의 셩덕을 니르랴. 다만 너의 ᄉ인이 집상(執喪)ᄒ기로 신쳬를 상히오지 말나."

셜파의 ᄯᅱ히 업더져 피를 흔 말은 토ᄒ고 망(亡)ᄒ니, 이 ᄯᅢ 승상의 츈츄(春秋)는 ᄉ십일셰오, 부인의 나1588)은 ᄉ십셰라. 우셩 등이 부모를 슈일(數日) ᄉ이의 여히고, 망극ᄒ믈 츙냥(測量)치 못ᄒ여 ᄌᆞ로 혼졀(昏絶)ᄒ니, 비록 무단흔 힝노인(行路人)이라도 승상의 덕음(德蔭)과 상셔 등의 익쳑(哀戚)ᄒ믈 본 즉 눈물 아니 흘니리 업더라.

셩복(成服)1589)을 지늬고【62】틱일(擇日)ᄒ여 안장(安葬)ᄒᆞᆯ ᄉᆞᅵ, 상이 문무빅관으로 더부러 다 {효ᄒ시고} 상부의 니르샤 녕좌(靈座)1590)의 님ᄒ시니, 《소즁‖소댱(素帳)》이 《댱댱‖즁즁(重重)》ᄒ고 블근 명졍(銘旌)1591)은 은은흔 가온듸 상국(相國)의 화흔 얼굴과 어진 말쇼릐 긋쳐졋고, 속졀업슨 영귀(靈柩)1592) 완연(完然)ᄒ니, 상이 크게 슬허 관을 어로만져 통곡ᄒ고, 됴셔(詔書)ᄒ야 시호(諡號)를 효문공(孝文公)이라 ᄒ시고, 왕녜(王禮)로 장(葬)ᄒ라 ᄒ시니, 위의 거록ᄒ믈 형상치 못ᄒᆞᆯ너라.

장ᄉ(葬事)를 ᄆᆞᆾᄎᆞᆷ미 우셩 등은 시묘(侍墓)1593) 삼년ᄒ고 빅명은 부뫼 이시므로 집의 도라오나, 심상(心喪)1594) 삼년을 극진이 ᄒ니, 시인(時人)이【63】{이} 감탄ᄒ더라.

1586) 장안(長安) : 수도라는 뜻으로, '서울'을 이르는 말. 중국 섬서성(陝西省) 서안시(西安市)의 옛 이름으로, 한(漢) · 당(唐)의 도읍지였기 때문에 이후 수도를 일컫는 말로 쓰여왔다.

1587) 고비지상(考妣之喪) : =부모지상(父母之喪).

1588) 나 : 나이.

1589) 셩복(成服) : 초상이 나서 상인(喪人)들이 처음으로 상복(喪服)을 입는 일. 보통 입관(入棺)을 마친 후 입는다.

1590) 녕좌(靈座) : 영위(靈位)를 모시어 놓은 자리. 늑궤연(几筵) · 영궤(靈几).

1591) 명졍(銘旌) : 죽은 사람의 관직과 성씨 따위를 적은 기. 일정한 크기의 긴 천에 보통 다홍 바탕에 흰 글씨로 쓰며, 장사 지낼 때 상여 앞에서 들고 간 뒤에 널 위에 펴 묻는다.

1592) 영구(靈柩) : 시체를 담은 관(棺).

1593) 시묘(侍墓) : 부모의 상중에 3년간 그 무덤 옆에서 움막을 짓고 사는 일.

1594) 심상(心喪) : 상복은 입지 아니하나 상제(喪制)와 같은 마음으로 말과 행동을 삼가고 조심함.

어시의 강상셔 박틱위 승상의 장ᄉ를 지니고 도라올 시, 상셰 틱우 다려 왈,

"관즁(管仲)이 망ᄒᆞ미 포슉(鮑叔)이 조츠니 이제 ᄌᆞ슌이 졸ᄒᆞ니 아등이 엇지 오릭리오."

틱위 말을 아니코 눈물○[을] 흘니더라.

이인이 묘젼의 나ᅌᅡ가 졀ᄒᆞ여 왈,

"공의 뒤흘 조출 ᄌᆞ는 《아들∥아등(我等)》이라. 우흐로 부뫼 잇지 아니시고 아릭로 ᄌᆞ녀 션션(詵詵)ᄒᆞ니, 무어슬 권년(眷戀)ᄒᆞ여 지긔(知己)로뼈 구텬(九泉)의 외롭게 ᄒᆞ리오."

셜파의 방셩틱곡ᄒᆞ니, 산쇡(山色)이 참담(慘憺)ᄒᆞ고 원텬(遠泉)이 오열(嗚咽)ᄒᆞ더라. 이인이 도라와 《일노∥이로》붓터 병드러 슈십여【64】일 만의 죽으니, 강상셰 님죵(臨終)의 ᄌᆞ녀를 딕ᄒᆞ여 왈,

"니 일즉 유람ᄒᆞ여 님치(臨淄)의 갓더니, 관포(管鮑)의 분묘 이셔 《상하∥댱하(葬下)》슈텬연(數千年)이 지나시되, 형젹(形跡)이 셔로 이웃ᄒᆞ여시믈 보니, 음혼(陰魂)이 쏘흔 쎠나지 아닐지라. 심니(心裏)의 감동ᄒᆞ믈 이긔지 못ᄒᆞ너니, 이졔 ᄌᆞ슌이 망(亡)ᄒᆞ미 이 엇지 텬상(天上)이 '샹(上)타 ᄒᆞᄆᆞ로 말니오'1596. 우리 교되(交道) 관포(管鮑)의 아릭 잇지 아니니 엇지 ᄉᆞᄉᆡᆼ(死生)을 쎠나리오. 너희 등이 관(棺)을 옴겨 ᄌᆞ슌의 분묘(墳墓) 근쳐의 뭇어 톄빅(體魄)이 셔로 의지ᄒᆞ게 ᄒᆞ라."

ᄒᆞ고 죽으니, ᄌᆞ네 유언을 조ᄎᆞ 승상 묘하(墓下) 근쳐의 산을 어더 안장(安葬)ᄒᆞ【65】니 박틱우의 쯧이 쏘흔 이 ᄀᆞᆺ튼 고로 ᄒᆞᆫ가지로 ᄀᆞᆺ가이 장(葬)ᄒᆞ미 삼인의 《부뫼∥분뫼(墳墓)》셔로 바라보ᄂᆞᆫ지라. 듯ᄂᆞᆫ 이 감동치 아니리 업더라.

빅경 등이 ᄎᆞ언을 듯고 탄왈,

"대인의 벗 ᄉᆞ괴시미 이 ᄀᆞᆺ거ᄂᆞᆯ, 아등이 홀노 부모를 뫼시지 못ᄒᆞ니, 부ᄌᆞ○[의] 졍의[이] ○○[엇디] ᄒᆞᆫ 부[붕]우(朋友)만 못ᄒᆞ뇨?"

슬허ᄒᆞ믈 마지 아냐 삼년(三年) 거려(居廬)1597와 우음을 니 드러나게 아니며, 부친○[의] 가샤(家事) 법졔(法制)를 고치미 업고, 형뎨 좌와(坐臥)의 의지ᄒᆞ여 일시도 쎠ᄂᆞ지 아니코 집상(執喪)1598ᄒᆞ기를 녜(禮)의 넘게 ᄒᆞ니, 이인(二人)이 다 쳥슈(淸秀)ᄒᆞᄆᆞ로 형용(形容)이 환탈(換奪)ᄒᆞ여 ᄒᆞᆫ 《촉뇌∥촉뉘(髑髏)1599》되어시니, 보ᄂᆞᆫ이 다 위틱(危殆)이 너기【66】고 일기 근심ᄒᆞ더니, 계유1600 삼년을 맛고 집의 도라오미, 슬프미 이어 나ᄂᆞᆫ 고로 쥬시 병드러 죽으니, 가즁이 망극(罔極)ᄒᆞ믈 비홀 딕 업고, 홍

1595)님치(臨淄): 임치(臨淄). 중국 춘추 시대 제(齊)나라의 수도. 현재의 산둥 성(山東省) 북부 치박시(淄博市)의 동부에 있는 현(縣). 관중과 포숙의 묘가 임치현 우산(牛山) 아래에 있다.

1596)샹(上)타 ᄒᆞᄆᆞ로 말니오 : 올랐다 하므로 말 것인가. *샹(上)타: 올랐다. *말니오: 말 것인가.

1597)거려(居廬) : 상제가 무덤 가까이 지은 누추한 초막에서 머무는 일.

1598)집상(執喪) : 어버이 상사에서 예절을 지킴. 또는 예절에 따라 상제 노릇을 함.

1599)촉뉘(髑髏) : =해골(骸骨) ①죽은 사람의 살이 썩고 남은 앙상한 뼈. ②몹시 여위어 살이 빠진 사람을 비유적으로 이르는 말.

1600)계유 : 겨우

이 심상(心喪) 삼년ᄒ야 그 휵양(慉養)ᄒᆫ 은혜를 갑ᄒᄂ니라.

니러구러 ᄉ오년이 지ᄂᆡ, 일기 슬허ᄒᄂᆫ ᄀ온ᄃᆡ 텬ᄌᆡ 우성을 여러번 탁용(擢用)ᄒ시니, 셩은(聖恩)을 감격ᄒ여 힝공(行公)ᄒᄆᆡ 상이 니부상셔(吏部尙書) 참지졍ᄉ(參知政事)를 더으시다.

이 ᄒᆡ의 상이 붕(崩)ᄒ시니, 상셰 깁히 슬허ᄒ여 상녜(喪禮)의 극진ᄒᄆᆡ 승상 상ᄉ(喪事)와 다름이 업ᄉ니, 시인(時人)이 그 튱셩과 효도를 감탄ᄒ야 뎌의 어질ᄆᆡ 부모의 교훈이라【67】ᄒ더라.

이젹 빅경의게 이ᄌ(二子) 이시ᄃᆡ 즐겨 종손(宗孫)을 졍ᄒᆯ ᄠᅳᆺ이 업고, 오직 상셔의 댱ᄌ 셰긔를 ᄉ랑ᄒ야 후ᄉ(後嗣)를 졍코ᄌ ᄒᄃᆡ, 상셰 디경ᄒ여 가(可)치 아니믈 힘ᄡᅥ ᄃᆺ토니, 경이 믄득 눈물을 드리워 왈,

"현광이 엇지 날을 아지 못ᄒᄂ뇨? 션친이 우형의 불○[초]ᄒ믈 허믈치 아니시고 특별이 거두어 슬하의 두시니, 이 엇지 현뎨를 《불초ᄒ야 이 거죄 이시리오‖ 브족히 너기샤 이 거조를 하신 비리오》. 도시 화목기를 싱각ᄒ신 비니, 우형이 비록 무상ᄒ나 엇지 션군(先君)의 ᄠᅳᆺ을 져ᄇ려 불효ᄒᆫ ᄌ식으로 종ᄉ를 밧들니오. 셰긔 딜ᄋ 즁 ᄲᅢ혀나 만히【68】황고(皇考)의 여풍이 이시니, 닉 ᄠᅳᆺ이 결(決)ᄒ엿ᄂᆫ지라. 현광은 고집지 말나."

상셰 ᄃᆡ 왈,

"형댱의 덕은 감격ᄒ나, 대인이 형댱을 거두시미 ᄒᆫ ᄀᆽ 화목ᄒ믈 위ᄒ미 아니라. 형댱의 덕을 ᄉ랑ᄒ시미니, 엇지 굿ᄐ여 여러 질ᄋ(姪兒)를 두고 닉 ᄌ식으로 종손을 졍ᄒ리오. 형댱이 아니 쇼졔 ○[이] ᄠᅳᆺ이 잇ᄂᆫ가 의심ᄒ미잇고?"

경이 변ᄉᆨ 왈,

"우형이 불초ᄒ야 현뎨의 의심ᄒ믈 보니 하면목(何面目)으로 텬하 ᄉ람을 보리오. 닉 ᄠᅳᆺ이 진실노 션인(先人)[1601]의 지우를 갑흘 기리 업ᄉ니, 현뎨의 ᄌ식으로 닉 ᄌ식을 삼아 종ᄉ를 밧든 즉, 거의 션인의 날【69】ᄉ랑ᄒ시믈 갑하 종ᄉᆡ 졍(正)ᄒᆫ ᄃᆡ 도라가고, 일이 슌(順)ᄒᆫ 곳의 이시믈 위ᄒ미라. 현뎨 만닐 견집(堅執)ᄒᆯ진ᄃᆡ 우형이 죽어도 눈을 감지 못ᄒ리로다."

인ᄒ여 승상 은ᄋᆡ(恩愛)를 싱각고 실셩통곡(失性慟哭)ᄒᄃᆡ, 상셰 역시 통곡ᄒ고 드듸여 허(許)ᄒ니, 경이 딕희ᄒ야 즉일노 문셔를 벗겨 완졍(完定)ᄒ니, 홍이 크게 놀나 연고를 무른ᄃᆡ, 경이 쇼회(所懷)로ᄡᅥ 알외니 홍은 져두(低頭) 묵언(默言)ᄒ고, 셩시 차튼(嗟歎) 왈,

"너의 어질미 이 갓ᄐ니 승상의 ᄉ랑ᄒ시미 헛되지 아니 ᄒ도다. 힘ᄡᅳ고 힘ᄡᅥ 승상과 부인의 덕을 갑흘지어다."

1601)션인(先人) : 남에게 돌아가신 자기 아버지를 이르는 말. ≒선친(先親)·고(考)·선고(先考)·선군(先君)·선엄(先嚴)

경이 타루(墮淚)ᄒᆞ【70】고 물너나 셰긔로 종손을 뎡ᄒᆞ고, ᄋᆡ즁(愛重)ᄒᆞ믈 승상이 ᄌᆞ긔 ᄃᆡ졉홈 ᄀᆞᆺ치 ᄒᆞ니, 향당(鄕黨) 종족(宗族)이 놀나고 항복(降服)ᄒᆞ더라.

이ᄯᅢ 홍이 승상이 망(亡)ᄒᆞ무로붓터 친쳑이 덕[더]옥 통ᄒᆞᆫ(痛恨)ᄒᆞ여 셔로 니르ᄃᆡ,

"상국의 어질음과 품질노 엇지 슈(壽)를 득지 못ᄒᆞ리오마ᄂᆞᆫ, 도시 홍으로ᄡᅥ 젹상(積傷)ᄒᆞ야 감슈(減壽)ᄒᆞ미라."

ᄒᆞ고 사ᄅᆞᆷ이 모도면 ᄉᆡ로이 ᄭᅮ지져 용납지 아니ᄂᆞᆫ지라.

뉴녜부(-禮部) ᄐᆡ상(太常) 등이 더옥 심ᄒᆞ니, ᄇᆡᆨ경이 말을 못ᄒᆞ고 오직 상셰 심ᄡᅥ1602) 간(諫)ᄒᆞ여 ᄀᆡ유(開諭)ᄒᆞ여 프[플]더니, 일일은 녜○[부](禮部) 모든 친쳑을 거ᄂᆞ려 이에 와 문셩공 제ᄉᆞ를【71】지ᄂᆡ고 홍이 말셕의 ᄎᆞᆷ예ᄒᆞ믈 보ᄆᆡ, 십분 ᄃᆡ로ᄒᆞ여 좌우로 홍을 잡아 ᄂᆞ리와 십죄(十罪)를 니르고 댱ᄎᆡᆨ(杖責)ᄒᆞᆫ 후, 인ᄒᆞ여,

"부즁(府中)의 두지 말고 쳐쥬(處州)1603) 본향(本鄕)의 가 향민(鄕民)이 되게 ᄒᆞ라."

ᄒᆞ니, 이 ᄯᅢ 무슈 종족이 ᄉᆡ로이 니를 갈고 ᄭᅮ지ᄌᆞ며, 녜뷔 노긔 쳘골ᄒᆞ니, 홍이 ᄒᆞᆫᄀᆞᆺ 승상을 ᄉᆡᆼ각고 슬허ᄒᆞ며 졔인의 곤욕을 보ᄆᆡ 아모리 ᄒᆞᆯ 쥴[쥴] 모르니, ᄇᆡᆨ경이 나ᄋᆞ가 문듕의 ᄋᆡ걸ᄒᆞᆫᄃᆡ, 녜뷔 ᄇᆡᆨ경의 손을 잡고 닐너 왈,

"네 홍의 나은 은혜를 크게 너기고 네 망부(亡父)의 지우(知遇)를 ᄉᆡᆼ각지 아니ᄒᆞᄂᆞ뇨? 우리 등이 승상의 효의(孝懿)를 감동【72】ᄒᆞ야 ᄉᆡᆼ젼의 잡말을 아니키ᄂᆞᆫ, 홍의 죄즉 뉸긔(倫紀)의 관겨ᄒᆞ고 션셰(先世)의 용납지 못ᄒᆞᆯ지라. 엇지 감이 조션(祖先) ᄉᆞ당(祠堂)의 현알(見謁)ᄒᆞ여 년곡지하(輦轂之下)1604)의 오ᄅᆡ 이실 사ᄅᆞᆷ이리오. 남방(南方)의 가 텬년(天年)ᄒᆞ미 이 저의 직분(職分)이오, 나의 쾌ᄉᆡ(快事)니, 결연이 네 말을 듯지 못ᄒᆞ리로다."

경이 ᄒᆞᆯ 일 업○[서], 쳬읍(涕泣)ᄒᆞᆯ ᄲᅳᆫ이러니, 이ᄯᅢ 상셰 명ᄑᆡ(命牌)1605)로ᄡᅥ 닙궐ᄒᆞ엿다가 도라오ᄆᆡ 모든 소ᄋᆡ(小兒) 마조나와 이 말을 고ᄒᆞ니, 상셰 ᄃᆡ경ᄒᆞ여 바로 ᄉᆞ당의 가 보니, 녜뷔 놉피 안ᄌᆞᆺ고 친쳑이 가득ᄒᆞ엿ᄂᆞᆫᄃᆡ, 홍을 즁계의 ᄭᅮᆯ니고 인언(人言)이 분분(紛紛)ᄒᆞᆫ지라.

상셰 녜부의 조치 아【73】니믈 보고 능히 구셜노 ᄃᆞ토지 못ᄒᆞᆯ 쥴 아라, 즉시 됴복(朝服)을 벗고 홍의 압ᄒᆡ 나ᄋᆞᄀᆞ 울고 결ᄒᆞ여 왈,

"쇼딜이 불초ᄒᆞ여 션친(先親)의 유언을 직희지 못ᄒᆞ고, 도로혀 슉부로ᄡᅥ 이의 니르시게 ᄒᆞ니 ᄉᆡᆼ젼의 죄인이 되고, 디하(地下)의 가 션인(先人)을 뵈올 ᄂᆞᆺ치 업ᄂᆞᆫ디라. 원컨ᄃᆡ 죽어 이 죄를 샤(謝)ᄒᆞ리니, 슉부ᄂᆞᆫ 험노(險路)의 무양(無恙)이 득달ᄒᆞ샤 쳔츄(千

1602)심ᄡᅥ : 힘써.

1603)쳐쥬(處州) : 중국 절강성(浙江省)에 있는 행정구역 이름. 작중 주인공 유연의 선조 문성공(文成公) 유기(劉基)가 이곳 즉 절강성 처주 출신이다.;

1604)년곡지하(輦轂之下) : 왕도(王都). 왕궁이 있는 도시. *연곡(輦轂); =어가(御駕). 임금이 타는 수레.

1605)명ᄑᆡ(命牌) : 조선 시대에, 임금이 삼품 이상의 벼슬아치를 부를 때 보내던 나무패. '命' 자를 쓰고 붉은 칠을 한 것으로, 여기에 부르는 벼슬아치의 이름을 써서 돌렸다.

秋)를 누리쇼셔."

말을 맛츠미 칼홀 쌘혀 ᄌ결ᄒ려 ᄒ니, 모다 디경(大驚)ᄒ여 급히 붓드러 구ᄒ고, 녜뷔 차악ᄒ여 말을 못ᄒ거늘, 상셰 사미를 쎨치고 졍싴 왈,

"디부(大父)의 ᄒ시ᄂᆞᆫ 일이 비【74】록 그르지 아니시나, 엇지 박(薄)지 아니며 ᄯᅩ흔 죽은 사름을 져ᄇ리 《실‖시미》○[될] 쥴은 싱각지 아닌 비라. 우셩이 엇지 유감(遺憾)ᄒ미 업스리잇고?"

녜뷔 활연(豁然) 탄왈,

"범이 기를 늣치 아니코 문왕(文王)1606)의 아달이[의] 쥬공(周公)1607)○[이] 이시니 엇지 금일 너의 이 ᄀᆞᆺᄐᆞᆯ 고이히 여기리오. 우리 등이 상국의 일○[쯱] 죽으믈 한(恨)ᄒ야 더욱 홍을 뮈워ᄒ더니, 네 말과 거동을 보니 승상이 죽지 아닌지라. 닉 엇지 즐겨 홍을 죄주리오. 츠회(嗟乎)라 노녁[력](努力) ᄌ의[이](自愛)ᄒ여 네 부친의 어질믈 츄락(墜落)지 말디어다."

셜파의 만좌(滿座) 츄연(惆然)ᄒ믈 씌닷지 못【75】ᄒ더라.

녜뷔 홍의 죄를 샤(赦)ᄒ고 도라가미, 홍이 일노쎠 더욱 우분(尤憤)ᄒ여 병(病)이 니러 죽으니, 상장졔구(喪葬諸具)를 다 죄인으로 다ᄉᆞ려 화미(華美)ᄒ 거슬 더으지 못ᄒ고, 셩시 이어 망(亡)ᄒ미, 빅명 형뎨 거상(居喪)ᄒ기를 극진○[이]ᄒ여 삼년을 지니고, 삼인(三人)이 동거(同居)ᄒ니, 상셰 오ᄌ삼녀(五子三女)를 두어 명문거족(名門巨族)의 셩취(成娶)ᄒ고 삼십이 츠지 못ᄒ야 퇴각(台閣)1608)의 오르니, 셔민(庶民)이 츄앙ᄒ며 텬지 녜우(禮遇)ᄒ샤 영춍(榮寵)이 거록ᄒ고, ᄌ녜 긔긔히 옥슈경지(玉樹瓊枝)1609) ᄀᆞᆺᄒ여 빅명 등의 ᄌ녀로 비기지 못ᄒᆞᆯ너라.

오ᄌ(五子) 다 닙신(立身)ᄒ여 현달(顯達)【76】ᄒ고, 삼녜(三女) 다 명뷔(命婦) 되니, 승상이 번화흔 가온ᄃᆡ 미양 부모의 조셰(早世)ᄒ야 보지 못ᄒᆞᆷᄋᆞᆯ 슬허ᄒ더니, 이ᄯᅥ 무종(武宗)1610)이 환슈[슐](幻術)을 친히 ᄒ시고, 젼렵(田獵)을 일솜으시니, 시졀이

1606)문왕(文王) : 중국 주나라 무왕(武王)의 아버지. 은나라 주왕(紂王) 때 서백(西伯)이 되어 인자(仁慈)로써 백성을 다스렸고, 주왕(紂王)이 폭역(暴逆)하므로 제후들이 모두 그를 좇아 군주로 받들었으며, 뒤에 그의 아들 무왕이 은나라를 멸망시키고 즉위하자 문왕이라 시호를 추증하였다. 고대의 이상적인 성인군주(聖人君主)의 전형으로 꼽힌다.

1607)쥬공(周公) : 중국 주나라의 정치가. 문왕의 아들로 성은 희(姬). 이름은 단(旦). 형인 무왕을 도와 은나라를 멸하였고, 조카 성왕(成王)이 어려서 즉위하였기 때문에 섭정(攝政)하여 주나라의 기초를 튼튼히 하였다. 예악 제도(禮樂制度)를 정비하였으며, ≪주례(周禮)≫를 지었다고 알려져 있다.

1608)퇴각(台閣) : '의정부'를 달리 이르는 말. =황각(黃閣)

1609)옥슈경지(玉樹瓊枝) : 재주가 빼어나게 뛰어난 사람을 비유해서 이르는 말. 옥수(玉樹)나 경지(瓊枝)는 다 같이 '재주가 뛰어난 사람'을 이르는 말이다.

1610)무종(武宗) : 중국 명나라 제10대 황제. 재위기간 1505-1521년. 연호 정덕(正德). 1505년 15세에 제위에 올라, 미색에 빠져 쾌락추구에 몰두했으며, 환관들을 가까이 하고 라마교를 광신하였다. 또 여행하기를 즐겨, 남순(南巡)하였다가 돌아오던 중 청강포에서 물놀이를 하다가 물에 빠진 뒤, 건강이 악화되어 31세로 요절하였다. 반면 그는 유능한 관료를 기용

어즐어오믈 보고 상소ᄒᆞ야 치샤(致仕)ᄒᆞ고 냥형(兩兄)으로 더부러 님○[ᄒᆞ](林下)의
오유(遨遊)ᄒᆞ여 형을 공경ᄒᆞ며 ᄌᆞ녀를 교훈ᄒᆞ미 일마다 덕되(德度) 이시니, 경이 탄왈,
　"현광의 슈힝(修行)ᄒᆞ미 이 갓트니 이 박덕(薄德)ᄒᆞᆫ 형이 무어슬 규정(糾正)ᄒᆞ리오."
ᄒᆞ더라.

　형뎨 화목ᄒᆞ미 시절의 일홈나니, 라[다] 션{시의}승상(先丞相)○[의] 덕(德)이 지극
ᄒᆞ므로 밋ᄎᆞ미라.

　빅명의 ᄌᆞ【77】녜(子女) 두 사름이 다 일즉 죽고, 빅경의 이ᄌᆞ(二子) 이시ᄃᆡ 지뫼
(才貌) 평평ᄒᆞ여 공업(功業)이 업스ᄃᆡ, 승상이 무휼(撫恤)ᄒᆞ기를 긔츌(己出) 가치 ᄒᆞ여
간격이 업스며, 빅경 등이 됴졸(早卒)ᄒᆞ니 그 졔ᄉᆞ(祭祀)와 복졔(服制)를 극진이 ᄒᆞ고,
화당옥누(華堂玉樓)의 부인으로 더브러 무슈(無數)ᄒᆞᆫ ᄌᆞ손을 거느려 부귀를 누리더라.

　가졍 이십년의 졸ᄒᆞ니, 슈(壽) 뉵십셰러라. 부인은 슌년(殉年)1611)의 몬져 망(亡)ᄒᆞ
엿더라.

　오ᄌᆞ삼녀의 ᄌᆞ손이 칠십여인이니, 진짓 젹덕여경(積德餘慶)1612)이라. ≤댱ᄌᆞ 셰긔
지덕이 겸비ᄒᆞ고 효힝이 쌘□[혀]나, 조부의 쳥덕과 부모의 풍【78】치를 습(習)□□
□[ᄒᆞ여 쳥]츈등과ᄒᆞ야 벼슬이 □[틱]흑ᄉᆞ의 니르러 뉴시 □□[죵신] 창셩ᄒᆞᆫ지라.

　슬프다 위인ᄌᆞ(爲人子)1613)ᄒᆞ여 뉴승상 ᄀᆞᆺ트며, 냥ᄌᆡ(養子) 되여 빅경 ᄀᆞᆺ트며, 안히
되여 뎡부인 ᄀᆞᆺ트며, 셔모(庶母) 되여 쥬시 ᄀᆞᆺ트니 잇지 □□□[아닐지]니, 승상과 부
□[인]의 셩덕으로써 싱ᄂᆡ(生來)1614) 신고ᄒᆞ며, 그 슈(壽)를 엇지 못ᄒᆞ고 됴졸(早卒)ᄒᆞ
니, 엇지 슬프지 아니ᄒᆞ며, 쥬시의 어질무로 ᄒᆞᆫ 긔츌(己出)이 업고, ○…결락22자…○
[뉴공과 승상부부의 상ᄉᆞ를 만나 슬프기로써 셩딜(成疾)ᄒᆞ여] 죽으니, ᄎᆞ회(嗟乎)라!
쳔되(天道) 무심ᄒᆞ미 니럿틋 ᄒᆞ도다. 연(然)이나 《승이이∥승상이》몸이 굿기나 덕은
더욱 빗나고, 명(命)은 단(短)ᄒᆞ나 졔ᄉᆞ는【79】{ᄂᆞᆫ} 더욱 두렷ᄒᆞ니, ᄉᆞ후(死後)
ᄌᆞ손이 창□[셩](昌盛)ᄒᆞ여 셩명이 쳔츄(千秋)의 빗나고 흠앙(欽仰)ᄒᆞ니, 엇지 아름답
지 아니리오.≥1615)

하고 군사력을 증강하여 몽골의 침입을 막고 안화왕(安化王)과 영왕(寧王)의 반란을 진압하
는 등 치적을 남기기도 하였다.
1611)슌년(殉年) : 죽은 해. *여기서는 남편 유우셩이 죽은 해를 말한다.
1612)젹덕여경(積德餘慶) : 남에게 덕을 많이 베풀어 준 보답으로 뒷날 그 자손이 받는 경사.
1613)위인ᄌᆞ(爲人子) : 아들로 태어남.
1614)싱ᄂᆡ(生來) : 세상에 태어난 이래로.
1615)댱ᄌᆞ 셰긔 지덕이 겸비ᄒᆞ고 효힝이 쌔혀나, 조부의 쳥덕과 부모의 풍쳬를 습ᄒᆞ여, 쳥츈
　등과ᄒᆞ야 벼슬이 병부상셔 농두각 태흑ᄉᆞ의 니르고, 자녜 번셩ᄒᆞ여 그 조상 벼슬을 승습ᄒᆞ
　고, 뉴시 죵신 창셩ᄒᆞ니라. 슬프다. 인ᄌᆡ 되어 뉴승상 ᄀᆞᆺ하며, 양ᄌᆡ 되어 빅결 ᄀᆞᆺ하며, 사름
　의 안해 되어 뎡부인 ᄀᆞᆺ하며, 셔뫼 되어 쥬시 ᄀᆞᆺᄒᆞᆫ 재 쏘 잇디 아니리니, 다만 흔ᄒᆞᆫ온 바는
　승상과 뎡부인 셩덕으로써 일싱 신고ᄒᆞ고 ᄌᆞ녜 희소ᄒᆞ며 그 슈를 엇디 못ᄒᆞ니 엇디 슬프디
　아니ᄒᆞ며, 쥬시의 어딜미 ᄒᆞᆫ ᄌᆞ식이 업고, 뉴공과 승상 부부의 상ᄉᆞ를 만나 슬프기로써 셩딜
　ᄒᆞ여 죽으니, 희라! 텬되 무심ᄒᆞ미 이러틋 ᄒᆞ도다. 슈연이나 승상이 몸은 굿기나 힝실은 더
　옥 두렷ᄒᆞ니, 신후의 ᄌᆞ손이 챵셩ᄒᆞ야 졔ᄉᆞ 누듸ᄒᆞ여 긋디 아니고 셩명이 쳔츄의 흠앙ᄒᆞ니

≤금ᄌ광녹틱우(金紫光祿大夫) 문하시랑(門下侍郎) 강션빅은 형슈의 지□[요], 셔모(庶母) 난향은 뎡부인의 비지(婢子)라. 강가□[의] 드러간지 삼십년의 크게 어진 일흠을 엇고, □□□□□[삼ᄌ를 나코 죽]〇[으]니, □□□[종시(宗史)의] 베프〇〇〇[고ᄌᄒ]며[미], 쳔되(天道) 고로지 □□□□[못ᄒ지라].

션빅이 〇[이]롤 공경ᄒ며, 빅경의[을] 칭츤(稱讚)ᄒ미[미], 엇지 승상과 뎡부인의 나타는 덕힝을 더옥 과장ᄒ미 극ᄒ더라[뇨]. 사름의 션악을 □□[감초]고ᄌ ᄒ나, 능히 〇〇〇[못ᄒ야] 도라1616) 긔이ᄒ 【80】 □□□[힝젹을] 젼ᄒ□[노]라.≥1617)

　　셰 □[계]유(癸酉) 즁하(仲夏) 초슌(初旬) 필셔(畢書)라 【81 : 끝】

엇디 아룸답디 아니리오. … (국립도서관본 『뉴효공션힝녹』貞 <권지사>:161쪽3행-162쪽9행, *밑줄·문장부호 교주자)

1616)도라 : 도로. 먼저와 다름없이.

1617)강선백으로 가탁된 작자의 창작후기라 할 수 있는 글이다. 국립도서관본은 이 글이 454자 분량으로 길게 서술되어 있는 데, 규장각본은 이를 185자 분량으로 압축해서 서술해놓고 있다. 그런데 이 책의 저본인 규장각본은 이 부분에 글자가 마멸된 곳이 많아, 필자는 이를 국립도서관본과의 원문교감을 통해 마멸자 복원작업을 진행하였다. 그러나 두 글이 분량·문장구조·서술내용 등이 서로 달라, 모든 마멸자의 정확한 복원은 불가능한 상태다. 필자는 이를 원문교감을 통해 복원이 가능한 글자는 국립도서관본의 원문으로 복원하고, 그렇지 못한 것은 필자가 작품내용과 문맥을 유추하여 복원하였다. '〇[]'는 빠진글자(脫字)를 복원한 것이고, '□[]'는 마멸자를 복원한 것이다. 그 밖에 글자 뒤의 '[]'은 오자를 교정한 것이다. 이하는 국립도서관본 창작후기 원문이다. ¶은자 광녹태우 문하시랑 강션빅은 션친이 일즉 뉴상국으로 디긔 되여 그 가닉ᄉ를 니기 니ᄅ미 ᄌ유로 ᄌ시 드른 배라. 흔 뎐으로써 녹(錄)호문 효문션싱의 일긔를 초ᄒ미라. 글이 뎌ᄅ고 의식 텬흔 고로 베프문 오딕 샹국디효우를 흠탄ᄒ여 초초히 긔록ᄒ미라. 우 왈 강션빅{지}쟈는 강형슈지ᄌ얘라. 셔모 난향은 뎡부인 비지니, 명댱디하(名將之下)의 강병(强兵)이 잇는 고로 강가의 드러온 삼십여년의 크게 어딘 일홈을 어덧더니, 삼ᄌ를 나코 쉬(壽) 뉵십의 죽으니라. 강상셰 뉴상국으로 더브러 밧그로 금난(金蘭)의 친이 잇고 안흐로 난향의 구셜(口說)이 명빅ᄒ니, 평일 강션빅 등이 니기 드른 배라. 엇지 뉴공의 불명과 홍의 불인을 은회ᄒ리오. 이 가온대 더욱 공경흔 바는 셩부인의 션냥흠과 빅경의 착ᄒ고 어딜믈 찬흔즉 엇디 승샹과 뎡부인 나타난 덕을 과쟝ᄒ미 이시리오. 승샹과 홍의 션악은 됴야의 나타나미 잇거니와 쥬시와 부인의 큰 덕은 이 곳 난향의 구셜노 비로손 배라. 츄(錐)를 장(藏)ᄒ나 그치 뵈니 사룸의 션악을 금초고져 ᄒ나 능히 어디야 그이흔 힝뎍을 앗겨 셰샹의 뎐ᄒ노라.(454자) … (국립도서관본 『뉴효공션힝녹』貞 <권지사>:162쪽9행-164쪽5행, *밑줄·문장부호·한자병기 교주자)

최 길 용

문학박사
전북대학교 겸임교수(전)
전북대학교 인문학연구소 전임연구원(현)

● 논 문
〈연작형고소설 연구〉외 500여편

● 저 서
『조선조연작소설 연구』 등 18종 43권

규장각본 유효공선행록

초판 인쇄 2018년 8월 20일
초판 발행 2018년 8월 25일

교   주 | 최 길 용
펴 낸 이 | 하 운 근
펴 낸 곳 | 學古房

주   소 | 경기도 고양시 덕양구 통일로 140 삼송테크노밸리 A동 B224
전   화 | (02)353-9908 편집부(02)356-9903
팩   스 | (02)6959-8234
홈페이지 | http://hakgobang.co.kr/
전자우편 | hakgobang@naver.com, hakgobang@chol.com
등록번호 | 제311-1994-000001호

ISBN   978-89-6071-775-6   93810

값 : 30,000원

■ 파본은 교환해 드립니다.